인문학 옛길을 따라

김 창 룡

제이앤씨
Publishing Company

심입천출深入淺出의 경계

학문의 구실을 자꾸 되돌아보게 된다. 혼자 즐거워도 그뿐이겠으나, 나누는 기쁨을 겸한다면 공부의 보람이 더 가멸차지 않겠는가? 인문학의 사회적 외면은 인문학자들이 자초한 감이 없지 않다. 소통을 거부하는 글쓰기, 저만 아는 고고한 언어의 성채는 좀체 독자에게 곁을 주지 않는다. 알아들을 수 없어 고개 돌리는 것은 인문학의 허물이 아니라 글쓰는 사람의 잘못이다. 그저 대중의 무지를 나무라고 제도의 횡포만 탓할 일이 아니다. 공부를 해서 즐겁지 않고, 그 글을 읽어 기쁘지 않다면, 그런 공부는 해서 무엇 하겠는가? 공부의 즐거움은 그 자체로 합목적적이니, 따로 보상을 바랄 일이 없다. 다만 소통을 꿈꿀 뿐이다.

학계의 선배이신 김창룡 교수께서 아껴 만지고 즐겁게 살핀 글을 모아 『인문학 옛길을 따라』를 펴내며, 불초에게 몇 마디 계회契會의 사족을 덧붙이라 명하신다. 오랜 왕래의 자취를 새기자는 말씀이시나, 차마 붓끝이 외람되어 송구함을 견딜 수 없다.

다시금 수록된 글을 살펴 보니 논문이되 수필의 향기가 난만하고, 무거워도 필치가 경쾌하여 읽는 마음이 산뜻하다. 옛 선비들은 어떻게 정보를 검색했을까? 선덕 여왕의 모란 고사에는 어떤 얘기들이 숨겨져 있나? 이백과 두보의 차이를 어디서 찾을까? 성리학의 의미를 쉽게 이해하려면? 소학은 어떻게 우리 시대와 만나는가? 그가 던지는 질문은 늘 이렇듯 평범하다. 하지만 그 안에 담긴 생각의 깊이와, 관련 문헌을 섭렵해서 펼쳐

보이는 논점들은 결코 평범하지가 않다. 의미는 선명하고 주제는 묵직하다. 정색을 한 학술 논문과 에세이의 중간 형태를 띤 글들을 한 자리에 모은 것이 바로 이 책이다.

각주가 주렁주렁 달렸고 복잡한 논증을 해 놓았지만, 정작 무슨 말을 하고 있는 지 종잡을 수 없는 허접한 글들이 학술 논문의 이름을 달고 지식 시장을 교란하는 것은 어제 오늘의 일이 아니다. 저도 모를 소리를 하니 글이 어려워져서, 읽어도 이해가 안 가는 것이 당연하다. 고수들의 글은 원래 심입천출深入淺出이라, 깊이 삭혀 쉽게 푼다. 선생의 글이 꼭 그렇다. 나도 에세이 같은 논문, 논문과 다름없는 에세이를 쓰려 애써 보았지만, 아직 선생의 경지까지는 미칠 수가 없다.

선생은 자신의 글을 인문학의 가없는 바다에 뜬 창해일속滄海一粟에 지나지 않는다고 겸사한다. 하지만 나는 우리시대의 글쓰기는 모름지기 편히 읽히면서도 깊이를 담아내는 선생의 모범을 따라야 한다고 생각한다. 질문이 단순한 것은 되새김의 시간이 길었다는 뜻이다. 논지가 선명한 것은 논점에 흐트러짐이 없기 때문이다.

근세 중국의 학자 호적胡適은 일찍이 학문은 남이 의심하지 않는 데서 의심을 일으키는 일이라고 말했다. 또 그는 대담한 가설과 꼼꼼한 논증을 학자의 미덕으로 꼽았다. 아무도 던지지 않았던 질문을 그가 던지면 어째 그 생각을 미처 못했을까 싶고, 그가 풀이하면 그게 그런 내막이었구나 해야 한다는 것이다. 공부란 이렇게 막힌 것을 뚫어주고, 엉긴 것을 풀어주는 일이다. 공부를 핑계로 자기를 들볶고 주변을 괴롭히는 것은 엉터리 학자들의 못된 버릇이다.

선생은 오토바이 마니아다. 가죽 옷을 입고 부릉부릉 오토바이를 타고 학교로 와서 학장실로 뚜벅뚜벅 걸어가는 모습은 생각만 해도 사람을 즐겁게 한다. 이를 파격이라 하여 신문과 방송, 잡지에 크게 기사화되기도 했는데, 이런 거침없고 격의 없는 태도는 그의 글의 표정과 조금도 다르지 않다. 근 20년 가까이 나는 선생과 면식도 없이 서로 글을 주고 받았다. 2년 전에야 첫 대면을 했다. 선생은 뒷가늠이 없이 호방하다. 깐을 두어 따지고 속내를 숨기는 법이 없다. 하지만 글은 뜻밖에 섬세하고 꼼꼼해서 여성적인 느낌마저 준다. 이러한 음양의 조화에서 나는 또한 균형과 균제를 배운다. 많은 독자들이 즐겁게 만나는 귀한 책이 되기 바란다.

2009년 곡우 후

후학 정민 삼가

책 머리에

'인문학의 위기', 심지어는 '인문학의 죽음'이라는 말까지 들리는 시대에 산다. 하지만, 대학가에 글쓰기 교재가 진지하게 만들어지고, 서점가엔 문학 관계 책이 끊임없이 나오는 것을 보면 세상이 쉽게 인문학의 손을 놓지는 않는가 보다. 정녕 누군가의 일침대로 인문학 전공자의 위기감과 인문학의 위기는 냉철하게 구별해 줘야 할 필요가 있을는지도 모를 일이다.

그리고, 어차피 평생에 하는 일이 인문학 관련의 공부라고 한다면, 인문학이 무엇인가에 대해 보다 확실한 답을 갖고 있는 편이 좋을 듯싶다. 이건 반드시 누가 꼭 물어 올 때를 대비하기 위해서라기보다는, 종사자 자신을 위해서 먼저 필요하리란 생각이다.

우선, 인문학이란 '인간다운 삶에 대한 탐구를 목적으로 하는 학문'으로 풀어 밝힘은 타당하고 적절하다. 참으로 괜찮은 답안이긴 한데, 그래도 이것만으로는 무엇 하나가 어쩐지 빈 듯한 구석이 있다. 왜냐하면 천문학이든 지리학이든, 공학이든 농학이든, 예술이든 운동이든, 인간이 인간답게 살기 위한 노력의 방편 아닌 것이 없는 까닭이다. 그러니까 반드시 인문학뿐만 아니라, 사회과학, 자연과학, 예 · 체능학 어느 공부든지 막론하고 궁극의 목적은 다 인간적 삶의 질의 향상에 있음을 알겠다.

이 마당에 정의를 좀 더 구체화시킬 필요에 닿는다. 그래서 이렇게 정의해 두기로 하였다. 과학이거나 의학이 물질적 · 형이하적 탐구를 통해 삶의 질을 높이는데 그 목적이 있다면, 인문학은 정신적 · 형이상적 탐구를 통해 삶의 질을 높이는데 그 목적이 있다. 다르게 표현하되, '인간이 처해진 조건에 대해 연구하는 학문 분야', 혹은 '인간과 인류 문화를 다루는 정신과학'으로 정의하기도 하지만, 보다 쉽게 말해 보라고 한다면 인문학은 '사람 생각의 흐름을 다루는 문학 · 역사 · 철학 중심의 공부'라고 대답해서 그다지 벗어나지 않으리라 한다. 결국엔 또다시 '문文 · 사史 · 철哲'이라는, 유서 깊은 용어와 만나게 된다.

나아가 예술, 종교는 물론이고, 보다 거시적인 측면에선 '법칙 정립'적인 성격을 띠는 자연과학을 제외한, 정치 · 경제 등의 사회과학 분야까지도 인문과학의 범위 안에 아우르고자 하는 경향도 없지 않다고 하니, 참으로 세상 모든 학문의 기본이자 출발이 되는 인문학의 잠재력은 생각보다 훨씬 큰 것임을 알겠다.

이 안의 글들은 2006년 4월의 저서인 『인문학 산책』을 신증新增 개편한 것이다. 이 마당에 최근 3년 사이에 쓴 주돈이의 〈애련설〉, 〈선덕여왕 모란고사〉, 〈옛 선비들의 정보 검색〉, 〈부채의 한국 문학적 심상〉, 〈서울 성북 지역의 설화〉들이 새로 들어갔다. 문장도 보다 읽기 좋게 윤색했다. 뿐만 아니라, 글자의 삼림 중간중간에 숲속의 호수처럼 삽화도 넣어 전체를 일신一新하였다. 그러면 이제 이 안의 내용들은 필자가 지난 1980년 박사과정 시절에 쓴 〈창극의 위상을 위한 시론〉에서부터 가장 최근 2008년 10월의 월간지 『묵가墨家』에 실은 글까지, 28년의 기간 안에 그러뭔 관심사의 총람이다.

짐짓 형상하자면 생각에 잠긴 채 거닐어온 산책의 동선動線인 셈이다. 거대한 옛 인문학의 숲 속에서 마음이 가는 길을 따라 걸었으니, 그야말로 인문학 산책이란 표현이 제격이라 할 만하다. 혹은 장기간에 걸쳤다는 점에서는 인문학 여정旅程이랄 수 있을 테지만, 그 가운데는 정녕 인문학 에

세이라고 이름붙일 만한 성격의 것도 포함되어 있다. 이는 어디까지나 나의 주관적 낭만에 따른 이름일 테요, 객관적 냉정으로 본다면 인문학 편린이라 함이 타당하겠다. 저기 저 바다에다 견주자고 할 때, 인문학은 그 범주가 종횡무진하고 무변광대하니, 오대양처럼 드넓기만 하다. 가없는 인문학의 바다를 생각한다면 여기서 다룬 것이 빙산의 일각은커녕 고작 창해滄海의 일속一粟에서 더 지나지 않을 것이다. 수박 겉핥기조차 못되는 글로 편린이란 말조차 쓰기 참으로 송구하지만, 일반적인 정서에 맞춰 그냥 산책의 의미를 살린 '인문학 옛길을 따라'로 제목하였다.

여기의 글 모음은 음악으로 치면 서곡이거나 즉흥곡 몇 편 쯤 되겠고, 미술에 비유하면 큰 테마의 대작大作이 아닌, 각양각색의 다채로운 소품小品 전시라 하겠다. 작아도 볼 만하고 들을 만한 감명 어린 작품들을 선망하는 심정으로, 책의 몇 줄 혹은 몇 글자나마 애오라지 읽는 이의 미취와 소용에 닿았으면 한다.

4반세기가 넘게 지나쳐버린 세월 뒤에 그래도 불녕不佞의 자취 촌분이나마 남길 수 있음을 다행으로 여기고자 한다. 하지만 일희일비一喜一悲란 말처럼 글 한 줄, 책 한 페이지마다 맞바꾸어진 시간과의 전별, 그리고 거기 따라진 회한이 깃들어 있다. 그 시간들 안에서 이루 바라보아 주지 못한 처노妻孥에게 무한한 사랑과 고마움의 눈빛을 보낸다.

夢碧山房에서
景游 金 昌 龍

목차

1부 큰길을 따라

2부 작은길 따라

1부
큰길을 따라

1장 쉽게 풀이해 본 성리학

1. 머리말

쉽게 쓰기가 어찌 더 쉬우랴! 특히 어떤 종교나 사상이 담고 있는 내용이 크고 오묘할수록 더욱 그럴 것이다. 유교의 철학인 성리학性理學도 이에 예외는 아니리라. 그럼에도 불구하고, 성리학의 전체 내용 중에서도 가장 간요肝要하여 빠뜨리지 못할 기초적 입론立論이란 것이 있으니, 그것을 할 수 있는 최대한의 평이한 문체로 옮겨 놓으려 애썼다.

2. 성리학의 출현

성리학도 유학儒學의 한 갈래이다. 유학은 유가儒家의 학문이라는 뜻으로 일찍이 공자孔子(기원전 551~479)와 맹자孟子(기원전 372~289)의 이전, 오랜 옛날 고대의 중국으로부터 발전해 내려온 생활의 가르침이다. 다만 그것을 체계화시켜 놓은, 유교를 대표할 만한 유명한 책으로는 '사서삼경四書三經'이라 하여 『논어論語』·『맹자孟子』·『대학大學』·『중용中庸』의 '사서四

書'와 『시경詩經』·『서경書經』·『주역周易』의 '삼경三經'이 있는데, 큰 선비가 되려면 반드시 이 일곱 권의 책을 깊이 이해하지 않으면 안 되었다.

그리하여 공자와 맹자 이후로 오랜 세월이 흘러 당나라 때까지는 유학을 배우는 모든 선비들이 이 '사서삼경'을 비롯하여 유학에 관련한 모든 책들의 올바른 뜻을 해석해 내려고 온갖 노력을 기울였으니, 이러한 공부를 유학 중에서도 '훈고학訓詁學', 또는 '경학經學'이라고 부르게 되었다.

그러다가 송宋나라에 들어서면서부터 학자들의 관심이 우주 자연과 인간의 법칙 등에 대한 참된 모습을 밝혀내려는데 쏠렸는데, 이렇게 하늘의 도와 인간의 도에 대한 이치를 찾고자 하는 연구를 '성리학' 또는 '도학道學'이라고 한다. 또 성리학은 송나라 때 최고로 발전해 나갔던 것이라 하여 '송학宋學'이라고도 부른다.

그리고 이 시대에 나와서 이 방면에 좋은 업적을 남긴 대표적인 학자로는 주렴계周濂溪(1017~1073), 소강절邵康節(1011~1077), 장횡거張橫渠(1020~1077), 정명도程明道(1032~1085)와 정이천程伊川(1033~1107) 형제, 주자朱子(1130~1200)의 여섯 분을 손꼽을 수 있겠다. 이 분들 중 마지막에 나타난 주자는 먼저 나온 다섯 분의 생각을 종합하고 정리해서 나름대로 잘 완성시킨 — 이런 것을 '집대성集大成'이라 이른다 — 업적이 특히 컸다. 그래서 성리학이라는 말 대신 '주자학朱子學'이라고 말하는 수도 있다.

그러면 이제 성리학은 어떻게 이루어졌는지 알아본다.

성리학이 크게 발전했던 송나라 때보다 앞의 시대인 육조六朝시대와 수隋나라, 당唐나라 시절에는 불교와 도교에 대한 관심이 아주 높았다. 유학자들도 이 두 가지 종교에 대해 아는 것이 깊었는데, 이러한 지식이 도학, 즉 성리학을 연구하는 학자들에게는 우주와 인간에 관한 이치를 찾아내는 일에 큰 이바지가 되었다.

그러므로 성리학은 전부터 중국에 있어 왔던 유교의 기본적인 생각과 불교 및 도교의 쓸만한 생각을 끌어들여서 종합시킨 '합성合成의 철학'인 것이다. 그런데 성리학이 제시하고 있는 기본적인 내용을 '성리학의 원리'라고 했을 때, 대체로 그것은 크게 두 가지로 구분이 가능하다.

3. 성리학의 원리

성리학에서는 수많은 사실에 대해서 깊이 있는 설명을 하고 있지만, 그 모든 것이 두 가지 대명제에서 벗어나지 않는다. 하나는 우주가 만물을 만들어내는 이치, 곧 '우주론宇宙論'이고 다른 하나는 우주가 지니고 있는 성격을 그대로 이어받게 된 인간들의 마음에 대한 이치, 즉 '인성론人性論'이다.

그것이 어찌 성리학에 국한될 뿐이겠는가? 고금동서의 제반 철학이 추구하는 가장 궁극적인 문제의 핵심, 그것은 어느 경우에도 이 두 가지 진리의 바깥에 있지 않은 것이다. 그리고 다름없이 성리학에서도 먼저 해야 할 일은 우주에 대한 이치를 밝혀내는 일이다.

1) 우주에 대한 생각

우리가 잠깐 눈을 들어 인간 세상 너머에 펼쳐진 저 무한한 천체의 세계를 우러러 보았을 때 무한한 우주의 신비에 대한 경이와 함께 품게 되는 커다란 의문이 있다. 저 우주는 어떻게 이루어졌으며, 이 땅 위의 인간을 포함한 모든 만물을 낳게끔 한 근원적 존재는 과연 무엇일까? 이것은 우리 인류가 아주 오래 전부터 알고싶어 하는 가장 큰 궁금증이었다. 이 비밀을 알아보겠다는 의지로 말미암아 일찍부터 서양 뿐 아니라 동양의 중국에서도 현자와 철인들이 끊임없는 사색을 바쳐왔던 것이다.

앞서 말한 사서삼경 가운데 『주역周易』 또는 『역경易經』으로 불리우는 책 안의 '계사전繫辭傳'이라는 부분에는 우주가 어떻게 생겨났는가 하는 문제에 대해서 관심을 가지고 설명한 기록이 있다. 그리고 유학자들은 여기서 설명한 것을 바탕으로 하늘의 이치에 대한 생각에 그 깊이를 더하였다. 당연히 송나라 이전에도 어떤 사상가들은 이 『주역』으로부터 자아낸 자기들의 생각과 의견을 발표하기도 하였다. 그렇지만 앞서 얘기한 것처럼 우주의 법칙에 대해서 본격적으로 큰 관심을 나타내 보였던 이들은 송나라 학자들이었다.

그러한 가운데서도 이 분야에 대해 연구를 열심히 해서 처음 정식으로

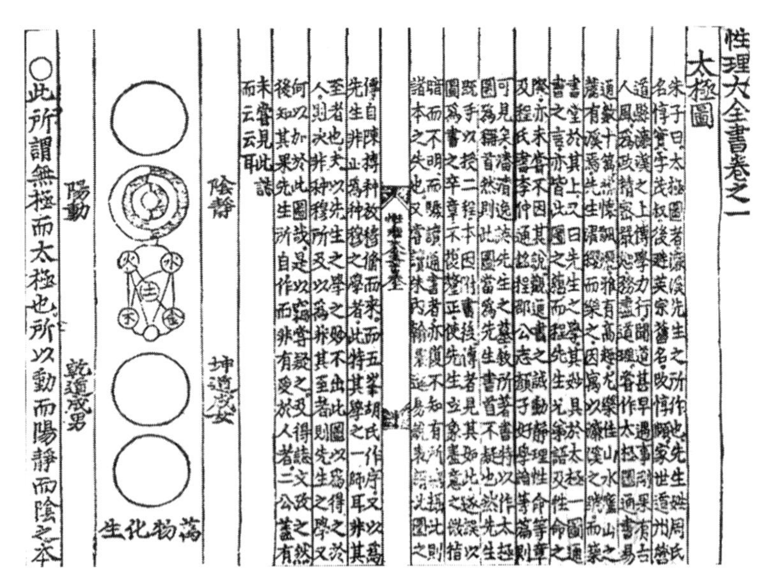
性理大全書卷之一

太極圖

陽動

陰靜

乾道成男

坤道成女

萬物化生

○此所謂無極而太極也所以動而陽靜而陰之本

『性理大全』 선두에 실려 있는 태극도와 태극도설

발표한 학자가 있었는데, 그가 바로 주렴계周濂溪이다. 호가 염계濂溪, 본명은 주돈이周敦頤인데, 자기 스승들에게서 배워 받은 모든 생각들을 정리해서 처음으로 '태극도설太極圖說'이란 법칙을 내세운 인물이다. '태극도설'이란 태극(하늘)이 세상의 만물을 만들어내는 과정을 그림과 함께 설명한 것이다. '태극'이란 말은 본래 주역에 나오는 말이니, 우리나라의 태극기도 이 주역에서 나온 생각을 바탕으로 만든 것이다. 하여간 '태극도설'의 발표는 송나라 성리학의 첫 시작을 알리는 크나큰 출발점이기도 하였다. 따라서 성리학을 바로 이해하고자 하면 무엇보다 이 태극에 대한 이해를 우선하지 않을 수 없게 된다.

그러면 이제 주렴계 선생이 이야기하는 태극이란 무엇인가? 이것은 쉽게 말하자면 하늘의 중심이며, 세상의 만물을 만들어내는 생성과 창조의 원리이다. 우주의 만물들이 나오는 샘터이며 뿌리와 같은 존재, 만물이 나오는 본원本源이다. 모습도 없고 소리도 없는 세상 만물의 창조주인 것이다. 기독교에서 하나님이 만물과 인간을 만들었다고 하는 것처럼, 주렴계는 태극이 있는 까닭에 인간과 만물이 생겨났다고 한다. 다시 말해서 세상의 모든 인간과 만물은 어느 것이든 막론하고 다 태극에서 쏟아져 나왔다고 설명한다. 이렇게 우주의 중심에 있는 오직 하나 뿐인 태극의 기운을 '태극일기太極一氣'로 이름하였다.

그런데 이 태극이 움직이는 기운으로 되면 '양陽'이라 하고, 양의 기운이 다해서 멈추는 기운으로 변하면 '음陰'이라고 부른다. 음의 기운이 다 하면 다시 양의 기운, 양의 기운이 다하면 다시 음의 기운, 이렇게 서로 기다리면서 움직인다.

그리하여 '음'과 '양'의 두 기운(에너지)이 서로 끝없이 교대로 바뀌면서 새로운 다섯 가지 성분이 생겨나게 된다. 그 다섯 가지란 '금金·수水·목

木 · 화火 · 토土'인데, 성리학에서는 이 다섯 가지를 '오행五行'이라고 부른다. 다섯 가지 움직여 흐르는 성분이라는 뜻이다. 우주 만물을 형성하는 다섯 가지 원소이니, 세상 모든 사물들의 바탕이 되는 재료가 무엇인가 알고보면 모두 이 다섯 개의 성분인 오행 안에 들어가지 않은 것이 없다는 것이다. 그래서 이 다섯 가지 성분들이 서로 다르게 합쳐지면서 각기 다른 형태의 만물을 만들어낸다는 설명이다.

이처럼 하나의 태극이 두 개의 음양을 만들고, 두 개의 음양이 다섯 가지 흐름인 오행을 만들며, 다시 이 오행이 수많은 사물들을 만들어낸다는 순서로 되어 있다. 즉, 태극→음양→오행→만물. 구태여 숫자로 표시한다면 일一→이二→오五→만萬의 순서이다.

따라서 우리들 사람도 이러한 원리와 순서를 거쳐서 생겨나오게 되었다고 보아왔다. 그런데 왜 세상의 자연 만물 가운데서 인간이 제일 우수한 존재가 되었는가? 그 까닭에 대하여 주렴계 선생은 다음과 같이 설명을 한다.

"음과 양이 서로 바뀌면서 오행~만물로 나누어질 때 가장 우수한 성분도 생겨나고 아주 열등한 성분도 생겨나게 되는데, 그 중에서 가장 우수하고 좋은 성분을 받고 나타난 것이 사람이다. 그래서 사람은 모든 다른 만물들보다 위에 있어서 그것들을 다스릴 수 있는 능력이 있기 때문에 '만물의 영장'이라고 하는 것이다. 또한 인간은 태극의 맑은 기운을 가장 잘 받았기 때문에 그 본성은 아주 착한 것이다."

이것이 주렴계 선생이 주장한 '태극도설'이다. 이처럼 주렴계 선생은 태극도 하나의 기운 및 에너지로 보았다. 동시에, 이 태극의 기는 음·양 두 가지의 기를 띠고 있어서 움직일 때는 양, 멈추면 음으로 각각 변한다고 했다.

소강절邵康節 선생도 그가 지은 『황극경세서皇極經世書』란 책에서 태극은 움직이는 기와 멈춰 있는 기의 중간에 있는 기운이라고 하였고, 장횡거張橫渠 선생은 태극이란 말 대신에 '태허太虛'라는 말을 썼지만 그 생각은 모두 같으니, 그들 모두 1기(태극)～2기(음양)～5기(수·화·목·금·토)～수만 가지의 기(만물)의 차례로 생각했던 것이다. 이처럼 우주의 만물은 오직 '기'에 의해서만 만들어진 것이라고 하는 주장을 '기일원론氣一元論'이라고 부르게 되었다.

觀物內篇之一
物之大者無若天地然而亦有所盡也
天之大陰陽盡之矣地之大剛柔盡之矣
陰陽盡而四時成焉剛柔盡而四維成焉夫四時四維者
天地至大之謂也
凡言大者無得而過之也亦未始以大爲自得故能成其
大豈不謂至偉至偉者歟
天生于動者也地生于靜者也一動一靜交而天地之道
盡之矣動之始則陽生焉動之極則陰生焉一陰一陽交
而天之用盡之矣靜之始則柔生焉靜之極則剛生焉一
剛一柔交而地之用盡之矣
動之大者謂之太陽動之小者謂之少陽靜之大者謂之
太陰靜之小者謂之少陰
太陽爲日
太陰爲月
少陽爲星
太柔爲水
太剛爲火
少柔爲土
少剛爲石
水火土石交而地之體盡之矣

소강절의 황극경세서 - 觀物內篇

한편, 정이천程伊川 선생은 친형인 정명도程明道 선생과 함께 '태극도설'의 창시자인 주렴계 선생에게서 성리학을 배웠다. 그런데 정이천 선생은 스승하고는 좀 다른 생각을 갖게 되었다. 그는 만물을 만드는 에너지가

'기'인 것은 인정하였다. 하지만 이 '기' 에너지가 만물을 만들려면 그 전에 만물을 만들기 위한 어떤 원리거나 법칙이 있지 않으면 안된다고 생각하였다. 예를 들어서, 물은 수소H_2라고 하는 에너지와 산소O라고 하는 에너지가 서로 합쳐져 만들어진다. 그러면 이것은 '산소와 수소는 합쳐질 수 있다' 혹은 '한 개의 산소와 두 개의 수소가 합치면 물이 된다'라고 하는 법칙이 먼저 존재해 있었기 때문에 물의 존재도 가능한 것에 비유해 볼 수 있다. 만약 'H_2+O =H_2O물'라고 하는 법칙과 법식이 없었더라면 물도 이 세상에 없었을 것이다. 그래서 정이천 선생은 우주와 사물에는 무언가를 만들어내는 원리가 있다고 생각했고, 이 원리를 '이理'라고 불렀다. 이렇게 그는 하늘이 만물을 만들 때는 '기氣'도 있는 것이고 '이理'도 있는 것이라고 정식으로 주장한 성리학자이다. 그리고 이러한 주장을 '이기이원론理氣二元論'이라고 부른다.

정명도(左)와 정이천(右)

이때부터 약 100년 뒤에 주희朱熹란 분이 나타나서 정이천 선생의 '이기이원론'을 중심으로 성리학 전체에 대해서 보다 체계적으로 연구하였다. 그가 바로 주자朱子이다. 그래서 성리학은 일명 '이기철학理氣哲學', 또는 주자가 크게 발전시켰다 해서 '주자학朱子學'이라고도 부르는 것이어니와, 주자는 다음과 같이 설명했다.

"태극은 만물을 생겨나게 하는 '이치'이다. '원리'이다. 그렇기 때문에 기氣처럼 움직이거나 멈추거나 하는 것이 아니다. 태극은 원리·법칙을 뜻하는 '이理'인 것이다(태극=이). 그리고 음양은 '기'이다. 이理의 설계를 따라 행하는 작용作用이다. '기'란 그 자체로 에너지는 아니지만 그나마 그와 가장 가까운 의미로 설명해 볼 수 있다. 그런데 '기'인 음양이 또 오행을 낳으므로 오행도 '기'이다. 다시 오행은 인간과 만물을 낳으므로 인간과 만물은 역시 '기'가 합쳐서 된 것이다. 이렇게 '기'가 순서대로 인간 및 만물을 만들어낼 수 있음은 '이'가 음양과 오행과 만물의 속에 깃들어 있기 때문이다. 그러므로 이 세상에 있는 모든 만물 및 우리 인간의 몸과 마음 속에는 '이'도 들어있고 '기'도 들어있다. 즉, '이'와 '기'는 언제든 떨어지지 않고 붙어 다니면서, 각자의 원리와 작용을 따라 인간도 만물도 생성시킬 수 있는 것이다."

2) 인간의 마음에 대한 생각

왜 지금까지 온 세상의 만물과 인간은 어떻게 생겨났느냐에 대한 문제를 다루어야 했는가? 그 답은 간단하고 명백하다. 바로 소우주인 '인간의 마음'에 대해서 잘 알아보기 위해, 그 앞의 단계로서 대우주의 진실을 먼저 알아야만 하였다. 이러한 이유로 성리학자들은 먼저 우주에 대한 사실을 이야기한 다음에는 반드시 인간의 마음에 대해서 설명한다. 제일로 중요한 것은 역시 우리들 마음의 본질을 잘 알아서 더욱 좋은 마음으로 닦는 것이기 때문이다.

그렇다면 우주 태극인 하늘이 만든 인간은 무엇으로 되어 있는가? 참으로 복잡다단하지만, 가장 큰 단위에서 보면 두 가지로 나뉘어 있다. 그것은 곧 '마음(정신)'과 '몸(육체)'이다. '몸'에 관해서는 과학자나 의사가 연구하면 되지만, '마음'은 학자들이 궁리해서 캐내야 하는 분야이다. 성리학은 유교 중에서도 특히 인간의 '마음', 곧 그 정신과 성품에 대해서 깊은 연구를 하는 철학이다. 이렇듯 성리학에서 인간의 마음에 관해 연구한 내용을 '인성론人性論'이라고 한다.

첫 번째로 주렴계 선생은 이렇게 말했다.

"태극이 갖고 있는 모든 성분(기) 가운데에서 제일 좋은 성분(기)을 받아가지고 나오는 것이 사람이므로, 사람은 모든 만물 가운데 가장 뛰어나다. 또 태극 중에서 가장 깨끗한 성분(기)을 받았으니 그 마음도 원래는 맑고 깨끗하다. 그렇지만 사람이 자기 주변에 있는 사물을 보거나 접하면 자기도 모르게 욕심이 생기기 쉽다. 바로 이 욕심 때문에 깨끗하지 않은 마음도 나타나는 것이다."

그 다음으로 장횡거 선생이 '마음'에 대한 생각은 이러하였다.

1) '태허'太虛(태극과 같은 의미)의 한 기운은 아직 음의 기운과 양의 기운으로 들어가기 전의 기로서 극히 맑고 깨끗한 것이다.
2) 그러다가 음의 기(에너지)와 양의 기(에너지)가 여러 가지로 섞이면서 각각 다른 인간의 마음이 나타난다. 이때 그 섞인 에너지 성분의 비율에 따라 맑고 좋은 것에서부터 흐리고 좋지 않은 것까지 수많은 차이－이것을 만수萬殊라 칭하기도 한다－가 생겨난다.

재주가 있고 현명한 사람은 맑고 좋은 성분을 많이 받은 결과이고, 보통의 재주를 가진 사람은 맑고 흐린 형질이 서로 엇비슷하게 섞인 까닭에 그렇게 된 것이며, 재주가 모자라고 우둔한 사람은 흐린 성분이 더 많아진 결과이다. 이렇게 타고받은 형질에 따라 사람마다 현명한 재질과 어리석은 재질의 정도는 각기 다 다르지만, 다행스럽게도 누구한테든지 2)에 있는 마음이 생겨날 때에는 반드시 1)에 있는 '태허'의 맑고 깨끗한 기운이 밑바닥에 따라 스며들게 된다. 이 맑고 깨끗한 기운이 사람의 마음 속에 들어가면 착한 마음이 되는바, 따라서 사람의 원래 밑바닥에 있는 마음은 착하게 되어 있다. 옛날에 맹자께서도 "사람의 본성은 착하다"라고 이르셨는데, 그것은 바로 사람마다 똑같이 가지고 있는 이 맨 아래 기초 층의 마음을 말한 것이다.

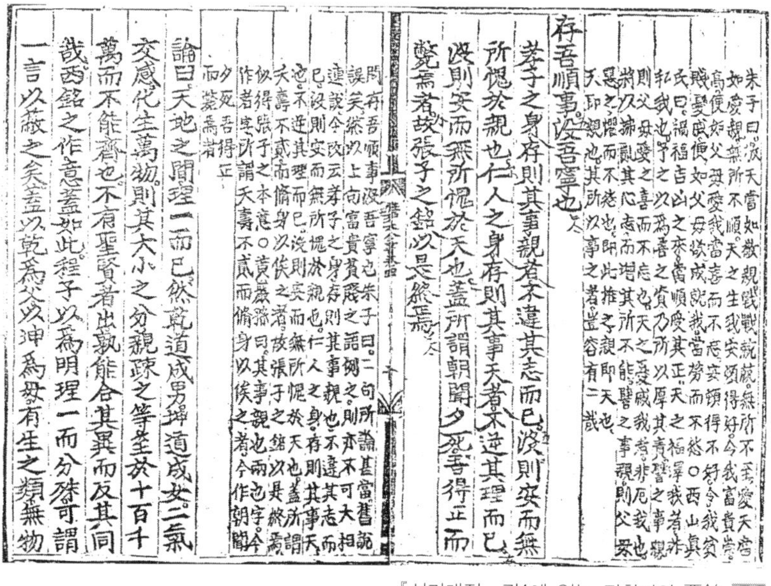
存吾順事沒吾寧也

孝子之身存則其事親者不違其志而已沒則安而無所愧於親也仁人之身存則其事天者不逆其理而已沒則安而無所愧於天也蓋所謂朝聞夕死吾得正而斃焉者故張子之銘以是終焉

論曰天地之間理一而已然乾道成男坤道成女二氣交感化生萬物則其大小之分親疏之等至於十百千萬而不能齊也不有聖賢者出孰能合其異而反其同哉西銘之作意蓋如此程子以爲明理一而分殊可謂一言以蔽之矣蓋以乾爲父以坤爲母有生之類無物

『성리대전』 권4에 있는 장횡거의 西銘

장횡거 선생은 잘난 사람이나 못난 사람이나 밑바탕에 본래 가지고 있는 이 마음을 천지의 성품, 곧 '천지지성天地之性'이라고 불렀다. 그리고 사람의 얼굴이 다 다른 것처럼 현명함과 어리석음이 각기 다르게 나타난 성품을 기질의 성품, 곧 '기질지성氣質之性'이라고 불렀다. 이렇게 인간이 타고 난 성품에는 두 가지가 있다는 논리에 대해, 정이천 선생과 주자도 장횡거 선생과 똑같이 생각하였다. 다만 정이천 선생은 의리의 성품, 곧 '의리지성義理之性'과 '기질지성氣質之性'으로 이름 붙였고, 주자는 본래의 성품, 곧 '본연지성本然之性'과 '기질지성氣質之性'이라고 이름 붙였을 따름이다. 이렇게 세 사람이 이름은 각기 조금씩 다르게 붙였지만 그 의미에선 동일하였다.

덧붙여서, 장횡거 선생은 인간의 마음이나 모든 것이 태허의 한 '기'에서 나왔기 때문에 인간의 마음을 이루고 있는 '천지지성'이나 '기질지성'은 모두 '기'라고 했다. 그러나 정이천 선생과 주자는 사람의 마음은 '이(원리)'와 '기(작용)'가 서로 도와서 이루어진 것이라고 판단했기 때문에 사람의 성품 속에도 '이'와 '기'가 반드시 있게 마련이라고 말했다.

한편, '의리지성'이나 '본연지성'을 줄여 한 글자로 '성性'이라 하는데, 이 '성'은 태극에서 이어받은 것이다. '태극 = 이理'이기 때문에 '성性'은 즉 '이理'가 된다(성 = 이). 이때 '성'과 '이'를 동시에 읽으면 '성리'가 되니, 성리학이란 말은 여기서 나온 것이다. 그런데 태극(이)은 가장 깨끗하고 순수한 이치이다. 그리고 '성'은 이것을 그대로 이어받은 것이기 때문에 본래의 성품(性)은 아주 훌륭한 본질만 들어있다는 논리를 펴보였다. 계속하여, 정이천 선생과 주자는 기질의 성품인 '기질지성'에 대하여 설명을 하였다.

'기질지성'은 '기'에서 나왔다. 기는 '양'의 기와 '음'의 기가 모여서 된 것이다. 양의 기와 음의 기는 각각 다른 모양으로 섞이기 때문에 기질의 성품도 사람마다 각각 다르다. 이를테면, 아주 좋은 기질에서부터 아주 나쁜 기질까지 수많은 기질이 나타나게 된다. 좋은 기질을 타고 나오면 마음이 맑거나 현명한 사람이 되는 것이고, 별반 좋지 않은 기질을 타고 나오면 마음이 흐리거나 어리석은 사람이 되는 것이다. 마음이 맑으면 착한 생각을 하게 되고, 현명하면 올바르고 바른 판단을 하게 되어 훌륭한 인격이 될 수 있다.

이때, 좋은 기질이 고도에 도달한 분이 곧 성인聖人이다. 그러나 대부분의 사람들은 거기 못미처 어리석기 때문에 판단도 올바르지 않거나 늦게 깨닫게 된다. 마음이 흐리기 때문에 자기 주변의 사물과 대하게 되면 지나친 욕심도 생기는 것이어서, 자신도 모르게 바르지 않은 사람으로 되는 것이다. 순자荀子가 성性을 악惡이라고 본 것은 바로 이러한 2차적 결과의 현상을 보고 한 말이다. 그렇지만 사람에게는 태극한테서 받은 깨끗하고 착한 마음의 이치, 즉 '본래의 성품'이 있어서 수많은 기질 속으로 골고루 들어가 앉는다. 그렇기 때문에, 아주 훌륭한 사람이나 아무리 나쁘게 되어 버린 사람이나 마음의 본바탕은 모두 착한 것이다. 맹자가 일찍이 "성性은 선善하다"고 선언하였는데, 바로 이 밑바탕, 본질을 포착하여 한 말이었다.

그러면 이렇게 누구한테나 있는 착한 마음이란 대관절 어떤 마음들인가? 다름 아닌 인仁(어진 마음), 의義(떳떳한 마음), 예禮(겸손한 마음), 지智(옳고 그름을 가려내는 마음)의 네 가지 마음이다. 이것을 주자는 본래의 성품, 곧 '본연지성本然之性'이라고 말했다. 앞서 밝혔듯이 이 네 가지 본래의 성품은

朱子

수천 수만 가지의 다른 모양을 하고 있는 기질의 성품 속에 저절로 깃들어서 마음의 밑바탕에 깊이 자리를 잡는다. 하지만 이것이 아직은 움직이는 상태는 아니다. 이 상태를 '적연부동寂然不動'이라고 표현한다. 그러다가 우리가 어떤 것을 보거나 듣거나 할 때 그 대상에 대해 불쌍하게 느끼는 마음, 스스로 부끄럽게 느끼는 마음, 겸손하여 사양하는 마음, 일에 있어서 옳은 것과 그른 것을 가려내려고 하는 마음이 생기게 된다. 이 네 가지 마음은 깊이 감춰져 있는 착한 본래의 성품인 인 · 의 · 예 · 지 ― 이것을 4덕四德이라 한다 ― 가 발동되어 나타난 마음이다. 성리학에서는 이렇게 나타나 움직여진 마음의 단서를 '사단四端'이라 부르고, 사단은 '정情'이라고 한다. 그런데 이 사단의 정, 즉 '사단지정四端之情'은 원래는 좋은 것이어서 좋은 기질을 가진 사람은 불쌍하게 생각해야 될 때와 부끄럽게 생각해야 될 때 등을 잘 구별하는 힘이 있지만, 그다지 좋지 않은 기질을 가진 어리석은 사람은 사단의 정을 구별하는 힘이 부족하다.

또 정에는 이 '사단지정' 뿐만 아니라 '칠정七情'이라는 것이 있다. 복잡다단한 인간의 감정이 어찌 이 일곱 가지 뿐일까마는 큰 단위로 나누어서 말한 것이다. '칠정'이란 희喜; 기쁨 · 노怒; 분노 · 애哀; 슬픔 · 구懼; 두려움 · 애愛; 사랑 · 오惡; 미움 · 욕欲; 욕구의 일곱 가지 정情을 말하는데, '사단의 정'은 이 일곱 가지 정 속에 저절로 녹아들어 있다.

그런데, 앞에서 말한 것처럼 한 번 사람의 형질로 태어나면 사람마다 각각 기질의 성품을 품어가지게 되고, 또 기질의 성품에는 착하고 맑은 기질에서부터, 착하지 않고 탁한 기질까지 수많은 종류가 있는 법이다. 그 때문에 공자나 석가, 예수처럼 최상의 기질을 받고 태어난 사람의 마음엔 훌륭함이 많이 나타나는 것이고, 보통사람들은 좋은 기질과 좋지 않은 기질이 뒤섞여 있는 까닭에 어느 때는 훌륭하지 못한 심성조차 나타나기도 하는 것이다.

좋은 '기질지성'을 지닌 성인聖人의 마음 안에서는 기쁘고, 슬프고, 화나고 하는 등의 일곱 가지 정이 그때그때 지나치거나 모자람이 없는 적절한 수준으로 유지된다. 이런 조화로운 상태를 '중용中庸', 또는 '중화中和' · '중절中節'이라고 부른다. 그러나 보통사람들에게 나타나는 일곱 가지 감성들은 알맞게 나타나는 때도 있지만, 어떤 때는 기쁨과 슬픔, 사랑과 미움, 분노 등에 대한 감성이 적절한 조절 속에 조화를 이루지 못한 채 어긋날 경우가 많다. 이렇게 감정이 적절하게도 나타나고 부적절하게도 나타나는 이유는 음과 양이 사람의 기질을 만들 때 맑은 기질도 생기고 흐린 기질도 생기기 때문이라 했다. 이때 바로 이 흐린 기질로 말미암아 마음이 어둡게 가려지고, 마음이 가려지는 까닭에 착하지 않은 일도 하게 되는 것이다.

3) 마음을 닦는 법

그러면 어떻게 해야 이 어둡고 흐린 마음을 밝고 깨끗하게 만들 수 있는가? 곧, 어떻게 하면 더욱 좋은 기질로 변화토록 할 수 있을까? 이 질문에 대해 성리학자들은 대개 두 가지 방법을 가르치고 있다.

첫 번째는 흐트러짐 없는 마음을 꽉 다잡는 일이다. 자기의 마음을 흐트러지지 않게 모든 일에 조심하고, 흐린 기질로부터 생기는 지나친 욕심을 없애는 일이다. 이것은 다른 사물이나 자기의 일에 대해서 항상 경건한 태도를 지키려는 마음을 뜻한다. 경건한 마음과 조심스러운 마음이 없으면 지나친 욕심도 생기고, 마음과 행동이 제멋대로 되어 착하고 올바르게 되기 어렵다. 그렇기 때문에 항상 자기 안에서 일어나는 마음과 일으킨 행동에 대해서 조용히 반성하고 명상하는 습관도 길러야 한다. 이런 것을 오랫동안 하게 되면 사람마다 원래부터 가지고 있는 착한 '본연지성'으로 돌아갈 수 있는 힘이 커지게 된다. 즉 기질의 성품 속에 들어있는 흐리고 좋지 않은 마음을 차츰차츰 걸러내어 없애버리는 일이 가능해진다. 성리학에서는 이렇게 하는 것을 '거경居敬', 또는 '주경主敬', '진성盡性'이라고 말한다.

두 번째는 인간과 사물의 이치에 대해서 열심히 공부하고 깊이 연구하는 일이다. 열심히 공부하고 깊이 연구하게 되면 여러 가지 이치에 대해서 깨닫게 되고, 깨닫는 것이 많아질수록 마음은 점점 밝아져서 현명하게 된다. 올바르고 현명한 판단은 흐린 기질을 맑고 착한 기질로 변화시키는 데 큰 도움을 주는데, 성리학에서는 이러한 공부와 연구를 '궁리窮理'라고 부른다.

이렇게 '거경'과 '궁리'를 오랫동안 하게 되면, 기질이 흐리고 어리석었던 사람도 나중에는 맑고 현명한 마음을 가진 인격자가 될 수 있다.

4. 맺음말

지금까지 성리학에 대한 배경의 약간과, 또 성리학이란 무엇인가에 대해서 대략적으로 생각해 보았다.

중국 송나라 때 시작된 성리학은 우리나라 고려시대 말기에 안향安珦(1243~1306)이란 유학자가 들여온 이래로, 고려와 조선의 유학에 종사하는 유수한 선비 학자들에 의해 어언 6~7백 년의 학문적 전통을 갖게 되었다. 고려 말에 포은圃隱 정몽주, 목은牧隱 이색과, 조선 시대에는 양촌陽村

성리학을 최초로 국내에 소개한 안향(左)과 고려말의 성리학자 정몽주(右)

권근이 배턴을 이어받아서 화담花潭 서경덕에 연결되었다. 이후, 한국 성리학의 우뚝한 두 산맥인 퇴계退溪 이황과 율곡栗谷 이이 선생을 필두로, 고봉高峯 기대승, 우암尤庵 송시열, 남당南塘 한원진, 녹문鹿門 임성주, 노사蘆沙 기정진, 한주寒洲 이진상 등 유수한 학자들이 등장하여 이 학문의 근원지인 중국의 성리학보다도 더욱 심도 있게 발전시킨 업적을 낳았던 것이다. 또한, 이렇게 중국보다 발전한 성리학은 일본에도 영향을 주게 되었던 바, 그 곳의 학자들도 우리의 이퇴계 선생, 이율곡 선생이 끼쳐놓은 업적을 힘써 연구한다고 한다.

근대에 이르러 성리학 연구는 서구의 사상과 사조에 밀려서 그 전통의 맥락이 거의 끊어지다시피 되었다. 하지만 이것은 성리학이 근거없는 이론이었기 때문에 그리되었음이 결코 아니다. 마치 우리의 그림, 글씨거나 공예, 건축, 시조, 판소리 등 전통문화가 오늘날 위축 퇴영된 것이 서양의 문화에 비해 우수하지 못해 밀려난 것이 아닌 이치와 다를 바가 없다. 요컨대, 제대로 서양문화와 견줘 볼 겨를도 없이 우세한 서양의 문명이 몰아부친 물리적 힘에 문화조차 밀려나고 말았다는 뜻이다.

이제, 전통의 새로운 발견과 계승이란 차원에서 동양 사상의 중심이자 우주와 인간에 관한 심오한 지혜와 원대한 사상이 넘치도록 담겨 있는, 묻혀진 보물 성리학, 그 놀라운 가치를 우리의 삶 속에 되찾아 확보하는 일이 크나큰 의미와 보람을 가져다 줄 것으로 확신한다.

2장 조선시대의 『소학』 담론

1. 머리말

본래 '소학小學'이라는 말은 책 이름 이전에, 중국 고대의 학제學制거나 학교 이름을 일컫는 것이었다. 곧, 유우씨有虞氏, 하후씨夏后氏 및 은대殷代와 주대周代의 시절에 '대학大學'이란 것의 앞 단계 개념인바, 지도층 어린 자제들의 교육의 첫 입문적 역할체로서, 이미 그 오래고 든든한 존재의 뿌리를 확보하여 있었다. 입학의 연령에 대해 『상서대전尙書大傳』에서는 13세, 『신서新書』에서는 9세라는 말도 있지만, 대개 8세 무렵이면 들어가서 예禮 · 악樂 · 사射 · 어御 · 서書 · 수數의 여섯 과목, 이른바 육예六藝를 몇 년에 걸쳐 배웠다고 한다. 그러한 사실을 『대대례大戴禮』, 『백호통白虎通』 및 『한서漢書』(藝文志 食貨志) 등이 전해 주고 있다. 다만, 그 공부한 햇수는 시대와 논자에 따라 다르다. 그리고 여기를 졸업하면 상위의 학제인 '대학'에 들어가게 된다.

한대漢代에 와서는 소학이 문자학文字學을 일컫는 의미로 쓰이기도 했다. 따라서 문자서文字書 및 훈고서訓詁書, 운서韻書 등속이 모두 소학 류에 들어갔음이다.

그러다가 지금 우리가 알고 있는 대로의 송대宋代 주희朱熹 혹은 그 제자인 유징劉澄의 찬술이라고 하는 그 『소학小學』에 이르게 되었다. 앞 시대의 학제 및 학교명, 학문의 명칭이 아닌 하나의 책 이름으로 새로운 이미지를 굳히게 된 것이다.

이렇게 소학의 의미는 역사적으로 다양한 전개를 보여 왔다. 그 중 서책으로서의 의미는 12세기가 되어서나 생겨난 가장 나중의 개념이었음에도, 오히려 후세의 대중들에게는 원래적인 학제 · 학교 · 학문의 개념보다 우선성 있게 인지되었다는 사실에서 일종의 아이러니가 느껴진다.

중국에서 이 책이 찬수된 이래 그 영향과 파급의 효과는 정녕 이만저만한 것이 아니었던 양하다. 다름이 아닌 그 다음 명대明代에 진선陳選의 『소학집설小學集說』(6권)과 『소학구두小學句讀』(6권), 정유程愈의 『소학집설小學集說』(6권), 청대淸代에 장백행張伯行의 『소학집해小學集解』(6권), 황징黃澄의 『소학집해小學集解』(6권), 고웅징高熊徵의 『소학분절小學分節』(2권), 장영수蔣永修의 『소학집해小學集解』(6권), 고유高愈의 『소학찬주小學纂注』(6권), 왕건상王建常의 『소학구두기小學句讀記』(6권) 등, 많은 수의 주해서들을 통해 충분히 짐작 가능하다.

2. 조선 전기의 소학

이 땅에서 『소학』의 전습傳習은 어떻게 이루어졌던가.

돌이켜 보건대, 『소학』은 고려의 멸망 약 200년 이상 앞서에 이미 저 중원中原 땅에서 빛을 보았던 책이고, 주자朱子(朱熹)와의 깊은 연관 속에 나온 것이니, 이 책이 반드시 고려 당년에 유입되지 않았다면 오히려 그 일이 이상한 노릇일 것 같다. 『고려사高麗史』 등에서 그러한 기록을 찾기는 어려울 뿐이지만, 이 책 자체가 주자와 직접 관여돼 있는 서적인데 아무려면 주자 성리학性理學의 전파 과정에서 하필 이 책만이 유독 일탈되었다고 보기 곤란한 까닭이다.

기실, 이 서책의 수입 과정을 구체적으로 확인하기 어려운 상태였음에도, 벌써 조선시대 초기 사대부들의 구두口頭에 올려져 있었다. 우선 눈에 띄는 것으로, 조선 태종太宗 7년 3월 무진일 조에 권근權近이 왕 앞에 올린 상서가 있는바, 취지는 이러하였다.

> 『소학』이란 책이 인륜과 세도에 절실하기 이루 말할 나위 없음에도 오늘날 학자들이 익히지 않음은 크게 옳지 않나이다. 이제부터 경외京外의 교수관敎授官들은 반드시 생도들에게 『소학』을 우선 권하도록 한 연후에 다른 책 배우기를 허락해야 하고, 생원 시험에 응시하여 대학에 들어가고자 하는 이는 먼저 이 책의 실력을 따진 다음에 허락해야 하옵니다.[1]

그러자 태종도 이를 승낙하였다는 것이다. 이렇듯 기록을 통해 볼 때 선초에 벌써 단순한 전래傳來의 수준을 넘어 있음을 규지할 수 있다. 하지만 『소학』의 보급과 공부가 아직 원만한 정도에 미치지는 못하였음도 짐작할 만하다.

6년 뒤인 태종 13년 6월 정축일에 성균대사성成均大司成으로 있는 권우權遇 등이 다시 『소학』에 관련한 상서를 올리게 되는데, 시사하는 바가 적지 않다. 곧, 중국의 고제古制에 따라 사람이 세상에 태어난 후 8세가 되

---

1) 小學之書 切於人倫世道 爲甚大 今之學者 皆莫之習 甚不可也 自今京外教授官 須令生徒 先講此書 然後方許他書 其赴生員之試 欲入大學者 令成均正錄所 先考此書通否 乃許.

면 신분의 고하를 막론하고 소학의 법제에 들게 하고, 『소학』 책을 가르치되, 매일 읽혀 보지 않고도 암송토록 할 것, 못하면 벌주고 할 수 있는 경우 그 등급을 책에 적어줄 것 등을 제안하고 있다.[2] 여기에서 소학 연령 8세의 구체적인 명시가 특히 눈길을 끈다.

또한 이때까지는 소학 교육의 의무화를 강조하는 단계에 머물렀지만, 시간이 흐르면서 『소학』이 초학자들의 필독서라는 인식이 더욱 강해져갔다. 뿐만 아니라, 과거시험에도 적용되어 선비들이 싫건 좋건 관계없이 반드시 다루어 읽지 않으면 안되게끔 되었다.

이같은 사정이 세종 11년 3월 무진일戊辰日에 판윤사判尹事 허조許稠가 올린 다음과 같은 계啓를 통해서 역력하게 파악된다.

> "『효경孝經』과 『소학』은 모두 초학初學들에게 마땅히 우선 읽혀야 할 책이옵니다. 그런데 『소학』은 과거 볼 때 강講하는 까닭에 유자들마다 어쩔 수 없이라도 읽게 되어있으나, 『효경』의 경우 세상의 초학들이 읽고 익히고를 하지 않으니, 청컨대 경연經筵에 내시고, 『효경』의 구해句解를 간행하사 초학들에게 가르치소서." 임금이, "그리하라!" 하시었다.[3]

초학자의 필독서 중에서도 『소학』이 『효경』 등에 비해 사뭇 우위를 누리고 있음을 쉽게 알 수 있다.

하지만, 『소학』이 과거시험의 필수 기본 텍스트로 중시되었던 이면에

---

2) 伏望 聖裁施行 吾道幸甚 令下議政府擬議 一依古制 人生八歲 王公以下至於庶人子弟 皆入小學之法 自一品以下至於庶人子弟 皆入部學 始教小學之書 每日所讀 不通者行罰 能誦能講者 論其高下 皆書于冊 其學漸進.

3) 孝經小學 皆初學所當先習之書也 而小學講於科擧之時 故儒者皆不得已而讀之 若孝經則世之初學不讀習 請出經筵 句解孝經 刊行以教初學 上曰 然.

는, 그것의 공부가 어느 결엔가는 상투화되고 요령주의로 흐르는 폐단마저도 없지 않았던가 싶다. 세종 18년 윤 6월 경인일庚寅日에 올린 예조의 계啓가 그러한 사정을 잘 대변해 주고 있다.

> 소학이란 책을 가만 살펴보면, 유학幼學에서 비롯하여 종신토록 강습해야 할 그런 것이옵니다. …그렇기 때문에 우리 본조의 부학部學, 관과법觀課法에서도 여덟 살 이상 되면 모두 학당에 나아가게 하여 그들에게 소학을 가르치며 … 지금 사부학당四部學堂의 생도들은 이것을 살피지 아니한 채 소학을 어린 아이의 공부로만 여기어 일찍부터 강독하지 아니합니다. 매양 승보升補의 필요에 당해서만 임기응변으로 이를 섭렵하니, 그 진학의 기틀에 있어 제대로 융통한 이가 적사옵니다. 이제부터는 사부四部의 생도면 누구나 소학을 익히고 강구토록 하와….[4)]

『소학』 본연의 수신적修身的 의의를 살리자는 뜻을 볼 수 있고, 아울러 앞서 태종조 기사에서 명시되었던 소학 연령의 '8세'를 재삼 확인할 수 있다. 그렇거니와, 여기서 미루어 살필 수 있는 엄연한 또 한 가지 사실은 그것이 발탁 · 승진 때문에 하는 임기응변식 공부이든, 순수 도덕적 수양을 앞세운 공부이든 간에, 조선조 교육 풍토 안에 『소학』의 보편화가 이미 정착 단계에 놓여있었다는 점이었다. 또한, 적어도 세종 당시의 상황 안에서 『소학』은 문과의 경우야 이를 나위도 없고, 무과의 별시別試 및 중시重試의 응시자들이 사서오경四書五經 및 『통감通鑑』 · 『무경武經』 등과 함께 외어 다루지 않으면 안될 책에 들어가 있을 정도였다.[5)]

---

4) 竊觀小學之書 始於幼學 終身講習者也…肆我本朝部學勸課之法 八歲以上皆赴學堂 教以小學…今四部學堂生徒 不此之顧 以小學爲童稚之學 曾不講讀 每當升補 臨時涉獵 其於進學之基 融貫者蓋寡 自今 令四部生徒 皆習小學專心講究….

5) 『세종실록』 권117 29년 丁卯 8월 甲子日 참조.

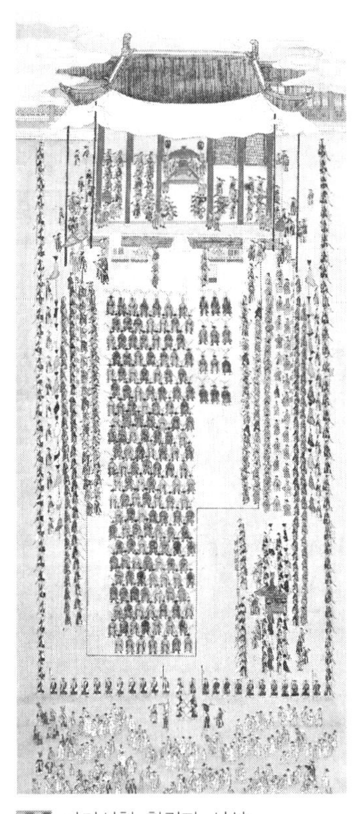
과거시험 합격자 시상

문종 때는 왕명에 따라 『소학』의 인각印刻과 주자鑄字가 이루어졌으며,[6] 이 같은 절차로 만들어진 책은 간혹 관찰사의 계청啓請이 있을 때마다 중앙에서 몇 건씩 내려보내 주곤 했던 것인데,[7] 그것의 비중이 사서四書에 비등한 정도였음을 실감나게 한다.

중종조야말로 『소학』에 대한 관심과 주의注意가 더욱 깊어진 시기라고 감언할 수 있겠다. 곧, 이 때 와서 잦은 소학 논의를 통해 소학에 대한 재인식과 적극적인 수용 의지가 이전의 어느 시대와도 비교할 수 없을 만큼 활발한 양상을 보였다.

중종 11년 정월, 우참찬右參贊 벼슬의 남곤南袞과 판윤判尹 윤순尹珣의 제언이 보인다. 그 내용은 『소학』이 큰 단위의 과거시험에서는 제외되고 동당東堂의 회강會講 같은 데서 무시되기 때문에 사친事親·경장敬長의 떳떳함과 사풍士風 확립이 어려워짐을 지적하면서 『소학』 진작의 필요성에 대해 거듭 강조하고 있다.[8] 이에 비

6) 문종 즉위년 11월 경자일, 임금이 사정전思政殿에 나갔을 때, "近日始印小學 畢印此書則 卽皆還付鑄字所" 운운하였다.

7) 禮曹 據咸吉道觀察使啓本啓 請送四書及小學各三件于本道 從之.(『세종실록』 권11 4년 戊寅 2월 壬辰日)
賜四書五經小學通鑑宋鑑各五件于江原道江陵府 觀察使安潤孫啓請故也.(『중종실록』 권10 5년 庚午 정월 戊寅日)

추어 볼 때, 『소학』은 한갓 현실적으로 소과小科 합격의 수단으로서만 관심의 대상이 되었고, 소싯적에 하는 공부로서만 인식되어 있던 당시 분위기를 알아차리기 어렵지 않다.

역시 같은 해 11월에 왕이 아침 강연講筵에 납시었을 때, 참찬參贊 김안국金安國이 『소학』 장려의 필요성을 말하자, 지사知事 벼슬의 장순손張順孫이 이렇게 호응하였다.

> 요사이에 소학을 배우고자 하는 이를 경조부박한 무리들이 다투듯이 서로 비웃고 하는 까닭에 오히려 공부한다는 사실을 감추고 강講하지 않으니….[9]

한 폭의 시사만화와도 같은 장면이다. 뒤미처 대사헌大司憲 김당金璫도 『소학』 부진에 대한 우려를 나타낸 것이 있다.[10] 이 역시 세종 18년에 올린 예조의 계啓며 중종 시절에 남곤·윤순·김안국·장순손 등이 내세웠던 취지들과 다를 게 없다. 요컨대 미온적 소학 풍토에 대한 우려 내지 이 책 강학의 당위성, 나아가 적극 권장책에 관한 의론들과 일맥상통함이 있었다. 진정 중종 때야말로 위의 인물들이 말하듯 인륜·풍속 등의 문제가 보다 심각화되었던 것인가? 아니면 사실은 다른 시대와 별반 다를게 없는데, 그 당시 사대부들이 더욱 예민해져서 『소학』 등에 입각한 교화를 더

8) 講訖 上命大臣等論難 右參贊南袞曰…我國科學 只講四書三經 而不講小學 雖於生員進士會試講之 然徒爲文具 近者儒生 不學小學 而昧事親敬長之義 此豈儒者之道乎…判尹尹珣曰 講經 不講小學 故儒生 皆只讀初卷 不務精通 今後東堂會講 亦令講之 則士風庶乎變 而歸正矣.(丁酉日)

9) 近日間有欲學小學者 浮薄之輩 爭相非笑 故反諱而不講.

10) 지금은 어떠냐 하면 겨우 총각을 면하기만 하면 모두 시·부를 익힐망정 『소학』에 다는 전일하여 힘을 쓰지 않는 바, 과거가 중하니 어느 겨를에 효제孝悌를 위해 마음을 다스리이까?(今則纔免總角 皆習詩賦 而專不用力於小學 以科擧爲重 何暇治心爲孝悌乎)

中宗大王實錄卷二十八 二十一

自 上待之以親愛崇之以爵秩也所當收奪其加以折驕縱之心也
自 慈殿未寧之後不 御經筵不接群臣上下阻隔是大不可臺諫
有所論啓時御便殿或召承旨或召臺諫使之親啓則上下之情可得
相通近日臣等所啓關於閹寺之事出納之際不無疎漏之弊且有故
遲之事若有時召對則上下之情可以相通而無壅蔽之欺請勿專委宦
寺以傳命黃衡盧種家依允餘皆不允仍傳曰視事之時承旨將臺諫
所啓入對已成例矣近日以 大妃未寧而予有署證必不得視事之
意侍從則已知之矣且臺諫非承旨之比不可輕易引對也承傳色
出納之際非獨臺諫所啓允許多公事皆所出納故有遲緩之弊當
更敎之再啓不允○弘文館啓曰物有本末事有終始在學文則本於謹
獨而成於身修在推化則始於齊家終於天下平故欲教化之行未有不
自其本而推之蓋純敬篤恭之道始於牀笫衽席之微而其功極於位
天地育萬物苟慢忽本領而徒規規於法度文爲之末欲厚倫善俗
遠矣近者道學不明教化陵夷閨門之內褻慢顚紊無所不至本旣如是
其末可知夫婦妬悖父子反目兄弟相殘者比比有之風俗之壞莫
甚此時蓋有由矣 聖上沉潛心學懋厚人倫旣 命撰續三綱行實又

二八三

중종 12년에 홍문관에서
소학의 언문 번역을 건의한 『조선왕조실록』의 기사

욱 고집하였던 것인가?

어느 쪽이든지 간에 중종 12년 6월 홍문관에 의해 풍속과 교화의 심각성이 다시 지적되는 가운데, 드디어 교화의 한 가지 방편으로 획기적인 건의 하나가 대두되기에 이르렀다. 다름 아닌 『소학』의 언역화諺譯化 사업이 그것이다.

근자에 도학은 밝지 않고 교화는 쇠퇴해져 규문閨門의 안은 함부로 무람없으며 뒤집혀 문란함이 무소부지니이다. 그 근본이 이렇거늘, 그 말을 가히 알 수 있을 것이옵니다. 부부간 투패妬悖하고, 부자간 반목하며, 형제간 상잔相殘하는 일이 빈번하니, 풍속의 무너짐이 이 시대보다 더 심한 때는 없었던 바, 여기엔 대개 이유가 있음입니다. 성상께옵서 심학心學에 침잠하시고 인륜에 힘쓰시와 이미 『속삼강행실續三綱行實』의 찬수를 명하시었고, 또한 『소학』의 인간印刊을 명하시어 중외中外에 널리 송포頌布하시고자 한 뜻은 아주 성대한 것이옵니다. 하오나, 삼강행실에 실린 내용은 거의 다 변고와 간난의 계제에 부딪혔을 때의 특별하고 격월激越한 행동일망정 일상의 행동거지에 떳떳이 행할 도는 아닌지라, 진실로 사람사람에게 권책勸責할 수 있는 바는 못되옵니다. 『소학』 책은 이것이 일용에 간절하긴 하나 여항 서민이며 부인의 안목으로는 알지 못할 배라, 읽고 읽히기에 어렵습니다. 바라옵건대, 뭇 책 가운데서 가장 절실한 것, 이를테면 『소학』·『열녀전』·『여계女誡』·『여칙女則』 같은 책들을 언문자로 번역하여 중외에 인송印頒토록 하와, 위로는 궁중 및 궁정 경사卿士의 가문으로부터 아래로는 위항委巷의 서민들에 이르기까지 두루 알려 강습토록 하면 온 나라가 모두 바르게 될 것입니다.[11]

중종도 이 장계가 지당하다고 하여 해당 관청으로 하여금 시행토록 하였으니, 이른바 『번역소학飜譯小學』이란 것이다.

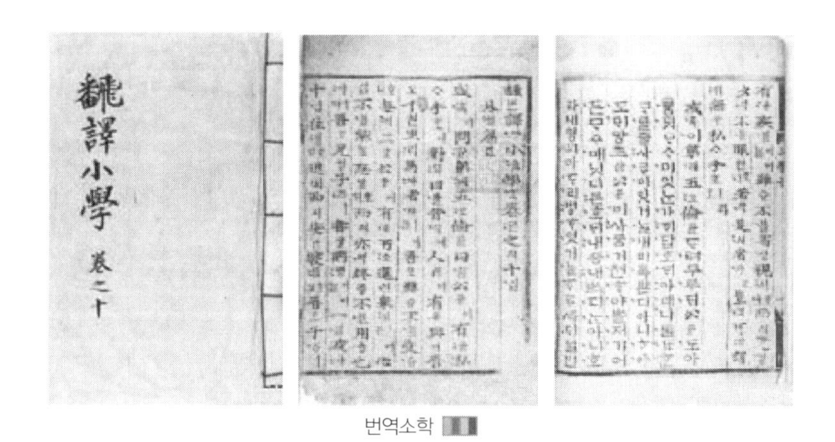

번역소학

8월 계유일癸酉日의 석강夕講에서 우의정 신용개申用漑는 『소학』이 다만 어린아이의 학學이 아니라 나이든 사람 역시 배워야 마땅한 것임을 말하였다.[12] 9월 병술일丙戌日의 주강晝講에서 조광조趙光祖가 다시 이를 극력

11) 近者道學不明 敎化陵夷 閨門之內 褻慢顚紊 無所不至 本旣如是 其末可知 夫婦姤悖 父子反目 兄弟相殘者 比比有之 風俗之壞 莫甚此時 蓋有由矣 聖上沈潛心學 懋厚人倫 旣命撰續三綱行實 又命印小學 欲廣頒中外 意甚盛也 然三綱行實所載 率皆遭變 故艱危之際 孤特激越之行 非日用動靜常行之道 固不可人人而責之 小學之書 迺切於日用 而閭巷庶民及婦人之目不知書者 難以讀習矣 乞於群書內 最切日用者 如小學如列女傳如女誡女則之類 譯以諺字 仍令印頒中外 俾上自宮掖 以及朝廷卿士之家 下達于委巷小民 無不周知 而講習之 使一國之家皆正.(辛未日)

강조한 것이 보인다. 다름 아니라, 세종 당시에는 소학의 도에 전적으로 마음을 썼던 까닭에 중외中外에 이를 송포했지만, 근래에는 사람들이 이것을 외지 않을 뿐 아니라 책 또한 끊어졌고 뜻있는 선비마저도 궁행하기를 꺼린다고 하였다.

이후에도 중종 12년 11월 정해일丁亥日의 주강, 13년 4월 계사일癸巳日의 석강 등 어전에서 소학 진흥에 대한 논의가 만만치않게 이루어지기도 했다.

그러나 중종 14년(1519) 조광조 · 김안국 · 김식金湜 등 신진사류가 남곤 · 심정沈貞 · 홍경주洪景舟 등 훈구파에게 당한 이른바 기묘사화己卯士禍를 계기로 『소학』은 하루아침에 금서禁書로 전락하고 만다. 조광조 등이 누구보다 앞장서 『소학』을 적극 강조하고 장려했었던 이유였을 터이니, 다음과 같은 일화는 그 때의 사정을 알려주는 좋은 일례가 된다.

조광조와 그의 필적

기묘사화를 겪은 뒤에 집안 사람들이 『소학』과 『근사록』은 말하는 것조차 꺼려하고, 자제들 공부하는 것도 일체 허락하지 않았는데, 허엽許曄이 젊었을 때에 공(羅湜; 필자주)에게 가서 글을 배우면서 보니 헌 상자 속에 좀이 슬고 해

12) 且小學之書 非徒小學之學 至於老大 亦當學之.

진 『소학』 책 네 권이 있으므로 펴서 읽어보니 공부하는 사람으로서 이것을 몰라서는 안될 듯하여 공에게 가지고 가서 가르쳐 달라고 하였더니, 공이 놀라면서, "네가 어디서 이 귀신몽둥이(보면 잡혀간다는 뜻)를 가져왔느냐" 하더니 눈물을 흘렸다. 엽이 굳이 배우기를 청하자, 공은 칭찬하면서 드디어 『소학』과 『근사록』을 가르쳐 주었는데, 다른 사람에게는 알리지 말라고 당부하였다. (識小錄)[13]

그리하여 특히 17년 3월 신해일辛亥日의 조강朝講에서는 어득강魚得江의 발언으로 그 무렵 인재의 결핍이 출세를 위해 『소학』에 지나치게 치중했던 결과에 있다는 특이한 지적마저 나왔다.[14] 물론, 이는 『소학』 책을 조광조 등과 지나치게 연관지어 미워한 소치로서 이해할 수 있고, 그것의 후유증마저 없지 않았던 듯하다.

영상 이준경이 논하기를 "남곤이…중종조에 선인들을 시기하고 미워하여…지금까지 소학小學이라는 글이 세상의 큰 금물이 되었고, 조금이라도 점잖게 걸으며 언론이 단정한 선비를 보면 반드시 기묘년의 여당이라 하기 때문에 선비들의 행실이 땅에 떨어지고 절의節義가 쓰러져 넘어졌습니다."[15]

하지만 이것은 역설적으로는 『소학』이 성행했던 정도를 족히 짐작케 하는 국면도 된다. 중종 자신도 비록 조광조 일파의 엄격한 도학정신 일변도에 염증을 느낀 나머지 그들을 버렸던 것이지만, "소학은 비록 아이 때 읽히는 책이긴 하나 역시 좋은 책(小學雖爲兒時所習之書 然亦是好書)"[16]이라는 입장만은 버리지 않았다. 또한 그 무렵 자주 일어난, 자식이 아비를 살

13) 『국역연려실기술 Ⅲ』(고전국역총서 3), 민족문화추진회, 1977, p.109.
14) 今時人材之乏者 以其專意小學 以爲爵祿之謀.(『중종실록』)
15) 『국역연려실기술 Ⅲ』, 민족문화추진회, 1977, p.281.
16) 『중종실록』 권96 36년 11월 甲辰日.

해하는 따위의 경악할 만한 패륜을 바로잡는 것은 소학 만한 것이 없으며, 조광조 일파의 잘못 때문에 이 책마저 같이 버려둠은 온당치 못하다는 생각을 계속해 왔다는 등, 『소학』에 대한 본연의 입장을 마침내 견지하였다.[17] 이처럼 한 때 정치적으로 연좌되는 풍파에도 불구하고, 소학 교육의 간절함에 대한 근본적 입지는 어느새 되살아났던 것이다.

명종이 즉위한 해 7월에 이언적李彦迪이 인간도의 요체는 '효제孝悌' 두 가지에 있고 효제의 집성集成은 『소학』 한 책에 온통 있으니, 신분의 고하를 막론하고 단 하루도 빠뜨릴 수 없는 이 책의 언해를 서둘러 인출印出할 것과, 경연經筵에 올려 강의할 것을 청한 바, 이에 왕은 속히 인출토록 하였다.[18]

그 해 8월 기해일己亥日의 경연과 신축일辛丑日의 조강, 11월 계해일癸亥日의 주강 등을 통해 이언적을 비롯한 많은 지경연사知經筵事, 즉 경연의 담당자들이 차례로 『소학』의 중대성을 크게 강조하고 있다. 특히, 영지경사領知經事 홍언필洪彦弼은 물 뿌려 청소하고 응대하고 진퇴하는 것은 비록 그 일이 작은 듯하나 거기에 초학初學의 근본 세움이 있으니, 나무에 비하면 뿌리가 단단한 연후에 가지와 잎이 성하고 물에다 비해 말한다면 그 원천이 깨끗한 연후에 지류가 맑아지는 것과 같은 이치라고 하였다.[19]

이 무렵의 『소학』 선양에 대한 논의는 아마도 중종 시절에 조광조 기류氣類가 그렇게 했던 이후로는 모름지기 이때 이르러서 가장 성황을 이룬 듯 보인다. 그럴 수 있게 된 이유가 무엇이었던가? "인륜의 도는 『소학』

17) 『중종실록』 권100 38년 5월 庚戌日.
18) 『명종실록』 권1 즉위년 7월 辛巳日.
19) 『명종실록』 권1 즉위년 8월 辛丑日.

책보다 잘 갖추어진 것이 없는데도, 이즈음 유생들이 오히려 『소학』이란 책 있는 줄조차 모르니 그것의 학습과 성취를 기대할 수 없다"[20]고 말한 당시 실세였던 자전慈殿, 즉 문정왕후의 입장이 있었다. 이 말에 응하여 중종조 기묘사화 당시 조광조 등이 참화를 받은 원인이 『소학』에 있고, 따라서 『소학』은 화를 불러일으키는 책이라고 생각하면서부터 이것을 배우는 사람이 없게 되었다는 당시의 대사헌 송세형宋世珩과 영의정 심연원沈連源의 해명[21]도 접해 볼 수 있다. 아무튼 조광조 무리의 무너짐은 그 붕당이 과격하였던 소치일지언정 어찌 『소학』이 그렇게 하도록 시켰겠는가 하면서, 유학幼學의 선비로 하여금 먼저 『소학』을 익히게 하라는 교령敎令이 예조를 통해 전해졌다.[22] 그리하여 그것의 독서가 다시 일어나게 되었음을 명종 6년 11월 병술일丙戌日에 문정왕후에 답하는 심연원의 말을 빌어서 규찰해 볼 수 있다.[23] 그리고 또다른 문정왕후의 발언,[24] 명종의 발언,[25] 유생 배익겸裵益謙의 발언[26] 등으로 『소학』에 대한 애석한 정서 및 회복의 의지를 짐작해 봄직하다.

그러나 상당히 고전하였던 양하다. 명종 8년 10월 병신일丙申日에 유학 서엄徐崦의 상소에도 『소학』을 세 가지 큰 교인지법敎人之法으로 강조하여

20) 人倫之道 莫備於小學之書…今之儒生 尙不知有小學之書.(『명종실록』 권12 6년 9월 甲辰日)

21) 世珩曰…自己卯人被罪之後 儒生以爲小學之過 無有學之者矣 連源曰 己卯年枝附葉從之徒 過爲詭激之事 因以被罪 儒者遂以小學爲取禍之書 迄無學之者.(『명종실록』 권12 6년 9월 甲辰日)

22) 乃朋比過激之所致 是豈小學之使然…自今以後 其令幼學之士 先習小學.(『명종실록』 권12 6년 10월 丙子日)

23) 近日有敎令 幼學之士讀之 甚合爲治之要.

24) 自己卯之後 人以小學爲戒 專不讀之.(『명종실록』 권12 6년 11월 丙戌日)

25) 上曰…小學 幼學之本源 所當講究 而己卯年 因此爲詭異之行 故有其弊. (『명종실록』 권16 9년 3월 丙辰日)

26) 慶尙道山陰居儒生裵益謙上疏. 其略曰…故自此以後 此書不復行於世矣.(『명종실록』 권25 14년 12월 戊戌日)

있고, 9년 3월 병진일丙辰日의 조강朝講 때에 대사간 정유鄭裕의 말 가운데, "『소학』을 마치 사람 죽이는 독약과 같이 보고 있어 어려서도 이것을 익히지 않으니 장성하여서는 무슨 수로 정심正心·수신修身의 공부를 알겠나이까?"[27]라고 애써 강조하였다. 10년 윤11월 임오일壬午日 왕의 전교에서도 "기묘사화 이후 사람들이 화근을 낳는 책이라 하여 버려두고 기꺼이 배우려들지 않아 지난번에 이미 권면할 것을 명했거니와, 근일에는 어찌되는 것인지 모르겠다"[28]는 등의 실정을 돌아볼 때 아직 소학 기피증이 완전히 가시지 않았음을 짐작할 수 있다.

선조 6년 11월 경진일庚辰日에 경연관經筵官 심의겸沈義謙이 『소학』의 번역과 인령印領에 대한 제안이 보인다.[29] 12월 병진일丙辰日의 주강晝講에 역시 『가례家禮』와 『소학』에 관한 논의가 있던 중에 선조가, "중종조에 새긴 소학의 번역에도 잘못된 곳이 있다"[30]고 하는 등 그 언해諺解에까지도 관심이 환기되었다.

14년 12월 병진일丙辰日에 종친과 2품 이상 고관에게 『소학』을 하사하는[31] 등 그 인식의 높아짐을 감지할 수 있었다. 그리고 과연, 18년(1585) 1월에 교정청校正廳이 설치되었다.[32] 지난날 경서經書 훈해訓解를 교정하

27) 視小學如殺人之毒藥 少而不習小學 長何以知正心修身之學也.

28) 傳于政院曰 凡人之初學 莫切於小學 而己卯年以後 人皆畏怯 謂小學爲生禍之書 廢不肯學 至爲未便 故前者已令勸勉 而未知近日何以爲之也.(『명종실록』 권19 10년 윤11월 壬午日)

29) 請令儒臣 詳議家禮 爲先行之 飜譯小學 亦隨後印頒 則庶爲成俗之效矣.

30) 宇顒啓曰…己卯年嘗飜譯小學 然譯小學較易 家禮極難商酌 且己卯人材亦多今日恐未及也 不如姑勿爲之…上曰 己卯飜譯 亦有誤處 宇顒曰 誠然.

31) 小學 頒賜宗親二品上政府六曹堂上郎廳南武官專數….

32) 說校正廳 校正經書訓解 選諸儒爲官僚.(『宣祖修正實錄』 권19 18년 정월 癸酉日)

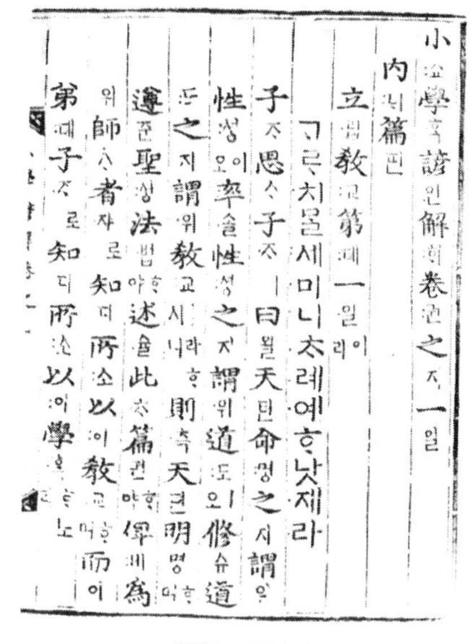
小學諺解卷之一

內篇

立敎第一

子思子曰 天命之謂性 率性之謂道 修道之謂敎 則天明 遵聖法 述此篇 俾爲師者 知所以敎 而弟子 知所以學

소학언해

는 과정에서 소학의 번역 또한 이전의 중종·명종본과는 다른 면모로서 새로이 시도되었던 것 같다. 그같은 언해 관련의 기사만큼 실록을 통해서는 잘 찾아보기 어렵지만, 선조 19년(1586) 간행되었다고 하는 『소학언해小學諺解』가 있어 그것을 잘 입증해 주고 있다. 이는 재래 중종·명종시대의 '번역소학飜譯小學'이 지나치게 의역에 흘렀다 하여 왕명에 따라 새로 번역한 것이라 한다. 책 이름으로서 직접 '소학언해'라는 공식 명칭은 이때 처음 붙여졌던 것으로 사료된다.

실제로, 선조 27년 10월 무진일戊辰日 조를 보면, 왕이 전하는 말에 따라 정원政院에 들이게 하던 서적들 중에 분명 '소학언해'라는 책 이름이 개별적·독자적 면모를 과시하고 있던 것이다.

3. 조선 후기의 소학

인조 때는 『소학』의 영간領刊이 자주 이루어졌다.

왕 7년 11월 경자일에, 교서관校書館에서 『소학』 200건을 인행印行하여 내외 여러 신하들에게 받도록 하였다.33)

8년 9월 정축일, 예조의 계에 따라 역시 그즈음 비변사備邊司에서도 200건의 『소학』을 찍어냈음을 볼 수 있다.[34)]

26년 10월 갑오일에, 좌의정 이경석李景奭이 "동몽지학은 『소학』보다 더 절실한 것이 없는데 난을 겪은 이후 남아있는 것이 아주 적으니, 바라옵건대 간행하여 반포하소서"[35)] 하자, 왕이 허락하였다는 기록도 있다.

27년 4월 임인工寅일에, 2품 이상 및 가까이 모시는 신하들에게 『소학』 각 1부 씩의 하사를 명하였다.[36)] 5월 병인丙寅일에, 교서관으로 하여금 『소학』을 찍어서 군신들에게 나눠주고, 예조로 하여금은 아이들에게 『소학』 진학의 풍토를 크게 진작시키도록 하였다.[37)]

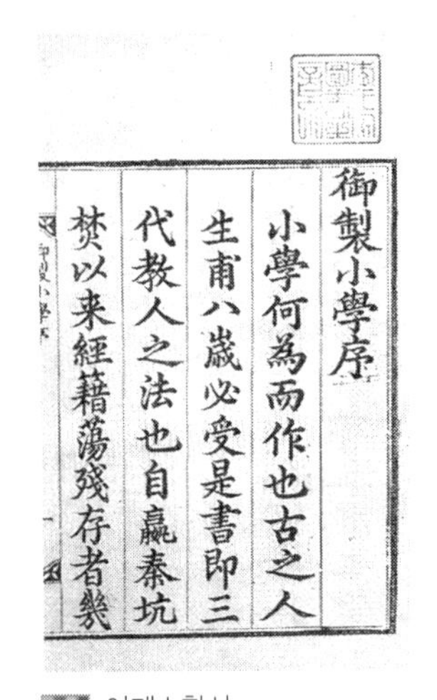
御製小學序
小學何為而作也古之人
生甫八歲必受是書即三
代教人之法也自嬴秦坑
焚以来經籍蕩殘存者幾

어제소학서

현종 당시에도 종부사宗簿寺라는 곳에서 연소한 종가 출신의 학도들이 독서할 수 있는 자료에 대비하기 위한 것이라 하면서 『소학』 및 그 언해본의 인간印刊을 청하였으며, 이를 들어준 기록이 보인다.[38)]

숙종 대에는 이덕성李德性(1655~1704)이 왕명을 받아 진시황의 서적 탕잔蕩殘과 주자가 이 책 만든 뜻을 선양하는 내용의 〈어제소학서御製小學序〉를 쓴 것이 있다.

33) 校書館印小學二百件 命頒賜內外諸臣.
34) 禮曹啓曰 備邊司印出小學二百件待外方擧子罷場後.
35) 童蒙之學 莫切於小學 而經亂以後 餘存甚少 請開刊頒布 上曰 可矣.
36) 命賜二品以上及近侍小學各一部.
37) 又以育材化俗 莫善於小學 命校書館印進 頒賜羣臣 勖禮曹以教童蒙.
38) 『顯宗改修實錄』 권19 9년 8월 壬申日.

영조 11년 8월 임술일에, 장령掌令 여광헌呂光憲이 영남 지역에 『소학』을 간행케 하여 유생들에게 할당시켜 권장토록 하자고 소청하였던 바, 수락되었다.[39)]

한편, 왕 20년은 『소학』을 위해 의미 있는 한 해였다고 볼 수 있으니, 이 해 정월에 『선정전훈의宣政殿訓義』를 찬纂하였던 일은 특기할 만한 일로 남는다. 왕이 옥당관玉堂官을 불러 자신의 심사를 밝힌 내용이 계묘일癸卯日 조에 나타나 있어 주목을 요한다.

> 나는 『소학』 한 책을 열독熱讀하고 돈독히 좋아하여, 감히 그 도에 부끄럽지 않다고 자부한다. 다만 그 대문의 출처가 혹 상세치 않은 것이 있다. 까닭에 세종조에 『사정전훈의思政殿訓義』란 옛 자취를 따라 내 나름대로 문학하는 선비들과 더불어 문장을 좇고 주를 달아 『선정전훈의宣政殿訓義』라 이름하되 … 동궁을 가르치는데 뿐 아니라 나의 만년에조차 쓰고자 함이니라.[40)]

그리고 다음 달인 2월의 을축일乙丑日 기사에는 교서관에 사서삼경과 『사략史略』, 『소학』 등의 책을 인출印出할 것을 명했다고 되어 있다.[41)]

바로 나흘 뒤(己巳日)의 주강에서는 왕이 소학을 훈의訓義[42)]할 일로 옥당관을 보내어 세 유신儒臣에게 문의토록 했던 사실도 나타나 보이는[43)] 등, 소학 풀이의 새로운 경계를 마련코자 노력했던 자취가 역력하였다. 그리하여 이 해 영조 20년 갑자년에 완성을 보았던 책이 『훈의소학訓義

39) 掌令呂光憲 疎請依中廟朝故事 命嶺南刊小學書 勸課儒生 從之.
40) 予於小學一書 熟玩而篤好之 非敢曰無怪於小學之道 而顧其志則如是耳 第其大文出處 或有未詳者 故欲遵世宗祖思政殿訓義故事 與文學之士 逐章懸註 命以宣政殿訓義…非但爲敎誨東宮而已 予亦欲用於晩年也.
41) 乙丑 命校書館 印出四書三經史略小學等書.
42) 위에 든 『선정전훈의』에 대한 훈의를 지칭한 듯하다.
43) 時以小學訓義事 分遣玉堂官 問議于三儒臣.

小學』[44]인가 한다.

이렇게 소학에 관심 많은 영조의 입장에서 세상에 소학 교육이 없다고 개탄하면서, 서울과 지방의 모든 동몽교관이며 교원校院 · 수령守令 등이 반드시 소학을 중시해야 할 것을 강조했음[45]은 너무도 당연한 귀추인 것이다.

영조의 어진과 글씨

역시 실록 안에서의 확인은 어려우나, 같은 영조 20년(1774)이란 간기刊紀와 더불어 왕이 손수 번역하여 출판한 『어제소학언해御製小學諺解』 6권 5책이 남아 전한다.

그 뒤로도 영조는 그의 재위 기간에 자신의 편찬으로 된 많은 수의 책을 출판하였으니, 왕 21년의 『어제상훈御製常訓』, 같은 해의 『어제상훈언

44) 壬午內局入侍 命右副承旨任埈書 御製小學指南小識 仍命持入訓義小學 上曰 訓義是何年乎 埈曰 甲子年矣 上曰 予之五十一歲時矣.(『영조실록』 권107 42년 정월 壬午日)

45) 世無小學之教 乃至於此 豈不寒心… 申飭京外 京則太學與四學童蒙教官教誨 必以小學爲重.(『영조실록』 권66 23년 8월 壬戌日)

해御製常訓諺解』, 왕 25년의 『어제정훈御製政訓』, 왕 32년의 『어제훈서御製訓書』, 왕 40년의 『어제표의록御製表義錄』 등이 그것이다.

이 과정에서 왕 42년(1766)에는 『어제소학지남御製小學指南』의 출판을 보았다. 이 또한 영조가 직접 간여한 바, '『소학』을 강론할 때, 임금이 제사題辭와 내외편에 대해 훈의를 지어 유탁기兪拓基 등으로 하여금 교정 간행하게 한 책'[46]으로, 영조는 이 책을 두고 22년 전의 훈의소학인 『선정전훈의』를 떠올려 추억하기도 했다.[47]

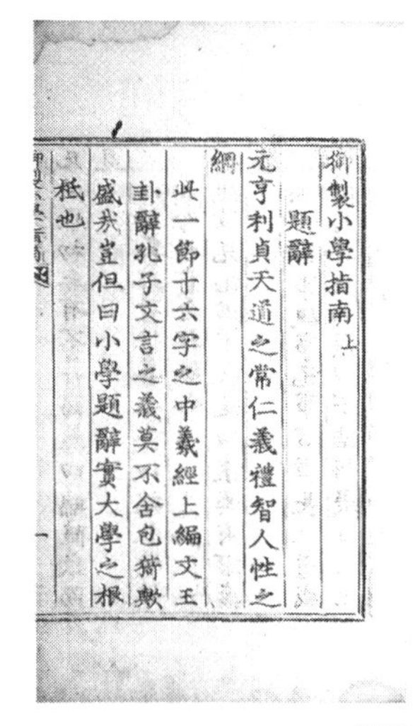
御製小學指南 上
題辭
元亨利貞天道之常仁義禮智人性之綱
此一節十六字之中義經上編文王卦辭孔子文言之義莫不舍包衛歟盛矣豈但曰小學題辭實大學之根柢也

어제소학지남

그러나 이와 같은 여러 가지 의도와 노력에도 불구하고 그 무렵 중앙관들의 눈으로는 선비와 자제들이 전혀 『소학』 공부에 힘쓰는 바 없으며, 그 때문에 세상 돌아가는 풍속도 참 한심하다고만 느껴졌던 모양이다.

정조 20년 8월 신묘일에, 교리校理 박재순朴載淳이 올린 장문의 상소는 당시 소학에 대한 독서 부재의 실상과 도덕적으로 무너져가는 현실의 개탄과 함께 이것의 정책적 장려를 극력 진정하고 있다.[48] 같은 해 11월 경신일庚申日, 대사간 김한동金翰東의 상소 중에도 당시의 속폐俗弊를 지적하면서 몽양蒙養과 예교禮敎의 선양을 위해 소학에 대한 법규를 조목에 따라

46) "어제소학지남(御製小學指南)", 『한국학대백과사전』, 을유문화사, 1972.
47) 앞의 주 44) 참조.
48) 彼童習之長學者 不循乎名義之正途 不志乎聖賢之法言 只以功利爲業 詛儈爲能 雖父子之間 無一分誠實之意 故駸駸然至於背君思而煽邦誣 遂有宰臣慷慨之章矣 臣每以爲小學之書 卽先朝之所表章 而聖明之所服膺者.

엄격히 세울 일을 주청하여 있다.[49] 바로 다음달인 12월 계미일癸未日에 정조는 소학을 주해하는 사례들이 하나같지 못한 점을 지적하면서 본격적인 교정을 지시하는 교를 내렸는가 하면,[50] 또 그 다음달인 정조 21년 정월 무오일戊午日에는 집의執義 이명연李明淵이 『소학』 책 유포에 대한 소疏를 올린 것이 보인다.[51] 뭇 어두운 자들을 깨닫게 하는 방도가 거기 있다는 뜻에서였다.

정조의 어진—『선원보감』에서

정조는 일찍부터 박학博學·호문好文했던지라 3~4세에는 벌써 『소학』 전부를 모조리 외워 성취하였다 한다.[52] 이는 앞의 박재순의 상소 내용 가운데서 얼핏 시사됨이 있는 바였다. 그런데 과연 앞에 든 20년 12월 계미일癸未日에 내린 정조의 교지 안에서도 자신의 말로 9세 이전에 일백독一百讀을 밑돌지 않게 하였다[53] 하니, 그의 박학이 『소학』에조차 예외는 아니었음을 알만하다.

49) 凡此俗弊 皆由於蒙養之不端 禮敎之不行 朱子所以深致意於小學之敎 而橫渠敎人之以禮爲先 亦以是也夫小學之書 昔我先大王眷眷於培養之工 而惟是書爲先 今宜更飭有司立科條.
50) 敎曰 小學註解 義例不一 每欲淘洗 而並與印本稀罕 此蓋不能修明之一端.
51) 小學書布 羣蒙畢覺 則沛乎煥乎 至矣盡矣.
52) 臣每以爲小學之書 卽先朝之所表章 而聖明之所服膺者嘗伏聞 聖上寶齡 在三四歲時 已盡成誦.(『정조실록』 권45 20년 8월 辛卯日)
53) 昔在先朝惓惓於小學之敎 予於九歲以前 周而復始 五講是書 每次程式 不下百遍.(『정조실록』 권45 20년 癸未日)

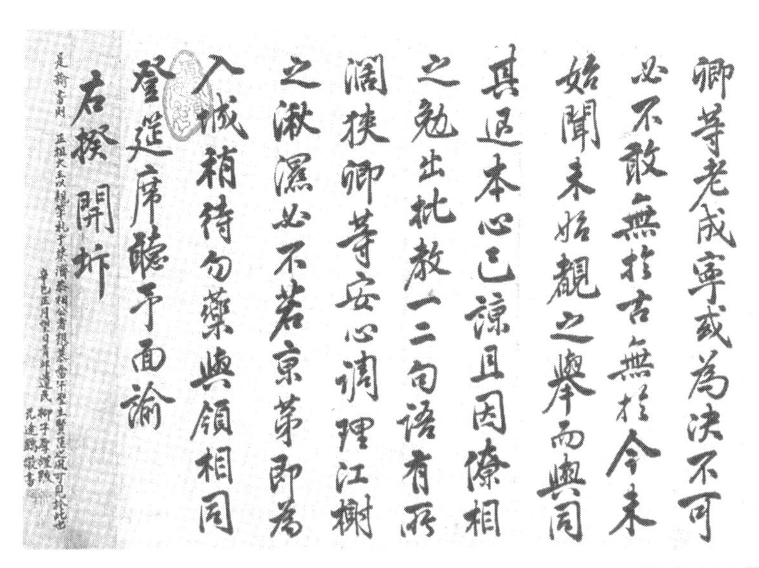
卿等老成寧或爲決不可
必不敢無於古無於今未
始聞未始覩之擧而與同
其返本心已諒且因傺相
之勉出於教一二句語有所
濶狹卿等安心調理江樹
之湫濕必不若京第即爲
入城稍待句藥與領相同
登筵席聽予面諭
右揆 開坼

정조의 글씨

지금까지 언급해 온 한문본 및 언해본 소학류 이외에도, 최세진崔世珍이 중종의 적극적인 지원을 입어 중종 32년(1537) 간행을 보았다는 『소학편몽小學便蒙』, 이이李珥가 쓴 『소학집주(小學集註)』, 또 정약용丁若鏞이 이전 소학의 주를 보충하여 지은 『소학지언(小學枝言)』 등이 존재한다.

그리고 비록 일단은 조선조 마감의 해가 된다는 1894년을 넘어서긴 했으나, 1895년(고종32)～1897년(광무1) 학부 편집국에서 개화기 초등교과서용으로 출간해 낸 국한문 혼용의 『소학』 같은 것도 이 땅에서 초학 명륜初學明倫의 대명사격인 소학 책 간행의 연면한 흐름 위에서 시대적인 면모를 나타내 보였던 것이다.

4. 맺음말

기묘사화 이후 한 때 주춤한 적도 없지는 않았던 모양이지만, 『소학』은 조선조 한 시대에 뿌리내렸던 학생생활 지침서요, 사대부의 수신서로서의 명분과 자격에서 너무도 확고하였다. '인생팔세입소학人生八歲入小學'은 조선조의 옛 선비 사대부면 소학과 연상하여 누구든 입버릇처럼 읽고 또 되뇌던 말이었다. 그러므로 『소학』을 평생의 좌우명이거나 생활 전범典範으로 끼고 살았다던 선비들의 명단은 이 책의 본격 수용이 이루어진 조선조 한 시대만 하더라도 일일이 열거할 수 없을 만큼 많다. 그 가운데는 보다 특징 있는 일화도 들어있다.

고려말 성리학의 계통을 이은 조선 초엽의 김숙자金叔滋(1389~1456)는 사람 깨우치는 일을 『소학』으로 하여 힘쓰되, 그것의 근본을 함양한 뒤에라야 다른 책으로 넘어가기를 허락하였다고 한다. 『사우명행록師友名行錄』에 보면 그의 아들인 점필재佔畢齋 김종직金宗直(1431~1492) 또한 소학의 명인이었고, 김종직에게서 소학을 배운 한훤당寒暄堂 김굉필金宏弼(1454~1504)은 일찍이 손에서 『소학』 책을 놓아본 적이 없었다고 할 만큼 소학 전공자로서의 이름이 각별하였다.

『탁영자본집濯纓子本集』의 기록에 따르면, 함께 김종직의 문하에서 배운 김일손金馹孫(1464~1498)은 명나라 서울에서 정유程愈의 주석본 소학을 입수해다가 곧 인쇄에 부쳤다 하는 일도 있다.

모재慕齋 김안국金安國(1478~1543)이 경상도 관찰사로 재직시에 『소학』 한 책을 한 도道 전체의 향교 안에 진작시켰음이 『조선왕조실록朝鮮王朝實錄』에 나타나 있고, 관련해서 『병진기사록丙辰己巳錄』에도 보인다. 아울러 그가 각 고을 학도들 앞에 각기 다른 내용으로 소학 공부 권장의 시를 부치었던 사실은 그 당년에조차 벌써 생소치 않았던 일이었다고 한다.

김굉필에게 수학하여 김종직의 학통을 이은 정암靜庵 조광조趙光祖(1482~1519)가 중종조 사림파의 영수領袖로서 『소학』 공부의 중요성을 극구 강변하여 한 시대를 풍미했던 일은 이미 새삼스런 사실이 아니다.

죽천竹泉 이덕형李德泂(1566~1645)의 『죽창한화竹窓閑話』에 보면, 이덕형이 1593년(선조 26) 임진란 당시 진안(鎭安)에 피난해 있을 적에 만난 한 노인과의 대화가 있는데, 조선 중기 당시의 교육적 풍토의 일단을 엿보는 데 별 손색이 없다.

> 問 翁識字否 曰 兒時甚聰 一日盡學千字 皆以爲奇童 不幸爲嫌人所訴 早定軍役 後乃學讀小學史略等書.
>
> "노인은 글자를 아시오?" 물었더니, 그는 말하기를, "어렸을 때에는 몹시 총명해서 하루에 『천자문千字文』을 모두 배웠지요. 그래서 남들은 기동奇童이라고 하였는데, 불행히도 남의 시기를 받아 관청에 고소를 당하여 일찍이 군역軍役에 들어갔기 때문에 그 뒤에는 겨우 『소학』, 『사략史略』 등의 책 만을 읽었을 뿐입니다."54)

이 밖에도, 허조許稠(1369~1439), 박팽년朴彭年(1417~1456), 정여창鄭汝昌(1450~1504), 노수신盧守愼(1515~1590), 성혼成渾(1535~1598) 등이 모두 『소학』을 돈독히 믿고 실천 궁행躬行한 명사名士로서의 기록을 남기고 있다.

---

54) 『국역대동야승 17』(고전국역총서 65), 민족문화추진회, 1982.1, pp.273~274.

3장 『소학』의 현대적 수용

1.

오늘날을 사는 현대인으로서 동양 정신의 진수眞髓요 정화精華라 할 수 있는 『논어論語』·『맹자孟子』·『대학大學』·『중용中庸』의 이른바 사서四書며, 『시경詩經』·『서경書經』·『역경易經』의 소위 삼경三經을 읽은 이 얼마나 될까? 아니, 대중 전체를 들어 말하는 것은 일단 고사해 두고라도, 가장 책과의 연분이 두텁다고 할만한 대학 사회 안에서 이 고전을 일독一讀이라도 해본 이 그 얼마나 될 것인가? 아니 또, 이 일곱 책 전부를 다 들어 말하는 것은 차치하고라도, 대관절 그 가운데 한 권이나마 제대로 독서해 본 학구學究가 그 몇이나 될는지에 대하여는 암만해도 의아로움이 앞설 따름이다.

왜 그렇게 되었는가 하면, 그 대답은 그다지 오래 생각하지 않아도 될 만큼 자명하다. 21세기 현대의 최첨단 과학하며 물질문명 시대에는 도대체 문학·역사·철학·도덕 등을 다루는 형이상학적 정신문화 분야가 별반 세상의 환영을 입을 리 없는 까닭이다. 형이상학적인 학문이라는 것은 그것을 탐구하는 이의 처지와 주관에 따라 이렇게 해석할 수 있고 저렇게

도 이해 가능한 특성을 띠고 있다. 이를테면 천체에 떠 있는 같은 달을 보았을 때, 자연과학적인 차원에서는 그것을 천문학의 대상으로 인식할 뿐이지만, 형이상의 인문학에서는 그 생각의 차원이 정신적인 범주 안에 머물러 있다. 그리고 이는 다시 그것을 대하는 사람의 개성 및 가치관에 따라 다음처럼 다르게 나갈 수가 있다.

知者見之謂之知　지혜로운 이는 그것을 보고 지혜롭다 이르고
仁者見之謂之仁　어진 이는 그것을 보고 어질다고 이른다.

하지만, 현 시대는 그러한 형이상적이고 사변적思辨的인 것보다는 보다 형이하적이며 가시적인 가치에 더욱 몰두되어 있는 듯싶다. 물질적인 가치 · 경제적인 가치 · 신체적인 가치 편에 잔뜩 관심이 집중되어 있으며, 경제적 특수층의 경우 관심이 보다 많은 재화財貨를 확보하는 데 있는 양하다. 일면, 자신을 중산층으로 생각한다는 70% 이상의 다중多衆은 그 관심이 레저나 스포츠를 즐기는 데 향하여 있고, 무병장수로 한 세상을 사는 일에 유의하여 있다. 그 관심이 생활의 편리를 도모한다는 주거 공간 및 자동차와 컴퓨터에 쏠려 있고, 흥미 위주의 잡지나 영화 · 연극, 각자 취향의 오디오와 비디오, 음주나 가무 등에 모아지기도 한다.

그러한 일면, 마침내 그 관심이 어떤 여운 있는 문학 작품을 찾아 읽는다거나, 역사 지식을 넓혀본다거나, 철학적 삶의 명제를 나름으로 사색해 본다거나 하는 일에 대한 기댓값을 확인하는 일이 왠지 두려운 일만 같아 보이는 세상처럼 되었다.

이러한 마당이니 오늘날의 대학생을 포함한 현대인에게는 경전이란 것이 그 얼마나 케케묵어 곰팡내 나는 도덕 교과서만 같이 보이겠는가. 전봉건적前封建的인 낡고 따분한 유물로만 보이겠는가. 그리하여 오늘의 대학

내에는 그 별반 인기가 없는대로 좋은 전통의 계승을 의도하는 고전문학 · 역사학 · 철학 등은 그나마 약간만큼의 존재적 터전을 유지하고 있을 망정, 무슨 전통시대의 낡은 유산만 같은 동양의 경전을 따로 강론하는 자리야 극히 찾아보기 희한한 일처럼 된 것은 아닌가 생각한다. 혹 어떤 특정한 대학 내에 개설되어 있는 한문학과 강좌, 아니면 노장老丈 숙유宿儒들이 베푸는 소규모 사숙私塾의 외진 구석에서나 겨우 그 맥을 이어가는 정도가 되었다. 이는 비유하자면, 저 휘황찬란하게 점멸하는 네온사인 전광판의 한 구석에서 가물가물 흔들리는 등잔불과 같다고나 할런지.

단원 김홍도의 서당도

이같이 말하는 저의는 작금의 초현대 문화와 문명에 대한 거부의 소리거나, 과거 전통 유교주의 시대로의 복귀를 외치는 그런 교주고슬膠柱鼓瑟한 마음에 있지 않다. 옛과 지금 사이에 배타적인 상극론相克論이 아닌 절충적인 상생론相生論을 강조하는 뜻이다. 보다 명확히 말하면, 현재와 과거에 대한 평가는 물질적 문명과 정신적 문화의 양면을 다 검토해야 마땅하다는 생각이다. 동시에, 현재가 과거보다 진보한 것은 물질문명이지만, 부수하여 현재가 과거보다 퇴영한 것은 정신적 문화라는 것을 밝히고 싶은 뜻이 있다.

이제 분명한 진실의 명제 한 가지가 있다. 문명 발전의 그래프는 시간의 추이에 따라 끝없는 상승의 일변도 위에 그려지게 마련이지만, 문화 발전의 그래프는 어느 때는 상승, 또 어느 때는 하강으로 나타난다. 오늘날 첨단을 가는 과학 및 현대 의학 수준을 어찌 1, 2백년 전의 그것과 나란히 견주어 비교할 수 있겠는가. 그는 고사하고 오히려 10, 20년 전, 아니 아예 1, 2년 전과도 그 우열을 따져볼 나위가 없다.

그러나 오늘의 문화적 · 정신적 수준이 꼭 조선시대보다, 또는 신라시대보다 더 앞서 있는 것이라고 누가 감언敢言할 수 있겠는가. 반드시 현재가 과거보다 더 낫다고 한다면 아득히 흘러가버린 시대의 문예인 향가 · 판소리 등을 애써 연구할 필요가 없었을 것이다. 오늘의 도자기 문화가 옛날보다 필경 진전한 것이라 한다면 그렇게 지나가버린 시대의 고려청자를 재현코자 노력할 나위가 없었을 것이다. 지금의 서화가 반드시 고서화보다 높은 수준 위에 있다고 한다면 김홍도金弘道의 풍속도나 200년 전 김정희金正喜의 〈세한도歲寒圖〉, '추사 필법秋史筆法'을 대단한 것으로 높이 추대할 까닭이 없었을 것이다. 조희룡趙熙龍의 매화 그림이나 대원군의 난초

추사 김정희의 세한도

그림을 직접 보기 위해 법석을 떨지도 않았을 터이다. 춘추시대에 공자가 자신보다 수백 년 앞의 시대에 주공周公이 이룩하였던 바의 찬란한 문화적 동경도 없었을 터이다. 중국 고대의 요堯 · 순舜 · 우禹 · 탕湯 시절의 성세盛世를 꿈꾸지도 않았을 터이다.

비록 그렇긴 하지만, 그나마 문학과 예술의 세계는 어쩌면 그 진보와

퇴보의 기복이 그다지 격심하지 않을 수도 있다. 가장 그 기복이 우려되는 바는 역시 그 시대를 사는 사람들의 교양 및 의식적 · 도덕적 수준이라 할 것이다. 한 시대의 국민적 윤리, 대중적 도덕심이 언제든 역사의 진행과 더불어 예외 없는 상승만을 지향해나갈 뿐이라면 그 얼마나 다행한 일일 것인가.

그러나 오늘 우리 시대를 사는 사람들을 보자. 그 정신적 · 도덕적 수준이 반드시 앞 시대, 또는 그 앞의 시대에 비해 우수하고 월등하다고 누구라 호언하고 장담할 수 있을 것인가. 그 어느 때 없이 잦은, 시대에 대한 매스컴의 개탄과 철부지 아이들을 훈계하듯 하는 그 계몽의 목소리들이 뜻하는 것, 그것은 다름 아니라 바로 이 시대의 도덕성 상실에 대한 여지 없는 일침인 것이다. 60 · 70년대에는 상상조차 하기 어려웠던 오늘날의 경이로운 문명의 발달과 나란히, 과연 오늘의 국민적 의식수준은 60, 70년대, 80, 90년대에 비해 같은 정도의 진전을 보았던 것일까? 진전은 바라지도 않으니 차라리 일진一進도 일퇴一退도 없는 제자리 답보踏步였던들 나았을 것이다. 이 시대에 더욱 급증하는 자살, 이혼률, 갈수록 잔인무도한 연쇄살인이란 무엇이고, 사이코패스란 무엇인가. 10대의 성범죄며 인신매

우려스러운 '사이코패스 신드롬'

요즘 우리 사회에 사이코패스라는 말이 범람하고 있다. 방송을 필두로 언론매체마다 이와 관련된 보도를 쏟아내고, 사람들이 모인 곳마다 유행어처럼 이 단어가 회자된다. 인터넷에선 '사이코패스 테스트'가 게임처럼 번지고 여기서 파생된 공포물도 인기를 끌고 있다고 한다. 연쇄살인 피의자 강호순씨가 불러일으킨 이상현상으로 가히 '사이코패스 신드롬'이라 할 만하다. 반사회적 성격장애인을 가리키는 단어가 일상용어처럼 흔하게 쓰이는 사회는 아무리 보아도 정상이 아니다.

'사이코패스 신드롬'은 우리 사회의 빗나간 모습을 보여주는 또 하나의 초상화다. 그 속에는 연쇄살인이라는 본질보다는 대중의 호기심이라는 곁가지만이 무성히 담겨 있다. 무분별하게 확산되고 있는 자가진단 테스트는 "혹시 너도…" 하며 멀쩡한 주위 사람을 의심하게 만들고 있다. 이런 분위기를 타고 어린 학생들 사이에 강호순 흉내놀이가 유행하고 '아이러브 호순'이라는 팬카페까지 등장하기도 했다니 말문이 막힌다. 반인륜 범죄에 대한 진지한 성찰은 간 곳 없고 사이코패스라는 단어만 희화화(戱畫化)해 본말이 전도되고 말았다.

흉악범 얼굴 공개와 사형집행론이 이성적 논의 과정 없이 불거져 나오는 것도 우려스럽다. 인권시계를 거꾸로 돌리는 일들을 사회적 합의 없이 즉흥적이고 감정적으로 거론한다면 포퓰리즘이라는 비난을 받아 마땅하다. 일부 언론과 정치인들이 이를 상업적으로 이용하거나 불순한 계산을 깔고 거론하는 듯한 인상을 주는 것은 경계해야 할 일이다.

강호순씨가 살인마의 전형이라면 '사이코패스 신드롬'은 우리 사회가 지닌 병리현상의 또다른 단면이다. 그의 범행이 사회에 대한 인간의 살의를 보여줬다면, '사이코패스 신드롬'은 인간에 대한 사회의 악의를 담고 있다. 사이코패스라는 단어가 유행어가 되는 '이상 성격 사회'는 두렵기 짝이 없다.

2009년 2월 7일자 경향신문의 사설

매 · 마약범죄는 다 무엇인가. 분별 모르는 과소비와 신용불량, 핵 폐기 문제는 무엇인가. 질서와 양보 정신의 외침은 다 무엇인가. 스승과 제자는 없고 선생과 학생만 남았다는 말은 무엇인가. 철없는 부모와 버릇없고 당돌한 아이들이 사방에 둘러 있고, 상대방의 틈을 타는 반말, 무례하고 거친 욕설, 부끄럼을 모르는 뻔뻔한 행동들……. 현대의 이러한 실상들이야 말로 저 조선조 중종中宗 시절에 홍문관弘文館이 풍속의 심각성을 우려해서 계啓로 알리었던 다음과 같은 정황과 비교해 한 치도 더 낫다고 할 게 없을 것이다.

> 근자에 도학은 밝지 않고 교화는 쇠퇴해져 규문閨門의 안이 함부로 무람없고 뒤집혀 문란한 것이 무소부지니이다. 그 근본이 이렇거늘, 그 말末을 가히 알 수 있을 것이옵니다. 부부 투패妬悖하고, 부자 반목하며, 형제 상잔相殘하는 일이 빈번하니, 풍속의 무너짐이 이 시대보다 더 심한 때는 없었던 바….[1)]

오히려 위의 말은 보다 그 입장이 엄격할 수 밖에 없는 지배 관리의 눈에 비친 세상의 모습인지라 실제보다는 좀더 민감하게 받아들였을 수 있는 국면도 없지는 않겠다. 비록 그렇다고 해도 오늘날 벌어지고 있는 일에 대한 도덕성 회복의 문제야말로 양식있는 사람들 모두의 공감대 안에 심각하게 자리해 있는 것이다. 그렇기에 이 세상은 정말로 전에는 믿기지 않아 일소一笑에 붙였던 '세기말적 현상'을 연상케 하는 바가 많다. 정녕 도덕 문화는 역사 흐름에 순차적으로 정비례 상승 운운은 한갓 허랑虛浪할 뿐만 아니라, 이제야말로 하강 일로에 놓인 시간대에 들어있다는 엄연한

1) 近者道學不明 教化陵夷 閨門之內 褻慢顚紊 無所不至 本旣如是 其末可知 夫婦妬悖 父子反目 兄弟相殘者 比比有之 風俗之壞 莫甚此時 盖有由矣.(『중종실록』, 12년 6월 辛未日).

사실 앞에 일점 의심할 여지가 없어졌다.

과연 이 시대, 바로 현시점이야말로 방향 상실의 인간성 및 도덕성 회복이 더없이 절실하게 요청되는, 바로 그 지점인 것이다.

2.

글을 쓰는 이는 적어도 어찌해야 상선책上善策이 될까 하는 방안이 없지 않음을 믿고 있다.

공자는 주나라 말기의 혼란기, 그야말로 임금과 신하가 임금답지도 신하답지도 못한(君不君 臣不臣), 부모와 자식이 부모답지도 자식답지도 못한(父不父 子不子) 시대에 세상을 바로잡을 대안을 제시하였었다. 그것은 그로부터 5, 6백년 전 주나라 초기의 예법인 주례법周禮法으로 돌아가야 한다는 내용으로, 간단히 말하면 복고주의復古主義 사상에 다름 아니었다.

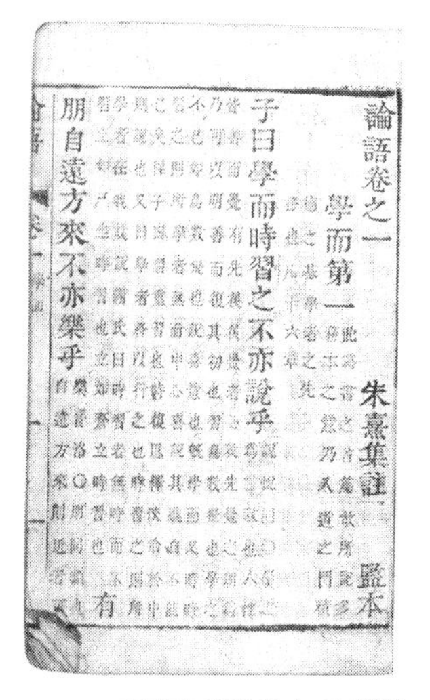
論語卷之一
學而第一 朱熹集註 監本
子曰學而時習之不亦說乎
有朋自遠方來不亦樂乎

주자가 집주한 논어

비록 공자의 생전에 그 방안이 실패하였든 성공하였든 관계없이, 공자의 사후에조차 그가 지시하였던 바의 삶의 계훈은 동북아시아, 특히 중국과 한국의 오랜 역사 안에서 가장 큰 삶의 지남指南이 되었다. 공자 당년에는 제후들로부터 수용되지 않아 실패처럼 판정되었음에도 불구하고, 그토록 그의 메시지를 오랫동안 믿고 받들어왔던 전통의 실상은 무엇을 말함인가? 이는 아마도 선인先人들에게 있어 공자의 생각 그대로를 따르는 일만이 최상의 방안이라고 생각하였음이 명백할 것이었다.

이런 사실을 미루어 본대도, 어떤 사안이 특정 시대에 성공했는지 실패했는지, 그 득실 여부와 관계없이 일단은 무엇인가 대안으로 제시되는 일은 필요할 것으로 보인다. 당시대에 안되면 뒷시대 언제라도 끼쳐 도울 수 있는 잠재적 가능성 때문이다. 그 때 공자는 그가 살던 시대의 혼탁함에 대해 어떤 새로운 획기적인 방법을 새로이 지어내서 해결하려 아니하고, 이미 그의 앞 시대에 기존해 있던 전통의 훌륭한 것을 거듭 부연 조술祖述하는 방식으로 인간성 회복을 도모하고자 했다. 다름아닌 공자가 말한 "술이부작述而不作"[2]의 본래 취지인 것이다.

그러면 이제 우리가 21세기 초의 우리 시대, 우리 공간의 문제를 해결하고자 함에도 역시 어떤 종류 새로운 방안의 창출을 급작히 기대해 볼 길 있을 것인가? 막연한대로 이 시대적 혼란을 구원하고 제도할 수 있는 파천황적인 신사상新思想이거나 종교의 출현 또는 신화의 개막같은 것을 앉아서 기다리겠다고 할 수만은 없으리라. 역시 과거 여러 천년 동안 뭇 인류 앞에 정신의 빛과 사표가 되었던 사유思惟 안에서 우선적인 해결을 구함이 온당할 것으로 믿는다.

우리 역사를 소구遡求하였을 때, 사고의 가장 큰 근원은 공·맹 유학의 훈도에서 찾을 수도 있겠고, 혹은 불교와 기독교의 교리 안에서 찾을 수도 있을 것이다. 아울러, 문화에 있어서의 획득형질의 중요성도 결코 무시할 수 없는 큰 부분으로 남는다고 했을 때, 서방의 기독교 문화가 이 땅에 들

2) 『논어』 '술이述而' 편의 허두에, "이미 있던 것을 배워 조술祖述할 뿐 새로운 사실을 만들어 짓지는 않는다. 옛것을 믿고 좋아하는 이것을 은근히 은나라 어진 대부인 우리 노팽老彭에 견주어 본다(述而不作 信而好古 竊比於我老彭)"고 하였다.

어와서 전격으로 수용된 지 한 세기 남짓이다. 인도 본산의 불교가 『삼국사기』 기록을 따라 4세기(372년)에 처음 들어왔다고 했을 때, 대략 1600년이 넘는 유구한 시간성을 확보하고 있다. 그렇기는 하나, 불행히도 가장 최근의 역사 조선조 500년 동안의 침체를 또한 못 본 체 할 수 없을 것이었다. 더구나 위의 두 종교는 그 궁극의 관심사가 현실적 · 현재적 문제에 있기보다는 내세 구안來世救安의 가르침에 바탕을 두고 있다. 그런 까닭에, 인간 중심의 사회적 행위 강령이라는 측면에서 유교에 비해서는 상대적으로 덜 치밀하였음도 사실이었다.

유교 문화의 본격화 또한 『삼국사기』 기록에 의하자면 372년 고구려 소수림왕 시절의 태학太學에서 비롯했다고 함이 타당하겠다. 그리하여 유학만큼은 불교가 국교로서 신앙되던 시기에조차 종교와는 별도의, 현실적 수기修己 · 치인治人의 차원에서 꾸준히 수업受業되었던 것이다. 돌이켜보매 이는 단 한번의 배척과 탄압도 받은 적 없이 연장 1500~1600년 이상을 연면이 벋어 왔던 바, 한민족의 뿌리 깊고 골수 깊은 문화적 바탕이었다. 문화에 있어서 획득형질이란 무시할 수 없는 큰 부분으로 남는다. 더욱이 그것이 유전되어진다고 했을 때, 이야말로 한국 민족의 문화사 안에서 체질화 되었음을 인정하지 않을 수 없다. 문화적으로 가장 큰 유전자적 바탕이자 소질로 인정하지 아니할 수 없다.

20세기 전후에 서양 세력의 침월侵越 이래 지금까지 적지않은 점지漸漬를 계속해 오면서 문명의 급속한 전환을 이루었음이 사실이나, 반면 그 사이 전통 유학의 위상은 점차 퇴조를 보여 왔다. 그런데 그 퇴조와 동시에 오늘날에 와서 삶에 대한 방향 상실 및 정신적 황폐를 맞이하였음은 전혀 공교롭고 우연한 일이었을까. 그러나 암만해도 유교의 전적典籍을 되새기자 하는 일은 요즘 사람들의 세련된 눈매로 보자하면 웬지 케케묵어 보인다 해도, 정작 사람이 사람다운 자세를 취하면서 사는 일을 위해서라면 아무런 문제삼을 나위가 없는 것이다. 이렇게 고루하고 않고를 따질 겨를없이 진실 만을 존중하여 말하고자 하는 바에, 인간이 인간다운 순리로써 사는 요체要諦는 사서와 삼경으로 대변되는 유학의 가장 바람직한 경서들 안에 대부분 자리해 있었다고 하여 과언이 아니다.

그런 가운데 옛 사람의 단계 안에서도 그보다 선행되었던 초학자의 생활지침 자료가 있었으니, 다름 아닌『소학』이 바로 그것이었다. 이 책은 세상에 출간되어 나온 시기로 보아 신라 · 고려의 교육 풍토에서는 혜택을 펴보일 수 없었으나, 적어도 조선조 한 시대에 걸쳐서는 학생의 길에 들어서는 이가 반드시 처음에 거치지 않아서는 안되는 이른바 '人生八歲入小學'의 필수 텍스트였다. 그러니 이제 옛 사람들 인성교육의 처음 빌미, 첫 단초端初부터 살펴보는 일이 참다운 순서가 될 것이다. 이 글이 유학의 다른 어떤 경전보다도『소학』을 먼저 거론하는 소이도 여기에 있다.

3.

이렇듯『소학』은 유학이 보다 정제되어가는 시기에 생성된 소중한 수신修身 교과서임에 틀림이 없지만, 그러나 그 안에 들어있는 내용이 전적으로 오늘날 우리의 실정에 그 모양 그대로 부합되거나 합당화될 수 있음은 아니다. 다시 말해 봉건왕조 시대의 특수한 여건 안에서만 의미있는 것, 구체적으로는 유가의 최대 강령인 삼강三綱과 오륜五倫의 엄연하고 중대한 한 요인을 이루던 '군위신강君爲臣綱'이거나 '군신유의君臣有義'에 관련된 세부적 사항이라든가, 그때 당시 특유의 지나친 번문욕례煩文縟禮를 이

시대에조차 그대로 수용할 이유는 나변에도 없다는 뜻이다. 오늘을 살아가는 실정과는 너무도 우원迂遠하여 별반 취할 필요가 없다 하는 이러한 것은 하필 『소학』에서뿐 아니라, 사서오경의 갈피에서도 상당부분 가려낼 수 있다. 우선 비근하게, 공자의 어록이자 유가의 가장 금과옥조金科玉條라 할 수 있는 『논어論語』 가운데서도 그같은 일례를 찾을 수가 있음이다.

> 顔淵問爲邦 子曰 行夏之時 乘殷之輅 服周之冕 樂則韶舞 放鄭聲….
> (衛靈公 10)
>
> 안연이 나라에 처하는 법을 물었다. 공자 가로되, 하나라의 역법曆法을 사용하고 은나라의 수레를 타며, 주나라의 면류관을 쓰고 음악은 소무韶舞라야 하니 정나라의 음악을 금하며….

암만 공자의 가르침이라도 이런 내용을 이 시대의 문화 방식으로 채택하라며 권장해 볼 길은 없을 것이다. 제사에 관한 경우도 마찬가지이다.

> 或問禘之說 子曰 不知 知其說者之於天下也 其如示諸斯乎 指其掌.
> (八佾 11)
>
> 어떤 이가 체(禘)에 관한 설명을 요청하였다. 공자 가로되, "알지 못하니이다. 그것을 천하에 밝혀서 말할 수 있는 이는 이것을 보듯 할 것이외다" 하며 자신의 손바닥을 가리켰다.

체禘는 군주가 선조先祖의 위패位牌를 묘당에 모셔두고 행하는 큰 제사이니, 종묘와 같은 뜻이리라 한다. 또, 이런 것도 해당될 터이다.

> 君子不以紺緅飾 紅紫不以爲褻服 當暑 袗絺綌 必表而出之. (鄕黨 6)

군자는 짙은 청색과 연붉은 빛깔로 꾸미지 아니하고 홍색과 자색으로 평상옷을 삼지 아니한다. 날이 더우면 굵고 가는 갈포 홑옷을 반드시 겉에 두르고 나간다. 검정옷에는 검은 양피 내의를 입고….

이런 따위야 아무리 『논어』의 말이라도 우리가 취하여 명심해 둘 내용은 못될 것이다.

대개 『소학』의 제재는 내편內篇에 '입교立教'·'명륜明倫'·'경신敬身'·'계고稽古' 등 합하여 네 편이 있고, 외편外篇에 '가언嘉言'·'선행善行'의 두 편이 있어, 도합 여섯 편으로 이루어져 있다. 처음 세 편은 교육론, 오륜, 바른 몸가짐 등에 관한 기본적 입론이고, 나머지 세 편은 앞의 세 편에 대한 입증담立證譚, 곧 앞의 것을 예증하는 일화가 주종을 이룬다. 기본론은 『소학』 편찬자인 주자의 시대 이전에 유가의 주요한 고전들, 이를테면 『예기禮記』·『논어論語』·『주례周禮』·『맹자孟子』·『열녀전列女傳』·『순자荀子』 등에서 그 주제에 이바지가 되고 종요로운 내용들을 십분 끌어오고 있다. 그러나 이 가운데는 역시 위의 『논어』의 경우에서처럼 인류를 위해 초시대적인 금언金言이 될만한 내용들이 있는가 하면, 그렇지 못하고 특정한 시대 안에서만 국한되는 메시지가 마저 없지 않으리라는 것은 미루어 짐작할 만하다.

이제, 『소학』을 순차로 읽으면서 그러한 것들을 짚어 보도록 한다.

제1 '입교立教'편에서 찾아 본다. 『예기』의 한 편명인 내칙內則 가운데의 말에 "사내아이는 가죽띠를 띠게 하고, 계집아이는 실띠를 띠게 한다(男鞶革 女鞶絲)"거나, "일곱 살 된 남녀는 자리를 함께 하지 아니하고 음식을 함께 하지 않는다(七年男女 不同席 不共食)", "계집아이는 열 살 되면 집 밖에 나가지 않아야 하며(女子十年 不出)" 같은 것을 요즘 시대에 요구할 수는 없는 노릇이다.

제2 '명륜明倫'편에서 찾아 본다.

一. '명부자유친明父子有親' 가운데 "아직 성년이 되지 않은 남녀는 새벽 첫 닭이 울면 세수와 양치질하고, 머리 빗고, 검은 비단으로 머리털을 매고, 다발머리의 먼지를 털고, 머리털을 양쪽으로 묶어 뿔처럼 하며, 끈을 매고, 향료주머니 차고서 날샐 무렵 문안드리며(男女未冠笄者 鷄初鳴 咸盥漱 櫛縰 拂髦 總角 衿纓 皆佩容臭 昧爽而朝)"라든가, "추워도 함부로 껴입지 아니하고 가려워도 함부로 긁지 않아야(寒不敢襲 癢不敢搔)" 한다든지, "아들이 제 처를 마음에 아주 들어하더라도 부모가 기뻐하지 않으시면 내보내야 하고, 아들이 제 처를 마땅치 않게 여긴다 해도 부모께서 이 며느리가 나를 잘 섬기는구나 하면 자식은 부부의 예를 행하여 평생토록 시들지 말아야 한다(子甚宜其妻 父母不說 出 子不宜其妻 父母曰 是善事我 子行夫婦之禮焉 沒身不衰)", "의원이 3대를 이어온 바 아니어든 그의 약을 복용치 않는다(醫不三世 不服其藥)" 등은 모두 오늘의 실정에서 멀고 생경한 것이라 하지 않을 수 없다.

二. '명군신지의明君臣之義'야말로 이 완연히 봉건시대의 특수한 계층에 한정되어 현대의 인생훈과는 가장 동떨어진 것이 아닐 수 없겠다. 그러나 그 단적인 것만을 든다면, "『곡례曲禮』에 이르되 임금 앞에서 과일을 하사받았을 때에 만일 과일에 씨가 있거든 그것을 몸 안에 간직한다(曲禮曰 賜果於君前 其有核者 懷其核)", 공자께서는 "병들었을 때 임금이 문안하여 와서 보시면 머리를 동쪽에 두고 조복을 입고 큰 띠를 걸치셨다(疾 君視之 東首加朝服拖紳)"고 한 『논어』의 교시 등은 모두 이 시대에는 아무런 의의도

갖지 못한다.

三. '명부부지별明夫婦之別'에 보되, "『곡례』에 이르되 남녀가 중매의 거행이 없으면 서로 이름을 알아서는 아니되며, 폐백을 받은 경우가 아니면 서로 사귀거나 친하지 아니한다. 까닭에 혼인의 일월日月을 써서 임금께 고하고 목욕재계로 귀신에 고하며(曲禮曰 男女非有行媒 不相知名 非受幣 不交不親 故日月以告君 齋戒以告鬼神)" 같은 지침이 오늘날 무슨 소용이 있겠는가? "혼례에 축하를 않는 것은 사람이 늙어 세대가 교체되는 일인 까닭이다(婚禮不賀 人之序也)"와, 『곡례』의 말로 "과부의 아들로서 특출함을 나타내는 것이 없으면 더불어 벗으로 삼지 않는다(寡婦之子 非有見焉 弗與爲友)" 등을 이 시대의 젊은이들에 권장해 볼 도리는 없다. 특히 이 안에 있는 말, "아내를 맞을 때는 같은 성씨를 택하지 않는다(取妻 不取同姓)" 같은 훈교는 현대에 이르러서 상당한 논란을 빚게까지 되었으니, 어떤 일에 대한 정당성 판정에 대한 금석지감今昔之感이 이와 같은 것이다.

四. '명장유지서明長幼之序'에서도, "군자의 앞에 모시고 앉았을 때 군자가 다른 화제의 실마리를 고쳐 물으면 일어서서 대답한다(侍坐於君子 君子問更端 則起而對)"라든지, "군자 신분의 늙은 노인은 걸어다니지 않게끔 해드리며, 서인 신분의 늙은이는 맨밥을 먹지 않게끔 해드린다(君子耆老 不徒行 庶人耆老 不徒食)" 운운도 별반의 의미없는 구분일 뿐이다.

五. '명붕우지교明朋友之交'에 있는 내용 가운데, "주인이 문 안에 들어가면 오른쪽, 손님은 들어가 왼쪽에 서고, 주인은 동쪽 계단으로 향하고, 객은 서쪽 계단으로 향한다. 객이 만일 낮은 지위일 것 같으면 주인이 딛던 동쪽 계단으로 가되, 주인이 굳이 사양한 연후에 객이 다시금 서쪽 계단으로 나아갈 수 있다(主人入門而右 客入門而左 主人就東階 客就西階 客若降等則就主人之階 主人固辭然後 客復就西階)"와 같은 구시대 접빈接賓의 관습은 금일엔 그저 생뚱맞기만 하다. 혹은 "주인이 묻지 않거든 객이 먼저 말을 걸지 않는다(主人不問 客不先擧)"와 같은 투의 가르침이야 주객 간에도 예절을 갖춰야 한다는 의미 만을 수용할 뿐, 그 형식의 구체성에 관한 한 오늘날에 아무런 당위성이 없을 것이다.

제3 '경신敬身' 편에서 찾아 본다. 바른 몸가짐에 관한 계훈이 격세지감을 느끼도록 하는 곳을 찾기가 쉽지는 않다. 그럼에도 굳이 가리고자 하면 다음과 같다.

二. '명위의지칙明威儀之則' 중에, "잠자리에서는 엎드리지 말아야 하고, 머리카락은 잘 여미어서 늘어뜨리지 말아야 하며, 갓은 벗지 말아야 하고(寢毋伏 歛髮毋髢 冠毋免)"라든지, "공자는 식사 때에 말 아니하시고, 잠자리에서 말 아니하시었다(孔子食不語 寢不言)" 같은 것은 특별히 마음에 새기고 수칙해야 할 사항은 아니다.

三. '명의복지제明衣服之制'는 옛 중국에서 법도에 맞는 의복 착용의 예를 들고 있는데, 의복은 예법에 맞춰 입어야 한다는 지시적 의미 이상의 구체적 사안은 아무런 취할 바가 없을 터이다. 이를테면 "상복喪服을 벗은 다음에 모든 옥장식을 몸에 찬다(去喪 無所不佩)"라든지, "공자는 검정 양피 갖옷과 검정 갓 차림으로 문상하지 않았다(孔子羔裘衣冠 不以弔)", "『예기』에 이르되 어린 아이는 갖옷도 비단도 착용해선 안되며, 신발에 장식코를 달아서는 안된다(禮記曰 童子不裘不帛 不屨約)" 등이야 오늘날의 실정과 소용에 전혀 닿지 않는 메시지들일 뿐이다.

四. '명음식지절明飮食之節'에, "손윗사람을 모시고 음식을 먹을 때는 자신이 먼저 시작하고 끝내기는 나중한다(侍食於君子 則先飯而後已)"라는 『소의少儀』의 인용이라든가, 『논어』에 수록된 바 공자의 식성에 관해 서술한 가운데 "회는 가는 것을 싫어하지 않으셨다(膾不厭細)"거나, "제 철의 것이 아니면 드시지 않았고(不時不食)", "자른 것이 바르지 않으면 드시지 않았고(割不正 不食)", "사가지고 온 술과 시장에서 파는 육포를 드시지 않았고(沽酒市脯 不食)" 따위는 역시 명심하고 지켜야 할 사항은 못되는 것이다.

이렇게 그 표면적 지침 만으로는 한중 간에 다소간 문화적 차이와, 옛과 지금 사이에 격세지감을 유발하는 부분이 어쩔 수 없이 나타나긴 하지만, 그들 전부가 쓰지 못해 버려야 할 교훈들임을 의미하는 것은 아니다. 그 중의 몇몇 가지는 정녕 죽은 교훈됨을 면할 도리가 없겠으나, 어떤 부분은 대개 다시 한번 제대로의 발효 내지 숙성 여하에 따라 쓸모 있는 교훈으로 재생 가능한 것도 있다. 요컨대, 그 같은 언어들의 이면에 흐르고 있는 교육과 인륜과 처신의 올바름을 추구하려는 정신과 노력을 엿보고 배우는 일로써 의미 없지 않으리란 뜻이다. 그렇다면 결국 아무 것도 버릴 글은 없다. 그리하여 마침내 놓칠 수 없고, 궁극에 챙겨야 할 것은 그들 문자의 포괄적 의미, 곧 표출되어진 언어의 안쪽에 담겨져 있는 바른생활 추구의 정신이라 하겠다.

4.

이처럼 시대가 흘러가면 전혀 고루해 보이는 문제에서조차 한가닥 진실 발견의 여지가 있는 법이다. 하물며 『소학』에 실려 있는 거개의 내용은 옛과 지금을 따져서 가려 볼 겨를 없이 그대로 시간을 초월하는 진리의 금언 아닌 것이 없다. 그야말로 주희朱熹(1130~1200)가 『소학』 편찬의 취지에 대해 〈소학서제小學書題〉에서 피력하였던 다음과 같은 말은 21세기 현대에 이르러서 다시금 생동하는 언어로 훌쩍 다가선다.

> 今其全書 雖不可見 而雜出於傳記者亦多 讀者往往 直以古今異宜 而莫之行 殊不知其無古今之異者 固未始不可行也.
>
> 지금 그 옛날에 쓰던 전체의 글을 비록 볼 수는 없으나, 전기傳記에 섞여 나온 것 또한 많다. 그렇건만 이를 읽는 이들이 종종 단순히 옛 것의 마땅한 바와 지금 것의 마땅한 바가 다르다는 이유로 행하지 않는다. 그러나, 옛날과 지금의 사이에 다를 게 없는 일에 관한 한 마땅히 근본적으로 실행하지 않을 수 없다는 사실에 대해서는 거의 알지 못하는 것이다.

아마도 벌써 주희의 시대에도 그랬었던가 보다. 고대 중국에 있어 학제學制의 명칭이자 학교 기관을 지칭하기도 했던 소학과 대학에서 배우던 교과서를 놓고서도 시대 감각과 맞지 않는다며 외면하던 풍조가 11세기 주자 시대에도 똑같이 미만彌滿해 있었음을 실감할 수 있다. 아울러, 알 수 있게 된 사실은 주자 같은 석학碩學도 특정 시대에만 통용되는 어색한 문화 양상에 일정한 문제의식을 갖고 있었다는 점, 그리고 차이가 없는 일에 대해서는 그 답을 과거 안에서 구하고자 했다는 점이다.[3] 요컨대, 그 믿음과 기대가 과거 전통적 인성 교육 쪽에 전적으로 쏠려 있고 의존해 있었다.

바로 그 같은 일이 주자 이후 또다시 일천 년 이상 흘러가버린 이 시대에조차 그 때와 다름 없는 상황 속에서 당시의 주자가 택했던 방법 그대로를 다시 한번 따를 수밖에 없는 지남指南이 될줄 어찌 알았으랴. 뼛속들이 사무치는 예언적 계시와도 같은 것이 될줄 몰랐으니, 역사의 쳇바퀴와

3) 그러나 앞 장에서 언명했듯이 특정 시대의 법제法制나 인식 등, 시대가 지나가 버리면 고루해 보이는 부분에서도 진리 발견의 여지가 아주 없지는 않은 것이다.

1987년 경화사에서 발행한 사자소학

같은 것을 다시 한번 느끼게도 하는 국면이 있다. 그러면 주자가 그 앞시대의 귀감을 대안으로 여겼던 것처럼, 이 시대의 우리는 주자가 당시 시점에서 자못 수집한 바(今頗蒐輯)의 감계鑑戒인 『소학』을 놓고서 '옛날과 지금의 사이에 다를 게 없는 일에 관한 한' 어떻게든 추려 챙겨야만 한다. 이른바 아무리 강조해도 지나침이 없는 교훈, 시대 초월의 가르침을 지적하는 뜻이다.

앞에 들었던 〈소학서제〉의 첫머리는 『소학』과 연상하여 옛날부터 가장 회자되어 왔던 명구名句였다.

> 古者小學 敎人以灑掃應對進退之節 愛親敬長隆師親友之道.
>
> 옛날에 소학에서는 사람들에게 청소하고 응대하고 처신하는 예절과, 부모 사랑하고 어른 공경하고 스승 대접하고 벗과 친하는 도리에 관해 가르쳤다.

이는 동시에, 『소학』 전체 내용의 핵심적 요체라 해도 과언이 아니었다. 윗 인용문에서의 '소학'은 책 이름이 아니고 고대의 학교명을 뜻하는 것이지만, 주자 이후로는 책 이름으로 인식되기 시작하여 오늘에 이르렀던 것이니, 이 책이 소학 생활의 지침서로서의 막대한 비중을 차지하면서 영향 끼친 정도를 재삼 실감해 볼 수 있다.

무릇 『소학』이란 책은 내편 안에 '입교'·'명륜'·'경신'·'계고' 등 4편, 외편 안에 '가언'·'선행' 등 2편, 합하여 여섯 편이 상당한 부피를 이루고 있다. 하지만, 이 책에 들어 있는 내용의 전부가 어느 시대에든 통용될 수 있는 것은 아니다. 곧, 어느 시대에는 당연하였지만 또 다른 시대에는 실정에 잘 맞지 않는 내용이 상당수 있다는 뜻이니, 그 같은 부분들에 관한한 과감히 걸러냄이 마땅하다. 대신, 고금의 벽을 넘어 백대의 전범典範이 될만한 주옥같은 가르침만을 가려 추린다 해도 여기에선 그것을 다 수록해 볼 겨를이 없다. 그럴 뿐 아니라, 전체 내용의 가장 핵심적 요추要樞라 할 수 있는 내편 가운데 처음 부분, 즉 제1편 '입교'와 제2편 '명륜'에 관해 제대로 개관해 보는 일조차 유여裕餘치 못하다.

그렇거니와, 애오라지 필자 나름으로 그것 중의 가장 정채로우며 요긴 · 절실하다고 사료되는 부분을 엄밀히 여과 · 정선하고 새겨 음미해보는 일로써 그 현대적 의의를 살려 보이고자 한다.

1) 제1편 '입교'에서

孟子曰 人之有道也 飽食煖衣 逸居而無教 則近於禽獸.

『맹자』에 이르기를, 사람에겐 해야만 할 떳떳한 도리가 있는 것인데, 배불리 먹고 따뜻이 입고 편안히 지내면서 교육이 없다면 그야말로 금수에 가까운 것이다.

과연 그러하다. 이 말은 이 시대의 자칭 중산층, 또는 그 이상임을 자처하는 인사들에게 적용시킨다 해도 별반 어긋나 보이지 않는다. 요즈음 시대는 상당수가 칼로리 과다로 비만을 걱정하고, 무리해서라도 명품을 착용해야 하고, 편한 일이 아니면 차라리 쉬고놀망정 힘든 일은 못하겠다는 식의 풍토가 만연하고 있으니, 맹자의 이 가르침이야말로 신변적 욕구만을 일변도로 추구하는 이 시대 한심사에조차 통하는 따끔한 경종이 아닐 수 없다. 바로 이 말의 뒤에는 이를 걱정한 순 임금이 설契에게 널리 교화하도록 명했다는 유명한 오륜이 소개되거니와, 여기서는 생략한다.

弟子職曰 先生施敎 弟子是則 溫恭自虛 所受是極.

『제자직』에 이르기를, 선생님께서 가르침을 베푸시어든 제자된 사람은 바르게 본받아 온화하고 공손한 태도로 스스로를 겸허히 하여 그 가르쳐 받은 바를 극진히 한다.

인륜 상도常道가 무너졌다는 이 시대에조차 아직은 스승의 가르침에 대해 '온공溫恭으로 시칙是則'하는 제자가 완전히 사라졌음은 아닐 것이다. 대개 수준이 높은 학문의 세계거나 장인정신을 존중하는 예술 계통이 그나마 사제의식師弟意識을 가까스로 보존시키고 있는 최후의 보루처럼 보이니, 이 세계에선 제법 제자가 진정으로 선생을 공경하고 어렵게 생각하여 감히 선생 앞에 저촉하지 못하는 여풍餘風이 남아있는 듯도 싶다.

이러한 특수한 국면 이외, 오늘날 일반적인 학교 사회에서 학생이 선생에 대한 이같은 공경의 논리는 거의 다 사라졌다고 보아도 지나치지 않을 듯싶다. 고금 간에 시대가 달라졌으니, 지금 시대에는 과거의 맹목적 우선 공경주의보다는 그 선생의 인격과 지식의 척도에 따라 승순承順할 수 있다는 합리적 판단에 대해 굳이 배격하지 않는다.

동시에, 진정 선생답지 못한 선생들이 과거 어느 시대보다 많은 것도 중대한 이유라고 하는 주장을 그대로 수용한다고 해도, 문제는 다시금 옥석玉石을 가릴 줄 아는 변별력에 있다. 공경 받을 자격이 없는 선생만이 공경 받지 못하는 데 한정되지 않고, 그같은 공경 부재가 전반적인 추세, 보편화된 분위기로 만연되어 있는 풍조를 지적함이다. 그리하여, 타일러야 시늉조차 않으며 그나마 선불리 타일렀다가는 도리어 난데없는 봉욕을 당하기 쉬워 타이를 사람 조차 찾아보기 어려운 세상처럼 되었다.

이렇듯 사회적으로도 아랫 세대가 하도 무례無禮 · 앙롱仰弄하여 이른바 '어른이 없는 사회'로도 일컬어지는 오늘, 무질서가 만성화된 지금 시대야말로, 그 옛날 서당의 생도가 훈장님 앞에 가졌던 그 태도 같은 것이 방법론으로서 절실히 요구되는 그러한 때일는지 모른다. 즉, 선생에 대한 제자의 '선 비판先批判' 논리보다는 일단의 '선 공경先恭敬' 자세 쪽이 보다 문제 해결에 도움을 끼칠 수 있으리란 의미이다.

소학의 의미를 강조하면서 그린 一史 具滋武의 掃麗圖

『소학』이 『논어』로부터 가져온 공자의 다음과 같은 말은 유명도하려니와, 이 시대의 배우는 이에게 가장 간절한 행동 강령이 될 터이다.

孔子曰 弟子入則孝 出則弟 謹而信 汎愛衆 而親仁 行有餘力 則以學文.

공자가 말씀하기를, 배우는 이는 집에 들어와서는 효도하고, 밖에 나가서는 윗사람을 공경하며, 삼가고 미더워야 하며, 널리 사람들을 사랑하되 어진 이와 가까이 해야하니, 그렇게 실행하고 남는 힘으로 글을 배우는 것이다.

남의 앞에 배우는 사람은 학문보다 우선해야 할 일이 도덕적 성실에 있음을 강조한 이 가르침은, 소학 교육에 있어 '쇄소응대 진퇴지절灑掃應對進退之節'을 앞자리에 내세운 주자 서문의 지침과 더불어 그 취지에서 하등 다를 바가 없는 것이다.

2) 제2편 '明倫'에서

이는 다름 아닌 오륜을 밝히는 편장篇章으로, 부父와 자子, 군君과 신臣, 부夫와 부婦, 장長과 유幼, 붕朋과 우友 관계 안에서의 마땅한 도리를 지시하고 있다.

一. 명부자유친明父子有親

오륜 가운데 첫머리는 단연 부자윤리이다. 가장 으뜸가는 강령인즉, 자식이 어버이를 섬김은 인류에 영원하고 떳떳한 도리일 뿐이다.

그러나 양풍良風이 보다 잘 나타났던 시대가 있었는가 하면, 보다 퇴조했던 시대도 없지는 않았다. 요즘 시대는 어떠한가 하면, 모름지기 이 뜻이 사뭇 약화되었거나 또는 거의 마비 상태에 다다른 듯한 느낌마저 없지 않다.

이제 구구한 사설은 버리고 그 가장 간절한 대목 만을 가려 이에 나란히 열거하는 일로써 부모 섬기는 도리의 제요提要로 삼고자 한다.

曲禮曰 凡爲人子之禮 冬溫而夏凊 昏定而晨省 出必告 反必面.

『곡례』에 이르기를, 무릇 자식된 사람의 도리란 겨울에는 따뜻이, 여름에는 서늘하게 해드리며, 어두워서 잘 때 되면 자리를 살펴보아 드리고, 새벽되면 문안을 살핀다. 나갈 때엔 반드시 가는 곳을 알려드리고, 돌아와서는 반드시 얼굴을 보여 뵙도록 한다.

禮記曰 孝子之有深愛者 必有和氣 有和氣者 必有愉色 有愉色者 必有婉容 孝子如執玉 如奉盈 洞洞屬屬然 如弗勝 如將失之 嚴威儼恪 非所以事親也.

『예기』에 이르기를, 효자로서 부모를 깊이 사랑하는 이는 반드시 화기和氣를 띤다. 화기를 띤 이는 반드시 기쁜 낯빛을 하고, 기쁜 낯빛을 하는 이는 반드시 상냥한 얼굴을 하고 있다. 효자는 마치 귀한 옥을 손에 쥐고 있는 듯, 물이 꽉 찬 그릇을 받든 듯, 정성스럽고 조심스레 차마 감당 못하는 것 같이, 무엇을 잃어버린 것처럼 해야 하니, 위의威儀를 엄하게 갖추면서 의젓한 양하는 것은 부모를 섬기는 법이 아니다.

曲禮曰 父母存 不許友以死.

『곡례』에 이르기를, 부모가 생존해 계시어든 친구와 목숨을 걸어 약속하지 않는다.

禮記曰 父命呼 唯而不諾 手執業則投之 食在口則吐之 走而不趨.

『예기』에 이르기를, 아버지가 부르시면 빨리 대답하지 느리게 대답하지 않는다. 손에 일을 붙들고 있었으면 놓아두고, 음식이 입에 있었으면 뱉어내고, 얼른 달려가야지 종종걸음으로 가지 않는다.

曾子曰 父母愛之 喜而弗忘 父母惡之 懼而無怨 父母有過 諫而不逆.

증자가 말씀하기를, 부모가 사랑해 주시면 기뻐하여 잊지 아니하고, 부모가 미워하시면 두려워할 뿐 원망함이 없도록 한다. 부모에게 잘못이 보이면 간곡히 진언하되 맞서 거스르지 않는다.

祭義曰 霜露旣降 君子履之 必有悽愴之心 非其寒之謂也 春雨露旣濡 君子履之 必有怵惕之心 如將見之.

『제의』에 이르기를, 서리이슬 내리니 군자가 밟는도다. 꼭 처량코도 비창한 마음 이는 것은 날씨 추워 그런 것 아니어다. 봄비 이슬 적시매 군자가 밟는도다. 꼭 놀라고 슬픈 마음 이는 것은 부모님 모습 뵈는듯 하기에.

孔子謂曾子曰 身體髮膚 受之父母 不敢毁傷 孝之始也 立身行道 揚名於後世 以顯父母 孝之終也.

공자가 증자에게 말씀하기를, 내 몸의 모든 것은 부모에게서 받은 것이니 함부로 훼상치 않음이 효도의 시작이다. 자신의 몸을 세워 도를 행하고 후세에 이름을 떨치어 부모의 영예를 드러나게 함이 효도의 마무리이다.

不愛其親 而愛他人者 謂之悖德 不敬其親 而敬他人者 謂之悖禮.

자신의 어버이를 사랑 아니한 채 다른 사람 사랑하는 그것을 일컬어 패덕悖德이라 하고, 자신의 어버이를 공경치 아니한 채 다른 사람 공경하는 그것을 일컬어 패례悖禮라고 한다.

孟子曰 世俗所謂不孝者五 惰其四肢 不顧父母之養 一不孝也 博奕好飮酒 不顧父母之養 二不孝也 好貨財私妻子 不顧父母之養 三不孝也 從耳目之欲 以爲父母戮 四不孝也 好勇鬪狠 以危父母 五不孝也.

맹자가 말씀하기를, 세간에서 소위 불효라 하는 것이 다섯 있다. 제 사지四肢를 게을리하여 부모 봉양 돌보지 않음이 첫 번째 불효이다. 바둑 장기나 음주를 좋아하여 부모 봉양 돌보지 않음이 두 번째 불효이다. 돈과 재물을 좋아하고 처자식을 귀애貴愛하느라 부모 봉양 돌보지 않음이 세 번째 불효이다. 이목의 관능적 욕구를 좇아 부모를 욕되게 함이 네 번째 불효이다. 용맹을 좋아하고 쌈박질이나 하여 부모를 불안케 함이 다섯 번째 불효이다.

이 시대의 실정과 견준대도 구절구절마다 절실히 요긴하지 않음이 없는 백세百世의 수훈垂訓이요 인간 삶의 영원한 지침이 아닐 수 없다.

二. 명군신지의明君臣之義

이는 봉건주의 시대에서 현대로 넘어오는 사이에 해당 관계가 사라짐으로 인해 별 의미없는 것이 되었기로 이에 생략한다.

三. 명부부지별明夫婦之別

명륜편 중 60장부터 68장까지는 남녀 혼인의 정당한 절차(60~64장) 및, 결혼한 이후의 부부가 각각 지켜야 할 규범에 대해 말한 것이다.

그런데 그 문면에 나타난 부부상은 오늘날 지금 시대에 우리가 보고 있는 그것과 너무도 상이하다. 과연 어느 쪽이 보다 바람직하다고 판정짓기는 어렵되, 우선은 전통적 혼인 방식이 가부장의 이성과 판단에 치중되어 있고, 혼인 당사자인 두 사람의 감성은 상당히 무시되었던지라, 타협과 화합의 총체성이란 면에서 일정한 한계를 안고 있었다는 문제가 있다. 하지만 적어도 부모의 인생에 대한 경륜과 이성理性, 객관적 냉철한 시각이 혼인에 있어서 배우자에 대한 판단 폭을 넓혀주는 고문顧問 역할을 다할 수 있다는 사실만큼은 결코 경홀히 할 수 없는 중요한 의미로 남게 되는 것이다.

한편, 결혼에 있어 자식의 인격적 판단이 존중되는 요즘 시대의 당사자 선택에 따른 부부 결연의 모습을 보면, 『소학』이 제시하고 있는 부부상과는 비교할 수 없으리만치 자유롭고 분방하다 하겠다. 그렇지만, 이같은 제약에서의 벗어남이 그대로 장점이 되는 이면에는, 오히려 그 제약 없다고 하는 그것이 그대로 취약점으로 작용하는 현상을 놓칠 수 없다. 부부 사이에 허물 없고 격의隔意 없다는 이유로 자칫 도를 넘어서면서 야기되는 갖

가지 바람직하지 못한 일을 지적함인데, 그것의 극단적인 형태가 오늘날 심각한 사회문제로까지 부상되어진 이혼률의 급증이라 하겠다.

이는 오늘날 자유 결혼이 갖는 문제점으로 남는 부분이기도 하다. 곧 서로 간에 좋아한다는 감정 하나 믿고 결혼하며, 그 감정 한 가지면 둘 사이에 서로 다른 아무런 경계도 분한分限도 필요치 않다는 식으로 과신하다가, 어느 순간 서로 간의 자아가 강조되는 순간에 갈등이 생겨나게 된다. 이러한 갈등이 점진적으로 확대되면 알력이 일어나고, 그것이 더 지나치면 이혼과 같은 파국적 국면으로 가는 것이겠다. 하지만, 이렇게 갈 수밖에 없는 이유의 궁극성은 모름지기 부부간 맹목적 감성적인 관계 뿐 아니라, 이성적으로도 상호간의 인격과 개성을 존중하고 배려하지 않은 사실에서 찾을 수 있을 것으로 사유된다.

반면, 전통적 부부상은 남녀유별이라는 정해진 법도로 인해 내외가 다소 다양한 감성의 표현과 친근미가 부족된 느낌을 어쩔 수 없다고 하나, 양자가 심각한 갈등 및 알력의 상태로까지 치닫지는 않았던 장점은 있었다 하겠다. 이는 다름 아니라 서로 간에 일정한 정도 분별을 유지하는 그 철저한 이성적 생활 패턴에서 말미암은 덕분도 없지 않은 것이다.

따라서 이 '명부부지별'의 이를테면 65장 중에, "집에 안팎의 구별이 있어 남자는 밖에, 여자는 안에 거처하여 출입을 자제한다"는 것 등은 이제 낡은 시대의 관습으로 돌린다 해도, "전안奠雁의 예를 행할 때 마주보는 것은 공경하여 부부간 분별을 드러냄이다(執摯以相見 敬章別也)"라든지, "예는 부부간 삼가는데서 비롯한다(禮始於謹夫婦)" 같은 내용에는 음미해 볼만한 뜻이 없지 않다. "남자는 안의 일을 말하지 않으며 여자는 밖의 일을 말하지 않는다(男不言內 女不言外)" 역시, 꼭 글자 그대로의 원칙 고수론적인 뜻으로만 수용해야 할까? 다시 말해 "남녀의 직책과 일의 범위가 정하어 있어서 서로 침범하지 않는다는 뜻"[4]이라 할 때는 오늘날 부부간도 서로의 개성에 따른 일의 영역과 프라이버시를 인정하고 존중하는 태도가 중하다고 새겨 볼 수 있다. 더 적극적으로는 단지 간섭하지 않는다는 뜻 이상의, 상대방의 일에 대한 긍정적이고 호의적인 태도로서 이해함이 온당할 것이다.

한편, 이 부부장 안에는 유명한 이른바 '삼종지도三從之道'가 보인다.

在家從父　친정에서는 아버지를 따르고
適人從夫　시집가서는 지아비를 따르고
夫死從子　지아비 죽으면 아들을 따른다.

봉건 시대의 남성본위적 개념이다. 특히 잘 알려진, 이른바 '칠거지악七去之惡'의 계훈도 이 책 안의 가르침이다.

婦有七去　지어미에겐 일곱 가지 버림당할 사유가 있다.
不順父母去　부모에게 순종 아니하면 버림당하고
無子去　자식을 낳지 못하면 버림당하고
淫去　음란하면 버림당하고
妬去　질투하면 버림당하고
有惡疾去　나쁜 병이 있으면 버림당하고
多言去　말이 많으면 버림당하고
竊盜去　도둑질하면 버림당한다.

역시 현대적 삶 안에서 거의 수용의 의의를 갖지 못할 뿐 아니라, 오히려 조소와 비난의 대상, 가혹한 악습의 대명사인양 되고 말았다.

4) 남만성, 『역주소학譯註小學』, 보진재, 1973, p.85.

그러나 바로 그것의 다음에 이어지는 바, 보낼 수 없는 세 가지 경우도 있으니, 곧 '삼불거三不去'를 함께 기억하는 사람은 많지 않은 듯싶다.

有三不去	보낼 수 없는 것이 세 가지 있다.
有所取 無所歸 不去	데려왔으나 돌아갈 친정 없으면 보낼 수 없고
與更三年喪 不去	더불어 시부모 삼년상을 지냈으면 보낼 수 없고
有貧賤後富貴 不去	빈천이었으나 그녀 온 뒤 부귀이면 보낼 수 없다

『소학』이 제시하는 바가 분명 형태상으로 보아도 남성의 지배적 논리와 여성의 순종적 논리에 입각해 있기에, 이 점 현대에 비판과 탄핵을 면치 못하는 것이 엄연한 사실이다. 비단 부부 사이 윤리 관계 뿐 아니라, 부자 · 군신 · 장유의 윤리가 쌍방적 호혜互惠의 논리를 주장한 부분은 약한 대신, 거의 한 쪽이 다른 한 쪽에 대한 일방적 시혜施惠의 논리에 치우쳐 보임이 우선 부인하기 어려운 사실이다.

하지만 그렇게 봉건제도의 권위주의적 낡은 산물로만 논척論斥해 버리는 한편으론, 대관절 지나간 시대의 인문사회가 어떤 경위로 그렇게 장구한 시간동안 『소학』의 지표에 따른 윤리 방식을 취택하게 되었던 것인지 궁금하다. 다시 말해, 그것을 가장 바람직하고 온당한 방식이라 생각하였던 필연성이 어디에 있었는지 되돌아보게 하는 국면이 있다.

생각해 보면, 갈등과 알력이란 서로 사이에 양보의 분위기가 없을 때 일어나기 쉬운 것이다. 그리하여 일단 아무런 전제 없이 어떤 소속의 안정과 평화를 기약할 수 있는 가장 우선적이고 확실한 방법이 있다고 한다면 어느 한 쪽이 다른 한 쪽에 양보하고 따르는 것이 최선이라는 판단에서 택해진 방책이었을는지 모른다.

그러나 이러한 상하의 계통적 질서 방식 안에서 자칫 과도히 남발 · 자행될지도 모를 전횡을 우려하여 그것을 견제하고자 신경쓴 자취도 보인다. 이를테면, 위에 든 '삼불거'도 냉정한 견제의 한 형상이다. 또는, 뒷부분 제2 명륜편의 '통론通論' 안에 안자晏子의 가르침으로서 권장되어왔던 다음 같은 내용은 어떠한가.

君令而不違 臣共而不貳 父慈而教 子孝而箴 兄愛而友 弟敬而順 夫和而義 妻柔而正 姑慈而從 婦聽而婉 禮之善物也.

임금은 명령하되 사리에 어긋나지 않아야 하고, 신하는 그 뜻에 가지런히 하여 두 마음이 없어야 한다. 아버지는 자애와 더불어 가르쳐야 하고, 아들은 효도와 더불어 충간忠諫해야 한다. 형은 아우를 사랑하여 돌보고, 아우는 형을 공경하여 따른다. 남편은 화열和悅하되 떳떳하게 하고, 아내는 유순하되 올바르게 한다. 시어머니는 며느리를 자애로 들어주고, 며느리는 시어머니를 청종聽從하여 상냥하게 함이 예의 훌륭한 표본이다.

이와 같은 것은 오히려 관계의 일방성에 대한 지양止揚임과 동시에 관계의 호혜성에 대한 보정補正을 위한 좋은 일례라 할 수 있다. 또한 사실은 이런 면도 아주 도외시할 수는 없겠다. 곧, 비록 외형상으로는 조정에선 임금이, 가정에선 남편이 매사를 결정하는 형태를 취하기는 하였지만, 기실 중요한 사안의 결정이 군君·부夫의 독단보다는 군신간·부부간의 숙의熟議에 따라 이루어졌음과, 또 실제로 그러한 절차가 이성 있는 태도로 인식되었던 특유의 메카니즘이 봉건시대에 내유해 있었다.

四. 명장유지서明長幼之序

일반사회에서 나이 적은 이가 향당鄕黨의 연장자거나 가르침을 베푸는 선생 앞에서의 예절 법도를 말한 것이다.

하지만 그 내용들이 쉽게 봉건시대의 진부한 잔재로만 돌릴 일들은 아니다. 변하지 않는 인정의 소재를 파악한 것이기에, '경장敬長'이 새롭게 요구되는 이 시대야말로 절실한 귀감으로 삼을만한 메시지가 대부분이다.

徐行後長者 謂之弟 疾行先長者 謂之不弟.

천천히 어른의 뒤에 가는 것을 공손하다고 하고, 빠른 걸음으로 어른보다 앞서 가는 것을 공손치 못하다고 한다.

從於先生 不越路而與人言 遭先生於道 趨而進 正立拱手 先生與之言則對 不與之言則趨而退.

선생 뒤에 따를 때엔 길을 앞질러 다른 사람과 말을 나누지 않는다. 길에서 선생을 만났을 때엔 종종 빠른 걸음으로 나아가 바로 서서 손을 공손히 맞잡고 인사드린다. 선생이 함께 얘기코자 하시면 대답을 드리고, 말씀이 없으시면 빠른 걸음으로 물러나온다.

先生書策琴瑟 在前 坐而遷之 戒勿越.

선생의 책이나 거문고, 비파 같은 것이 자기 앞에 놓여 있으면 꿇어 앉은 자세로 그것을 옮겨놓고 삼가 넘어다니는 일이 없도록 한다.

坐必安 執爾顔 長者不及 毋儳言 正爾容 聽必恭 毋勦說 毋雷同.

앉는 것은 반드시 안정감 있게, 얼굴빛은 긴장을 지킨다. 어른의 말씀이 채 다 끝나지 않았을 때 말을 가로채지 않는다. 얼굴빛을 바르게 하고 공순히 들어야 한다. 남의 말을 표절하지 아니하며, 무조건 따르지 않는다.

侍坐於先生 先生問焉 終則對 請業則起 請益則起.

선생을 모시고 앉았을 때에 선생이 물어오시면 그 말씀이 끝난 뒤에 대답을 드린다. 수업을 청할 때에는 일어서며, 디욱 설명해 주실 것을 청할 때에도 일어선다.

수업 받는 이의 올바른 자세에 대해 말한 것이다. 이렇듯 그 태도가 진지하고 엄정해야 함을 강조하는 뜻이지만, 원하는 바가 경직에 있지는 않을 것이다. 정숙한 가운데 선생의 자애로움이 절로 나타나고, 학생은 공손함을 잃지 않는 가운데 화기和氣로움이 기약될 수 있는 이것이야말로 수업의 소망스런 형태가 아닐까.

五. 명붕우지교明朋友之交

벗과 사귀는 요령을 담은 것이다.

친구와의 교제는 가장 쉽고 편한 듯싶어도 그 우정을 돈독히 오래도록 유지하기는 고래古來로 쉽지 않은 일이었던가 보다. 그러기에 일찍 순 임금이 교시敎示토록 했다는 오륜 가운데 붕우유신朋友有信이란 한 조항이 굳이 포함되어 있었던가 싶다. 춘추시대 제齊나라 관중管仲과 포숙鮑叔의 사귐이 불멸의 고사故事로 전승되었으며, 또 당나라 시인 두보杜甫도 이 관포지교管鮑之交를 부러워하며 자기 시대 사귐의 경박함을 〈빈교행貧交行〉[5] 한 작품에 실어 읊지 않았을까.

붕우도朋友道는 송대의 『소학』에 이르러서도 여전히 중요한 가르침의 대상이 아닐 수 없었으니, 긴절緊切한 것 몇몇만 뽑아 보이도록 한다.

5) 이는 당의 천보天寶 11년(751), 그의 40세 때 장안長安에서 지었다는 것으로, 이 칠언고시七言古詩의 내용은 이러하였다.

飜手作雲覆手雨	손바닥 뒤집어서 비구름을 만들 듯
紛紛輕薄何須數	갈팡질팡 경박함 어찌 그리 잦은가.
君不見管鮑貧時交	그대 모르는가, 저 관중과 포숙의 가난 시절 사귐을
此道今人棄如土	이 참다움을 지금 사람은 흙먼지 떨어내듯 하는구나.

> 孔子曰 朋友切切偲偲.
>
> 공자가 말씀하기를, 붕우 사이는 선한 길에 힘쓸 수 있도록 서로 간절히 충고하고 격려해야 한다.

이는 책선責善을 말한 것이다. 책선이란 착한 일, 곧 인격 함양 및 삶의 지혜 또는 지식과 같은 건전하고 창조적인 일을 서로 권하는 행위이다. 맹자도 책선은 벗 사이의 의당한 도리(責善 朋友之道也)라고 하였던 바 있다. 친구가 있다 해도 덕성에 도움이 되지 않는다면 참된 친구 관계에 들 수 없다. 따라서 벗 상대방이 그릇된 길로 가는데도 못 본 척 아무 충고도 하지 않는다면 궁극에 그 친구를 위하는 충정이 없기 때문인 것으로 생각했음직하다.

이처럼 충언하여 옳은 방향으로 이끌어 유도함이 너무나도 마땅할 일이지만, 그것도 지나치면 무리를 빚는 법이다. 진지하게 노력하는 중에 정녕 통할 수 없겠다 싶을 그 때는 중지하여 감정적인 손상에까지 이르는 일 없도록 하는 요령을 밝히고 있다.

> 子貢問友 孔子曰 忠告而善道之 不可則止 毋自辱焉.
>
> 자공이 친구 사귀는 법에 대해 물으니 공자가 말씀하기를, 충심으로 말하여 좋은 방향으로 끌어가되, 안될 것 같으면 그만 두어 자신을 욕되게 하는 일이 없도록 하라.

이어서, 다음의 '손익자損益者 삼우론三友論'은 반드시 고수할 원칙적 조항이라기보다는, 오늘날 교우交友의 요령을 위해서도 일차적인 지침으로 될 만하다.

益者三友 損者三友 友直友諒友多聞 益矣 友便辟友善柔友便佞 損矣.

유익한 세 가지 벗과 해로운 세 가지 벗이 있다. 꾸밈없이 정직한 벗, 성실한 벗, 견문이 많은 벗은 유익하다. 겉치레만 익숙한 벗, 남의 기분만 살피는 벗, 견문은 없이 말재주만 있는 벗은 손해롭다.

공자의 이와 같은 가르침과 더불어, 맹자의 다음과 같은 조언 역시 고금을 초월해서 새겨 음미할 뜻이 넉넉한 교우도交友道의 가치있는 약석藥石이 되리라 한다.

孟子曰 不挾長 不挾貴 不挾兄弟而友 友也者友其德也 不可以有挾也.

맹자가 말씀하기를, 벗과의 사귐에는 나이 많음을 내세우지 말아야 하며, 자기의 지체가 높음을 내세우지 말아야 하며, 자기 형제가 있다는 것을 내세우지 말아야 한다. 벗과 사귄다는 것은 서로 인격을 사귀는 것이기에, 그렇게 믿고 내세우는 일이 있어서는 아니될 일이다.

맹자

이제 '명륜' 편 맨 나중의 통론通論 안에서는 각별히 두 가지 만을 뽑아 소개하기로 한다. 다름 아니라, 이 둘은 각별히 인생유전의 철학과 인정세태의 기미를 여실히 포착하였기에 그 의미가 참으로 심장하니, 또한 평생의 수훈垂訓으로 새길만한 까닭이다.

曾子曰 親戚不說 不敢外交 近者不親 不敢求遠 小者不審 不敢言大 故人之生也 百歲之中 有疾病焉 有老幼焉 故君子思其不可復者而先施焉 親戚旣沒 雖欲孝 誰爲孝 年旣耆艾 雖欲悌 誰爲悌 故孝有不及 悌有不時 其此之謂歟.

증자가 말씀하기를, 부모를 기쁘게 하지 못하고서 멋대로 다른 사람과 사귀지 않고, 가까운 이와 친하지 못하고서 멋대로 먼 관계 사람을 찾지 아니하며, 작은 일에 세심치 못하고서 멋대로 큰 일을 말하지 아니한다. 본래 사람이 세상에 나서 일백 년을 산다고 하는 가운데도 그 안에는 질병에 시달리는 때가 있고, 역할을 다 하기 어려운 노년기와 유년기도 있다. 그런 까닭에 군자는 한 번 지나면 다시 돌아갈 길 없는 일을 생각해서 우선 최선을 다 베푸는 것이니, 어버이 돌아가시고 나면 비록 효도코자 하나 누굴 위해 효도하며, 나이 이미 오륙십 저물면 공경해 보이고자 하나 누굴 위해 공경하리. 자고로 "효도는 손 닿지 못함이 있고 공경에는 때의 놓침이 있다"고 했으니 이를 두고 하는 말이 아니겠는가.

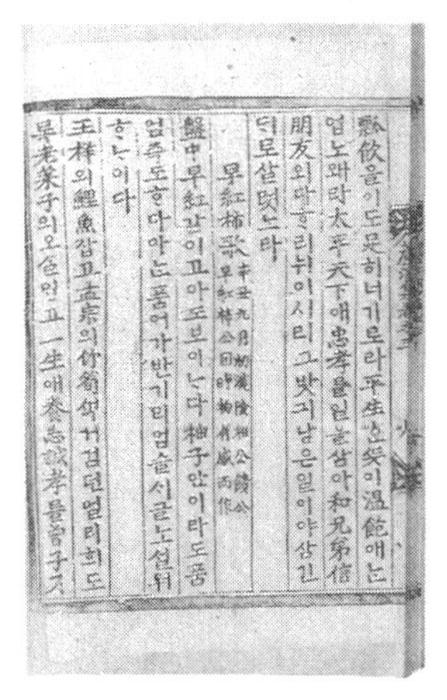
啜飮을이도못히너기로라平生ᄒᆞᆫ뜻이溫飽애ᄂᆞᆫ
업노ᄅᆡ라太平天下애忠孝를일을삼아和兄弟信
朋友외다ᄒᆞ리뉘이시리그밧긔남은일이야삼긴
대로살렷노라

早紅柹歌

盤中早紅감이고아도보이ᄂᆞ다柚子안이라도품
엄즉도ᄒᆞ다마ᄂᆞᆫ품어가반기리업슬ᄉᆡ글노설워
ᄒᆞᄂᆞ이다
王祥의鯉魚잡고孟宗의竹筍것거검던멀리희도
老萊子의오ᄉᆞᆯ닙고一生애養志誠孝를曾子ᄀᆞᆺ치

선조 때의 문인 박인로의 『노계집』 권3에 실린 早紅柿歌 – 규장각도서

官怠於宦成 病加於小愈 禍生於懈怠 孝衰於妻子 察此四者 愼終如始 詩曰 靡不有初 鮮克有終.

직무는 벼슬이 성취되었을 때 게을러지고, 병은 조금 낫다 싶을 때에 덧친다. 불행은 게을러 나태함에서 생기고, 효는 처자로 말미암아 시들게 된다. 이 네 가지를 살펴서 삼가 그 끝을 시작과 같게 해야만 하나니, 『시경』에도 "처음이 갖춰지지 않음은 없어도, 용케 끝마무리가 갖춰지기는 드문 것이다" 하였던 것이다.

5.

여기서는 『소학』 책의 전부를 다 텍스트로 삼는 대신, 내편 중의 제1편

'입교'와 제2편의 '명륜' 만을 검토의 대상으로 하였다. 나머지는 이의 더 상세한 부연이거나, 그 실제의 사례가 될만한 담총譚叢, 곧 여러가지 이야기 모음이다. 이에 지면상 할애할 수 밖에 없는 이유와 함께, 사실은 입교 · 명륜의 두 편으로써 『소학』의 가장 골격과 중추를 이루는 핵심적 개념은 애오라지 밝혀졌으리라는 믿음이다.

이제 돌이켜보매, 『소학』의 계훈은 그 중간에 다소의 시련에도 불구하고 조선시대 말까지 인륜 학습서로서의 그 의연한 모습을 잘 유지하고 지켜왔다. 그러나 급작스런 외세 문명의 침월侵越로 말미암아 주자 이래 700년 이어져 내려오던 굳건한 문화는 하루아침에 당하堂下로 내쳐짐을 당했다. 물질적 문명의 우세가 정신적 문화까지 좌우하고 흔들어 놓은 결과로 된바, 말하자면 문명의 대결이 문화의 우열까지 판가름하는 결과를 가져온 셈이 되었던 것이다.

그 기준을 상식적 편의상 1894년의 갑오경장甲午更張으로 잡는다면 서양의 문화가 기존의 전통문화를 덩달아 몰아내 버린 지 어느덧 일백 년이 넘어섰다. 결과, 현대에 우연이든 필연이든 남게 된 것은 역시 정신의 피폐가 아닐 수 없다. 이러한 마당에 우리가 선택할 수 있는 방법은, 적어도 지난 수백수천 년 동안 이같은 정신적 황폐를 야기시키지는 않았던 전통적 인간 교육으로의 반본反本과 회귀回歸 안에서 가능하다.

1900년대 초의 서당

그러한 돌이킴의 제일보가 『소학』에 있고, 이제 정작 돌아보매 이 책 거반이 교시하고 전달하여 있는 내용은 과연 시대를 초월하는 압권이라 할만하였다. 동시에, 그것은 이 시대의 세기말적 무질서와 혼돈을 건져 구할 수 있는 요결要訣을 지닌 메시지들이었다.

다만 문제는 금후의 시대가 정신의 환원을 위해 과연 『소학』이며 사서삼경 쪽의 교육에 점진적이나마 선회할는지에 대한 가능성 여부에 있다. 하지만, 적어도 이 시대 사람들의 교육 의지가 다시 복고 쪽으로 향하든지, 또는 역사의 예정론적 주기가 다행히 스스로 건전을 회복하는 방향으로 돌아서든지 간에, 한 가지 크게 예감되는 국면이 있다. 무엇인가 하면 최소한 그같은 도덕적 흔들림이 드디어 안정으로 돌아서게 될 때의 그 소망스런 현상은, 『소학』에서 제시하고 있는 인간 관계 삶의 모습과 견주어 많이 빗나가지는 않으리라는 것이다.

4장 '기記' 장르의 소설적 경계

1. 머리말

이 땅에서 '소설小說'이란 존재는 20세기 이후에나 신설되고 고정된 양식이었다. 고전소설이란 것도 현대에 와서나 인정을 얻은 장르이다. 그렇듯 이 시대에 새롭게 한 장르가 설정되었다고 한다면, 그것은 그렇게 될만한 어떤 시대적 요청과 필연성에 따른 결과일 터이다. 더 나아가, 우리가 오늘날에 이르러 어떤 작품들을 소위 '고전소설'이라는 장르 범위에 포함시키고 말고 하는데는, 필경 그같이 판단하고 식별하는데 필요한 어떤 기준과 조건들이 있을 것이다. 이를테면, 〈이생규장전李生窺墻傳〉·〈만복사저포기萬福寺樗蒲記〉·〈홍길동전洪吉童傳〉·〈구운몽九雲夢〉·〈양반전兩班傳〉·〈춘향전春香傳〉 등을 고전소설의 범주에 포함시킴은 이 작품들이 그 기준과 조건에 잘 부합되어 합격 판정을 받았음을 뜻한다.

그런데 오늘날 이른바 '소설'이라는 범주에 포함되는 작품들을 유심히 살펴보면 작품에 붙여진 제목의 명칭만 가지고서 결정해 볼 나위는 없는 듯하다. 우선 '~傳'이라 하면 그 일반적 관념이 곧장 '소설'로 간주될 법한데도, 〈백이열전伯夷列傳〉·〈정씨가전鄭氏家傳〉·〈백운거사전白雲居士

傳〉 등을 소설로 다루지는 않는 것을 보면 단지 작품 제목만으로 소설의 여부를 정할 수는 없는 노릇임을 알 수 있다.

그런가 하면 소설이 꼭 '~傳' 자나 '~記' 자 같은 특정 문체명 안에서만 존재하는 것도 아니다. 적어도 현전하는 김시습金時習의 『금오신화金鰲新話』 다섯 편만 놓고 본다고 해도,

記 : 萬福寺樗蒲記 · 醉遊浮碧亭記
傳 : 李生窺墻傳
志 : 南炎浮洲志
錄 : 龍宮赴宴錄

~기記, ~전傳, ~지志, ~록錄 등 꽤 다양한 문체 명칭 안에 들어있음을 알 수 있다. 특히 이 중에는 '~기記' 자 표제가 둘씩이나 나타나 있다.

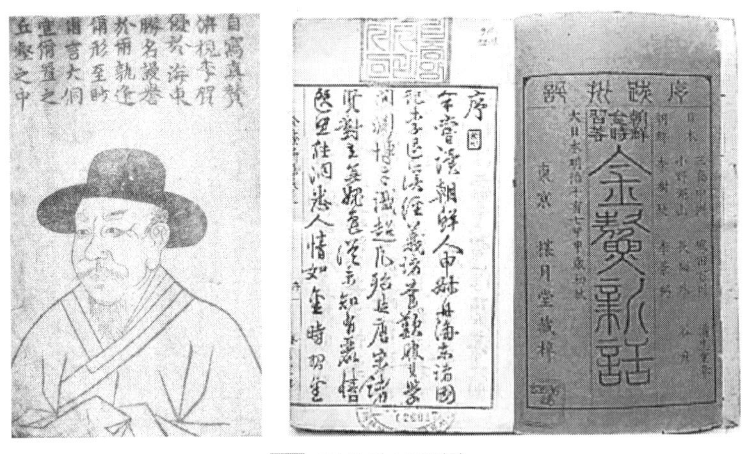

김시습과 금오신화

이제 시야를 넓혀 '~記' 자 표제를 띠고서 오늘날 고전소설 범위에 들

어가 있는 것을 찾아 본다. 우선 한문 류로 김시습의 〈만복사저포기〉와 〈취유부벽정기〉 외에, 남효온南孝溫의 〈수향기睡鄕記〉, 심의沈義의 〈대관재기몽大觀齋記夢〉,[1] 유몽인柳夢寅의 〈풍악기우기楓嶽奇遇記〉, 안정복安鼎福의 〈홍생원유기洪生遠遊記〉, 임영(林泳)의 〈의승기義勝記〉 등을 들 수 있다. 한글 류로는 잘 알려진 것만 인거해도 〈삼설기三說記〉, 〈금향정기錦香亭記〉, 〈장한절효기張韓節孝記〉, 〈육미당기六美堂記〉, 〈일락정기一樂亭記〉, 〈사씨남정기謝氏南征記〉 등 상당수를 나타내고 있다.

무릇, '기記'가 본시 한문 문체상의 한 명칭이라고 한다면, 대체 그것은 문학적으로 어떠한 속성을 가지고 있는 것인가? 또한 그 가운데 어떠한 기記라야 능히 소설의 경계에 들어가 거기 포함시킬 수 있다고 할 것인지에 대해 생각해 보고자 한다.

2. 기記 문체론의 전개와 소설적 접근

기記는 본래가 '기록하다', '기억하다'의 뜻이다. 그러니까 이 두 의미를 합하면 '기록을 통해 뒷날 기억한다'와 같은 해석이 가능하다. 또는, '훗날의 기억을 위해 기록한다'로 풀어도 무방하다. 그런 의미에서 『금석례金石例』에 있는 다음과 같은 말,

> 記者 紀事之文也.

---

1) 이 경우는 '꿈의 기록'이라는 뜻의 '몽기夢記'라는 표현 대신, 어운상語韻上의 부드러움을 따라 도치시킨 것으로 보이고, 따라 그것은 문체의 분류상 '기記' 갈래에 포함되어짐이 당연할 것이다.

기란 사실을 기록하는 글이다.

이것이 가장 원초적인 정의라고 할 수 있겠다.

서산西山이란 이의 다음과 같은 설명 또한 기에 관한 고전적 해석처럼 되어 왔다.

西山曰 記以善敍事爲主 禹貢顧命 乃記之祖 後人作記 未免雜以議論.

서산이 이르기를, 기는 사실을 있는 그대로 잘 적는 것을 으뜸으로 한다. 우공禹貢의 〈고명顧命〉은 바로 기記의 원조이다. 뒷사람들이 기記를 지을 때에는 의론을 섞어쓰는 일에 예외가 없었다.

서산은 『서산문집西山文集』의 저자인 송나라 진덕수眞德秀를 이름하는 듯싶다. 이 책은 전체 55권으로 되어 있는데, 이 중 3권에 걸쳐 기비記碑 관련의 내용이 들어 있다.

명나라 15세기의 문필가 오눌吳訥이 기記에 관해 다룬 설명을 본다.

竊嘗考之 記之名 始於戴記學記等篇 記之文 文選弗載 後之作者 固以韓退之畵記 柳子厚遊山諸記爲體之正 然觀韓之燕喜亭記 亦微載議論於中 至柳之記新堂 鐵爐步 則議論之辭多矣 迨至歐蘇而後 始專有以議論爲記者 宜乎后山諸老以是爲言也.2)

書

按:昔臣僚敷奏,朋舊往復,皆總曰書。近世臣僚上言,名爲表奏;惟朋舊之間,則曰書而已。蓋論議知識,人豈能同?苟不具之於書,則安得盡其委曲之意哉?
戰國、兩漢間,若樂生、若司馬子長、若劉歆諸書,敷陳明白,辨難懇到,誠可以爲修辭之助。
至若唐之韓柳,宋之程朱張呂,凡其所與知舊、門人答問之言,率多本乎進修之實。讀者誠能執復,以反之於身,則其所得,又豈止乎文辭而已哉?

記

金石例云:「記者,紀事之文也。」
西山曰:「記以善敍事爲主。禹貢、顧命,乃記之祖。後人作記,未免雜以議論。」
后山亦曰:「退之作記,記其事耳;今之記,乃論也。」
竊嘗考之:記之名,始於戴記學記等篇。記之文,文選弗載。後之作者,固以韓退之畫記、柳子厚遊山諸記爲體之正。然觀韓之燕喜亭記,亦微載議論於中。至柳之記新堂、鐵爐步,則議論之辭多矣。迨

오눌의 『문장변체』 중 '記'를 해설한 부분

가만 음미해 살펴보면 기의 이름은 〈대기戴記〉 편과 〈학기學記〉 편 같은 데에서 비롯했다. 기의 글을 문선에서는 싣지 아니했다. 뒤의 작자들은 굳건히 한퇴지의 〈화기(畵記)〉거나 유자후의 〈유산제기遊山諸記〉를 정체正體로 삼는다. 하지만, 한퇴지의 〈연희정기燕喜亭記〉 역시 그 안에 약간은 의론이 실려 있다. 유자후의 〈신당기新堂記〉거나 〈철로보기鐵爐步記〉에는 의론의 내용이 많다. 구양수와 소동파 이후에야 비로소 오직 의론만으로 기를 쓰는 일이 생겨났다. 그래서 당연 후산后山 여러 노인들이 이걸 보고 그렇게 말한 것이다.

아마도 기 장르에 관한 논의로는 가장 상세하고 체계 있는 최초의 글이 아닐까 생각된다.

명나라 16세기의 문필가인 서사증徐師曾은 『문체명변文體明辯』의 안에다 '기記'에 관한 기본적 개념과 연혁, 속성에 따른 분류를 총체적으로 시도하여 놓았는데, 우선 '기記'의 개념 및 연혁에 대해 이렇게 설명하였다.

按金石例云 記者紀事之文也 禹貢顧命 乃記之祖 而記之名 則昉於戴記學記諸篇 厥後揚雄作蜀記 而文選不列其類 劉勰不著其說 則知漢魏以前 作者尙少 其盛自唐始也.[3]

『금석례(金石例)』에 보면 기記란 일을 새기는 문장이라 했다. 우공(禹貢)의 〈고명顧命〉은 바로 기記의 원조이다. 그리고 기記의 명칭은 〈대기戴記〉·〈학기學記〉의 여러 편에서 비롯하였다. 그 후 양웅揚雄이 〈촉기蜀記〉를 지었지만 『문선文選』이 그 갈래에 대해 늘어세우지 않았고, 유협劉勰은 거기 관한 설명을 보이지 아니했으니, 한·위의 이전에는 작자가 아직 드물었음을 알 수 있다. 그 융성은 당나라 초기로부터였다.

실제로 서씨의 『문체명변』에 수록되어진 작품들 가운데 가장 이른 시

2) 오눌, 『文章辨體』, '記' 참조.
3) 서사증, 『文體明辯』, 권49 記 1.

기의 작자는 당대의 한유韓愈(768~824)와 유종원柳宗元(773~819)이다. 한유의 것으로는 〈신수등왕각기新修滕王閣記〉를 포함한 6편, 유종원의 〈관역사벽기館驛使壁記〉를 포함한 20편이 실려 있다.

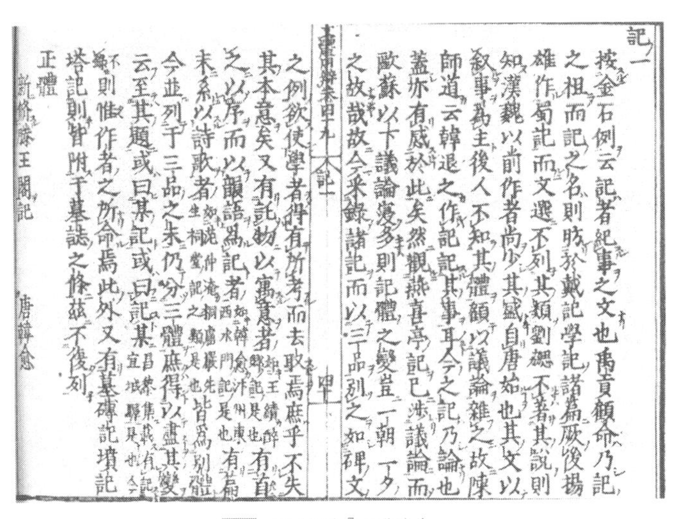
記一
按金石例云記者紀事之文也禹貢顧命乃記之祖而記之名則昉於戴記學記諸篇厥後揚雄作蜀記而文選不列其類劉勰不著其說則知漢魏以前作者尚少其盛自唐始也其文以叙事爲主後人不知其體顧以議論雜之故陳師道云韓退之作記記其事耳今之記乃論也蓋亦有感於此矣然觀燕喜亭記已涉議論而歐蘇以下議論寖多則記體之變豈一朝一夕之故哉故今采錄諸記而以三品別之如碑文

文體明辯卷四十九 記 中

之例欲使學者得有所考而去取焉庶乎不失其本意矣又有託物以寓意者(如王績醉鄉記是也)有首之以序而以韻語爲記者(如韓愈汴州東西水門記是也)有篇末系以詩歌者(如范仲淹桐廬嚴先生祠堂記之類是也)皆爲別體今並列于三品之末仍分三體庶得以盡其變云至其題或曰某記或曰記某則惟作者之所命焉此外又有墓碑記墳記塔記則皆附于墓誌之條兹不復列

正體
新修滕王閣記 唐韓愈

서사증의 『문체명변』

연속해서 서사증은 그 내용적 속성에 따른 '기記'의 분류 방식을 이렇게 제시하였다.

其文以敍事爲主 後人不知其體 顧以議論雜之 故陳師道云 韓退之作記 記其事耳 今之記 乃論也 蓋亦有感於此矣 然觀燕喜亭記 已涉議論 而歐蘇以下議論寖多則記體之變 豈一朝一夕之故哉.[4]

그 문장은 사실 그대로 적기를 위주로 삼지만, 뒷사람들이 그 체體를 알지 못한 채 오히려 의론을 섞게 되었다. 그런 까닭에 진사도는 말하기를, "한퇴지

4) 서사증, 위와 같음.

> (韓愈: 필자주)가 기記를 지었을 때는 사실만을 기록했을 뿐이지만, 오늘날의 기記는 그 자체 논論이라 할 것이다"고 했거니와, 대개 여기서도 와닿는 바는 있다. 그러나 한유의 〈연희정기燕喜亭記〉를 본대도 이미 의론의 과정은 있었고, 구양수歐陽修와 소식蘇軾 이하로 의논의 내용이 점점 많아진 것인즉 '기記' 문체의 변화가 어찌 일조일석 간의 일이겠는가?

곧, 객관적 서사 단위의 기記와 주관적 의론 단위의 기記, 두 가지로 나눠 보았던 것인데, 앞의 것을 기記의 정통적 바른 체體, 즉 정체正體로 간주하였다.

뒤이어 그는 '기記' 체의 3품 분류에 대해 언급하였다.

> 故今採錄諸記 而以三品別之 如碑文之例 欲使學者 得有所考 而去取焉 庶乎不失其本意矣.[5]

> 까닭에 이제 모든 기記를 채록해다가 3품으로 나눔에 있어 비문碑文의 예와 같이 하고자 하니, 학자로 하여금 참고하는 바가 있었으면 한다. 아울러 이같은 방식을 취사선택함에 그 본래의 의미를 놓치지 않았으면 한다.

위에서 "비문의 예와 같이 한다(如碑文之例)"는 것은 다름 아니라 바로 이 앞의 권49 '비문碑文' 체의 분류에 있어 그가 '정체正體'를 기본으로 하여 '변체變體'·'변이불실기정變而不失其正' 및 '별체別體' 등으로 분류한 사실을 말한다. 그는 비문체 서두 총론에서 그 분류의 근거에 대해 이렇게 설명해 보인 바 있다.

> 碑之體主於敍事 其後漸以議論雜之 則非矣 故今取諸大家之文 而以三品列之 其主於敍事者曰正體 主於議論者曰變體 敍事而參之以議論者曰

5) 서사증, 위와 같음.

> 變而不失其正 至於託物寓意之文 則又以別體列焉.6)
>
> 비碑의 체體는 사실 그대로 적음을 위주로 삼았고, 그 뒤에 점점 의론을 섞게 되었으나, 이는 정통은 아닌 것이다. 까닭에 이제 모든 대가들의 글을 취해다가 3품으로 세울지니, 서사에 위주한 것을 정체正體라 하고, 의론에 위주한 것을 변체變體라 하고, 서사이면서 의론을 가담한 것은 변체이나 그 정체를 잃지 않은 것이라 하였다. 탁물託物 우의寓意의 글에 연결돼 닿으면 그 경우는 별체別體에다 넣었다.

따라서 여기 권49에서 권51에 걸친 '기記' 체의 분류 및 작품 예시에 있어서도 다름없이 정체正體 · 변체變體 · 변이불실기정變而不失其正의 3품 및, 다시 정체正體 · 변체變體 · 별체別體의 3체로 분류해 놓고 있음을 보게 된다.

이 마당에 각별히 서사증이 자기 나름대로 '기記' 중의 별체라고 설정해 놓은 근거 기준이 흥미롭다.

> 又有託物以寓意者如王績醉鄕記 是也 有首之以序而以韻語爲記者如韓愈汴州東西水門記 是也 有篇末系以詩歌者如范仲淹桐廬嚴先生祠堂記之類 是也 皆爲別體.7)
>
> 또한 다른 사물에 의탁하여 자신의 생각을 부치는 것(왕적의 〈醉鄕記〉가 해당된다)과, 서序로써 첫머리를 삼고 운자韻字로써 기記하는 것(한유의 〈汴州東西水門記〉가 해당된다)과, 작품 끝을 시가로써 연결지어 놓은 것(범중엄의 〈桐廬嚴先生祠堂記〉 류가 해당된다)은 모두 별체別體이다.

이 가운데 특히 첫 번째로 든 "託物以寓意者" 개념에 부합하는 '~記' 작품이야말로 오늘날 이른바 소설로 간주되고 있는 작품과는 가장 직접적

6) 서사증, 『문체명변』 권49 碑文.
7) 서사증, 『문체명변』 권49 記1.

畫記，實摹考工，後人仿效，雖語語皆肖，究同木偶；記古器物，固須剞劂，必一一摹擬，又似鑿矣；記山水則子厚爲專家，體物既工，造語尤古，奇情異采，匪特不易學，亦不能學，歐陽力變其體，俯仰爽猶，多作弔古歎逝語，亦自成一格；至於瑣細不入正傳者，如望溪書逆旅小子，袁子才書馬僧之類，事関類乎小說，又非記之正格，故稱之曰「書」；學記一體，最不易爲，王臨川曾子固二公皆通經，根柢至厚，故言皆成理，若遊讌觴詠，或有唱和之什，則冠其首者爲序，否則專記其事亦可。要之體物工者，作記無不工。中惟學記一種，非湛深於經學儒術者，不易至也。」

摘各家所說雜記體的起源古矣，其衆體的流別，莫詳於林氏，體類既分，文章的作法亦異。猶曾氏雜鈔云：「後世修造宮室有記，游覽山水有記，以及記器物，記瑣事皆是也。」茲將標題之區分者，條述於下：

（１）記　書之顧命，禮之少儀內則，雖不以「記」名，實亦記體也。儀禮篇後必有記，此「記」之權輿也。至魏晉間作者始多，唐宋而下，名作不少。若爲前人所已記者，則曰後記，猶序之有後序也，惟集中不多見之

설봉창의 『문체론』 가운데 '記'에 관한 설명

인 유대와 연계를 지어볼 만하다고 이르겠다. 다름 아닌, 서씨가 그것의 본보기로서 예시한 왕적의 〈취향기醉鄕記〉야말로 오늘날 한문소설이란 이름과 범위 안에서 취급되고 있는 양상을 보는 것이다.

한편으로, 근대의 평론가 설봉창薛鳳昌은 그의 저서 『문체론文體論』에서 기記 문체를 1) 기記, 2) 서사書事, 3) 서序, 4) 기紀, 5) 제題의 다섯 가지 표제로 구분하여 조술條述을 가한 바 있다.[8] 개략을 인용해 보이면 이러하다.

1) 기記 : 『서경』의 고명顧命, 『예기』의 소의少儀와 내칙內則 등은 비록 기라는 이름을 띠고 있지는 않으나, 기실에 있어서는 기의 체이다. 의례편의 뒤에 필경 기라는 것이 생겨나니, 이야말로 기 체의 원초인 것이다. 위진 시대에 이르러 비로소 작자가 많아졌고, 당송 시대 이하로는 이름난 작품이 적지 않았다. 앞의 사람이 이미 쓴 기記를 위해 쓴 것은 후기後記이니, 마치 서序에 후서後序 있음과 같은 이치이다.

2) 서사書事 : 이는 임금남林琴南이 이른바 "자잘하여 정격의 전(正傳)에 들어갈 수 없는 것"에 해당한다. 처음부터 끝까지 곧장 한 가지 사항만을 기록한 것이다. 이것이 정체正體이고, 만일 중간에 다른 일을 쓰거나 의론의 내용을 포함한다면 이는 변체變體가 된다. 유문遺文과 일사軼事는 전傳 장르에 의존되는 것이 상당수이다.

3) 서序 : 이는 비록 그 이름이 서序로 되어있지만 서발序跋이거나 증서贈序의 체와는 다르다. 왕우군王右軍의 〈난정서蘭亭序〉나 자안子安의 〈등왕각서滕王閣序〉, 유주柳州의 〈서음序飮〉, 〈서기序棋〉 등이 모두 이 부류이다.

8) 설봉창, 『문체론』 제3장 '文體的分別'의 제10절, '雜記體' 참조.

4) 기紀 : 역사의 분야에는 본기本紀, 세기世紀, 외기外紀 등속이 있는 바, 기紀 문체의 큰 단위가 된다. 만일 기껏해서 여염의 사소한 일거리나 기록했다면 그 버금가는 내용이 될 것이요, 어떤 지역의 재변이나 도적의 화란 같은 경우 시종과 본말이 그 자체로 수미首尾를 이루면 그 또한 기紀로 표제할 수 있으니, 실상은 서사書事 체와 같은 부류이다.

5) 제題 : 서발序跋 류의 제題와 비슷한 것이다. 다만 서발류는 옛 서적을 고증 내지 바로 고치는 것이고, 이것은 벽壁 위에 쓰고 베끼는 경우가 많다.

위의 인용문에서 각별히 1), 2)가 주목된다. 1)은 기記의 보편적인 개념에 해당하는 것이고, 2)는 곧 오늘날의 소설 개념에 통하는 부분인 것이다. 특히 2) 서사書事라는 표현은 설봉창이 직접 언급한 바, 임금남의 다음과 같은 설명을 대거 수용한 것으로 보인다. 이는 기記 문체의 소설 문학과의 연관성을 위해서도 아주 괄목해 볼만한 대목이 아닐 수 없다.

至於瑣細不入正傳者 如望溪書逆旅小子 袁子才書馬僧之類 事固類乎小說 又非記之正格 故稱之曰書.

자잘하여 정격의 전(正傳)에 들지 못하는 데 해당하는 것으로 망계望溪가 쓴 역려소자逆旅小子, 원자재袁子才가 쓴 마승馬僧 같은 종류는 그 내용이 확실히 소설류에 드는 것이다. 또한 기記의 정격이 아니기에 서書라 칭한다.

여기서 직접 소설이라는 표현을 볼 수 있는 것이지만, 임금남이 '書'라고 부른 것에 대해 설봉창은 '事'라는 글자 하나를 추가시켜 '書事'라는 용어를 사용했음이 분명하다. 동시에 서사증이 이른바 별체別體 가운데 첫 번째인 "託物以寓意者"에 해당된다 할 것이다.

이는 새로운 패러다임의 문학론이라고 할 만하였다. 이같은 변환들은 마치 저 '전傳' 문학의 발전 과정에서 초기의 전傳이 드디어는 전기傳奇, 곧

중세 소설의 단계로까지 그 의미상의 확대를 나타냈던 현상과 같은 이치라고 하겠다. 곧, 비록 서사증의 전 4대 분류에까지 끼지는 못했지만,[9] 마침내 당대 전기 문학의 표제로까지 이어지는 양상을 우리는 보아온 바 있다. 〈남가태수전南柯太守傳〉, 〈이왜전李娃傳〉, 〈곽소옥전霍小玉傳〉 등등…. 그리하여 곽잠일郭箴一 같은 이는 전傳의 발달 과정상 이들을 '별전別傳'이라는 이름으로 책정시키기도 했다.[10] 나아가, 별전이 이른바 전기소설傳奇小說이라고 하면서 이를 하위 분류하되 신괴神怪, 연애戀愛, 호협豪俠의 세 가지로 세분하였다.

그렇듯이 이 '기記'의 장르 안에 있으면서 오늘날 전기傳奇로 인정받고 있는 모습들을 〈고경기古鏡記〉, 〈침중기枕中記〉, 〈이혼기離魂記〉, 〈진몽기秦夢記〉, 〈회진기會眞記〉, 〈명주기明珠記〉, 〈홍불기紅拂記〉 같은 작품들에서 볼 수 있다. 특히, 원진元稹의 〈회진기〉 같은 작품은 일명 〈앵앵전鶯鶯傳〉으로도 잘 알려져 있는데, 송宋, 금金의 시대에도 이를 바탕으로 관련 문학이 나왔고, 원元 대에는 또다시 기記 문학인 〈서상기西廂記〉가 만들어질 정도로, 후대에 끼친 영향이 매우 큰, 당대唐代 염정 주제의 대표적 전기傳奇 소설이다.

그런데 서사증은 전 문체의 분류에서도 별전을 따로 언급하지 않았던 것처럼, 지금 이 기의 장르를 설명하는 단계에서도 〈고경기〉나 〈침중기〉 등에 대한 언급은 가하지 않았다. 그것은 아마도 위의 전 문체에서 별전에 해당할만한 작품들의 존재를 알고서도 짐짓 다루려 하지 않았던 이유와 같은 수준에서 이해가 가능할 듯싶다. 곧, 속문학俗文學을 사절하고 점잖

9) 김창룡, 『가전문학론』, 박이정, 2007, p.281.
10) 곽잠일, 『중국소설사』(대만 상무인서관, 민국 70년), p.85 참조. 이에서 그는 별전을 "關於一人一事的逸事奇聞"으로 설명하였다. 그리고 이것이 당대 소설의 정화(唐人小說的精華)라 하였다.

은 아문학雅文學 만을 대상으로 삼은 서사증에게는 기 문체 일탈의 한계치를 〈취향기〉 정도에서 절충시켰을 것으로 판단된다.

따라서, 서사증이 "託物以寓意者"의 대표격으로 든 왕적의 〈취향기醉鄕記〉와 소동파의 〈수향기睡鄕記〉에 대해 각별한 관심이 요구된다. 더욱이 중국뿐 아니라 우리나라에서도 이를 의식하고 지은 작품들에 대한 착안과 검토가 있었기니와,[11] 그 뒤에 몇 작품의 존재 포착이 더 이루어지기도 했다.[12] 이를테면 정수강丁壽崗(1454~1527)의 〈취향기醉鄕記〉, 성운成運(1497~1579)의 〈취향기醉鄕記〉, 이광덕李匡德(1690~1748)의 〈취향기醉鄕記〉 및 지광한池光翰(1695~1756)의 〈취향지醉鄕志〉 같은 여러 후속편이 있기에 이 작품에 대한 고찰의 필연성이 가일층 제고된다. 동시에, 소동파가 남긴 기記 일품逸品인 〈수향기睡鄕記〉 역시 중국만 아니라 우리나라에서 이를 염두에 둔 조선조 남효온南孝溫(1454~1492)과 최규서崔奎瑞(1650~1735)의 동명 〈수향기睡鄕記〉가 존재하는 까닭에 돌아보는 의의가 더욱 크다 할 것이다. 그리하여 2부 4장에서 왕적과 소동파가 쓴 두 편의 중국 명작 산문에 대한 해

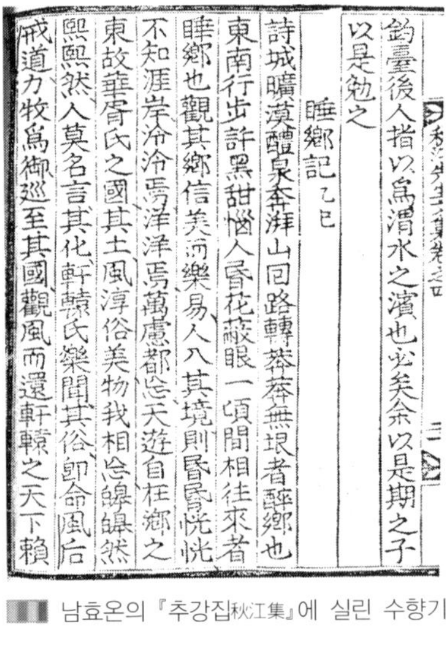
釣臺後人指以爲渭水之濱也必矣余以是期之子
以是勉之
睡鄕記 乙巳
詩城曠漠醴泉奔湃山回路轉莽莽無垠者醉鄕也
東南行步許黑甜惱人昏花蔽眼一頃間相往來者
睡鄕也觀其鄕信美而樂易人入其境則昏昏恍恍
不知涯岸泠泠焉洋洋焉萬慮都忘天遊自在鄕之
東故華胥氏之國其土風淳俗美物我相忘皡皡然
熙熙然人莫名言其化軒轅氏樂聞其俗卽命風后
戒道力牧爲御巡至其國觀風而還軒轅之天下賴

남효온의 『추강집秋江集』에 실린 수향기

11) 김창룡, 「수향기睡鄕記攷」, 『문예사상연구』, 한국고전연구회, 1980.
김창룡, 「초기의 몽유록 수향기」, 『한국 옛 문학론(재판)』, 새문사, 2007, 11.
김창룡, 「중국의 산문 명작(1) - 취향기, 수향기」, 『한성어문학』 22집, 2003, 8.

12) 안세현, 「조선전기 취향기醉鄕記 · 수향기睡鄕記의 창작 양상과 그 의미」, 『어문연구』 37권 1호, 2009, 3.

설과 강독을 실었다.

그러면 우리 조선조의 기記 문학 가운데 우의성을 갖춘 작품으로 〈수향기〉 외에도 〈만복사저포기萬福寺樗蒲記〉·〈취유부벽정기醉遊浮碧亭記〉·〈풍악기우기楓嶽奇遇記〉·〈의승기義勝記〉 등이 모두 여기 '託物 寓意'에 해당되는 전형적인 작품 예라 할 것이다.

3. 맺음말

기記 장르가 그것 생성의 초기에는 글자 뜻 그대로, 기록하고 기억하기 위한 이른바 순수 '記', 혹은 정체正體로서의 '記' 차원에 머물러 있었다. 하지만 시대의 점진과 추이에 따라서 그 기능에 변양이 이루어졌다. 서사증의 이른바 '託物 寓意'거나 설봉창의 이른바 '書事' 같은 파격적 형태의 등장을 본 것이니, 다름 아닌 소설 장르와 연결의 맥락이 닿는 처음 순간이라 할 수 있다.

그런데 이는 비단 기記 장르에 국한된 현상 만은 아니었다. 비문碑文의 전개 과정에서도 유사성이 엿보이고, 특히 전傳 장르의 진행 과정과는 아주 흡사한 양상을 나타내는 바 되었다. 즉, 서사증이 분류한 바의 열전 및 가전家傳과 같은 초창기의 전에는 사실적인 메시지만으로 오로지하다가, 시간의 흐름에 따라서 점차 '탁물 우의託物寓意'에 입각한 탁전托傳의 출현을 보게 되고, 더 나아가서는 가전假傳과 같은 허구적인 형태의 전傳까지 등장하게 된 실상과 다를 바가 없었다. 뿐만 아니라, 더 나중에 곽잠일의 별전別傳 개념에 오면 완연히 오늘날 말하는 소설 개념과 맞닿게 되었다.

이처럼 전이나 비문 같은 데에서도 같은 양상이 발견되었다는 데에서 한갓 우연이 아닌 그 어떤 필연성의 내재를 예감할 만하다. 그 필연성은 기사적 문필에서 문학적 문필로의 변환, 환언하면 사실적 차원에서 허구적 차원으로의 확대를 의미하기도 한다. 서사증은 전자가 후자로 들어서게 되는 첫 빌미를 당 시대 왕적의 〈취향기醉鄕記〉에다 두었거니와, 사실은 위진 시대 도연명의 〈도화원기桃花源記〉에서도 나름대로의 틱물 우의의 문학적 허구성을 내유해 있다고 볼 것이다.

이러한 내력을 지닌 기記는 당나라 소설 초기작으로 언거되고 있는 〈고경기古鏡記〉·〈침중기枕中記〉·〈이혼기離魂記〉·〈진몽기秦夢記〉·〈회진기會眞記〉·〈명주기明珠記〉·〈홍불기紅拂記〉 같은 작품을 통해서 보다 든든한 소설 문학으로 접맥되어 갔다. 그리고 더 나중에 한국 최초의 소설 개념인 김시습의 〈만복사저포기萬福寺樗蒲記〉거나 〈취유부벽정기醉遊浮碧亭記〉, 이후 임영의 〈의승기義勝記〉 등에 이르면 기記 장르의 문학적 변용이 절정에 달하는 감이 있다.

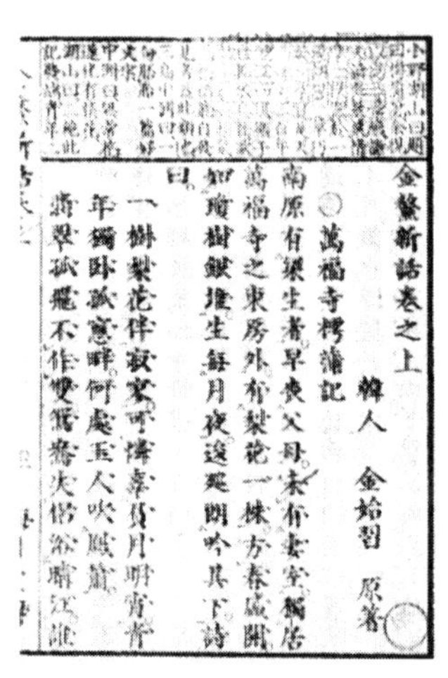
金鰲新話卷之上　韓人　金時習　原著
◎萬福寺樗蒲記
南原有梁生者早喪父母未有妻室獨居
萬福寺之東房外有梨花一株方春盛開
如瓊樹銀堆生每月夜逡巡朗吟其下詩
曰
一樹梨花伴寂寥可憐辜負月明宵靑
年獨臥孤窓畔何處玉人吹鳳簫
翡翠孤飛不作雙鴛鴦失侶浴晴江誰

김시습의 『금오신화』 중 만복사저포기

초창기 순수 문필의 역할만을 담당했던 기記 장르가 그 오랜 변화와 수용의 과정 뒤에 유연悠然히 고전 소설의 경계 안으로 들어서게 된 색다른 변신을 보게 되는 것이다.

5장 소설과 가전에 대한 옛 한중의 인식

1. 머리말

무릇 '허구'라는 말은 묘한 구석이 있는 어휘이다. 이를테면, 그것이 정치의 분야에 들어가면 지극히 부정적인 의미일 수밖에 없으나, 문득 문학의 범주에 들어섰을 때 그것은 새롭게 빛을 발하게 된다. 이 범주 안에서의 허구야말로 바로 문학의 원천이자 생명인 까닭이다. 바꿔 말하되, 문학에서 허구의 힘을 거세시킨다면 문학의 설 자리도 사라질 일이 자명하다. 산문장르 류類의 대표 장르 종種인 소설에서야 허구의 위력은 더 이를 나위도 없겠거니와, 운문의 대표격이라 할 수 있는 시의 경우에조차 '허구적 상상력' 또는 '상상적 허구력'에 의해 가꾸어진다. 역시 언뜻 보아 허구와 무관한 듯싶은 시조차도 예외없이 광의적 허구의 개념 안에 속해 있는 것이다.

그러나 이렇듯 허구가 그 진면모를 발휘하고, 문학하는 이들로부터 절대적인 신봉을 받은 것은 바로 20세기에 들어서나 가능했던 일이다. 오히려 19세기까지의 봉건주의 시간대 안에서의 허구는 어떤 의미에선 '날조', 또는 '조작'이란 개념으로 연통되어 그만 난처한 천덕꾸러기거나 이단아 신세를 면치 못했음도 사실이다. 진리와 진실의 참 가치만이 강조되는 유교의 가르침 안에서는, 허구는 참에 대한 거짓이요, 사실에 대한 허위일 뿐이었다. 결과, 그것이 일으키는 왜곡과 혼란은 진실과 도덕의 가치를 훼손시키는 독소라고 믿었던 때문이다.

그렇다면 허구란 것이 이렇듯 온건하지 못한 개념이라고 했을 때, 불온하다거나 불건전하다고 믿는 부정적 인식은 한·중 두 나라 사이에 그 정도가 동일하게 나타난 것이었을까? 동시에, 옛소설과 가전 문학이 똑같이 허구를 토대로 이룩된 장르였음에, 문학의 흐름 상에서 그 두 장르가 나란히 똑같은 대접을 받고 진행되었던 것일까?

이제 다루려는 글은 이러한 문제에 관심의 초점이 맞추어져 있다.

2. 소설에 대한 인식

옛 서사문학의 대표격인 설화와 소설을 운위할 때, 중국을 모르는 체하고 단독으로 그 연구를 진행할 수는 천만 없는 노릇이다. 보다 많은 수의 전설과 신화, 민담 등은 일찌감치 설화 대중에 의해 주도되어 왔던 것이요, 그 나라 고유한 특성을 따라 각기 전개되어 나갔기에 한중 비교문화적인 관계를 강력히 주장해보기 어려운 국면이 없지 않다. 그럼에도, 설화 중에서도 문헌에 기록되어 남아 전하는 상당수의 전설에서 중국 설화와의 긴밀한 유대와 영향의 자취가 발견되고 있다.[1)]

한편, 소설 문학은 조선 세조조 김시습金時習의 『금오신화金鰲新話』를

1) 손진태, 『한국민족설화의 연구』, 을유문화사, 1979, 제2편 참조.

시작과 남상으로 보고 있는 일반론이 꾸준하게 도전 받고 있는 실상에도 불구하고, 이 작품을 명대 구우瞿佑의 『전등신화剪燈新話』와 분리시켜 그 단독으로만 논급하지는 않는다. 또 그랬다가는 정저와(井底蛙) 신세를 면할 수가 없을 것이다. 조선조 소설사의 큰 산맥으로 광해조 무렵에 나타난 〈홍길동전〉 또한 최초의 한글소설이란 위상을 위협받고 있는 실정과는 별도로, 중국 명대의 〈수호지〉거나 〈서유기〉, 『전등신화』 등과 단절시켜 언급할 도리는 없는 것이다.

허균의 창작으로 전해지는 홍길동전

그러나 이같은 한중 사이 긴밀한 관계가 언제까지나 그 모양 그대로 지속되지는 못하였다. 다름 아니라, 일반적으로 조선 후기라고 책정되는 임병양란 이후의 옛소설 양상은 더 이상 중국 소설을 모델삼거나 의식하려 들지 않았다. 중국 소설이 갖고 있는 표제나 소재, 또는 주제의 상당 부분, 혹은 일부분이라도 취용해 오던 경향으로부터 서서히 자유로워지는 현상을 못내 덮어두기 어렵다.

숙종조에 김만중의 환몽소설인 〈구운몽〉 같은 경우 벌써 중국의 몽자류夢字類 작품인 〈홍루몽〉보다 앞선 걸음을 보이고 있고, 조금 더 나중인 정조 때 연암 박지원의 단편소설이나, 지금까지 민족 최고의 고전소설로 추대되는 〈춘향전〉에 이르면 더 이상 중국소설과의 관련성을 말하기가 지난해진다.[2] 말하자면 중국의 영향권에서 멀어지면서, 독자성을 찾아가는 이같은 진행이야말로 한국 고소설의 가장 핵심적인 특징으로 보아도 무방한 것이다.

물론, 이상은 한국 고소설의 큰 봉우리와도 같은 작품 종종을 일례로 든 것이기는 해도, 이미 그 시대 안에서 대표성을 띤 소설들에서는 이같은 독창의 발걸음을 걷고 있었다는 사실만큼 중요한 의미로 남는다. 요컨대, '영향적 허구'에서 '독창적 허구'로의 새로운 전이—이를 '고소설의 영향과 독창'이란 말로 대신해도 무방하다—안에서 허구 문학의 새 지평이 열린 셈이다.

이와 같은 장족의 발전에도 불구하고, 고전소설 시대가 끝나는 마지막 시점까지 마침내 불변하지 않았던 바, 이 장르에 대한 불문률적 사고방식 같은 것이 하나 있었다.

그것을 '고인古人들의 소설관'이라 불러도 무방하겠지만, 아무튼 이는 다분히 네거티브한 쪽의 분위기가 압권을 형성하고 있었다. 물론, 지극히 일부분의 지식인에 의해서 소설 유용론有用論 또는 효용론效用論에 대한 표출이 아주 없었던 것은 아니다. 하지만, 그러한 표출은 정작 〈구운몽九雲夢〉의 작자 김만중이나, 단편소설의 작자인 연암 박지원, 〈천군연의天君演義〉의 저자 정태제鄭泰齊, 혹은 〈삼한습유三韓拾遺〉의 작가 김소행金紹行, 〈육미당기六美堂記〉의 서유영徐有英과, 〈일락정기一樂亭記〉의 만와옹晩窩翁 등, 손수 창작적 행위에 들어갔던 인물들 사이에서 간간히 형성되었다. 나아가, 손수 창작에 가담하지는 않았지만 허구의 긍정적인 기능에 관해 언급한 김수동金壽童, 김인후金麟厚[3] 및 김춘택金春澤, 이양오李養吾,[4] 홍석

2) 연암 소설을 비교문학적으로 다룬 사례는 지금껏 찾아보기 어렵다. 〈춘향전〉의 경우도 중국 당나라 때의 소설인 〈앵앵전鶯鶯傳〉이나, 청대의 희곡인 〈서상기西廂記〉 등과 관련지어 그 영향 및 수수 관계를 시도한 논문 몇이 있었으나, 이렇다 할 반향을 얻지 못해 별 성과 없이 매듭지어진 셈이 되었다.

3) 오춘택, 「조선 전기의 소설 의식」, 『어문론집』 23, pp.556~558 참조.
오춘택, 「유학자의 소설 비평」, 『고전소설연구』, 황패강교수정년퇴임기념논총 2,

주洪奭周, 김매순金邁淳[5] 등 지식인 일각에서의 지지도 엿볼 수 있다.

그 중에서도 김만중이 〈삼국지연의〉를 구실삼아 소설의 위력을 말한 다음과 같은 예시는 오늘날 안목에서조차 참으로 참신하고 핵실한 소설 효용론이 아닐 수 없겠다.

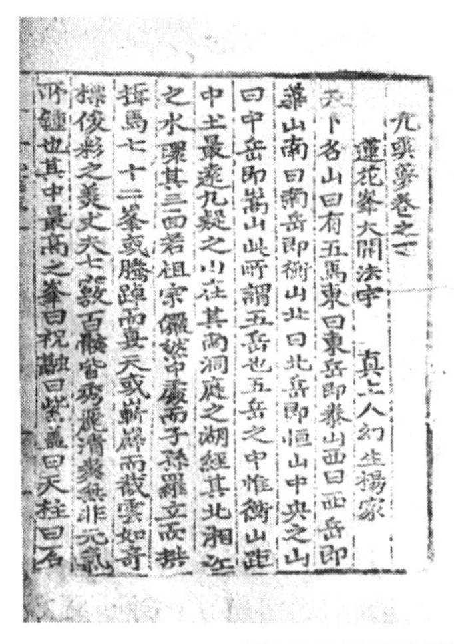
九雲夢卷之一
蓮花峯大開法宇　眞上人幻生楊家
天下名山曰有五焉東曰東岳卽泰山西曰西岳卽
華山南曰南岳卽衡山北曰北岳卽恒山中央之山
曰中岳卽嵩山此所謂五岳也五岳之中惟衡山距
中土最遠九疑之山在其南洞庭之湖經其北湘江
之水環其三面若祖宗儼然中處而子孫羅立而拱
揖焉七十二峯或騰踔而矗天或嶄嶭而截雲如奇
標俊彩之美丈夫七竅百骸皆秀麗淸爽無非元氣
所鍾也其中最高之峯曰祝融曰紫蓋曰天柱曰石

김만중의 구운몽

> 東坡志林曰…至說三國事　聞劉玄德敗 嚬蹙有出涕者 聞曹操敗 朗喜唱快　此其羅氏演義之權輿乎　今以陳壽史傳　溫公通鑑　聚衆講說　人未必有出涕者　此通俗小說之所以作也.[6]

> 『동파지림東坡志林』에 말하기를, … 삼국의 이야기를 들려주는데 이르러 유현덕이 패하였다는 이야기를 들으면 얼굴을 찡그리고 눈물을 흘리며, 조조가 패하였다는 이야기를 들으면 기뻐서 소리쳤다고 한다. 이것이 바로 나관중의 〈삼국지연의〉가 지니고 있는 힘이다. 만약 진수의 『삼국지』나 사마온공의 『자치통감』으로 무리를 모아놓고 강설하여도 눈물을 흘리는 사람은 없을 것이다. 이것이 통속소설을 짓는 이유이다.

절충론적인 견해로 간주할 만한 경우 또한 없지 않았다. 이를테면, 소설 〈천군연의〉의 작가 정태제가 작품 서문으로 쓴 〈천군연의서天君演義序〉 안에서의 피력은 사뭇 의외롭다.

1993. 4, pp.145~146 참조.

4) 최운식, 『한국고소설연구』, 보고사, 1997, pp.57~67 참조.

5) 장효현, 「조선 후기의 소설론」, 『어문론집』 23, pp.588~594 참조.

6) 김만중, 『西浦漫筆』, 통문관, 1974, pp.650~651.

近來小說雜記 行於世者固多… 非鬼神怪誕之說 則皆男女期會之事 其不及諸史遠矣.

요사이 소설 잡기가 세상에 돌아다니는 일이 참으로 많은데 … 귀신의 괴상하고 황탄한 이야기 아니면 전적으로 남녀가 기약하고 만나는 내용들인지라 제반 역사와는 멀기만 하다.

스스로가 한 편의 소설을 세상에 내놓으면서 이같은 말을 하는 것을 보면, 어쩌면 그는 모든 소설을 다 반대한 것은 아니고, 특별히 '귀신의 이상야릇한 일' 및, '남녀간 자의적 만남'의 성격이 농후한 소설들을 우려했던 소치로 이해될 수 있을 성싶다.

김춘택金春澤의 다음과 같은 발언도 소설의 부분 수용에 관련하여 좋은 사례가 될 법하다.

稗官小說 非荒誕卽浮靡 其可以敦民彝 裨世教者 唯南征記乎.[7]

김만중의 사씨남정기

패관소설은 거칠고 허황되지 않으면 들떠 가볍고 화려한데, 그 중 백성의 도리에 힘쓰도록 하고 세상을 가르치는 데 도움이 될만한 것은 오직 〈사씨남정기謝氏南征記〉 뿐이다.

다름 아니라 김만중 역시도 허구가 끼치는 반역사적인 폐단은 경계하지만, 뛰어난 작품이 지니는 간접 체험의 효용에 대해서는 인정하는 쪽의 관념을 갖고 있던 인물이라는 여운을 남기고 있다.

7) 김춘택, 『北軒集』 소재 '北軒雜說'.

그리하여 조선조에 전개된 지식인들의 소설관은 대략 소설 부정론, 소설 긍정론, 절충론 등으로 요약 가능한 것이지만, 그럼에도 긍정론이거나 절충론이 사회 전반적인 반향을 불러 모으지는 못하였다. 그것은 아주 소수의 영향력 없는 외침일 따름이었다.

그 나머지, 조선조 사대부의 대부분은 소설을 짓거나 읽는 행위에 대해 단연코 '사갈시蛇蝎視' 혹은 '이단시'했던 것이니, 조선 전기의 지정止亭 남곤南袞, 퇴계退溪 이황李滉이거나 고봉高峯 기대승奇大升, 후기의 택당澤堂 이식李植, 어우於于 유몽인柳夢寅, 소재疎齋 이이명李頤命, 성호星湖 이익李瀷, 청장관青莊館 이덕무李德懋 등에서 차디찬 비난과 비판의 언어들이 나타난다. 그 가운데 대표적인 사례 몇 개만 원용하면 이러하다.

중종 때 채수蔡壽가 〈설공찬전薛公贊傳〉을 지은 데 대해 그 물의가 상당하였으니, 그것은 당시 사헌부의 계啓에 올린 다음과 같은 말로 그 심상치 않았던 분위기를 십분 짐작해 볼 길 있다.

> 蔡壽作薛公贊傳 其事輪回禍福之說 甚爲妖妄 中外惑信 或飜以文字 或譯以諺語 傳播惑衆.[8]
>
> 채수가 지은 〈설공찬전〉은 그 이야기가 모두 윤회 화복지설로 매우 요망한 것입니다. 조야에서 현혹되어 믿으니, 어떤 자는 한자로 베끼고 어떤 자는 한글로 번역하여 퍼뜨리면서 대중을 미혹시키나이다.

불교 주제의 요망한 허구적 내용이 유가의 개념과 크게 저촉된 경우이다.

퇴계 이황이 일찍이 매월당 김시습의 인물평에 대해 질문하던 제자 허봉許篈에게 준 답변은 냉정한 것이었다.

---

8)『조선왕조실록』 중종 6년 9월 己酉日.

梅月別是一種異人 近於索隱行怪之徒…觀其與柳襄陽書 金鰲新話之類 恐不可太似高見遠識許之也.9)

매월은 별스런 일종의 기이한 인물로, 색은행괴索隱行怪하는 무리에 가깝지. … 그가 유양양柳襄陽에게 보낸 글이거나, 『금오신화』 같은 것을 보면 높고 멀리 내다보는 식견이라고 인정하기 어려울 듯싶네.

'색은행괴'란 궁벽한 것을 캐내고 괴이한 일을 행한다는 뜻이다. 위에서 김시습에 대한 비판의 근거도 대개 '유가적 내용으로부터의 일탈'에서 찾을 수 있겠다.

고봉 기대승이 〈삼국지연의〉를 본보기로 선조 임금 앞에 올린 상소는 소설 읽기의 폐해를 가장 극명하게 비판한 사례가 되고 있다.

頃日 張弼武引見時 傳敎內 張飛一聲走萬軍之語 未見正史 聞在三國志衍義云 此書出來未久 小臣未見之 而或因朋輩間聞之 則甚多荒誕…臣後見其冊 定是無賴者 裒集雜言 如成古談 非但雜駁無益 甚害義理…非但此書 如楚漢衍義等書 如此類不一 無非害理之甚者也 詩文詞華 尙且不關 況剪燈新話太平廣記等書 皆足以誤人心志者乎.10)

지난번 장필무를 불러 보셨을 적에 안에 전교하시기를 '장비 한 소리에 만군을 쫓았다'는 말은 정사正史에서는 본 일이 없고 〈삼국지연의〉에 있다고 들었는데, 이 책은 나온 지 오래지 않아 소신이 아직 보지 못하였으나, 어쩌다 붕우들 사이에서 들은 바엔 황탄함이 심각하다고 합니다. … 신이 나중에야 그 책을 보았는데 정말 무뢰배가 잡스런 말들을 거둬 모아 고담 형태를 이룬 것이나이다. 단지 잡박 무익할 뿐만 아니라, 심히 의리를 해하는 것입니다. … 단지 이 책만 아니라 〈초한연의〉 같은 책도 있고 이런 따위가 한 종류 만이 아니니, 도리를 해하는 정도가 심하지 않은 것이 없나이다. 시문이나 사화詞華

9) 〈答許美叔問目〉, 『퇴계집』 2, 민족문화추진회, 1989.
10) 『조선왕조실록』 선조 2년 6월 壬辰日.

도 외려 그런 일에 얽혀 있지 않거늘, 하물며 『전등신화』, 『태평광기』 같은 책은 하나같이 사람의 심지心志를 그르치기에 충분한 것들이나이다.

이밖에도 〈삼국지연의〉에 관련한 조선조 문사들의 품평은 거의 냉소와 비난이 어린 것이었다.[11]

신기한 것은 〈홍길동전〉의 작가로 알려진 허균조차도 〈삼국지연의〉의 작가 나관중을 저주하고 있었다. 뿐만 아니라, 택당 이식의 말에 따르면 허균이 하도 열독한 나머지, 〈홍길동전〉을 쓸 때 본받았다고 하는 그 〈수호전〉에까지 혹평을 가했다는 사실이다.

허균은 〈西游錄跋〉에서 〈수호전〉을 혹독히 비난했다

余得戲家說數十種…滸則姦騙機巧 皆不足訓 而著於一人手 宜羅氏之三世也.[12]

내가 희가戲家의 소설 수십 종을 읽어 보니 … 〈수호전〉은 얄팍한 속임수

11) 이를테면, 성호 이익이 『星湖僿說』에서, "三國衍義…印出廣布 家戶誦讀 試場之中 前後相續 不知愧恥 亦可以觀世變矣"라 한 것 등이 좋은 일례이다.
또, 택당 이식은 『澤堂集』 별집 15 雜著에서, "如陳壽三國志 馬班之亞也 而爲演義所掩 人不復觀 今歷代各有演義 至於皇朝 開國聖典 亦用誕說敷衍 宜自國家痛禁之 如秦代之焚書可也." 분서갱유의 수준으로 단단히 금지시켜야 한다고 극언하였다. 이이명은 처벌의 필요성까지 말하였다. "世傳 作三國演義者 病喑而死去 誠不無此理 其語諸葛以怪神者 亦足受此罪矣."(『疎齋集』 권12)

12) 이는 허균, 『惺所覆瓿藁』 권13 文部 10, '題跋' 중의 〈西游錄跋〉 출전임.

에 기교를 부렸다. 이것들은 모두 독자를 교훈하기에 부족한 것들인데 한 사람의 솜씨로 지어졌으니, 나관중의 자손이 3대를 농아의 신세로 살아간 것은 당연한 일이다.

청장관 이덕무가 〈사소절士小節〉에서 설파한 다음의 내용은 제법 잘 주지되어진 것이다.

士小節序
德懋著士小節八冊凡三篇曰士典曰婦儀曰童規
總九百二十四章德懋家世醇樸家大人教德懋不
施夏楚訶責不托外傳不離房闥之間而勸其課讀
禁止其外誘而已以其體氣羸薄故不敢作惡梟性
謹拙故不敢違訓匪所謂質美而志夫學者也蓋欲
察于小節寡其過而顧有所不能人有恒言不拘小
節竊嘗以爲畔經之言也書曰不矜細行終累大德
細行卽小節也尙書大傳曰公卿大夫元士之適子
十有三年始入小學見小節踐小義二十入大學見

이덕무가 선비, 부녀자, 아동의 예절 교육을 위해 만든 예절 수신서인 士小節

演義小說 作姦誨淫 不可接目 切禁子弟 勿使看之 或有對人 娓娓誦說 勸人讀之者 惜乎 人之無識 胡至於此乎.13)

연의소설은 속임수를 지어내고 음란한 것을 가르치니 눈에 가까이해서는 아니 된다. 자제들에게 일체 금지시켜서 보지 못하도록 해야 한다. 혹 사람들 앞에서 끊임없이 외듯이 되풀이하며, 남들에게조차 읽으라 권하는 자도 있으니, 안타깝구나! 사람들의 양식 없음이 어찌 이 지경에 이르렀는가.

다산 정약용도 소설이 배격해야 마땅한 대상으로 주장한 한 사람이었다.

稗家小品之弊…淫詞醜話 駘蕩人之心靈 邪情魅迹 迷惑人之智識 荒誕怪詭之談 騁人之驕氣 靡曼破碎之章 以消人之壯氣.14)

패가소품稗家小品의 폐해는 … 음란하고 추한 어조가 사람의 정신을 방탕하게 하고 사악한 감정과 요사스런 행적이 사람의 지혜를 미혹에 빠뜨린다.

13) 『青莊館全書』 권27~권29, 士小節 제3 士典 3 教習.
14) 『與猶堂全書』 1집 文 권8 37.

황탄하고 괴이한 이야기가 사람의 교만심을 부추기고, 늘어지고 자잘한 문장들은 사람의 기개를 무력하게 만든다.

무릇, 소설부정론은 그 의미상 크게 두 가지로 요약해 볼 수 있다. 하나는 그것이 역사 관련의 지식에 혼란을 야기한다는 데 이유를 두고 있고, 다른 하나는 참다운 '인성'에 폐해를 가져온다는 데에 근거를 둔다고 할 만하다. 이를 '반지식적' · '반인성적'이란 말로 대신해도 무방할 테고, 또는 '반역사적', '반윤리적'이라 써도 가능할 것이다.

우선 '반역사적', '반지식적'이라 함은 오늘날의 역사소설에 해당하는 연의演義 류의 반란을 의미한다. 이를테면 사마천의 『사기』거나 반고의 『한서』, 범엽의 『후한서』, 진수의 『삼국지』로 표상되는 중국의 역사적 기록은 그 무게가 경전 다음가는 금과옥조의 글인데, 뒷시대에 〈삼국지연의〉를 위시하여 모든 연의소설들이 이들 정통의 기록을 멋대로 왜곡 조작했다는 사실에 기초한다.

둘째로 '반윤리적', '반인성적'이라 함은 유교라는 절대 명제 아래서 지켜야 할 봉건주의 도덕률을 흔드는 생각과 언행을 의미한다. 이를테면 〈이생규장전〉의 남주인공 이생이 최낭자의 집 담장을 타고 들어가 부모 몰래 정을 통한다든지, 〈홍길동전〉의 홍길동이 왕권에 정면 대항하는 행위처럼, 삼강과 오륜으로 표상되는 유가의 규범을 무시하는 내용이 비일비재하다는 데에 문제를 두고 있다.

그런데, 반지식적이며 반인성적인 내용들 간에 공통 인자因子가 있다면 그것은 허구 한 가지로 요약이 가능하다. 다시 말해, 정통 유학자의 눈으로 볼 때에 소설은 한갓 거짓의 언어로 만들어진 부질없는 산물일 따름이었다. 허구는 다름 아닌, 거짓 꾸미기 및 날조란 말과 동격으로 인식했을 것이기 때문이다. 문학의 이론을 가르치고 배우는 오늘날의 가치 기준에서 보면 정말로 어이없는 반문학적인 판단에 지나지 않을 뿐이지만, 그 시대의 가치관 안에서는 어쩌면 지극히 당연한 판단에 따른, 충분한 명분을 지닌 그러한 주장일 수 있었다.

대관절, 정통 유학자들의 이처럼 확고한 주장의 빌미가 될만한 근거를 이디에서 찾아볼 길 있는 것일까? 그것은 대개 근원으로 거슬러 올라가서 유가 대성인 공자의 어록을 담은 『논어』 가운데 다음과 같은 훈교에서 원초적 가능성의 단서가 찾아질 법하다.

· 子不語怪力亂神. (述而)
공자께서는 괴이한 것과 사나운 완력, 미혹한 일과 귀신에 관련된 말씀을 하지 않으셨다.

· 季路問 事鬼神 子曰 未能事人 焉能事鬼 敢問死 曰 不知生 焉知死. (先進)
자로子路가 귀신 섬김에 대해 물었다. 공자 말씀하기를, "산 사람도 능히 섬기지 못하거늘 어찌 귀신을 섬기리오." "그렇다면 죽음이란 무엇입니까?" 공자께서 가로되, "삶도 채 알지 못하겠거늘, 어찌 죽음을 알리오?" 하셨다.

춘추전국 시절에 다채로운 사상의 축제 마당이었던 제자백가가 한 시대를 장식하였지만, 뒷시대의 문화사는 이러한 사상의 확대를 지양하는 대신, 한 가지 사유 체계로의 집약을 선택하였다. 곧, 공맹孔孟이 주창한 유가의 가르침 이외의 공부는 모두 이단으로 간주하는 학문적인 전통을 고수하였고, 이로 말미암아 현실적이고 실제적인 것 이외의 낭만적이고 추상적인 세계와는 일정한 거리를 유지하게 되었던 것이다.

> 그러나 유가인 공자는 절대로 괴상하고 사납고 문란하고, 귀신에 관한 이야기를 입에 올리지 않았으므로, 그들 유학자들이 쓴 책에는 신화 같은 것을 찾아낼 수가 없었다. 더욱이 유교의 세력이 가장 컸던 한대漢代에 허다한 옛날의 신화나 전설이 유학자들에 의해 말살되고 버림을 받게 되었던 것이다. 따라서 중국소설은 일찍 발달되지 못했던 것이다.15)

그럼에도 불구하고, 일찍 춘추전국 시절에 보였던 사고의 다양화는 위진남북조의 지괴담을 기반으로 6세기 당나라 무렵에 다시 그 면모를 과시하게 된다. 어느새 진실faith과 사실truth 만을 추구하는 유가 개념에서 벗어나, 허구를 기반으로 삼은 소설의 출현을 보인 것이다.

그러나, 한국의 경우는 어떠한가? 여전히 한국 고전소설의 기원을 15세기 『금오신화』로 본다고 했을 때, 중국과는 무릇 900년 정도의 차이가 난다. 그나마 15세기에 『금오신화』가 나왔다고 해서 이것이 이후 한국 소설의 지속적인 발판 구실을 한 것도 아니었다. 그것은 지극히 개인적 울분 해소의 차원에 그쳤을뿐, 시대 여건상 확대성을 띠지는 못하였다. 이후 이 작품은 이 땅에서 일실逸失되다시피 하였고, 엉뚱하게도 20세기 초 일본에서 되찾을 수 있었을 정도였다.

정체성停滯性은 조선 전기까지 이어졌다. 그리하여 임병양란 이전까지 고작 〈원생몽유록〉·〈대관재기몽〉·〈수성지〉 등, 가물에 콩 나듯 겨우 손가락에 꼽을 정도의 극소수에 지나지 않았으니, 차후 전쟁 이후에나 제대로의 궤도에 들어섰다고 말할 수 있다. 하지만, 그렇다고 해서 이것이 지식인 사회에서 용납을 받게 된 것도 아니고, 여전히 소극적이고 음성적인 분위기 안에서 겨우 유지될 수 있을 따름이었다.

15) 胡雲翼, 『중국문학사』, 장기근 역, 대한교과서주식회사, 1974, p.129.

한편, 중국의 경우에는 비록 소설류가 정통의 아문학雅文學, 혹은 순정문학醇正文學의 대열에 끼지는 못하였다.[16] 속문학俗文學의 차원에서 별도로 진행한 듯 싶었지만, 적어도 심각한 논란거리가 되지도 않았다.

한국이 유가의 가르침을 보다 심각하게 받아들여 차라리 경직성마저 띠었던 반면, 중국은 융통성을 가지고 탄력있게 다루었던 사실 안에서 양국 간의 소설관, 소설 인식에 관한 차이가 듬지된다.

3. 가전에 대한 인식

앞에서, 전기소설은 외적 영향에서 내적 독창으로 가는 전이의 과정이었음을 밝혔다. 그런가하면 전기소설과 더불어 허구적 산문의 또 한 가지 형태였던 가전假傳의 경우에는 전 과정을 통해 별반 이러한 전이를 겪지 않았다. 가전이야말로 과거의 어느 다른 장르보다도 특히 중국과 상호 긴밀한 맥락 속에서 공유해 오던 장르였고, 따라서 그 밀접도에서 전기소설의 경우에 비해 더 철저했기 때문이라고 말할 수 있다. 그런 만큼, 이에 한중 가전의 개별 단위 및 전체 단위로서의 비교문학적인 검토가 큰 비중으로 요망된다고 하겠다.

그런데, 전통시대 한국에서 수행되어진 이 문체 양식은 전기소설과는 달리 그 발생에서 소멸까지 아주 평화로운 흐름을 보였던 점이 특기할 만

16) 명대의 평론가인 서사증은 『문체명변』에서 전傳을 열전列傳 · 가전家傳 · 탁전托傳 · 가전假傳의 4종으로 분류하고 있는 가운데, 엄청난 물량의 전기소설傳奇小說은 그 존재조차 전혀 모르는 양, 분류에 포함시키지 않고 도외시하였다. 이에 아문학雅文學과 속문학俗文學 간에 구분의 잣대를 가늠해 볼 수 있다. 후대의 곽잠일郭箴一은 이러한 전기소설들을 별전別傳이라는 카테고리 안에 넣고 있다.

하다. 당연히 이 장르의 원산지인 중국에서도 자못 평탄한 분위기로 진행을 나타내었다.

동방 가전의 내력을 돌이켜 보건대, 저 중국의 이른바 중당기中唐期에 첫 포문을 열어, 가전문학사상 꺼지지 않는 이름으로 남은 불후의 명품은 〈모영전毛穎傳〉이었다. 가전사에 있어 최대의 반향反響을 불러일으켰던 한유韓愈(768~824)의 이 작품에 대해 다시 어떠한 수식어로써 이것이 지닌 의미를 곡진히 할 수 있을는지 망연한바 없지 않다.

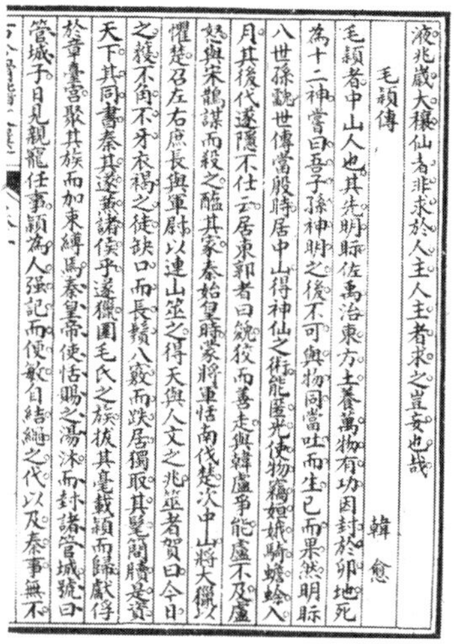
液兆歲大穰仙者非求於人主人主者求之豈妄也哉

毛穎傳 韓愈

毛穎者中山人也其先明眎佐禹治東方土養萬物有功因封於卯地死為十二神嘗曰吾子孫神明之後不可與物同當吐而生已而果然明眎八世孫䨲世傳當殷時居中山得神仙之術能匿光使物竊姮娥騎蟾蜍入月其後代遂隱不仕云居東郭者曰䨲狡而善走與韓盧爭能盧不及盧怒與宋鵲謀而殺之醢其家秦始皇時蒙將軍恬南伐楚次中山將大獵以懼楚召左右庶長與軍尉以連山筮之得天與人文之兆筮者賀曰今日之獲不角不牙衣褐之徒缺口而長鬚八竅而趺居獨取其髦簡牘是資天下其同書秦其遂兼諸侯乎遂獵圍毛氏之族拔其毫載穎而歸獻俘於章臺宮聚其族而加束縛焉秦皇帝使恬賜之湯沐而封諸管城號曰管城子日見親寵任事穎為人強記而便敏自結繩之代以及秦事無不

토끼털붓을 의인화한 최초의 가전 모영전

이렇듯 뒷시대 한·중의 문학사에 여러 백년 두고 지울 수 없는 의미로 남았을 뿐이었지만, 뜻밖에 이 장르 발생 초창기의 중국에서는 그 시작의 단계가 아주 조용하기만 했던 것은 아니었다. 벌써 적지 않은 요단鬧端을 안고 출발을 했던 아이러니한 진실이 있다.

사실, 한유가 일개 사물을 사람인 양 살려다가 이런저런 사설을 끌어낸 것과 같은 시도는 중국 산문학 사상 미증유의 첫 파격적인 기획임에는 틀림없었다. 그리고 과연 한유와는 동시대 문인이었던 장적張籍이 한유가 지은 어떤 형태 글에 대해 부정적인 목소리를 진즉에 나타낸 바 있었음이다. 한유에게 보낸 서한을 통하였으니, 대개 장적의 한유 글 비판에 대한 근거는 문장의 희필성戱筆性으로 요약하여 크게 벗어나지는 않는 듯싶었다.

그는 한유의 작문 행위가 군자의 수신修身과 덕성 함양에 전혀 도움이 안 되는 노름과 다를 바 없어 실없는 이야기 따위에 불과하니, 그만둘 것을 충언忠言하였던 것이다.

> 比見執事多尙駁雜無實之說 使人陳於前以爲歡 此有以累於令德…且執事言論文章不謬於古人 今所爲或有不出於世之守常者 竊未爲得也 願執事絶博塞之好 棄無實之談 弘廣以接天下士 嗣孟軻揚雄之作 辨揚墨老釋之說 使聖人之道 復見於唐 豈不尙哉.[17]

> 요사이 집사執事(한유를 일컬음: 필자주)께서 상당히 잡박하고 무실無實한 설을 높히어, 사람들로 하여금 앞에 늘어세우고 즐겁게 해주는 것을 보는데, 이는 훌륭한 덕에 누가 되는 것입니다. … 또한 집사의 언론과 문장은 옛사람에 어긋나지 않는데, 지금 하시는 바는 혹 세상의 상도常道를 지키는 이보다 나을 게 없어 어딘지 온당치 못하는바 되지요. 바라건대 집사께서는 놀이 취미를 끊고 실없는 이야기를 버리시와, 널리 천하의 선비들과 접하여 맹가孟軻·양웅揚雄의 작품들을 잇고, 양주楊朱·묵적墨翟·노자老子·석가釋迦의 설을 가려내어 성인의 도가 다시금 당唐에 드러날 수 있도록 한다면 그 어찌 갸륵한 일이 아니겠습니까?

이 글만으로 보면 두 사람이 서로 민감한 관계가 아닌지 자칫 오해의 소지도 없지 않으나, 기실 이 두 사람은 당시대의 유명 문인으로서 평소 괜찮은 친분관계를 유지하고 있었다.[18] 그랬을 때 이 글의 취지가 비난이 아닌, 충정어린 권고를 함에 있었던 것이겠다. 하지만 일단은 장적이 한유의 어떠한 문장 태도에 대해 실없는 담설談說 정도, 다시 말해 이단적인

17) 『韓昌黎集』 2책 14권의 〈答張籍書〉 제목 아래의 주기註記.
18) 『한창려집』에는 장적과의 교계交契가 도타운 것이었음을 알려주는 상당한 작품들이 보인다. 1책 5권의 〈調張籍〉·〈病中贈張十八〉, 7권의 〈晩寄張十八助教〉·〈與張十八同效阮步兵一日復一夕〉과, 2책 9권의 〈詠雪贈張籍〉, 10권의 〈賀張十八祕書得裴司空馬〉·〈雨中寄張博士籍侯主簿喜〉, 14권의 〈答張籍書〉·〈重答張籍書〉, 16권의 〈代張籍與李浙東書〉 등이 그것이다.

창작 행위 쯤으로 간주했음을 명백히 시사하고 있다.

한유

사실은 이단을 끊고 유가儒家의 문장에 빛을 내보라는 이 충고는 노老·불佛 이단에 대해 누구보다도 배타적이기로 유명했던 한유[19]에게는 별 의미없는 설득으로 보였을 터이다. 그리하여 남에게 오해를 받는 수가 있을망정 자신은 어디까지나 성인지도聖人之道의 기본 궤적軌跡을 따르고자 힘쓰는 일면, 노老·석釋 같은 이단을 배척하는 자기의 굳건한 의지를 재삼 못 박고 있다. 나아가 무실無實·잡박雜駁한 설과 박새博塞의 충고에 대하여도 따를 수 없음을 차분히 응수하고 있다.

> 吾子又譏吾與人人爲無實駁雜之說 此吾所以爲戲耳 比之酒色 不有間乎 吾子譏之 似同浴而譏裸裎也 若商論不能下氣 或以有之 當更思而悔之耳 博塞之譏 敢不承教.
>
> 그대는 또한 내가 사람들에게 실없고 잡박한 얘기나 제공한다고 나무랐는데, 이것은 나의 희사戲事일 뿐, 주색과 비해 다를 바가 있겠습니까? 그대가 이걸 나무람은 마치 함께 목욕하고 나서 알몸임을 꼬집는 거나 같습니다. 다른 사람들과 논의함에 심기를 가라앉히지 못한다 하셨음에 혹 그같은 일이 있다면 의당 다시 생각해서 반성할 따름이겠지만, 놀이에 대한 충고만큼 감히 그 훈교를 받들지 못하겠군요.

자신의 하는 일이 유가의 도道와는 전혀 아무런 상충 없어 무방한 것임을

19) 그의 잘 알려진 〈論佛骨表〉(5책 39권, 表狀)가 그 대표적 일례라 할 것이다. 〈答張籍書〉 가운데도, "僕自得聖人之道而誦之 排前二家 有年矣"(저는 성인의 도를 배워서 외고, 앞에 든 二家(釋·老: 필자주)를 배격해온 지 여러 해입니다). 한유의 제자 겸 사위로서 『韓昌黎集』을 펴낸 이한李漢도 〈昌黎文集序〉에서 한유의 "酷排釋氏"를 강조했다.

스스로 자처하고 있다.

이들 사이 왕래된 두 번째 서신의 주지主旨는, 장적 쪽에서 이단자들을 깨우쳐 억제하게끔 하는 명저名著를 내보라는 권유에 대해, 한유는 자신의 능력 바깥으로 돌려 사양을 보이는 내용이다.

그러한 속에서도 역시 잡박과 무실에 대한 처음 생각을 접어 두지는 않고 있으니, 장적의 다음 언급에서 역력히 나타나 보이는 바이다.

君子發言擧足 不遠於理 未嘗聞以駁雜無實之說爲戱也…或以爲中不失正 將以苟悅於衆 足戱人也 是玩人也 非示人以義之道也.

군자의 발언과 거동은 이理에서 멀지 않습니다. 일찍이 박잡 무실駁雜無實한 말로 즐거움을 삼는다는 얘기는 들어보지 못하였습니다. … 혹 중정中正을 잃은 그것으로 장차 대중에게 구차한 환영을 입는다면 이는 희인戱人이요 완인玩人이니, 사람들에게 올바른 도를 제시하는 일이 아닌 것입니다.

이에 대해 한유의 제2 답신인 〈중답장적서重答張籍書〉 가운데서는 오히려 장적의 무실·잡박의 비판에 맞서 더욱 적극적으로 논박 대응하는 구절이 있어 주목을 끈다.

駁雜之譏 前書盡之 吾子復之 昔者夫子猶有所戱 詩不云乎 善戱謔兮 不爲虐兮 記曰 張而不弛 文武不能也 惡害於道哉 吾子其未之思乎.

잡박하다는 비평에 대하여는 앞의 편지에서 다 말씀드렸으니 그대께서 되읽어 보시지요. 옛날 공자께서도 오히려 농담하신 바가 있고, 『시경』에서도 "농담과 해학을 잘하되 지나침이 없네"라 하지 않던가요. 『예기』에도 가로되, "팽팽히 당기기만 하고 느슨히 풀지 않는 것은 문왕文王·무왕武王도 하지 않으셨다" 하였으니, 어찌 도道에 해害가 되리이까? 그대가 거기까지 미처 생각지 못하셨나 보군요.

한유는 고문운동가古文運動家로서 문장이 도를 밝히는 도구라는 신념이 강했던 나머지, 글이란 도道에 연결된 그릇이라고 하는 이른바 "문자관도지기文者貫道之器"의 원천이다.[20] 동시에 송대의 이른바 '문이재도文以載道'의 원조격인 한유이다.[21] 이러한 그에게 있어 위와 같은 내용은 한유 문학관의 색다른 일면을 엿보게도 하거니와, 도대체 이 두 사람 사이에 논란거리가 되었던 그 "박잡무실지설駁雜無實之說"이란 구체적으로 한유의 어떠한 창작 근거를 놓고서 그리 일컬었음인가? 크게 궁금한 문제가 아닐 수 없으나, 두 사람 사이 주고받은 서한 글 가운데는 단 한차례도 어떻다 할 구체적인 작품명이 나타나지 않아 더욱 묘연키만 하다.

그 같은 중에 다만, 『한창려집韓昌黎集』 제4책 권36 '雜文'에 들어있는 〈모영전〉 제목 아래의 주기注記에는 이것의 영문을 알려주는 모처럼의 낭보朗報가 있다.

> 公作此傳當時 有非之者 張籍書所謂戲謔之言 謂亦指此.
>
> 창려공昌黎公 한유가 이 〈모영전〉을 지었을 당시 이를 비난하는 이가 있었으니, 장적의 글에 이른바 '희학의 말'이라 함은 바로 이 작품을 지적한 뜻이었다.

이같은 정보 사실의 신빙성에 대한 약간의 부담이 없는 것은 아니다.[22]

---

20) "文者貫道之器"는 한유의 제자이자 사위인 이한李漢의 앞서 든 〈창려문집서昌黎文集序〉 맨 허두의 글이다.

21) "그(韓愈: 필자주)는 또 남을 가르칠 때에 도道와 문文의 이자二者를 병중並重하였으니 송대의 제출提出된 문이재도文以載道의 구호口號는 실로 이에서 출발되었던 것이다."(이가원, 『중국문학사조사』, 일조각, 1972, p.134)

22) 한유의 문집은 본래 그의 사위인 이한李漢이 펴냈다고 했거니와, 여기에 주注가 들어가기 시작한 것은 목판인쇄술의 발달과 더불어 북송·남송의 때를 타서 완성하였을 터이다. 이 시기에 사부총서간본四部叢書刊本의 『朱文公校昌黎先生集』이며,

그 이후에는 장적에 의해 "희학지언戲謔之言"이란 말로써 비난의 표적이 되어왔던 작품이 다름 아닌 〈모영전〉이라고 한 이 메시지 그대로 통념되어 왔던 의례적인 사실도 둔과하지 못할 것이었다. 이것은 한유의 〈답장적서〉 가운데 "爲無實雜駁之說"이라고 한 본문 내용 바로 아래 주기注記에 담긴 내용으로 저간의 사정을 알만하다.

駁雜之說 世多指毛穎傳 蓋因摭言 有云韓公著毛穎傳 好駁塞之戲 張水以書勤之耳.

잡박지설에 대해 세상에서 대개 〈모영전〉을 지적하는데, 이는 대개 들리는 말에 의한 것이다. 한공韓公이 〈모영전〉을 짓고 잡기 놀이를 좋아함에 장수부(張籍: 필자주)가 편지로써 권책勸責했음이라.

그런데 이것이 전혀 사실무근만은 아닐 수도 있는 단서를 찾아보지 못할 바 아니다. 곧, 위 〈모영전〉의 각주 인용 부분에서 장적의 글에 이른바 "희학지언戲謔之言"이라 함은 바로 〈모영전〉을 지적한 뜻이라 한데 연결지어,

舊史亦從而爲之言曰 譏戲不近人情 是豈有識者哉.

『구사舊史』에서도 장적을 따라 말하되, 기롱譏弄인지라 인정에 가깝지 못하니 이 어찌 양식 있는 사람이라고 할 것인가?

사고전서진본四庫全書珍本 4집의 『五百家注昌黎文集』 등이 이루어졌던 것이다. 위에 인용된 『韓昌黎集』의 주기는 바로 이 오백가주본五百家注本이 다수를 차지한다고 한다. 아무튼 위의 책들이 모두 한유의 다음 시대인 송 학자의 수적手跡에 의한 것이었던 만큼 이 같은 정보 사실을 어느 정도 신빙해야 할는지에 대한 일말의 부담은 남는다.

라 했다는 사실이 그러하였다. 뿐만 아니라, 한유와 같은 시대 나란히 산문학의 거장으로 이름 높았던 유종원柳宗元(773~819)의 〈여양회지서與楊誨之書〉[23] 가운데의 다음과 같은 글을 통해 짐작가는 바가 없지 않다.

> 足下所持韓生毛穎傳來 僕甚奇 其書恐世人非之 今作數百言 知前聖不必罪俳也.
>
> 족하(楊誨之: 필자주)께서 한생韓生의 〈모영전〉을 지녀 오셨을 때 저는 매우 그 글을 기이하게 여겼으나, 세상 사람들이 비난할까 걱정됩니다. 지금 수백 언을 지어 앞 시대의 성인聖人도 이것을 희작戲作으로 허물하지는 않을 것임을 알렸습니다.

곧, 유종원의 안목으로도 〈모영전〉은 당시 개념에서는 다소 모험적인 글로 보였던 그 사실 자체로, 역시 장적이 뒤섞여 순정醇正치 못한단 뜻의 "잡박지설雜駁之說"로 보았던 그 바로 그 문제작일 수 있는 개연성은 스스로 상승된다는 뜻이다.

유종원

장적에 반해서, 유종원은 이 〈모영전〉 한 조품에 대해 사뭇 그 존재적 의의를 인정하고 적극 비호하는 방향에 섰고, 그 취지를 바로 〈독한유소저모영전후제讀韓愈所著毛穎傳後題〉[24]라는 글로써 밝혔다. 위 인용문의 말미, 즉 앞 시대의 성인도 허물하지 않을 것임을 알리고자 지었다는 그 수백 언言이란 것도 다름아닌 바로 이 글이었다.

이상과 같은 〈모영전〉 파동이 있은 이후에는 중국에서 이 형태에 대한 논란은 다시 일지 않았다. 얼마 후 사공도司空圖(837~908)는 거울을 의인화

23) 『柳河東全集』 제33권 '書'의 소재.
24) 『柳河東全集』 제21권 '題序'의 소재.

한 〈용성후전容城侯傳〉을 지었거니와, 아무런 저항을 받은 일 없었다.

그 다음 송대에는 당시대의 문호인 소동파蘇東坡(1036~1101)가 이런 형태 작품들을 무려 6편이나 썼으되, 반론이나 잡음을 듣기는커녕 보다 확고한 발판을 내리는 단계에 들어섰다. 소동파 계열의 문장가로서 진관秦觀(1049~1100)의 〈청화선생전淸和先生傳〉, 장뢰張耒(1250경~?)의 〈죽부인전竹夫人傳〉 등 출현과 더불어 중국 가선은 점차로 뿌리를 내리기 시작하였다. 그리하여, 결국은 명대 서사증徐師曾의 『문체명변文體明辯』이 세운 전傳 4체 가운데 한 위상을 차지하기에 이르렀던 것이다.

한국에서는 12세기에 처음 이 문학 형태가 나타났으니, 임춘林椿(1150경~?)의 〈국순전麴醇傳〉·〈공방전孔方傳〉과 이규보李奎報(1168~1241)의 〈국선생전麴先生傳〉·〈청강사자현부전淸江使者玄夫傳〉 등이 그것이다. 이후 조선조가 다할 때까지, 나아가 현대에 이가원李家源(1917~2000)의 〈화왕전花王傳〉에 이르기까지 이 장르는 꾸준한 지속을 보여 왔지만, 중간에 하등의 장르 시비 같은 것을 찾을 길 없다. 오히려 한유의 가전은 어느새 뒷시대 가전 창작의 사표師表와 수범垂範처럼 인식되고 있었다. 예컨대, 고려 이규보는 자신의 벗인 사관史館 이윤보李允甫가 게를 인격화시킨 〈무장공자전無腸公子傳〉에 대해 극찬을 하였는데,

> 其若無腸公子傳等 嘲戲之作 若與退之所著毛穎下邳相較 吾未知孰先孰後也.
>
> 한유가 지은 〈모영전〉·〈하비후혁화전〉에 견준다고 해도 어느 것이 앞서고 어느 것이 뒤질는지 나는 잘 알 수 없다.

여기서도 그 칭송의 기준과 푯대를 한유의 가전에 두었다.

조선조 전기에 남효온南孝溫(1454~1492)이 지은 몽유록계 소설 한 작품인 〈수향기睡鄕記〉 말미의 주석에는 다음과 같은 구절이 보인다.

佔畢齋批 昔韓退之作毛穎傳 王續作醉鄕記 此其類亞歟.

점필재 김종직이 부전附箋을 달았으되, 옛날 한퇴지가 〈모영전〉을 썼고, 왕속이 〈취향기醉鄕記〉를 썼는데, 이것은 그 버금갈 만하겠구나!

조선조 후기에 남유용南有容(1698~1773)은 한유 지은 〈모영전〉의 뒤를 잇는다는 취지에서 가전 〈모영전보毛穎傳補〉를 지었다. 그 뿐이 아니다. 말(馬)을 인격화시킨 또 다른 가전인 〈굴승전屈乘傳〉의 각주에다는 "한유의 글에, 천리를 뛰는 말은 혹 하루에 한 섬의 곡식을 먹어치우기도 한다고 했다韓文 馬之能千里者 一日或盡粟一石"라는 등, 한유의 산문을 모범의 전고로 삼고 인용하였다. 나아가, 보다 결정적으로는 "韓文 下邳侯革華傳 牛也" 즉, '한유의 글에 〈하비후혁화전下邳侯革華傳〉은 소를 다룬 글이다'라고 하여 한유가 지은 두 편의 가전 가운데 하나인 〈하비후혁화전〉을 명백히 내세우고 있다. 사실은 그가 가전을 두 편씩이나 쓴 것도 한유를 산문학상에 높이 평가하였던 결과에 다름 아니었다.

박윤묵朴允默(1771~1849)의 붓 의인 가전인 〈모원봉전毛元鋒傳〉에도 한유의 〈모영전〉 앞 부분을 대거 원용한 것이 보인다.

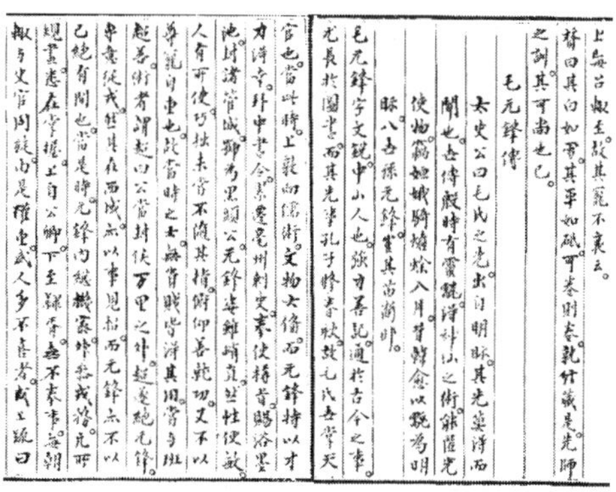

박윤묵의 모원봉전-『存齋集』에서

世傳殷時 有靈需兎得神仙之術 能匿光使物 竊姮娥騎蟾蜍入月 昔韓愈以需兎爲明目示八世孫.

세상에 전하기를, 은나라 때 영험한 누需兎가 신선의 술법을 터득해서 능히 빛을 감추고 물物을 부리었는데, 항아姮娥를 변화시킨 두꺼비를 타고 달에 들어갔다고 한다. 옛날 한유는 누가 명시明目示의 8대 손이라 했는데,….

또한 한성리韓星履(1880경~ ?)의 붓 의인 가전 〈관성자전管城子傳〉에서도 주인공 관성자를 소개하는 부분에 한창려, 즉 한유에 대한 언급이 있다.

初名毛穎也 事載韓昌黎所撰傳中.

처음 이름은 모영이었다. 이 사실이 한창려 지은 전 가운데 실려 있다.

또한, 근세에 안엽安曄이 쓴 연가전連假傳인 〈문방사우전文房四友傳〉에도 그 직접적인 표명이 나타난다.

毛元銳字文鋒 系出宣城 有毛穎者 爲秦中書令有功 韓文公傳之 不須譜也.

모원봉의 자는 문봉文鋒으로, 계통은 선성宣城에서 나왔다. 모영이란 이가 진나라의 중서령이 되어 공로가 있었는바, 한문공韓文公 한유가 전으로 썼으니 굳이 나열할 필요는 없겠다.

한유의 이 작품이 한국의 문단에 끼친 영향의 정도를 짐작하고도 남음이 있다. 이와 같이 〈모영전〉을 일대 조종祖宗으로 알고 최고의 규범으로 삼았던 종종의 기록들을 통해서 이 허구적인 양식이 비난은커녕, 엄연한 정통 문필의 한 가지 형태로서 꾸준히 인지되어 왔던 사실을 알 수 있다.

4. 맺음말

허구를 중심 수법으로 삼아 만들어지는 두 개의 장르인 가전과 옛소설은 똑같이 유가의 개념상 제대로 수용 받기 어려운 방식이었다. 그리하여, 중국의 장적은 〈모영전〉을 두고서 "잡박무실雜駁無實"하다 했고, 한국의 기대승도 〈삼국지연의〉를 일러 "잡박무익雜駁無益"하다고 하여 두 장르에 유사한 비난이 가해졌음은 오히려 당연한 현상으로 볼 수 있다.

그럼에도 한 장르는 일정한 시금석 뒤에 양성적인 장르로서 순항을 나타냈던 반면, 다른 한 장르는 음성적인 장르로서 행로의 어려움을 거듭했어야만 했다. 다시 말해, 가전 문학 쪽에서는 중국이 그 초기에 강한 반발 속에서 출발을 하였으나, 대개 송나라 소동파의 창작 이후에는 이것이 정통 문학의 테두리 안에 포함되었던 반면에, 한국은 발생의 초기부터 끝까지 단 한 번의 거부없이 꾸준히 유지되었다. 그리하여, 서사증『문체명변』의 이른바 '전傳'의 네 가지 유형 분류 안에까지 포함될 수 있었다. 이렇게 될 수 있던 배경에는 가전의 내용이 성정을 문란케 할만한 문제성이 없다는 판단 때문이었을 테고, 더불어서 소동파 및 그 계열 문인 그룹의 적극적인 참여가 상당한 영향력으로 작용했을 것으로 짐작된다. 소설 문학 쪽에서는 중국이 그 발생의 초기인 당대에서부터 유연한 탄력성을 나타내 보였던 반면에, 한국은 그 시작부터 끝까지 이에 대한 경직성을 면치 못하였다.

하지만, 중국에서조차 전기소설은 마침내 정통 문학의 궤도에까지는 오르지 못하였다. 서사증의『문체명변』에도 전의 분류 안에서 제외되어 있고,『문장변체文章辨體』·『고문사유찬古文辭類纂』·『문체론文體論』 등 그 어느 책에서도 이를 공식화하지는 않았다. 근대에 와서야 곽잠일郭箴一 같은 이가 별전別傳이라는 이름으로 전기소설들을 수용했던 정도이다.[25]

한국의 경우, 두 장르에 똑같이 중국으로부터 일정 시간의 검증 과정을 거쳐 들어왔음에도, 가전 장르에 대해서는 전면 수용의 태도를, 소설 장르에 대해서는 자못 불용不容의 분위기를 띠고 있었다는 점이 흥미롭다. 그 어느 시대보다도 조선시대는 유례 없이 성리학 본연의 훈교에 보다 엄격하고 철저한 수용의 태도를 취했기에, 성정을 흩뜨리고 역사를 왜곡시키는 장본인격인 소설을 받아들이는 자세 면에서 그 강도가 다르게 나타났음을 본다.

이는 비단 소설에서 뿐만 아니라, 문화 일반적인 측면에서조차 그 대강의 분위기를 엿볼 수 있다. 예컨대, 조선 초기의 개가改嫁 금지법이나 적서차별 제도 같은 것은 유교 종주국인 중국에서 시행했던 법은 아니었다. 복제服制에 대한 문제 같은 것도 한국에서 훨씬 심각하게 시행하였다. 송대 주자로 완성되었다는 성리학도 한국의 퇴계나 율곡 성리학에서 심화의 양상을 나타냈으니, 이 모두 우연한 현상만은 아닌 듯싶다. 옛 소설 문학이 갖는 일탈의 성격에 대한 거부적 반응이 중국에서보다 한국 쪽에서 단연 강고하게 작용하였던 연유도 이와 무관하지는 않았을 것이다.

가전 장르와 소설 양식의 가장 두드러진 공통점은 그것이 허구의 수법에 입각해 있다는 점이다. 그러나 하나는 크게 논란을 안은 채 진행하였고, 하나는 이렇다할 논란 없이 진행을 보였다. 이로써 문제의 핵심이 궁극 허구 자체에 있었던 것은 아니었음을 알 수 있었다. 대신, 허구 가운데서도 그것이 자아내는 역사 사실의 왜곡 및 강륜綱倫의 문란에 두었음을 최종 인지할 수 있다.

---

25) 그는 별전이 "關於一人一事的逸事奇聞"의 전기소설傳奇小說이라고 하면서, 이를 신괴神怪 · 연애戀愛 · 호협豪俠의 3가지로 세별細別하였다. 또, 이것이 당대 소설의 정화(唐人小說的精華)라 하였다.(『中國小說史』, 臺灣商務印書館, pp.85~86)

6장 옛 선비들의 정보 검색

-글쓰기 자료의 메카 事文類聚-

필자는 일찍이 존재存齋 박윤묵朴允默(1771~1849)의 문방사우전文房四友傳을 분석하면서 그가 문방열전을 짓는 과정에 어떤 책들을 어떻게 참고했는지 살핀 「문방사우 가전假傳과 유서類書」라는 글을 쓴 바 있다.

그런데 창작의 과정에 다른 문헌들을 활용하는 일은 꼭 박윤묵의 경우만 해당하는 일이 아니었다. 동물과 식물, 사물들을 사람처럼 인격화시켜 의인열전을 쓰려는 작가들은 창작에 보탬이 될 보다 많은 글의 재료를 필요로 하였다. 이 때 그들은 해당되는 글거리들을 어디서 가져오는가? 궁금한 일이 아닐 수 없겠는데, 사실은 옛 선비들이 소재를 구하러 가는 통로, 필요한 글감을 간편히 이용하기 위한 경로가 마련되어 있었다. 아낙네들이 필요한 물을 길어 올리는 우물과 같은, 또는 웬만한 것 다 갈무리돼 있어 요긴하게 꺼내다 쓰는 곳간과도 같은 공간이 있었다.

그 한 곳은 선행의 작품이다. 고려의 임춘과 이규보가 술을 의인화하여 만든 〈국순전麴醇傳〉과 〈국선생전麴先生傳〉은 그보다 조금 앞서 송대 진관秦觀이 쓴 술의 열전인 〈청화선생전淸和先生傳〉의 상당부를 참고하고 인용하여 만든 것임은 이미 확인된 사실이다. 고려조에 이곡李穀이 죽부인을 열전화한 〈죽부인전竹夫人傳〉은 송대 장뢰張耒의 〈죽부인전竹夫人傳〉에서, 조선조에 장유張維가 무 및 동치미를 의인화한 〈빙호선생전氷壺先生傳〉은 원대 양유정楊維楨의 〈빙호선생전氷壺先生傳〉 내지 명대 사조제謝肇淛의 〈빙호선생전氷壺先生傳〉에서 각각 영향을 받은 것으로 보인다. 이제 문방열전에서도 붓을 주인공 삼은 조선조 권벽權擘의 〈관성후전管城侯傳〉, 박윤묵朴允默의 〈모원봉전毛元鋒傳〉, 한성리韓星履의 〈관성자전管城子傳〉은 하나같이 한유韓愈 〈모영전毛穎傳〉에서 물꼬를 튼 것이다.

다른 한 군데는 유서類書이다. 요컨대 동양의 백과사전에 해당하는 유서들 가운데 제일 큰 영향력을 떨친 『사문유취事文類聚』 및 『태평어람太平御覽』 등을 기본 자료로 삼으면서 창작에 임하였던 진실이 있다. 위에 든 〈국순전〉과 〈국선생전〉의 창작 과정에는 〈청화선생전〉 이외의 정보를 전자는 『사문유취』에, 후자는 『태평어람』에 의지했던 사실을 찾아낼 수 있다. 임춘林椿의 엽전 의인화인 〈공방전孔方傳〉 또한 『사문유취』에 대한 의존도가 압권이었음이 명백히 나타났다. 극단적으로, 이규보의 거북 의인화인 〈청강사자현부전〉의 경우엔 이야기 소재의 90%가 넘는 자료들을 『태평어람』 안의 거북 관계 자료인 '龜' 門에서 취해왔음이 발견된다. 필자는 일찍이 모란 왕국을 그

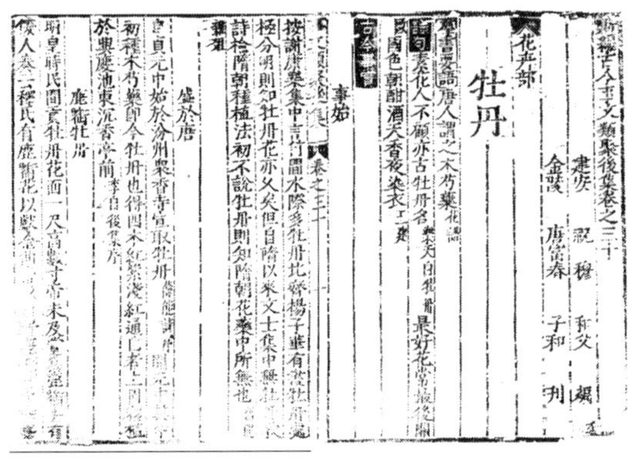
新編古今事文類聚後集卷之三十
建安 祝穆 和父 編
金陵 唐富春 子和 刊
花卉部
牡丹

사문유취 모란 門

린 연민 이가원의 꽃의 열전 〈화왕전〉을 분석, 그 취재원이 전적으로 『사문유취』의 화훼부 '牡丹' 門과 '海棠' 門에 있다고 단정지었다. 직후 배안拜顔하고 청문請問한 결과, 선생이 소싯적 이 작품 창작시에 오로지 『사문유취』를 참조하였다는 사실을 직접 확인 받은 일도 있다.

사문유취 모란 門을 바탕으로 지은 연민 이가원의 〈화왕전〉

역사책 안에 '열전列傳'이라는 틀을 처음 만들어낸 사람은 전한前漢의 역사가인 사마천司馬遷(B.C.145경~B.C.85경)이다. 『사기史記』의 집필 과정에서였는데, 이는 이전의 역사서에서는 볼 수 없던 특이한 형식이었다. 이전의 역사 서술은 역사적 사실을 연대순으로 기록하는 방법이었다. 이를 기년체紀年體 또는, 편년체編年體 서술이라고 부른다. 그런데 사마천은 바로 이 기존 편년체 방식에서는 역사의 저변에서 활약한 큰 인물들을 제대로 알릴 수 없는 한계를 느꼈다. 이를 보완 극복하고자 본기本紀의 뒷부분에다 정치사의 뒤안길에 있어 본 기록에서 미처 다 다루기 어려웠던 여러 분야의 주요 인물들을 각각의 주인공으로 세웠다. 그리고 그 명칭을 열전列傳이라 했다. 역사가들은 본기本紀의 '기紀'와 열전列傳의 '전傳'을 합쳐 '기전체紀傳體' 방식이라 부른다. 이 대단한 독창은 동양의 문화사에 엄청난 지평을 열어 준 셈이 되었다. 이후의 역사가들이 약속처럼 사마천의 기전체紀傳體 서술방식을 따라 썼기 때문이다. 이로써 그는 중국 역사의 아버지란 이름까지 얻게 되었다.

열전은 역사 부문에서 출발하였으나, 그 뒤 시간의 흐름 안에서 가전家傳과 탁전托傳, 가전假傳 같은 다양한 갈래의 전傳이 생겨날 수 있는 터전을 열어 주었다. 이로써 열전은 전傳 양식의 처음을 가름하는 우뚝한 권여權輿가 되었다.

이 중에 맨 끝에 나타난 가진假傳은 그 주인공이 인간 아닌 동식물, 사물, 마음 등이다. 그럼에도 사마천의 열전과는 가장 관계가 깊은 형식이었다. 여기서의 '假'는 '거짓'이란 말이 아닌, '빌려오다'의 뜻이다, 빌려오는 대상은 다름아닌 사마천의 열전이었다. 이 때 사마천 열전의 어떤 면을 빌리려 했던가? 바로 열전이 취하고 있는 형식이었다. 사마천의 이후 오랜 세월 뒤에, 당나라의 문장가 한유는 비인격체인 붓을 사람인양 살려 쓸 아이디어를 내었다. 그는 글을 어떤 형식으로 써나갈 것인지에 대해 생각한 나머지 인간 주인공인 사마천의 열전 형식을 빌려다 쓰기로 작정했다. 그렇게 만들어낸 작품이 〈모영전毛穎傳〉이다. 최초로 비인간을 인간인양 흉내내어 쓴 의인열전이 탄생한 것이다. 한유를 본받아서 뒷시대의 여러 문인들도 비인간인 사물 · 동물 · 식물 등을 주인공으로 세워 인간 세상의 이야기처럼 십분 표현적 묘미를 발휘하였다. 의인문학의 새로운 패러다임이 정착을 본 것이다. 한참의 세월 뒤인 명나라 때 문학평론가 서사증徐師曾이『문체명변文體明辯』이란 책을 만드는 과정에 수많은 전傳을 분류할 필요에 닿았다. 그는 열전을 일명 사전史傳으로 이름하였다. 뿐만 아니라, 앞서 구분한 가전家傳, 탁전托傳, 가전假傳은 다름 아닌 서사중이 붙인 명칭들이었다. 그는 이 마당에 이러한 형태의 의인열전들을 '가전假傳'이라고 처음 이름붙였다.

그런데, 동물, 식물, 사물을 주인공으로 삼은 이상 이야기를 끌고 가는 과정에는 기초 자료로 활용할만한 상식과 지식이 요구된다. 물론, 송대의 장뢰張耒가 죽부인을 사람의 일생처럼 다룬 〈죽부인전〉이나 조선시대 남유용南有容이 고양이를 인격화시킨 〈오원전烏圓傳〉처럼 대상에 대한 가장 초보적인 상식 또는 견문, 상상력만 가지고도 가전을 쓸 수는 있다.

一史 具滋武의 〈耄耋圖〉

하지만 비록 이런 경우라 할지라도 고양이에 관한 기본적인 속성 파악과 최소한의 사전적事典的 지식이 작품의 구상에 적극적인 보탬이 되는 것만큼 사실이다. 하물며 가전 작가들 대부분은 선비 지식층들의 현학적인 욕구를 만족시켜 줄 만한 메시지에 관심이 크다. 그러한 글쓰기를 위해서 작가들은 해당 사물에 얽힌 내력이라든가 용어 등의 전고典故 및, 시와 산문 등 예문藝文에 관한 지식 정보를 절실히 필요로 한다. 요컨대 경經·사史·자子·집集, 전 분야에 걸치는 백과사전적 지식의 확보가 최대 관심사라는 뜻이다.

여기서 가전 창작의 기간基幹이 되는 그 총체적 지식들을 추려서 수록한 문헌이 일찍부터 동양에도 있어 왔다. 일찍이 그것을 일컫는 말이 있었으니, '유서類書'라고 했다. 사전의 설명처럼 유서야말로 '중국의 경經·사史·자子·집集의 여러 책들을 내용이나 항목별로 분류 편찬하여 알아보기 쉽도록 엮은 책의 총칭'이다. 서양에 있어서의 백과사전과 비슷한 것이지만, 그 분류와 편성의 방식 면에서 얼마간 차이점이 있다.

이 때 동양의 유일한 백과사전다운 형태라 할 유서의 가장 큰 이로움은 어디에 있을까?

첫째는 역시 선비들의 작시作詩와 제문製文에 가장 요긴한 도구가 됨을 들 것이다. 『중화백과전서中華百科全書』의 "類書" 조에 있는 다음과 같은 설명은 이의 여실한 증좌가 된다.

> 前人編類書 是爲了做詩文的尋檢資料 或是査覈事典的出處而編成的.
>
> 앞 시대 사람들이 유서를 만들었는데, 시문을 짓기 위한 자료를 찾아 검토하기 위함이었다. 혹은 사전의 출처를 밝혀 편성하기도 했다.

바로 이 백과전서 안에서 "藝文類聚"에 대해 설명한 대목이 또한 보탬이 된다.

> 我國類書的編纂 一是使於帝王披閱瀏覽 以簡馭繁 二是供知識分子賦詩撰文時 檢索事類 採擷詞藻.
>
> 유서의 편찬은 첫째, 제왕이 펼쳐서 읽음에 번잡한 것을 간편하게 하려는데 있었고, 둘째, 지식인들이 시詩와 문文을 지을 때 사항을 검색하고 문학 작품을 따다 쓰는데 이바지하려는 데 있다.

그것이 중국의 역사성에 비추어 비록 우선은 제왕의 손쉬운 열람을 위한다는 목적도 있었겠지만, 현실적으로는 바로 시문에 관계하는 사류士類 일반의 시짓기와 글쓰기 과정에 제일로 간편하게 찾아 쓸 수 있는 곳집 역할을 했던 것이다. 이랬을 때, 자료를 한 자리에 집성集成해 놓은 유서의 정보 지원적인 효과는 그 이야기가 동물, 식물, 사물의 지식과 밀접히 관련된 의인열전 쪽에서 최대화될 것은 당연한 일이다.

『이아爾雅』나 『황람皇覽』 등 유서의 성격을 띤 책들이 이른 시기부터 존재해 왔지만, 본격적인 시작은 당나라 때부터라고 할 수 있다. 유서란 명칭이 처음 생겨난 것도 이 무렵의 일이다. 곧 『신당서新唐書』 예문지藝文志와 구양수의 『숭문총목崇文總目』에서 이전까지 일컫던 '사류事類'를 '유서類書'로 바꿔 쓰면서 '유서류類書類'를 따로 분류 설정하고 해당하는 서적 이름을 열거한 것에서 비롯한다. 이후 우세남虞世南의 『북당서초北堂書鈔』, 구양순歐陽詢 등이 편한 『예문유취藝文類聚』, 서견徐堅 등이 편한 『초학기初學記』 같은 유서가 나왔다.

송대는 유서의 발전기이다. 국책사업에 따라 이방李昉 등이 편저한 『태평어람太平御覽』과 『책부원귀冊府元龜』들은 1,000권에 달하는 제대로 된 규모의 유서였다. 이후 축목祝穆 한 개인이 엮은 『사문유취』가 괄목할 만한 또한 종(種)의 유서로 이름을 남기고 있다.

명대에는 해진解縉의 『영락대전永樂大典』이 나타났는가 하면, 유안기兪安期가 당 구양순의 『예문유취』를 근간으로 하면서 『초학기』·『북당서초』 등에 나름의 수정을 가한 『당유함唐類函』이 출현했다.

청대에 강희제의 명으로 장영張英 등이 편한 『연감유함淵鑑類函』이 역대의 유서로서는 가장 끝의 시대까지 포괄한 유서의 총람이 되었다 이 시대에 도서 분류의 차원에서 유서의 일종으로 보아줄 수 있는 장정석蔣廷錫 등이 편찬한 『고금도서집성古今圖書集成』은 전체 일만 권이 넘는 굉대宏大한 규모의 편술이었다.

이토록 역사상 유서의 이름을 남긴 책들이 많았지만, 구체적인 시대적 실정에 비추어 볼 때 위의 유서들 모두가 선비 사회에 유포되었던 것은 아니었다. 실은 이들 가운데 문사들의 시가書架 또는 협사篋笥 가운데 놓이고 아협牙頰 사이에 올라 꾸준한 참고서로서의 구실을 담당할 수 있었던 책은 기실 몇 종류 안 되었다. 그 중에서도 『태평어람』과 『사문유취』가 주장主掌과 주류를 이루었던 것으로 보인다.

그러면 우리나라의 경우 어떠했는가? 이것을 알기 위해서는 우리의 여麗·한韓 두 시대에 걸쳐 중국의 유서가 수입되고 유포된 실상을 우선 조사해 볼 필요에 닿는다.

우선 그 수입의 측면에서 볼 때, 다른 유서들에 관하여는 일체 고증의 길이 막연하기만 하다. 다만 송 태종의 명에 의해 서기 983년 이방李昉 등이 편찬한 『태평어람』을 고려의 조정이 입수하기까지의 경로를 『증보문헌비고增補文獻備考』와 『고려사高麗史』에서 더듬어 볼 수 있을 뿐이다. 즉, 고려의 사신이 선종宣宗 2년(A.D.1085)과 선종 10년(A.D.1093)의 송 황실에 조문朝問 갔던 차에 이 책 얻기를 간구했음에도 불구하고 뜻을 이루지 못하고 말았다.[1] 그러다가 숙종 6년(A.D.1101)에 오연총吳延寵과 왕하王蝦 등이 어렵게 입수해 들여왔고, 숙종이 크게 칭찬하였다고 한다.[2]

1) "宣宗二年 宋哲宗立 遣兩使奉慰致賀 請市刑法之書太平御覽開寶通禮文苑英華 惟賜文苑英華一書 十年 遣使如宋 請太平御覽 不許." (『增補文獻備考』 권242 藝文考)

2) "王蝦吳延寵等 朝宋還 帝賜太平御覽一千卷 又賜神醫普救方 曰 此方濟世之

그런데 이 내용이 『고려사』에는 숙종 5년(A.D.1100)이라 되어 있고, 입수의 과정이 더 극적으로 서술되어 있다.[3] 그리하여 고려의 숙종이 너무도 감개무량한 나머지 『태평어람』 등을 구해온 사신들에게 포상과 작위까지 내려주었다고 한다.[4] 그러니 이 얼마나 대단한 일이었는지를 충분히 짐작하고도 남음이 있는 것이다.

그 후, 고려 명종 때에 다시 송나라 상인이 와서 『태평어람』을 바치매 왕실에서 백금 60근을 주었다고 하며, 최유청崔惟淸의 아들인 최선崔詵에게 이 책의 오류를 교정하여 간행하게 했다고 적혀 있다.[5]

이제 이 책이 반입된 경로가 이다지 까다로웠고, 그 보답으로 백금 60근이나 내어 줄 정도라면 얼마만큼 진귀하게 인식되었는지 감 잡을 만하다. 또 그것을 교정하여 새로 만들었다 해도 고작해야 왕실 서고에 비치하는 정도에 그쳤음을 짐작케 한다.

과연, 그 뒤 어지간한 사족(士族)들 간에도 이 책은 여간하여 전파되지 못했던 듯하다. 그리하여 조선왕조에 이르러도 그것이 꽤 신중하고도 인색한 하사下賜의 품목에 들어가 있음을 확인할 수 있다. 『성종실록』(권237, 21년 庚戌 二月 丁酉日)에 보면 조선조에 성종 임금이 특별히 각 도의 관찰사들에게 사서賜書했다는 기록이 나온다. 따라서 이것이 특수층 고관대작들의 생활 반경 안에서나 겨우 접해볼 수 있는 서적이었을 뿐, 도저히 민간에까지 유포되지는 못했던 듯싶다. 그 때문인지 실제로 사림들 간에 이 『태평어람』을 참조했다는 기사를 못내 찾아보기 어렵다.

要術 今得之 此使臣之能也." (위와 같음)

3) "吳延寵…肅宗五年 與尙書王嘏如宋賀登極 以朝旨購太平御覽 宋人秘不許 延寵上表懇請 乃得." (『고려사』, 권96 列傳 권9 '吳延寵')

4) "及還 王曰 此書文考嘗求之不得 今朕得之 使者之能也 使副僚佐 並加爵賞 拜延寵中書舍人 乞外補." (위와 같음)

5) 『고려사』, 권20 世家, '明宗' 조 및, 같은 책 권99 列傳 '崔惟淸' 참조.

하지만 『사문유취』의 경우 상황은 일변한다. 송대 주희朱熹의 문인인 축목이 당대 구양순의 『예문유취藝文類聚』를 모델로 하여 1246년 완성한 이 책은 고금의 사실事實과 시문詩文을 널리 수집하여 부문별部門別로 분류 편찬한 인문백과사전이라 하겠다. 전집前集은 천도天道 · 천시天時 · 지리地理 · 제계帝系 · 인도人道 · 사진仕進 · 선불仙佛 · 민업民業 · 기예技藝 · 악생樂生 · 영질嬰疾 · 신귀神鬼 · 상사喪事 등 13부문, 후집後集은 인륜人倫 · 창기娼妓 · 노복奴僕 · 초모肖貌 · 곡채穀菜 · 재목材木 · 죽순竹筍 · 과실菓實 · 화훼花卉 · 인충鱗蟲 · 개충介蟲 · 모린毛鱗 · 우충羽蟲 · 충치蟲豸 등 14부문으로 되어 있다. 속집續集은 거처居處 · 향차香茶 · 연음燕飮 · 식물食物 · 등화燈火 · 조복朝服 · 관리冠履 · 의금衣衾 · 악기樂器 · 가무歌舞 · 새인璽印 · 진보珍寶 · 기용器用 등 13부문, 별집別集은 유학儒學 · 문장文章 · 서법書法 · 문방사우文房四友 · 예악禮樂 · 성행性行 · 사진仕進 · 인사人事 등 8부문으로 되어 있다.

『사문유취』가 언제 우리나라에 반입되었는지를 파악할만한 기록은 막연할 뿐이다. 단지 이 책이 간행된 대략 1100년대 후반 이후, 이 땅에 신속하게 입수되어 대략 임춘(1150경~ ?), 이규보(1168~1241)의 무렵에는 들어와 있었을 것으로 추정된다. 그 까닭은 이것이 『태평어람』처럼 황실 단위의 서책이 아니어서 별 부담없이 민간 교역의 형태로 흘러들어 왔었다는 점과, 겸하여 임춘의 가전인 〈국순전〉, 〈공방전〉 등과의 밀접성을 통해 증거를 세울 수 있다.

조선시대에 들어와서 『사문유취』의 존재는 유서로서의 진면목을 십분 발휘하게 된다. 하지만 아직 조선 전기 안에서는 널리 보급되지는 못한 듯하다. 성현成俔이 쓴 『용재총화慵齋叢話』를 보아도 성종이 인간印刊한 여러 서적이 많았다는 언급과 함께, 열거하고 있는 책들 중에 유서로서는 『사문유취』가 꼽히고 있음을 알겠다.6) 과연, 『성종실록』(권282, 24년 癸丑 九月 庚申日)에 보면 『사문유취』를 찍어서 나누어 준 수량의 정도가 직접 밝혀져 있어 흥미롭다. 곧 90건件을 만들어 문신들에게 나누어 주었다는 것이다.7) 성종 24년, 1493년의 일이다. 바로 3년 전에 『태평어람』을 관찰사영내에 한 건씩만 하사하였다는 사실과 대조하여 상당한 격차를 느끼게 한다.

흥미롭게도, 책이 유포된 직후인 중종 조 어숙권魚叔權(1490경~ ?)의 『패관잡기稗官雜記』 안에서 벌써 이 책의 활용이 보인다.

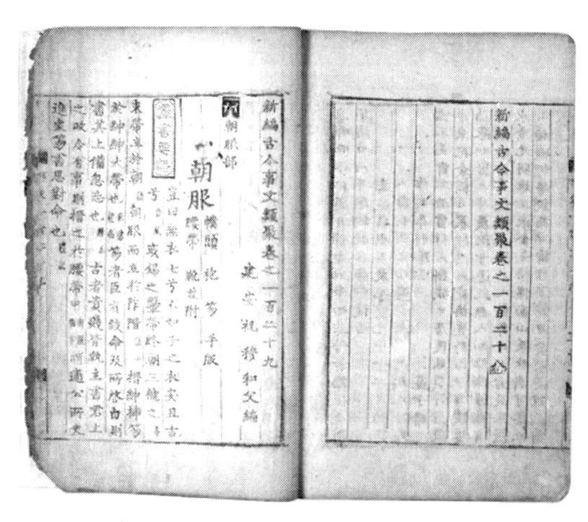
新編古今事文類聚卷之一百二十九
建安 祝穆 和父 編
朝服部
朝服

중종조의 문신 冲齋 權橃(1478~1548)의 종가 소장본

시속에 새로 된 관원이 연일 숙직하는 것을 포직爆直이라 하는데, 『사문유취』를 상고하면 새 관원이 본서本署에 아울러 숙직하는 것을 포직이라 하였다.8)

6) 成俔, 『慵齋叢話』 권2(『大東野乘』 권1)에, "成廟學問淵博 文詞灝灑 命文士撰東文選 輿地要覽 東國通鑑 又命校書舘 無書不印 如史記 左傳 四傳春秋 前後漢書 晉書 唐書 宋史 元史 綱目 通鑑 東國通鑑 大學衍義 古文選 文翰類選 事文類聚 歐蘇文集 書經講義 天元發微 朱子成書 自警編 杜詩 王荊公集 陳簡齋集 此余之所記者 其餘所印諸書亦多."

7) 校書館印進事文類聚 命以九十件 頒賜文臣.

8) 『대동야승』 권4의 국역본(『국역대동야승1』, 민족문화추진회편, 1983. 1) 원용임. 이 장에서 『사문유취』 관련의 해당 문헌에 대한 번역은 편의상 민족문화추진회편의 국역 내용을 옮겨 실었다.

다시 조선 명종 때 권응인權應仁(1520경~ ?)의 『송계만록松溪漫錄』에도 열람의 요긴한 사례가 보인다.

> 나도 들은 대로 알아왔으나 우연히 『사문유취』를 보고는 비로소 화산崋山의 화자는 본시 화崋자이지 초두草頭가 아닌 것을 알았다. 세상 사람들이 능히 분별하지 못하고 화華로 통용하고 있는 것이니 사람의 성姓 역시 화崋인 것을, 고금의 글들이 모두 초두를 쓰고 있으니, 모두 와전되어 그런 것이나 아닌지 매우 의심스러워서, 박식한 사람에게 묻고 싶다.

또 월정月汀 윤근수尹根壽(1537~1616)의 『월정만필月汀漫筆』에 이런 얘기도 있다.

> 만력 기축년(선조 22년, 1589)에 종계 주청사宗系奏請使로 북경에 갔었다. 그때 마침 중양일重陽日이어서 국자감에서 공자를 뵈었다. 여관으로 돌아올 적에 일부러 딴 길을 택했는데, 길 위에서 보지 못한 것을 구경하려는 것이었다. 그 길을 지금 비록 기억해 낼 수 없으나, 동화문東華門 남쪽으로 뻗은 거리인 듯한데, 그 거리가 아주 좁았다. 학관學官 안정란安庭蘭이 중국말을 잘하였으므로 말머리에 서서 앞을 인도하였다. 발걸음이 그 동네의 중간쯤에 도착하니, 화분을 길가에 내다 놓은 것이 있었다. 그 꽃나무는 외줄기로 우뚝하게 바로 올라서 해마다 자란 마디가 있고, 마디마다 바야흐로 잎사귀가 붙어 있는데, 옆으로 뻗어 나간 가지가 없으며, 그 잎사귀는 꽤 두툼하면서도 넓적하여 마치 두충杜沖의 잎사귀와 같았다. 잎사귀 사이에 하얀 꽃이 때마침 활짝 피어 있는데, 꽃봉오리가 오얏꽃에 비해서 조금 더 크고도 두꺼웠다. 나는 생각하기를, 9월에 피는 흰 꽃은 우리나라에서는 없는 것이니 반드시 이름난 꽃이리라 여기고, 곧 말을 멈추고 안생安生을 시켜서 길옆에 사는 사람에게 물으니, 대답하기를, 이 꽃은 관가의 물건이라고 했다. 한 관리가 있다가 이 말을 듣고 문밖에 나와서 내게 이르기를, "당신이 이 꽃을 사겠소?" 하였다. 나는 말하기를, "사려는 것이 아니오. 나는 외국 사람인데, 이 꽃이 무슨 꽃인지를 몰라서

물어본 것 뿐이오" 하니, 대답하기를, "이것은 말리화茉莉花입니다" 하고, 인하여 손수 그 꽃 네댓 송이를 따서 내게 선물하였다. 냄새를 맡아보니 맑은 향기가 코를 찔렀다. 인해서 젊을 적에 본 『사문유취』 가운데 말리화를 두고 읊은 시가 떠올랐다.

말리화

오늘날 재스민jasmine이라고 불리는 말리화茉莉花에 관한 낭만적 체험담이다.

광해 조에 계곡谿谷 장유張維(1587~1638)의 문집인 『계곡만필谿谷漫筆』(권2 漫筆)에도 이 사전에 대한 검색의 사례가 있어 흥미롭다.

> 인목왕후仁穆王后(선조宣祖의 계비繼妃 김씨로 영창대군永昌大君의 모친)의 상사喪事에, 내가 교명敎命을 받들고 애책문哀冊文을 지었는데, 그 글 가운데에 '이에 동관彤管에게 명하여 향기로운 자취를 찬양하게 하였다'는 표현이 들어 있었다. 그러자 김 판서 신국金判書藎國이 이것을 보고 나에게 말하기를, "동관이라는 것은 바로 여사女史가 사용하는 것인 만큼, 여기에다 적용한다면 본래의 뜻을 잃어버릴까 염려된다" 하였다. 그런데 내가 기억하기로는, 옛사람들이 역사를 기록할 때의 붓도 동관이라고 하였는데, 다만 어느 책에 나오는지를 확인할 수 없었기 때문에 그의 의혹을 해소시켜 줄 수가 없었다. 그러다가 오랜 시간이 지난 뒤에 우연히 『사문유취』를 뒤적이다 보니, '사관史官이 사실을 기술할 때에는 동관을 가지고 기록한다는 말이 『고금주古今注』에 나와 있다'고 하였으므로, 그때에야 비로소 모든 의심이 확연히 풀리었다.

원래 동관彤管이란 단심丹心을 나타내기 위하여 붓대를 붉게 칠한 주로 여성용 붓을 말한다. 여자가 남자에게 글을 써 보내어 은근한 정을 전하는 것을 비유적으로 이르는 '동관이彤管貽'란 말도 있기에 이런 논의가 생긴 것이다. 아무튼 『사문유취』가 세상의 수많은 자료를 섭렵하고 취합해 놓은 이점으로 인해 이렇듯 지적인 의혹 해소에 한 몫을 하였다.

이 책이 어느 때는 과거 시험의 출제 자료로 이용되기까지 하였던 기록도 있었다. 예컨대, 『사문유취』에 얽힌 광해조 병진년 알성과謁聖科에서의 과제科題 부징 누출 건에 관한 흥미로운 기사가 『연려실기술』(권21, 廢主光海君故事本末)에 들어있다.

> 병진년 알성과는 3, 4일 전에 간흉한 사람이 그 같은 당파 이진사에게 붓을 보냈는데, 전해 준 사람이 잘못 알아 성이 같은 이웃집에 전하였다. 이에 그 사람이 받아서 자세히 보니 붓대통 속에 작은 종이가 있는데, 이는 그 과거의 글제인, '당 나라 여러 신하들이 유류화楡柳火를 하사받음을 사례한다' 는 것이었다. 그 사람이 이웃집에서 『사문유취』를 빌려다 보았는데, 마음속으로, 반드시 이 책을 곧 찾아갈 것이라고 짐작하고 급히 그 요긴한 문자만 베끼고 다시 그 붓을 이웃집 이진사에게 전해 주었더니 조금 뒤에 그 집에서 과연 『사문유취』를 찾아갔고 두 사람이 모두 합격되었다. 막 과거장에 들어갔을 때 글제를 미쳐 내지도 않았는데 모인 사람 가운데서 서로 전하여 말하기를, "오늘은 불이 나온다. 불이 나온다." 글제의 유류화楡柳火를 이름하더니, 과연 이 글제가 나왔으나 이첨의 세력을 두려워해서 사람들이 감히 말을 못하였다.
>
> —『사옹만록思翁漫錄』

그런가 하면, 바로 그 과거에 응시했던 한 사람이기도 한 조경남(趙慶男, 1570경)이 시험 뒤에 『사문유취』에서 찾아보고는 확실히 알게 되었다는 『속잡록續雜錄』의 기록도 있다.[9] 『사문유취』가 그 시대 생활 속에 어느 깊이

9) 『續雜錄』(『大東野乘』 권30 소재) 丙辰年 조에, "뒷날에 시험장에 들어가 보니 시제가 유류화라, 『사문유취』에서 찾아보고 청명절에 하사하는 물건인 줄 알았습니다." (『국역대동야승7』, 민족문화추진회 편, p.492에서 원용).

까지 파고들었는지 짐작케 해 주는 일화이다.

인조 21년(1643)에 김육金堉(1580~1658)이 편찬한 『유원총보類苑叢寶』는 46권 30책 규모의 유서類書이다. 『사문유취』의 체재를 모방하여 편찬했다 하는데, 이 책의 서문인 〈유원총보서類苑叢寶序〉10)에 괄목할 만한 내용이 보인다.

> 지난날의 자취를 두루 고찰하는 데는 축목祝穆이 편찬한 『사문유취』보다 더 나은 것이 없다. 그러나 학사學士와 대부大夫 가운데에도 이 책을 가지고 있는 사람이 적은데, 하물며 먼 외방의 궁한 선비들이겠는가. 지난해 여름에 내가 한국(閑局)에 있으면서 비로소 이 책을 초록抄錄하여 번잡스러운 것을 빼 버리고 그 요지要旨 만을 남기었다. 그리고는 『예문유취藝文類聚』, 『당유함唐類函』, 『천중기天中記』, 『산당사고山堂肆考』, 『운부군옥韻府群玉』 등의 여러 책에서 표제標題에 따라 넣고 빼고 하여 빠뜨려진 것을 보충하고 문장을 가다듬었다. 그리하여 한 질帙 안에 수백 권의 정수精粹를 포괄하고는 책 이름을 『유원총보類苑叢寶』라고 하였다.

인조 때까지도 이 책이 가가호호 보급되지는 않았던 것 같지만 필사筆寫 또는 초록抄錄 등의 방법으로 차츰 그 범위가 확대되어 나간 양하다. 그리하여 중국에서 수입된 유서 가운데는 일반 사류들의 가장 독점적인 자료가 되다시피 하여 곳곳에 그 성가聲價를 높였다.

이 책이 실로 조선시대 사대부 사이에 상당한 전파의 힘을 갖고서 활용되었던 유서라는 좌증을 문헌의 도처에서 산견할 수 있는 것이다. 선조 때 지봉芝峯 이수광의 『지봉유설』 문장부文章部에도 『사문유취』 활용의 일단이 나타나 보이며, 특히 성호星湖 이익의 『성호사설』 권4의 만물문萬物門

10) 김육의 전체 문집인 『潛谷遺稿』 권9 '序' 안에 들어 있다.

과 인사문人事門에서도 대거 원용하고 있다. 이익의 직제자直弟子로 볼 수 있는 순암順菴 안정복의 『잡동산이雜同散異』에 다른 유서로부터의 인용은 아무것도 없이, 오로지 『사문유취』의 상당 부분을 나름대로 뽑아 기록한 현상들도 접해 볼 수 있다. 그리하여 이 책이 그 높은 효용성과 함께 공부하는 선비들 사이에 오롯한 사전으로서 독장하다시피 했던 상황을 밝게 살펴 알 수 있다.

더욱이 다른 종류 유서보다도 『사문유취』에 더욱 크게 의존했던 이유 중에는 필경 그것이 지니는 전고典故, 즉 전례典例와 고사故事 뿐 아니라 문예 부문까지를 포괄한 이중적 멀티 효과에 있다고 본다. 곧, 『사문유취』는 앞부분에 경經·사史·자子에서 뽑은 전고들을 '고금사실古今事實'과 '군서요어群書要語' 안에 담아 소개하였다. 더하여, 뒷부분에다가는 '고금문집古今文集'이란 항목을 갖추어 그 안에 각 문집에 들어있는 문예작품까지를 골고루 수용하였다. 다른 유서에서는 기대하기 어려운 유서의 특성화가 『사문유취』 안에서 이루어졌다 하겠다. 그리하여 앞 시대의 명 문장가들이 동일한 소재 하에 이뤄 놓은 시문들이 그대로 글 쓰는 이의 황금 텃밭이 되었다. 비근한 예로 『사문유취』에는 이 부문의 원조 대부 격인 한유의 〈모영전〉이 그대로 수록돼 있으니, 굳이 그의 문집인 『한창려집韓昌黎集』 없이도 곧장 이를 참조할 수가 있다. 그리하여 이후 〈모영후전毛穎後傳〉, 〈모영전보毛穎傳補〉, 〈관성자전管城子傳〉, 〈저생전楮生傳〉, 〈저선생전楮先生傳〉, 〈적도후전翟道侯傳〉 등 한중 문학에 곧장 파급 효과를 줄 수 있었다. 이 안의 '모충부毛蟲部' '牛'門에는 한유가 소와 소가죽신을 의인화해서 쓴 〈하비후혁화전下邳侯革華傳〉이 있어 뒷시대에 말[馬]을 의인화한 조선 남유용의 〈굴승전屈乘傳〉에 영향을 주었고, 청대 후방역侯方域의 〈건천리전騫千里傳〉에 계기를 주었을 것으로 간주된다. 또 속집續集 '衣衾部'

의 '竹夫人'門에는 송대 문인 장뢰의 〈죽부인전〉이 있으니, 고려 이곡의 〈죽부인전〉에 직접 자극 감발 요인으로 작용했을 터이다.

이제, 문방사우와 관련해서도 박윤묵의 문방열전들이 『사문유취』 별집別集의 '文房四友部'를 공급원으로 하고 있음은 이미 밝힌 대로이다. 이첨李詹의 〈저생전楮生傳〉과 명대 민문진閔文振의 〈저대제전楮待制傳〉, 청대 장조張潮의 〈저선생전楮先生傳〉 등은 모두 '文房四友部' '紙'門과 긴밀하게 연결된다. 초횡焦竑의 〈적도후전翟道侯傳〉 역시 '文房四友部' '墨'門과의 관계 안에서 회심처가 발견된다.

'어떤 분야의 중심이 되어 사람들의 동경 · 숭배의 대상이 되는 곳'을 메카라고 한다. 허다한 유서들이 전통시대 선비들의 정보 검색 및 글쓰기 자료의 원천 노릇을 하였다. 그 가운데서도 옛 지식인 선비들이 각별히 종요로운 지식의 스승으로 여겨 사숙해 마지않았던 『사문유취』야말로 유서 중의 메카라고 하겠다.

7장 판소리와 창극

1. 머리말

판소리의 연극화 형태인 창극은 그 역사가 불과 한 세기도 되지 않았지만, 그 짧은 기간 동안에 명칭의 다양성을 보여 왔다. 이를테면 정노식鄭魯湜(1891~1965)이 1940년에 판소리에 대한 이론적인 개요 및 역대 판소리 명창들을 서술한 『조선창극사朝鮮唱劇史』 책에서의 '창극唱劇'이란 다른 무엇이 아니라 판소리를 뜻하는 한자어로 사용된 것이다. 이는 오늘날 우리가 쓰고 있는 창극의 개념과는 명백히 구별된다. 곧, 현대적 의미로서의 창극은 일인창一人唱이 아닌, 다수의 창우唱優가 각각의 배역에 따라 노래하는 일종 가극 형태의 연극인 까닭이다.

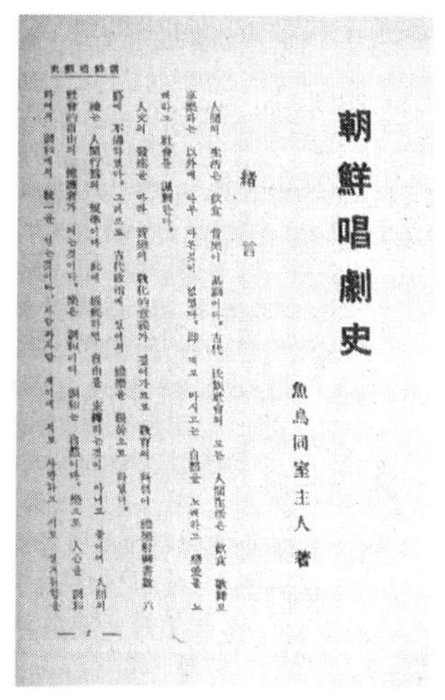
朝鮮唱劇史

魚鳥同室主人 著

緖言

정노식의 『조선창극사』. 앞부분에는 판소리 이론과 총 89명의 남녀 판소리 명창들, 말미에는 고수 한성준, 신재효의 小傳이 들어 있다.

창극은 근대사의 흐름과 더불어 그 발생의 초기에는 외래外來한 일본 및 서양의 신극新劇과 대칭하는 개념에서 '구극舊劇'으로 불렸고, 해방 후 격변의 시대에 예술 애호를 통한 국민의 정신적 단합이 요구되었던 상황에선 국민적인 연극이란 뜻으로서의 '국극國劇' 등으로 불리웠던 일도 있다. 그러나 오늘날은 창극唱劇으로 항용되고 있다.

이 예술 장르가 가지는 이같은 명칭의 다양성은 아이러니하게도 파란곡설한 시대상과 깊이 결부되어 있음을 본다. 곧 창극은 안타깝게 격동하는 한국의 20세기의 한 면을 대변하는 시대의 증거품이었다. 어려운 한 시대의 흐름을 함께 겪고 호흡한 국민예술의 한 양상이었다.

그러나 창극이 가지는 문예사적 좌표는 아직 뚜렷이 마련되지 못하고 있는 실정이다. 대부분의 연극사에서도 창극만의 독특한 위상을 설정하여 놓았다기 보다는, 오히려 신극 혹은 판소리 등의 다른 형태 속에 적당히 귀속시켜놓고 부수적으로 설명되는 일이 많다. 또한 이것이 본격적인 의미에서 진정한 연극의 시초를 장식한 연극사의 큰 부분임에도 불구하고, 외래 연극의 형식 기준에만 치중한 나머지 아예 연극의 개념에서 차치且置해 두는 경향도 없지 않다.

물론 창극은 판소리의 이차적인 산물이다. 판소리에서 분파되어진 장르이지만, 창극에서 새로워졌고 창극만이 가지는 독자적인 특성을 지니고 있는바, 그에 대한 모색이 요구되어진다. 이는 시조, 가사, 판소리, 소설 등을 그 원류적 발생의 차원에서 검토하는 가운데 자체적 위상을 확립하는 일과 성격상 같다고 본다. 동시에, 그렇게 해서 찾아진 고유한 단위 내용들이 이 예형藝形의 가치있는 부분으로 남게 될 것이다.

이 글은 그러한 부분들을 모색하기 위한 예비적 작업임과 동시에, 궁극적으로는 창극의 위상 찾기에 전초가 되는 입론이고자 한다.

2. 판소리와 창극의 특성

1900년대가 막 시작되는 시점에 발생된 창극은 판소리가 전개해 나가는 과정 위에 나타난 한 개의 변개變改 양상이었다. 이미 숙종조 이전의 광대들의 판놀음 가운데 하나인 '광대소학지희廣大笑謔之戱'로부터 발전하였다는 판소리는 그 자체로서 독특한 예술상의 경지를 확보해 놓았다. 그럴 뿐 아니라, 그 형식 안에 잠재하고 있던 다양한 소질 바탕으로 말미암아 다시금 병창조(가야금병창 · 거문고병창)와 승도창繩渡唱 및 창극과 같은 다양한 예술 형태를 가능하게 해 주었다.[1] 판소리가 내유하고 있는 다변화의 잠재력은, 이 장르가 국민예술로 성장할 수 있게 된 유력한 기반을 그 내용이 지닌 유동성에 두는 논리[2]와도 제대로 호응되고 있다.

그렇다면 이렇게 판소리의 형식적 다양성 및 유동성에 힘입어 산출된 창극이 그 원류가 되는 판소리와의 이동점異同點은 무엇인가?

우선, 양자 간에 구분되는 특징의 첫 번째는, 엄밀한 기준에서 판소리를 서사 양식에 귀속시킨다고 할 때 창극은 온전한 의미로서의 극 양식으로 규정할 수 있다는 점이다. 판소리를 희곡 및 (연)극예술로 간주하려는 경향[3]에도 불구하고, 엄밀하고 온전한 의미에서 극 장르로 될 수 없다 함은 그것을 창극과 같은 연극으로서의 필수적 요건 및 형식 · 체재를 구비한

1) 박헌봉, 『唱樂大綱』, 국악예술학교출판부, 1966, p.44.
2) 조동일, 「판소리의 전반적 성격」, 『판소리의 이해』, 창작과비평사, 1978, p.28 참조.
3) 대표적인 예로 이두현은 그의 『한국연극사』(민중서관, 1973, pp.84~85)에서 판소리의 서사 장르론에 반대하는 입장을 내세웠다. 곧 판소리를 공연예술적 측면에서는 연극, 문학적 측면에선 희곡으로 보고자 했다. 그 구체적 근거를 다음에서 찾았다. "희곡의 특징은 첫째, 무대상연을 전제로 한 문학이며, 연극의 중심을 이룬다. 둘째로, 그것은 인간의 행동을 그리며 객관 형식을 취한다. 셋째로, 제 3의 소리로서 직접적인 표현 형식을 취한다. 우리의 드라마툴기인 판소리는 극시(희곡)로서, 또 극예술로서의 두 개의 측면을 포함한다고 본다."

극 형태와 나란히 대조하여 보았을 때 가장 극명하게 파악될 수 있다. 이렇게 양자 사이의 차별성에 대해 정리해 보인 설명을 인용해 본다.

> 판소리는 한 사람의 연창자가 판소리 사설에 나오는 모든 인물의 역役을 혼자서 연출하여 이른바 일인다역一人多役을 맡게 되는데, 창극은 무대에서 창우唱優 여러 사람이 각 배역을 분담하여 판소리 형型 선율로 소리를 하고, 대사臺詞를 하며, 연기하는 한국극의 한 장르다. 판소리의 경우에는 따로 규식적인 무대장치가 없이 놀이판에 돗자리를 깔고 그 위에서 관중이 둘러보는 가운데 연출하지만, 창극은 서양 연극에서와 같이 무대장치와 소도구를 사용하며, 판소리는 두루마기에 갓을 쓰고 부채를 드는 일정한 의상이 있으나, 창극은 등장인물에 따라 여러가지 사실적인 의상으로 분장하고 연기한다. 판소리는 고수의 북 장단 하나로 반주 음악을 담당하지만, 창극에서는 북은 물론 몇 개의 선율 악기들이 즉흥적으로 판소리 선율에 제주齊奏하며, 따로 무용 음악이나 부대 음악을 직관적으로 연주하기도 한다.[4]

이러한 대조는 지금까지 판소리의 복합적인 성격 가운데의 하나인 극적인 요인－예컨대 사체四體 가운데 하나인 너름새와 내용 구성의 극적인 면－으로 말미암아, 서사 장르와 극 장르 사이에 논의가 분운紛紜하여 통일을 보지 못한 판소리의 장르 구분에 일단의 근거를 마련해 준다는 중대한 의의가 있다. 실제로 판소리가 이후 창극과 같은 연극으로 재구再構 될 수 있었듯이 그 내부에 적지않은 연극성을 가지고 있음도 사실이어서, 일도양단一刀兩斷 격으로 판소리의 극 장르론을 부정하기 곤란했던 국면이 없지 않았다.

그러나, 이후 창극의 한 번 등장으로 연극의 진면목을 밝힐 수 있는 충분한 계기가 될 수 있었음과 동시에, 극 양식과 극 양식 아닌 것과의 구분

4) 강한영, 『판소리』, 교양국사총서 28, 세종대왕기념사업회, 1977, p.215.

을 명확히 할 수 있는 일대 전기轉機도 마련되었다. 만약 창극이 나타나지 않았더라면 판소리가 진정 연극과는 일정한 거리가 있음을 입증할 근거랄까 기준을 잃고 말았을 터이다. 창극이 출현함으로 말미암아 판소리가 창극과 같은 극 양식을 배태胚胎시킬 수 있었던 서사 장르이며, 따라서 비록 연극 그 자체는 아닐지라도, 연극으로 진전될 수 있는 소질을 내포함으로써, '극적인 서사 장르'라는 입론[5]에 타당성을 실어주었다. 그리하여 창극의 출현은 서사 문예인 판소리가 시대에 따라, 문학적으로는 판소리계 소설을 낳게 하고 음악적으로는 병창조를 이룩하는 데 기여했을 뿐만 아니라, 마침내는 연극 쪽으로도 역시 어떠한 형태로든 이바지할 수 있다는 본

평양성도 중 모흥갑 판소리도 – 조선 후기의 풍속화가인 金俊根이 그린 풍속화첩인 箕山風俗圖帖에서

5) "판소리는 근본적으로 서사적 양식이지만 한편 극적 계기가 잠재하고 있다."(최원식, 「개화기의 창극운동과 은세계」, 『판소리의 이해』, 창작과비평사, 1978, p.306)

보기를 보여주었다. 결과적으로는 판소리 문예의 다원성과 우수성을 새삼 더 강조하고 입증해준 셈이 된다.

두 번째로, 판소리와 창극의 또 다른 특성은 판소리가 외정예술外庭藝術인데 비하여 창극은 무대예술이란 점이다. 이것은 공연의 터전이 전이轉移되었음을 의미한다. 곧, 판소리 시대에 공연장으로 동구밖 광장 · 궁정의 뜰 · 부가옹富家翁의 대청 등, 일정한 장소의 제약이 없던 것이, 창극 시대에 와서는 외래 공연문화의 영향과 상업주의의 사고에 의해 상연을 위한 특정한 무대를 필요로 하게 되었다. 초기의 협율사協律社 ― 뒤에 원각사 ― 같은 것은 그 대표적인 예이다. 이로써 예술이 직접 생활 속에 파고들어 함께 동화되어 있던 처음의 상황에서, 예술적 참여를 위해서는 짐짓 공연장을 찾지 않으면 안되는 상황으로의 전변이 일어났다. 요컨대, 생활마당과 예술마당의 분리가 생겨난 것이다.

세 번째는, 판소리와 창극은 서로 다른 시제時制의 장르란 점이다. 판소리에서 공연하는 내용은 그 시제가 현재적인 것과 과거적인 것의 교호交互 및 융합으로 이루어지고 있다. 즉 광대의 창唱과 몸짓(발림)에서는 현재적 발랄과 생동이 연출되지만, 설명의 대목인 아니리에 들어갈 때는 문득 과거적인 데에 부딪히게 된다.[6] 이같은 두 개의 시제 속에서 관객은 작중의 대상과 나란히 직접적인 만남과 간접적인 만남의 교호 상태를 경험하게 된다. 환언하면 "정서적 긴장과 이완, 극적 환상에의 몰입과 차단의 연쇄 구조를 엮어 나간다."[7]

반면, 창극의 경우는 어디까지나 연극으로서의 완성된 체재를 갖춘 현재성으로 일관해 있기에 시종 직접적인 긴장을 통한 공감대 구축이 유지

6) 조동일, 「판소리의 장르 규정」, 앞에 든 책, pp.43~44 참조.
7) 김흥규, 「판소리의 서사적 구조」, 『판소리의 이해』, 창작과비평사, 1978, p.127.

된다. 바로 이러한 사실도 판소리를 극 장르로 설정시키려는 데 장애가 되는 큰 요인이 아닐 수 없겠다.

이상은 판소리와 창극의 서로 같지 않은 특성적 차이를 밝힌 것이지만, 다른 한편 창극이 그 발생에 있어 어디까지나 판소리에서 파생되어 나온 바에야 양자 사이에 동질적인 성격 또한 없다고 볼 수 없다.

창극 춘향전 공연 장면

물론 창극을 연기하는 창우들은 대부분 판소리 공부를 하다가 창극에 들어서기 때문에 판소리 명창이면서 창극의 배우인 경우가 있다[8]는 상호 연계적인 관련성도 생각해 볼 수 있다. 하지만, 보다 중요한 것은 판소리나 창극이나 그 실행의 동기가, 원래 보다 나은 경제적 소득과 수입을 목적으로 하는 생활예술이었다는 점이다. 판소리가 형성된 이유에 관해서 김동욱은 그 메커니즘을 중시하여 판소리 광대들이 생계 향상 및 유지를 위해 전체 연예패들로부터 분리해서 활동하지 않을 수 없는 사정에 관하여 거론한바 있다.[9] 조동일도 판소리 광대의 직업적인 성격을 들어 "판소리 광대는 판소리를 하지 않으면 살아갈 수 없는 전문적인 예술인이었다는 사실도 판소리가 새시대의 흥행물로 전환하는 데 긴요한 구실을 했다"[10]고 강조한바 있다. 이러한 사실은, 판소리와 함께 서민의 광장예술로

8) 강한영, 앞에 든 책, p.215.
9) 김동욱, 「판소리사 연구의 제문제」, 위에 든 책, pp.86~87.

서 활약하였던 가면극이 생계와는 직접적인 관련없이 성장할 수 있었던 사실[11]과 대조하는 일로 그 특징이 부각된다.

이렇듯 문예 형성에 있어 경제적 측면이 크게 작용하였음은 창극의 경우도 별반 다를 바가 없었다. 뒤에 창극의 생성 과정에서 재론되겠지만, 1900년을 고비로 이 땅에 신착新着한 외래극의 압력[12]으로 판소리는 그 인기를 지속해 나가기가 어렵게 되었다. 위기에 봉착한 생활의 수단을 찾기 위해서도 새로운 아이템이 절박하게 요구되었고, 급기야 신극의 규모에 상응하는 확대적인 형태로서의 창극을 고안해내지 않을 수 없는 상황을 맞게 되었다. 200년 전 즉, 1700년대 초기에 그들의 선배인 판소리 광대들이 생계의 향상을 위해 단체로부터 유리遊離해서 축소화로 나갔던 일과는 반대되는 현상이 일어난 것이다. 이 마당에 다시금 그들의 필요에 따라 단체화를 도모하지 않을 수 없었다는 사실에 일종의 아이러니가 있고, 이러한 아이러니도 결국 한 예술이 생계적인 문제와 깊이 결부된 데 기인한 것이니, 이것의 확인 뒤에 따르는 비감마저도 없지 않다.

덧붙여, 판소리와 창극 같은 우리의 국민예술이 각각 세계 문예의 발달 과정에서 후진성을 면할 수 없었던 이유가 상당 부분 경제적인 빈곤성 때문[13]인 것으로 분석 판명되었다면, 이제라도 의당 근존하는 전통예술 분야에 부합하는 해결책이 강구되어야 마땅하다. 그것이 곧 국민예술의 잠재력을 돕는 일인 까닭이다.

창극은 서구 연극의 형태를 도입·모방한 신극新劇의 상연 무대에 자주 편승하였다. 그리하여 신극의 후광에 적잖이 힘입었음도 사실이었지만, 국

10) 조동일, 「판소리의 전반적 성격」, 위에 든 책, p.28.
11) 조동일, 위와 같음.
12) 최원식, 「개화기의 창극운동과 은세계」, 앞에 든 책, p.308 참조.
13) 김동욱, 『국문학개설』, 민중서림, 1972, p.149 참조.

극(창극)과 외래의 신극이 똑같이 원각사 무대에 올려졌을 때 그 인기와 호응의 정도는 신극이 국극에 미치는 바 못 되었다.[14] 그렇게 신극을 압도할 수 있었던 것도 결국 우리의 전통을 고수하고자 하는 예술혼이 살아있음을 역증하는 본보기가 되는 셈이다.

다음으로, 판소리와 창극의 공통적인 유대는 두 장르가 모두 관객을 직접 상대하는 행동예술이란 점이다.[15] 나아가 직접 대중과 함께 호흡하는 만큼 배우들의 예술상 행위는 보다 직접적인 사회성을 띤다는 점이다. 이는 그들의 일거수 일투족이 곧장 사회 대중에 끼칠 수 있는 영향력의 크기를 의미하지만, 동시에 그들이 처하고 있는 시대 및 사회의 지배구조로부터 받는 간섭 또한 불가피하다는 뜻도 된다.

판소리는 그 형성 이후 창극의 생성 직전인 쇠잔기에 이를 때까지, 지배 계층에 해당하는 양반 및 중인 계층과의 융통 자재自在한 영합책을 꾀하여 신분의 상하를 초월한 애호를 받기에 성공하였다. 그 결과 국민예술로서 성장하였거니와, 창극도 해방 후에는 그 명칭을 국극이라고 부를 정도로 발생 이래 국민적 사랑을 입었던 것이 사실이다. 그리하여 일제강점기 동안 창극에 더욱 열을 올렸던 데는 민족적인 것을 잃지 않고 고수하려는 뜻이 없지 않았음이다.[16]

한편, 창극의 형성 및 진행의 경로는 일제 식민지 정책의 시간대와 그 경로를 같이 하였다. 따라서 일본식 신극이 세력을 얻게되면 그것과 경합의 관계에 있던 창극은 여러 가지 불리한 여건 속에서 이합집산離合集散을

14) 김재철, 『조선연극사』, 학예사, 1939, p.169 참조.

15) 물론 가면극도 대중 상대의 행동예술임에는 틀림없겠으나, 관객을 대하는 태도에 있어 다르다. 판소리와 창극이 대중 앞에 아무런 혐의嫌疑 없는 솔직한 그대로를 보여주는 반면에, 가면극은 '가면'이라는 중간자적 장벽으로 말미암아 관객과의 친근도에서 창극이나 판소리에 못 미친다.

16) 박헌봉, 앞에 든 책, p.44 참조.

거듭하였다. 하지만 그러한 와중에서도 어떤 형태로든지 우리식 문화예술의 끈을 놓지 않으려 오직 고군분투하였으니, 이것이 곧 국극이 민족문화적 침체를 극복하며 걸어온 지난 수십년사의 모습이었던 것이다.

3. 창극의 생성

고려시대 〈처용희處容戲〉나 〈쌍화점雙花店〉 같은 면모 안에서 다소간 연극적인 성격을 발견할 수 있기는 하지만, 이 땅에 본격적인, 진정한 뜻에서의 연극은 창극과 함께 비롯되었다고 할 것이다. 바로 이 창극이라고 하는 연극적 형태가 판소리로부터 분열, 발생하게 된 때가 1900년대가 시작하는 즈음, 즉 20세기 벽두였다. 이것은 비교문학적으로 볼 때 중국의 창희唱戲나 일본의 가부키(歌舞伎) 등에 비해 수세기나 뒤떨어진 셈이다. 그런데, 창극의 모태로서의 판소리 자체가 세계 문예사적으로도 훨씬 뒤늦은 때에 등장하였음을 감안하면 그다지 기이할 것도 없겠으나, 아무튼 18세기초 창사 문예唱詞文藝인 판소리에서 20세기초 극문예인 창극으로의 변모를 보기까지 약 200년이 걸린 셈이다.

그러면 이렇게 창사 문예가 일찍부터 연극 문예로의 진전을 보지 못하게 된 원인은 어디에 있었던가? 이 문제를 김동욱은 이렇게 설명한다.

> 연극계에 있어서의 후진성은 무엇으로 말미암은 것인가. 이에 대하여는 도시문화의 미발달과 '부르주아지'가 생성되지 아니한 탓이라 하였으나, 어느 모로 보더라도 중세기의 빈貧이 우리의 예능문화를 지배했기 때문이다.[17]

17) 김동욱, 앞에 든 책, p.149.

이는 곧 민중 예술을 발양發揚시킬 수 있는 사회 경제적인 여건 조성의 결핍을 뜻함이다. 다른 한편, 김학주가 찾은 이유는 이러하다.

> 중국에 크게 유행한 잡극이나 희문같은 것이 우리에게 존재하지 않았던 것은 중국의 연극에 쓰이는 복잡한 궁조宮調의 악곡을 받아들여 한국화시킬 여유가 없었기 때문인 것같다.[18]

여기서 말하는 그 '여유'라고 하는 것이 창의적인 예술을 개발해 보고자 하는 적극적인 자세, 곧 생활인의 정신적인 여유를 의미하는 듯싶다. 하지만 문예담당층인 광대에게 정신적인 여유가 없었다는 것도 그 이유가 광대들의 불안정한 생계 문제와 결코 무관할 수 있는 사안은 아니다. 요컨대, 한국 연극 문예의 발전을 지체시킨 장애 요인은 궁극적으로 예능 사회의 경제적 빈곤 메커니즘 안에서 그 타당성이 인정된다.

이 외에도, 판소리 창자들이 생계 수단도 수단이려니와, 그들이 보유하고 있는 판소리 창만 가지고서도 충분히 오유娛遊하고 위안을 삼을 수 있다는 의식 또한 이유로서 작용했을 수 있다. 환언하면, 예술에 대한 인순고식因循姑息한 사고로 인해 일찍 연극적 변모를 보지 못한 채 오래 정체停滯되었을 개연성도 유추가 가능하다. 새 연예 장르를 형성해야겠다는 절실한 요구에 당면하지 못하였다는 뜻이니, 이때까지 그들에게 연극에 대한 자각은 아직 그 시기가 일렀던가 보았다.

이상의 몇 가지 이유로 말미암아, 한국과 중국 간에 문예적 전파와 수용이라는 영향의 긴밀성이 효과를 발휘하지 못하였다. 즉, 중국의 원나라

18) 김학주, 「당악정재 및 판소리와 중국의 가무극 및 강창」, 『한국사상대계 I』, 성균관대학교, 대동문화연구원, 1973, p.639.

13세기에 이미 잡극이라는 무대예술이 존재한 바 있고, 다시금 18세기의 청, 건륭 연간에는 난탄亂彈 – 창희唱戲[19] – 이 흥했음에도 불구하고 한국의 극 문예 분야가 일찍 수용 처리하지 못하였던 것이다. 그러나 늦은대로 진정한 의미로서 한국의 첫 연극 형태라 할 수 있는 창극은 그 발생을 보았다.

그러면 실제로 창극은 어떠한 시대 배경적인 동인動因에 힘입어 생성되었나. 앞에 서술한 바와 같은 몇 가지 이유로 해서 19세기가 다 저물 때까지도 판소리 같은 극적인 성격을 띤 서사 문예로 자족해야 했으나, 개화기를 전후하여서는 문예에도 새로운 기운이 일었다. 연극에 대한 자각이 필연적으로 도래할 수 있는 계기가 마련되기 시작한 것이다. 예컨대, 1895년에 발간된 유길준의 『서유견문西遊見聞』에는 서양식 연극을 직접 목격한 데 따른 경이적인 소개가 들어있다.[20] 특히 그 내용 중에, "차희는 태서에만 유홀 ᄯᅳ름아니라 중국과 일본에도 유흔 자"[21]라는 말이 나온다. 어떤 나라든지 다 있는데, 유독 이 나라에만 선진 형태와 규모의 연극이

西遊見聞第一編

地球世界의槪論

杞溪兪吉濬 輯述

西遊見聞 第一編 地球槪論

유길준과 『서유견문』

19) 최원식, 앞에 든 책, p.308.
20) 兪吉濬, 『西遊見聞』, '演劇' 참조.
21) 兪吉濬, 위와 같음.

착래하지 않고 있는 후진성에 대한 자각과 반성은 물론, 앞으로 도래할 극 양식까지 암시하고 있다. 그리고 불과 몇 년 안 지난 1900년을 고비로 해서 실제의 연극과 접할 수 있게 되는 일대 호기好機를 맞게 된다. 바야흐로 중국의 창희가 이 땅에 들어와 크게 유행하게 된 것이다.

> 그 당시 서울에는 지금의 청계천 2가에…청국인의 거리가 있었다. 그 거리의 번화가에 청국인의 창극관이 있었으며 이 창극관에서는 날마다 청국인의 창우가 창극을 연회하였다. …〈삼국지〉 등을 연회하였는데 그 인기는 대단하였다. 청국인은 물론 우리 겨레도 많은 사람들이 관람하였는데….[22)]

이것은 그 때까지 이같은 새로운 규모의 예형藝形에 접해보지 못하던 연예 대중에게는 놀라운 개안開眼이었다. 그 뿐이 아니었다. 신기新奇의 연극 문예에 대한 경이와 함께, 대중적인 흥행 및 무대 설비를 통한 다수 관객의 수용이라고 하는 경제적 인식은 판소리의 극적인 요소를 자극하여 창극 방향으로 나아가게 하는데 추진자적 역할을 하였다. 이렇게 해서 창극은 종래의 판소리에 이어서 혜성같이 나타났다.

그러나 이렇게 이룩된 창극이 처음으로 선을 보인 시기와 장소, 또 처음 시작한 인물 등에 대하여는 의견의 차이를 보인다. 이두현의 설명이다.

> 이인직은 … 궁내부소관인 전 협율사 자리에 원각사를 창설하였다. 그러나 이른바 신연극인 소설연극을 당장에 상연할 수는 없어 은세계를 연습시키는 한편 그 경비 충당을 위하여 재래 연예의 영업적 흥행을 겸행하였다고 한다. 이리하여 그는 신연극의 창시자인 동시에 재래의 판소리를 무대화하여 창극으로 등장케 한 창극(또는 구극, 오늘의 국극)의 창시자도 되는 것이다. … 신재효

22) 박황, 『창극사연구』, 백록출판사, 1976, p.17.

(1822~1884)가 판소리의 집대성자라면 이인직은 그것을 창극으로 진일보시킨 공로자라고도 하겠다.[23)]

개화기 최초의 극장 원각사

창극이 1908년 원각사의 설립과 때를 같이하여 이인직에 의해 창시되었다는 주장을 펴고 있다. 반면, 박황은 그의 『창극사연구』에서 다음과 같이 언급하고 있다.

그 당시 재경在京 창악인은 이 청국인의 창극관에서 연희하는 삼국지에 관심과 호기심으로 관람하였으며 강용환 명창은 틈만 있으면 이 청국인의 창극관에서 살다시피 하였는데, 강용환이 청국의 창희를 모방하여 판소리 춘향가를 창극으로 발전시켰다.[24)]

창극을 처음 창시한 이를 강용환으로 보고 있다. 이 점에 대해서 그의 설을 전적으로 수용하고 있는 최원식은 그 초연의 시기와 장소에 대해 다음과 같이 보태고 있다.

이렇게 하여 고정된 무대(1902년 건립된 협률사)를 획득하고 직업적 예술로 독립한 판소리 광대들은 1903년 가을 〈춘향전〉을, 1904년 봄에는 강용환에 의해 〈심청가〉를 창극화하여 판소리를 무대예술로 발전시켰다.[25)]

---

23) 이두현, 「원각사에 대하여」, 『국어국문학』 27호, 1964, p.19.
24) 박황, 앞에 든 책, p.17.
25) 최원식, 앞에 든 책, p.310.

종합적으로 판단해 볼 때 이인직을 직접 창극의 시창자始創者로 보는 데에는 문제가 없지 않다. 다만 그가 1907년 신극 공연을 위해 원각사圓覺社 건립을 적극 주선했다는 설이 있고, 이 덕분에 창극이 그 무대를 확보하는 일에도 잠시나마 편익을 끼쳐주었던 것만큼은 사실이다. 그나마 원각사는 불과 일년 반 동안(1908.7.26~1909.11)만 짧게 존속하였겠기에, 창극은 다시금 무대를 찾아서 계속 전전하지 않을 수 없게 되었다.

그 후 창극은 1940년대 후반 여성 국극女性國劇으로의 또 다른 변신을 이루기 전까지 그 면모를 유지해 나갔다. 힘겨운 지탱이었으나, 그 와중에 동시대 창극과 경합의 대상이 되었던 신극 내지 서양식 연극의 자극과 영향에 힘입은 바도 가볍게 치부해 버릴 수는 없을 것이다.

1950년대 여성 국극의 한 장면

4. 맺는말 – 창극의 공과功過

판소리의 정통성을 주장하는 논자들 간에는 창극이 판소리의 가치를 손상시켰고,[26] 창극 때문에 "전통의 혼란을 가져오고 있으며 보존의 대상에서도 착오를 일으키고 있다"[27]거나, 심지어는 "창극이라는 극 양식의 출현

26) 조동일, 앞에 든 책, p.19.
27) 유기룡, 「판소리 8명창과 전승자들」, 『판소리의 이해』, 창작과비평사, 1978, p.52.

은 판소리에 있어서는 과오를 저질렀다"[28]고 하는 등, 창극에 대한 비난의 논의가 만만치 않다. 그런 반면에는, 창극에 대해 그저 연극사의 한 가지 흐름으로 담백하게 서술하는 이도 있고,[29] 긍정적인 해석을 내리는 이들도 있다.[30]

우리의 문예사적으로 볼 때 판소리가 쇠퇴하기 시작하면서 창극이 새로 대두하였다는 사실 때문에 흡사 판소리를 쇠퇴케 만든 원인과 책임이 창극에 있었던 것처럼 여겨져서 일종의 반감마저 생겨난 듯싶다.

그러나 모든 문예 장르에는 한 개인의 운명과도 같은 성쇠盛衰와 소장消長의 원리가 있다. 한번 형성이 된 후엔 전성의 시기도 있을 것이고, 쇠잔의 단계도 겪지 않을 수 없는 것이다. 약 200년 간 존립한 판소리가 20세기 벽초에 이르러 쇠잔을 면할 수 없었던 것도 급작스런 개화의 열풍으로 거의 대부분의 분야에서 구태를 불식하고 신면모로 탈바꿈하겠다는 시대적 조류가 큰 원인으로 작용했으리라 본다. 그 때 예술 대중은 판소리보다는 극이라고 하는 새로운 문예 형태를 요망하게 되었고, 창극은 바로 그러한 시대적 요청에 의해 자연스럽게 발생한 새 시대의 산물이었다. 창가 문학의 극화劇化는 중국의 창희唱戲나 일본의 가부키(歌舞伎)가 그러했듯, 이 땅의 창극 또한 자연적 요인과 필연적 요인의 복합적인 문예사 흐름 안에서 이루어진 것이다. 판소리가 그 자체 안에서만도 본래의 동편제에서 서편제 및 석화제 등으로 다양한 변화를 보이면서 전개하였다고 한다면, 판소리의 창극화 역시 문예가 발전해 나가는 과정상에 나타난 자연적이고 필연적인 흐름이 아닐 수 없다.

28) 강한영, 앞에 든 책, p.28.
29) 김재철, 앞에 든 책, pp.164～172 참조.
30) 박헌봉, 앞에 든 책, pp.44～45.
최원식, 앞에 든 책, p.322 참조.

그러므로 이제 그러한 발전이 원형을 훼손시킨다는 말은 애당초 적절하지 않다. 오히려 판소리라고 하는 하나의 장르가 창극이나 병창竝唱 같은 다른 여러 문예 형태를 재창출할 수 있음으로 해서 자체 안에 훌륭한 예술적 소질 바탕을 십분 함유하고 있다는 반증이 되면 되었지, 창극 등의 발생이 판소리의 가치를 손상시키는 일이 될 까닭이 없다.

더구나 창극이 생겨남으로 해서 그것이 판소리 본유의 기본적인 형태에 어떤 변형을 강요한 적도 없었고, 판소리는 판소리대로, 그리고 창극은 창극대로 나름대로의 특장特長을 그대로 보유한 상태에서의 진행을 보여 왔던 사실을 상기할 필요가 있다.

특히, 1900년대 초, 극 양식에 대한 개안開眼과 함께 일변되어진 예술사조에 따라 이 땅에도 뒤늦게나마 특유의 독자적 연극 형태라 할 수 있는 창극이 존재함으로 인해 새로운 장르의 확대가 가능하였다[31]는 사실은 큰 의미가 있다. 그런데, 거슬러 그 연극 생성의 근원적 형상을 다름아닌 국내의 판소리에서 찾을 수 있었다고 할 때, 궁극 판소리로 하여금 자체가 지니고 있는 우수한 예술성의 차원을 넘어 또 다른 예형 창조의 추진자 Prompter라는 영예를 안겨준 셈이 되었다.

또한, 국민예술이라는 차원에서 볼 때 판소리에 이어 계승할 수 있었던 유일한 존재가 창극이었기에, 창극은 판소리가 그 명맥을 상실하여 가고 있던 즈음에 판소리가 지닌 걸걸하고 구성진 가락과 함께 내용의 전통을 잇게 해 주었다. 바로 이 땅의 춘향과 심청의 이야기를, 그 애틋한 꿈을 끊임없이 민중에게 심어주었던 전수자다운 공로를 잊을 수는 없는 일이다.

31) 박헌봉, 앞에 든 책, pp.44~45 참조.

2부
작은길 따라

1장 이백과 두보 사이

—이두우열론李杜優劣論에 부쳐—

중국문학사의 서술 과정에서 흔히 '당시唐詩, 송사宋詞, 원곡元曲, 명소설明小說'이라고 말한다. 당나라 때에는 역시 한시가 이 시대 전반을 대표할 만한 장르였다는 말이고, 이 때의 한시란 다름 아닌 5·7언 절구거나 5·7언 율시와 같은 이른바 근체시를 이름하는 것이다. 또한 당대 근체시의 흐름 전개를 『창랑시화滄浪詩話』의 저자인 남송시대 엄우嚴羽의 견해를 따라 크게 초당初唐, 성당盛唐, 중당中唐, 만당晩唐의 넷으로 구분하여 보는 수가 있고, 보다 간략하게 초당, 성당, 만당의 세 가지로 나누어 보겠다는 견해도 있다.

하지만 그 방식의 차이에도 불구하고, 당시의 흐름 가운데 가장 왕성한 굽이를 '성당'이라 하는 데야 생각이 다를 리 없고, 바로 이 성당의 때에 이룩되어진 시들 덕에 당나라 시대의 간판격이 되는 문학적 틀이 한시라는 데에 같은 소리를 내게 된 것이다. 말하자면 8세기 전반기, 개원開元과 천보天寶의 시대로 대변되는 이 성당의 시간대야말로 그냥 제일의 황금기요, 꽃으로 비하자면 만화방창萬化方暢하는 개화開花의 시기였던 것이다.

이 때야말로 가히 명실상부 성당이라는 이름에 손색이 없는 기라성같은 시인 역군들이 혜성처럼 나타나 빛을 발하였다. 이를테면, 이백李白(701~762), 두보杜甫(712~770), 왕유王維(699~759)를 비롯하여, 맹호연孟浩然, 고적高適, 잠삼岑參, 왕창령王昌齡, 왕지환王之渙, 장설張說, 저광희儲光義, 배적裴迪, 최호崔顥, 가지賈至 등이 그들이다.

그런 중에도 오랜 문학사 안에서 이백은 시선詩仙으로, 그리고 두보는 시성詩聖으로 일컬어져 왔다. 나아가 송대의 동파거사 소식蘇軾이 "시중유화詩中有畵, 화중유시畵中有詩"라고 극찬하던 왕유가 또 한 자리를 차지하게 된 바, 이렇게 세 사람을 각별한 위상에 두는 것이다. 공교롭게도 이들이 이룩해놓은 시작詩作의 경향이 하나같지 않아서 각각 도교적인 풍정을 띤 것, 유가 사상에 충실한 것, 그리고 불가다운 선미禪味를 띤 것으로 나눠볼 길 있어 마침내 의취 면에서 유·불·도의 균형과 조화어린 문학적 개성이 도출되었다.

그러나 다시금 이 세 사람 가운데 누구나의 귀에 이숙耳熟하고 듣는 이의 마음속에 친근하기 비할 데 없는 인물을 가린다고 할 때 이백과 두보 두 인물을 선정하는 데에 이구동성, 별 이의가 없을 것이다.

이백(右)과 두보

이백은 701년생이요, 두보는 712년에 태어났으니, 두 사람 사이엔 11살의 나이차가 난다. 그런 중에 이백은 만 61세를 살았고, 두보는 만으로 58

세를 산 셈으로, 그 삶을 향유한 햇수에 있어서는 별반의 차이가 없다. 세상을 하직한 원인이 두보는 빈궁에 지친 몸이 폭식에 의한 관격으로 인해, 이백은 술로 인한 부협병腐脇病 때문이라 함이 신빙도 높다. 역시 생사유명生死有命이라 하겠지만, 거친 삶의 와중에서 단 몇 년이라도 더 천수를 누린 쪽은 역시 낙천을 앞세운 풍류거사 쪽이라는 사실 앞에 전혀 느낌이 없다고 치부해 버리기가 쉽지만은 않아 보인다.

주지되었듯이, 두 사람 사이의 기질과 품성은 서로 완연한 대조를 이룬다. 이백은 낭만적이고 태탕한 풍정을 타고 나서 그에 따라 다소 초현실의 환상 속에 살았고, 두보는 사실적이고 근실한 성정을 품수 받아 현실을 직시하며 살았으니, 이 두 사람이 기질적으로는 거의 상반되다시피 하다고 말할 수 있겠다. 세칭 이백을 시선詩仙 혹은 낭만주의 시인으로 부르며, 두보를 시성詩聖 또는 사실주의 시인으로 부르는 이유도 아마 이런 차이에 기인하는가 한다.

두 사람은 시작詩作의 태도에서도 서로 간에 판연히 달랐다. 이백이 방음放飮의 뒤에 일기가성一氣呵成으로 천래天來의 기어綺語를 토해내는 스타일이라고 한다면, 두보는 심각하고 진지한 태도로 최대한 시어詩語를 밀고 두드리니, 좀 과장하여 말한다면 한 글자에 일천 번을 다듬는, 이른바 '일자천련一字千鍊'의 각고 뒤에 애절의 옥음玉音을 창출해내는 유형이었다. 이처럼 빠르고 느린 차이에도 불구하고, 일생을 통해서 그 남겨놓은 작품

토끼와 거북의 경주

의 숫자에서 대략 1,500편을 헤아리는 두보 쪽이 1,100편 정도를 남겼다는 이백보다 더욱 많은 창작의 보람을 남겼다. 재기 발랄한 이백이지만 음주와 행락에 들인 시간이 상대적으로 많았던 반면, 두보는 느리되 꾸준한 소의 걸음처럼 시 짓는 일에 꾸준히 주력하였던 데서 나온 차이가 아니었나 여겨진다. 흡사 이솝 우화에 나오는 토끼와 거북이의 경주가 연상되는 국면이기도 한다.

그러나 두 사람 사이에 공통점도 없지 않았다. 두 사람은 똑같이 중국 각처를 돌면서 자신들의 시적 경계를 넓혀나갔다. 이들의 시는 한결같이 유랑과 만유가 낳은 결실이라 해도 과언이 아닐 만큼 이들은 생애의 전반을 거의 행운유수처럼 떠돌았다.

그들 생의 한가운데였던 서기 744년(天寶 3년)에는 각각 중국 전역을 종횡하던 두 사람 사이에 역사적인 만남이 이루어졌다. 동도東都 곧 낙양에서였는데, 이것도 다름 아닌 두 사람이 똑같이 그렇게 천하를 주유하던 덕분에 얻어진 극적인 만남이었다. 중국문학사상, 아니 세계문학사상 불멸의 기념비가 될만한 일대 사건, 감동적인 명장면이 아닐 수 없었다. 초여름이었고, 이백은 44세, 두보 33세의 일이었다. 서로의 명성을 생각만으로 간직해두었던 그들 사이의 첫 만남이었고, 여러 날 기거를 함께 했던 것으로 알려져 있다.

그들은 헤어졌으나 약속대로 그 해 가을 양송梁宋이란 곳에서 재회, 고적高適과 셋이서 한껏 오유傲遊하였으니, 이것이 그들의 두 번째 만남이라 할 수 있다. 머지않아 고적이 먼저 남쪽으로 떠나고, 이두李杜는 나란히 황하 건너의 왕옥산王屋山 도사인 화개군華蓋君을 찾아 갔다. 그러나 도사는 이미 별세한 뒤였고, 이어 둘은 제주濟州까지 동행하였다. 이백이 고천사高天師라는 도사에게 도록道籙을 얻으러 간다 하매 두보는 일단 이백과

헤어졌다. 이 때 둘 사이에 후약이 있었던가 보았다.

이듬해 가을 745년, 두보가 다시 이백이 결혼해 살고 있는 노군魯郡을 찾아감으로 하여 두 사람 사이 세 번째 만남이 이루어진다. 이 때 몇 날을 함께 하다 석문石門이란 길녘에서 석별의 정을 나눈 끝에 헤어졌다 하니, 이것이 결국 지상에서 그들 회동의 마지막이 되었고, 그들은 각자의 인생 노정에서 다시 보지 못하였다. 이 두 사람의 방랑의 여정은 마침내 먼 훗날 객지 타관에서 최후를 장식했다는 점에서도 공통하였다.

이제 이 두 사람 사이의 또 한 가지 서로 통하는 점을 찾는다면, 그들이 하나같이 마음의 밑바닥에 깊은 우수憂愁를 간직하고 있다는 사실을 간과할 수 없다. 두보의 경우는 이른바 그의 인간적 성실이 낳은 우수이고, 그것은 시의 전면에 고스란히 표출되어 있으니 간파하기 어렵지 않다. 이백 역시 표면으로는 그토록 명랑하고 낙천적인 양하며 어쩌면 슬몃 퇴폐적인 분위기마저 띠고 있는 그 이면에는 짙은 우수가 깔려 있었을 것으로 추측된다. 이백 또한 기실은 문벌의식에 따라 출세와 권력의 길을 모색한 한 사람이었다. 드디어 당 현종을 가까이 섬기는 위치에 있다가 쫓겨난 이후 입신양명에의 이루지 못한 꿈에 대한 울분이 당연 없지 않았을 터이다. 혹은 그의 흉중에 간직된 낭만주의적 자유와 이상이 까다롭게만 보이는 현실과의 괴리에 따른 환멸이 유연油然히 솟았을 것이다. 크게는 〈춘야연도리원서春夜宴桃李園序〉나

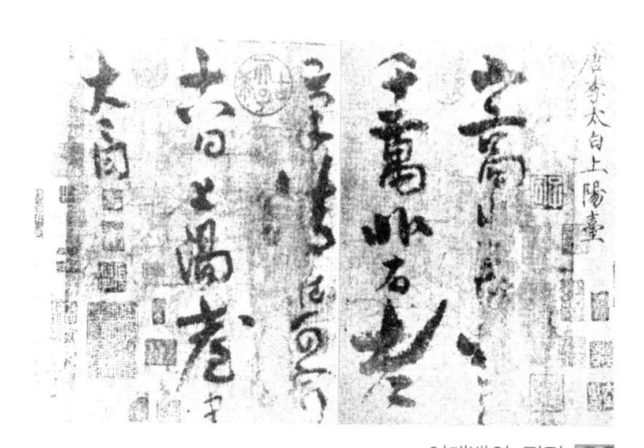

이태백의 필적

〈장진주將進酒〉에서도 드러났듯이, 유한한 인생이 무한의 시공과 마주하면서 감당하기 벅찬 만고萬古의 우수에 더더욱 취생몽사로 살았을는지 모른다. 하물며, 그가 반드시 달과 시주미인詩酒美人 만을 노래했던 것은 아니었다. 우국의 열정으로 충신열사를 사모하는 시, 혹은 자기 시대에 일어난 안록산의 난리 안에서 시대적인 고통을 읊은 사실적 경향의 시도 지었던바, 그러한 일련의 시늘을 통해 그의 흉금을 헤아리기 어렵지 않다. 어쩌면 이백의 방음과 유랑, 도선적道仙的인 취향도 그러한 개인적, 사회적인 괴로움을 잊기 위한 자구自救의 몸부림은 아니었을까 하는 생각마저 떨치기 어렵다.

하기는 실의 내지 좌절, 우수야말로 위대한 문학을 가능케 만드는 원동력이요, 추진자라 아니할 수 없다. 한국문학사 안에서만 본다 해도 동봉 김시습의 전기 소설인『금오신화』, 백호 임제나 석주 권필의 주옥같은 한시, 송강 정철의 〈사미인곡〉·〈속미인곡〉 같은 가사 문학이거나, 고산 윤선도의 영롱한 시조 명편들, 그리고 서포 김만중의 소설 〈구운몽〉과 연암 박지원의 한문 단편 등이 하나같이 그들 당사자의 낙척불우落拓不遇 비수울읍悲愁鬱悒의 산물 아닌 것이 없다는 점을 상기할 때, 이백 문학의 근원 또한 이와 아주 먼 거리에 있다고만은 생각되지 않는다.

李杜優劣論을 주창한 원진

그런데, 이백과 두보보다 약 70년 늦게 태어난 중당기中唐期의 문인으로, 전기傳奇 소설 〈앵앵전鶯鶯傳〉의 작가로 유명한 원진元稹(779~831)은 〈이두우열론李杜優劣

論〉이란 글을 써낸 일이 있다. 이백과 두보가 세상을 떠난 지 얼마 지나지 않아서였고, 동시에 이는 이 두 시인 중 누가 더 나은 지에 대해 논한 최초의 글이기도 하였다. 원진은 여기서 "선두후이先杜後李", 곧 두보가 앞서고 이백이 뒤진다고 말했는데, 이것이 후대의 문단에 긍정적인 반향을 가져온 것만은 아니었던 모양이다.

당의 문인으로 중국 산문학의 일인자로 추허되는 한유韓愈(768~824) 같은 이는 11년 연하인 원진의 그 주장에 대해 〈조장적調張籍〉이라는 고시古詩 안에서 이를 크게 경계하고 견제한바 있다. 즉, '장적에게 농弄한다'는 뜻인 이 시의 허두에서,

> 李杜文章在 光焰萬丈長
>
> 이백이며 두보 문장의 의연함이여,
> 그 찬란한 불꽃은 만 길 높이에 이르네!

라고 하여 두 사람에게 나란한 찬사를 베풀었다. 뒤미처 그는, "어찌하여 어리석은 무리가 이런저런 말로 트집을 잡는단 말인가. 개미가 큰 나무를 흔들듯 제 분한分限 모르는 짓이 가소롭기만 하다"라는 말로 우열론의 어리석음을 비웃었다.

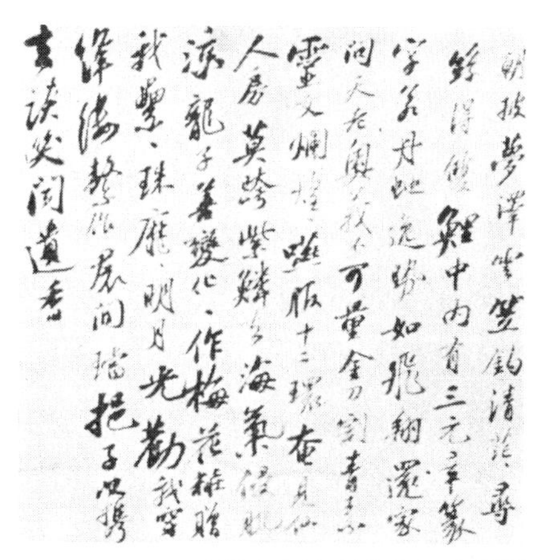

소동파가 쓴 이태백의 시.
소동파는 이태백을 몹시 흠모한바
이백 시의 소개에 공이 컸다

송대의 이름난 문인정치가였던 왕안석王安石(1021~1086)과 소

동파로 더 잘 알려진 소식蘇軾(1036~1101) 또한 이백을 옹호하던 보기 드문 경우에 해당한다. 물론 이 두 사람은 본디 두보 예찬론자들이었으니, 누구를 위에 두고 누구를 아래로 두는 일에 찬성하지 않았을 뿐이다. 같은 시대의 문인인 황정견黃庭堅(1045~1101) 역시 '이두우열론'이 옳지 않음을 언급한 적이 있다. 다름 아니라, "내 친구 황개黃介가 이두우열론을 읽고는 논하는 글이 참으로 그럴 수 없이 부당하다고 했는데, 나 또한 그것이 일리 있는 말이라 생각한다"는 말로 반박을 가한 일이 있다.

하지만 역사적으로는 대부분이 원진과 같이 두보를 보다 앞세우는 분위기가 우세했음이 진실이다. 심지어 송대의 몇몇 문인들, 이를테면 소식의 아우 소철蘇轍을 비롯하여 석혜홍釋惠洪, 조언재趙彦材, 육유陸游, 나대경羅大經 같은 이들은 아예 이백의 인품이 천박하고, 시 또한 그 내용이 가볍다는 뜻의 말들을 서슴지 않았다. 호준豪俊한지는 모르지만 주색 풍류거나 신선 허무 등에 그친다는 것이다. 교화敎化에 도움이 되지 않는다는 말도 나왔다. 그러한 이백과 대조하여 유교정신이 밑바탕에 굳건하게 깔려 있는 두보의 시야말로 지식인들의 작시의 표본이 되고, 아울러 정신적·정서적 귀감이 되기에 부족함이 없었던가 보았다. 그리하여 두보에게는 일일이 매거하기 어려울만큼 천가千家의 주註가 받쳐주어 크나큰 보급을 보았지만, 반면에 이백의 시

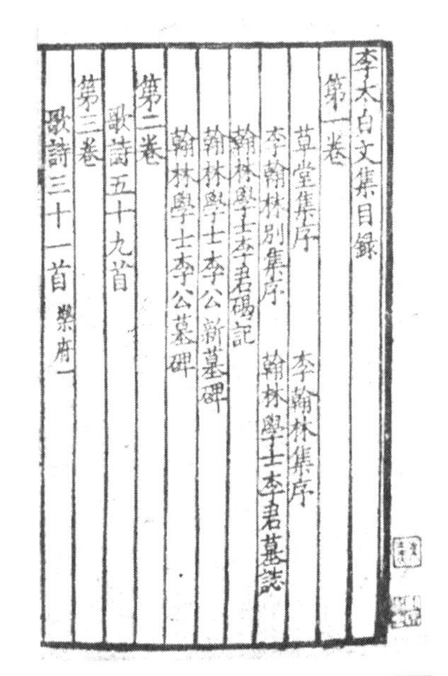
李太白文集目録
第一巻
草堂集序　李翰林集序
李翰林別集序　翰林學士李君墓誌
翰林學士李君碣記
翰林學士李公新墓碑
翰林學士李公墓碑
第二巻
歌詩五十九首
第三巻
歌詩三十一首 樂府一

宋板 이태백집. 송대의 시인들에 의해 정리되었을 당시의 문집이다

를 해석하거나 연찬한 이는 송대의 양제현楊齊賢, 원대의 소사빈蕭士贇, 청대의 왕기王琦 등 겨우 손에 꼽을 정도로 빈약을 면치 못하였다.

이러한 양상은 비단 중국에서만 그런 것이 아니었다. 한국의 문단에서도 이 두 거인 사이에 우선성을 부여 받았던 쪽은 두보였음이 감추기 어려운 사실이었고, 또 그리 된 데는 바로 위에서 말하는 교화의 문제가 상당한 부분을 차지했으리라는 것은 이해하기 어렵지 않다. 두보 쪽에 더 무게를 주었던 층은 벼슬길에 나아가지 못한 시인묵객들 뿐만이 아니었다. 두보 우선주의의 인식은 조선시대의 지배 계층에서 더욱 비중 있게 나타났다. 다른 것은 고사해 두고라도 이 땅에 『두시언해杜詩諺解』라는 책은 있어도, 이백의 시를 번역한 '이백언해李白諺解' 같은 책은 존재하지 않았다는 사실 한 가지만으로도 그것을 단적으로 입증할 수 있다.

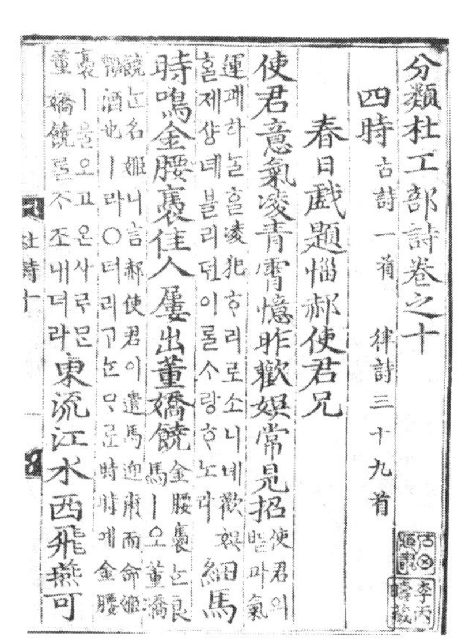
分類杜工部詩卷之十
四時 古詩一首 律詩三十九首
春日戲題惱郝使君兄
使君意氣凌青霄憶昨歡娛常見招
細馬時鳴金腰褭佳人屢出董嬌饒
東流江水西飛燕可

성종 때 처음 간행한 分類杜工部詩諺解. 이는 인조조의 목판본이다

무슨 일로 조선이라는 봉건주의 시대의 위정자들은 두보를 택하고 이백을 버렸을까? 어렵게 설명할 것도 없이 이렇게 얘기하면 간단히 이해할 수 있을 것이다. 만천하가 모두 나라와 백성을 걱정하고 충군효제忠君孝悌하는 두보와 같다면 어떠할까? 반면, 온 세상이 이백처럼 별천지의 동경과, 달과 미인 술타령으로 장취長醉한 채 온통 조선 천지를 메운다고 할 때 그 또한 어떠할까? 지배층의 심사로야 "천금이야 탕진해도 다시 돌아오

는 것(千金散盡還復來)", "오직 술 마시는 자만이 그 이름 남기나니(惟有飮者留其名)"라고 외치는 이백의 탕정과 풍류를 이해못할바 아니다. 그럴망정 그 흐드러짐을 백성들 앞에 고스란히 내놓기엔 암만해도 위태롭다 판단했을 터이다. 그러면 그렇게 불안정한 일을 굳이 앞세워 선전할 이유가 어디에도 없었다. 반면, 조선의 모든 백성들이 다 우국연민憂國憐民하고 충군효제忠君孝悌하는 두보와 같은 모습을 보여 준다면 그 자체가 바라는 바였으리라. 두보의 시는 따로 어디라 할 것도 없이 애국연민愛國憐民과 효제충신孝悌忠信의 내용이 봉건주의가 추구하는 가치관에 제대로 부합함과 동시에 성실한 인생의 귀감을 잘 제시하고 있었다. 그리하여 두시를 언해한 동기는 바로 당시의 지배층이 『소학언해小學諺解』를 편찬했던 이유와 동일한 수준에서 이해가 수월하다고 하겠다.

이렇듯 과거에 애써 두보를 지향志向해 나갔던 데는 어쩌면 사람이 전체 단위의 객관적 가치에 충실해야 한다는 의도가 반영되었을 테요, 반면에 이백을 지양止揚했던 데는 개인 단위의 주관적 가치에 대한 무언의 경계가 밑에 깔려 있었을 터이다. 그와 같은 시대에는 전자를 질서로, 후자를 혼돈 쯤으로 판단했겠지만, 그러한 인식이 오늘날의 우리에게조차 그대로 수용 가능한 지에 대해서는 마침내 회의가 없을 수 없다. 문학이란 오로지 교화와 같은 지시Instruction의 기능만을 위해 존재하는 것이 아니라, 거기에는 흥미Interest의 기능이 마저 중요하게 강조되는 까닭이다. 생활

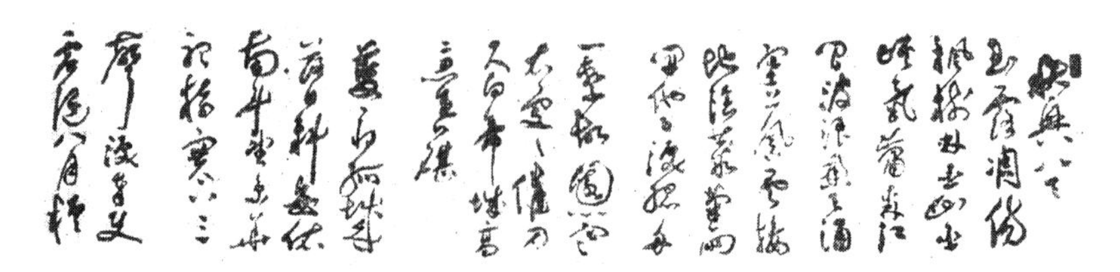

명대 祝允明이 쓴 두보의 시

속의 보람과 즐거움에 해당되는 이른바 교훈과 쾌락, 이 두 가지는 문학의 양대 기능으로서 나란히 존중되는 명제임이다.

전반적으로 모색 음미하였을 때, 두보의 시는 꾸준히 성실한 긴장 속에 인간다운 삶의 의미를 제시해 주고, 이백 시의 대부분은 긴장 없는 편안함 속에 우리에게 기분 좋은 삶의 기쁨을 선사해 준다. 그리하여 전자를 '긴장의 미학', 후자는 '이완의 미학'이라 이름 붙여 무방할 것같다. 인생에는 성실의 보람을 위한 긴장이 필요하지만, 후생의 즐거움을 위한 이완이 또한 그 못지않게 필요한 구실이 아닐 수 없다. 두보가 일이라면 이백은 휴식이고, 두보가 맑은 물이라면 이백은 시원한 바람이리라. 그랬을 때 오늘을 사는 우리에게 필요한 것은 하필 둘 가운데 어느 쪽 하나만을 선택해서 직성을 푸는 일이 아니라, 두 군데 각각에 내유해 있는 그 빛나는 가치를 고루 누리고 선용하는 일이다.

그런데 '이두우열론'은 이것이 처음 등장했던 저 9세기 초의 당나라 때부터 전통 시대의 오랜 기간을 거쳐 심지어는 21세기의 현재에 이르기까지도 사람들의 마음 속에 포기하기 어려운 미련처럼, 집요하게 상존해 있는 듯싶다. 흡사 어떤 모양으로든 승자와 패자가 결정지어지는 격투기 시합을 보듯 이 두 사람 사이에 승패와 우열을 가르고 싶어 한다. 정녕, '이두우열론'의 불가능을 말한 엄우의 표현처럼 "이백 편에서 승勝한 것은 표일 호방飄逸豪放이니 두보가 미치지 못하고, 두보 쪽에서 묘妙한 것은 침울 웅경沈鬱雄勁이라 이백이 미칠 수 없는 것"인데, 이렇듯 서로 같지 아니한 형이상의 세계를, 형이하적인 힘과 기술의 논리에 맞춰 결과를 보고 싶어 하는 것이니, 참으로 난망할 뿐이다.

대개 이백과 두보 사이에 우열을 가리고자 함은 마치 그림에서 유화와 수채화 사이에 어느 편이 더 훌륭한 장르인가, 혹은 동양화 중에선 산수화와 문인화 사이에 어느 쪽이 더 미적인 양식인가를 논정해 보이겠다는 의도와 크게 다를 바 없을 것이다. 글씨에 있어서의 예隸와 전篆, 혹은 해행楷行과 행초行草 사이에 어느 쪽이 보다 예술성 높은 형태인지 굳이 확정 짓겠다는 의도와 다를 바가 없다. 일상의 사물에 비유하자면 산이 더 좋은가 바다가 더 좋은가를 선택하는 일과 별반 다를 것이 없다. 이 마당에 굳이 말한다면, 두보가 아주 느리지는 않게 곱고 차분히 써나간 해행楷行의 글씨 같다면, 이백은 한 달음에 유창히 일필휘지한 행초行草의 글씨다워 보인다. 두보가 가까이에 정진해서 오르는 조용하고 든든한 산의 심상이라면, 이백은 탁 트여 시원한 먼 바다의 이미지에 가깝다나 할까. 우리는 건강을 위해 산에 오르지만, 바다도 보면서 기분을 전환하고 생활의 재충전을 기한다. 서화에 있어서도 한 장르의 그림 대신 보다 다양한 장르의 그림, 한 가지 서체 대신 여러 서체의 아름다움을 두루 향유하는 속에서 미취를 더해 볼 길 있다.

결국 당시唐詩 애호가들에게 이두우열론李杜優劣論의 운명적 향방은, 이를테면 '우열불가론優劣不可論' 외에 따로 갈 곳이 없을 듯싶다. 더 이상 이두우열론李杜優劣論은 사뭇 난감하기 짝이 없는 고루한 상극의 명제일 뿐이다. 이제 현자의 선택은 뻔하다. '이두상승론李杜相乘論', 혹은 '이두효용론李杜效用論'과 같은 상생의 명제로써 문학의 시너지synergy 효과를 상승시키면서 더 조화롭고 풍윤한 삶의 길로 나아가는 것이다.

2장 한유의 사설師說 · 잡설雜說

여기서는 중국 당唐나라의 대문호이자 유가의 사상가인 한유韓愈(768~824)가 들려주는 '스승 애기' 및 '이런저런 이야기'를 들어보려고 한다. 한유의 자는 퇴지退之, 선조의 땅이 하북河北의 창려昌黎였기에 창려昌黎라고도 하였다. 간력을 일람하면 대략 다음과 같다.

唐代 산문학의 宗匠인 한유

25세(792) : 진사에 등과, 지방절도사의 속관이 되다.
36세(803) : 감찰어사가 되었으나, 행정 장관을 탄핵하다 양산현령陽山縣令으로 좌천되다.
37세(804) : 소환되어 주로 국자감에서 국자박사國子博士로 근무.
50세(817) : 회서淮西에서 일어난 오원제吳元濟의 반란을 평정한 공으로 형부시랑刑部侍郎이 되다.
52세(819) : 헌종憲宗이 불골佛骨 모신 것을 따져 간하다가 조주자사潮州刺史로 좌천되다.

53세(820) : 헌종이 붕어하자 소환되어 이부시랑吏部侍郎에 오르다.

사상적으로는 유가를 존중하고 불교와 도교를 배격하였으며, 문학에서도 공맹孔孟의 도통道統을 중히 여겨 수사보다 내용에 중심을 두었다. 저서로 『창려선생집昌黎先生集』(40권), 『외집外集』(10권), 『유문遺文』(1권), 이고李翺와의 공저인 『논어필해論語筆解』(2권) 등이 있다. 시호는 문공文公이다.

시에 있어서도 서정적인 주제에 국한하지 않고 논설을 전개하거나 사실을 기술하는 등, 지적인 흥취를 정련된 표현으로 나타내고자 시도하였다. 그 결과 때로는 산문적이며 난해하다는 평도 받았으나, 제재題材의 확장에 일정한 역할을 했고, 송대宋代의 시에 끼친 영향도 크다.

그러나, 무엇보다 한유는 당나라 산문학의 종장宗匠으로 우뚝한 위치를 차지하고 있다. 종장이란 장인匠人 중의 으뜸이란 뜻이다. 동시에 당송팔대가唐宋八大家의 한 사람임과 동시에, 그 중에서도 소동파와 더불어 가장 유명하였다. 특히, 문학 방면에 있어서의 두드러진 공적으로 '글이란 도를 실어야 한다'는 이른바 "문이재도文以載道"의 주창과 산문 문체의 개혁을 들 수 있다. 재래 대구對句 중심의 변려문에 반대하는 한편, 자유로우면서도 유가 정신을 전달시키는 문체를 만들어 '고문古文'이라 일컫고, 5년 연하의 글벗인 유종원柳宗元 등과 함께 이를 진작시킨 결과 중국 산문 문체의 모형과 규범이 되었다. 고문운동의 성공인 것이다. 그의 문인으로서의 선구자적인 업적 가운데 가전假傳 문학의 개창을 결코 빠뜨릴 수 없으니, 잘 알려진 〈모영전毛穎傳〉, 〈하비후혁화전下邳侯革華傳〉 등의 창작이 그것이었다.

뿐만 아니라, 그는 또한 저 이름난 〈사설師說〉과 〈잡설雜說〉을 남김으로 하여,[1] 산문 장르 가운데 '설說' 양식의 중흥 시조다운 위상을 굳힌 인물로도 손색이 없이 되었다.

설說은 고전 산문 가운데 논변류에 속하는 한 장르 명칭이다. 오늘날 많이 접하는 '논설', 혹은 '해설' 등의 용어와 대조해 보면 훨씬 가깝게 와 닿을 것이다. 실제로 '논論' · '해解' · '설說'이 모두 고전 산문의 양식이기도 하여 더욱 그러하다.

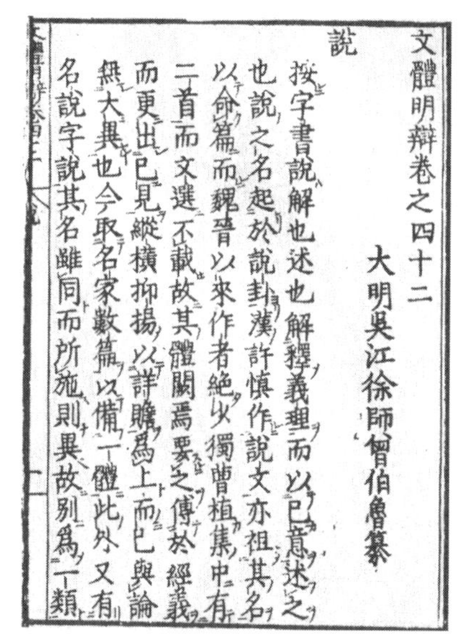
文體明辯卷之四十二
大明吳江徐師曾伯魯纂
說
按字書說解也述也解釋義理而以己意述之也說之名起於說卦漢許愼作說文亦祖其名以命篇而魏晉以來作者絶少獨曹植集中有二首而文選不載故其體闕焉要之傳於經義而更出己見縱橫抑揚以詳贍爲上而已與論無大異也今取名家數篇以備一體此外又有名說字說其名雖同而所施則異故別爲一類

『문체명변』 권42의 '說' 문체에 관한 설명

그러나 정작 고전 시대에 직접 설에 관해 설명을 가한 문헌은 발견하기가 쉽지 않다. 그리하여, 장르의 분류에 세밀하고 철저했던 명대 서사증徐師曾의 『문체명변文體明辯』에서야 이 산문 양식에조차 관심과 배려를 놓치지 않았다. 주로 설 장르의 유래에 관련한 설명이다.

按字書說 解也 述也 解釋義理 而以已意述之也 說之名 起於說卦 漢許愼作說文 亦祖其名 以命篇 而魏晉以來 作者絶少 獨曹植集中 有二首而文選不載 故其體闕焉 要之 傳於經義而更出 已見縱橫抑揚 以詳贍爲上而已 與論無大異也.[2]

『자서字書』에 보면, '설說은 해解이다. 술述이다. 의리를 해석하여 자기의 뜻을 서술하는 것이다' 라고 하였다. 설說이란 이름은 『설괘說卦』에서 기원하

1) 각각 한유, 『韓昌黎文集』 권12의 '雜著'와 권11의 '雜著' 안에 수록되어 있다.
2) 서사증, 『문체명변』 권42 '說'.

였다. 한나라 허신許愼은 『설문說文』을 지었거니와, 다름 아닌 이 명칭을 조술한 것이다. 위진시대 이래로는 이를 짓는 이가 매우 적었다. 조식의 문집 속에 두 편이 있었을 뿐, 『문선文選』이 이 문체를 수록하지 않았기에 이 체제가 빠져버렸다. 요컨대, 경전의 의미 안에서 전해지다가 다시 나타났는데, 그렇게 나타난 후에는 이런저런 기복을 보이다가 훨씬 자상仔詳하다는 것을 특징삼을 수 있을 뿐, 논論과 큰 차이가 없게 되었다.

장르적 성격상 그냥 '논論'이라는 양식과 별 차이가 없다는 정도의 간단무쌍한 설명과 함께, 〈명설名說〉이나 〈자설字說〉 같은 작품은 비록 명칭은 같다 해도 그 전개된 내용의 성격이 다르므로 이 양식과는 구별짓겠노라 한 정도가 전부이다.

今取名家數篇 以備一體 此外又有名說字說 其名雖同 而所施則異 故別爲一類 不復附於此云.

이제 명가들의 작품 몇 가지를 가져다가 한 모양으로 갖추어 놓는다. 이것 외에 또 〈명설〉이나 〈자설〉 같은 작품도 있거니와, 비록 그 명칭은 같지만 그 펼쳐지는 내용은 다르기에, 별도의 한 종류로 다루고 여기에다가는 반복해서 붙이지 않는다.

대신에, 설봉창薛鳳昌이 쓴 『문체론文體論』을 보면 앞서 서사증이 설의 유래 및 사례를 설명한 것 외에, 설 장르가 지니는 특질에 대한 설명을 더 보태고 있다.

彦和論說篇云 說者悅也 兌爲口舌 故言資悅懌 過悅必僞故 舜警讒說 蓋說的起源 大槪出於子家 自漢以來 著述家所作雜說 十八九皆屬寓言 自來傷時疾俗的士 不欲正言而託物以寄意 後人演之爲小說 陸士衡文賦所謂 說煒煌而譎誑 正指此也.[3]

> 언화彦和의 〈논설편論說篇〉에 이르기를, '說'은 '悅'이라 했다. '兌'(태)는 언변이기에 그 말이 즐거움을 가져다 준다. 그런데 즐거움에 치우치다 보면 필경 허위로 가기 쉬워지므로, 순임금은 그것이 참언으로 변질될 것을 경계하였다. 생각건대 설의 기원은 대개 제자백가로부터 나오지 않았을까 한다. 한나라 이래로 저술가들이 지은 잡설이란 십중팔구 다 우언寓言에 속하는 것들이다. 스스로 시절을 아파하고 세속을 질시하는 선비들이 정면으로 말하기를 꺼리는 대신, 사물에 가탁하여 자신의 뜻을 부쳤던 바, 뒷시대 사람들이 그것을 부연시켜 소설을 만든 것이다. 육사형陸士衡의 〈문부文賦〉에 이른바, "말이 번지르르하면 허황할지니"라고 한 것은 진정 이를 두고 이른 말이다.

그리하여, 오늘날 한문 산문 중의 설 장르를 풀어 설명하는 자리에서는 위의 두 가지를 잘 절충하여 요약을 가한 다음과 같은 내용도 찾아 볼 수 있게 된다.

> 설說은 논論과 큰 차이가 없다. 다만 설은 그 자신의 의사를 좀 더 자세하고 여유 있게 표현하기 때문에 유여한 느낌이 들게 마련이다. 평의評議를 하여도 직언적直言的 표현이 아니라, 우의적寓意的 표현을 한다.[4]

그런데, 한 가지 재미있는 사실 하나를 발견할 수 있다. 곧, 소설의 생겨남이 설의 부연으로부터 이루어졌다는 말이 그것이다. 다른 문체론의 저자들 사이에서 이와 같은 해석을 찾기는 쉽지 않지만, 관점에 따라서는 상당한 타당성을 지니고 있는 견해로 간주될 만하다.

논문 중에는 바로 이 설과 소설, 두 장르 간의 연계를 찾아보려는 시도도 있는바,[5] 바로 이같은 해석과 무관해 보이지만은 않는다. 그리하여, 좀

3) 설봉창, 『문체론』, 제3장 제2절 논변체 '說'.
4) 이종찬, 『한문학개론』, 이우출판사, 1985, p.235.
5) 이강엽, 「설의 장르적 성향과 소설적 변개 가능성」, 『국어국문학』 112호, 국어국문

더 추단을 가했을 때, 어쩌면 '소설'이란 말도 '작은 형태의 설' 양식이란 풀이가 또한 가능할는지 모를 일이다. 혹은 '소설'이란 용어를 술목 구조로 파악하되 소小를 '작게 만들다'란 동사형으로 보아, 산문으로서의 '설 양식을 사소화些少化시킨 형태'라는 해석도 가능할는지 또한 알 수 없는 일이다.

더 나아가, 어쩌면 설과 소설이 서로 관련있을지도 모른다는 생각은 다른 사례, 이를테면 우언문학 같은 경우를 통해서 힘을 얻을 수 있지는 않을까? 곧, 우언문학이 그 장르 본질적인 모습 외에, 시간의 흐름 안에서 장르적 외연이 이루어져 결국 두 갈래로 발전했다고 하는 다음의 견해를 통해서 고무적인 것이 될 수 있다.

> 한중의 고대 우언문학은 크게 두 줄기로 전개되었다고 할 수 있다. 하나는 사대부들의 고담준론이나 정치적 주장을 담기 위한 것과, 또 하나는 대중들의 삶을 반영하면서 사회에 대한 풍자나 비판을 위한 글쓰기로 나눌 수 있다. 전자가 짧은 편폭 속에 고도의 우의를 압축적으로 담는 것이라면, 후자는 비교적 긴 편폭의 서사물 속에 우의를 담는 것을 특징으로 하고 있다. 이 경우 전자는 우의가 중심이고, 후자는 이야기가 중심이 된다. 따라서 전자는 본래의 장르적 본질과 순수성을 유지하려고 한 반면에, 후자는 다른 장르 특히 시, 소설, 희곡 등과 적극적으로 습합하려고 한다. 이렇게 하여 우언은 '장르의 고유성 유지'와 '타 장르와의 습합' 과정을 통하여 장르적 외연이 넓어지게 되었다.[6)]

이렇듯, 설이라는 문체의 시간적 연원도 깊고 그것의 내용적 양상 또한 다양하게 전개되었다고 볼 수 있겠지만, '설' 문체의 흥륭은 한유와 유종원에게서 힘을 얻은 것만큼 사실인가 한다. 다음과 같은 설명도 이 같은 취

학회, 1994.

6) 권석환, 「한중우언의 동질성에 관한 연구」, 『중어중문학』 29집, 한국중어중문학회, 2001.

지에서 멀지 않을 것이다.

> 한유가 〈사설師說〉과 〈잡설雜說〉을 짓고 유종원이 〈포사자설捕蛇者說〉을 짓자 '설'의 문체가 흥성하였다. 뒷사람에게 〈자설字說〉과 〈명설名說〉 등이 있다. 이것들은 고계성告誡性의 잠명문箴銘文과 유사하다. 이를테면 소순蘇洵에게 〈명이자설名二子說〉이 있고, 귀유광歸有光에게 〈이자자설二子字說〉이 있다. 뒤에 또 남에게 주는 '설'이 있게 되었다. 이것은 증서贈序의 문체와 유사하다. 소식의 〈증장호작가설贈張琥作家說〉 등이 그 예이다.[7]

〈사설〉은 『한창려전집韓昌黎全集』 제2책 권12 '잡저雜著'의 안에 들어 있다. 같은 시대에 유종원은 〈답위중립논사도서答韋中立論師道書〉 안에서 한유의 〈사설〉에 대해 다음과 같이 적고 있다.

師說

洪曰柳子厚與韋中立書云韓愈奮不顧流俗作師說因抗顏而為師又報嚴厚與書云僕才能勇敢不如韓退之故不為人師余觀退之師說云弟子不必不如師師不必賢於弟子其言非好為人師者也○唐人不知事師此最可怪之退之云若世無孔子僕不當在弟子之列當時宜為師者非韓公其誰韓門如李翱張籍皇甫湜孟郊公雖不耳提面命而為之師然誘掖作成宗主之造非而何斯子雖屢謂韓公不合欲為人師然柳在柳州士凡經子厚口講指畫皆有師法非師而何但惜乎二子之為人師不過詞章之師耳雖以道為說而終非道統淵源之師也詳見柳子厚答韋中立書

眞寶後集四

古之學者必有師師者所以傳道授業解惑也人非生而知之者孰能無惑惑而不從師其為惑也終不解矣生乎吾前其聞道也固先乎吾吾從而師之生乎吾後其聞道也亦先乎吾吾從而師之吾師道也夫庸知其年之先後生於吾乎是故無貴無賤無長無少道之所存師之所存也嗟乎師道之不傳也久矣欲人之無惑也難矣古之聖人其出人也遠矣猶且從師而問焉今之衆人其下聖人也亦遠矣而恥學於師是故聖益聖愚益

『고문진보』에도 실린 師說

7) 진필상 저, 심경호 역, 『한문문체론』, 이회문화사, 2001, p.183.

魏晉氏以下 人益不事師 今之世 不聞有師 有輒譁笑之 以爲狂人 獨韓愈 奮不顧流俗 犯笑侮 收召後學 作師說 因抗顔而爲師.[8]

위魏 · 진晉 이래로 사람들은 더욱 스승을 섬기지 않았다. 오늘날에는 스승이 있다는 것을 듣지 못하겠다. 있다면 비웃거나 미친 사람으로 여긴다. 다만 한유만이 세속의 비웃음이나 모욕을 돌아보지 않은 채 학생을 거두어 〈사설〉을 지었거니, 이리하여 그는 얼굴을 들고 스승이 되었다.

스승삼기의 미풍이 단절된 시속을 개탄함과 동시에 스승의 정체성 및 필요를 역설한 〈사설〉은 뒷시대 설說 장르의 기축基軸의 구실을 하였다. 유종원은 다른 이에게 답장한 편지 〈답엄후여논사도서答嚴厚輿論師道書〉에서 〈사설〉에 대해 이렇게 말하기도 했다.

僕才能勇敢 不如韓退之 故又不爲人師 人之所見 有同異 吾子無以韓責我.[9]

나의 재능과 용감성은 한퇴지만 못하기에 나 또한 남의 스승이 될 수는 없지요. 사람에겐 견해차가 있는 법인데, 그대만큼은 한유와 결부시켜서 나를 나무라지 않는군요.

『한창려전집』의 주석자는 이 〈사설〉의 표제 바로 아래에 한유와 유종원의 관계에 대하여 자신의 소견을 다음과 같이 피력해 두고 있다.

余觀退之師說云 弟子不必不如師 師不必賢於弟子 其言非好爲人師者也 學者不歸子厚 歸退之故 子厚有此說耳.

8)『유하동전집』 권34 '書' 〈答韋中立論師道書〉.
9)『유하동전집』 권34 '書' 〈答嚴厚輿論師道書〉.

> 내 보기엔, 한퇴지의 〈사설〉에 이르기를, "제자가 반드시 스승보다 못할 이유가 없고, 스승이 제자보다 반드시 나으라는 법도 없다"라고 했는데, 이 말은 남의 스승이 되기를 달가워하지 않는다는 것이 아니다. 배우는 이들이 유자후한테 가지 않고 한퇴지한테 가는 까닭에 자후가 이렇게 말했을 따름이다.

〈잡설雜說〉은 『한창려전집韓昌黎全集』 제2책 권11 '잡저雜著'의 안에 들어 있다. 모두 4편의 글로 조성되어 있다. 첫 편은 '용龍'에 대해, 둘째 편은 '의醫'에 대해, 셋째 편은 '외모'에 대해, 넷째 편은 '말(馬)'을 제재로 삼아 이야기하고 있다.

잡설이란 제목 하에 쓰여진 작품의 최초도 아마 한유의 이 작품에 있는 것으로 사료된다. 한유가 이것을 쓴 이후로 송대의 문단에도 잡설이란 명칭을 구사한 설 문학의 등장이 이루어졌다. 예컨대, 구양수歐陽修(1007~1073)의 〈잡설삼수雜說三首〉나, 소식蘇軾(1036~1101)의 〈애자잡설艾子雜說〉 같은 작품 등이 그것이요, 한국의 문단에서는 성간成侃(1427~1456)의 〈병중잡설病中雜說〉, 김시습金時習(1435~1493)의 〈잡설雜說〉 같은 작품을 대표로 꼽을 수 있다. 한유의 경우에 '잡설'이라고 제목을 붙인데는 대개 그 서술이 하나의 제재 또는 주제로 일관되지 않고, 이런저런 서로 다른 내용을 '섞어' 기술했다는 뜻으로 보인다. 그러나 이후에는 '잡설'이란 말의 의미 권역圈域이 확대되어진 듯싶다. 곧, 잡雜에는 '뒤섞이다'라는 의미 외에 '잔달다(자디잘다)'라는 의미도 함께 쓰이는데, 초기 한유의 잡설이나 소동파의 경우에는 대개 전자의 뜻에 부합한다 하여 무리가 없겠지만, 구양수나 성간, 그리고 그 이후 한국 문단에 속출된 잡설류 문장의 상당수는 차라리 후자의 뜻에 보다 합당할 듯싶다.

한편, 어디까지나 설 양식의 한 형태로서 우언적 수법의 논변에 충실했던 초기 잡설의 양상이, 시간이 흐르면서 점차 우언적 논변에서 벗어난 내용까지를 다루어 나갔던 사실도 도외시하기 어렵다. 다음의 내용은 그러한 사정을 잘 설명한 경우가 될 것이다.

> 이후 김시습과 최충성崔忠成(1458~1491)이 연작으로 지은 것을 비롯, 잡설이란 제하의 글은 꾸준히 지어져 작가를 확인할 수 있는 작품이 65수에 이른다. 이를 유형화하면 초기 잡설의 내용처럼 우언의 비유를 사용하여 인정 세태를 풍자하거나 비판한 작품이 있고, 구양수처럼 객관 사물을 보고 여기에서 느끼는 바를 서술하면서 그 속에 담긴 이치를 고구하는 철리적 성향의 작품이 있는가 하면, 아예 자신이 드러내고자 한 의론을 건조한 문체로 단도직입적으로 드러낸 경우도 있다. 또한 논변류 문체라 할 수 없는 신변잡기를 기록한 패설류의 글도 있다.[10]

서사증은 설에 관한 설명 안에서 〈명설〉과 〈자설〉 등을 정통 설 장르와는 구분하여 별도 처리하겠다고 했거니와, 뒷시대에 우후춘순雨後春筍처럼 생겨난 이와 유사한 종류의 잡설들도 대부분 비슷한 처지에 놓일 것으로 사유된다.

이같은 잡설 형태의 역사적 전개와 변화 속에서, 한유 〈잡설〉의 위상이 확인된다. 곧, 한유의 이 작품은 비록 그 제재는 네 가지가 다 달랐지만, 우언에 기초한 논변성만큼 같은 모양으로 꾸준히 유지되어 있었다. 이를테면, 특출한 인물은 자신을 알아주는 이를 만나 온당한 대접을 받은 후에 그의 재능을 펼칠 수 있고, 그렇지 않으면 평범한 사람들보다도 못한 비참한 위치에 떨어질 것이라는 뜻을, 직접 말하는 대신 용과 말에 비유하여 강조하였다. 세상의 벼리와 강령이 지켜져야 한다는 것을 사람의 맥박에 견주어 설명하였다. 멋진 외모가 곧 훌륭한 성품은 아니요, 해괴한 외모가

10) 홍성욱, 「잡설 연구」, 『한문학논집』 권19, 단국대학교 한문학회, 2001.

곧 그릇된 성품은 아니라 함을 학鶴과 고대의 성인들에 맞추어 강론하였다. 예외없이 이들 모두 우언의 논변인 것이다.

이렇듯 한유의 〈잡설〉은 그 자체로 충실한 우언성과 논변성의 두 가지를 온전히 갖추고 있었기에 후대 설 장르의 표준 모델로서 든든한 위상을 확보할 수 있게 되었다.

작 품

사설師說

한 유韓 愈

옛날의 학자는 반드시 스승이 있었다. 스승이란 진리를 전하고 학업을 가르쳐주며 의혹을 풀어주는 존재이다. 사람은 나면서부터 아는 것이 아닌데, 누구라 의혹이 없을 수 있겠는가? 의혹을 가지고도 스승을 따르지 않는다면 그의 의혹됨은 끝내 풀리지 않을 것이다.

나보다 먼저 태어나 그가 도를 들음에 있어서 정녕 나보다 앞섰다면 나는 그를 따라 스승으로 삼는다. 나의 뒤에 태어났더라도 그가 도를 들음이 역시 나보다 앞섰다면 나는 그를 따라 스승으로 삼는다. 나는 도를 스승으로 삼는 것이니, 어찌 그 생년이 나보다 앞서고 늦음을 아랑곳 하리오? 이런 까닭에 신분이 귀하든 천하든, 나이가 많든 적든 가릴 것 없이 도가 있는 곳이 스승 계시는 곳이다.

아! 스승의 도가 전해지지 않은 지 오래되었으니, 사람들이 아무런 의혹 없기를 바라기가 어렵기만 하다. 옛날의 성인은 일반 사람들보다 훨씬 뛰어났음에도 외려 스승을 좇아 물었는데, 오늘날의 많은 이들은 성인보다 훨씬 떨어지면서도 스승에게 배우기를 부끄러워한다. 이런 까닭에 성인은 더욱 밝아지고 어리석은 이는 더욱 어리석게 된다. 성인이 밝아지는 이유와 우인愚人이 어리석게 되는 까닭, 그 모두가 여기서 나온 것인가 한다.

자기 자식을 사랑하는 나머지 자식의 스승은 가려서 가르치면서도 자기를 위해서는 스승삼기를 부끄러워하니 미혹된 일이다. 저 아이들의 스승이란 책을 건네주고 읽는 법을 가르치는 사람이니, 내가 말하는 바 진리를 전하고 미혹함을 풀어주는 사람은 아니다. 책 읽는 법을 모르는 일, 의혹이 풀리지 않는 일에 있어 어떤 이는 스승을 두고, 어떤 이는 두지 않는다. 하찮은 것은 배우면서 큰 것은 팽개쳐놓고 있으니 나는 그들이 현명하다고 할 수 없다.

무당이나 의사, 악사樂師거나 모든 계통의 기술자들은 서로 간에 스승 삼기를 부끄러워하지 않는다. 그런데, 사대부 부류들이 스승이니 제자니 말할 경우 한 통속이 되어 그들을 비웃는다. 그 까닭을 물으면, "저 사람과 저 사람은 나이 서로 비슷하고 배움의 수준도 서로 비슷하다"고 말한다. 스승의 지위가 낮으면 부끄럽기 그지없다 여기고, 스승의 벼슬이 높으면 비위맞추려는 일에 가깝다고 하니, 오호라 사도師道가 회복되지 않았음을 알만 하다. 무당이나 의사, 악사樂師거나 모든 계통의 기술자들을 군자들이 업신여기지만, 이제 군자라는 사람들의 지혜는 도리어 그들에게 미치지 못하니, 정말 해괴한 일이구나.

성인은 한 스승한테만 안주함이 없다. 공자는 담자郯子 · 장홍萇弘 · 사양師襄 · 노담老聃에게 배웠지만, 담자의 무리가 그 현명함에서 공자에 미

공자의 생애를 그린 〈孔子聖蹟圖〉 중에 공자가 노자에게 禮를 묻는 장면

치지 못하였다. 공자께서는, "세 사람이 함께 길을 가게 되면 그 중에 반드시 나의 스승이 있다"고 하였다. 그러므로 제자가 반드시 스승만 못하란 법 없고, 스승이 반드시 제자보다 낫다는 법도 없다. 진리를 들음에 있어서 앞섬과 뒤처짐이 있고 기술과 학업에는 전공이란 게 있기에 그렇게 될 따름이다.

이씨의 아들 반蟠은 나이 열일곱으로 고문古文을 좋아하여 육예六藝 경전經傳 모두를 두루 익혔다. 시속時俗의 관념에 구애받지 아니한 채 내게 배움을 청하매, 나는 그가 능히 옛 도를 실행함을 갸륵히 여겨 〈사설師說〉을 지어 주는 바이다.

원문

師說

韓 愈

古之學者 必有師 師者 所以傳道授業解惑也 人非生而知之者 孰能無惑 惑而不從師 其爲惑也 終不解矣 生乎吾前 其聞道也 固先乎吾 吾從而師之 生乎吾後 其聞道也 亦先乎吾 吾從而師之 吾師道也 夫庸知其年之先後生於吾乎 是故無貴無賤 無長無少 道之所存 師之所存也 嗟乎 師道之不傳也久矣 欲人之無惑也難矣 古之聖人 其出人也遠矣 猶且從師而問焉 今之衆人 其下聖人也亦遠矣 而耻學於師 是故聖益聖 愚益愚 聖人之所以爲聖 愚人之所以爲愚 其皆出於此乎 愛其子 擇師而教之 於其身也 則恥師焉 惑矣 彼童子之師 授之書而習其句讀者也 非吾所謂傳其道 解其惑者也 句讀之不知 惑之不解 或師焉 或不焉 小學而大遺 吾未見其明也 巫醫樂師百工之人不恥相師 士大夫之族 曰師曰弟子云者 則羣聚而笑之 問之則曰 彼與彼 年相若也 道相似也 位卑則足羞 官盛則近諛 嗚呼 師道之不復 可知矣 巫醫樂師百工之人 君子不齒 今其智乃反不能及 其可怪也歟 聖人無常師 孔子師郯子萇弘師襄老聃 郯子之徒 其賢不及孔子 孔子曰 三人行 則必有我師 是故 弟子不必不如師 師不必賢於弟子 聞道有先後 術業有專攻 如是而已 李氏子蟠 年十七 好古文 六藝經傳 皆通習之 不拘於時 請學於余 余嘉其能行古道 作師說以貽之.

작 품

잡설雜說

한 유韓 愈

1.

용이 기운을 토하면 구름이 된다. 구름은 물론 용보다 신령스럽지는 않다. 그런데 용은 자신이 토해낸 이 구름의 기운을 타고 드넓은 하늘의 끝까지 아스라이 닿고, 태양이나 달에도 접근해서 그 빛을 가린다. 벼락과 번개를 일으키는 등의 신비로운 변화로 지상에 홍수를 내려 산이나 계곡을 잠기게 하는 구름 역시 신령스럽고 기이하다.

용의 능력이 구름을 신령스럽도록 해주는 것이지만, 용의 신령스러움은 구름이 만들어 주는 것이 아니다. 하지만 용은 구름을 만나지 못하면 자신의 영묘함을 신비롭게 할 재간이 없다. 그 의지할 데를 잃으면 정말로 아무 것도 할 수 없게 된다. 그런데 자신이 의지할 데가 다름 아닌 자신이 만들어 낸 곳이라니, 이상한 일이다.

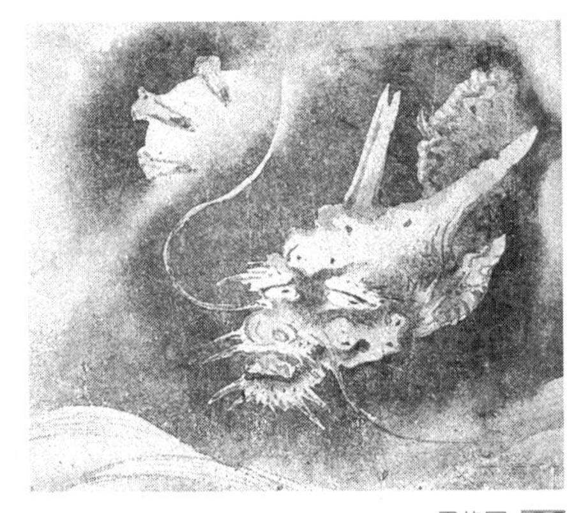

雲龍圖

그러나 『역경易經』에 '구름은 용을 따르나니(雲從龍)'라고 하였다. 용이라고 한 이상 구름이 거기에 따르는 것일지다.

2.

병을 잘 고치는 사람은 어떤 사람이 말랐거나 살진 것을 살피는 게 아니라, 그 사람의 맥에 문제가 있는지 없는지를 살필 따름이다. 온 천하를 잘 헤아려 아는 사람은 천하가 편안한 지 위태한 지를 살피는 게 아니라, 그 벼리와 강령이 제대로 갖추어져 있는 지 어수선한 지를 살필 따름이다.

이제 천하가 사람이라면, 편안함과 위태함은 마르고 살진 것에 해당한다. 벼리와 강령은 맥이라 할 것이다. 맥에 문제가 없다면 비록 말랐다 하더라도 해될 것이 없으며, 맥에 문제가 있으면 살집이 좋은 사람이라도 죽을 수가 있다. 이 말을 이해하는 사람이라면 바로 천하에 해당하는 이치도 알 수 있지 않을는지.

하夏나라, 은殷나라, 주周나라의 3대가 쇠락해지자 제후들이 들고 일어나 서로 간에 정벌하는 일들이 나날이 자행되었다. 그리하여 수십 명의 왕들에게 권력이 실렸지만 천하가 기울어지지 않았던 것은 벼리와 강륜이 잘 유지되었기 때문이다.

진나라가 천하의 우두머리가 되자 권세를 제후들에게 나누어 주는 일 없이 군대를 모으고 책을 불살라 권력을 2세에게 전하였지만, 천하가 기울어진 것은 벼리와 강륜이 사라지고 말았기 때문이다.

이런 까닭에 암만 팔과 다리에 탈이 없다 해도 족히 믿을 것은 못되나니, 다만 맥이 요긴할 따름이다. 온 세상이 암만 무사한대도 족히 내세울 일은 못되나니, 다만 벼리와 강령이 요긴할 따름이다. 그 믿을만한 데를 우려하고, 그 내세울 만한 데를 두려워해야 하는 것이다. 병을 잘 치료하고 일을 잘 계획하는 사람은 하늘이 돕고 함께 하는 법이어니, 『주역』에 이른바, '시리고상視履考祥, 선의선계善醫善計'란 이를 두고 하는 말이다.

3.

담생談生이 쓴 〈최산군전崔山君傳〉에는 학을 칭송하여 말한 것이 있는데, 어찌 얄궂지 않겠는가. 한편으로 내가 사람의 일에 비춰 본다면, 누군가 능히 자신의 타고난 성품을 다하는데도 짐승들이나 정상이 아닌 무리들보다 못한 경우가 드물게 있다. 그리하여 세상의 사악함이 분하고 미워서 영영 떠나버려 돌아오지 않는 사람의 행적도 있는 것이리라.

옛날의 성자는 그 머리가 소와 같기도, 그 생김새가 뱀과 같기도, 그 입이 새와 같기도, 그 얼굴이 원숭이와 같기도 했다. 그러면 성자들이 모두 겉모습은 그런 동물들과 비슷할는지 모르지만, 그 마음만큼은 같은 것이 아닌데도 가히 사람이 아니라고 할 것인가? 평평한 갈비뼈와 펑퍼짐한 살갗, 그리고 볼그레한 얼굴에 아름다움이 넘쳐나면 겉모습이야 사람이지만, 그 마음이 금수라면 또한 어찌 가히 사람이라고 할 것인가?

그러니 얼굴만 보고서 옳고 그름을 정하는 것은 그 마음이며 행실을 보고 정하느니만 못한 것이다. 공자를 배우는 사람은 신괴한 일에 대해 말하지 않는다. 하지만, 나는 이제 세상의 사악함에 대해 분하고 미워했던 뜻을 높이 샀기에 이렇게 글을 짓는 것이다.

4.

세상엔 백락伯樂이 존재한 후에라야 천리마도 존재하는 것이다. 천리마야 어느 때든 있다 하지만 백락이 항상 있는 것은 아니다. 그리하여 비록 명마名馬가 있다손, 한갓 노예의 손에서 욕이나 당하고 마구간에서 평범한 말들과 나란히 죽게 되면 마침내 천리마로 불리지 못하고 만다.

천리마는 한 끼에 간혹 곡식 한 섬을 먹어치우기도 한다. 말을 먹이는 자는 그 말이 천리를 달릴 수 있는 줄도 모르고 먹인다. 이 말이 비록 천리를 달릴 능력이 있다 해도 먹는 것이 배부르지 않아 힘이 달리는지라 재능의 빼어남이 겉으로 드러나지 않는다. 그 뿐이 아니요, 보통 말들과 같아지려 해도 없는 기운에 그마저도 할 수가 없으니, 어찌 그 말이 천리를 달릴 수 있기를 바라겠는가? 채찍질을 하되 올바른 법식으로 하지 않고, 먹여는 주되 가진 재능을 다 발휘토록 하지 못하며, 울어도 그 의중은 알지도 못한 채 채찍을 잡고 다가서서, "천하에 훌륭한 말이 없군!" 이라고 말한다.

아! 정말로 그런 말이 없는 것인가? 정말로 그런 말을 알아보지 못하는 것인가?

원문

雜說

韓 愈

龍噓氣成雲 雲固弗靈於龍也 然龍乘是氣 茫洋窮乎玄間 薄日月 伏光景 感震電 神變化 水下上 汨陵谷 雲亦靈怪矣哉 龍之所能使爲靈也 若龍之靈 則非雲之所能使爲靈也 然龍弗得雲 無以神其靈矣 失其所憑依 信不可歟 異哉 其所憑依 乃其所自爲也? 易曰 雲從龍 旣曰 龍 雲從之矣.

善醫者 不視人之瘠肥 察其脈之病否而已矣 善計不可者 不視天下之安危 察其紀綱之理亂而已矣 天下者 人也 安危者 肥瘠也 紀綱者 脈也 脈不病 雖瘠不害 脈病而肥者死矣 通於此說者 其知所以爲天下乎 夏殷周之衰也 諸侯作而戰伐日行矣 傳數十王而天下不傾者 紀綱存焉耳 秦之王天下也 無分勢於諸侯 聚兵而焚之 傳二世而天下傾者 紀綱亡焉耳 是故四支雖無故 不足恃也 脈而已矣 四海雖無事 不足矜也 紀綱而已矣 憂其所可恃 懼其所可矜 善醫善計者 謂之天扶與之 易曰 視履考祥 善醫善計者爲之.

談生之爲崔山君傳 稱鶴言者 豈不怪哉 然吾觀於人 其能盡其性而不類於禽獸異物者希矣 將憤世嫉邪長往而不來者之所爲乎 昔之聖者 其首有若牛者 其形有若蛇者 其喙有若鳥者 其貌有若蒙倛者 彼皆貌似而心不同焉 可謂之非人邪 卽有平脅曼膚 顔如渥丹 美而很者 貌則人 其心則禽獸 又惡可謂之人鄂 然則觀貌之是非 不若論其心與其行事之可否爲不失也 怪神之事 孔子之徒不言 余將特取其憤世嫉邪而

作之 故題之云爾.

世有伯樂 然後有千里馬 千里馬常有 而伯樂不常有 故雖有名馬 秖辱於奴隷人之手 駢死於槽櫪之間 不以千里稱也 馬之千里者 一食或盡粟一石 食馬者不知其能千里而食也 是馬也 雖有千里之能 食不飽 力不足 才美不外見 且欲與常馬等不可得 安求其能千里也 策之不以其道 食之不能盡其材 鳴之而不能通其意 執策而臨之曰 天下無馬 嗚呼 其眞無馬邪 其眞不知馬也.

3장 유종원의 포사자설捕蛇者說 · 종수곽탁타전種樹郭橐駝傳

유종원柳宗元(773~819)은 중국 당唐나라의 문인, 정치가이다. 자는 자후子厚요, 호는 하동河東이다. 아호를 이렇게 부른 것은 그가 산서성山西省 영제현永濟縣 소재의 하동河東 사람인 까닭이다. 세상에서 유유주柳柳州로도 불렀는데, 다름 아닌 그가 만년에 유주지사柳州刺史로 있을 때 선정善政으로 평판을 얻었던 까닭에 붙여진 이칭이다.

문인으로서의 그의 위상은 당송팔대가唐宋八大家 가운데 한 사람에 든다는 것 말고도, 당나라 한유韓愈와 더불어 산문학散文學 최고의 거장으로 추허를 받는 데 있다. 비록 뒷세상에 당대 산문학의 양대 종장宗匠이란 영광된 이름을 남겼던 이면에는, 한유나 마찬가지로 정치적 삶의 역정이 순탄하지 못하였고, 그 생애의 기간도 길지 못하였다는 어두운 국면도 있다. 이제, 유종원 생애의 대략적인 개요만을 추려 보이면 다음과 같다.

유종원

21세(793) : 진사 급제, 부친 유진柳鎭 몰하다.
24세(796) : 3년상 뒤에 비서성교서랑秘書省校書郎되다. 양씨와 결혼하다.
26세(798) : 박학굉사과博學宏詞科에 합격, 집현전서원정자集賢殿書院正字가 되다.
27세(799) : 부인 양씨 죽다.
29세(801) : 남전위藍田尉를 제수 받다.
31세(803) : 감찰어사監察御史를 수행하다.
33세(805) : 상서예부원외랑尙書禮部員外郎이 되다. 왕숙문王叔文의 혁신 정치에 가담, 개혁을 단행하려다가 환관 및 관료 세력의 반대에 부딪혀 8개월 만에 좌절, 영주사마永州司馬로 좌천당하다.
38세(810) : 재혼하다.
43세(815) : 영주에서의 폄적을 마치고 일시 장안에 왔으나, 곧 광서성 소재의 유주柳州 자사刺史로 옮겨지다.
47세(819) : 유주柳州에서 병사하다.

아울러 그의 문학 작품의 대다수는 장안長安에서 벼슬할 때보다 적소謫所나 다름 없는 외지에서 관리 노릇을 할 때의 것이다. 문학사 안에서는 대부분의 문사들에게 정치적인 불행이 문학적인 행幸을 가져다준다는 아이러니한 진실이 있다. 거기 예외 없음을 보여 주듯, 그의 정치적 불우 및 좌절에 따른 고난적 삶의 양상 역시 결과적으로는 그의 문학적 사상과 내용을 풍부하게 만드는 계기가 되었고, 독특한 예술의 풍격 형성에 직접적인 영향과 작용이 되었다고 봄이 일반론이다.

여기서 보려는 것은 그가 다룬 여러 문학의 장르 가운데, 시가 아닌 문文, 곧 산문이고, 또한 산문 가운데서도 전傳 및 설說 양식에 관한 것이다. 이때 무엇보다 그가 문文을 어떻게 보았는가 하는 일이 궁금하다. 마침 그의 문집 안에서 이와 관계된 아주 긴밀한 고백이 하나가 있는데, 매우 요긴한 자료가 아닐 수 없다.

僕之爲文久矣 然心少之 不務也 以爲是特博奕之雄耳 故在長安時 不以是取名譽 意欲施之事實 以輔時及物爲道 自爲罪人 捨恐懼則閑無事 故聊復爲之 然而輔時及物之道 不可陳于今 則宜垂於後 言而不文則泥 然則文者固不可少邪.[1]

제가 문장에 종사한 지 오래되었습니다. 하지만 내심 그것을 하찮게 여겨 거기 힘쓰지는 않았던 것은 이 일을 바둑이나 장기를 두는 정도로 여겼기 때문이지요. 그래서 장안에 있을 때에는 이것으로 명예를 얻으려하지 않았고, 마음먹은 바는 현실에 펼쳐서 시대에 도움을 주고 모든 존재들에 혜택을 끼칠 수 있는 것으로써 길을 삼았지요. 그런데 죄인이 되고나서는 두려워하는 일 말고는 한가하니 하는 일도 없던 까닭에 애오라지 다시금 문장을 했습니다. 하지만 세상사에 보탬이 될 만한 도라는 것이 현재 펼칠 수 없다면 의당 뒷시대에 끼쳐 드리워야할 것인데, 말에 문채文彩가 없으면 엉망이 되고 말지요. 그러니 글이라고 하는 것이 참으로 사소한 것이 아니더군요.

유종원이 처음에는 문文을 대수롭지 않게 보다가 급기야 그것이 삶에 있어서 얼마나 중대한 장비가 되는가를 뼈저리게 실감했다는 뜻을 지닌 이 글이야말로 그의 생애에 있어서 글쓰기가 거의 필연적인 운명이고 숙명이었음을 알리는 결정적인 단서라 할만하다. 실제로 그의 문집을 전체 단위에서 보면 그 배열의 우선 순위가 전장류傳狀類, 비지류碑誌類, 논변류論辨類, 애제류哀祭類, 서신류書信類 등을 포함하여 설說, 서序, 기記, 대對 등과 같은 산문 쪽의 우세를 쉽게 확인할 수 있다.

그리고, 유종원이 설說 양식의 안에서 쓴 것은 권16 안에 들어있는 다음의 작품들이다.

천설天說
골설鶻說

1) 『유하동전집』 권31 〈答吳武陵論非國語書〉.

조일설朝日說
포사자설捕蛇者說
사설蜡說
승부설乘桴說
복오자송설復吳子松說
비설羆說
관팔준도설觀八駿圖說

이 가운데 특히 〈포사자설〉은 그의 설說 장르의 한 개 편모로서 그 이름을 높이 얻은 부분이었다.

그러나, 정작 후대에 그의 진면목이 드러나고 인정을 받았던 것은 '전傳' 장르의 안에서 더욱 그러하였다. 이는 그가 전기 형식의 산문에 주력했던 결과이기도 하니, 적어도 그의 문집 안에 있는 전傳 양식의 작품을 열거해 놓았을 때 대개 다음과 같다.

송청전宋清傳
종수곽탁타전種樹郭橐駝傳
동구기전童區寄傳
재인전梓人傳
이적전李赤傳
부판전蝜蝂傳
조문흡위도안전曹文洽韋道安傳
유수전劉叟傳
하간전河間傳

이 가운데 앞의 7편은 내집內集 권17에 실려 있고, 뒤의 두 편은 외집外集 상권 소재의 것이다. 다만 〈조문흡위도안전〉은 그 원문이 유실되어 볼 수 없다고 하지만, 그가 산문 류類에 속하는 여러 산문 종種 가운데도 얼마나 전傳이라는 양식에 주력했는지 한눈에도 알만하다. 그 중 특히 〈종수곽탁타전〉과 〈재인전〉은 거의 유종원의 이 문체를 대표하는 얼굴처럼 되어 있다. 이같은 보람으로 그는 〈모영전毛穎傳〉 및 〈오자왕승복전圬者王承福傳〉의 작가인 한유와 함께 중국 전傳 문학사상 큰 자리를 차지하게 되었다.

> 이후 이러한 인물 전기 문장이 점차 많아지면서 정식으로 산문의 문체로 인정된 것은 당대唐代부터인 것으로 간주된다. 특히, 이에 대한 공로자로는 당시 고문운동을 전개하고 각종 문체를 발전시킨 한유와 유종원을 들고 있다.[2]

전傳을 포함한 그의 산문의 또 한 가지 특징은 다름 아닌 주제의 실용성에 있었다. 동시에 이 또한 한유와 같은 수준에서 평할 수 있는 성격의 것이니, 아래와 같은 글은 이 두 사람의 산문이 중국 산문 문학사에 끼친 영향의 한 단면을 설명해 보인 경우가 된다.

> 이들의 산문의 성취는 중국의 산문이 기록적 실용적 단계를 넘어서서 소품화 · 수필화의 방향으로, 즉 문학의 방향으로 발전하게 하는데 있어서 이룩한 성취를 중심으로 살펴보아야 할 것이다.[3]

위에서 소품화 · 수필화의 방향이라 하였으나, 이것을 문체론적으로 바꿔 말하자면 다름 아닌 탁전托傳의 본격화 양상을 의미한다고 볼 수 있다. 한유와 유종원의 탁전적 산문은 흡사 뒷시대 조선의 18세기 실학시대라는 시공 안에서 다시금 재현되는 것 같은 양상을 방불케 한다. 곧, 박지원과

2) 김종성, 「유종원의 인물전기 창작 연구」, 『중국어문논역총간』 11집, p.70.
3) 홍승직, 「유종원의 창작 의식과 산문의 성취」, 『중국학논총』 7집, p.2.

김려金鑢 및 정약용 등이 지은 탁전 계열의 작품들이 한韓 · 유柳 두 사람의 탁전과 비교하여 별반 손색이 없기 때문이다.

일찍이 전傳을 4개의 틀로 나누어 보았던 명대의 장르 이론가인 서사증의 탁전에 대한 설명은 "以傳其事 寓其意"(어떤 일을 전함으로써 어떤 의미를 부치는 것)이었다. 이 때 탁전의 주인공은 도연명의 〈오류선생전五柳先生傳〉이거나 이규보의 〈백운거사전白雲居士傳〉에서처럼 본인을 모델로 설정시킨 경우 또한 없지는 않지만, 대부분은 작가가 자기 시대 주변의 인물들을 대상으로 잡은 경우가 대종을 이루었던 것이다.

유종원은 전이라는 형식 안에서 자기 시대 일반 시민층 인물들의 경우를 들어 은근한 필치로 정치적 사회적 모순을 풍유하였던 바, 중국 산문사상 제대로의 풍자 문인다운 면모를 보여준 인물이라 해도 과언이 아니다. 글이 현실의 정치나 사회 문제를 위해 실질과 효용을 기약하는 것이라야 한다는 의미에서는 우리 조선조 실학시대에 실사구시의 글을 썼던 박지원이나, 김려, 정약용 산문의 원조격이라 해도 무방할 것으로 본다.

한편, 유종원은 문체의 다양성에 힘쓴 작가이기도 했다. 곧, 그는 전傳 장르 한 가지 뿐만 아니라 보다 넓은 폭의 산문 문체에 대한 실험정신을 보여 주었다. 논설論說 · 유기遊記 · 우언寓言 · 증서贈序 등등, 그가 매만진 산문 분야의 문체가 상당한 갯수를 나타내고 있음이 한눈에도 확인된다. 그는 이같은 다양한 용기容器를 통해서 산문학이 갖는 내용의 자유성을 추구하였다. 반드시 양적인 측면에서만 아니라, 질적인 차원에서도 기존의 유형적 틀에 박힌 개념을 넘어선 자유화의 모습을 보여 주고 있다.

지금 전傳 장르 한 가지만을 두고 보더라도 그가 일찍이 당시 문단에서 비난을 면치 못했던 한유의 〈모영전〉에 대해서 비호하는 글을 썼으니 파격적이라 하지 않을 수 없다. 그리고 여기서 보는 바와 같이 기존의 통념을 벗어난 하층 부류의 인물들을 주인공으로 삼은 탁전을 여러 작품에 걸쳐 썼다는 사실이 그의 자유로운 산문관을 충분히 이해할 수 있는 것이다. 내용의 자유로움에 대한 추구는 그가 풍자적 주제를 즐겨 구사하였던 현상으로도 잘 반영이 된다. 사회적 모순 비리에의 풍자라는 이슈 안에서는 오히려 한유보다 우세하였다는 점도 자유로운 산문관과 무관하지 않을 것이다.

유종원 산문의 또 다른 한 특징은 문장 필법의 독자성에 있다. 비록 그의 이름이 항상 한유의 이름 뒤에 따라 붙지만 반드시 한유를 따르지 못해서만은 아니었다. 오히려 왕세정王世貞 같은 이는 "유종원이 한유보다 뛰어난 것은 재才이고, 떨어지는 것은 기氣이다(柳子厚才秀於韓 而氣不及)"[4] 라고 하였다. 그것은 두 사람의 실력의 문제라기보다는 양자 사이 고유한 개성의 차이라고 해야 옳을 듯싶다. 그리하여 그의 산문이 한유의 그것과 차별성을 논한다면, 한유 쪽이 웅건雄健 · 굴기崛起한데 비해, 고아古雅 · 담박澹泊하다고 할 수 있고, 한유의 건경健勁에 비해서는 단아端雅에 가깝다고 하겠다. 혹은 한유를 바다에, 유종원을 샘물에 비유한 논자도 없지 않았다.[5] 한유와 나란히 정신의 복고주의를 주창하는 가운데도 그 표현에 들어서면 한유의 필치와는 또 다른 문장 세계, 곧 유종원다운 운필을 구사하였던 개성 있는 문장가였던 것이다.

요컨대, 유종원의 산문은 다양과 실용, 자유와 개성이라는 덕목 안에서 그 참된 가치를 발휘하여 있고, 바로 이러한 가치들이야말로 곧장 그의 산문학적 위상으로 연결이 가능하다.

4) 『유하동전집』(대만 중화서국, 민국71년) 서두의 〈讀柳集敍說〉 소재.
5) "楊愼曰 李耆卿評文云 韓如海 柳如泉."(『유하동전집』, 위와 같음)

〈포사자설〉은 『유하동집』 권16 '설說' 안에 수록되어 있다.

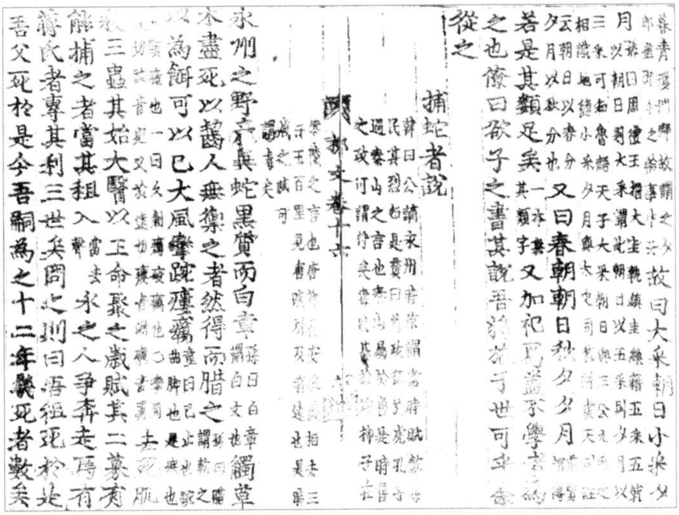
柳河東集卷十六

捕蛇者說

永州之野産異蛇黑質而白章觸草木盡死以齧人無禦之者然得而腊之以為餌可以已大風攣踠瘻癘去死肌殺三蟲其始大醫以王命聚之歲賦其二募有能捕之者當其租入永之人爭奔走焉有蔣氏者專其利三世矣問之則曰吾祖死於是吾父死於是今吾嗣為之十二年幾死者數矣

『유하동집』에 수록된 〈포사자설〉

유종원이 좌천되어 영주永州에 있을 때의 작품으로, 당시 위정자들의 조세와 부역이 백성을 괴롭히는 일의 가혹함에 대해 완곡한 필치로써 풍자 비판한 글이다.

이 글은 『예기禮記』 〈단궁檀弓〉(下) 출전의 공자 일화인 '가정맹어호苛政猛於虎'의 고사를 연상시키는 바 크다.

孔子過泰山側 有婦人哭於墓者而哀 夫子式而聽之 使子路問之 曰 子之哭也 壹似重有憂者 而曰然 曰 昔者吾舅死於虎 吾夫又死焉 今吾子又死焉 夫子曰 何爲不去也 曰 無苛政 夫子曰 小子識之 苛政猛於虎也.

공자께서 태산 곁을 지나시는데, 한 아낙이 무덤에서 곡을 하고 있었는데,

그 소리가 애끊는 듯하였다. 공자께서 삼가 들으시고는 자로에게 물어보라 하셨다. "그대가 곡을 하는데 한결같이 심각한 근심이 있는 듯 하여이다." 그러자 아낙이 말하였다. "그렇답니다. 옛날에 제 시아버지께서 호랑이한테 돌아가셨지요. 그런데 제 남편이 또 그렇게 죽었고, 이제 자식마저 또 그렇게 죽고 말았나이다." 공자께서, "그런데도 어찌해서 여길 떠나지 않는단 말인가?" "호된 정치는 없어서랍니다!" 그러자 공자께서 말씀하셨다. "이보렴, 적게나. 가혹한 정치는 호랑이보다 사나운 것이니라!"

유종원 자신도 본문 안에서 굳이 감추지 않고 직접 그 유사함에 대해 언급하고 있거니와, 양자 간의 공통점은 '가정苛政' 곧, 가혹한 정치에 있다. 그리하여 작품은 가혹한 정치가 백성에게 끼치는 해독은 범이 사람을 물어 죽이는 해독보다 더 크고 맹렬한 것이듯, 조세 및 부역의 과징과 같은 사나운 정치가 또한 뱀에게 물리는 것보다 더 잔혹한 것임을 강조하고 있다. 요컨대 백성 다스리는 자인 목민관牧民官의 성찰을 비유적으로 촉구한, 이를테면 고대 중국의 목민심서인 것이다.

유종원의 이 글을 통해 영주에서 나는 뱀을 국가에 공물로 바치는 풍습이 있었음을 규지할 수 있겠거니와, 이와 같은 관습은 그 유래가 꽤나 오래되었던 모양이다. 다름 아니라, 명나라 때의 저술인 『본초강목』에도,

以之治風最捷 惟產於永州者良 用以充貢.

풍風을 다스리는 데에 가장 효과 빠르기로는 단연 영주에서 나는 것(뱀)이 좋으니, 그것으로 공납에 충당한다.

라는 글이 보이는 까닭이다.

이제 〈포사자설〉에 관한 짤막한 평설 하나를 읽어 본다. '원본비지현토주해본原本備旨縣吐註解本' 『고문진보古文眞寶』에 수록된 본 작품의 표제 아

래 주해注解된 글이다.

迂齋曰 犯死捕蛇 乃以爲幸 更役復賦 反以爲不幸 此豈人之情也哉 必有甚不得已者耳 此文抑揚起伏 宛轉斡旋 含無限悲傷悽惋之態 若轉以上聞 所謂 言之者無罪 聞之者足以戒.

우재는 이른다. 죽음을 무릅쓰고 뱀을 잡는 것이 그예 다행이라 여기고, 부역으로 바꾸거나 조세로 돌아가는 것을 오히려 불행이라고 생각한다면, 이 어찌 사람다운 생각이라 할 수 있겠는가. 여기엔 필경 절실히 그럴 수밖에 없는 사정이 있어서이다. 이 글은 기복과 억양이 엎치락뒤치락하는 가운데 그지없이 가엾고, 가슴 아프고, 애처로운 모습을 담고 있다. 만약 이 얘기가 돌고돌아 임금한테까지 들린다면 이렇게 말할 것이다. 말한 자는 무죄요, 듣는 자는 족히 경계해야 할지라.

또한, 임희원林希元은 이 작품에 대해서 다음과 같이 적극 호평하였다.

此有用之文 非相如揚雄流也 豈可以非漢文而少之.

이는 실생활에 쓰임 있는 글인지라, 사마상여司馬相如나 양웅揚雄 같은 류가 아니다. 어찌 한대漢代의 글이 아니라 하여 가볍게 다룰 수 있으리오.

〈종수곽탁타전〉은 『유하동집』 권17 '전傳' 안에 수록되어 있다. 지체가 자유롭지 못한 서민층 인물인 곽탁타를 주인공으로 세운 탁전托傳 계열의 작품이다.

역시 앞에 든 『고문진보』 책의 본 작품 표제 아래에 주해가 있는 바, 이렇게 평하였다.

迂齋曰 凡事有心則費力 求工則反拙 曲盡種植之妙 末引歸時事 聞者

可戒 與捕蛇說 同一機括.

우재는 말한다. 백 가지 일에 마음을 두면 힘을 낭비하게 되고, 공교로움을 바라면 도리어 졸렬해지는 법이다. 나무를 심는 묘리를 곡진히 하면서 마지막에는 시사적인 문제로 돌아갔으니 이 글을 접하는 자는 가히 경계로 삼을 만하다. 이는 〈포사자설〉과 더불어 동일한 기틀로 운용한 것이다.

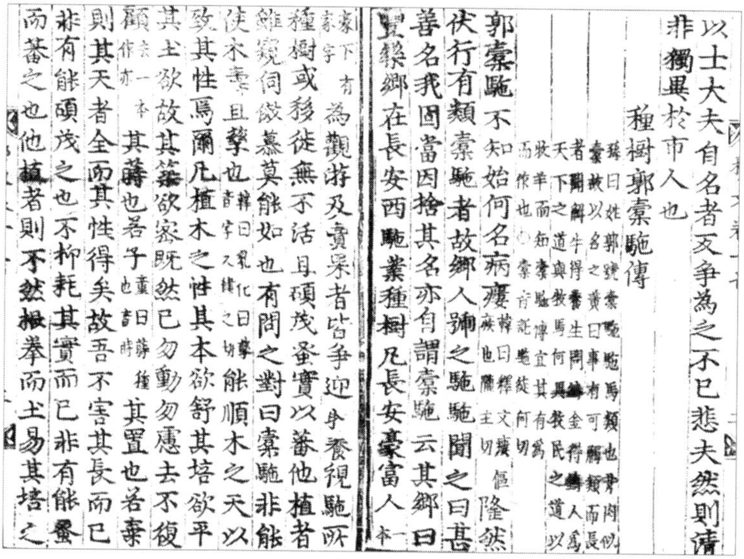
以士大夫自名者反爭爲之不已悲夫然則淸
非獨異於市人也
種樹郭橐駝傳
郭橐駝不知始何名病瘻隆然
伏行有類橐駝者故鄕人號之駝駝聞之曰甚
善名我固當因捨其名亦自謂橐駝云其鄕曰
豐樂鄕在長安西駝業種樹凡長安豪富人
爲觀游及賣果者皆爭迎取養視駝所
種樹或移徙無不活且碩茂蚤實以蕃他植者
雖窺伺傚慕莫能如也有問之對曰橐駝非能
使木壽且孳也能順木之天以
致其性焉爾凡植木之性其本欲舒其培欲平
其土欲故其築欲密既然已勿動勿慮去不復
顧其蒔也若子其置也若棄
則其天者全而其性得矣故吾不害其長而已
非有能碩茂之也不抑耗其實而已非有能蚤
而蕃之也他植者則不然根拳而土易其培之

『유하동집』에 실린 〈종수곽탁타전〉

신체의 부자유에도 불구하고, 오히려 더 자연의 이법을 터득하고 순리를 좇는 인물인 곽탁타의 경우를 통해, 일차적으로는 자연에 순응하는 일의 이로움에 대해 설파하고 있다.

인위人爲를 나무라는 『장자』의 글을 연상시키기도 하고, 노자가 말한 이른바 '무위이치無爲而治'와 상통하는 의미로 보여 질 수도 있겠으나, 유종원은 역시 유학자답게 관리 행정에 있어서의 득실을 끝단계에서 강조하고 있다. 궁극 백성을 다스림에 있어 능동적이어야 하지만, 그것이 지나쳐 간섭으로 가는 것을 경계하고 풍자하는 뜻이 내포되어 있다.

그러나 이같은 풍자적 주제 이외에도, 한 차원 더 적극적으로는 유가에서 강조하는 수기치인修己治人할 때의 치인治人, 혹은 치국평천하治國平天下 개념의 기본적인 토대 위에서 위정자의 양인술養人術, 또는 관리의 요민擾民 요령이 주제로 깔려 있다.

각별히, 유종원은 낮은 신분의 사람을 모델로 삼고 작중의 표제로 부각시키는 특징을 보여 주었다. 〈재인전梓人傳〉도 목수를 주인공으로 삼은 또 하나의 전傳 일작이다. 그보다 5년 연상인 한유에게도 미장이를 모델로 삼은 〈오자왕승복전圬者王承福傳〉 같은 작품들이 있어 흡사한 양상을 보이고 있다. 임희원林希元도, "이 작품 〈종수곽탁타전〉과 〈재인전〉은 한유의 〈오자왕승복전〉과 기가 막히게 닮았다(此與梓人傳 絶似韓退之圬者傳)"[6]고 한 바 있다. 다름 아니라, 한韓 · 유柳 두 사람이 바로 이러한 서민 세계를 일례로 하여 지배층 앞에 일침을 가해 보고자 하는 시도에서 의기가 통하였던 것이다.

당나라의 양대 산문 거장이 서민층 인물을 중심한 탁전의 양상은 초시간적 · 초공간적 전통성을 확보하게 된다. 가장 두드러진 일례로 조선조 실학 시대의 박지원이 거지 광문을 입전한 〈광문자전廣文子傳〉, 똥장수 엄항수를 입전한 〈예덕선생전穢德先生傳〉, 시골 아전의 과부댁인 〈열녀함양박씨전烈女咸陽朴氏傳〉 등으로 자연스럽게 연결되는 느낌을 야기시킨다.

한편, 위의 〈포사자설〉이 공자 일화인 '가정맹어호苛政猛於虎'의 고사를 연상시키는 바 있다면, 본 작품은 『맹자』 〈공손추公孫丑〉(上)에 나오는 '조

6) 『유하동전집』(책1 권17, 대만 중화서국, 민국71년)의 〈종수곽탁타전〉 표제 아래 장지교蔣之翹의 집주輯注 참조.

장助長'이라는 고사를 연상케 하는 바 있다.

勿助長也 無若宋人然 宋人有閔其苗之不長而揠之者 芒芒然歸 謂其人曰 今日病矣 予助苗長矣 其子趨而往視之 苗則槁矣 天下之不助苗長者寡矣 以爲無益而舍之者 不耘苗者也 助之長者 揠苗長者也 非徒無益 而又害之.

조장을 하지 말지어다. 송나라 사람과 같이 되어서는 아니 되나니! 송나라 사람으로 자신의 벼싹이 자라지 않을까를 안타깝게 여겨 싹을 뽑아 올려놓은 자가 있었다. 지친 모습으로 돌아와서는 자기 가족에게 말하기를, "오늘은 힘이 드는구나. 내가 벼 싹이 자라도록 도왔느니라." 그 아들이 달려가서 보니 싹들은 말라 버렸더라네. 세상에는 싹이 자라라고 뽑아 돕지 않는 이가 적지. 대개 보탬이 안 된다고 생각하여 버려두는 이는 김을 매지 않는 자이고. 하지만 자라나는 것을 돕는다는 이는 싹을 잡아 뽑아 올리는 자이니, 이는 그냥 보탬이 안 될 뿐만 아니고 가일층 해가 되는 것이라네.

이는 맹자가 호연지기浩然之氣를 기르는 법에 대해 제자에게 설명하는 과정 중에 유시된 비유이지만, 여기 〈종수곽탁타전〉에서 제시하는 양민養民의 도에조차 그대로 적용시킨다 해도 하나 어색하지 않다. 궁극에, 공맹 사상의 중요한 한 부분이 되는 목민지관牧民之官의 올바른 도리를 우의寓意라고 하는 또 다른 형태의 문학 안에서 강조할 줄 알았던 유종원의 유가 문학적인 사유를 재삼 확인해 볼 길이 있는 것이다.

작 품

포사자설捕蛇者說

유종원柳宗元

영주永州의 들판에는 검정 바탕에 흰색 무늬의 기이한 뱀이 살고 있다. 그런데 그 뱀이 풀이나 나무에 닿았다 하면 다 죽어버리고, 사람을 물게 되면 막을 수 있는 자가 없었다.

하지만, 그 뱀을 잡아 건조시켜 포로 만든 뒤에 약으로 먹으면 심한 풍증이라든가 팔다리의 경직, 목 부스럼이며 나병 같은 피부병 등을 치료할 수 있고, 피부 썩음증을 없애며 삼시충三尸蟲도 박멸할 수 있다고 한다. 처음에 어의御醫가 왕명에 따라 그 뱀들을 거둬들이는데, 1년에 두 마리를 바치도록 하였다. 그리하여 뱀을 잡을 수 있는 사람을 뽑아다가 잡은 뱀으로 조세 바치는 것 대신 충당할 수 있도록 하니, 영주 사람들이 다투어 나서게 되었다.

장씨蔣氏라는 이가 있었는데, 그는 삼대에 걸쳐 이 혜택에 종사하여 온 사람이다. 그에게 이 일에 대해 물었더니 이렇게 대답하였다.

"제 조부는 이 뱀 때문에 돌아가셨고, 부친도 이걸로 돌아가셨지요. 저도 이 일을 이어서 한 지 12년이 되었는데, 몇 번이나 죽을 뻔 했습지요."

그렇게 말하는 품이 무척 수심에 차 보였다. 나는 애처로운 생각이 들어서,

"자네는 그 일이 괴로운가? 그렇다면 내가 담당관에게 이야기하여 세금 내는 쪽으로 되바꿔준다면 어떻겠는가?"

라고 했더니, 장씨는 몹시 서글픈 표정으로 뚝뚝 눈물까지 흘리면서 다음

과 같이 말을 이었다.

"선생께서는 저를 불쌍히 여기시어 계속해서 살 수 있도록 해 줄 작정입니까요? 제가 이 땅꾼질을 하면서 생기는 불행은 제가 내야할 세금으로 되돌릴 때 생기는 불행만큼 심하지는 않을 겁니다. 진작부터 제가 이 노릇을 하지 않았다면 저는 이미 오래 전에 곤욕을 치뤘을 테지요. 제 집 가문이 삼대에 걸쳐 이 땅에서 산 지 지금껏 60년이 되었지만, 이웃사람들의 생활은 날로 궁해졌어요. 땅에서 거두는 것과 집안에 들어오는 수입마저 전부 바닥이 나서 울부짖으며 여기저기 떠돌다가 굶주림과 목마름에 쓰러졌답니다. 비바람을 맞기도, 추위 더위를 겪기도 하면서 전염병에 노출되니 그때마다 죽는 사람이 줄줄이 생겨났습지요. 예전에 저의 조부와 함께 살았던 집안들 가운데 지금은 열에 한 집도 남아있지 않고, 제 부친과 같이 살았던 집안도 지금은 열에 두셋도 남아있지 않아요. 저와 함께 12년 동안 이곳에서 살던 집안들 가운데 지금은 열에 너댓 집도 안 남았구요. 죽지 않았으면 떠나버린 때문인데 이 마당엔 저 혼자 뱀이나 잡으면서 살고 있습니다요. 또, 사나운 관리가 마을에 와서 사방 다니면서 큰 소리로 떠들어재끼고 소란을 피우면 화들짝 놀라 아우성치는 데야 닭이나 개조차도 편안치가 못하지요. 그래도 저야 매일처럼 느즈막히 일어나서 항아리를 들여다보아 제가 잡아놓은 뱀이 그대로 남아있으면 안심하고 다시 누워버리거든요. 신경 써서 뱀에게 먹이를 주다가 때 되면 진상하고, 돌아와서는 제 집 땅에서 나는 것으로 편히 먹고 살면서 명대로 살 것입니다. 대충 일 년 중 목숨이 걸려 있을 때는 두 번이고 그 나머지는 희희낙락할 수 있으니, 어찌 저 이웃사람들 모양 매일처럼 죽을 맛으로 살기야 하겠습니까? 지금 비록 이 일을 하다가 죽더라도 그 사람들한테 대면 나중 죽는 셈이니, 그만해도 어딘데 제가 이 일을 괴로워하겠습니까?"

이야기를 듣고 나니 나는 더욱 서글퍼졌다. 공자께서도 "가혹한 정치는 호랑이보다 더 무섭다"라고 하신 적이 있다. 나는 일찍이 이 말이 의아스러웠었는데 지금 장씨의 경우를 보니 더욱 미더워졌다.

아아! 세금을 거둬들이는 혹독함이 뱀보다 더 심할 줄이야 누가 알았겠는가? 그런 까닭에 이 글을 지어 민간의 생활상을 지켜보는 사람들로 하여금 도움이 되도록 하려는 것이다.

원문

捕蛇者說

柳宗元

永州之野 産異蛇 黑質而白章 觸草木 盡死 以齧人 無禦之者 然得而腊之 以爲餌 可以已大風攣踠瘻癘 去死肌殺三蟲 其始大醫以王命聚之 歲賦其二 募有能捕之者 當其租入 永之人 爭奔走焉 有蔣氏者專其利三世矣 問之則曰 吾祖死於是 吾父死於是 今吾嗣爲之十二年幾死者數矣 言之 貌若甚慼者 余悲之且曰 若毒之乎 余將告于莅事者更若役 復若賦 則何如 蔣氏大戚 汪然出涕曰 君將哀而生之乎 則吾斯役之不幸 未若復吾賦不幸之甚也 嚮吾不爲斯役 則久已病矣 自吾氏三世居是鄉 積於今六十歲矣 而鄉隣之生日蹙 殫其地之出 竭其廬之入 號呼而轉徙 飢渴而頓踣 觸風雨犯寒暑 呼噓毒癘 往往而死者相藉也 曩與吾祖居者 今其室十無一焉 與吾父居者 今其室十無二三焉與吾居十二年者 今其室十無四五焉 非死而徙爾 而吾以捕蛇獨存 悍吏之來吾鄉 叫囂乎東西 隳突乎南北 譁然而駭者 雖鷄狗不得寧焉 吾恂恂而起 視其缶而吾蛇尙存 則弛然而臥 謹食之 時而獻焉 退而甘食其土之有 以盡吾齒 蓋一歲之犯死者二焉 其餘則熙熙而樂 豈若吾鄉鄰之旦旦有是哉 今雖死乎此 比吾鄉鄰之死 則已後矣 又安敢毒邪 余聞而愈悲 孔子曰 苛政猛於虎也 吾嘗疑乎是 今以蔣氏觀之 尤信 嗚呼 孰知賦斂之毒 有甚是蛇者乎 故爲之說 以俟夫觀人風者得焉.

작 품

종수곽탁타전種樹郭橐駝傳

유종원柳宗元

곽탁타郭橐駝가 애당초 어떤 이름이었는지는 알 수 없다. 곱사병으로 등이 불룩 솟아 구부리고 다니는 것이 낙타와 비슷하단 느낌이 있어서 마을 사람들이 타駝라고 불렀는데, 타가 그것을 듣고 “참 좋으네. 이름이 나한테 꼭 맞아!”라고 했단다. 그리하여 처음의 이름을 버리고 스스로도 탁타橐駝로 일컬었다 한다. 그가 사는 마을은 풍악豐樂이라 하는 곳으로, 장안長安의 서쪽에 있다.

타는 나무 심는 것을 업으로 삼고 있다. 장안의 모든 세도가와 부자들, 그리고 정원을 관상하며 노니는 사람들하며 과일 파는 사람들이 하나같이 다투듯 그를 맞아들여 나무를 돌보려고 하였다. 타가 심은 나무를 보면 혹 옮겨 심는다 해도 살지 않는 것이 없었다. 그 뿐만 아니라 대단히 무성해져서 일찌감치 열매가 한가득 열렸다. 나무 심는 다른 자들이 암만 몰래 훔쳐보고 따라하려 해도 같아질 재간이 없었다.

어떤 사람이 그 이유에 대해 물었더니, 그는 이렇게 대답하였다.

“저 탁타가 나무를 오래 살게 한다거나 잘 자라게 할 수 있는 것이 아니랍니다. 나무의 천성을 잘 따르고 그 본성을 다하도록 하는 때문입지요. 모든 나무들의 본성이란 것이, 그 뿌리는 잘 벋어 나갔으면 하고, 그 흙으로 뿌리를 덮을 때는 평평히 골라 주었으면 하지요. 그 흙은 원래의 것이었으면 하고, 그 흙을 다져 올릴 때는 빈틈없이 되었으면 하지요. 애당초 그렇게 한 뒤엔 건드려서도, 초조해 해서도 안 되고, 자리를 뜬 다음엔 연

연해서 뒤돌아보면 안됩니다. 처음에 심을 때는 자식을 돌보듯 하지만, 심고 나서는 내버린 듯이 해야 돼요. 그래야만 그 천성이 온전해질 수 있고, 그 본성을 유지할 수 있게 되거든요. 알고 보면 저는 나무의 자라나는 것을 방해하지 않을 따름이지, 나무를 크고 무성하게 할 수 있는 게 아닙니다. 나무가 열매 맺는 것을 누르거나 줄지 않도록 할 따름이지, 열매를 일찍 많이 열리게 할 수 있는 것이 아니구요. 똑같이 나무 심는다는 다른 이들은 그렇게 하지 않거든요. 뿌리는 휘어지고 흙은 다른 걸로 뒤바뀌며, 북돋는다고 할 땐 지나치지 않으면 모자랍니다. 진정 이와는 다르게 할 수 있는 사람도 있지만, 위한다고 하는 것이 지나치게 헤프고, 걱정해 준다는 게 지나치게 부지런합니다. 아침에 보았는데 저녁에 또 주무르고, 이미 자리를 뜬 다음에도 다시 와서 살펴봐요. 심한 자는 그 껍질을 긁어서 나무가 살았는지 죽었는지를 시험해 보고, 그 밑동까지 흔들면서 심어진 상태가 엉성한지 촘촘한지 본다니까요. 그래서 나무의 천성에서 날로 멀어지는 거지요. 암만 나무를 위한다고 하지만 기실은 그것을 해치는 것이고, 암만 걱정해 준다고 하지만 실상은 나무와 원수가 되는 거지요. 그래서 저하고 같을 수가 없는 겁니다. 제가 할 줄 아는 게 이런 것 말고 달리 뭐가 있겠습니까?"

묻는 자가 말하기를,

"자네 하는 방식을 관청 일 다스리는 데다 옮겨 본대도 얘기가 될까?"
하니, 타가 말하였다.

"저야 나무 심는거나 알 뿐이지, 사람 다스리는 일이야 제 본업이 아니지요. 그렇지만 제가 살고 있는 고을 관청의 어르신네 되는 분을 보면 시시콜콜 명령하시기를 좋아하더군요. 백성을 굉장히 사랑하는 듯해도 결국은 백성들에게 화나 입힙니다. 아침저녁으로 관리가 와서 이렇게 소리칩니다. '관에서 명하셨다. 너희들 모두 경작을 서두르고, 심기에 힘쓰고, 수확을 자세히 살펴보라신다. 냉큼 누에고치에서 실을 뽑고, 빨리 실로 옷감을 짜라신다. 자식들 잘 돌보고, 돼지와 닭을 잘 기르라신다.' 북을 울려 사람들을 모이게 하고 딱때기를 두드려 사람들을 소집하면 쇤네들은 아침 저녁 음식 준비하면서 나릿님들을 위로하는 일조차도 겨를이 없습니다. 이런 마당에 뭔 수로 쇤네들 삶을 풍족케 하고, 우리네 심간을 편안히 할 수 있겠나요? 이러니 병들고 게을러집니다. 그러고 보면 제가 하고 있는 직업과도 비슷한 점이 있나요?"

물었던 이가 놀라 소리치면서 말하였다.

"이거 멋지지 않은가? 나는 나무 키우는 것을 물었다가 사람을 기르고 돌보는 방법까지 터득하였네그려. 이 일을 전해서 관官의 감계鑑戒를 삼도록 할 것일세."

원문

種樹郭橐駝傳

柳宗元

郭橐駝 不知始何名 病僂 隆然伏行 有類橐駝者 故鄉人號之駝 駝聞之曰甚善 名我固當 因捨其名 亦自謂橐駝云 其鄉曰豐樂 鄉在長安西 駝業種樹 凡長安豪家富人 爲觀遊及賣果者 皆爭迎取養 視駝所種樹 或移徙 無不活 且碩茂 蚤實以蕃 他植者 雖窺伺傚慕 莫能如也 有問之 對曰 橐駝非能使木壽且孳也 以能順木之天 以致其性焉爾 凡植木之性 其本欲舒 其培欲平 其土欲故 其築欲密 旣然已 勿動勿慮 去不復顧 其蒔也若子 其置也若棄 則其天者全而其性得矣 故吾不害其長而已 非有能碩茂之也 不抑耗其實而已 非有能蚤而蕃之也 他植者則不然 根拳而土易 其培之也 若不過焉 則不及焉 苟有能反是者 則又愛之太恩 憂之太勤 旦視而暮撫 已去而復顧 甚者 爪其膚 以驗其生枯 搖其本 以觀其疎密 而木之性 日以離矣 雖曰愛之 其實害之 雖曰憂之 其實讐之 故不我若也 吾又何能爲矣哉 問者曰 以子之道 移之官理可乎 駝曰 我知種樹而已 理非吾業也 然吾居鄉 見長人者好煩其令 若甚憐焉 而卒以禍 旦暮吏來而呼曰 官命促爾耕 勖爾植 督爾穫 蚤繅而緖 蚤織而縷 字而幼孩 遂而鷄豚 鳴鼓而聚之 擊木而召之 吾小人 具饔飧饔以勞吏者 且不得暇 又何以蕃吾生而安吾性邪 故病且怠 若是則與吾業者 其亦有類乎 問者嘻曰不亦善夫 吾問養樹 得養人術 傳其事 以爲官戒也.

4장 왕적의 취향기醉鄕記와 소동파의 수향기睡鄕記

〈취향기醉鄕記〉는 당나라의 문인 왕적王績(?~644)이 지은 것이다.

왕적의 자字는 무공無功, 호는 동고자東皐子로, 왕통王通의 아우이다. 수나라 대업大業 연간에 효제孝悌 및 청렴으로 비서성秘書省 소속의 정자正字라는 벼슬을 제수 받았다. 하지만, 거의 술에 탐닉하였고, 결국 수나라 말기의 사회적 혼란을 보고 난세라 하여 고향에 돌아가 버렸다. 당나라 무덕武德 초기에는 하루 석 되의 술을 받을 수 있다는 문하성대조門下省待詔에 근무하면서 좋아하였다. 그 무렵에 시중侍中 벼슬하던 진숙달陳叔達이 듣고서 매일 술 한 말을 지급하였기에, 당시 '두주학사斗酒學士'로 일컬어졌다. 정관貞觀 초에 병으로 관직을 그만두었다가, 태악서太樂署 초혁焦革의 집안이 술을 잘 빚는다 하자 낮은 벼슬을 구하여 승丞이 되었다. 초혁이 죽자 벼슬을 버리고 고향인 용문龍門에 은일하였다.

역시 특이한 음주가답게 음주시가 제법 많으니, '술집을 지나면서'의 〈과주가過酒家〉와, '주점 누각의 벽에다 짓는다'는 〈제주점루벽절구팔수 題酒店樓壁絶句八首〉 등이 잘 나타나 있는 작품이고, 은일자로서 산수 전원을

王績字無功，絳州龍門人。性簡放，不喜拜揖。兄通，隋末大儒也，聚徒河、汾間，倣古作六經，又爲中說以擬論語。不爲諸儒稱道，故書不顯，惟中說獨傳。通知績誕縱，不嬰以家事，鄕族慶弔冠昏，不與也。與李播、呂才善。

大業中，舉孝悌廉絜，授祕書省正字。不樂在朝，求爲六合丞，以嗜酒不任事，時天下亦亂，因劾，遂解去。歎曰：「網羅在天，吾且安之！」乃還鄕里。有田十六頃在河渚間。仲長子光者，亦隱者也，無妻子，結廬北渚，凡三十年，非其力不食。績愛其眞，徙與相近。子光瘖，未嘗交語，與對酌酒懽甚。績有奴婢數人，種黍，春秋釀酒，養鳧鴈，蒔藥草自供。以周易、老子、莊子置牀頭，佗書罕讀也。欲見兄弟，輒度河還家。游北山東皐，著書自號東皐子。乘牛經酒肆，留或數日。

高祖武德初，以前官待詔門下省。故事，官給酒日三升，或問：「待詔何樂邪？」答曰：「良醞可戀耳！」侍中陳叔達聞之，日給一斗，時稱「斗酒學士」。貞觀初，以疾罷。復調有司，時太樂署史焦革家善釀，績求爲丞，吏部以非流不許，績固請曰：「有深意。」竟除之。革死，妻送酒不絕，歲餘，又死。績曰：「天不使我酣美酒邪？」棄官去。自是太樂丞爲清職。追述革酒法爲經，又采杜康、儀狄以來善酒者爲譜。李淳風曰：「君，酒家南、董也。」所居東南有盤石，立杜康祠祭之，尊爲師，以革配。著醉鄕記以次劉伶酒德頌。其飮至五斗不亂，人有以酒邀者，無貴賤輒往，著五斗先生傳。刺史崔喜悅之，請相見，答曰：「奈何坐召嚴君平邪？」卒不詣。杜之松，故人也，爲刺史，請績講禮，答曰：「吾不能揖讓邦君門，談糟粕，棄醇醪也。」之松歲時贈以酒脯。初，兄凝爲隋著作郞，撰隋書未成死，績續餘功，亦不能成。豫知終日，命薄葬，自誌其墓。

績之仕，以醉失職，鄕人靳之，託無心子以見趣曰：「無心子居越，越王不知其大人也，拘之仕，無喜色。越國法曰：『穢行者不齒。』俄而無心子以穢行聞，王黜之，無慍色。退而適茫蕩之野，過動之邑而見機士，機士撫髀曰：『嘻！子賢者而以罪廢邪？』無心子不應。機士曰：『願見教。』曰：『子闚蜚廉氏馬乎？一者朱鬣白毳，龍骼鳳臆，驟馳如舞，終日不釋轡而

『新唐書』의 王績列傳

읊은 시, 은거 일취逸趣의 시를 많이 남겼다. 산문으로는 〈취향기〉를 비롯하여, 자신의 은둔생활을 탁의托意한 〈오두선생전五斗先生傳〉 · 〈무심자전無心子傳〉 등이 대표적이라 할 만하다. 저술 일체가 『동고자집東皐子集』에 모아져 있다. 『구당서舊唐書』 열전 권192에 간략한 행적이, 『신당서新唐書』 열전 권196에 보다 상세한 행적이 나타나 있다.

취향醉鄕이란 취중의 별세계, 도연陶然히 술에 취한 상태를 뜻한다. 왕적은 위진魏晉시대 죽림칠현의 완적阮籍과 혜강嵇康, 그리고 도연명을 흠모하였다 한다. 『당서唐書』의 〈왕적전王績傳〉에 보면, 〈취향기〉가 역시 죽림 칠현의 한 인물인 유령劉伶의 〈주덕송酒德頌〉을 이어받은 것이라 적고 있다.

당나라 말의 산문학 대가인 한유韓愈가 지은 〈송왕수재서送王秀才序〉에도 본 작품에 관련한 언급이 있다.

> 吾少時讀醉鄕記 私怪隱居者無所累於世 而猶有是言 豈誠旨於味邪.
>
> 내가 어렸을 적에 〈취향기〉를 읽고, 은거하는 이가 세상에 매이지 않는다 하면서도 오히려 이같은 말을 남기는 데 대해 남몰래 이상히 여겼다. 어찌 은거의 의미에 대한 참다운 취지이겠는가?

한유는 왕적이 못마땅했던지 자못 힐난조의 비판을 가하였다. 송나라 때 손광헌孫光憲이 지은 『북몽쇄언北夢瑣言』(20권)이란 곳에서도 이에 대한 짤막한 피력이 있다.

> 唐東皐子王績字無功 有杜康廟碑醉鄕記 備言酒德.
>
> 당나라 때 동고자 왕적은 자가 무공(無功)인데, 〈두강묘비杜康廟碑〉와 〈취향기〉는 술의 덕을 갖춰 말한 것이다.

왕적의 〈취향기〉는 조선시대 정수강丁壽崗(1454~1527), 성운成運(1497~1579), 이광덕李匡德(1680~1748), 지광한池光翰(1695~1756) 등에게 직격으로 영향을 주었다. 내용적인 대조 이전에 제목만으로 벌써 그 자극 받고 답습한 정도의 심대함을 짐작하고도 남음이 있다.

〈수향기睡鄕記〉는 송나라의 문장가인 소식蘇軾(1036~1101)이 지은 기記의 또 한 가지 명편이다.

동파 소식

소식의 호는 동파東坡, 자는 자첨子瞻이다. 신종神宗 조에 왕안석王安石과 정치적으로 대립하여 풍파를 겪었다. 원우元祐 중에는 영남의 경주瓊州에까지 귀양갔다가 사면을 받고 돌아와 상주常州에서 생을 마치었다. 당송팔대가唐宋八大家의 한 사람으로, 중국문학사에 그 이름이 우뚝하다.

〈수향기〉는 수면 속 세상이 현실의 인간사에 끼친 효험을 형상화한 단편의 문조文藻이다. 관련하여 그의 문집 안에 들어있는 다음 두 편의 시가 이 산문을 이해함에 있어서 뒷받침이 되리라 생각된다.

우선, 그의 〈적거삼적오창좌수謫居三適午窓坐睡〉를 본다.

蒲團盤兩膝　양 무릎은 부들자리에 대고
竹几閣雙肘　두 팔꿈치는 죽부인에 의지하네.
此間道路熟　이러는 사이 길이 열려서
徑到無何有　곧바로 무하유향無何有鄕에 다다랐네.
身心兩不見　내 몸과 마음이 동시에 사라진 채
息息安且久　아늑히 편안하고 느긋해진다.
睡蛇本亦無　꿈길이야 본시 존재함이 없으니
何用鉤與手　손이며 도구 따위 쓸 일도 없지.
神凝疑夜禪　정신은 한밤중 참선에 빠진 듯 하고
體適劇卯酒　육신은 몽롱히 취한 양하네.
我生有定數　나의 삶엔 정해진 명수命數가 있는데
祿盡空餘壽　녹봉은 간데 없고 여생은 공허키만.
枯楊不飛花　마른 버드나무엔 꽃잎 날리지 않고

膏澤回衰朽　빛나던 연못은 어느덧 메말라져 있네.
謂我此爲覺　이것이 생시일까 생각하지만
物至了不受　내 앞의 사물이 만져지질 않아.
謂我今方夢　꿈일까도 생각해 보지만
此心初不垢　내 마음엔 애초 사념邪念 따위 없지.
非夢亦非覺　꿈인지 생시인지
請問希夷叟　희이希夷 노인에게 물어봐야겠네.

또한, '낮잠'의 시 〈주침晝寢〉을 소개하여 둔다.

食罷茶甌未要深　끼니 뒤에 찻그릇 찾을 필요 있으랴
淸風一榻抵千金　평상 위로 부는 청풍은 천금의 값이어늘.
腹播鼻息庭花落　배부른 숨결에 뜨락의 꽃 날리니
還盡平生未足心　평생 울분이 대번에 사라지누나.

소동파의 〈수향기〉는 앞서 〈취향기〉에 비해 그 들리는 바가 약하고 덜 언급된 것처럼 보이지만, 역시 소동파가 갖는 지명도 때문인지 우리 조선시대 문단에는 그 독서적 파급효과를 엿볼만한 작은 단서들이 존재한다.

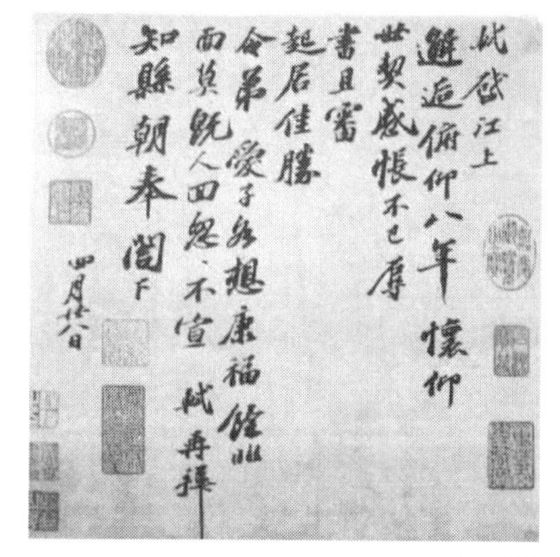
소동파의 필적인 江上帖

일례로, 세조 때 동봉 김시습金時習(1435~1493)이 '번민을 늘어놓다'란 뜻의 〈서민敍悶〉 6수를 지은 것이 있는데, 그 중 첫 번째 편이 제법 긴밀한 심상心象을 자아낸다.

心與事相反　마음과 현실이 서로 어긋날 땐
除詩無以娛　시를 떠나선 달랠 길 없어.
醉鄕如瞬息　취향은 순식간만 같고
睡味只須臾　잠자는 맛도 그저 한순간인걸.

뿐만 아니라, 김시습과 동시대 시인으로 나란히 생육신의 행적을 남긴 추강秋江 남효온南孝溫(1454~1492)의 대표작 가운데 한 작품으로 꼽을 만한 〈포단춘수蒲團春睡〉 또한 다른 것 아닌, 위에 든 소동파의 〈적거삼적오창좌수〉를 의식하고 쓴 느낌이 크게 다가오는 작품이다.

繁陰漠漠柳絲斜　우거진 그늘 어둑한 속 실버들 비껴 있고
花壓欄干耀日華　난간을 덮고 있는 꽃들은 햇빛에 찬란하다.
有才不展不如睡　재기를 펴지 못할 땐 잠 만한 것이 없어
蘧蘧化蝶尋春花　올커니, 나비로 변신하여 봄꽃을 찾아가자.
冷然喪我隨飄風　시원스레 무아의 경지에 회오리바람 따르고
手摩列缺起鴻濛　손으로 번개 어뤄 대자연의 원기를 일으킨다.
堪笑少年習氣在　치기라 한들 어떠리 그야 우습든 말든
歸途就見姬周公　가는 길에 주공周公이나 뵈러 갈까 봐.

현세적 울분을 봄잠春睡으로 달래고자 하던 추강의 의취는 하오의 창가에 앉아 자는 잠 속에서 청정심을 찾고, 낮잠晝寢 안에서 평생의 불만이 풀리는 듯하다던 소동파의 경우와 그 의맥意脈이 서로 통함을 느낀다.

이렇듯 두 사람 사이의 문학적 인연이 예사로워 보이지 않았더니, 소동파의 〈수향기睡鄕記〉를 그 제목까지 고스란히 살려서 쓴 남효온의 동명 〈수향기睡鄕記〉가 존재한다는 사실의 확인 안에서 그 결정적인 관계를 파

악하기에 이른다.

요컨대, 한·중 취향醉鄕의 글과 수향睡鄕의 글은 두 나라 사이 문학의 밀접함을 가장 강력히 증거하는 표본적인 사례로 볼만하였다.

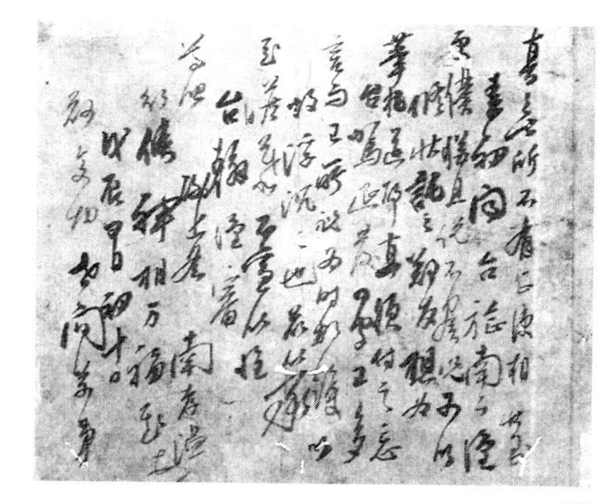

남효온의 필적

작 품

취향기醉鄕記

왕 적王績

취중의 별천지는 중국으로부터 몇 천리나 떨어져 있는지 알지 못한다. 그 땅은 광대하여 끝 간 자리가 없고, 언덕은 험하고 가파르다. 그 기운은 화평和平 한 가지 도道이고, 어둠과 밝음, 춥고 더움이 없다. 그 풍속은 대동大同[1]하여, 마을이며 부락 같은 것이 있을 리 없다.

그 곳의 사람들은 아무런 욕심도 없어 사랑과 증오, 기쁨과 분노의 감정을 지니고 있지 않다. 바람을 마시고 이슬을 먹을 뿐 오곡을 먹지 아니한다.

잠자리는 느긋하고, 그 걸음걸이 또한 느릿하다. 새와 짐승, 물고기 자라들과 섞여 사니, 배나 수레 · 연장이나 기구 따위의 쓰임새를 알지 못한다.

옛날 황제씨黃帝氏[2]는 일찍이 그 도읍에 노닐었다가 돌아와서는 마음이 아득해져 자기가 있는 세상을 잊어버리고 말았다. 그리하여 결승結繩의 정치[3]가 이미 가까이 도래한 것이라 여겼다.

요 임금과 순 임금에 내려와서는 천종千鍾 백호百壺의 술을 마시고는[4]

1) 인심이 화순和順하여 잘 다스려짐. 혹은 차별이 없음.
2) 치우蚩尤가 세상을 어지럽혔을 때 탁록涿鹿에서 토벌하매, 제후들이 추종하여 황제가 되었다는 중국 전설상의 인물. 헌원軒轅의 언덕에서 출생했다 하여 헌원씨軒轅氏라고도 한다.
3) 태고에 문자가 없던 시절, 노끈으로 매듭을 만들어 정령政令의 부호로 삼던 시대의 정치. 간이한 정사政事를 말한다.
4) 요순 임금이 능히 천종의 술을 마실 수 있다는, 이른바 '요순천종堯舜千鍾'의 의미를 취한 것이다. 종鍾은 용량의 이름. 천종은 많은 양의 술을 뜻한다. '천종지주千鍾之

막고야藐姑射[5]의 신인神人에게 길을 빌려 거의 그 언저리까지는 닿을 수 있게 되어 종신토록 태평을 누렸다.

우 임금과 탕 임금이 법을 세우면서 예악禮樂이 번잡해졌고, 그렇게 수십 대를 지나자 취향과는 멀어지고 말았다.

그 나라 신하인 희화羲和[6]가 갑자甲子[7] 일을 버리고 달아나 그 고을에 이르고자 소망했지만, 길을 잃는 바람에 그 도가 스러지고 말았다. 그리하여 온 누리는 마침내 평안을 얻지 못하였다.

마지막 손자인 걸桀 임금과 주紂 임금에 닥쳐서는 분노의 기운으로 술지게미의 언덕을 쌓아올리고 높다란 계단을 만들어 남쪽을 향해 바라보았으매 마침내 취향을 볼 길이 없게 되었다.

무왕武王이 온 누리를 뜻대로 성취하고 이에 주공 단周公旦에게 명하되 주인씨酒人氏라는 직책을 만들어 오제五齊[8]

特賜緋衣又爲劉毅呼之即至遂爾大勝爲人豔羨不知人每出孤注竟
覆全軍者皆慕是說而誤之者也是猾壟子之罪更浮於葉雖粉其骨何
足贖哉聖人曰戒之在鬥戒之在色良有以也
記 醉鄉記 王績
醉之鄉去中國不知其幾千里也其土曠然無涯無邱陵阪險其氣和平
一揆無晦明寒暑其俗大同無邑居聚落其人甚清無愛憎喜怒吸風飲
露不食五穀其寢于于其行徐徐與鳥獸魚鱉雜處不知有舟車器械之
用昔者黃帝氏嘗獲遊其都歸而杳然喪其天下以爲結繩之政已薄矣
降及堯舜作爲千鍾百壺之飲因姑射神人以假道蓋至其邊鄙終身太
平禹湯立法禮繁樂雜數十代與醉鄉隔其臣羲和棄甲子而逃冀臻其
鄉失路而道夭故天下遂不寧至乎末孫桀紂怒而昇其糟邱階級千仞
南向而望卒不見醉鄉武王得志於世乃命公旦立酒人氏之職典司五

왕적의 취향기—『古今滑稽文選』에서

酒'의 줄임말. 백호 역시 술이 많음을 가리키는 말. 『시경』 대아大雅, 〈조혁朝奕〉에, "顯父餞之 淸酒百壺."

5) 북해北海 중에 있는 신선이 산다는 산. '막고야지산藐姑射之山.'

6) 희씨羲氏와 화씨和氏. 요순 시절에 역상曆象을 맡던 관리.

7) 천간天干과 지지地支. 곧, 역상曆象의 일. 역상은 책력을 추산하여 천문을 보는 일. 또는, 일월성신日月星辰.

8) 청탁을 맞춰 술을 만드는 다섯 가지 단계. 『주례周禮』, '천관天官', 〈주정酒正〉에,

의 일을 맡아 다스리게 하였다. 70리의 땅을 개척해 나가 가까스로 취향에 도달할 수 있어, 이에 30년 동안은 형조刑措를 쓰지 않아도 되었다.[9] 그 아래로 유왕幽王과 여왕厲王에[10] 이르고, 진나라와 한나라에 닿아서 중국은 어지러움을 겪으니, 드디어 취향과는 단절되고 말았다.

하지만, 그들의 신하들 가운데 도를 사랑하는 이들이 종종 남몰래 거기 이르기도 하였다. 완사종阮嗣宗[11] · 도연명陶淵明 등 10여 사람이 함께 취향에서 노닐며 깊이 빠진 채 돌아올 줄 몰랐고, 죽어 그 땅에 묻히었으매, 중국에서는 그들을 주선酒仙으로 여기고 있다.

아! 취향씨의 세상이란 다름 아닌 옛 화서씨華胥氏[12]의 나라이겠구나. 어쩌면 그다지 순수하고 조용하기만 한가. 내가 장차 거기 노닐까 하여 이렇게 기록하는 것이다.

"辨五齊之名 一曰泛齊 二曰醴齊 三曰盎齊 四曰緹齊 五曰沈齊."

9) 백성이 죄짓는 일이 없어 형법을 폐하여 쓰지 않으니, 나라의 다스려짐을 의미한다.

10) 두 사람 다 주周 시대의 폭군. 망국의 군주를 뜻함.

11) 삼국시대 위魏나라의 완적阮籍. 사종嗣宗은 자이다. 죽림칠현의 으뜸 인물로 호음가豪飮家이면서 거문고를 잘 탔다. 보병교위步兵校尉의 벼슬을 하였기에 완보병阮步兵으로도 일컬어졌다.

12) 본래는 포희씨庖犧氏의 어머니를 지칭하나, 여기서는 화서국華胥國. 곧, 안락하고 화평한 나라를 뜻함.

원문

醉鄕記

王 績

醉之鄕 去中國不知其幾千里也 其土曠然無涯 無邱陵阪險 其氣和平一揆 無晦明寒暑 其俗大同 無邑居聚落 其人甚清 無愛憎喜怒 吸風飧露 不食五穀 其寢于于 其行徐徐 與鳥獸魚鱉襍處 不知有舟車器械之用 昔者黃帝氏嘗獲遊其都 歸而杳然 喪其天下 以爲結繩之政已薄矣 降及堯舜 作爲千鍾百壺之飮 因姑射神人以假道 蓋至其邊鄙 終身太平 禹湯立法 禮繁樂襍 數十代與醉鄕隔 其臣羲和 棄甲子而逃 冀臻其鄕 失路而道夭 故天下遂不寧 至乎末孫桀紂 怒而昇其糟邱 階級千仞 南向而望 卒不見醉鄕 武王得志於世 乃命公旦立酒人氏之職 典司五齊 拓土七十里 僅與醉鄕達焉 三十年刑措不用 下逮幽厲 迄於秦漢 中國喪亂 遂與醉鄕絶 而臣下之愛道者 往往竊至焉 阮嗣宗陶淵明等十數人 並遊於醉鄕 沒身不返 死葬其壤 中國以爲酒仙云 嗟乎醉鄕氏之俗 豈古華胥氏之國乎 何其淳寂也如是 余將得遊焉 故爲之記.

작 품

수향기睡鄉記

소 식蘇軾

수향睡鄉의 경계는 아마도 제주齊州[13]와 접해 있는가 한다.

제주의 백성은 지知라는 것이 없어, 거기의 정치는 대단히 깨끗하고, 거기의 풍속은 더없이 조화롭다. 그 땅은 편평便平하고 광대하여 동서남북이 따로 없다. 그곳의 사람들은 안정되고 고요하고, 부드럽고 쾌적하여 질병의 고통이라든가 돌림병으로 일찍 죽을 일이 없다. 어둑하여 칠정七情이 생기지 아니하고, 아득하여 만사와 섞이지 아니하며, 드넓어서 하늘과 땅과 해와 달을 알지 못한다. 옷을 짜거나 곡식을 일구지 않는 속에 편안히 누워서 스스로 만족한다. 수레도 없고 배도 없는 가운데 마음이 닿는 한 멀리까지 노닌다. 겨울에 칡 베옷 입고 여름에 솜옷 입어도 추운지 더운지 알지 못한다. 얻어도 슬퍼하고 잃어도 기뻐하니, 그 이해득실에 대한 분별이 없다. 아마도 눈에 보이는 모든 게 다 허망함인가 한다.

옛날, 황제黃帝가 그 얘기를 듣고 반색하였다. 느긋한 태세로 마음을 재계齋戒하고 석 달 동안 헌신하였으나, 다

睡鄉記
睡鄉之境蓋與齊州接而齊州之民無知者其政甚淳
其俗甚均其土平夷廣大無東西南北其人安恬舒適
無疾痛札癘昏然不生七情茫然不交萬事蕩然不知
天地日月不絲不穀佚卧而自足不舟不車極意而遠
遊冬而絺夏而纊不知其有寒暑得而悲失而喜不知
欽定四庫全書　東坡全集
其有利害以謂凡其所目見者皆妄也昔黄帝聞而樂
之閒居齋心服形三月弗獲其治疲而睡蓋至其鄉既
寤厭其國之多事也召二臣而告之凡二十有八年而
天下大治似睡鄉焉降及堯舜無爲世以爲睡鄉之俗
也禹湯股無胈脛無毛剪爪爲牲以救天災不暇與睡
鄉往來武王克商還周日夜不寢曰吾未定大業周公
夜以繼日坐以待旦爲王作禮樂伐鼓扣鐘雞人號于
右則睡鄉之邉徼屢警矣其孫穆王慕黄帝之事因西

四庫全書의 『東坡全集』에 수록된 소식의 수향기

13) 중주中州. 중국과 같은 말이다.

스림을 얻지 못하였다. 그만 피곤하여 잠이 들었는데, 아마도 수향에 다다른 모양이었다.

잠에 들자 나라에 일이 많은 데 염증을 느꼈다. 그리하여 두 신하를 불러서 일을 맡기기를 무릇 28년에 천하는 다스려져 수향과 비슷하여졌다.

이후 요임금과 순임금의 무위無爲의 경지에 이르니, 세상에서 수향의 풍속이라 여기었다.

우 임금과 탕 임금은 넓적다리에 솜털이 없었고, 정강이에도 체모가 나지 않았다. 자신의 피부를 도려내어 희생으로 삼기까지 하면서 하늘의 재앙을 건졌다. 이러니 수향에 왕래할 겨를이 없었다.

무왕武王이 상商나라를 쳐서 이기고 주周나라로 돌아와서는 밤낮으로 잠자지 아니한 채 말하였다.

"내가 아직 대업大業을 정하지 못하였다!"

주공周公은 밤을 낮에 잇고, 앉은 채로 아침을 맞으면서 임금을 위해 예악禮樂을 만들었다. 북을 치고 종을 두드리면 계인鷄人[14]이 그의 오른편에서 외치니 수향의 변두리가 자주 불안 속에 두려워하였다.

그의 손자인 목왕穆王은 황제의 사적事蹟을 흠모한 나머지 서방西方의 도술사에 힘입어 신비로운 유람을 하였다. 허공에 올라가 구름과 안개를 타고 드디어는 시야 바깥으로 사라졌으니, 이른바 수향이라 할 것이다.

공자 시절에 이르러는 재여宰予[15]라는 이가 역시 자신의 학문을 버리고 노닐었으나, 그 길을 찾지 못하고 크게 헤매다가 돌아왔다.

전국시대와 진秦·한漢의 군주들은 슬픔과 근심으로 자신들의 삶을 손

14) 궁중에서 날이 밝음을 알려 잠을 깨우는 일을 맡은 사람.

15) 춘추시대 노魯나라 사람. 자는 자아子我 또는 재아宰我. 공자의 제자로, 말을 잘하였다 한다. 그가 낮잠을 자다가 공자에게 꾸지람을 들었던 일이 『논어』 권5의 '공야장公冶長' 편에 있으니, 이를 살려서 쓴 글이다.

상시키었다. 안으로는 밤새도록 술 마시기에 끝장을 보았고, 밖으로는 전쟁의 준비에 마음을 얽매었다. 이 마당에 수향은 모처럼 공허한 터전이 되고 말았다.

그러다가 몽蒙 지역의 칠원리漆園吏인 장주莊周[16]라는 이가 거기 넘나는 법을 알고 나비로 화化하여 수향의 사이를 훨훨 날아다녔지만, 몽매한 사람들은 깨닫지 못하였다.

그 뒤에 산인山人 처사들로서 도를 흠모하는 이들이 그래도 종종 거기에 다다랗고, 다다랗다 하면 재잘재잘 즐거워하며 돌아갈 것도 잊은 채, 그 경계를 좇아 같은 무리가 되었다.

아! 나로 말하자면 어려서부터 부지런히 행하였고, 커서는 시간을 다투어 사느라 끝내 수향에 이르지 못하였으니, 어찌 실정에서 멀고 어둡지 아니하랴! 저 사인斯人[17]이 나루터를 묻던 일을 따라 여기 기록하는 것이다.

조선 전기의 화가 안견安堅이 1447년(세종29년)에 그린 몽유도원도

16) 장자莊子를 일컫는 말. 『사기』 〈老莊申韓〉 열전 중의, "莊子者蒙人也 名周 周嘗爲蒙漆園吏"에서 나온 표현이다.

17) 차인此人, 즉 '이 사람'과 같은 말. 『논어』 '미자微子' 편에, "吾非斯人之徒與 而誰與"라 하였다.

원문

睡鄕記

蘇 軾

睡鄕之境 蓋與齊州接 而齊州之民無知者 其政甚淳 其俗甚均 其土平夷廣大 無東西南北 其人安恬舒適 無疾痛札癘 昏然不生七情 茫然不交萬事 蕩然不知天地日月 不絲不穀 佚臥而自足 不車不舟 極意而遠遊 冬而絺 夏而纊 不知其有寒暑 得而悲 失而喜 不知其有利害 以謂凡其目見者皆妄也 昔黃帝聞而樂之 閒居齋心 服形三月 弗獲其治 疲而睡 蓋至其鄕 旣寢 厭其國之多事也 召二臣而告之 凡二十有八年 而天下大治 似睡鄕焉 降及堯舜無爲 世以爲睡鄕之俗也 禹湯股無胈 脛無毛 翦介爲牲 以救天災 不暇與睡鄕往來 武王克商還周 日夜不寢 曰 吾未定大業 周公夜以繼日 坐以待旦 爲王作禮樂 伐鼓扣鐘 雞人號於右 則睡鄕之邊徼屢警矣 其孫穆王 慕黃帝之事 因西方化人而神遊焉 騰虛空 乘雲霧 卒莫覩 所謂睡鄕也 至孔子時 有宰予者亦棄其學而遊焉 不得其途 大迷謬而返 戰國秦漢之君 悲愁傷生 內窮於長夜之飮 外累於攻戰之具 於是睡鄕始邱墟矣 而蒙漆園吏莊周者知過之 化爲蝴蝶 翩翩其間 蒙人勿覺也 其後山人處士之慕道者 猶往往而至 至則囂然 樂而忘歸 從以爲之徒云 嗟夫 予也幼而勤行 長而競時 卒不能至 豈不迂哉 因夫斯人之問津也 故記.

5장 주돈이周敦頤의 애련설愛蓮說

주돈이周敦頤(1017~1073)는 송나라 때의 초기 성리학자로서, 자字는 무숙茂叔, 호는 염계濂溪이다. 『송사宋史』〈도학전道學傳〉[1] 안에 실려 있는 주돈이 기사 가운데 종요로운 사항을 정리하면 다음과 같다.

호는 고향이 도주道州 영도현榮道縣의 염계濂溪를 끼고 있었던 데서 유래한다. 홍주洪州 분녕현分寧縣의 주부主簿와 남안군南安郡 사리참군司理參軍, 그리고 광동성의 전운판관轉運判官, 제형提刑 등 여러 지역의 지방관을 지낸 뒤에, 나중에는 몸의 불편을 이유로 남강군南康軍을 맡으면서 여산廬山 연화봉蓮花峯 아래에 거처하였다. 집 앞에는 분강湓江에서 합쳐지는 계곡이 있었는데, 옛날 고향 영도현의 염계濂溪 명칭을 가져와 염계로 불렀다고 한다. 북송시대 대정치가인 구양수歐陽脩, 사마광司馬光, 왕안석王安石들과 같은 시대를 살았고, 나중에 그와 이름을 나란히 한 성리대가인 정명도程明道와 정이천程伊川 형제를 일찍이 가르친 바 있다.[2] 유교사상을 근

---

1) 『송사宋史』 권427, 열전 186 도학道學 1.

2) 그가 30세 때 남안태수南安太守였던 정향程珦의 각각 15세와 14세 아들인 명도明道

간으로 삼는 가운데, 역시 그 시대 큰 사조였던 도가사상 및 나아가 불가 사상까지 크게 수용하여 성리학의 기초와 발판을 마련함으로써 유교를 철학의 경지로까지 이끌어 놓은 공로가 크다. 그같은 철학 이론을 도학道學이라고도 하는 바, 우주 생성의 근원인 태극으로부터 만물이 생성하는 과정을 〈태극도太極圖〉라는 그림으로 풀었다. 또한 그것을 설명하는 〈태극도설太極圖說〉을 썼으니, 다름 아닌 태극 1기에서 음양 2기, 오행, 만물의 순서로 인간을 포함한 삼라만상이 구성된다고 하였다. 이 가운데 인간이 가장 우수한 우주 원기를 받은 존재이기 때문에 그 우주의 기운을 받은 인성人性을 바르게 하여 성인聖人이 되어야 한다는 도덕론을 강조한 바, 크게 우주론과 인성론으로 요약된다고 하겠다. 황산곡黃山谷은 그의 인품이 매우 고결하며 흉중이 쇄락灑落한 것이 흡사 광풍제월光風霽月과 같다

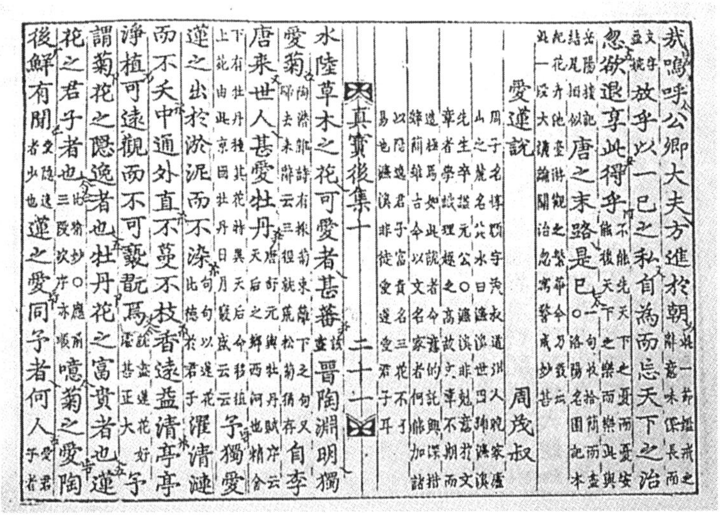
哉嗚呼公卿大夫方進於朝
故乎以一己之私自為而忘天下之治
忽欲退享此得乎 唐之末路是已
愛蓮說 周茂叔
真寶後集十 二十一
水陸草木之花可愛者甚蕃晉陶淵明獨
愛菊 唐来世人甚愛牡丹 自李
蓮之出於淤泥而不染 濯清漣 予獨愛
而不夭中通外直不蔓不枝香遠益清亭亭
淨植可遠觀而不可褻翫焉 予
謂菊花之隱逸者也牡丹花之富貴者也蓮
花之君子者也 噫菊之愛陶
後鮮有聞 蓮之愛同予者何人

『고문진보』에 실린 애련설

정호程顥와 이천伊川 정이程頤 형제, 즉 이정二程에게 공부를 가르친 바 있다.

고 하였다.[3] 저서로는 『주돈이집周敦頤集』이 있고, 대표작으로는 〈통서通書〉, 〈태극도설〉, 그리고 지금 관심하고자 하는 〈애련설愛蓮說〉이 있다.

〈애련설〉은 작은 수필다운 형식을 취하고 있다. 따라서 하나의 산문 장르인 '설說'의 개념 안에는 오늘날 수필의 의미에 합당하는 의미도 담고 있음을 알겠다. 동시에, 주렴계가 연蓮을 사랑하는 이유에 대해 설명한 짤막한 한 편의 수필적 산문이 후세에 끼친 파급의 효과는 실로 엄청나다고 하겠다.

그러나 곧장 작품에 들어가기에 앞서, 연을 사랑하는 이야기라고 했으니 관심 대상이 되는 연에 대한 명칭 및 이 꽃에 대한 세간의 보편적인 인식부터 살펴 둘 필요가 있다. '연蓮'이라 할 때 일반적으로는 '연꽃'이란 명칭과 통용하고 있다. 또, 한자 표기상에는 '하荷'와 별반 구별하지 않고 혼용하다시피 한다지만, 각기 차별되는 의미가 있기에 그 필요에 따라 각각의 한자가 존재한다고 보아야겠다. 하荷 뿐만 아니라 '부용芙蓉' 또한 연의 또 다른 이름으로 대용하기도 하는 바, 마찬가지 세부적으로는 별도의 의미가 있을 것 같다.

그리하여, 『사문유취事文類聚』 '하화荷花'門의 맨 벽두에 보면,

荷芙蕖 江東呼荷葉爲芙蓉.『廣雅』

연은 부거芙蕖이다. 강동 지역에서는 연꽃잎을 부용이라고 부른다.

로 설명하였다. 아닌 게 아니라, 송대의 유서類書, 곧 오늘날 백과사전에 해당하는 『사문유취』보다 나중에 나온 청대의 유서인 『연감유함淵鑑類函』

3) 『성리대전性理大全』 권39 제유諸儒 1, '주자周子'.

에도 연의 분류상 표제를 '하화荷花'門이거나 '부용화芙蓉花'門으로 하지 않고, '부거芙渠'門 안에 해당 내용을 수록하고 있음을 보게 된다.[4]

『사문유취』의 '하화荷花' 및 『연감유함』의 '부거芙渠'에는 똑같이 『이아爾雅』에 있는 다음의 구절을 인용하고 있다.

> 其莖茹 其葉荷 其本蔤 其華菡萏.
>
> 그 줄기는 여茹라 하고, 잎은 하荷라 하며, 꽃은 함담菡萏이라 한다.

淵鑑類函卷四百七
花部三 芙蕖 水仙 玉簪 鳳仙 罌粟 麗春 金錢 剪春羅 剪秋羅 金盞 雞冠
山丹 沃丹 石竹 四季花 滴滴金 芙蓉
芙蕖一
增 爾雅曰荷芙蕖其莖茄其葉蕸其本蔤其花菡萏其
實蓮其根藕其中菂菂中薏 廣雅曰菡萏芙蕖也
古今注一名荷華一名水芝一名澤芝一名水花 周
書藪澤已竭即蓮掘藕 毛詩曰彼澤之陂有蒲與荷
又曰隰有荷花 毛詩義疏曰的可磨以爲散如粟
飯輕身益氣令人強健又可爲糜 管子曰五沃之土
生蓮、羣芳譜曰荷花一名水芙蓉葉圓如蓋色青翠
六月開花有數色惟紅白二色爲多花大有至百葉者
芙蕖二
增 拾遺記曰西王母見穆天子玉帳高會進萬歲氷桃
千年碧藕又進素蓮一房百子 又曰關令尹喜生時
其家陸地生蓮花光發滿室 又曰漢武帝時海中有
人乂角面如玉色美鬚髯腰蔽槲葉乘一葉紅蓮長丈
餘偃臥其中手持一書自東海浮來俄爲霧所迷不知
所之東方朔曰此太乙星也 又曰漢昭帝游柳池有
芙蓉紫色大如斗花素葉甘香氣襲人其實如珠 南

『연감유함』에서의 '蓮' 관련 기사들

나아가 『연감유함』에서는 위의 내용 외에 명칭 소개를 더하고 있다.

4) 『연감유함』 권407 花部 3 芙渠 1의 소재.

其實蓮 其根藕 其中菂 菂中薏.

그 열매는 연蓮이고, 그 뿌리는 우藕이며, 그 뿌리 안의 것(연실)은 적(菂), 적菂 안의 것(연밥알)을 억薏이라 한다.

그렇다면 연蓮이란 말도 기실은 이 수초의 전체 단위를 일컫는 말이 아닌, 열매에 한정된 용어가 된다. 하荷 또한 연과 혼동하여 통용되는 말이 아니라, 이 식물의 전체 단위 중에서 잎 부분을 지칭하는 표현이겠다. 그 뿌리인 연근蓮根은 '우藕'라고 했다. 그런데 연의 뿌리는 겉에서 보면 잘록한 소시지 묶음 같은 모양으로 각각 나뉘어져 보이지만, 〈애련설〉에서도 "중통中通"으로 표현했듯 그 속은 줄곧 하나로 관통되어 있다. 연뿌리의 이러한 속성에 따라 만들어진 말이 이른바 '우단사련藕斷絲連'이다. 연뿌리의 그같은 형상이 흡사 각기 다른 몸이지만 같은 어버이의 기운을 타고난 형제와 같다는 생각을 불러일으켰다. 그리하여 '우단사련'은 형제 사이의 끊을 수 없는 정을 비유하는 용어가 되기도 했다. '적菂'은 연꽃 열매인 연밥, 곧 연실蓮實이고, '억薏'은 연밥알, 곧 연실 속에 있는 알맹이를 말한다.

또, 『연감유함』이 수록한 『고금주古今注』 책 안에는 다음과 같이 연에 대한 여러 이칭도 보인다.

一名荷花 一名水芝 一名澤芝 一名水花.

일명 하화荷花, 수지水芝, 택지澤芝, 수화水花라고도 한다.

역시 이 유서가 수록 소개하고 있는 『군방보群芳譜』에서의 설명은 좀 더 자상하다.

荷花一名水芙蓉 葉圓如蓋　色靑翠　六月開花 有數色 惟紅白二色爲多 花大有至百葉者.

연꽃은 일명 수부용水芙蓉이라고도 하는데, 잎의 둥근 모양이 덮개와 같다. 색깔은 푸른 비취 빛깔이다. 6월에 꽃이 피는데, 그 색은 여러 가지이나, 붉은 색과 흰색이 다수이다. 꽃은 크기가 100개 잎이 달린 것까지 있다.

佛畵 안에 그려진 연꽃

오늘날에 이르러 연蓮은 수련과睡蓮科의 여러해살이 수초로서 정의된다. 여름의 꽃이요, 인도가 본산지이다. 따라서 불교와 아주 깊은 관련을 지니고 있으매, 오래 전부터 청정함의 상징, 혹은 극락세계에 대한 비유어로 쓰여 왔다. 그 같은 종교적 인식은 급기야 한국의 판소리 및 고전소설인 〈심청전〉에서 인당수에 빠져 속절없이 죽은 줄만 알았던 심청이 용궁을 거쳐 연꽃 위에 현출한다는 구상을 통해서 그 의미가 거듭 확인된다.

한편, "〈애련설〉의 '出淤泥而不染'과 같은 구절은 바로 두순杜順, 지엄智儼의 뒤를 이은 화엄종의 제3조祖인 법장法藏이 지은 『화엄경華嚴經』 탐현기探玄記의 구절로, 염계가 불가에도 열려 있었음을 알 수 있다"[5]는 착안에서는 연의 불교적 이미지가 주렴계의 이 작품에조차 연관이 있어 보

5) 방현주, 『렴계 수양론의 이론 근거와 그 전개』, 건국대대학원석사논문, 2005. p.11.

이기도 한다.

하지만, 오랜 전통적 이념이 대종을 이뤄온 유교 문화권 안에서는 종교적인 함축보다는 도덕적인 내포가 우선권을 확보한다. 사실, 정작 연꽃 하면 가장 먼저 연상하는 것은 여기 〈애련설〉도 강조하고 있는 것처럼 '군자'의 개념이다. 이처럼 연꽃을 군자에다 비유하는 사유는 어디까지나 도덕 분야에서의 윤리적 관점이라고 할 수 있다.

연을 소재로 한 그림에서도 마찬가지로 불교적인 연관성은 찾아보기 어렵다. 동양화의 원조가 되는 중국의 회화에는 독화법讀畵法, 곧 그림을 읽는 방식이 존재한다. 다시 말해, 그려지는 소재 대상의 각각에 관련한 숨겨진 약속 또는 내규 같은 것이 있다는 뜻이다. 이를테면 원앙새는 귀자貴子, 곧 귀한 아들을 의미하는데, 만약 이것을 연꽃 그림과 함께 그리면 연달아 귀한 아들을 낳는다(連生貴子)는 뜻으로 읽혀진다. 그러면 이 경우의 연꽃(蓮)은 고작 '이을 연連', '연달아 연連' 자와 음운상 유사한 유음어類音語의 역할에서 더 지나지 않는다.

이른바 꽃 중의 군자(花中君子) 자리를 차지하고 있는 연인데, 겨우 이렇듯 조음調音 혹은 청각상 음이 유사하다는 조운調韻의 기능만으로 그친다고 볼까? 내용적으로 심장深長한 의미를 갖고 있을 것이 분명한데, 알고 보니, 과연 연은 의미상 뿌리가 굳어 가지가 번영한다는 뜻으로서의 '본고지영本固枝榮'의 함의含意를 지니고 있다. 아래의 인용문은 연꽃 그림이 근검절약의 생활에 힘쓰라는 뜻을 나타낸다고 하는 데 대한 설명이다.

> 연 하면 대개 불교를 연상하지만, 연의 생태를 보면 비록 부리는 더럽고 탁한 진흙 속에 몸담고 있을망정 거기서 난 잎과 꽃은 깨끗하고 화려하므로 부모가 궂은 생활을 견디며 치가治家함이 결코 헛되지 않음을 뜻한다. 이런 뜻의

연 그림에서는 원칙적으로 다른 소재가 첨가되지 않으며 뿌리를 노출시켜 뿌리째 그린다.[6]

'근검절약'을 뜻한다면 그 내포가 단지 불교하고만 훌쩍 멀어지는 정도가 아니다. 본래 진흙 속에서 나왔으나, 거기 물들지 않은 채 아름다운 꽃을 피우듯, 혼탁한 환경 속에서도 의연히 청결 고고孤高를 나타내는 군자의 이미지와도 멀어진다. 이처럼 연꽃이 종교, 회화, 윤리 등 당면하는 분야에 따라 그 의미도 변화자재하는 현상이 재미롭기도 하다.

문학의 영역 안에서도 불교적인 수용의 양상을 찾아 보기 쉽지 않다. 중국문학사 안에서 연을 소재로 삼아 그 수려함을 칭송한 시인 문객들은 그 수를 셀 수 없을만큼 많다. 그러나 그중에서도 아예 연 한 가지만을 표제로 걸거나 주제 삼으면서 본격적으로 다룬 경우가 보다 특별하다 하겠다. 일찍이 한漢나라 민홍閔鴻이란 이의 〈부거부芙蕖賦〉라는 작품이 있으니, 그 내용은 연꽃을 영초靈草라 칭송하면서 그 찬란한 아름다움을 읊은 것이다. 남북조 시대에 양梁 원제元帝가 사부辭賦 형식으로 지은 〈채련가採蓮歌〉는 혼인할 여자의 단장丹粧과 관련된 의미를 담고 있다. 당나라 시절에 이백李白은 역시 완상의 대상으로서 찬사를 극진히 하였고,[7] 같은 시대 왕창령王昌齡의 경우엔 남녀간 쑥스러움을 완충시켜주는 역할 매체로서 연을 노래하였다.[8] 산문학의 대가인 한유韓愈도

연꽃

6) 조용진, 『동양화 읽는 법』, 집문당, 1991. pp.121~122.
7) 涉江弄秋水 愛此荷花鮮 板荷弄其珠 蕩漾不成圓 佳期綵雲重 欲贈隔遠天 相思無由見 悵望涼風前.

연의 아름다움을 춘추시대 월나라의 미녀인 서시와 맞추어 놓고 송찬한 일이 있다.[9] 백거이白居易 또한 〈계하련階下蓮〉이라는 작품을 통해 연꽃의 그림자와 향기를 예찬한 바 있다.[10] 이렇듯 주렴계의 이전에도 벌써 문예상에서 연꽃은 유수한 시인들에 의해 그 미적인 경계가 유감없이 펼쳐졌다.

이러한 현상은 주렴계의 시대인 송대에 들어서도 예외는 아니었다.[11] 두연杜衍은 〈하화荷花〉라는 시에서 흰색, 붉은색으로 갓 피어나는 연꽃의 신교新巧함을 묘사하였는가 하면,[12] 〈우중하화雨中荷花〉에서는 막 푸른 일산을 든 아리따운 여인이 물가에 서 있는듯, 단향가루를 뿌리지 않아도 땀처럼 향기가 배어드는 듯 하다며 빗속의 연꽃을 찬미하였다.[13] 또, 유반劉攽은 〈부용지芙蓉池〉라는 시에서 연의 꽃을 깃부채(羽扇)에, 연잎을 쟁반에다 비유하여 그 시취를 높였는가 하면,[14] 호숙胡宿이란 이는 '새로 핀 연꽃'이라는 오언율시 〈신하新荷〉 안에서 연의 큰 잎을 가벼운 일산에다 비유함과 동시에, 하얀 연꽃 피기를 기다리는 사람들의 관심을 시로 미화하였다.[15] 임희林希라는 이는 〈오흥吳興〉 시를 통해 성 둘레를 싸고 있는 연꽃 숲 안에서 웃고 말하는 그 공간이 바로 극락성極樂城이라고 극찬을 했다. 주렴계로부터 본격화된 성리학을 가장 크게 집대성한 주자에 이르러서 주렴계가 세운 연꽃 예찬의 전통조차 고스란히 시로써 연결하였다. 표제조차 주렴계를 따른 주자의 〈애련愛蓮〉 시이다.

8) 摘取芙蓉花 莫摘芙蓉葉 將歸夫壻看 顏色何如妾.
9) 鑑湖三百里 菡萏發荷花 五月西施採 人看隘若耶.
10) 葉前影翻當砌月 花開香散入簾風 不如種在天池上 猶勝生於野水中.
11) 遶郭芙蕖拍岸平 花深蕩槳不聞聲 萬家笑語荷花裏 知是人間極樂城.
12) 芙蓉照水弄嬌斜 百百紅紅各一家 近日新花出新巧 一枝能著兩般花.
13) 翠蓋佳人臨水立 檀粉不勻香汗濕 一陣風來碧浪飜 眞珠零落難收拾.
14) 風搖羽扇露盈盤 卷卷飜飜欲難定 醉眼波心歡有遇 水仙傾蓋正相看.
15) 一夜抽輕蓋 平明映曲池 水凉魚未覺 烟淨鳥先窺 露重心猶卷 風多柄尙危 東林應結社 祗待素華披.

聞道移從玉井旁　궐 안 맑은 연못가에서 옮겨왔다는 이유로
花開十丈是尋常　핀 꽃 대단타 하나 뭐 그만그만하지 않으랴.
月明露冷無人見　다만 달 밝고 이슬 차가운 인적 없는 밤이면
獨爲先生引興長　선생의 덕분으로 그 흥취 더더욱 돋보이누나.

여기서 '선생'이란 두말할 것도 없이 〈애련설〉을 쓴 주렴계를 지칭한다. 이렇게 성리학이라는 대명제로서 그 시작과 마무리를 장식했던 두 사람이, 다시금 연꽃 문예로써 긴밀한 연결의 끈을 나타내 보였다는 사실은 참으로 기이한 일이라 하지 않을 수 없다.

원나라 사람 정윤서鄭允瑞라는 이는 속기 없는 연의 초초楚楚와 정정亭亭을 시로써 찬상하였는데,[16] 그 의취라든가 시어詩語의 구사가 암만해도 주렴계의 〈애련설〉을 상당히 의식한 양 보인다.

〈애련설〉은 비록 짤막한 산문 소품이지만 요즘 개념상 수필에 가까운 장르적 성격을 띠고 있다. 연꽃에 대한 예찬을 예시적으로 열거하여 표현한 이 작품은 자신의 인품의 반영이거나, 혹은 그의 그렇게 군자다운 도덕적 지향으로 볼 만하다.

주렴계가 연꽃에 대해 칭송의 근거로 세운 것은 다음의 구절이다.

予獨愛蓮之出於淤泥而不染 濯淸漣而不夭 中通外直 不蔓不枝 香遠益淸 亭亭淨植 可遠觀而不可褻翫焉.

나는 유독, 연꽃이 진흙에서 나왔지만 더러움에 물들지 않고, 맑고 잔잔한 물에 씻으나 요염하지 않으며, 줄기의 속은 비고 겉은 곧으며, 덩굴을 번지 않고 가지를 치지도 않으며, 향기는 멀어지도록 더욱 맑고, 깨끗한 모습으로 우

16) 本無塵土氣 自在水雲鄕 楚楚淨如拭 亭亭生妙香.

뚝 서 있어, 멀리서 바라볼 수는 있어도 만만히 가지고 다룰 수 없음을 사랑하노라.

이를 보기 쉽게 구분하면 다음과 같다.

① 진흙에서 나오되, 그 더러움에 물들지 않는다.
② 맑고 잔잔한 물살에 씻기어도, 요염하지 않다.
③ 속은 비었고 겉은 곧다.
④ 덩굴지지 않고, 가지도 없다.
⑤ 향기는 멀수록 더욱 맑다.
⑥ 곧게 깨끗이 서있다.
⑦ 멀리 바라볼 수 있으되, 손대어 놀며 감상할 수 없다.

연꽃 자체의 특성을 잘 간파하여 그 장점을 열거한 것까지는 좋으나, 이는 자칫하면 연꽃 이외의 다른 높은 명성을 지니고 있는 꽃들에 대한 상대적인 폄하 내지 폄훼가 될 수도 있다. 이를테면 ①에서 모란이나 국화도 함께 깨끗하긴 하지만, 탁한 진흙바닥에서 나오지는 않았기에 아무런 시련이나 고난의 의미는 모르는 가운데 깨끗함만 자랑하는 무사안일의 이미지로 저하될 소지가 없지 않다. ②에서 모란이나 작약이야 뭍에 있으니, 맑고 잔잔한 물살과 관계는 없다. 하지만 요염하지 않아서 훌륭하다는 표현은 자칫 화려한 이미지가 강한 모란 같은 꽃을 위해서 위험한 말일 수 있다. 그리하여 잘못하면 '요염함을 뽐내는' 모란을 염두에 두고 품성 면의 상대적 우위를 강조한 것일 수 있다는 오해마저 불러일으킬 수 있다. ③에서 반드시 속은 비고 겉은 곧은 것이라야만 꽃이 가져야 할 미덕의 조건인지 잘 알 수 없다. 이는 오히려 대나무의 속성과도 통한다고 하겠지만, 적어도 모란과 국화는 이 조건을 갖추지 못하고 있다는 점을 은근히 연상케 만들 수도 있다는 사실이다. ④도 크게 부딪친다. 장미를 비롯한 모든 넝쿨 있는 식물이거나 매화같이 가지를 치고 자라는 높은 등급의 식물이 창졸간에 격하되는 순간이 아닐 수 없다. ⑤는 다른 식물들이 향기가 멀수록 희박해짐을 꼬집는 뜻이겠고, ⑥에 이르면 모든 내로라 할 꽃들은 하나같이 꽃대가 꼿꼿하지 못하니 한심해 보일 터이다. ⑦은 연꽃이 물 한 중간에 피는 까닭에 사람이 가까이 접근하여 완상할 수 없음을 말한 것이지만, 역으로 육지에 피는 다른 꽃들은 쉽게 범접할 수 있는 대상임을 비하하고 있는 셈이 되는 것이다.

〈애련설〉의 작자가 연꽃을 주제로 하였으면서도, 전적으로 연꽃 한 가지만 놓고 서술하는 방식이 아니라, 모란 및 국화와의 대조법 안에서 연꽃의 품격을 제고시키는 수법을 쓴 점이 이채롭다. 실로 과감한 시행이 아닐 수 없었고, 어쩌면 기성의 관념에 대한 도전이라고까지 볼 수 있다. 왜냐하면, 모란과 국화는 나름대로 인류의 화훼花卉 문화에서 차지하는 비중이 가장 막강한 부류에 드는 존재들이기 때문이다. 다름 아닌 모란은 아예 모든 꽃 중의 왕이요, 화왕花王으로서의 이미지 연원 또한 깊다. 국화 또한 은군자隱君子로서의 엄연한 한 위상을 확보하여 있는데다가, 작품의 언급대로 도연명에 의해 최고의 관심과 사랑을 받았음에 도연명의 명성과 더불어 위상을 굳힌 이래, 다른 어느 꽃에도 양보할 수 없는 은일의 표상, 고결의 심상을 지닌 꽃이기 때문이다.

그럼에도 주돈이는 오히려 다양한 꽃들이 확보한 위상의 문화적 상식에 따르는 대신, 독자적으로 연꽃을 선택하여 그 의미를 극대화시켰다.

하지만, 세상에 존재하는 화훼와 초목 중에 애호하는 것이 사람들마다 다 같을 수는 없다. 소나무거나 대나무, 혹은 잣나무에 매료될 수도, 꽃이라면 국화, 장미, 작약, 모란 등등 얼마든지 다른 나무, 다른 꽃들을 연꽃

보다 우선시하여 평가할 수 있는 것이다. 그러다 보면 오히려 자신이 기애嗜愛하는 초목에 비해 연꽃이 그만 못하다고 생각해서 연꽃의 단점을 거론하는 수도 따라 있을 수 있다.

그리하여 중국의 시인들이 저마다 언제나 연꽃에의 찬양 일색으로만 나간 것은 아니었다. 이를테면, 송나라 때 송기宋祈라는 이가 지은 연꽃 시는 기존의 연꽃 시와는 다른 새로운 국면을 보인다. 곧, 다른 시들이 연에 대한 예찬 일색이었던 데 반해, 더 이상 그 대열에 서지 않고 오히려 냉정한 시각으로 연의 단점까지를 지적해 보이는 특이한 입장을 취했다. 그가 지은 『수옥재전잡훼漱玉齋前雜卉』에 보면, 연이 저 서남 지역 타국의 꽃임을 상기시키면서 별반 친근감이 없음을 은근 시사하는 가운데, 그것의 빛깔 또한 다른 화려한 꽃들과 경쟁할 만하지 못하고, 다만 열매가 실효 있을 따름이라고 했다.

移植自西南　저기 서남 땅에서부터 이주해 와
色淺無媚質　천한 빛깔이 고운 바탕일란 없어.
不競灼灼花　화려한 꽃들과 겨룰바 못 되지만
而效離離實　얼기설기 열매의 보람 하나 있네.

여기서 '얼기설기 열매의 보람'이란 음식물로서의 연근蓮根의 실용성을 든 말이라 하겠다. 역시 그의 7언시 〈추당패하秋塘敗荷〉에서 또한 연꽃에 대한 찬사는 뒤로한 채, 차가운 날씨를 못 견디는 꽃이라면서 묘한 연민을 보낸다.

去時荷出小如錢　떠나갈 때 동전만한 연잎 작게 나더니
歸見荷枯意惘然　돌아와 시들어진 연꽃 보니 민망하구나.

秋後漸稀霜後少　가을 되면 줄어들고 서리 후엔 듬성듬성
白頭黃葉兩相憐　하얀 머리 누른 잎 하나같이 안됐어라.

이 표면적인 연민 속에는 어쩌면 말로는 하지 않은 내면에 일말 조소마저 감춘 것처럼 보인다.

원대에 황경黃庚이란 이도 〈지하池荷〉 즉, '연못의 연꽃'이라는 시 안에서 한기를 견디지 못하는 연꽃의 나약함에 유의하여 시를 지은 일이 있다.

紅藕花多暎碧闌　붉은 연 푸른 난간에 짙게 비쳐 있어도
秋風纔起易凋殘　가을바람 건듯 불면 시들기를 수이하네.
池塘一般榮枯事　번영과 시듦이 무상한 연못 일반사에
都被沙鷗冷眼看　저 갈매기야 도무지 관심 전혀 없구나.

이같은 일각에서의 지적에도 불구하고 연은 의연히 '군자'의 표상으로 확고하게 자리 잡았으니, 그리 된 데에는 주렴계의 이 〈애련설〉이 그 지명도와 함께 세상에 끼친 파급효과 또한 만만치 않았을 것으로 상도된다.

이제 〈애련설〉은 연꽃을 예찬해 왔던 역대의 시인들처럼 단순한 화훼 유미주의에 전일專一한 작품이 아님을 말하지 않을 수 없다. 이 안에는 꽃의 훌륭함 뿐만 아니라 자기적 초상이 깔려 있고, 도덕적 교훈이 내포돼 있으며, 정치적 풍자도 엿보인다.

물론 이 작품 해석의 외적인 우선성은 일차 독특한 자태와 향기를 지닌 연꽃의 아름다운 점을 칭찬한 내용이라고 해서 틀리지 않을 터이다. 그야말로 연꽃 고유한 속성으로서의 뿌리와 줄기, 가지, 그리고 향기 등 모든 장점과 특색을 그대로 열거하고 있으니, 문면의 묘사 그대로 연꽃 예찬으로 받아들여 읽어서 무방할 것이다.

하지만, 단순히 꽃의 감상이 내용의 전부는 아닌 듯싶다. 주렴계는 평생에 도학을 연구하고, 또한 여러 곳의 지방 행정을 담당한 사람의 관료이기도 했다. 그리하여 당연히 그 관심사는 도학적인 사유와 정치적인 관심으로 요약이 가능하다.

우선, 주렴계의 도학적인 사유는 그의 시대에 풍미하였던 이른바 '문이재도(文以載道)'의 문학관으로 구현되었다. 사실, 문이재도의 개념은 고도(古道)를 존숭하는 당나라 때 한유(韓愈)에 의해서 처음 주창되어진 것이다. 그런데 송대의 성리학자들은 한유보다 더욱 철저하게, 글이란 삶의 진리거나 사물의 이치를 안에 담고 있는 것이라야만 한다고 믿었다.

> 그들의 이러한 사상은 문학에 반영되어 도통문학道統文學을 형성한 것으로, 그들은 미문美文을 경시하고 산문散文을 제창하여 문학의 유미와 염정을 반대하고 문학의 실용과 교화를 고취하였다. 요컨대 문학은 언정言情이 아니고 재도載道라는 것이다. 이러한 사상은 송 초의 목수穆脩 · 석개石介에서 시작되어 주돈이, 이정二程, 주자朱子 제인諸人을 거쳐 가장 유력한 계통을 구성한 것이다.[17]

그러다 보니, 북송시대 도학의 공식적인 첫 개창자 격인 주렴계는 어느새 문이재도를 주창하는 송 시대의 공식적 첫 번째 인물처럼 되었다. 그리하여 "재도설은 실은 도학가 주돈이에서 전개된 것"[18]이라는 주장도 나왔다.

그런데 주돈이의 재도설은 그가 확고한 도학자라는 사실에도 불구하고

17) 차상원, 『중국문학사』, 문리사, 1974. p.500.
18) 차상원, 위에 든 책, p.485.

그리 강고强固한 방향으로 나아가지는 않았다. 곧, 글 짓는 행위가 도를 해친다는 이른바 "작문해도作文害道"를 주장한 후배 성리학자 정이程頤거나, 더 나중에 문장이 도에 통할 수 있는 도구와 수단이라는 이른바 "관도설貫道說" 자체를 아예 부정한 주자 등에 비한다면 훨씬 유연성 있는 자세를 취했음이 분명하다.

> 文所以載道也 輪轅飾 而人弗庸 徒飾也 況虛車乎 文辭藝也 道德實也 篤其實而藝者書之 美則愛 愛則傳焉 賢者得以學而致之 是爲教 故曰言之無文 行之不遠.[19]

> 문장이란 도를 싣는 수단이다. 수레바퀴와 끌채가 꾸며지면 사람이 수고롭다 아니하고 괜히 치장을 하니, 하물며 비워놓은 수레에 있어서랴. 문장의 수사는 예藝이고, 도덕은 실實이다. 그 실을 돈독히 하면 예가 그것을 표현한다. 아름다우면 사랑하게 되고, 사랑하게 되면 전해지는 법이라. 현명한 이는 그 방법을 배움으로 터득하여 목적을 이루니, 이것이 바로 교화이다. 그러기에 언어에 문채가 없으면 진리도 멀리 전파되지 않는다고 한 것이다.

이렇게 주렴계는 이학(理學)의 존재만 아니라, 문학(文學)의 존재까지도 인정한 철학자였다. 그는 과연 "문이재도의 구호를 내세웠으나 그의 의론이 극단에 치우치지는 않았으며, 비록 재도를 제일의第一義로 하였으나 문학의 의의와 용처用處는 인정하고 있는 것이다. 즉, 재물載物은 도이고 장식이 화려한 차는 역시 사람의 애호를 받는 것이니, 여기에 그는 예술의 가치를 인정한 것이다."[20] 이것이 특기할 만한 현상이라 함은 다름 아니라, 바로 그 제자들인 정명도와 정이천의 이정二程에 이르러서는 "이것을

---

19) 주렴계, 『通書』 文辭 1節.
20) 차상원, 위와 같음.

인정은커녕 미려한 차는 근본적으로 재도載道가 불능하여 차가 미려함으로써 이 도는 그 미가 엄폐되고 파괴되어 도리어 도가 부속물로 되어 사람의 존중할 바 못된다고 하였다"[21]고 했던 까닭이다.

주렴계의 이렇듯 탄력 있고 융통성 있는 문학관은 그의 한시 세계에서도 곧잘 반영이 되고 있다. 동시대 문학 안에서 정情을 배격한 소강절邵康節이거나 작문해도作文害道 및 완물상지玩物喪志를 천명한 정이천, 정명도[22]의 시들은 온전히 성리 철학의 이념을 문학 위에 고스란히 구현시킨 주리主理의 시로 간주된다. 이에 반해, 주렴계의 시 가운데 〈동우인유나암同友人遊羅巖〉[23]이나, 〈유적수현용다산서선대관벽遊赤水縣龍多山書仙臺觀壁〉[24] 같은 것은 오히려 "자연과 신선을 흠모하는 그의 도가적 정취가 잘 드러나는"[25] 정도, 그 주정적主情的인 분위기가 거의 당시唐詩 분위기를 방불케 하는 여운마저 풍기고 있다.

그의 탄력있는 문학관은 〈애련설〉에도 그대로 적용되었다. 곧, 직서법적인 인성론의 강설을 지양하고, 연이라는 사물에 가탁한 우의법적인 문장 구사가 오히려 더 큰 전파의 효과를 가져다 주었던 사실을 지적함이다. 아울러, 이것이 그의 또 다른 설說 작품인 〈태극도설〉과 함께 후대까지 저명한 작품으로 각광을 받았던 이유와도 무관하지 않아 보인다.

그 시대 마련해선 보기 드문 유연한 사고를 나타냈지만, 역시 그의 문학에 대한 생각의 기본은 여전히 문이재도에 기초해 있다는 사실만큼 달라질 것이 없다. 요컨대, 그의 연꽃 이야기는 근본이 도학적 사고의 테두

21) 차상원, 위와 같음.
22) 앞의 2부 7장,「권필 주사장인전에 나타난 소강절 배격」참조.
23) 聞有山巖卽去尋 亦躋雲外入松陰 雖然未是洞中境 且異人間名利心.
24) 到官處處須尋勝 惟此合陽無勝尋 赤水有由仙甚古 攀躋聊足到官心.
25) 방현주, 위에 든 논문, p.10.

리 안에서 산생되었으면서도, 용케 문학의 범주 안에 합류하여 성공까지 거둔 가치 있는 결실이었던 것이다.

다음으로, 이 작품의 정치적인 배경은 어떠하였나? 주렴계의 57년 생애는 거의 인종의 재위 40년(1023~1063)과 거의 그 기간이 겹쳐 있다. 주렴계 여섯 살 때 인종이 즉위하여 그의 47세 때까지 황제를 하였다. 이어 영종英宗이 즉위했으나 4년 만에 붕하였고, 주렴계 51세(1068)에 신종神宗(1048~1085)의 즉위를 보게 되는데, 그는 결국 이 황제 재위 중간에 삶을 마감하게 된다. 주렴계 생애의 대부분의 시간이었던 인종 때는 국내적인 소요는 별반 없었던 대신, 서하西夏와의 수년간에 걸친 전쟁으로 인해 경제가 공황에 빠지고, 그 결과 동남 지역에 반란이 일어나는 위기에 직면했다. 이 위기를 타개하기 위해 21세의 나이로 즉위한 신종이 왕안석을 앞세워 신법을 실시했던 일이 주렴계의 삶에서 가장 큰 정치적 사건이라 할 수 있다. 그런데 신법은 자주 관료, 호상豪商, 그리고 종친들의 기득권과는 그 이해관계 면에서 상충되는 부분이 많았기에, 구법을 옹호하는 세력이 강력히 맞섰고, 이에 신구 양당의 분쟁이 발생하는 막중한 계기가 되었다. 보수세력 편이 훨씬 숫자적인 우세를 차지했지만, 구법과 신법의 두 가지를 놓고서 정계는 물론이고, 농민 등의 일반 계층에 이르기까지 사회 전반에 걸쳐 심각한 찬반양론의 물의가 거세었던 풍진세월이었다.

그런데 당시 이름 있던 학자 대부분은 그를 용납하지 않았고 모두 반대를 부르짖었다. 그 중에도 유명한 학자들이 처음엔 실제로 후원도 하였으나 뒤에 반대하게 되었다. 구양수歐陽修(1007~1072) 같은 이도 반대하였다. 그의 반대파는 일반적으로 원우당元祐黨에 소속된 인물로 알려졌다. 그 당은 뒤에 분파로 나뉘어 투쟁이 북송北宋 최후 4대에 계속되었다.[26]

이 무렵의 시대 상황에 대해 조금 더 부연하면 이러하다.

> 송대에는 일반적으로 관료가 당파를 만들어 다투는 정쟁이 많은 시대였지만 신법을 둘러싼 당쟁만큼 격렬한 것은 없었다. 왕안석에 대한 반대는 최초 균수법의 실시부터 격렬해져 점차 신법의 제정에까지 미쳤다. 반대자는 구양수歐陽修, 부필富弼, 한기韓琦, 문언박文彦博, 사마광司馬光 등 당시를 대표하는 사대부 관료들이었다. 이후 신법의 구상에 참여했던 소철蘇轍과 정호程顥도 반대파에 가담해 왕안석과 논쟁을 벌였다. 그러나 왕안석에 대한 신종의 신임이 두터워 신종이 죽을 때(1085)까지 신법은 유지되었다.[27]

이를 보수파와 개혁파, 또는 구법당과 신법당의 대립으로 표현하는 수도 있지만, 구양수나 사마광 등의 구법당, 일명 원우당元祐黨은 신당에 의해 간당奸黨으로 몰리면서 이른바 '원우당적비元祐黨籍碑'란 것이 만들어질 정도로 그 대립은 상당히 심각한 정황으로까지 치달았다.

주렴계가 세상을 떠난 해가 1073년이니, 그가 하세하기 전 5년 간을 이 같은 시대적 소용돌이 안에서 살았던 셈이다. 주렴계가 이 양쪽의 정파 대립에 대해 어떤 입장을 취했는지는 잘 알기 어려우나, 그러한 파벌 정쟁의 소식들을 일일이 다 몸으로 겪을 수밖에 없었을 주렴계로서 파벌정치의 혼탁함에 대해 생각이 적지 않았을 것으로 사료된다. 그러면 이제 그의 회심작인 〈애련설〉 안에 덩굴도 벋지 않고, 가지도 치지 않는다는 이른바 "불만부지不蔓不枝"의 내포적 의미도 어쩌면 이 같은 맥락에서 이해 가능할 수 있다는 판단이다.

자신의 앞에 펼쳐진 시대에 대한 주렴계의 처세관은 다분히 현실 참여

26) 김동성, 『중국문화사』, 을유문화사, 1960. p.151.
27) 신성곤 · 윤혜영, 『중국사』, 서해문집, 2004. p.215.

적인 것이었다. 그것은 맨 마지막에 국화 사랑의 도연명과 뜻을 같이 할 수 없는 이유와 맥이 통한다. 곧, 국화는 '은일'을 상징하는 꽃이고, 이 꽃에 대한 사랑이 각별했던 도연명은 실제로 당시 자신에게 주어진 관직인 팽택령彭澤令을 버리고 고향에 돌아갔다. 그리고 실제 은거의 과정을 〈귀거래사歸去來辭〉 및 〈귀전원거歸田園居〉 등으로 노래하였다. 이러한 인물인 도연명으로 말미암아 은일의 표상처럼 되어 있는 국화를 주렴계가 제일가는 꽃으로 화합 동조하지 않았다는 것은 바로 은둔을 찬성하지 않는 뜻으로 보아 그다지 틀리지 않으리라 본다.

이렇게 그는 정치적으로는 은둔 대신 적극적인 참여를 강조하였던 인물로 보인다. 만년에 병 때문에 남강군南康軍을 맡겠다고 요청하였지만, 이 역시 관직을 놓은 것은 아니었다. 관인으로서의 주렴계는 "형옥刑獄의 판결이 냉철하고 분명하여 억울함을 풀어주고 두루 주변에 혜택이 돌아갈 수 있게 하는 것을 자신의 소임으로 삼아 노고를 마다하지 않았으니, 열병이 지독해도 느긋하게 일을 처리해 나갔다"[28]고 역사는 입증해 주고 있다. 또한, "간악한 일을 제거하고 폐단을 없애는 데에는 마치 예리한 칼과 도끼로 단숨에 찍어낸 듯 명쾌하였다"[29]고 했으니, 그 됨됨이를 알 만하다. 특별히 황정견黃庭堅이 그에 대해 남긴 인물평 또한 적잖은 참고가 될 만하다.

> 人品甚高 胸懷灑落 如光風霽月 廉於取名而銳於求志 薄於徼福而厚於得民 菲於奉身而燕及煢嫠 陋於希世而尙友千古.[30]

28) "提點刑獄 以洗寃澤物爲己任 行部不憚勞苦 雖瘴癘險遠 亦緩視徐按."(『宋史』 권427, 열전 186 道學 1 〈周敦頤〉)
29) "屠姦翦弊 如快刀健斧."(蒲宗孟, 〈周敦頤墓碣銘〉, 『周敦頤集』)
30) 『宋史』 권427, 열전 186 道學 1 〈周敦頤〉.

인품이 매우 높고 생각이 시원스레 트인 것이 흡사 광풍제월과도 같았다. 명성을 얻는 일에는 담백하면서 자신의 뜻을 추구하는 데 비상한 마음을 썼다. 개인적인 복록을 가벼이 여기고, 백성의 인심을 얻는 일에 비중을 두었다. 상전 섬겨 받들기를 최소로 하니, 홀아비나 과부한테까지도 편안함이 미쳤다. 세상에 아부하여 시속을 따르는 일을 천하게 여기고, 오랜 역사 속 현자들을 벗으로 삼았다.

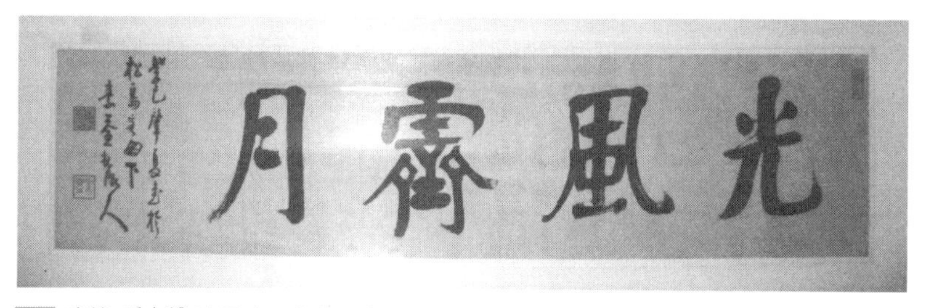

素筌 孫在馨의 글씨- 필자 소장

여기에 이어지는 문장은 주렴계가 수기치인修己治人을 기본으로 삼는 전형적 유가의 인물임을 보여주고 있다. 특히 이름을 얻는 일에는 욕심을 부리지 않았으나, 자신의 입지를 실현시키는 일에는 아주 신경을 많이 썼다는 황정견의 증언을 통해, 입신행도를 지향하는 그의 적극적인 현실관을 간파하기 어렵지 아니하다. 이렇게 주렴계는 은일을 염두에 두어 본 일이 없이, 오직 자신을 둘러싸고 있는 현실상의 문제를 원만히 해결하는 일에 가치관을 두고 있던 현실참여적인 인물이었으니, 애당초 도연명 및 도연명이 세우는 국화와는 취지를 나란히 하기 어려웠을 것이다.

뜻을 같이 할 수 없기로는 모란에 대해서도 마찬가지다. 그야말로 꽃 중의 부귀한 자, 곧 '부귀'의 전형적인 표상이 되는 모란이기에 세상 사람들이 그토록 애호하여 마지않는 것이요, 그렇기 때문에 주렴계의 눈으로는 모란이 세속적 욕망의 대변자만 같아 마침내 동조할 나위가 없었을 터이다. 그러기에 "그저 모란에 기우는 사랑이 당연 많겠지"와 같은 탄식과도 같은 끝맺음이 당연 뒤따랐을 터이다.

결국, 주렴계의 생각에 부귀영화 같은 세속적인 욕망 추구는 청렴 개결한 품성을 유지하기 어렵기에 정도正道에서 벗어나는 일이요, 반면에 안정된 정치와 민생의 복리를 위해 해결을 필요로 하는 많은 현실의 문제들을 외면한 채 뒷전으로 빠져버리는 은일 역시 중도中道에서 벗어난 현상으로 인식했던 양하다. 요컨대 깨끗한 품성을 유지하여 현실을 제도해 나가는 일이야말로 도에 부합되는, 참된 미덕으로 여겼던 것 같다.

그러면 연꽃 사랑에 있어 자기만한 이가 몇이나 될까 하고 반문한 것은 중용적 삶을 실천하는 인물 찾기의 어려움을 확인시킨 뜻이 아닐 수 없겠다. 동시에 만화萬花 총중叢中 가운데 연이 지니고 있는 고상한 속성이야말로 자신의 도덕적 가치관과 중용의 덕에 가장 잘 부합하는 구실이 되었고, 바로 이러한 생각이 〈애련설〉 창작의 계기로 작용하였을 시 분명하다.

감 상

愛蓮說

水陸草木之花 可愛者甚蕃 晉陶淵明獨愛菊 自李唐來 世人甚愛牧丹 予獨愛蓮之出於淤泥而不染 濯淸漣而不夭 中通外直 不蔓不枝 香遠益淸 亭亭淨植 可遠觀而不可褻翫焉 予謂菊 花之隱逸者也 牧丹花之富貴者也 蓮 花之君子者也 噫 菊之愛 陶後鮮有聞 蓮之愛 同予者何人 牧丹之愛 宜乎衆矣.

『周濂溪先生全集』(권8)

물이나 땅에서 자라는 초목의 꽃으로 사랑스러운 것이 매우 많다. 진晉의 도연명은 유달리 국화를 사랑하였고, 당나라 이래로는 세상 사람들이 모란꽃을 매우 사랑하였다.

나는 유독, 연꽃이 진흙에서 나왔지만 더러움에 물들지 않고, 맑고 잔잔한 물에 씻으나 요염하지 않으며, 줄기의 속은 비고 겉은 곧으며, 덩굴을 벋지 않고 가지를 치지도 않으며, 향기는 멀어지도록 더욱 맑고, 깨끗한 모습으로 우뚝 서 있으니, 멀리서 바라볼 수는 있어도 만만히 가지고 다룰 수 없음을 사랑하노라.

내 생각으로 국화는 꽃 중의 은자이고, 모란은 꽃 중의 부귀한 자이며, 연꽃은 꽃 중의 군자이다. 아아! 국화에 대한 사랑은 도연명 이후에는 들은 바가 거의 없거니와, 연꽃 사랑은 나만한 이가 몇이나 될까? 그저 모란에 기우는 사랑이 당연 많겠지.

禧苑堂 金明順의 靑娘尋蓮圖

6장 선덕여왕과 모란 이야기

1. 머리말

신라 27대 왕인 선덕여왕善德女王은 신라왕으로서는 드물게 여성 군주君主 세 사람 가운데 하나라는 각별한 의미가 있는 외에도, 특히 그녀를 중심으로 한 상당수의 설화說話가 존재한다는 사실로서도 유명하다. 그리하여 아예 '선덕여왕 설화'라는 명칭마저 생겨날 정도가 되었다.

선덕여왕과 관계되어진 허다한 설화 가운데서도 가장 인지도가 높은 것은 '선덕여왕 지기삼사善德女王 知幾三事'라 하겠고, 그 중에서도 맨 처음 이야기인 모란고사牡丹故事가 단연 으뜸가는 관심과 사랑을 받았다고 하여 과언이 아닐 것이다. 이야기 안에서 선덕여왕은 진정한 지혜와 낭만의 주인공임에 틀림없었다.

그러면 과연 여왕의 어떠한 면모가 이러한 이야기를 산출시킬 수 있었는지, 아니면 혹 다른 연유로 인해 조성된 이야기인지를 확인하는 일이 이 설화의 정확한 이해를 위해 의미 있다고 보여 진다. 그리하여 가장 신빙할 만한 자료가 되는 한국과 중국의 사서史書 등을 통해 선덕여왕에 대한 이미지 재점검이 필요하다.

아울러, 모란고사 자체에 들어가서도 단순히 『삼국사기三國史記』나 『삼국유사三國遺事』의 내용 분석에만 의지하지 않는 대신, 역시 이 여왕의 시대에 이루어진 허다한 많은 설화들의 유기적有機的인 전체 안에서 이해가 깊어질 수 있다.

한편으로, 이 이야기가 뭇사람들 입에 회자膾炙되어져 왔던 만큼, 이야기를 보는 관섬 또한 다양한 모습을 보어 왔다. 같은 고려시대 안에서 약 일백 여년의 시간적 간격을 두고 있는 김부식金富軾과 일연一然 사이에서조차 이야기를 이해하고 수록하는 태도에서 다른 모습을 나타냈다. 이후 이 이야기를 담은 조선의 여러 문헌들에서 다소 엇갈리는 수용의 양상을 볼 수 있는 등, 시간과 시대의 흐름에 따라서 이 이야기에 대한 전변轉變이 일어났다. 모란고사는 비록 사서에 들어있으면서도 필경 일반 역사의 기록과는 다른 특성을 안고 있다.

그리하여 여기서는 선덕여왕 모란고사에 대한 설화적 가능성을 배제하지 않는 수준에서 접근하였다. 실제로 설화의 곳집이라고 할 만한 『삼국유사』는 말할 것도 없거니와, 『삼국사기』에서 역시 열전列傳 뿐 아니라 박혁거세朴赫居世나 호동왕자好童王子의 경우처럼 본기本紀 기록의 안에도 얼마든지 설화적 개입이 이루어져 있음을 볼 수 있는 까닭이다. 『삼국사기』에 수록된 〈온달溫達〉 및 〈효녀지은孝女知恩〉에 어느새 설화라는 말을 붙여 명명하듯, 지금 선덕여왕 지기삼사 또한 문득 그와 같은 인식의 경향이 나타나기에 설화로서의 개연성蓋然性 진단이 요구된다.

사실성을 의심케 만드는 모란고사 안의 내용은 결국 이 개연성을 제시한 논자들에 의해 부분적, 개략적인 언급이 이루어져 오기는 했다. 하지만 역사와 문학, 회화 분야를 아울러 살펴야만 하는 포괄적 관점에서 아쉬움을 남기고 있고, 또한 이야기 생성의 동기 면에서 세밀한 고찰이 요구되는 국면이 있다. 지기삼사 본연의 좌표를 찾고자 하거니와, 역사서인 『삼국사기』에서 설화적인 요인을 추출해 내어 한국 설화문학의 기반을 공고히 하는 작업은 궁극적으로 역사와 문학사 두 분야의 정확한 위상 확립을 위해서 의의있는 일이 아닐 수 없다.

이제, 역사적 날줄과 설화적 씨줄이라는 양면적인 사유 안에서 모란고사의 진실에 접근해 나가고자 한다.

2. 여왕에 대한 시선

1) 『당서唐書』에 비친 선덕여왕

선덕여왕은 632년에서 647년에 걸쳐 15년간 재위하였다. 한편, 당태종唐太宗의 재위 기간은 626년에서 649년까지이니, 공교롭게도 선덕여왕 재위의 시간대와 고스란히 겹쳐 있다. 그럴 뿐 아니라, 여왕보다 6년 앞서 즉위하고, 여왕이 죽고 나서도 2년을 더 통치한 셈이다. 이제 양국 사이의 외교 관계를 이해하기 위해서는 바로 선덕여왕 재위 기간인 632년부터 647년까지 당나라와 신라의 역사 기록을 살펴보는 일이 긴요하다.

『구당서舊唐書』 신라新羅 열전에는 당고조唐高祖가 외교상 찾아온 진평왕眞平王의 사신에게 해동의 세 나라가 왜 원수지간으로 싸우는지를 묻는가 하면,[1] 당고조 7년에는 진평왕에게 주국柱國의 벼슬과 함께 낙랑군 신라왕樂浪郡新羅王에 봉하기도 했다.[2]

1) 高祖既聞海東三國舊結怨隙 遞相攻伐 以其俱爲藩附 務在和睦 乃問其使爲怨所由 對曰 先是百濟往伐高麗 詣新羅請救 新羅 發兵大破百濟國 因此爲怨 每相攻伐 新羅得百濟王 殺之 怨由此始.(『舊唐書』 권199 · 上, 東夷 '新羅')

당태종

당고조의 뒤를 이어 당태종이 즉위한 이후의 『구당서』 안에서 확인 가능한 당태종과 진평왕 간의 외교 기사도 보인다. 정관貞觀 5년(631년)에 신라가 당나라에 사신을 파견하여 여악女樂 2인을 바쳤다. 여악은 여자 악사樂師거나 노래 부르는 가희歌姬를 말한다. 둘 모두 검고 숱이 많은 아름다운 머리를 한 진발鬒髮의 미색美色이었으나, 당태종이 그녀들을 돌려보내도록 은전을 베풀었다는 내용이다.

貞觀五年 遣使獻女樂二人 皆鬒髮美色 太宗謂侍臣曰 朕聞聲色之娛不如好德 且山川阻遠 懷土可知 近日林邑獻白鸚鵡 尙解思鄕 訴請還國鳥猶如此 況人情乎 朕愍其遠來 必思親戚 宜付使者 聽遣還家.[3]

정관 5년에 사신을 보내어 여악女樂 두 명을 바쳤는데, 둘 다 머리 빛깔 고운 미인들이었다. 태종이 곁의 신하에게 말하기를, "짐이 듣기로는 '음악과 미색의 즐거움이 훌륭한 덕만 못하다'라 했고, 또한 저들이 고향 산천과 까마득히 떨어져 있으니 고향 그리는 마음을 알 만하도다. 근자에 임읍林邑에서 흰 앵무새를 바쳤는데, 고향 생각만 지절대면서 제 땅에 돌아가게 해달라고 하소연하더라. 새도 이러하거늘 하물며 사람은 어떠하겠는가. 짐은 그 애들이 먼 땅에 와서 필경 부모 친척 생각을 할 일이 가엾다. 의당 사신한테 당부시켜 귀환을 들어주도록 하라."

2) 七年 遣使冊拜金眞平爲柱國 封樂浪郡王 新羅王.(『舊唐書』 권199 · 上, 東夷 '新羅')
3) 『舊唐書』 권199 · 上, 東夷 '新羅'.

당태종의 인간적인 면모가 은근 강조된 대목이 아닐 수 없다. 당태종 20년에도 고구려에서 사신을 보내 사죄하면서 동시에 미녀 둘을 바쳤는데, 태종이 사신에게 비슷한 말로 돌려보냈다는 기사가 있다.[4] 이로써 그가 얼마나 아랫사람들의 슬픔과 고통을 잘 이해하고 온정을 베푸는 황제인가를 나타내려는 의도가 은근 암시되어 있는 기사라 하겠다. 그리하여『삼국사기』의 기록대로 당태종이 신라 진평왕에게 모란 그림과 꽃씨를 보냈다고 한다면, 그 일이 대개 신라 진평왕 앞으로 낙랑군 신라왕을 봉하는 바로 그 시점에서 이들 그림과 꽃씨도 함께 동봉하여 보낸 것이 아닌가 하는 추측을 불러일으킨다. 바로 이 해에 진평왕이 죽었고, 아들이 없는 까닭에 딸인 선덕을 세워 왕을 삼았다고 했다. 국정은 종실 대신인 을제乙祭가 맡았는데, 진평왕에게는 광록대부光祿大夫를 추증하면서 부의賻儀로 200단段을 보냈다고 했다.

4년 뒤인 정관 9년에는 사신으로 하여금 천자의 부절符節을 가지고 선덕여왕을 주국柱國에 명하면서 낙랑군왕 신라왕에 봉하였다고 했다.[5] 연후,『구당서』안에서 모색이 가능한 당태종과 선덕여왕 간의 외교적 사항의 처음은 8년 후인 정관 17년(643년)에 신라가 당나라에게 구조를 요청하였던 일이었다.

> 高麗百濟 累相攻襲 亡失數十城 兩國連兵 意在滅臣社稷 謹遣陪臣 歸命大國 乞偏師救助.[6]

---

4) 二十年 高麗遣使來謝罪 幷獻二美女 太宗謂其使曰 歸謂爾主 美色者 人之所重 爾之所獻 信爲美麗 憫其離父母兄弟於本國 留其身而忘其親 愛其色而傷其心 我不取也 並還之.(『舊唐書』권199·上, 列傳 149·上, 東夷 '高麗')

5) 九年 遣使持節冊命善德柱國 封樂浪郡王 新羅王.(『舊唐書』권199·上, 東夷 '新羅')

6)『舊唐書』권199·上, 列傳 149·上, 東夷 '新羅'.

고구려와 백제가 누차 차례로 공격하여 수십 채의 성을 잃었으니, 두 나라의 연합군은 그 의도가 저희 나라 사직을 없애는 데 있는가 합니다. 삼가 측근 신료를 보내시면 대국의 명을 받겠사오니, 편대偏隊로 구원해 주시기를 바랍니다.

『신당서新唐書』의 〈신라〉 열전[7] 및 〈고려〉 열전[8]에도 이 일에 대해 다른 부분이 보이거니와, 보다 자세하게 나타나 있다.

이에 당태종은 옥새가 찍힌 황제의 편지와 함께 상리현장相里玄奬이라는 인물을 고구려에 보내 위협을 가한다. 그럼에도 고구려의 신라 침공은 계속되었던가 보다. 당태종이 친히 군대를 거느려 고구려를 치면서 신라에게는 군사와 말을 모아 당군을 응접토록 하매, 신라는 대신을 보내 군사 5만으로 고구려 남쪽 경계로 들어가 수구성水口城을 쳐서 항복시켰다는 기록이 나온다.[9] 거듭 당과 신라 사이의 유대를 짐작케 하는 대목이다.

이어지는 내용은, 『구당서』 당태종 본기 중의 선덕여왕의 죽음에 대한 기사이다.

是歲 新羅女王金善德死 遣冊立其妹眞德爲新羅王.[10]

이 해에 신라여왕 김선덕이 죽으매, 사람을 보내 그 여동생인 진덕을 신라왕으로 책립하였다.

7) 『新唐書』 권220, 列傳145 新羅.
8) 『新唐書』 권220, 列傳145 高麗.
9) 太宗遣相里玄奬齎璽書賜高麗曰 新羅委命國家 不闕朝獻 爾與百濟 宜卽戢兵 若更攻之 明年當出師擊爾國矣 太宗將親伐高麗 詔新羅纂集士馬 應接大軍 新羅遣大臣領兵五萬人 入高麗南界 攻水口城 降之.(『舊唐書』 列傳 제149·上 東夷新羅)
10) 『舊唐書』 권3, 本紀 제3 太宗·下 22년.

『구당서』의 열전(제149上 東夷新羅)에도 선덕왕의 죽음에 대한 기사가 있는데, 조금은 더 상세하다.[11]

한편 『신당서』 본기 21년에는 선덕왕에 대한 기사는 없고, 『신당서』 열전(제145 東夷新羅)에 선덕여왕의 죽음에 대해서만 간단히 수록되어 있다.[12]

이상, 『구당서』와 『신당서』를 통해서 추릴 수 있는 사항으로, 우선은 역시 주지하는 바처럼 당나라가 고구려나 백제와는 서로 대적하는 관계에 있었으나, 신라와는 상하 우호적인 관계를 잘 유지하고 있었음이 확인된다.

다음으로, 당태종과 선덕여왕 사이에는 두 나라 군대의 연합과 여왕의 죽음을 다룬 내용이 전부일 뿐, 상호 문화적인 교류 등의 내용을 찾아 볼 수 없다는 것이다. 차라리 여왕의 아버지가 왕을 하던 시절에는 당나라 고조와 문화 교류한 자취가 나타난다. 진평왕 43년(621) 7월의 기사가 좋은 예이다.

> 秋七月 王遣使大唐 朝貢方物 高祖親勞問之 遣通直散騎常侍庾文素來聘 賜以璽書及畵屛風錦綵三百段.
>
> 가을 7월에 왕은 사신을 당나라에 보내서 방물을 바쳤다. 당고조는 친히 위로하고 통직산기상시通直散騎常侍로 있는 유문소庾文素를 보내어 옥새가 담긴 글씨, 그리고 그림 병풍과 비단 삼백 필을 내렸다.

이 모두 신라가 당나라에 꾸준한 정성의 표시를 한 결과이다. 실제로 진평왕 당시에 당나라에 조공을 바친 기록은 일일이 수록하기 어려울 정도이

11) 二十一年 善德卒 贈光祿大夫 餘官封並如故 因立其妹眞德爲王 加授柱國 封樂浪郡王.
12) 二十一年 善德死 贈光祿大夫.

다.[13] 이는 선덕여왕 시절에도 변함없이 유지되었다.[14] 이것은 당태종이 사신을 통해 고구려에게 싸움 중지를 명하는 글 가운데도 잘 드러나 있다.

新羅委命國家 朝貢不闕 爾與百濟 宜卽戢兵.

신라는 우리나라에 의지하는 나라로서 조공을 게을리하지 않는다. 너희는 백제와 함께 즉각 군대를 물리라.

그럼에도 선덕여왕 시절에 당나라와의 문화 교류의 흔적은 잘 찾아보기 어렵다. 여왕은 오히려 즉위 초기에 자체 연호를 '仁平인평'으로 쓰고자 했던 일로 보아 당나라를 섬기는 대신, 신라의 자주성을 확보하는 문제에 관심이 있었던 것 같다. 그러나 주변 국가와의 경쟁력이 문제되자 어쩔 수 없이 당나라에 의지할 수밖에 없었고, 그렇게 상전국으로 받듦에 따라 정치 군사적인 상하 관계가 형성되었다고 하겠다. 그럼에도 최소한 기록 안에서 당나라를 문화적으로 받든 자취는 찾아보기 난감하다. 이런 상황은 선덕여왕 바로 뒤의 진덕여왕이 당나라에 여전히 조공하였을 뿐만 아니라, 시서화 관련의 문화적 교류로서 여왕이 당나라 고종 앞에 찬양의 메시지인 〈치당태평송致唐太平頌〉을 올려보내던 분위기와 비교하여 상당히 대조적인 현상이 아닐 수 없다.

오히려 선덕여왕이 집권 초기에 '仁平'이라는 연호를 쓰려했다는 사실

13) 조공의 기록은 왕 43년 7월에 처음 공물을 바친 이후, 45년 10월에 다시 조공하였고, 이듬해 46년(624)에는 당고조가 사신을 파견하여 주국 낙랑국 신라왕으로 책봉하였다. 47년 11월과 48년 7월, 49년 6월, 같은 해 8월, 51년 9월에도 조공을 바쳤다. 53년(631) 7월에 미녀 2인을 바쳤던 기록은 이미 앞에서 밝혔다.

14) 선덕왕 원년(632) 12월에 사신을 당나라에 파견하여 조공한 것을 필두로 왕 11년(642) 정월에, 왕 12년(643)에, 왕 13년(644) 정월에, 왕 14년에 각각 방물을 바친 것으로 기록되어 있다.

이 당태종의 심기를 건드렸을 개연성이 크다고 본다. 당태종도 동북아시아 공정이라는 정략 면에서 신라를 돕기는 하되, 내심 선덕여왕을 마땅치 않게 생각했으리란 것은 추측하기 어렵지 않다. 그런 텃수에 자꾸 귀찮게 도와달라고만 하니 짜증도 났을 터이다. 위에서, 삼국 중에 가장 약국弱國의 신세처럼 되어있는 신라가 원병을 청하러 왔을 때 당태종이 사신 앞에 던져주는 세 가지 계책이 있었다고 했다. 그 중 세 번째의 것은 뜻밖에 놀라움마저 불러일으킬만한 내용이다.

> 爾國以婦人爲主 爲隣國輕侮 失主延寇 靡歲休寧 我遣一宗支 與爲爾國主 而自不可獨王 當遣兵營護 待爾國安 任爾自守 此爲三策[15)]
>
> 그대 나라는 여자를 임금으로 삼아서 이웃 나라의 업신여김을 받는 터, 잘못하면 임금을 잃고 도적을 맞아들일 수라 해마다 편안할 날이 없으리라. 그런즉, 나의 친척 한 사람을 보내어 그대 나라의 임금으로 삼되, 그러나 혼자 가서 왕을 할 수는 없으므로 군사를 파견하여 임금을 호위케 하고, 그대 나라의 안정을 기다려 그대들이 스스로 지키게끔 맡기는 것이 세 번째 계책이다.

역시 당태종이 선덕여왕에 대한 인식이 여하했는지를 한눈에 파악할 수 있는 아주 요긴한 지점이 아닐 수 없다. 예상대로 당태종에게 여왕이 나라를 통치하는 일에 대해 자못 못마땅히 여겼던 심사가 깔려 있음을 극명히 보여주는 대목이다.

2) 『삼국사기』에 비친 선덕여왕

이렇게 여왕 통치 체제에 대한 불신은 중국 황제와 같은 국제적인 관계

15) 『삼국사기』 권5, 新羅本紀5 선덕왕 12년.

안에서만 노정되는데 그치지 않았다. 그 불신과 불만의 분위기는 뒤미처 국내적으로도 나타난다. 다름 아닌, 왕 16년(647) 정월에 상대등上大等 벼슬로 있는 비담毗曇과 염종廉宗 등이 여왕에 대한 정면 도전으로 나타났다. 곧 여왕이 능히 선정을 베풀지 못한다는 선언과 함께 반란을 도모하고 군사를 일으켰다.

十六年春正月 毗曇廉宗等謂女主不能善理 因謀反擧兵 不克 八日王薨 諡曰善德 葬狼山.[16]

16년 봄 정월에 비담과 염종 등이 여왕이 제대로 나라를 다스리지 못한다며 모반하여 군사를 일으켰으나, 이기지 못했다. 8일에 왕이 세상을 떠나니, 시호는 선덕善德이라 하고, 낭산狼山에 장례지냈다.

이러한 국내외적 소요에 따른 여러 가지 정신적 스트레스들이 여왕의 죽음을 앞당긴 요인으로 보여진다. 반란의 실패로 17일에 비담도 그 무리 30명과 함께 처형됐지만,[17] 적어도 선덕여왕을 업신여기는 분위기가 나라 안팎으로 팽배되어 있던 것만큼은 분명하다. 김부식도 여왕 본기本紀를 마친 뒤의 '論'을 통해서 여왕의 정치를 신랄하게 비판하고 있다.

論曰 臣聞之 古有女媧氏 非正是天子 佐伏羲理九州耳 至若呂雉武曌 値幼弱之主 臨朝稱制 史書不得公然稱王 但書高皇后呂氏 則天皇后武氏者 以天言之 則陽剛而陰柔 以人言之 則男尊而女卑 豈可許姥嫗出閨房 斷國家之政事乎 新羅扶起女子 處之王位 誠亂世之事 國之不亡 幸也 書云牝雞之晨 易云 羸豕孚蹢躅 其可不爲之戒哉.

16) 『삼국사기』 권5, 新羅本紀5 선덕왕 16년.
17) 『삼국사기』 권5, 新羅本紀5 진덕왕 원년.

> 논하노니, 신이 듣기로는 옛날 여와씨女媧氏가 있었으나, 그가 바로 천자는 아니고 복희伏羲를 보좌하여 구주九州를 다스렸을 뿐입니다. 여치呂雉나 무조武曌 같은 경우 유약한 임금을 만났기에 조정에 임해 정사를 통치한다고 말했으나, 공식적으로 왕이라 칭하지는 않았고 다만 고황후 여씨高皇后 呂氏거나 측천황후則天皇后 무씨武氏 정도로 기록하였나이다. 하늘 이치대로 말하자면 양은 강하고 음은 유한 것이요, 사람으로 말하면 남자는 높고 여자는 낮은 것이니, 어찌 나이든 여자의 몸으로 규방을 나와 국가의 정사를 결단하겠나이까? 신라는 여자를 모셔 왕위에 앉게 하였으니, 이는 생각건대 진정 난세의 일로 나라가 망하지 않은 것이 다행입니다. 『서경書經』에 이르기를 '암탉이 새벽을 알린다' 하였고, 『주역周易』에는 '허약한 돼지가 머뭇거려 가지 못한다' 했으니, 가히 경계하지 않겠습니까?

천지 음양의 하늘 이치가 그렇다면서 주저치 않고 남자는 높고 여자는 낮은 것(男尊而女卑)이라고 믿고 있는 김부식金富軾으로서는, 개인도 아닌 한 국가의 전권專權을 여자가 잡고 통치하는 일에 대한 역정을 고스란히 피력했던 것이다.

그런데, 김부식의 이런 폄훼貶毁는 같은 여왕이었지만 선덕에게만 가해졌고, 바로 다음 여왕이었던 진덕에게는 아무런 비판도 가해지지 않았다. 오히려 진덕여왕 때에 와서 이전까지 쓰지 않던 중국의 연호를 비로소 따르게 된 일에 대해 제대로 허물을 고친 일이라며 칭찬하였으니, 특이하다고 하지 않을 수 없다.

당태종과 비담, 염종 등 삼국시대의 인물들 뿐만 아니라 고려시대 김부식에 이르기까지 시공을 초월해서 하나같이 여왕의 정치에 크게 불신을 나타내고 있다. 이로 미루어 당태종이 여왕에 대해 별반 호감을 가지기가 어려웠다는 사실만큼은 유추해 볼 길이 있다.

그럼에도 『삼국사기』에는 당태종이 여왕의 배우자 없음을 놀린 것이라

느니 하는 말이 전혀 나타나 있지 않은 것을 보면 김부식 시대까지는 없던 대목임이 확실시 된다.

한편, 일연一然의 경우에는 선덕여왕에 대해 힐난한 자취를 찾아보기가 어렵다. 아마도 그는 선덕여왕에 대해 별다른 선입견이나 거부반응은 없었던 듯하다. 오히려, 『삼국유사』에는 선덕여왕 시대를 배경으로 한 설화 내용들이 자못 여러 개 나타난다. 양지良志의 요술시팡이 이야기, 광덕廣德과 그의 아내, 그리고 친구인 엄장嚴莊의 이야기가 담긴 〈원왕생가願往生歌〉배경설화에 대해 기록의 충실을 다하고 있다. 그리고 지기삼사 설화 중에서도 각별히 모란고사 부분에서 『삼국사기』의 기록에 없는 것까지 추가로 가미하여 여왕의 예지력을 가일층 상승시킬 만한 글을 실어 놓았다.

이상으로 사록史錄 안에서 여왕의 정치적 능력 및 외부의 평판 등을 통한 여왕의 실체가, 역사 상식의 수준에서 일반 사람들이 여왕에 대해 갖고 있던 이미지와는 사뭇 차이가 있음을 발견할 수 있다. 그런데 이렇게 인물의 실제 면모보다 더욱 거룩하게 나타나는 이미지 확대 현상의 배후에는 많은 경우 설화가 숨어있다. 우리가 갖고 있는 선덕여왕의 이미지 역시 역사책에 따른 공부보다는 선덕여왕 관련 설화들의 접촉을 통해 이루어진 것임을 상기할 필요가 있다.

3. 실화와 설화 사이

이제, 모란고사가 『삼국사기』와 『삼국유사』 두 문헌에 공통으로 기록되었다는 사실이야 반가운 현상이겠지만, 다만 두 군데 이야기가 단순히 수사 표현의 차이가 아닌 내용에마저 출입을 보인다면 이에 세밀한 대조가 요망된다.

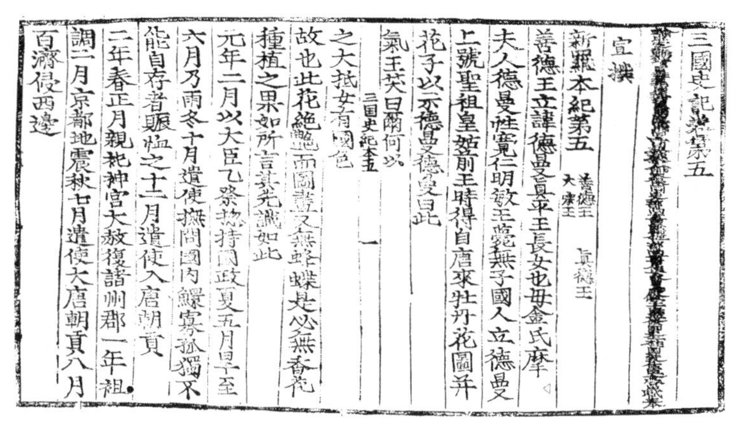
三國史記卷第五
宣撰
新羅本紀第五 善德王 眞德王 太宗王
善德王立諱德曼眞平王長女也母金氏摩
夫人德曼性寬仁明敏王薨無子國人立德曼
上號聖祖皇姑前王時得自唐來牡丹花圖幷
花子以示德曼德曼曰此
氣王笑曰爾何以
三國史記卷五 一
之大抵女有國色
故也此花絶艶而圖畫又無蜂蝶是必無香花
種植之果如所言其先識如此
元年二月以大臣乙祭摠持國政夏五月旱至
六月乃雨冬十月遣使撫問國內鰥寡孤獨不
能自存者賑恤之十二月遣使入唐朝貢
二年春正月親祀神宮大赦復諸州郡一年租
調二月京都地震秋七月遣使大唐朝貢八月
百濟侵西邊

『삼국사기』 권5의 선덕여왕 관련 기사

우선 『삼국사기』를 읽어 보면 김부식의 선덕여왕에 대한 생각이 '정치적 무능'이었음에도 불구하고, 마침내 강조된 것은 오히려 여왕의 '특별한 지혜'이다. 김부식의 여왕에 대한 생각이 크게 부정적인 마당이지만, 워낙 여왕이 공주 때부터 기지가 뛰어났다는 얘기마저 감출 도리는 없었기에 이렇게 적었을 수 있다. 다시 말해, 김부식이 『삼국사기』를 기록할 당시, 만일 당태종이 여왕을 놀렸다는 조금의 기미라도 있었다고 한다면 여왕에 대한 호의가 전혀 없는 김부식이 그러한 사실을 굳이 덮어 감춰둔 채 기록하지 않을 리가 없었을 것이다.

이번에는 『삼국유사』의 기록을 보았을 때, 130년 이상의 시간적 장벽[18]을 넘어 양자 사이에 불변의 공통점이라면 우선, 신라가 받았다고 하

18) 『삼국사기』는 김부식(1075~1151)의 고려 인종 23년, 즉 1145년 편찬이고, 『삼국유사』는 일연(1206~1289)이 충렬왕 어간의 대략 1281년 이후 2, 3년 사이의 편찬으로 보는 일반적 견해에 따라서 대략 130여 년의 시간적 차이가 있다.

는 모란의 빛깔이다. 『삼국사기』에서는 적赤 · 백白 · 홍紅 삼색三色이라 했고, 『삼국유사』에서 또한 적 · 백 · 홍 삼색으로 똑같다.

하지만, 일연에 의해 『삼국유사』의 편찬이 이루어진 대략 일백여 년 사이 드디어 변동이 일어났다. 변동의 처음은 이야기의 시간대가 다르다는 것이다. 『삼국사기』에서 진평왕이던 것이 『삼국유사』에 와서 선덕여왕 시대의 일로 바뀌었다. 따라서 전자에서는 공주의 신분으로 나타나 있고, 후자에서 여왕의 신분으로 각각 달라짐이 당연하다.

또 하나의 변모는 전자에서는 당태종이 누군가를 놀린다는 뜻이 전혀 없었던 반면에, 후자에서는 당태종이 선덕여왕을 놀리고자 하는 저의가 개입되어 있다.

그런데, 특이한 사실은 기록 내용이 상이함은 『삼국사기』와 『삼국유사』에만 한정되어 있지 않다는 것이다. 똑같이 『수이전殊異傳』 일문을 적었다는 『삼국사절요三國史節要』와 『해동잡록海東雜錄』의 사이에서도 그 기록이 일치하지 않는다.

15세기의 기록인 『삼국사절요』(권8)에 담긴 내용을 옮겨 본다.

> 唐太宗以牡丹子幷畵花遺之 王見花 笑謂左右曰 此花妖艶富貴 雖號花王 花無蜂蝶 必不香 帝遺此 豈朕以女人爲王耶 亦有微意 種待花發 果不香.
>
> 당태종이 모란씨와 꽃 그림을 보내왔다. 왕이 꽃을 보고 웃으며 좌우 신하들에게 말하기를, "이 꽃은 요염하고 부귀로와 비록 꽃 중의 왕이라 불리고 있으나, 꽃에 벌과 나비가 없으니 필경 향기가 없으리로다. 저 쪽 황제가 이걸 보냄은 다름 아닌 여자 몸으로 왕이 되었다는데 있나니, 아무래도 미묘한 뜻이 있도다." 심어놓고 꽃 필 때를 기다렸더니 과연 향이 나지 않았더라.

이번에는 권별權鼈(1589~1671)이 편술한 『해동잡록』(권4)에 담긴 내용을 옮겨 본다.

> 眞平王時 唐太宗以牡丹子三升 及牧丹花圖遣之 王以示德曼 德曼笑曰 此花無香氣 王曰 何以知之 曰 此花富貴 雖號花王 而無蜂蝶 豈不以朕女人無偶爲王耶 必有深意 命種於庭 待花發 果無香.

> 진평왕 때에 당태종이 모란씨 석 되와 모란꽃 그림을 보냈다. 왕이 그것을 덕만에게 보여 주었더니 덕만이 웃으며 말하기를, "이 꽃엔 향기가 없겠나이다" 하니, 왕이 "어떻게 그런 줄을 아느냐?" "이 꽃은 부귀로와 비록 화왕으로 일컬어지지만 벌과 나비가 없나이다. 이 어찌 제가 여자로서 배필 없이 왕이 되리란 뜻이 아니겠나이까? 필경 깊은 뜻을 갖췄나이다." 그것을 뜰에 심으라 명하고 꽃이 필 때를 기다려 보았더니, 과연 향이 없었다.

말하자면 똑같이 『수이전』에서 가져왔다고 했는데, 각각의 이야기에 주어진 시간 배경부터 서로 다르다. 『삼국사절요』 문헌은 『삼국유사』와 같이 여왕이 된 뒤의 일로, 『해동잡록』은 『삼국사기』와 같이 진평왕의 공주 시절로 설정되어 있다. 이는 혹 두 문헌이 보고 가져왔다는 『수이전』 책 안의 내용이 서로 다르기 때문인가? 이 책이 한 가지 종류가 아니란 뜻인가?

그러면서도 『삼국사기』 및 『삼국유사』와는 또 다른 판을 형성한다. 『삼국유사』는 '여왕이 배우자 없음'을 놀린 것으로 되어 있는데 반해, 『삼국사절요』는 '여자로서 왕이 되었음'을 암유한 것으로 되어 있어 각기 다르다. 또한 『삼국사기』에선 단순히 벌 나비가 없는 그림을 두고 '향기 없는 꽃'임을 유추한 내용임에 반해, 『해동잡록』에서는 '배우자 없이 왕이 되리라'는 데에 초점이 맞춰져 있는 등, 네 문헌 사이에 상황 설정이 약간씩 달리 나타나 있음을 본다.

그러나, 모란고사를 끝내 실재했던 사실로 보고자 한다면 『삼국사기』의 기사 쪽에 의존도가 높아진다. 『삼국유사』보다는 『삼국사기』가 보다 이른 시대의 것이라 그 정보 내용이 덜 윤색되었다고 하겠고, 나아가 편찬의 태도 면에서도 두 책 중에서는 문화사적 사명에 입각한 『삼국유사』보다는 역사에 충실한 『삼국사기』 쪽에서 더욱 사실 추구의 내용을 접할 수 있다고 보는 까닭이다.

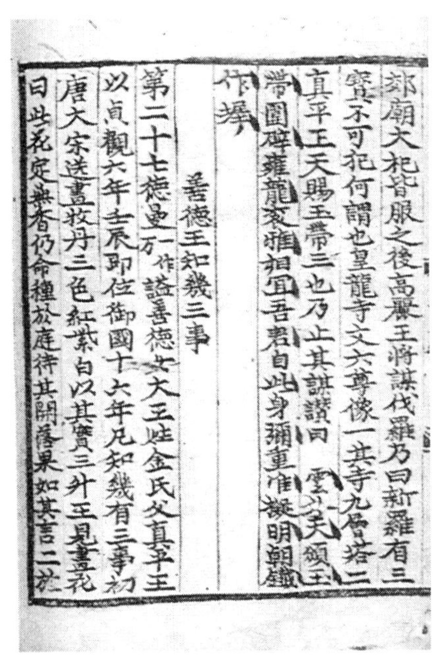
郊廟大祀皆服之後高麗王將謀伐羅乃曰新羅有三
寶不可犯何謂也皇龍寺丈六尊像一其寺九層塔二
真平王天賜玉帶三也乃止其謀讚曰 雲外天頒玉
帶圍辟雍龍衮雅相宜吾君自此身彌重准擬明朝鐵
作墀
善德王知幾三事
第二十七德曼一作万謚善德女大王姓金氏父真平王
以貞觀六年壬辰即位御國十六年凡知幾有三事初
唐太宗送畫牧丹三色紅紫白以其實三升王見畫花
曰此花定無香仍命種於庭待其開落果如其言二於

『삼국유사』 권1 紀異의 善德女王 知幾三事

반면에, 『삼국유사』 기사는 기존 『삼국사기』의 것에 비해 두 가지 의미가 더 보태졌다고 하겠다. 즉, 이야기 자체를 위해서는 보다 흥미로워진 쪽으로, 선덕여왕을 위해서는 보다 능력 있고 신비감 있는 방향으로의 변화가 일어났다. 원래의 이야기에 흥미성이 제고되고 한 인물의 능력성이 상승되는 현상을 직접 목격할 수 있게 된 것이다. 비록 역사서라고는 하나, 『삼국사기』에조차 온달이나 호동 이야기 같은 상당수의 설화가 개입되어 있다. 특히 선덕여왕의 지혜에 대해 기술하는 대목에서는 처음부터 막연히 진평왕 시절의 공주로 있던 어느 때라고만 했을 뿐, 그 정확한 시점을 명시하지 못한 취약성이 노정되고 있다. 잠입한 백제 군사 500명을 개구리의 울음에 착안하여 토벌했다는 내용이나, 여왕 자신의 죽음에 관한 예언도 모두 명확한 시간대가 뒷받침된 것이 아니었다.

사정이 이렇거늘, 역사서 입장의 『삼국사기』보다 훨씬 문화적 해석의 변폭이 넓은 『삼국유사』 기록 자체를 일말의 의혹없는 실제의 일로 보고 인물 성향을 모색하려는 경우도 접해 볼 수 있다.[19] 그런데, 『삼국사기』의 메시지를 일탈하여 보다 낭만적인 설화의 영역으로 발걸음을 옮겨 버린 이 메시지는 일연 한 개인이 임의대로 만들어낸 결과는 아닐 것이다. 일연 시대까지의 설화 대중이 지닌 생각의 흐름을 좇아 정리한 것이겠지만, 적어도 일연의 기록 안에서의 여왕의 이미지는 앞서의 『당서』나 『삼국사기』에서보다 훨씬 업그레이드되어 빛을 발하고 있음이 명백한 사실이다. 김부식의 시대에서 일연의 시대로 오는 130년 사이에 설화적 미화美化의 공정이 일어난 결과이다. 그 과정에서 지금 이 모란고사를 포함한 선덕여왕의 지기삼사도 그 자체로 일정 정도의 모순과 불합리를 피할 수는 없게 되었다.

> 첫 번째 이야기는 기실 선덕여왕의 공주 적 이야기지만, 국왕으로 통치할 때의 일화인 것처럼 옮겨 놓았다. 두 번째 이야기는 변경에서의 전투를 백제 군대가 신라 수도인 경주 외각까지 진출한 양 조작한 것이다. 세 번째의 예지 능력 이야기도 최근에 허구라는 견해가 제기되었다.[20]
>
> 『삼국유사』에 등장하는 '선덕왕 지기삼사'도 여왕의 권위를 내세우기 위해 의도적으로 꾸며냈을 가능성이 크다. 즉 당나라에서 보낸 모란 씨 겉봉의 그

19) "선덕여왕의 '지기삼사'에서 우리는 여왕의 재기와 배포 그리고 뛰어난 감각을 충분히 엿볼 수 있다. 이 여왕의 배포가 큰 것은 황룡사 구층탑만 보아도 알 수 있다." (유홍준, 『나의 문화유산 답사기』, 창작과비평사, 1993, p.140.)
"성난 남근이 여근 속에 들어가면 반드시 죽는 법이라고 큰소리로 외치던 선덕여왕의 배짱"(같은 책, p.150.)
20) 이도학, 『한국고대사 그 의문과 진실』, 김영사, 2004, pp.269~270.

> 림을 보고 나비가 그려져 있지 않자 향기가 없을 것이라고 했다는 이야기나, 겨울에 개구리 울음소리를 듣고 백제 군사가 쳐들어올 것이라고 했다는 것, 죽을 때 죽을 달과 날을 미리 알려줬다는 것 등은 상식적으로 납득되지 않는 부분이기 때문이다.[21)]

이는 다름 아닌 최선의 설화적 형상화를 위해 허구조차 불사한 데 따른 부작용이기도 했다. 이 모두가 당연히 여왕을 위한 것이었지만, 여왕을 위한 이러한 문화적 움직임은 대관절 어떠한 배경에 따라 생겨난 것일까? 선덕여왕은 왕위에 머물던 16년 동안 밖으로는 고구려와 백제의 침공에 시달리고, 그래서 대국의 황제에게 안타깝게 원군을 요청하며, 안으로는 자기의 왕위를 이어줄 2세의 생산에 대해 고민했을 터이다. 하지만 뜻대로 결실을 보지 못하였다. 게다가, 설상가상으로 여자 왕의 정치를 불신하는 대신들의 반란에 고통 받기까지 하다 급기야는 그 와중에서 죽어갔다. 이러한 여왕의 삶을 아는 신라인들 사이에 어느덧 불행한 여왕을 위해 연민이 섞이고 애호가 어린 분위기가 진작 형성되었으리라는 것은 짐작하기 어렵지 않다. 『삼국유사』의 선덕여왕에 대한 선변善變 미화의 공정은 그러한 배경 안에서 조성되었을 것이다.

선덕여왕의 이미지畵

21) 최홍, 「첨성대는 메소포타미아 여신 섬긴 석녀 선덕여왕의 개인 제단」, 『신동아』 2007년 1월호, pp.500~501.

그러나 여왕의 이미지 상승을 위한 설화적 미화 및 추가 조성의 당사자가 누구일지는 쉽게 논정하기 어렵다. 그 당사자를 김춘추金春秋와 그 후대 왕이라고 추단하는 다음과 같은 견해도 있다.

> 신라는 여왕 통치 기간 내내 백제에 밀리는 상황이었다. 647년 정월에 결국 상대등 비담이 정치적으로 무능한 여왕 퇴진을 요구하며 반란을 일으켰다. 이때 고독한 선덕여왕을 옹호하였고, 반란을 진압한 후 권력을 장악한 이가 김춘추였다. 김춘추와 그 후손 왕들은 여왕을 지지한 정치 행위의 정당성을 내세울 필요가 있었다. 이러한 목적에서 선덕여왕을 실체보다 과장되게 기록한 일종의 상징 조작을 한 것이다. 오늘날 전하는 선덕여왕 설화에는 이처럼 범상치 않은 정치적 복선이 깔려 있다. 이렇게 하여 선덕여왕 설화는 역사성을 얻게 된 것이다.[22)]

선덕여왕 이야기가 본시 설화였는데 역사적 사실처럼 인식되기까지의 경위에 대한 추론이다. 다만, 설화의 본질 면에서 과연 설화라는 것이 어느 한 개인이 마음먹은 대로 설화 대중 전체 안에 유포될 수 있는 것인지에 대한 의문만은 남는다. 이를테면 단군신화든, 동명신화든, 온달설화든, 토끼설화든, 다른 어느 설화든 막론하고 설화에 따로 작가가 있다거나, 유포의 당사자가 있다거나 하는 말은 들어보지 못하였다. 그리하여, 암만해도 설화의 창작에서 유포, 정착에 이르는 일련의 과정은 이름 없는 전체 설화 대중의 에너지로 만들어 간다는 생각이니, 지금 이 선덕여왕 지혜담의 주체도 역시 신라 사회의 설화 대중이라고 판단된다.

선덕여왕이 신라의 대중으로부터 얼마만큼 흠모와 사랑을 받았는지는 여왕을 사모하다가 불이 되어 버린 지귀志鬼의 이야기인 〈심화요탑心火繞

22) 이도학, 앞의 책, p.270.

塔〉 안에서도 충분히 엿볼 수 있다. 본래 『수이전』에 실려 있던 것을 『대동운부군옥大東韻府群玉』이 옮겨 적은 바의 기록 안에서의 지귀는 여왕의 '미려美麗'를 흠모했다(慕善德王之美麗)고 되어 있는 바, 선덕여왕이 신라의 설화 대중으로부터 아름다운 여왕의 이미지로 각인되어 있음을 넉넉히 짐작할 만하다. 문희文姬가 언니 보희寶姬로부터 꿈을 샀다는 〈문희매몽文姬買夢〉 이야기 속에서의 선덕여왕 역시 우아하고 매력적인 여인으로 부각되어 있다.

덧붙여, 중국에 전한다는 다음의 설화는 선덕여왕의 모란고사가 실화로 인정되기 위한 일에 결정적으로 불리한 기제機制라 하지 않을 수 없다. 곧, 여왕의 모란 그림 이야기가 다른 어딘가에서 가져왔을 혐의에서 자유롭지 못하다는 뜻이다.

> 옛날에 중국에서 모란의 모종을 사들여 온 할아버지가 꽃의 그림을 어린 손자에게 보였다. 손자는 그 그림을 유심히 들여다보더니 탄식하였다. "꽃이 곱기는 하지만 향기가 없는 것이 흠이군요." 할아버지가 고개를 갸웃하며 그 이유를 묻자 손자는 서슴지 않고 대답했다. "탐화봉접探花蜂蝶이라 했습니다. 즉 꽃에는 으레 벌과 나비가 따르기 마련인데 이 그림에는 벌과 나비가 그려져 있지 않으니 향기가 없는 것을 알 수 있습니다." 할아버지는 이런 손자의 기지에 탄복하며 모종을 심고 기다렸더니 과연 향기가 없었다.[23]

이야기의 출처 설명이 아쉽긴하지만, 정녕 중국에 이 같은 이야기가 있다고 했을 때, 선덕왕 모란고사를 실제로 있었던 사실 그대로 받아들이기는 상당히 어려워지고 말았다. 가뜩이나 호동설화, 온달설화 하듯이 선덕여왕의 지기삼사 또한 어느새 설화 영역 안에서 해결을 모색해 오던 마당에

23) 김태정, 『우리 꽃 백가지』, 현암사, 2005, pp.74~75.

한 단계 더 무게감이 실리게 되었다.

더하여, 〈구토지설龜兎之說〉이 기원전 3, 4세기 경에 이루어진 인도의 본생설화本生說話를 중국에서 번역한 『육도집경六度集經』이나 『본생경本生經』에서 나온 것[24]으로 인정한다거나, 모란고사와 똑같이 선덕여왕이 등장하고 있는 〈심화요탑心火繞塔〉 이야기가 용수龍樹의 〈대지도론大智度論〉 권14와 중국의 불교설화집인 석 도세釋道世의 『법원주림法苑珠林』 권21에 실려 있는 〈술파가術波伽〉 이야기 안에서 접점을 찾은 일[25]은 모란고사의 비교설화적 개연성을 위해서도 상당히 고무적인 사실이 아닐 수 없다.

4. 그림 해석의 허실

그런데, 흥미로운 것은, 이렇듯 김부식조차 선덕여왕의 정치 수행 능력에 대해 여자이니 어쩔 수 없다며 크게 얕잡아보는 얘기를 했음에도, 웬일인지 정작 선덕여왕의 모란고사 부분에서만큼 여왕 폄하의 내용을 언급하지 않았다는 사실이다. 오히려 배우자가 없다면서 놀리는(欺) 내용은 김부식의 『삼국사기』에서가 아닌, 그보다 130년쯤 뒤에 편찬되어진 일연의 『삼국유사』 안에서 목격이 가능하다.

첨성대가 선덕여왕의 개인적 기자祈子 제단이라는 관점이 있다.

24) 인권환, 「토끼전 근원설화 연구」, 『아세아연구』 25집, 1967, pp.10~12.
25) 황패강, 『신라불교설화연구』, 일지사, 1975, pp.346~361.

특히 위에서 모란고사를 두고 역사적 실제의 일로 보는 반면에, 전혀 가공의 일로 보는 견해도 있다고 하였거니와, 이를 만약 역사적 실제로 본다고 하자. 『삼국사기』에는 공주 시절로, 『삼국유사』에는 여왕 재위 시절로 각기 다르게 설정하고 있지만, 이 둘 중에는 『삼국사기』 쪽에 보다 무게가 실릴 듯싶다. 여왕시대에는 여왕이 자신의 후사後嗣를 출산하는 문제로 심각하게 고민했을 테고, 실제로 문제 해결을 위해 어떤 행태로든 배우자 취선取選의 대책이 강구되었을 것이기 때문이다. 다음과 같은 내용은 이의 뒷받침이 될 만하다.

> 신라시대 김대문이 쓴 『화랑세기』에 의하면 선덕여왕에게는 삼서제三壻制가 시행됐다고 한다. '서壻'는 남편을 뜻하므로, 세 사람의 남편을 뒀다는 얘기가 된다. 그러나 실제 선덕여왕은 결혼하지 않았으므로 삼서제는 여왕에게 씨를 제공하는 씨내리 남자들이었던 셈이다. 『삼국유사』에는 선덕여왕이 결혼해 음갈문왕飮葛文王을 배필로 삼았다는 내용이 있는데, 음갈문왕은 삼서 중의 한 사람으로 간택된 김용춘이었을 가능성이 크다. 갈문왕이란 신라시대에 가까운 친족에게 주던 봉작을 뜻하기 때문이다. 김용춘은 선덕의 숙부 되는 사람으로, 이미 결혼한 몸이어서 선덕과 결혼했다고 해도 정식 결혼이 아니어서 『삼국사기』에 기록되지 않은 듯하다. 먼저 김용춘을 택했다가 성과를 보지 못한 여왕은 이어서 친척인 흠반欽飯과 대신 을제乙祭를 차례로 불러들였으나 끝내 자식 만들기에는 실패하고 말았다.[26)]

그리고 과연 이 같은 일이 있었다고 한다면 저쪽 당나라 황실에서 여왕의 이러한 고민과 대책 마련을 위한 움직임에 관해 아무 것도 모르고 있었다고 보기 어렵다. 알고는 있는데 선덕에게 짝이 없다는 말을 하지는 않

26) 최홍, 「첨성대는 메소포타미아 여신 섬긴 석녀 선덕여왕의 개인 제단」, 『신동아』 2007년 1월호, p.501.

았을 터이다. 따라서, 차라리 그 시점의 개연성은 여왕 시절보다는 공주로 있었던 시절 쪽에 선택의 비중이 옮아간다. 아울러 전언하였듯이, 얼마든지 짝이 없을 수 있는 공주 시절에, 짝이 없다는 것으로 놀린다는 말의 설득력도 그다지 높다고만은 보기 어렵다.[27] 따라서 이 모란고사는 실화이기보다는 설화일 개연성이 훨씬 고조된다. 실제로 적지 않은 논자들이 이 고사를 일종의 설화로 판단하는데, 그 중에는 당태종의 금도襟度가 크고 스케일이 남다르다는 데 의지하여 당태종이 선덕여왕을 상대로 놀렸을 리 없다고 믿는 견해도 보인다.

별도의 진실을 밝히고자, 조용진은 『동양화 읽는 법』에서 그림 읽기의 새로운 해석을 펼쳐 보이고 있다. 그는 이 책 안에서 모란 관계의 서술 중간에 모란은 부귀를 뜻하고, 나비는 80세를 의미하기에 이 둘을 동시에 그렸다가는 그만 '80세까지만 부귀를 누리라'는 의미로 제한된다고 설명한다. 결과, 불필요한 오해를 불러 일으킬 수 있으며, 오히려 모란꽃엔 향이 있다고 말한다. 단지 모란에 나비가 곁들여지지 않은 것은 바로 그 이유 때문인데, 엉뚱하게도 선덕여왕이 확실히 독화讀畵의 원리를 몰랐고,[28] 고려조의 일연까지도 모란에 나비가 함께 그려져 있지 않은 올바른 이유를 몰랐기에 일어난 무지의 일로 평하고 있다.[29]

이상은 모두, 당태종과 선덕여왕의 시대에 이미 그 같은 독화법讀畵法이

27) 『삼국사기』에는 메시지 추정의 범위가 '향이 없다'까지였고, '짝이 없다'에 대해서는 언급이 닿지 않았던 것으로도 알만하다.

28) 조용진, 『동양화 읽는 법』, 집문당, 1991, p.94.
"『삼국유사』와 『삼국사기』의 내용이 조금 다르지만 여하튼 선덕여왕이 모란꽃에 나비만을 그리지 않는다는 독화의 원리를 몰랐던 것은 확실하다."

29) 조용진, 『동양화 읽는 법』, 집문당, 1991, p.93.
"모란꽃은 향기가 없다고 알고 있는 것은 『삼국유사』 때문…그런데도 많은 사람들이 향기가 없다고 알고 있는 것은 『삼국유사』에 기록된 선덕여왕의 영민했던 세 가지 일화의 내용을 잘못 알고 있기 때문이다."

존재했다는 전제에서 말한 것이다.[30] 하지만 이것이 사실로서 성립하려면 정작 이와 같은 독화법이 언제 어느 시대부터 생겨났는지부터 확실하게 해둘 필요가 있다. 말하자면, 독화법의 형성에 대한 보다 정확한 자료적 근거만큼 구비해 주어야 한다는 뜻이다.

만약 그의 추론대로 선덕여왕이 정녕 80세로 한정되는 부귀의 의미를 몰랐다고 하자. 그랬을 경우 문제는 단순히 거기서 끝나지 않는다. 그녀 뿐 아니라 왕실 주변의 그 많은 왕공 대신들 가운데 누구도 이 지식에 대해 아는 바 없었다는 결론으로 연결되는 까닭이다. 바꿔 말해, 누구든지 당시에 모란과 나비의 독화법적 진실에 대해 아는 이가 있었다고 한다면, 그것은 꽃과 나비가 암시하는 음양 법칙의 문제가 아니라, 독화법에 따라 그렇게 된 것임을 일깨우는 메시지가 수반

梅萱堂 鄭星姬의 모란도

30) 조용진, 『동양화 읽는 법』, 집문당, 1991, p.95.
"당시에 이미 중국에는 모란꽃에 나비를 곁들여 그리지 않는 법식이 있었다. 왜냐하면 … 모란꽃이 부귀, 나비가 질수耋壽(80세)를 뜻하기 때문에 부귀질수富貴耋壽(80세가 되도록 부귀를 누리다)의 뜻이 되어 의미가 제한되기 때문이다. 힘들여 나비를 그려 가지고 그리지 않음만 못할 바에야 그릴 필요가 없지 않겠는가?"

되었을 터이고 또 그래야 마땅하다. 하지만 그런 내용은 아예 전무할 따름이니, 과연 신라 당년의 모든 지식인들조차 당나라 지식인 사이에 주지된 독화 지식에는 전혀 무지한 상태로 있었단 말인지 의아하다. 게다가 삼국시대가 마감되고, 통일신라시대를 지나, 고려 말엽 일연의 시대까지 수백 년을 지나도록 전혀 그림의 법칙에 무지한 상태가 지속되었다는 말인지? 곧, 일연 혼자만이 몰랐거나, (혹은 일연은 충실히 옮겨 기록했을 뿐이니) 일연을 포함한 그 시대 사람들 전체가 독화법에 무지했다는 것인지 난감할 뿐이다. 김부식이나 일연 뿐 아니라, 앞 시대 고려 초의 「수이전」 편자와, 그리고 뒷시대 조선조에 모란고사를 담고 있는 『삼국사절요』 및 『해동잡록』의 편자들 역시 무지한 그룹에서 면할 길이 없어진다. 모두들 그런 간단한 이치도 모르는 터수에, 엉뚱하게도 선덕여왕의 지혜를 선양하기에만 급급했다는 것인지 못내 의심스럽다. 요컨대, 모란 그림에 벌이나 나비가 없는 데 대한 독화법이 당시 중국에선 부귀영화의 80세 제한설이란 의미로 통용되었을는지 모르지만, 우리 쪽에선 별로 상관없이 감상되지 않았나 싶다.

나아가, 이야기 안에서 모란에는 본래 향기가 없다고 했지만, 여기에도 논란의 여지가 남아 있다. 어쩌면 진평왕이나 선덕여왕의 어간에 신라에 처음 들어왔다던 그 모란은 여러 품종 가운데 향 없는 모란이었을 수 있다는 개연성도 무시할 수는 없다. 그리고, 직접 모란을 상대로 자세히 향을 맡아본 사람들에 의하면 진하지는 않지만 약하나마 향기가 난다고 한다.

한중 두 나라의 시 작품들과 실제로 접하는 순간, 모란이 무향화無香花라는 인식은 새로운 도전을 받게 된다. 우선 중국의 시단에서는 일찍이 송대 매요신梅堯臣의 〈자모란紫牧丹〉[31]과 구양수歐陽修의 〈백모란白牧丹〉 시[32] 등에서 그 기미를 엿볼 수 있다.

모란의 향을 구가한 것은 비단 중국의 일만은 아니었다. 조선 성종 때 사가四佳 서거정徐居正의 시이다.

風流富貴百花尊 부귀로운 풍류는 꽃들 가운데 가장 높고
國色天香到十分 으뜸의 빛깔과 향기는 극치에 달하도다.
如何箇樣花開大 그런데 어찌타 꽃 모양은 그다지 크면서
不及區區芥子孫 조그마한 열매조차 맺지를 못할까.

'천향국색天香國色'은 천하일색天下一色처럼 세상에서 제일가는 미인이란 의미도 있으나, 모란을 부르는 다른 이름이기도 하다. 이 표현 자체로 벌써 모란에 향기 있음이 전제되어 있다. 이렇듯 한국이나 중국이나 할 것 없이 모란의 향기를 시적 소재로 다루고 있음을 목격할 수가 있는 것이다.

일본도 예외는 아니다. 일본의 놀이문화 가운데 하나인 화투의 6월패는 모란이거니와, 여기의 모란 그림에는 나비가 함께 그려져 있음을 보게 된다. 그렇다면 기존의 이야기에서와 달리 모란에 향이 없어서 벌과 나비가 붙지 않았다는 모란고사의 정보 내용은 재고를 요한다고 하겠다. 아니면, 혹 모란의 여러 품종 가운데는 향이 있는 것과 없는 것 등으로 각각 달라 일률적으로 말할 수 있는 문제는 아니라고 말할 수도 있겠다. 또는, 모란이 다른 꽃들에 비해 향기가 덜했던 까닭에 그랬을 가능성도 있다.

오히려 모란 이미지에 있어서 보다 우선성을 차지하는 것은 '향香'의 문제보다는, 위에서 잠깐 언급되었지만 유화무실有花無實의 초목인 모란이 갖는 '실實'의 문제에 있다고 하겠다. 외양으로는 가장 화려하여 화왕이라

31) 葉底風吹紫錦囊 宮爐應近更添香
試看沈色濃如潑 不愧逢君翰墨場.
32) 蟾精雪魄孕雲荄 春入香腴一夜開
宿露枝頭藏玉塊 暖風庭面倒銀杯.

고까지 불리지만, 열매가 맺지 못함을 한계로 지적한 뜻이다.[33] 그리하여 만약 『삼국유사』의 기록대로 선덕여왕 재위 당시의 일이었고, 당태종이 정말로 선덕여왕을 놀리기라도 했을 양이면, 그것은 배우자가 없다는 쪽보다는 선덕여왕에게 후사가 없음을 놀렸다고 하는 측면에서 더 온당함을 획득할 수 있다. 실제로 선덕여왕이 본인의 자식이 없어 고민하고 부심했을 개연성을 엿볼만한 국면들은 앞에서 언급하였다.

모란을 주인공 꽃 임금으로 삼은 의인화 시도는 근세 이가원李家源의 가전假傳 작품인 〈화왕전花王傳〉에도 나타나 있다. 내용 가운데는 바로 이 『삼국유사』에 나오는 당태종과 선덕여왕 간의 유명한 모란고사를 인용하고 있음이 특기할 만하다. 뿐만 아니라, 그 바로 뒤에 기술한 다음과 같은 대목은 역시 모란의 상징 언어 중에는 자식을 생산하지 못하는 의미도 깔려있다는 증거로서 괄목할 만하다.

> 自是以後 羅人以此花有花無實 不甚愛之 雖婦人之患無子女　而欲謁瞽卜　或禱靈佛 以求子者 路逢此花 輒爲之悵然失意焉.
>
> 이러고부터는 신라 사람들이 '이 꽃은 화花만 있고, 실實은 없다'고 하여 그다지 사랑을 쏟지는 않았다 한다. 아낙네들이 슬하에 자녀 없음을 걱정해서 소경의 점을 보러 갈 때나 영험한 부처 앞에 빌어서 자식을 얻으려는 이도 가는 도중에 이 꽃과 마주치면 순간 아뜩하니 낙심천만하였다.

모란꽃

33) 이밖에도 모란의 '유화무실'에 대한 속성을 읊은 시들을 심심치 않게 볼 수 있다. 송대 왕부王溥란 이의 〈영모란詠牡丹〉에도 대추꽃과 뽕잎도 열매를 맺고 실을 토해 내는데, 우습게도 엄청난 모란은 열매 없는 빈 가지일 뿐이라고 읊영하였다. "棗花至小能成實 桑葉雖柔解吐絲 堪笑牧丹如斗大 不成一事又空枝."

이처럼 선덕여왕의 지혜를 돋보이게 만든 선덕여왕 모란 이야기는 생각처럼 단순하지가 않다. 다시 말해, 이야기의 수긍을 위한 과정이 별반 순조롭거나 순탄하지 못하다는 말이다. 즉, 모란이 정녕 향기 없는 꽃인가 아닌가 하는 문제, 또한 향의 유무는 따지지 말기로 하고 무조건 향기 없다는 쪽을 십분 수용한다고 해도 과연 신라 당년에 독화법이 존재했는지 아닌지를 판정 짓는 문제, 나아가 모란이 배우자 없음의 상징 대신에 자식 없음의 상징성을 대신할 수 있는 문제 등등, 훨씬 복잡한 전제들이 걸려 있다.

하물며, 선덕여왕의 모란고사가 앞서 소개한바 중국에 전한다는 할아버지와 손자 사이의 모란 그림 설화와 견주어 유사성 · 유형성이 느껴지는 마당에 과연 그것이 고유한 실제담인지에 대한 의구심과 함께 실화가 아닌 설화의 개연성만 잔뜩 제고되었다.

그렇다면 이러한 무리수들이 다 어디서 나왔을까? 이는 암만해도 대내외의 정치 국면에서 패배를 면치 못했던 여왕에의 애호와 연민이 어린 신라의 민심이 비운의 여왕에 대한 이미지 제고를 위해 행했던 그 무엇인 것으로 다가온다. 곧, 모란고사를 포함한 선덕여왕 지기삼사는 바로 이러한 설화 대중의 목적 동기에 따라 조성되어진 결과적 산물이었다고 최종 사유되는 것이다.

5. 맺음말

선덕여왕 모란고사 안에는 문헌에 실린 이야기 자체로 납득하기 어려워, 끝내 사실史實로 받아들이기에 곤란한 몇 가지 문제점이 내재되어 있다.

첫째, 모란고사는 모란이라는 식물의 본질적인 측면에서 과연 이 꽃에 향이 있는지 없는지 모호한 가운데 이를 큰 전제로 설정하고 펼쳐진 불안정한 이야기라는 사실을 면하기 어렵게 된다.

둘째, 과연 그 시대에 당태종이 꽃과 나비의 음양론陰陽論에 입각하여 여왕의 배우자 없음을 놀렸다고 하지만, 당시의 기록들을 종합해 볼 때 당태종 쪽에서 선덕왕에 대해 꽃씨와 그림을 선물하고 농담할 정도의 친근감이나 호감을 엿볼 만한 그 어떠한 단서도 찾기 어렵고, 오히려 번거롭게 생각하고 있었다는 사실 또한 간과될 수 없다. 다만, 그럼에도 불구하고 그런 일이 실재하였다 하더라도 놀림의 초점은 배우자 없음에 있는 것이 아니라, 후사가 없음을 놀렸다는 쪽에서 보다 타당성이 확보된다고 할 수 있으니, 『삼국유사』가 갖는 이야기 구조의 불안정성이 배가된다.

셋째, 그림의 참뜻을 독화법에 입각하여 당태종이 선덕여왕의 무궁한 부귀영화를 기원하느라 보냈다고 하는 견해도 당태종의 여왕에 대한 정서상태거나, 독화법의 전파 여부가 불투명한 마당에 그 수용이 어렵다. 더욱이, 선덕여왕 모란고사를 담고 있는 『수이전』, 『삼국사기』, 『삼국유사』, 『삼국사절요』, 『해동잡록』 등 문헌들은 공통적으로 독화법과는 관계없이 여왕의 지혜를 선양하는 얘기만 하고 있다. 그렇다면 고려시대의 김부식, 일연 뿐 아니라, 조선시대의 식자층 어느 누구도 독화법을 알지 못했다는 뜻이 되니, 납득은 더욱 어려워진다.

넷째, 선덕여왕 모란고사는 이야기의 시간 배경을 두고 같은 고려시대 안에서 『삼국사기』는 진평왕 시절의 일로, 『삼국유사』는 선덕여왕 때의 이야기로 설정시키는 등 서로 일치하지 않는다. 이렇게 모란고사가 심각한 정보 충돌을 면치 못하고 있는 사실 자체, 역사 기록으로 보기엔 안정적인 기조를 갖추고 있지 못하다. 게다가, 이 이야기가 인귀교환人鬼交驩

을 대종大宗으로 삼고 있는 신이神異 설화의 총 요람인 『수이전』에도 실려 있는바, 그것의 설화적 위상을 공고히 하는 유력한 근거로 작용한다. 더 나아가, 선덕여왕 모란고사의 진원지를 가늠할 만한 같은 내용의 중국 설화가 따로 존재한다는 엄연한 현실은 모란고사의 사실史實 가능성에 치명적인 요인이 된다. 같은 여왕이 주인공으로 되어 있는 〈심화요탑心火繞塔〉 및 그 무렵 전승되던 설화인 〈구토지설龜兎之說〉 등이 모두 다른 나라 인도의 설화를 근원처로 하여 각색을 시도했다는 점도 이의 강력한 좌증이 된다. 따라서 선덕왕 모란고사를 역사적 문장으로 보는 대신, 설화적 문체로 간주하고자 한다. 그 결과, 당연히 모란과 나비의 관계를 남녀 음양론에 입각해서 이해하든 독화법에 따라 이해하든 이야기는 모두 역사적 해석이 아닌, 설화적인 해석의 범주 안에 둔다.

이제, 선덕여왕을 주인공으로 한 이같은 설화가 탄생된 배경과 경위는 국가적으로, 또 선덕여왕 개인적으로, 당황과 수난이 많았던 다사다난의 시기에 양성釀成된 신라의 국민 정서와 관련이 있겠다.

선덕여왕 대에 분황사 · 영묘사 · 황룡사와 첨성대 같은 건축물이 다른 시대에 비해 다량 축조되었다거나, 동시에 모란고사를 포함해서 이 여왕대를 배경으로 각별히 많은 수의 설화가 파생되었던 일은 한갓 우연한 현상으로만 볼 수 없다. 곧, 사寺 · 대臺 등의 건축물의 축조가 여왕이 면할 수 없었던 정치적 시련 및 개인적 신상에의 극복을 위한 산물이라면, 여왕의 이름이 걸린 설화는 신라의 민심이 그 단점을 장점으로 전환해 보고자 했던 회복의 의지였다고 본다. 여왕이 등장하는 여러 문헌 속의 많은 설화들은 그녀가 당시 대중으로부터 받았던 사랑이 어느 정도인지 알려주는데 부족됨이 없다.

그리고 지금 여왕을 직접 주인공으로 세운 이 모란고사 같은 경우 역시,

『삼국사기』와 『대동운부군옥』의 표현대로 그야말로 생전에 "관인명민寬仁明敏"하며 "미려美麗"했던 여왕에 대한 사랑과 연민을 달래고 싶어 했던 신라 설화 대중의 소박한 욕구가 낳은 또 하나의 산물이었다.

뿐만 아니라, 이렇게 여왕의 시련과 수난이라는 패배의 이미지를 감싸 덮고 긍정적인 이미지로 제고시키는 일은 여왕 개인에 대한 배려뿐 아니라, 신라국과 신라인의 자존심까지 한꺼번에 챙겨주는 일거양득의 다중효과마저 기약하게 된다.

7장 권필의 주사장인전酒肆丈人傳에 나타난 소강절邵康節 배격

1. 머리말

〈주사장인전酒肆丈人傳〉은 조선시대 선조·광해조 때의 시인 석주石洲 권필權韠(1569~1612)의 산문 소설이다. 권필은 선조·광해 때의 불우하였던 시인·문사로 자는 여장汝章, 호는 석주石洲, 평생을 시주詩酒로 자오(自娛)하였다. 그러다 남의 옥사 중에 발견된 칠언절구 〈궁류宮柳〉 시가 당시 집권층에 대한 풍자라는 혐의를 받은 일이 빌미되어 광해군에게 국문鞫問을 당하고, 결국은 귀양길에 주사酒死한 인물이다. 작품은 권필의 흉중에 품은 사상적 호한浩瀚한 경륜을 만장의 기염으로써 설파한 논변풍의 소설 단편이다.

이것이 논변 풍이라 함은 이 소설의 전체에 걸치는 짜임새만 살펴보아도 쉽게 알 수 있

[illegible]行而還至於斯耶嗚呼卓絶之行宋傳史論
吾不復見其人也方公之逝也我在西州其殯
焉不得撫棺而盡哀其壙焉不得視公之柩入
于土也豈但我之抱恨終身抑恐長逝者魂魄
有 於冥冥之中也嗚呼先民有言死者復生
生者不愧敎公之諸孫卒以成人揚公之志行
以傳諸後儻可以少蓋前愆公其知耶其不知
也耶

酒肆丈人傳

昔者邵子居洛一日乘小車賞花於天津橋趙
于酒肆之傍見一老翁髽髮皤然釣簾而坐左
手攬纓右手指邵子曰汝非邵雍耶邵子拱而
對曰然曰汝非折天地之和離陰陽之會漏神
之機洩道之密以取媚於世者耶若汝者古謂
之天刑之民邵子矍然逡巡而進曰夫子何罪
雍甚耶雍自少時讀先王之書至于今四十餘
年矣言不敢有悖乎理行不敢有違乎道夫子
何罪雍甚耶丈人蓄然而笑曰甚矣難悟哉子
之惑也居吾語汝至道之精窈窈冥冥至道之
極昏昏嘿嘿二儀相軋而萬化出焉者非有所

石洲外集에 실린 〈주사장인전〉

다. 즉 전체 총 942자의 분량 가운데 등장인물들의 행위부에 속하는 것은 고작 200자에 불과한 반면, 언변부에 해당하는 것이 무려 742자에 달하고 있어서 통상 행위 면이 주가 되는 여느 소설들과 차별성이 나타난다는 사실이다. 실제로 작품 초반, 소강절이 주막 노인을 만나기까지의 촌분의 동태와, 노인에 의해 일방적으로 일패도지한 뒤의 동향 부위 약간을 뺀 나머지는 거의 갑론을빅의 논변 일변도였던 것이나. 같은 한문소설이라 할지라도 역시 현실 비판적 주제를 다룬 허균이라든가 박지원의 행동 위주의 소설들과 대조하면 큰 차이를 발견할 수 있다.

그럼에도 불구하고, 그리 길지는 않으나 위태롭게 보이는 이 한 편이 어떻게 하여 『석주집石洲集』 가운데 제외 당하지 않고 그대로 실렸는지 의아로움이 없지 않다. 곧, 유교의 뿌리깊은 선천 역학先天易學 내지 그 역사상 주역들에 관한 기존의 관념들을 일거에 불식하는 반골 정신, 어찌 보면 무모함이랄 수 있는 그 반항적인 특징이 주목되는 것이다. 이러한 역학 부정의 격론은 당시로서는 일대 이변이 아닐 수 없었다. 작자의 이 투철한 안티테제의 개념이 비록 중도의 전향으로 생애 끝까지 일관화되지는 못하였더라도, 조선 시대 소설의 흐름에서조차 그 유례를 찾기 어려운 첨예한 격론의 과격한 발상만으로도 성찰해 볼 의의와 가치는

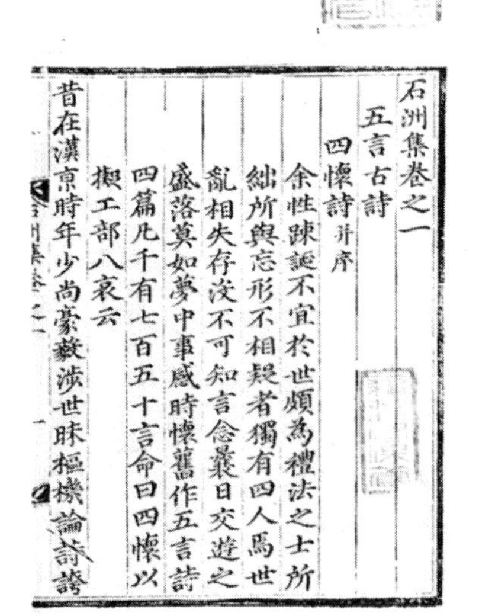
石洲集卷之一
五言古詩
四懷詩并序
余性踈誕不宜於世頗爲禮法之士所
絀所與忘形不相疑者獨有四人焉世
亂相失存沒不可知言念曩日交遊之
盛落莫如夢中事感時懷舊作五言詩
四篇凡千有七百五十言命曰四懷以
擬工部八哀云
昔在漢京時年少尚豪歛涉世昧樞機論詩誇

권필의 石洲集

넉넉할 것으로 믿는다.

〈주사장인전〉에는 주도적 역할이 되는 주사장인과 강절康節 선생 소옹邵雍(1011~ 1077)을 비롯하여 부수적 단역이라 할만한 소강절의 종자從者와, 정자程子, 정자의 종자 등 모두 다섯 명 정도의 인물이 등장하고 있다. 이들은 크게 두 갈래 대립의 형국으로 갈라져 있음을 보게 된다. 주사酒肆의 장인丈人, 즉 술집의 노인으로 내세워지는 한 입장과, 그 상대편에 소강절을 비롯한 주변 인물들의 입장이 그것이다. 이야기 구성의 최종은 장인 한 사람의 승리와 소강절 무리의 패배로 귀착된다.

그러나 어찌하여 그 참절한 고배를 마신 가장 큰 희생의 당사자가 소강절로 나타난 것일까? 권필이 본 작품을 쓰지 않을 수 없었던 계기는 필경 당시 학계에서 무비판적으로 송유宋儒의 학學에 맹종하는 기풍을 비평하려는 데 있겠다.[1] 그렇다손, 소강절과는 이름을 나란히 하는 같은 북송北宋의 여러 거유巨儒들, 곧 주렴계周濂溪(1017~1073), 장횡거張橫渠(1020~1077), 정명도(程明道(1032~1085), 정이천程伊川(1033~1107), 나아가 남송南宋의 대학자로서 주자朱子(名:熹)라 불리는 주회암朱晦庵(1130~1200) 같은 인물들을 다 고사하고 어찌 소강절 한 사람만 선택하였던 것인지 의아로움을 품지 않을 수 없다. 송학宋學을 말할 때 곧잘 염락관민濂洛關閩의 학學이라고 하여, 염계濂溪 땅의 주돈이周敦頤, 낙양洛陽의 정명도와 그 아우 정이천, 관중關中의 장횡거, 민중閩中

소강절

1) 이가원, 『麗韓傳奇』, 우일출판사, 1981, p.51.

의 주희를 드는 법이 있다.

반면, 소강절이 그 높은 명성에도 불구하고 이에 끼지 못했던 사실과, 〈주사장인전〉에서 하필 소강절을 선정했던 데는 나름대로의 특별한 이유가 따로 있을 법하다. 이제 그 근거가 될 만한 사실들을 나름대로 분석·유추해 보기로 한다.

2. 소강절과 역易의 발휘

애당초 소강절은 송의 제유諸儒 가운데도 역易에 특히 관심을 경주傾注하였고, 또 일가의 묘체妙體를 얻은 이로도 알려져 있다. 그리하여 소강절의 학풍이 앞서 소개된 다섯 사람 송유의 학문과는 약간 그 성격을 달리하였던 것도 사실이었다.

그러나 일면, 특별히 그 말폐末弊의 면을 주시할 것 같으면 선천 예언의 운명학, 혹은 점술의 학으로 비난 받을 소지는 충분하였다. 『성리대전性理大全』 권39 소자邵子 조에,

> 堯夫精易之數 事物之成敗始終 人之禍福脩短.
>
> 소강절은 역易의 수리數理인 사물의 성패 및 시작과 끝, 사람의 화복 및 수명의 장단에 정통하였다.

라고 한 것이 그러하다. 또, 같은 소자邵子의 조에,

> 和靖尹氏曰 康節之學 本是經世之學 今人但知其明易數知未來事 却小

了他學問.

소강절의 학문은 본래 경세經世의 학문인데 이즘 사람들이 다만 그 역수를 밝혀 미래의 일을 예지하는 사실만 알고 오히려 다른 학문 쪽은 쉽게 보았다.

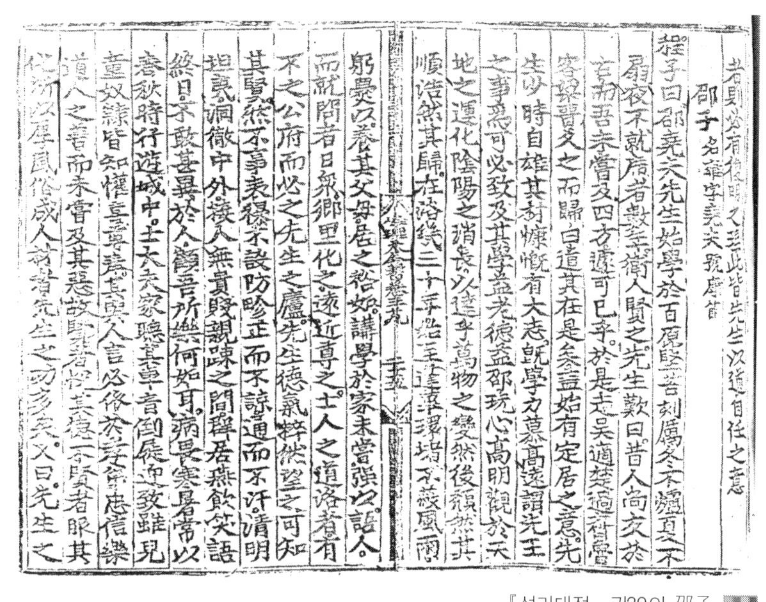
者則必有待明之矣此皆先生以道自任之意
邵子 名雍字堯夫號康節
程子曰邵堯夫先生始學於百源堅苦刻厲冬不爐夏不
扇夜不就席者數年衛人賢之先生歎曰昔人尚友於
古而吾未嘗及四方遽可已乎於是走吳適楚過齊魯
客梁晉久之而歸曰道其在是矣蓋始有定居之意先
生少時自雄其材慷慨有大志旣學力慕高遠謂先王
之事爲可必致及其學益老德益卲玩心高明觀於天
地之運化陰陽之消長以達乎萬物之變然後頹然其
順浩然其歸在洛幾三十年始至蓬蓽環堵不芘風雨
性理大全書卷之三十九 三十五
躬爨以養其父母居之裕如講學於家未嘗强以語人
而就問者日衆鄉里化之遠近尊之士人之道洛者有
不之公府而必之先生之廬先生德氣粹然望之可知
其賢然不事表襮不設防畛正而不諒通而不汙清明
坦夷洞徹中外接人無貴賤親疏之間羣居燕飲笑語
終日不甚異於人顧吾所樂何如耳病畏寒暑常以
春秋時行遊城中士大夫家聽其車音倒屣迎致雖兒
童奴隸皆知懽喜尊奉其與人言必依於孝弟忠信樂
道人之善而未嘗及其惡故賢者悅其德不賢者服其
化所以厚風俗成人材者先生之功多矣又曰先生之

『성리대전』 권39의 邵子

같은 기사는 소강절의 이미지를 이해하는데 좋은 좌증이 되는 해석이다.

그의 학문적 특성은 당대의 성리학자 가운데도 정심 수양正心修養의 인간적 도리라든가 의리의 궁구보다는 "사상四像과 가일배법加一倍法을 적용하여 천체의 괴멸, 지구의 연령, 성운의 상태, 역사의 변천, 기타 사상事象 등을 추산, 예언"[2]하는 데 더 역점을 두었던 듯하다. 그리하여 궁극에는 일심一心으로 만심萬心을 볼 수 있고, 심心으로 천의天意를 대할 수 있다고

2) 배종호, 『철학개론』, 동화문화사, 1974, p.227.

함으로써 이인순천以人循天하는 노장老莊의 입장과 달리, 천天을 인人에 포섭하여 이인대천以人代天 했던 인물로 요약한 것[3]은 핵실覈實한 지적으로 보여진다. 이것을 오히려 도가의 노장에서와 같이 도를 안으로 감추려는(道藏)입장에서 보면 바로 천도 운행天道運行의 비기秘機를 도둑질하는 천기누설의 역천자逆天者가 되는 것이다. 심지어는 유가 성리학의 집성이라고 할 『성리대전性理大全』에서조차,

堯夫於物理上儘說得 亦大段漏泄他天機.(邵子, 권39)

소강절은 사물 돌아가는 원리를 일일이 다 얘기해 버렸으니, 역시 엄청나게 천기를 누설한 셈이다.

라는 비판적 표현이 보인다.

이렇듯, 소자의 학문이 당시의 성리학자와는 어떤 의미에서 별반 구분하여 논평되곤 하던 까닭도 실은 그 연원이 도가자류道家者流에 있었다는 사실과 무관하지 만은 않다. 『성리대전』 '邵子' 조에는 그의 사종師宗으로 알려진 이정지李挺之가 하남河南의 목수穆修를 스승으로 하여 역易을 이어받고, 그 전傳을 얻어 다시 소강절에게 전수하였다고 밝히고 있다.

先生之學 得之於李挺之 挺之得之於穆伯長 推其源流 遠有端緒.

선생의 학술은 이정지李挺之에게서, 이정지는 목백장穆伯長에게서 받은 것이니, 그 원류를 더듬자면 그 단서가 멀리에 있다.

한편, 그 도통道統의 단서를 더 멀리 잡아 목수穆修 대신 진단陳摶으로

3) 배종호, 위와 같음.

말하는 수도 있다. 풍우란馮友蘭의 저술인 『중국철학사』의 글이다.

康節象數之學 受自李之才 程明道所作邵堯夫先生墓誌銘中 亦言之 李之才則傳陳摶之學 謂 之才之傳 遠有端緒 卽謂此也.

소강절의 상수학象數學은 이지재李之才로부터 받은 것이다. 정명도가 지은 소강절선생 묘지명에도 그렇게 말하고 있다. 이지재는 진단陳摶의 학문을 전해 받은 것이니, 이지재의 학문은 그 실마리가 먼 곳에 있다고 함은 이를 두고 말하는 것이다.

김시습金時習도 『매월당집梅月堂集』(권20, 傳)에서 양자를 한꺼번에 연관지어 나타내고 있다.

初北海李之才受易於河南穆修 修受仲放 放受陳摶 源流最遠.

애당초 북해의 이지재는 하남의 목수에게 역易을 전수받았다. 목수는 중방仲仿으로부터, 중방은 진단으로부터 받았으니, 그 원류가 아주 멀다.

그런데, 그 역이라 하는 것도 원래부터 유가의 경전은 아니었다는 점[4]을 감안한다면 소강절 학통의 원류가 본래 유가 편에 있지 않았음을 짐작할 수 있겠다. 어떻게 생각하면 소강절이 도가의 비결과 묘오妙奧를 유가 쪽에 누출시켰다고도 볼 수 있겠으나, 성리 공부만을 오로지 신봉하는 유가의 순수 분자 사이에서도 그의 전향을 온당하게 인정하고 전적으로 받아들이지는 않았던 모양이다. 이를테면, 한때 소자에게 배웠다고 하는 정

4) "『주역』은 원래 유교 경전과는 별개의 것으로 진시황의 분서焚書 때에도 화를 면하였고, 가장 늦게 유교 경전에 끼게 되어 위魏나라 왕필王弼이 주를 달고 당나라 공영달孔穎達이 소疏를 가하여 십삼경주소十三經注疏의 첫머리에 놓여지게 되었다." (『한국학대백과사전 ②』, "주역周易")

자程子마저도 소자의 학풍을 오히려 '공중누각空中樓閣' · '사통팔달四通八達'(『성리대전』 권39 邵子)이라 하여 그 약간 허망하고 일관성 없다는 뜻으로 비판을 가했던 사실이 있다.

한편으로, 남송의 학자인 주희가 『역학계몽易學啓蒙』을 편찬할 때도 소강절의 선천도先天圖 사상에 크게 힘입었던지, 『성리대전性理大全』(권14, 易學啓蒙1)의 주소註疏 안에서 의의를 크게 부각시키고 있다.

> 鶴山魏氏曰 朱文公易 得於邵子爲多 蓋不讀邵易 則茫不知啓蒙本義之所以作.
>
> 학산 위씨는 말한다. 주자의 역易은 소자邵子에게서 얻은 것이 많다. 생각건대 소자의 역을 읽지 않으면 주자의 『역학계몽易學啓蒙』이며 『주역본의周易本義』가 만들어진 근거에 대해 막막하여 알지 못할 것이다.

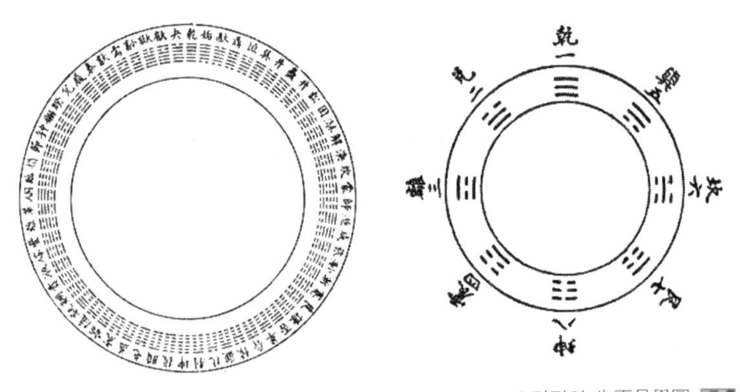

소강절의 先天易學圖

소강절의 역리易理에 대한 규명과 모색을 추종 불허의 상당한 수준으로 인정하고 있음을 알아차릴 수 있다.

그런데 석주는 천도의 운행 질서인 역 그 자체는 신봉하였는지 모르나,

역의 발현과 노정露呈 만큼은 절대 금기시하였던 모양이다. 그리하여 그는 고래로 역리의 사업에 관계했던 인물, 곧 복희伏羲 · 문왕文王 · 공자孔子 등이 이룩한 일련의 노력들에 대해 우주 원기를 망치는 행위로 부정하기까지 한다. 작품 속 주사장인이 기염을 토하는 부분이다.

> 自伏羲畫卦 而大和散 文王之演 孔子之翼 而元氣礫.
>
> 복희가 괘를 긋고부터 크나큰 조화가 흩어 달아났고, 문왕이 이를 부연하고 공자가 보익하고부터 원기는 갈갈이 찢겨졌어.

이는 그대로 파천황破天荒과도 같은 선언이었다. 석주는 이렇게 천도의 이치를 다루고 밝혀내려는 일을 크게 허물하였다. 그는 이를 '역을 작출한 과오라(作易者之過也)'고 하였다. 그래도 여기까지는 어떡해서든 순수한 우주적 진리 탐구의 경지로서 봐 줄 만하였다.

이 흐름이 그만 소강절에 와서 한층 더 그르친 감을 나타내었다. 다름 아닌, 이전의 순수론에서 약간 이탈하여 앞서 말한 바와 같이 세속적 운명 예언학의 성향으로 변질되었다는 판단이다. 석주가 혐오한 제일의 핵심처가 바로 여기에 있었다. 매월당 김시습도 "도道를 싣고 있는 것이 역易이요, 그것을 발휘한 것은 점占이라"[5]고 했지만, 바로 이것, 역을 적나라하게 발휘시키는 행위야말로 모면할 길 없는 탄핵의 대상이 된다. 이것이 전편을 일관한 핵심적인 명제이다. 이러한 역에 관한 적나라한 발휘 및 노출을 다른 말로 '천기의 누설'이라고 하는 것이다. 바로 그 천기누설은 주사장인이 소강절을 향해 매도하는 말 가운데,

5) "載道者易也 發揮者占也."(『大東野乘』 권20 '김시습'에서 인용).

汝…漏神之機 洩道之密 以取媚於世者耶.

그대는 … 천기와 은밀한 도를 누설시키는 일로 세상에 아양떠는 자가 아닌가?

고스란히 드러난다.

'천기'라고 하는 것은 하늘의 기밀, 하늘의 생각이라는 뜻이다.[6] 이러한 천기를 누설시킨다는 것은 예로부터 아주 위험천만한 일로 인식되어 왔다. 문헌 중의 일례로 『집선전集仙傳』 가운데,

黃帝天機之書 非奇人不可妄傳.

전설의 제왕인 황제黃帝의 천기에 관계된 책은 특별한 사람이 아니면 함부로 전해서는 아니된다.

경계의 뜻이 보이고, 일연一然의 『삼국유사』 권2 〈경덕왕 충담사 표훈대덕景德王忠談師表訓大德〉 같은 데에서도 동일한 취지를 찾아 볼 수 있다.

帝又召曰 天與人不可亂 今師往來如隣里 漏洩天機 今後宜便不通.

황제가 또 불러서 이르기를 하늘과 인간은 서로 어지럽힐 수 없다. 그런데 지금 대사는 그 두 곳 왕래하기를 이웃 동네 다니듯이 하니, 천기누설이라, 이후로는 마땅히 임의로 통하지 말도록 하오.

이밖에도 연암 박지원의 〈우상전虞裳傳〉[7]과 허균의 『성수시화惺叟詩話』,[8] 〈춘향전〉[9] 등에도 이와 상응하는 일반一斑이 엿보인다.

---

6) 『중문대사전』에는 '天機'를 "天之機密也 猶言天意"라 했다.
7) 漏洩陰陽 神鬼嗔怒矣.
8) 朴守庵遊淸鶴洞作詩曰…英雄那加測 眞訣本無傳.

소강절에게 있어 천기누설의 대표격은 저 유명한 천진교天津橋 위의 두견杜鵑 일화다. 소강절이 어느 때 낙양현 남쪽 20리에 있는 천진교 위에 섰다가 두견새 우는 소리를 듣고 참연히 슬퍼하면서, '금후 20년 안에 남방인이 들어와서 정권을 잡게 되고 그때부터 천하는 시끄러울 것이다!' 하였는데, 과연 그때가 되자 왕안석이 신법을 강행함으로 해서 많은 물의를 일으켰다는 이야기가 그것이다. 조선 시대 야담집인 『대동야승大東野乘』에도 소강절의 신통하고 놀라운 증험이 넘치는 예언적 일화가 보인다.

> 소강절의 비전秘傳이라고 하는 『매화역수梅花易數』 가운데는 역수에 응하여 적중하였다는 몇 개의 점례가 나타난다. 곧, 관매점觀梅占 · 모란점牧丹占 · 차물점借物占 · 노인유우색老人有憂色 · 소년유희색少年有喜色 · 우애명점牛哀鳴占 · 계비명점鷄悲鳴占 등이다. 그 중에도 모란점의 일화는 유명한바, 조선시대 김안로의 『용천담적기龍泉談寂記』에도 이 이야기를 신기의 자료로 삼고 있으니 소개하면 이러하다. 부정공富鄭公이 서경유수로 있을 적에 모란이 만발해 있었다. 그때 문로공文潞公 · 사마단명司馬端明 · 소선생邵先生을 불러 함께 모였다. 앉았던 손님이, "이 꽃들은 언제 모두 시들겠습니까?" 하니 소선생이 점대로 셈하고 말하기를, "…이 꽃들은 내일 오시午時에 모두 없어질 것이다" 하였다. 다음날 또 모였는데 꽃은 아직도 아무렇지도 않았다. 갑자기 뭇말들이 마구에서 뛰어나와 서로 물고 차고 날뛰는 바람에 꽃밭 안의 꽃이 모조리 떨어지고 말았다.[10]

하지만 당시의 순수 학자들 사이에서 환영받지 못하였던 듯싶다.

> 無不可如其言 然二程不貴其術.[11]

9) 완판 84장본 〈열여춘향슈절가〉 중에, "이놈만일천기누셜하여셔난셩명을보젼치못ᄒᆞ리라."

10) 『국역대동야승』 권3, 민족문화추진회, 1979, p.552.

> 그 말한 것과 같이 되지 않은 것이 없었으나, 이정二程은 그 재주를 높이 보지 않았다.

이른바 이정二程으로 이름 높은 당대의 큰 성리학자인 정명도 · 정이천 형제도 그 운명 예언의 술수에 대해 그리 탐탁치 않게 생각하였다는 것이다. 특히 정이천은 이것을 천근淺近 · 조야粗野한 잡술로 경시 또는 폄하했던 인상을 풍기는 일면도 규지할 수 있다.[12]

이렇게 소강절의 점법이 탁월 · 도저到底한 데 관하여는 누구나가 언필칭으로 인정하는 터이지만, 막상 점술을 배우고 사용하는 일에 이르러서는 적극성을 띠지 못하고 못내 꺼려 경계하였던 듯싶다. 예컨대,

> 서화담은 역리에 깊었다. 그러므로 수를 추리하는 것을 일삼지 아니하여도 그 학문이 그윽히 소강절에 부합하였다. 어느날 선생은 소강절이 지은 자미수紫微數를 보다가 말하기를, "이것은 바로 진희이陳希夷 술수가의 극묘이다" 하였다. 선생의 아우 숭덕이 일찍이 이 수를 가지고 선생에게 물었는데, 선생은 말씀하기를, "만일 심지心志가 밝지 못한다면, 꼭 이것을 배울 필요는 없다" 하고, 드디어 그 책을 불살랐다.[13]

같은 『오산설림五山說林』 소재의 일문逸聞도 그렇고, 김안로가 『용천담적기龍泉談寂記』 안에서 밝힌 다음과 같은 소견도 그것을 잘 입증해 준다.

> 공자께서는 운명에 관하여서는 드물게 말하였다. 정자는 소강절의 술수를 배우지 않았던 것이나 일정한 운수와 운명이 없다는 것은 아니다. 단지 사람

11) 『성리대전』 권39 '邵子'.
12) "康節善談易 見得透徹…然伊川又輕之." 또한, "一日問伊川曰 今歲雷從甚處起 伊川曰 起處起 如堯夫必用推筭 其更無許多事 邵卽默然" 등의 기록이 『성리대전』 권39 '邵子'에 보인다.
13) 『국역대동야승』 권2, 민족문화추진회, 1979, p.39.

의 일이 퇴폐되는 것을 꺼려하였을 따름이다.[14)]

그 밖에도 심수경沈守慶(1516~1599)이 찬한 『유한잡록遺閑雜錄』 등의 기록을 빌려 그 부정적인 반응에 대해 짐작할 수 있다.

세상에 유생으로도 점을 좋아하는 자가 많은데, 나는 한번도 점을 해 본 일이 없다. 대개 이순풍과 소강절 같은 이는 만나기 어렵기 때문이다. 복자卜者는 길흉을 말하나 반드시 믿지 못한다. 복자가 모년이 길하다고 하면 혹 요행을 기다려보나 마침내 그 징험이 없고, 또 모년이 흉하다고 하면 무단히 근심과 회의로 세월을 허비하나 마침내 그 징험이 없으니 어찌 무익하고 해롭지 아니하랴. 유생으로 혹은 자기가 점을 잘 친다고 곧잘 사람의 길흉을 말하나, 선비로서는 마땅히 할 바 아니다.[15)]

그러나 석주는 소강절 등의 이러한 행사를, 정자를 위시한 다른 사람들이 생각하듯 단순히 개인의 수양과 노력에 장애를 초래하는 소규모의 잡술로만 돌리는 데 그치지 않았다. 일약 혹세무민惑世誣民하는 대규모의 사술邪術로 단정내렸던 바, 그 폐악에 대해 이렇게 극론하였다.

今汝盜竊陳摶之餘論 作爲詭說 命之曰 先天之學 誇奇以眩俗 矜僞以惑世 噫 亂天下者 必子之言夫.

지금 자네는 진단의 찌꺼기 의론을 남몰래 훔쳐다가 궤변설을 지어내고, 그것을 선천학입네 이름붙인 다음 신기로움을 뽐내고 거짓됨을 숭상하여 속세를 현혹시키고 있으니, 에라이, 천하를 어지럽히는 것은 필경 자네의 수작이로다!

---

14) 『국역대동야승』 권3, 민족문화추진회, 1979, p.522.
15) 『국역대동야승』 위에 든 책, p.584.

이렇게 볼 때, 이 작품이 성리학을 전체로서 배격하려는 데 그 의도가 있다기보다는, 선천 역리先天易理를 이용하여 인간 운명을 밝히는 녹명학祿命學, 다시 말해 술수가의 천기누설을 배격하는 데 본연의 목적이 있다고 해야 옳을 것이다. 작품에서 성리학의 정통파인 정자는 직접 사건에 말려들어 망신을 당하는 일도 없으며, 오히려 소강절이 당한 경우를 말로만 듣고서도 이내 은자隱者임을 파악하려는 정도의 식견과 혜안을 지닌 인물이다. 즉 소강절보다는 우위에 서있는 인물로서 등장한다.[16] 그렇다면, 이제 석주가 성리 역술가인 소강절을 공격하려던 의도와 관련하여, 본 편의 처음 배경이 되는 무대를 천진교의 인근 주막으로 설정시켜 놓은 자체부터가 결코 예사롭지 않았음을 알아차릴 수 있다. 즉, 소강절의 선지자적 예지와 명성이 가장 드높이 날렸던 바 영광의 천진교, 그 대표적 상징이 되는 공간과 맞물림시켜 가장 처절한 패욕敗辱을 끼치어 놓았던 것이다.

3. 소강절의 정情 배격론

『송시연구宋詩硏究』의 저자 호운胡雲은 송인宋人 시의 유파에 대해 서곤체西崑體를 비롯한 대략 9종으로 열거하고 있는 바,[17] 그 일곱 번째로는 정이 · 장횡거들로 대표되고 소강절을 종宗으로 하는 성리파性理派를 들고 있다. 호운은 이 밖에 엄우嚴羽가 지은 『창랑시화滄浪詩話』에 준거해서 소동파체, 황산곡체 등 7파의 분류 방법도 아울러 소개하고 있는데,[18] 여기

16) 그러나 엄격히 말하자면 정자로 대표되는 성리학에 대해서도 호의적이랄 수 없다. 정자가 사람을 시켜 노인이 있던 주막으로 다시 가보게 하였을 때 야기되는 낭패감(使弟子 往求之 肆已空矣)이 그러한 것이다.

17) 호운, 『송시연구』(宏業書局 인행, 중화민국 61년), pp.27~28 참조.

서도 그 다섯 번째에는 소강절체이니, 이를 엄연한 한 개의 유파로 설정하고 있음을 볼 수 있다.

그러면 여기 소강절파 문학론의 대체와 요지는 무엇인가? 소강절파라 함은 환언하면 성리학가의 일군을 이름이었는데, 그들이 물론 기본적으로는 '작문해도作文害道'와 '완물상지玩物喪志'를 표방하였던 것이 사실이다. 곧, 문사文辭의 창작이 수양에 해가 된다(作文害道)는 말과 문학의 일이 사물을 즐겨 다루니 뜻을 망친다(玩物喪志)는 극단의 표어를 내걸기는 하였다. 이 때문에 그만 "문학의 의의와 가치를 전적으로 부정하고 문학을 이단시하여 문학에 종사하는 것을 완물상지하는 무료사체無聊事體로 간주한 것"[19]으로 평하는 일이 있다. 그러나 알고 보면 이는 문학 자체에 대한 전면적인 부정이 아니고, 특별히 도학道學이 전제되지 않은 사장詞章의 문학에 대한 부정이라는 점에 유의할 필요가 있다. 그러한 것은 정이천이 바로 '작문해도作文害道'와 '완물상지玩物喪志'를 논하는 자리에서,

> 今爲文者 專務章句 悅人耳目 旣務悅人 非俳優而何.[20]
>
> 요사이 문장한다는 이들이 오로지 아름다운 문장으로써 사람들 이목을 즐겁게 해주는 데에만 힘쓰니, 이미 남을 즐겁게 하는 일에 노력하였다면 그 곧 배우가 아니고 또 무엇이겠는가?

라 한 뜻이라든가, "공자의 제자인 자유子游와 자하子夏의 문학이 어찌 사장의 문학이겠느냐"고 반문한[21] 일 등으로 그 취지를 알 만하다. 그리하

18) 호운, 위와 같음.
19) 차상원, 『신편중국문학사』· 下, 문리사, 1974, p.486.
20) 『二程全書』 제18에 수록된 문답 형식의 글에서 이 문학론이 대두하고 있다.
21) "曰 游夏稱文學何也 曰 游夏亦何嘗秉筆學爲詞章也 且如觀乎天文 以察時變 觀乎人文 以化成天下 此豈詞章之文也."(『二程全書』 제18)

여 '작문해도 완물상지'라 했을 때의 그 '文'도 실상은 문학 일반을 가리킨다기보다는, 각별히 사장에는 주력하면서 도학 쪽으로 충실하지 못한 문장 및 시부詩賦의 의미로 봄이 타당할 것이다.

선별적 인식은 시 분야의 대화 속에서 한층 명징해진다. 시를 배워도 좋은 것이냐는 혹자의 질문에, "이미 배우기로 했다면 공력을 들여야 한다. 아무개는 평소 시를 짓시 않는다 했지만 이 역시 반드시 금지할 일만은 아니고 다만 한가한 언어가 되지 않도록 해야 한다"[22]고 주의를 주었을 뿐, 막연히 "작시作詩까지도 금물로 삼은 것"[23]은 아니었다. 그들도 직접 시와 문을 지어 남기는 일에서만큼 예외가 없었던 까닭이다. 다만 그들은 문학이 도를 수용해야 한다는 이른바 '문이재도文以載道'의 기본에 입각해 있었던지라, 시를 포함한 문학에서 정情을 배격하고 지志를 중시한다는 태도만은 견지했다. 그들이 문학에서 심지를 망친다는 뜻의 상지喪志를 크게 우려했던 만큼 지志를 몹시 존중하였다는 것이고, 상대적으로는 지志와 반대의 개념인 정情을 배척하지 않을 수 없다는 의미가 된다.

정의 배격은 소강절의 희귀한 시론이라 할 〈이천격양집자서伊川擊壤集自序〉란 글 가운데서도 엿볼 수 있다. 여기서 사람의 마음을 지志와 정情으로 크게 양분하는 가운데, 지志가 언言을 거쳐 시詩로, 정情이 성聲을 거쳐 음音으로 전개되는 경로를 설명하였고,[24] 이어서 정에 관한 구체적인 논급을 가하였다.

且情有七 其要在二 二謂身也時也 謂身則一身之休慼也 謂時則一時之

22) "旣學時 須是用功 某素不作詩 亦非是禁止 但不欲爲此閑言語."(위에 든 책)
23) 차상원, 앞에 든 책, p.486.
24) 懷其時則謂之志 感其物則謂之情 發其志則謂之音 揚其情則謂之聲 言成章則謂之詩 聲成文則謂之音.

否泰也 一身之休慼 則不過貧富貴賤而已 一時之否泰 則在夫興廢治亂者焉 是以仲尼刪詩十去其九.

이제 정은 일곱 가지가 있으나, 그 요체는 두 가지에 있다. 두 가지란 신身이요, 시時이다. 신身이라 함은 일신의 편안함과 고달픔이요, 시時라고 함은 한 시대의 불안과 태평이다. 일신의 편안과 고달픔은 빈부와 귀천의 일에 지나지 않을 뿐이지만, 한 시대의 불안과 태평은 저 흥망과 치란에 달려 있다. 이 때문에 공자는 시경의 십분지 구를 깎아냈던 것이다.

궁극적으로 정에 의존한 시란 근거 없고 덧없는 것으로 치부하였음이요, 마침내 그 당시 시인들의 시가 대부분 정호情好에 빠져있다고 개탄하였다.[25] 그런 한편 소강절은 〈논시음論詩吟〉·〈담시음談詩吟〉 같은 창작시를 통해 시에 있어서의 지志의 중요성을 계속 강조하였던[26] 반면, 〈독고시讀古詩〉에서는 정情의 개입을 못내 애석하게 여기는 발론을 잊지 않고 다루었다.[27] 소강절의 이와 같은 정 배격의 사유는 그의 유명한 관물觀物 철학 가운데서도 그 바탕이 나타난다.

任我則情 情則蔽 蔽則昏矣 因物則性 性則神 神則明矣.[28]

자아에 맡기면 정情이니, 정은 가리워지고 가리워지면 어둡게 된다. 대상에 말미암으면 성性이니, 성은 드러남이고 드러나면 밝아진다.

以物觀物 性也 以我觀物 情也 性公而明 情偏而暗.[29]

25) "近世詩人 窮慼則職于怨熟 榮達則專于淫佚 身之休慼 發于喜怒 時之否泰 出于愛惡 殊不以天下大義而爲言者 故其詩大率溺于情好也."〈伊川擊壤集自序〉
26) "何故謂之詩 詩者言其志."〈論詩吟〉
"諸者人之志 非詩志莫傳."〈談詩吟〉
27) "熹怒與哀樂 貧賤與富貴 惜哉情何物 使人能如是."〈讀古詩〉
28) 『皇極經世書』 6 〈觀物外篇〉·下, 『性理大全』 권12 소재.

> 대상으로 대상을 바라보면 성性이요, 자아로 대상을 바라보면 정情이다. 성은 공정하여 밝고, 정은 편협하여 어둡다.

여기서 그가 성정性情의 개념을 획연한 흑백의 논리로써 구분하고 있음을 한 눈에 알 수 있다. 곧, 객관적 초자아(任物)에 따른 주리적主理的인 대상 인식(性)이 좋은 것이고, 그 반면 주관적 자아(任我)에 따른 주정적主情的인 대상 인식(情)은 바람직하지 못한 것이라는 단순 명백한 논법인 것이다. 그는 이렇게 철학상으로는 '성性'을, 문학상으로는 '지志'를 주창하여 이른바 이학파主理派의 조종祖宗으로 일컬음을 얻었다.

소강절이 남긴 시는 하나같이 그의 철학과 이념을 문학 위에 그대로 시행 · 구현하지 않은 것이 없었다. 특히 〈관물觀物〉[30]시 같은 경우는 철학의 명제를 그대로 문학에 끌어다가 응용한 작품의 대표적인 사례라 할 만하다. 하지만 그러한 작품들은 애당초 주관과 주정의 정서가 일체 배제된 철저히 냉정한 시, 이를테면 철학적 또는 명상적 조어에 가까웠다. 어찌 보면 하나의 시라기보다는 철학적 · 명상적 수상隨想을 일정한 율격에 맞춘 형태라고 하는 편이 보다 타당할는지 모른다. 시의 미적 정감을 지나치게 무시하고 오직 공리적 효용성에 크게 치우친 느낌이다.

그러나 문학의 꽃이라고도 불리우는 시의 창작을 관념과 이성에 입각해서 수행하겠다는 자세는 이들 소강절을 위시한 송대 이학파 계통 특유의 현상이었을 뿐, 그것이 시인 일반에 의해 영합을 얻은 바 못되었다. 오히려 전통적으로는, 시가 성정의 발로라는 편에서 이해되었다는 사실[31]에 주시할 필요가 있다. 소강절 등이 여타 대부분의 시인들에 대해 개탄한 바

29) 위와 같음.
30) 『性理大全』 권70 '律' 部 소재.
31) 전형대 외, 『한국고전시학사』, 홍익사, 1980, p.263, p.374 참조.

의 '정호情好에 의존하기 쉬운', 바로 그 마음 상태야말로 차라리 시인의 상정常情에 가깝다고 하겠다. 전체적으로 관념적 성향이 농후한 송대의 시보다는 주정적 기풍이 강한 당대의 것을 우선 논위 평가하는 데는 다 까닭이 없지 않은 것이다.

진정, 송시가 대체로는 이理를 위주로 했고, 당시가 정情을 위주로 했다는 것은 명대 양신楊愼(1488~1559)이 쓴 『승암시화升菴詩話』의 내용 가운데서도 벌써 언급되어 있던 터였다.

> 唐詩人主情 去三百篇近 宋詩人主理 去三百篇遠.
>
> 당의 시인들은 정情에 위주하였기로 시경詩經 삼백 편과 가깝고, 송의 시인들은 이理에 위주하였기로 시경 3백편과 멀다.

이제 돌이켜 볼 때 석주 권필은 시인으로서 평생의 모범을 당唐에다 두고 또 당시를 귀감으로 효칙效則하기를 마지않던 시인이었다. 석주와 같은 시대에 살고 그보다는 약 20여 년 후학인 택당 이식이 『택당집澤堂集』에 수록된 〈학시준적學詩準的〉(권14 雜著)이라는 글에서,

> 近代學詩者 或以韓詩爲基 杜詩爲範 此五山東岳所教也 石洲雖終學唐律 初亦讀韓.(권14 雜著)
>
> 근대에 시를 배우는 이는 혹 한유의 시를 기초로 삼고 두시를 모범으로 삼는다 하는데, 이는 오산五山 차천로車天輅와 동악東岳 이안눌李安訥의 지남指南인 것이다. 석주는 비록 당시唐詩의 운율로 귀결했지만, 처음에는 한유의 시를 읽었다.

라 했던 것처럼 석주는 궁극에 "당을 배워 대성"[32]한 시인으로 봄이 옳다.

권필을 그린 〈松下求詩圖〉
– 정민의 『미쳐야 미친다』에서

실제로 『석주집』 전반을 통해서 이백·두보·백낙천 등, 당 시인이 가장 큰 이미지로 부각되고 있는바, 곳곳에서 이들의 효작效作, 또는 독후시讀後詩를 볼 수 있다.

그러한 석주가 일찍이 염락濂洛의 책들을 읽을 때에 소강절이 펼치는 정情의 폐해에 대한 강변 내지 정 배격론 같은 사유와 맞닥뜨림에 막중한 거부반응을 불러일으켰을 것으로 감안되는 바 크다. 석주는 학문이나 사상의 깊이보다는 사장詞章 일변一邊에 주로 공을 기울이고 주력했던 인물이었다. 이는 같은 시대 석주의 시를 높이 평가했던 허균도 수긍했던 바이니, 허균의 『성소부부고惺所覆瓿藁』 권4 〈석주소고서石洲少稿序〉의 중간에,

> 或以汝章少學力 乏元氣…詩有別趣 非開理也 詩有別材 非開書也.
>
> 어떤 이는 석주의 학문적 실력이 약소하고 원기가 부족하다 하나, … 시란 그와는 별도의 의취이고 또 다른 재주라 글의 이치를 열어 밝힘은 아니다.

라고 변호했던 사실로도 알 수 있다.

아울러 그의 이러한 정채로운 사장의 바탕은 정감의 억제로서가 아닌, 그것의 무한한 방임과 발현에 두고 있다. 『석주집』에 실려 있는 그의 시문들 가운데는 후기, 곧 성리에 귀의한 뒤의 것으로 보이는 약간 편[33]을

32) 김사엽, 『이조시대의 가요연구』, 1956, p.368.

제외하면 하나같이 주정적主情的인 조품藻品 이 아닌 것이 없다.

그는 한마디로 다정多情과 다한多恨의 시인이었다. 하기는 다정다감한 정신의 보유가 없이 처음부터 시인됨을 기대할 수 있으랴마는, 또 시세時世와 인연없어 낙척불우하였던 시인 · 문사들치고 비창悲愴 · 감개感慨의 상념을 안에 품지 않은 이 없었겠지마는, 특히 석주는 가슴 속에 만강滿腔의 울분만 아니라 다른 한 쪽엔 인정과 체루涕淚가 넘치는 그러한 사람이었다. 홀로 읊는 차고 고독한 감상 속에는 자주 억누를 길 없는 회인懷人의 따스한 정리情裏가 유연히 피어나던 감수성 높은 시인이었다. 그러한 것은 『석주집』 권1의 맨 첫머리에 4인의 벗을 그리면서 쓴 〈사회시四懷詩〉에서부터도 금세 알 수 있다. 그의 문집에는 회懷 · 감感 · 억憶 · 몽夢 등 글자가 빈출한다. 그런가 하면, 그가 체험한 비시非時의 탄식과 울분을 여인네의 정한情恨에 맡겨 지은, 이를테면 권7 중의 〈정부원征婦怨〉 · 〈무제無題〉 같은 여정女情 가탁의 시편을 통해 그가 지닌 정서의 응집력을 측정할 수 있다. 이러한 감성파 앞에 냉정을 강구하는 도학적 이념의 기치旗幟가 발붙일 자리는 없다. 단지 타협할 길 없는 거부와 저항의 감정이 분연히 솟구쳤을 것이다. 그리고 그 냉정파 도학의 종주宗主는 소강절이었다.

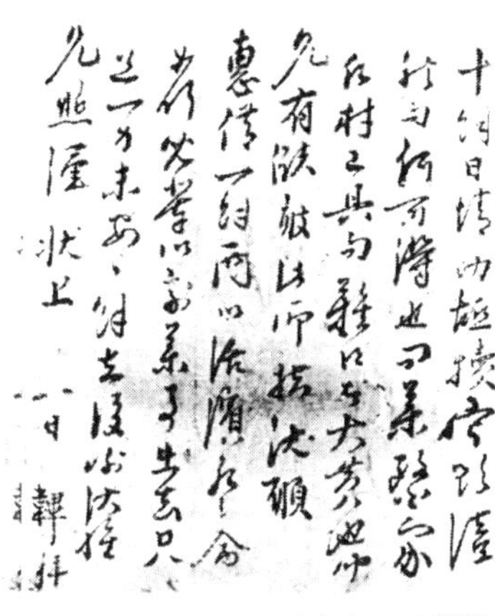

권필의 글씨

33) 『석주집』 권4의 〈讀周子通書邵子觀物篇感而有作〉과 권7의 ≪林居十詠≫ 중 〈觀物〉 · 〈存養〉 같은 것은 그 대표적인 일례가 될만하다.

4. 맺음말

석주 권필이 〈주사장인전〉 당시에 품었던 사상적 기축은 종래 유가의 성현들이 성취하여 왔다는 역易의 밝혀냄을 씻을 수 없는 과오로 단정하는 데 있었다. 따라서 그의 작품 또한 당연히 그러한 바탕 위에서 전개될 수밖에 없다.

〈주사장인전〉에서 그는 소강절의 극단적인 역 발휘의 측면을 자연과 인간의 정도正道를 그르치는 곡학아세曲學阿世로 보았다. 동시에, 성정性情의 문학관에서도 서로 용납이 어려운 빙탄氷炭과도 같은 의견의 상충으로 소강절을 맨 앞마당에 규탄하였다. 다시, 소강절 계열의 문학관을 펀드는 부류에 대한 불만도 접지 못해 사장詞章에 관해 논척한 정이천 같은 성리학자를 등장시킨 듯하다.

궁극, 이 작품의 사상적 배경은 애초부터 도가적인 데에 있었음이니, 석주도 작품 결말에 가서는 구태여 이를 감추지 않고 "往往與老莊合"(종종 노장사상과 합치된다)고 솔직히 표명하였던 것이다.

하지만, 석주의 유가 및 소강절 배격론도 한두 가지 자가당착이랄까 선후가 제대로 상응하지 못하는 등의 문제점이 발견된다. 곧, 십익十翼을 지어 우주 원기를 찢어놓음은 공자의 실책이라 비난하면서도, 은연중 공자 내지 맹자의 언어들을 수사법 상에 본받고 있음도 숨길 수 없다.[34)]

또한 천기누설의 명분 아래 소강절의 술수 및 점복에 관한 행위를 그렇

34) 주사장인이 소강절을 향해 하던 "甚矣難悟哉 子之惑也 居 吾語汝", 이 말은 『논어』 '陽貨'篇에 공자가 자로子路에게 학學을 강조하는 대목, "子曰 由也 女聞六言六蔽矣乎 對曰 未也 居 吾語女"에서 차용한 양하고, 또 서두에 소강절을 매도하는 언사, "汝非…以取媚於世者耶"는 『맹자』 盡心章 · 下의 "生斯世也 爲斯世也 善斯可矣 閹然媚於世也者 是鄉原也" 가운데서 끊어 쓴 듯싶다.

듯 혐오하였지만, 오히려 작품 말미에 석주가 도를 지닌 대은자大隱者로 내세운 엄군평嚴君平·사마계주司馬季主 등의 행적이 이에서 예외될 수 없을 것이다. 『중국인명대사전』의 "엄군평" 허두에 "촉나라 사람으로 성도 저자에서 점치는 일을 했다(蜀人 卜筮於城都市)" 운운하였고, 허균의 『한정록閑情錄』(권1 은둔)에도 엄군평의 기사가 나오는 바, 역시 "벼슬하지 않고 성도 저잣거리에서 늘 점을 치며 살았으니, 하루 백전을 벌어 지급하였다. 점복의 일이 끝나면 문을 닫고 발을 내린 채 책쓰기를 일삼았다(嚴君不仕 常賣卜於城都市 日得百錢以自給 卜訖則閉肆下簾 以著書爲事)"고 서술되어 있다. 사마계주에 관한 인명사전의 설명 첫머리도 "초나라 사람으로 장안에 유학하여 동편의 저자에서 점을 치며 살았다(楚人 游學長安 賣卜東市)"로 되어 있다. 이들이 비록 도가 계통의 인물일 것으로 간주되지만, 매복賣卜의 일로도 그 이름이 잘 알려져 있는 바에야, 스스로 전후 사이의 모순을 면하기는 어렵게 되고 말았다.

석주는 이렇게 자신이 표현하고자 하는 주제, 즉 노장사상의 부각에서 보다 치밀함을 보여주지는 못하였다. 이 철저하지 못한 점을 한계라고 한다면, 그것이 그토록 쉽게 드러난 까닭도 근원적으로 노장에 길이 안주할 수 없었던 바탕에 두어야 할 것이다. 그는 과연 뒷날에는 "건덕建德(장자에 보이는 이상적 나라 이름)은 자신의 땅이 될 수 없다"[35]면서 노장을 벗어나 다시 유가의 성리性理에 귀의하였을 뿐 아니라 마침내 소강절도 인정하기에 이른다.[36] 권필 역시 어쩔 수 없는 유가 근본의 선비였던 것이다.

35) "建德豈吾土 幷州非故鄕."(『石洲集』 권8의 〈建除體述懷〉 시 허두)
36) 김창룡, 『가전산책』, 한성대학교출판부, 2004, pp.225~230 참조.

해 제

〈주사장인전酒肆丈人傳〉과 〈주사주인酒肆主人〉

여기에 소개하고자 하는 작품은 각각 조선시대 석주石洲 권필權韠(1569~1612)의 〈주사장인전酒肆丈人傳〉과 중국 명대 호응린胡應麟(1551~1602)의 〈주사주인酒肆主人〉 두 편이다. 특히 권필의 이 작품에 관해서는 오래 전에 학계 일각에서 그 제목과 함께 술의 의인화 작품으로 소개된 해프닝도 있었으나, 사실은 송대 성리학의 거유인 소강절과 한 술집의 이름 없는 노인 사이에 사상적 경륜을 다투는 담론소설의 거창한 편목篇目이었다. 이후 〈주사장인전〉에 관해서 개략적 또는 단편적短片的으로 언급한 글들이 나오기도 했다. 하지만, 그때까지도 이 작품의 기발한 구상이 석주에게만 고유하고 독특한 창작 형태 쯤으로 생각해 왔던 터였다.

그러던 중 필자는 1978년 대만에서 간행한 영옥쇄금집간零玉碎金集刊 21의 『단편소설독본短篇小說讀本』이란 책자에서 우연히 호응린의 〈주사주인酒肆主人〉이란 편명을 발견하고 이를 흔독欣讀하게 되었다. 결과, 이것이 위에 든 권필의 작품과 어떤 의미에서든 서로 통하는 국면, 즉 영향의 소지를 아주 배제할 수만은 없으리라는 강렬한 심서心緒가 일었다.

더욱이 호응린은 명대 만력萬曆 연간에 활동했던 당시대 이름 높은 문장 대가로, 『소실산방필총정집小室山房筆叢正集』을 포함한 『소실산방유고小室山房類稿』, 한시 평론집인 『시수詩藪』 등의 저서를 남긴 인물이다. 권필은 그보다 30년 정도 뒤에 살아 조선시대 선조 및 광해조에 걸쳐 시예詩譽가 드러난 재준才俊의 선비였다. 더구나 권필의 일가는 아버지 권벽權

擘을 위시하여 위韡 · 인韌 · 온韞 · 흡韐 · 필韠 · 도韜 등 아들 여섯이 다 한 시대에 이름이 알려진 이른바 문인 가족이었다. 당연히 집안에는 허다한 종류의 서적이 한우충동汗牛充棟을 이루었을 것으로 사료하기 어렵지 않다.[37] 따라서 권필이 독서 편력의 과정에 호응린의 저술인 『소실산방유고少室山房類稿』 · 『소실산방필총少室山房筆叢』 등을 일찍이 열람했으리라는 전제에서, 〈주사주인〉을 기초적 남본으로 삼아 〈주사장인전〉으로 환골탈태하였을 가능성에 대해 생각해 볼 수 있다.

더욱이 권필의 또다른 허구적 산문 가운데 '게'를 의인화한 〈곽삭전郭索傳〉이란 가전이 있거니와, 이 또한 작품의 형식과 소재 기타의 면에서 중국 곽복형郭福衡(? ~ ?)의 '게' 의인 가전인 〈오중개사곽선생전吳中介士郭先生傳〉과의 상관성 검토의 소지가 충분하니,[38] 비교문학적인 수준 위에 놓여 있는 것이다. 아무튼 권필이 동경해 오던 중화中華의 문예에서 힌트를 얻고 그 영향 아래 이같은 산문 일작逸作을 썼을 개연성은 다분하다고 볼 수 있다. 그랬을 때, 이는 마치 〈전등신화剪燈新話〉와 〈금오신화金鰲新話〉의 시차가 40여 년 밖에 안 된다는 사실[39]과 마찬가지로 상당히 신속하게 중국의 문조文藻가 이 땅에 유입 · 적용된 경우라고 하겠다.

그러면 실제로 이 두 작품 사이에 유사 · 공통한 국면은 어디 있는가? 나중의 〈주사장인전〉에 비해 앞서 이루어진 〈주사주인〉이 분량 면에서 훨씬 근소하기 때문에 양자 사이에 유사처를 찾을 여지가 유여치 못한 것이 사실이나, 그렇게 흡족치 못한 정황 가운데도 상호간 맥락이 닿을 만한 종요로운 이야기 소재들을 추출해 낼 수 있다.

첫째, 무엇보다 작품의 얼굴이라 할 표제의 근사近似함을 꼽지 않을 수

37) 소재영, 「석주권필소론」, 『논문집』 6, 숭전대 인문사회과학연구소, 1976 참조.
38) 김창룡, 앞에 든 책, pp.262~267 참조.
39) 정주동, 『고대소설론』, 형설출판사, 1970, p.38.

없다.

둘째, 양편 똑같이 술집 주인과 과객사이 대화체 형태로 이야기를 이끌어가고 있다는 점과 동시에, 두 사람 사이에 주고받는 대화의 내용 또한 염정담艶情談이나 골계담滑稽談 등이 아닌 철학론, 정치론, 문학론 등 굵다란 줄기의 주제로서 진행된다는 사실이다.

셋째, 탁락불기卓犖不羈의 기위奇偉하고 비상한 면모를 나타내보이던 인물 당사자들을 재차 심방尋訪하여 찾았을 때에 필경 그 자취가 묘연해지고 만다는 신비주의적 분위기에서 서로 통한다.

> 明日索與相見 衆傭保曰 主人仗一劍 躍馬去矣. 〈주사주인〉
> 이튿날 다시 만나려고 찾았더니 여러 하인들의 말인즉, "주인께서는 한 자루 칼을 차고 말을 재우쳐 떠나가더이다"

> 使弟子往求之 肆已空矣. 〈주사장인전〉
> 제자를 보내 찾아보도록 하였으나 주막은 이미 텅 비어 있었다.

결국, 작품의 끝 단락에 가서는 똑같이 은자임을 명문화하고 있는 그 지점에서 다시 한번 일치를 보이고 있는 것이다. 특히, 〈주사장인전〉의 이 부분은 더 나중 작품인 연암의 소설 〈허생전〉과 비준될 수 있으니, 〈허생전〉의 최종적 묘사인,

> 明日復往 已空室而去矣.
> 이튿날 다시 갔으나, 이미 방을 비운 채 떠났더라.

와 그 의장意匠 및 수사修辭에서 연계 가능성이 아주 없지는 않은 듯싶다. 게다가 〈주사장인전〉이나 〈허생전〉이 일방적으로 상대를 매도하는 상황

설정의 면에서 더욱 그러하다.

석주와 연암 사이에 연결의 개연성을 돕는 또 하나의 단서가 있다. 예컨대 〈주사장인전〉에서 소강절이 주사장인에 의해 일패도지一敗塗地를 당하는 형상인,

> 邵子逶蛇匍匐 以面掩地.
> 소자는 허우적대며 기었다. 그 통에 얼굴이 땅바닥에 푹 묻히고 말았다.

의 대목이 흡사 〈양반전〉의 천부賤富가 양반에 대해 불평하던 메시지 가운데 다음의 대목과 아주 방불한 분위기를 조출造出해 내고 있는 것이다.

> 我雖富…見兩班 則跼蹜屛營 匍匐拜庭 曳鼻膝行….
> 우리야 암만 부자라지만 … 양반만 보면 기가 죽어 굽실대며 엉금엉금 기어 뜨락 아래서 절하며 코를 질질 땅에 끌고 무릎걸음을 하니….

이 〈주사주인〉·〈주사장인전〉 두 작품은 그 제목부터가 벌써 심상하지는 않아, 긴밀한 유대 가능성을 은은히 강변强辨해 주는 양하였다. 이는 마치 〈전등신화〉가 〈금오신화〉에 대한 영향의 관계에서 최우선 제목부터가 벌써 유다른 관계를 약속케 하는가 싶었더니, 과연 허언이 아닌 사실로 드러났다고 하는 견지에서, 이 둘의 수수 관계도 나란히 검토될 수 있는 성격의 것으로 본다.

권필의 〈주사장인전〉은 『석주집』 외집 권1 가운데 실려 있는 것을 이가원李家源이 원문에 구두句讀를 달아 『여한전기麗韓傳奇』(우일출판사, 1981)에 옮겨놓은 바 있다. 호응린의 〈주사주인〉은 앞에 소개한 『단편소설독본短篇小說讀本』(新文豐出版公司, 1978) 안에 들어 있는 것을 가져왔다.

작 품

주사장인전酒肆丈人傳

권 필權 韠

옛적에 소자邵子가 낙양洛陽에 살았을 때다.

하루는 자그만 수레를 타고 천진교天津橋[1]에 꽃구경을 나갔다가 한 주막의 옆에서 쉬고 있는데, 수염과 귀밑머리가 허옇게 센 한 늙은이가 낚싯줄을 드리우고 앉아있는 것이 보였다. 그는 왼손으로 갓끈을 붙들고 오른손으론 소자를 가리키며 말하였다.

"그대는 소옹邵雍이 아닌가?"

이에 소자는 손을 공손히 한 채 대답했다.

"그렇습니다!"

"그대는 천지간 조화를 망가뜨리고 음과 양의 결합을 갈라놓는가 하면, 천기天機와 은밀한 도를 누설시키는 일로 세상에 아양떠는 자가 아닌가? 그대 같은 사람은 옛날부터 이르는 바 천벌을 받을 사람이로다!"

그 말에 소자는 화들짝 놀라 주춤주춤 다가가며 말하였다.

"선생께서는 도대체 이 옹을 허물하시길 그토록 모질게 하오이까? 저는 소싯적부터 선왕先王의 글을 읽어온 이래 지금까지 40년도 더 되나이다. 해서, 말은 언감 이치에 어그러진 일이 없고 행동은 도에서 벗어난 적이 없었는데, 선생께서 도대체 이 옹을 허물하시길 그토록 모질게 하오이까?"

1) 하남성 낙양현 서남쪽 낙수洛水 위에 있는 다리. 소강절이 객과 더불어 이 곳을 산보하던 중 두견의 소리를 듣고 약 30년 뒤의 정치적 혼란을 예언하였다 하니, '天津橋上聞杜鵑'이 그것이다.

노인은 하얗게 이를 드러내고 웃으면서 말을 꺼내었다.

"참, 몹시도 깨우치기 어렵겠고나. 자네의 그 미혹함이야말로……. 앉게나! 내 자네에게 얘기해 줄 터인즉. 지극한 도의 정수精髓는 그윽하니 아스라한 법이고, 지극한 도의 극치는 흐릿하니 괴괴한 것이다. 음양이 서로 맞닥뜨려서 만물이 화생化生하여 나오는 데는 어떤 도움이 있어 그리 되는 것이 아니고, 오기五氣[2]가 순조로이 퍼져서 사계절이 운행하는 데는 마르재어 만드는 바 있어 그리됨이 아닌 게야. 까마득한 옛날에는 그 임금은 우둔하고 백성은 순박하며 촌스러웠어도 알지 못하는 새에 대방大方[3]의 경계에서 한껏 오유傲遊할 수 있었지. 무릇 천지 사이에 생명 있는 종류라 한다면 맨 몸뚱어리 것, 털이 난 것, 깃털 달린 것, 단단한 껍데기가 있는 것, 비늘 달린 것, 따사롬하니 꿈틀대는 것, 미세한 것, 팔짝팔짝 뛰면서 찌릭찌릭 우는 것 등이 있지. 그 모두 하나같이 타고난 속성을 갖춰 있은즉, 바로 이 시점이야말로 가히 지덕(至德)이라 이를 수 있겠지. 그런데 복희伏羲[4]가 괘卦를 긋고부터 크나큰 조화가 흩어 달아났고, 문왕文王[5]이 이걸 부연하고 공자[6]가 보익補翼하고부터 원기는 갈갈이 찢겨졌어. 그러고부터 천지간의 지혜롭단 자들이 어지러이 일어나서 '나야말로 역상易象[7]을 잘 강론할 수 있다!'면서 서로 버티고 앉아 너스레를 떠니, 강유剛柔

2) 水·火·木·金·土의 오행五行. 혹은 비오고, 볕나고, 덥고, 춥고, 바람부는 천기天氣의 총칭을 뜻하는 수도 있다.

3) 대지大地, 또는 대도大道.

4) 중국 고대 전설상의 임금으로, 팔괘 및 문자를 만들었다 함. 신농씨神農氏, 유웅씨有熊氏와 함께 삼황三皇으로 일컬어지기도 한다.

5) 주나라 초대의 임금으로, 괘사卦辭의 작자로 전한다. 혹은 64괘까지도 문왕이 만들었다는 설도 있다.

6) 춘추시대 말기의 유가 대성儒家大聖이니, 주역에 대한 십익十翼을 찬술한 일을 지칭한다. 십익이란 괘사의 부연 설명인 단전彖傳 및 상전象傳·계사전繫辭傳 등 10가지 문헌을 말한다.

7) 역易의 괘卦에 나타난 현상.

며 소장消長을 분간지어 말하는 자들이 온 천지에 들끓게 되었다네. 이런 까닭에 구름은 그 기운이 한데 무리져 엉기기도 전에 비가 내리고, 초목은 잎새가 누렇게 변하기도 전에 떨어져 내리며, 해와 달의 광채는 갈수록 거츨히 바랬던 것이니, 오호라! 이는 역을 지어낸 자들이 망쳐놓은 것이렷다! 지금 자네는 진단陳摶[8]의 찌꺼기 의론을 남몰래 훔쳐다가 궤변설을 지어내고, 그것을 선천학先天學입네 이름 붙인 다음 신기로움을 뽐내고 거짓됨을 숭상하여 속세를 현혹시키고 있으니, 에라이, 천하를 어지럽히는 것은 필경 자네의 수작이로다!"

소자가 이에 대꾸하였다.

"옹이 듣자온대 천지의 정精은 괘卦에 말미암아 나타나고, 괘를 하나하나 구분한 총체는 괘사卦辭를 통해 드러나니, 이 가운데 개물성무開物成務[9]의 도 아님은 없는 것인데, 선생께서 그것을 두고 과오라 하시니 감히 그렇게 말씀한 뜻을 여쭈어도 되겠나이까?"

"나는 술집에 묻혀 지낸 지 백 년도 더 되었다. 하루 수십 말의 술을 빚지. 그래도 그 맛이 어그러지지 않기에 술을 찾는 사람마다 옆의 가게로 찾아가지 않으니, 이건 어인 이유일까? 그건 바로 능히 술의 성질을 잘 알아 거기 맞춰 만들었기 때문이라. 나는 만물 가운데 아는 것이라곤 술 밖에 없으니, 내 이제 또 술에다가 비해보면 좋겠군. 무릇 술이 처음 될 때는 혼융된 하나의 기운 뿐이지. 그 속엔 어찌 전국 술, 무잡한 술, 혹은 진하거니, 묽거니 하는 따위가 있겠는가? 그것을 따루어내고, 주물러 거르고, 쥐어짜고, 받아 거르고 한 뒤에야 청탁이 갈라지는 게고, 그 때 전국

8) 송대 초기 도가 계통의 인물. 자는 도남圖南으로, 벽곡辟穀과 복기服氣, 도양導養과 연단煉丹에 주력하였다.
9) 만물의 이치를 밝혀 실제적인 시행 속에 천하의 사무를 성취하는 일.

이던 것이 무잡한 쪽으로, 진하던 것이 묽은 쪽으로 술 본연의 성질이 옮겨가는 것이라. 대저 지극한 도의 결정結晶이란 술의 혼연함과 같지 않겠는가? 복희가 따라내고, 문왕이 주물러 거르고, 공자가 눌러 짜고 하다가, 이제 자네가 막 술채로 걸러 받으려 하니, 나는 이제 으늑하고 아스라하던 게 밝혀지고, 흐릿하니 고요하던 게 나타나서 지극한 도가 들헤쳐질까 걱정인 것이다. 그러니 감히 어그러뜨리지 않았다고 말한 자가 바로 어그러뜨린 장본인이 되는 게고, 어찌 어길 수 있느냐 말한 자가 바로 어긴 장본인이 되는 것이지. 나야 천지의 품성을 따랐을 뿐, 달리 무엇을 알겠는가? 천지의 조화를 순응했을 뿐, 달리 무얼 애써 했겠는가? 무릇 큰 하나의 기氣도, 사시의 계절도 저절로 운행되는 법이지. 비 또한 절로 내리는 것이며 물物 또한 절로 자란단 말일세. 그러니 자네도 도에다 맡겨 흘러가면 그만일 뿐이라, 어찌타 속속들이 캐밝히려 하고 구차스럽게 작위를 부려 스스로 거룩한 양하는 것인가?"

소자는 허우적대며 기었다. 그 통에 얼굴이 땅바닥에 푹 묻히고 말았다. 겨우 정신을 차려 진정한 뒤에 입을 열었다.

"선생의 논리가 지당하오이다. 옹이 어찌 밝으신 가르침을 높여 받들지 않으리까? 하지만 넌지시 의아스런 구석이 있으니 선생께서 끝까지 일러 주시기 바랍니다. 복희와 문왕, 공자는 세상에서 일컫는 바 큰 성인들입니다. 그런데도 선생의 말씀이 이와 같을진대, 그렇다면 저 세 분 성인도 하나같이 족히 본받을 게 없다는 말씀입니까?"

"이래서 저 말이나 그럴싸하게 해서 남을 혹하게 만드는 자를 미워하는 것이다. 자네는 돌아가라! 내 더 이상 말 않으리라!"

소자는 빠른 걸음으로 총총 물러나와 수레에 올랐으나 세 차례나 고삐를 놓쳤고 낙심천만하여 스스로를 가누지 못하였다. 조금 있다가 종자從者

가 아뢰었다.

"선생님께서 안색이 별로 좋지 아니한 듯 하여이다."

소자는 그윽히 탄식하며 뇌었다.

"내가 성인의 학문을 배우고 익힌 지도 저근덧 오래인 터, 내 스스로 도가 내 안에 있거니 생각해왔단 말이지. 그런데 지금 주사장인의 말을 듣자하니 나야말로 참으로 소인이구나. 다시는 감히 도를 논할 수도, 주역을 강론할 수도 없이 되었고나!"

정자程子[10]가 이 소식을 듣고,

"은자隱者로다!"

하고는 제자를 보내 찾아보도록 하였으나, 주막은 이미 텅 비어 있었다.

군자(君子)는 이렇게 생각한다.

「옛날부터 도를 갖추고서 시정市井의 점포 가운데 숨어 지내기로 엄군평嚴君平[11], 사마계주司馬季主[12] 같은 무리가 많았다. 주막의 이 노인장은 그 언변의 체계는 정연하진 못했으나 가다금 노장老莊과 들어맞으니, 이른바 방외方外의 지경에 노니는 이가 아니겠는가!」

10) 송대의 성리 대가 정이천程伊川(1033~1107)으로 보인다.
11) 촉인蜀人으로, 본명은 준遵, 군평은 자. 성도成都에서 노자를 연구하면서 매복賣卜을 하며 은거하였다.
12) 초楚나라 사람으로, 역시 장안長安에서 유학游學하며 매복한 은사隱士였다.

원 문

酒肆丈人傳

權韠

昔者邵子居洛 一日乘小車 賞花於天津橋 憩于酒肆之傍 見一老翁鬚鬢皤然 鉤簾而坐 左手獵纓 右手指邵子曰 汝非邵雍耶 邵子拱而對曰 然 曰 汝非折天地之和 離陰陽之會 漏神之機 洩道之密 以取媚於世者耶 若汝者 古謂之 天刑之民 邵子瞿然逡巡而進曰 夫子何罪雍甚耶 雍自少時 讀先王之書 至于今四十餘年矣 言不敢有悖乎理 行不敢有違乎道 夫子何罪雍甚耶 丈人啗然而笑曰 甚矣難悟哉 子之惑也 居吾語汝 至道之精 窈窈冥冥 至道之極 昏昏嘿嘿 二儀相軋 而萬化出焉者 非有所輔相而然也 五氣順布 而四時行焉者 非有所裁成而然也 邃古之世 其君愚芚 其民朴鄙 不識不知 乃蹈乎大方 凡天地之間 有生之類 躶者 毛者羽者 介者鱗者 烦耎者 肖翹者 趯趯而啾喞者 咸得其所 若此之時 可謂至德也已 自伏羲畫卦 而大和散 文王之演 孔子之翼 而元氣礫 於是 天下智者 紛紛而起曰 我善言易象 相與跪坐而說之 爲剛柔消長之辨者 盈滿海內矣 是故雲氣不待族而雨 草木不待黃而落 日月之光益以荒 噫 作易者之過也 今汝盜竊陳摶之餘論 作爲詭說 命之曰 先天之學 誇奇以眩俗 矜僞以惑世 噫 亂天下者 必子之言夫 邵子曰 雍聞天地之精 因卦以顯 卦畫之蘊 因辭以著 無非所以開物成務之道也 夫子以爲過 敢問有說乎 丈人曰 吾藏於酒肆 百有餘歲 所釀日數十石 而其味不爽 故凡求酒者 不之旁舍 何則 以能知酒之性 而順以成之也 吾於萬物 唯酒之知 吾將以酒喩道可乎 夫酒之始

也 渾然一氣耳 烏有所謂醇漓厚薄者哉 至於釀之漉之 壓之篘之 而後清濁分焉 於是醇者以漓 厚者以薄 而酒之性遷矣 夫至道之凝 非酒渾然歟 伏羲釀之 文王漉之 孔子壓之 而今子又將篘之 吾恐窈冥者昭然 昏嘿者的然 而至道鑿矣 然則所謂不敢悖者 乃所以悖之也 所謂不敢違者 乃所以違之也 我率天地之性而已 何所知哉 順天地之化而已 何所爲哉 夫一氣自運也 四時自行也 雨自施而物自壯也 而子亦放道而行而已矣 奈何窃窃焉知之 弊弊焉爲之 以自聖哉 邵子透蛇匍匐 以面掩地 定氣而後言曰 夫子之論至矣 雍敢不敬承明訓 然窃有疑焉 願夫子之卒教之也 伏羲文王孔子 世所謂大聖人也 而夫子之言若此 然則彼三聖者 皆不足法歟 丈人曰 是故惡夫佞者 子歸乎 吾口閉矣 邵子趨而退 上車三失轡 憮然不自得者 閒 從者曰 先生若有不豫色然 邵子喟然嘆曰 我治聖人之術 亦已久矣 自以爲道在我矣 今聞酒肆丈人之言 我誠小人也 不敢更論道 不敢更說易 程子聞之曰 隱者也 使弟子往求之 肆已空矣 君子謂 自古有道 而隱於市肆者 若嚴君平司馬季主之倫多矣 酒肆丈人 其言雖若不經 然往往與老莊合 所謂遊方之外者 非耶.

작 품

주사주인酒肆主人

호응린胡應麟

내가 회음淮陰[1]의 저잣거리를 지나다가 한 주막에서 쉬게 되었다. 그 주인은 대략 쉰 살 남짓 보였다. 함께 술에 관계된 대화를 나누며 제가끔 생각하고 있는 바를 한껏 펴 보았다. 그랬더니 그 주인이 느닷없이 눈을 똑바로 뜬 채 날 보고 하는 말이,

"보아하니 당신은 글공부하는 선비 같은데!"

이에 내가 말했다.

"제대로 맞췄다고는 못하겠으나 일반一斑[2]은 엿본 셈이요."

그리하여 주인은 나와 함께 시에 관해 논하였는데, 위로는 삼백 편『시경詩經』으로부터 한漢, 위魏, 아래로는 육조六朝와 삼당三唐[3]에 이르기까지, 나아가 우리 명明 황실의 시대에 이르기까지 남김없이 섭렵하였다.

대화가 궁색한 데 부딪치면 곧 마주하여 술을 한껏 들이키고는 또 다시 천하사天下事를 의논하였다. 사적事跡이 천고千古의 흥망성쇄의 부분에 이르렀을 때, 그는 후욱 한숨을 크게 쉬고 눈물을 주르륵 흘렸다. 그러다가 홀연 나를 향해 말하였다.

"내가 나라 안 사람들을 수없이 겪어보았으나 그대 같은 사람은 별반 만나지 못하였소. 그대는 금화金華[4]의 호원서胡元瑞[5]가 아니온지?"

1) 지금의 강소성江蘇省 회안현淮安縣 남쪽에 있는 고을로, 진秦이 처음 설치하였다.
2) 일부분. 일단一端. 본시 무늬를 이루는 한 점.
3) 당시唐詩의 흐름을 초당初唐 · 성당盛唐 · 만당晩唐의 3개로 나눈 뜻이다.
4) 금화현金華縣. 절강성浙江省 안에 있다.

"바로 그렇소!"

나도 따라서 그의 성명을 물어보았다.

"점포 문 밖에 '장숙도張叔度'라 써놓은 바로 그것이오."

난 다시 그의 고향이 어딘가고 물었다.

"나는 무하유향無何有鄕[6] 사람이외다."

그 말에 나는 웃으면서,

"연고지는 알 수 없이 그냥 장숙도라고만 하시니, 이가 바로 어르신의 성함이구료!"

말하니, 주인은 자리에서 일어나 나를 돌아보고 웃었다. 다음 순간 벌떡 후닥닥 안으로 들어가면서 말하였다.

"여러 소린 금물! 당신도 이제는 잠자코 계시오!"

이튿날 다시 만나려고 찾았더니 여러 하인들의 말인 즉,

"주인께서는 한 자루 칼을 차고 말을 재우쳐 떠나가더이다."

내가 결국 그 사람에 관해 캐낼 수 있는 대로 알아본 결과 이러했다.

"주인은 몇백 천의 돈을 가지고 저희들로 하여금 여기에다 장사를 벌이게 하셨거니와, 그 들고나심을 알아낼 길은 없사오이다."

내 생각엔 필경 강회江淮의 큰 협객이 시市井의 은자隱者인 양한 것이 아닐까 한다.

5) 본 작품의 필자인 호응린. 원서元瑞는 그의 자이다.

6) 일체가 존재하지 않고, 따라 번거로움도 없는 처무處無 · 자연의 낙토樂土. 『장자』 책 〈逍遙遊〉 및 〈應帝王〉 편에 이 말이 나타난다.

원 문

酒肆主人

胡應麟

余過淮陰市中 憩一酒肆 主人約五十餘歲 與余談酒事 各極其意 主人忽瞪 目視余曰 視君似解操觚者 余謝曰 非曰能之 嘗窺一斑矣 主人遂與余論詩 上自三百漢魏 下及六朝三唐 以及我皇明 無不畢 當窾綮 因命對坐劇飮 復論天下事 事至於千古興衰 每太息流涕 忽向余曰 吾閱海內人多矣 少得似君 君得無金華胡元瑞乎 余曰 是也 余因詢其姓字 主人曰 肆門所書張叔度是也 余復問其鄉縣 主人曰 吾無何有鄉之人也 余笑曰 地且不得 曾謂張叔度 是丈人姓字乎 主人起顧余笑 躍身入內曰 毋多談 君且休矣 明日索與相見 衆傭保曰 主人仗一劍 躍馬去矣 余遂窮問其人 則曰 主人有錢數百千 令我輩張肆於此 其出處從不能悉也 余意 必江淮大俠 託於市隱者耳.

8장 두 얼굴의 시인 백곡柏谷 김득신金得臣

1. 프롤로그

종전의 한문학사들이 조선시대 시사詩史에 있어 중·후기라 할 수 있는 17세기 소단騷壇을 언급하는 마당에서 백곡柏谷 김득신金得臣(1604~1684)의 존재를 밝히지 않은 채 넘어간 경우란 없었다. 하지만, 동시에 그의 면모를 보다 자세히 다룬 경우는 이에 지극히 드문 실정이었다. 사실, 이러한 양상은 하필 김득신에게만 국한된 것은 아니고 그의 시대, 혹은 그를 전후하여 성가聲價를 드날렸던 기라성 같은 시인 대부분에게 그러하였던 것이다.

그럼에도 불구하고, 김득신에 관한 한 시인 개별론적 차원에서는 「종남총지終南叢志 연구」(1978)와 「김득신의 시론」(1983) 등을 필두로 하여 꽤 지속적인 관심의 대상이 되어 왔으니,[1] 이는 과거의 유수했던 시인들 사

1) 그 대체를 소개하면 다음과 같다.
허경진, 「종남총지연구」, 『연세어문학』 11, 연세대학교국어국문학과, 1978.
정대림, 「김득신의 시론」, 『우전신호열선생고희기념논총』, 창작과 비평사, 1983.
김창룡, 「백곡 김득신의 인간과 문학」·上, 『이가원선생칠질기념송수논총』, 1987.
김창룡, 「백곡 김득신의 인간과 문학」·下, 『충격과 조화』, 동방문학비교연구회편, 1987.

이에서 드물게나 얻어질 수 있는 행幸이 아닐 수 없다.

그런데, 그가 이렇듯 특별한 주목을 받게 될 수 있었던 중요한 계기는 다름 아닌 김득신이 시인으로서의 면모 외에 다른 하나, 바로 비평가로서의 면모 때문이다. 아닌 게 아니라 상기의 두 글도 평가 자격으로서의 김득신의 시론에 접근·분석코자 하는 시도였던 것이며, 여기서 김득신 시론의 실마리를 찾기 위한 기본 자료 또한 『종남총지』에 거의 의존하다시피 했던 면이 없지 않다. 그런 가운데 이 『종남총지』를 사이에 둔 논의 또한 그 관점 및 해석의 방법에 따라 문제와 여운을 남기고 있다. 하물며 백곡의 시론은 그의 문학적 총체라 할 수 있는 『백곡집柏谷集』에 대한 통합적인 검토 안에서 더 큰 보완을 기할 수 있다.

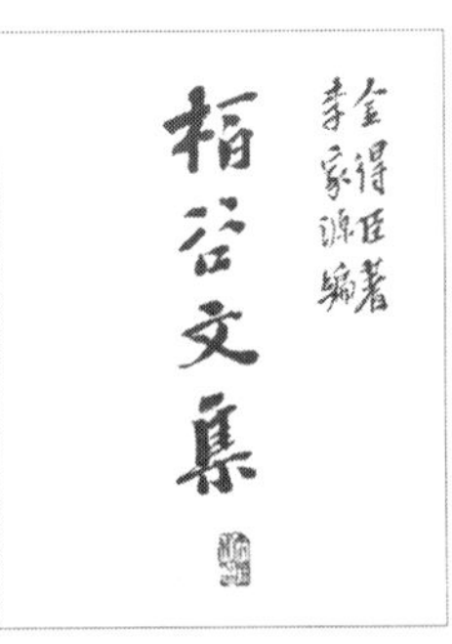

연민 이가원 선생이 처음으로 공개하여 編한 『栢谷文集』의 친필 표지

『백곡집』은 지난 1985년에 이가원李家源 선생이 백곡의 9세손 김상형金相馨 옹이 보존하고 있던 필사본 『백곡유집柏谷遺集』을 받아 태학사를

김창룡, 「김득신의 假傳 〈환백장군전〉·〈청풍선생전〉 해제 및 번역소개」, 『한성어문학』 6집, 1987.
이영미, 「백곡 김득신의 儷文 연구」, 고려대 석사학위논문, 1991.
신범식, 「백곡 김득신 연구」, 청주대 석사학위논문, 1996.
이종묵, 「백곡 김득신론」, 『조선후기한시작가론』 2, 이회, 1998.
이재복, 「백곡 김득신의 시문학 연구」, 세종대 박사학위논문, 1999.
안대회, 「김득신의 구안론」, 『조선후기시화사』, 소명출판, 2000.
차용주, 「김득신 연구」, 『한국한문학작가연구』 3, 아세아문화사, 2001.
이종묵, 「김득신 한시의 창작방법과 淸神의 미학」, 『한국한시의 전통과 문예 미』, 태학사, 2002.
임동철, 「김득신의 생애와 문학적 배경」, 『중원문화논총』 8집, 2004.
성범중, 「김득신의 한시에 나타난 귀거래 의식과 취묵당」, 위에 든 책.
김창룡, 「백곡 김득신의 산문 문학에 대하여」, 위에 든 책.
신범식, 「김득신의 종남총지에 나타난 시론」, 위에 든 책.

통해 간행에 옮김으로써 그 면모가 일반에 확실하게 드러나게 되었다. 뒤이어 1993년에는 민족문화추진회의 『한국문집총간』(104집)에 넣어 출간되기도 했다. 덕분에, 기본적으로 문학론 이전에 선행되어야 할 인간적 면모에 접근하는 일이 훨씬 용이해졌다. 백곡의 시인적·산문가적인 면모는 물론이고, 역시 종래에 미처 잘 이해되지 못하던 비평가적 면모를 두루 점검할 수 있는 계기와 터전이 마련되리라 생각한다. 여기서는 이가원 편 『백곡문집栢谷文集』을 저본底本으로 삼기로 한다.

그러면 이제, 크게 김득신의 인간적 면모와 김득신의 문학적 면모라는 제목의 두 가지에 나누어서 아래에 항목별로 서술해 나가고자 한다.

2. 인간적 면모

1) 노둔魯鈍과 고음苦吟

사실은 그의 생애를 시간적인 순서에 입각해서 펼쳐 보이기에는 아직 미흡한 감이 크다. 전기 체재로서 그의 일대기를 따로 다룬 기록 등을 찾아보기 어려운 까닭이다. 그의 유저인 『백곡집』을 분석·정리한다 손, 그의 생애 전반에 걸친 신세 정황을 대략 유추할 수는 있어도, 시대별로 분류하여 그의 일생을 다룬다는 점에서는 여전한 어려움이 따른다. 따라서, 『백곡집』 외 문헌의 곳곳에 산재하여 있는 김득신 관련 기사까지를 한껏 참조하는 방법으로 그의 프로필을 새로이 편성해 보는 수밖에 없다.

김득신의 자는 자공子公, 호는 백곡柏谷이니, 안동 본관으로 부제학副提學을 지낸 치緻의 아들이자 진주목사晋州牧使 시민時敏의 손자이다. 그 부친 치의 태몽에 노자老子를 보았다기로 노자의 이름이라는 담聃을 따다 어릴 적 이름을 몽담夢聃이라 했다. 호를 백곡이라 이름 붙인 뜻은 김득신이 목천木川의 백전柏田에 살았던 까닭이라 한다.[2] 그는 선조 37년 당년의 출생 이래 광해, 인조, 효종, 현종을 거쳐 숙종 10년에 생을 마칠 때까지 여섯 왕에 걸쳐 재세在世하였으니, 꽤 다사다난한 시대를 살다 간 인물이다.

그러나 무엇보다 김득신이라면 첫째, '노둔魯鈍의 시인'으로 가장 잘 알려져 있다. 아예 그는 자타가 함께 인정하는 노둔의 인물로 통하니, 그 자신이 일찍이 자신의 노둔에 관해 솔직히 선언한 일이 있었다.

> 余性魯鈍 所讀之工倍他人 若馬漢韓柳 皆抄讀至萬餘遍 而其中最喜伯夷傳 讀至一億一萬三千筭 遂名小窩曰 億萬齋.[3]

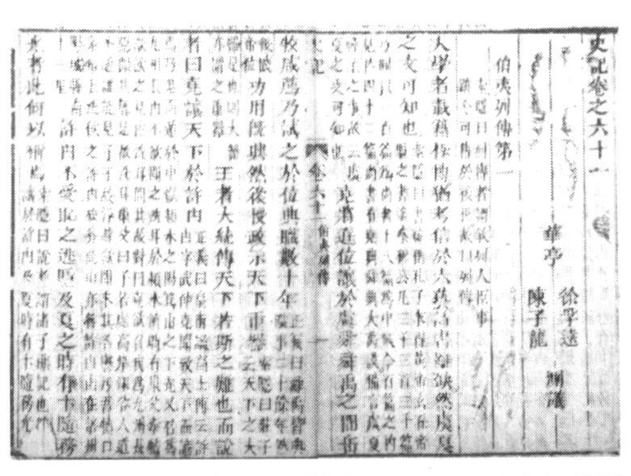
史記卷之六十一
華亭 徐孚遠 陳子龍 測議
伯夷列傳第一
夫學者載籍極博猶考信於六藝詩書雖缺然虞夏之文可知也堯將遜位讓於虞舜舜禹之間岳牧咸薦乃試之於位典職數十年功用既興然後授政示天下重器王者大統傳天下若斯之難也而說者曰堯讓天下於許由許由不受恥之逃隱及夏之時有卞隨務光者此何以稱焉

백곡이 가장 熱讀했다는 『史記』 중의 〈백이열전〉

> 나는 천성이 노둔해서 독서의 공력도 다른 사람의 배를 들여야만 했다. 사마천司馬遷 『사기史記』라든가 『한서漢書』 및 한유韓愈, 유종원柳宗元 등의 글은 모두 베껴다 일만 차례 이상 읽었다. 그 중 〈백이전伯夷傳〉을 제일로 좋아하였음에 일억일만삼천 회에 이르렀으니, 드디어 내 작은 서실을 억만재로 이름 붙이게 된 것이다.

2) 〈記聞錄〉(『백곡집』 권7 부록)에, "公居木川柏田 故號柏谷."
3) 김득신, 『종남총지』 소재.

그는 나이 아홉인지 열 살 적에 처음으로 아버지에게서 『사략史略』을 배웠는데, '천황편天皇篇' 처음 장 26자를 3일 동안 익혔으나 구두를 달지 못하매 그의 외삼촌 등 가인家人 등이 보고는 그만두라 했다 한다.[4)]

또한 백곡과의 친분이 두터웠던 우해于海 홍만종洪萬宗(1643~1725)은 백곡보다 39세 연하임에도 불구하고 『소화시평小華詩評』 안에서 백곡의 재품才稟이 대단히 노둔하다는 말을 그냥 쓰고 있는 것을 볼 수 있다.[5)] 그의 노둔과 관련하여 백곡을 '흐리멍덩한 시인'으로 표현한 이가원은 '마상봉한식馬上逢寒食'에 관한 다음과 같은 일화를 적고 있다.

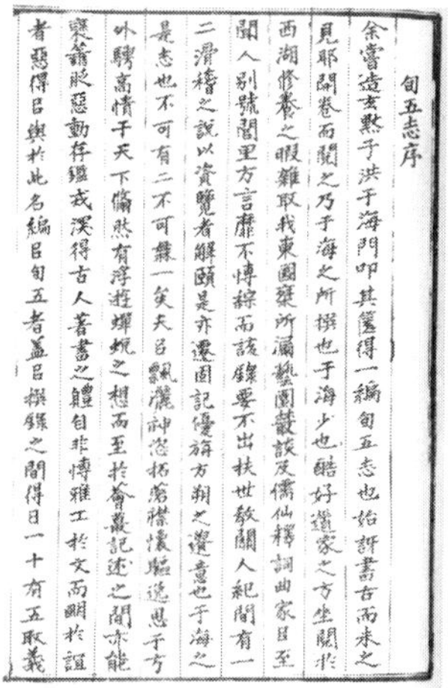

홍만종의 『旬五志』에
서문을 써 준 백곡 김득신

그의 흐리멍덩한 데 대한 기화奇話는 이루 다 이야기할 수 없다. 그는 어느 날 나귀를 타고 어디로 가는 길이었다. 때는 마침 모춘暮春이었으므로 그는 당시唐詩인 '마상봉한식馬上逢寒食'의 한 귀를 자기의 창작으로 알고 말 위에서 호음豪吟을 거듭했으나 그 댓구를 맞추지 못한 채 시사詩思는 고갈되었다. 나귀를 몰고 가던 아이가 그의 고음苦吟을 보고서 '도중촉모춘途中屬暮春'으로 맞췄더니 그는 나귀에서 뛰어내리며 "너의 지식이 나보다 나으니 네가 나귀를

4) 이현석, 〈嘉善大夫同知中樞府事安豊君金公墓碣銘〉(『백곡집』 권7)에, "幼而魯 十歲始就學十九史略首章僅二十六字 而三日不能口讀."
또, 백곡의 손자 항렬인 석촌공石村公의 〈行狀草〉(『백곡집』 권7)에, "性傷質魯 十歲始受曾史於曾王父 而天皇一章 學三日不成口讀 王考之外舅梅溪公來見謂曰 已之."
이서우, 〈柏谷集序〉에, "柏谷金公少魯 始受曾先史略於其先大夫 天皇一章 三日而不成句讀 家人皆曰 已之."

5) 홍만종, 『小華詩評』·下에, "金柏谷得臣才稟甚魯 多讀築址 由鈍而銳."

타고 내가 몰고 가련다" 했다 한다.[6]

백곡이 이다지 노추魯椎하였던 데는 그가 '무상舞象'의 나이 곧, 13살 때 두 차례나 두질痘疾을 앓았기 때문이라는 말도 있거니와, 아무튼 그에게 따라붙은 이같은 이미지 덕분에 문사文詞의 구상에 임해 거의 고음苦吟을 면하기 어려웠던 시인으로 인식되었던 모양이다.

그의 고음에 관한 정실情實 또한 그의 노둔과 함께 유명한 이야기가 되어 있다. 무엇보다 백곡 자신의 다음 같은 직접적인 고백이 가장 절실한 것이 될 듯싶다.

> 李唐諸子作詩 用盡一生心力 故能名世傳後…余亦有此癖 欲捨未能 戲吟一絶曰 爲人性癖最耽詩 詩到吟時下字疑 終至不疑方快意 一生辛苦有誰知 噫 唯知者可與話此境 今人以淺學 率爾成章 便欲作驚人語 不亦疎哉.[7]
>
> 당나라의 제가諸家들이 시를 지을 때에는 일생 심력을 다 쏟았던 까닭에 이름이 능히 대대 후세에 전하여졌던 것이다. … 나 또한 이러한 벽癖이 있어서 버리려고 해도 그러지를 못하니, 그걸 두고 희음戲吟한 절구 한 편이 있다. "사람됨이 유별 탐시耽詩의 벽이 있으니, 시를 읊어 글자를 정하려는 순간 다시 미심쩍어 한다. 필경 그 의심 사라져 개운한 지경에 닿을 때까지 하니 평생의 신고辛苦를 누가 알리오." 아아, 다만 이를 이해하는 사람이라야 더불어 이 경계를 얘기할 수 있는 것이다. 이즈음 사람이 배움도 깊지 않은 터수에 손쉽게 글을 이뤄놓고선 문득 세상 사람을 놀랠만한 말을 짓겠노라 하니, 또한 실정과 멀지 아니하랴.

시 자체를 두고 보면 온전한 자탄의 독백이라 아니할 수 없겠으나, 오

---

6) 이가원, 『한국한문학사』, 보성문화사, 1986, p.291.
7) 김득신, 『종남총지』 소재.

히려 그런 모습이야말로 강렬한 시 정신의 발로라면서 스스로를 강변하고 있다. 위에 희음戱吟했다고 하는 그 자작 칠언시 일편은 〈만음謾吟〉이란 제목으로 『백곡집』 2권에 들어있는 내용이다. 다만 문집에선 기구起句의 '最耽詩' 대신에 '每耽詩'라 한 것만이 다를 뿐이다. 과연, 그는 이 시탐詩耽 때문에 잠을 못 이룬 일도 적지 않았음을 시로 읊었고,[8] 시를 게을리 했더니 병을 얻을 정도라는 고백도 남기고 있다.[9]

일찍이 『백곡집』에 서序를 쓴 서계西溪 박세당朴世堂(1629~1703)도 백곡이 시 짓기에 있어서 정신을 부리고 심비心脾를 괴롭히는 경상景狀을 '일자천련一字千鍊'으로 표현한바, 그가 한참 창작 삼매에 빠지면 길 위에서 엉거주춤하는 말을 독촉하는 마부의 사나운 고함소리에 곁의 사람들은 다 놀랄 지경이라도 그만은 깨닫지 못할 정도라 하였다.[10] 덧붙여, '일자천련一字千鍊'의 말은 11년 연하인 임방任埅(1640~1724)의 『수촌만록水村謾錄』에도 함께 나타나 있는 표현이기도 했다.[11] 그의 고음의 벽癖에 대한 일화 중에는 그의 부인이 장醬이며 초醋 등의 양념을 전혀 쓰지 않은 나물 그대로를 백곡의 음식상 위에 올려 시험해 보았으나, 마침내 모르고 넘어갔다는 이야기도 없지 않다.[12]

하지만 그는 이러한 고음을 항상 고통의 그것으로만 여긴 것 같지는 않다. 어느 때는 한창 음흥吟興에 빠지면 살쩍머리가 허옇게 변하는 것도 모

8) 覓酒春多醉 耽詩夜不眠. 〈石刹〉(권3)
誰識幽人意 尋詩睡不成. ≪集虛堂六景≫ · 中 〈東峯霽月〉(권3)

9) 逋詩因得病 呼酒爲開懷. 〈次退溪先生韻〉(권3)

10) 『西溪先生集』 권7의 〈柏谷集序〉에, "方其役精神苦心脾 一字千鍊 擧臂指擬 蹇驢款段 躑躅街途 雖騶導嗔喝 傍人辟易 而將亦不能自覺."

11) 金栢谷得臣平生工詩 謂琢肝腎一字千鍊 必欲工絶 其賈島之流乎.

12) 金栢谷 苦吟爲癖 撚髭忘形 其妻欲試之 嘗設午飯 供以萵苣 不施醬醋 妻向曰 得無味淡否 公曰 偶忘之矣. (河兼鎭, 『東詩話』)

를 정도라 했고,[13] 이러한 탐닉에 병조차도 씻은 듯 낫는다는 심경을 나타내 보인 적도 있었다.[14] 과연 그는 조선조 한문학사에 있어 각별히 한시라는 장르에다 온통 생명혼을 불살랐던 한 사람의 시 지상주의자였다고 하겠다.

그럼에도 그의 생래적인 노둔의 혐嫌은 끝끝내 벗을 수 없었던가 보다. 18세기초 임경(任璟, ?~?)의 『현호쇄담玄湖瑣談』[15]에 보면 당시대 대가였던 동명東溟 정두경鄭斗卿(1597~1673)이 김득신의 시를 놓고 논단하는 형안의 시감詩鑑에 김득신이 승복하지 않을 수 없었다는 일화를 싣고 있다.

> 柏谷嘗以己作示東溟 東溟曰 君常謂學唐 何作宋語也 柏谷曰 何謂我宋語耶 東溟曰 余平生所讀誦 唐以上詩也 君詩中文字 有曾所未見者 必是宋也 柏谷笑而服之.
>
> 백곡이 일찍이 자신이 지은 시를 동명에게 보인 일이 있다. 동명이 보고는 말하기를, "그대는 항시 당을 배운다고 했는데 어이하여 송어宋語로 지었는가?" 하자, 백곡이 이에, "무슨 뜻으로 내 시를 송어라 말하는가?" 하였다. 동명이, "내 평생에 읽은 것은 당 이상의 시이거든. 그런데 자네 시 가운데 문자는 전에 한 번도 본 일조차 없는 것들이니 필경은 송의 문자가 아니겠는가." 그러자 백곡이 웃으면서 승복하였다.

심지어 편자 미상의 『기문총화記聞叢話』(국립도서관본)와 『해동기화海東奇話』(고려대본)에는 백곡이 같은 시대의 다른 시인들, 이를테면 호곡壺谷 남용익南龍翼(1628~1692), 동명東溟 김익겸金益謙(1614~1636)들과 시로 경합하는 도처에서 패배를 겪은 나머지 눈물까지 뿌렸다는 일화까지 수록되어 있다.

---

13) 晩來吟興足 忘却鬢成絲. 〈偶吟〉(권3, '五律')
14) 擧酒愁仍破 耽詩病已痊. 〈示張季遇〉(권3, '五律')
15) 홍만종의 『詩話叢林』에 수록되어 있다.

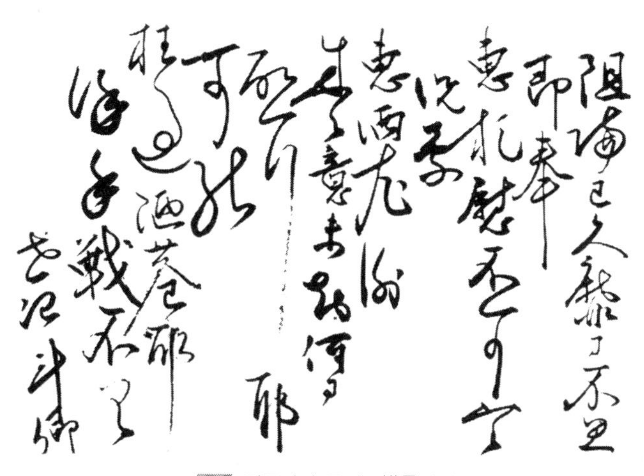

정두경의 글씨－槿墨에서

16) 나이로 보나 시적 경력으로 보나 자기보다 24년 연하인 남용익에 비해서도 이렇듯 현저하게 실력의 차가 드러나고, 더욱이 시명詩名이 채 드러나지도 않은 김익겸 같은 인물 앞에서조차 봉패逢敗의 참루慘淚를 뿌렸다는 이러한 이야기를 어느 선까지 신빙해야 좋을런지 의문이 없지 않다. 여기에 과장이 섞인 것이라면 백곡의 재기가 둔탁하였다는 기존의 선입감이 꽤 작용하여 파생되었을 소지를 생각해 볼 수 있다. 다름 아니라, 백곡이 그렇듯 자주 일자천련의 각고에 전전긍긍했는지 모르나, 그와는 전혀 딴판으로 때로 특별한 흥이 일어나면 속성으로 시를 완성하는 재주를 발휘할 때가 적지 않았다. 무엇보다 그의 문집의 여기저기에 심심찮게 보이는

16) 栢谷與南壺谷相逢一處 彼此貫聞其名 相賦詩決輸贏 主人呼韻 南公卽應曰 客散西原雨 雲屯上黨城 夕風吹落葉 歸馬踏秋聲 栢谷起拜曰 槐山文章金得臣披降於京中才子南雲卿云 栢谷嘗題友人家畵帖詩曰 古木寒烟裏 秋山白雨邊 暮江風浪起 漁子急回船 金東溟益謙見之頗愛 懇邀得臣偶坐了溪上 金先賦曰 霜落虛汀葉鬪風 水光山色夕陽中 酒盃相勸楓林下 人面秋容一樣紅 栢谷泣然泣下曰 吾以朝解文章 到處逢敗 此乃楚伯王天亡我也(『기문총화』· 下) 다만 한 가지, 『해동기화』에는 '泣然泣下' 대신 '泣然下淚'로 되어 있다.

〈주필走筆〉이란 제목 하의 상당 작품들이 그것을 입증시켜 준다.

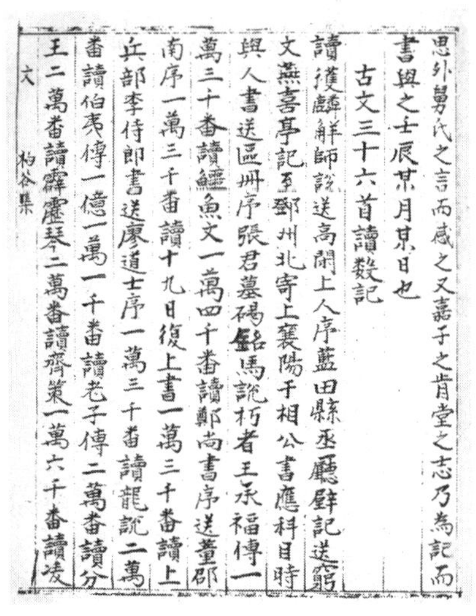
思外舅氏之言而感之又嘉子之肯堂之志乃為記而
書與之壬辰某月某日也
古文三十六首讀數記
讀獲麟解師說送高閑上人序藍田縣丞廳壁記送窮
文燕喜亭記至鄧州北寄上襄陽于相公書應科目時
與人書送區冊序張君墓碣銘馬說朽者王承福傳一
萬三千番讀鱷魚文一萬四千番讀鄭尚書序送董邵
南序一萬三千番讀十九日復上書一萬三千番讀上
兵部李侍郎書送廖道士序一萬三千番讀龍說二萬
番讀伯夷傳一億一萬一千番讀老子傳二萬番讀分
王二萬番讀霹靂琴二萬番讀齊策一萬六千番讀凌
文 柏谷集

『백곡집』 권5에 실려 있는 고문삼십육수독수기

덧붙여, 한 가지 유의할 사실이 있다. 곧, 어쩌면 이러한 노둔이 시에 관련한 문제라기보다 그의 눈文 쪽에 관한 재기가 특히 떨어짐을 지적한 뜻이 아닌가 한다. 그는 문文의 방면에서 나타나는 노둔의 약점을 극복하기 위해 독서에 있어서 남보다 몇 배 가는 노력을 경주傾注했던 것으로 보인다. 백곡이 경술년, 곧 그의 나이 67세에 적었다는 〈고문삼십육수독수기古文三十六首讀數記〉라는 글 한 가지만 보아도 그가 오직 독서로써 자신의 단재短才를 극복코자 부심했던 자취를 역력히 읽어낼 수 있다. 번역으로 본다.

〈확린해獲麟解〉·〈사설師說〉·〈송고한상인서送高閑上人序〉·〈남전현승청벽기南田縣丞廳辟記〉·〈송궁문送窮文〉·〈연희정기燕喜亭記〉·〈지등주至鄧州〉·〈북기北寄〉·〈상양양우상공서上襄陽于相公書〉·〈응과목시여인서應科目時與人書〉·〈송구책서送區冊序〉·〈장군묘갈명張君墓碣銘〉·〈마설馬說〉·〈오자왕승복전圬者王承福傳〉 읽기를 일만삼천 번, 〈악어문鱷魚文〉 일만사천 번, 〈정상서서鄭尚書序〉·〈송동소남서送董邵南序〉 일만삼천 번, 〈십구일부상서十九日復上書〉 일만삼천 번, 〈상병부이시랑서上兵部李侍郎書〉·〈송요도사서送寥道士序〉 일만삼천 번, 〈용설龍說〉 이만 번, 〈백이전伯夷傳〉 일억일만일천 번, 〈노자전老子傳〉 이만 번, 〈분왕分王〉 이만 번, 〈벽력금霹靂琴〉 이만 번, 〈제

책齊策〉 일만육천 번, 〈능허대기凌虛臺記〉 이만오백 번, 〈귀신장鬼神章〉 일만팔천 번, 〈의금장衣錦章〉 이만 번, 〈보망장補亡章〉 이만 번, 〈목가산기木假山記〉 이만 번, 〈제구양문祭歐陽文〉 일만팔천 번, 〈설존의송원수재薛存義送元秀才〉·〈주책周策〉 일만오천 번, 〈중용서中庸序〉 이만 번, 〈백리해장百里奚章〉 일만오천 번을 갑술년부터 경술년까지 읽었다. 그 사이에 『장자莊子』라든가 사마천의 『사기史記』, 반고의 『한서漢書』·『대학大學』·『중용中庸』 등도 허다히 읽지 않았음은 아니로되, 일만 번에 이르지 못했다 싶으면 이 독수기讀數記에 싣지 않았을 따름이다. 만일 내 뒤의 자손들이 나의 독수기讀數記를 본다면 내가 독서에 게으르지 않았음을 알 것이다. 경술년 계하季夏에 괴주槐州의 취묵당醉默堂에서 백곡노인은 쓰노라.

이 〈고문삼십육수독수기〉야말로 김득신과 관련하여 전무후무의 가장 특징적인 사실 한 가지를 장식하거니와, 그 가운데서도 제일로 엄청난 독수讀數를 기록한 〈백이전〉의 '일억일만일천독'이 제일 유명한 화젯거리가 되어 왔다.

더욱이, 이상은 『백곡집』 권5 가운데 실려 있는 내용이고, 권7의 편말 부록 가운데의 또 하나 〈독수기讀數記〉란 제목의 글에서는 같은 경술년 늦여름에 적었다는 이 〈백이전〉의 독서 횟수가 '일억일만삼천 번'이라 하여 그 사이 이천 번이나 더 추가되어 나타나 있는 점이 주목을 끈다. 뒷사람들은 거의 일억일만삼천의 숫자를 따르고 있음을 본다.[17] 경우에 따라 대략 억독설億讀說이라 한 것도 있고,[18] 또는 일억일만팔천 번이라는, 보

17) 이서우, 〈백곡집서〉에, "獨伯夷傳大變化讀最多 至一億一萬三千 由是觀之 多乎否乎."
이덕무, 『靑莊館全書』 권5, 『嬰處雜稿』1에, "平生讀書之多 定爲古今稀見 讀伯夷傳一億一萬三千番 它可數推也."
이덕무, 『청장관전서』 권56, 『盎葉記』3, '古人勤學'에, "至如金柏谷得臣 讀伯夷傳一億一萬三千遍 誠過矣 雖多奚以哉."
"素魯鈍所讀倍他人 馬史韓柳之文抄讀至萬餘遍 而最喜伯夷傳 讀至一億一萬三千周 遂知名 小窩曰 億萬齋." (『해동시화』)

다 더 상승된 숫자로까지 나타난 예도 있다.[19] 아무튼 그가 고문 36편을 갑술(1634)년부터 시작해서 경술(1670)년까지 36년 간에 걸쳐 독파하였다는 그 숫자는 실로 상상이 쉽지 않은 엄청난 것이다. 더구나 〈백이전〉의 독서 숫자 일억일만삼천 회는 늦어도 1652년 안에 완수되었음을 확인할 때 더욱 그러하다. 다름 아니라, 홍만종이 김득신의 『종남총지』를 포함하여 24편의 시화詩話를 집대성한 『시화총림詩話叢林』을 편찬한 때가 효종 3년(1652)이었다. 이 때 이미 김득신은 『종남총지』 안에서 〈백이전〉을 일억일만삼천독 했노라[20]고 공언하고 있었다. 이로 볼 때 독서에 본격적으로 착수했던 1634년 이래, 아무리 길게 잡아도 18년 내에 〈백이전〉의 그만큼한 독수讀數가 이루어졌다는 뜻이 된다.

終南叢志
金得臣撰
魚無迹潛夫向嶺南行至鳥嶺日午卸鞍憩于樹下有一行客
衣藍縷騎款段亦至其處無迹揖之不爲禮時秋景政佳無迹
苦吟覓句良久未就客曰余粗解作句顧得紙筆委徑鄙臣之
一斤也即書而進其詩曰秋風黃葉落紛紛主屹山高半沒雲
二十四橋鳴咽水一年三度客中聞無迹見而大驚遂閣筆而
去其人蓋玄風鄉所李孝則也古語云相馬失之瘦相士失之
貧此之謂也
李容齋荇貌寢性不喜梳洗　上嘗於燕間問曰聞卿居家不
梳洗然耶容齋對曰臣家有祭祀時則臣常梳洗　上大笑天
使唐皐之來容齋爲儐相鄭士龍蘇世讓李希輔爲從事天使
見容齋貌醜常厭近接天使行到安州登百祥樓賦五言律送

김득신의 시화집인 『종남총지』

그런데 여기서 한 가지 유의할 사실이 있다. 다름 아닌, '억'이란 숫자에 대한 개념이 고금 간에 같지 않다는 것이니, 예전엔 천의 열배인 십천

18) 석촌공石村公의 〈行狀草〉에, "伯夷傳則億讀 故其小齋曰 億萬齋."
19) 『백곡집』 권7 '부록'의 〈搜錄〉에, "大麓誌曰 金得臣…好伯夷傳 讀至一億一萬八千番 故名其小齋曰 億萬齋."
20) 앞의 주 3)의 본문 내용 참조.

十千을 '만萬'이라 했고, 천의 백배인 백천百千을 '억億'으로(十千爲萬 百千爲億) 지칭하였던 수리 상의 진실이 있다. 다시 말해, 1의 10배 수인 10에서부터 각각 그 10배 수를 백, 천, 만, 억이라 셈하였던 것이니, 과연 백곡의 곤손昆孫인 김유헌金由憲이 쓴 〈서독수기후書讀數記後〉21)에 보면 다행히 숫자의 개념이 바로 명시되어 있다.

十千爲萬 百千爲億 減公百分之一 厥數猶千 子孫若能如此 而熟數種書亦可得.

천이 열이면 만이고, 천이 백이면 억이다. 그런데 공이 해낸 숫자의 백분지 일로 감산하면 그 수는 오히려 천이지만, 자손이 만약 능히 이렇게만 한다면 몇 가지의 책에 능숙해지는 일 또한 손 안에 잡힐 것이다.

이는 이현석李玄錫이 쓴 백곡 〈묘갈명墓碣銘〉(권7) 안의 다음 대목에서 확연해진다.

有不讀 讀必數萬遍 於伯夷傳則至數十萬 仍名小齋曰 億萬.
읽지 않을망정, 읽었다 하면 반드시 수만 차례 반복하였다. 〈백이전〉 같은 것은 수십만에 이르렀기에 그 작은 서실을 억만재라 일컬었다.

한 단계 더 나아가, 다시 조현석趙顯錫이 백곡을 위해 지은 〈제문祭文〉(권7)에서 가장 구체적인 숫자로 밝히고 있다.

蓋自韶齔 嗜文成癖 至老不衰 馬書列傳 尤好伯夷 攷其所讀 十有二萬.

21) 『백곡집』 권7 '부록'에 실려 있다.

대개 어린 시절부터 문장 좋아함이 고질로 된 것이 늙도록 시들지 않았다. 사마천의 사기 열전 중에서도 〈백이전〉을 더욱 좋아하였으니, 그 읽은 수를 헤아리자면 십이만 번은 되었다.

이처럼 '十有二萬'은 옛 사람의 개념상 일억 이만의 숫자와 다를 바가 없었던 것이다. 이렇게 이해하고 나니, 『종남총지』 가장 끝 부분에 있는 백곡 자신의 다음과 같은 술회도 제대로 수긍할 수 있는 터전이 마련된다.

去庚戌 値歲旱 八路凶歉 翌年大饑疫 都鄙積屍不知其數 人有謂余者曰 今年死者 與君讀書之數孰多云 盖戲余之多讀也.

지난번 경술년에 가뭄을 만나서 온 거리가 다 흉년에 시달렸더니 이듬해에는 엄청난 기아饑餓와 전염병으로 도회지 촌락 할 것 없이 쌓인 시체가 무수하였다. 어떤 사람이 나더러 금년에 죽은 사람과 그대의 글 읽은 숫자와 어느 쪽이 더 많은가 하였는데, 이는 나의 다독에 대해 농담하는 뜻이었다.

그러나, 다산 정약용은 김득신의 〈백이전〉 독수를 곧이 믿지 않았다고 한다. 역시 세칭 전해지던 숫자인 당시의 일억일만삼천, 즉 요즘의 십일만삼천 독조차 불신하였다는 뜻으로 풀이된다. 그런데 김득신은 본래부터 좀 고지식하여 농담도 좋아 아니하고 누구를 속인다든가 하는 따위를 못했다고 한다.[22] 애당초 우활迂濶한 인물로 알려져 있으니,[23] 그가 일부러 세인을 기만하기 위해 지어낸 숫자는 필경 아니라고 본다.

다만, 〈백이전〉을 일독하는 시간을 대략 15분이라 보고, 하루에 이것만

22) 이현석의 〈嘉善大夫同知中樞府事安豊君金公墓碣銘〉에, "公亦諄謹 不好弄 讀書不怠…嘗言 吾不欺心 不欺人 言必副 約必踐 不作皺眉事 不走權貴門 是一生心跡也."

23) "得臣自少讀書 老而益勤 爲人迂濶 無用於時." (『숙종실록』 권15, 10년 甲子 9월 己巳)

읽는 시간을 최대 12시간으로 잡았을 때, 1일 48회를 독파할 수 있겠다. 그러면 11만3천 회를 완파할 수 있는 기간은 대략 2,354일이 된다. 그러니까 11만3천은 거의 6년 반 가량을 만사 다 제치고 꼬박 〈백이전〉에만 집착하였을 때 가능한 횟수이다. 하지만 그 18년 사이에 백곡이 읽은 것은 이 작품 뿐만은 아닐 것이다. 이 글을 포함해서 나머지 35개 작품의 독수를 모두 합산한 수는 60여 만에 달하는데, 역시 1독의 사이를 15분으로 셈하고 하루 12시간 독서를 기준했을 때 소요되는 기간은 33년 이상이 되니 현실적으로 불가능한 일임을 확인할 수 있다.

역시 허풍이나 과장을 모르는 백곡이니, 어쩌면 건망증의 소치로 돌려 볼 수도 있다. 또는 그가 하루하루 일일이 산가지를 놓고 셈한 것이 아닌 이상, 자기 생각에 1일 평균 20독을 했고 18년을 지냈으니 곱한 숫자가 그렇다는 식의 산법일 가능성도 무시하기 어렵다. 이리하여 나머지 35수에 관한 것도 모두 그런 식이면 엄청난 중복 계산의 결과에 빠질 것은 당연한 일이고, 그가 제시한 숫자의 비밀 또한 납득하지 못할 일도 아니다.

2) 현달에의 의지

김득신은 아예 자신은 벼슬 따위 안중에도 없다는 식의 자기 회포적인 조어를 자신의 시작詩作 중간중간에 간간이 나타내 보였다.

宦業元非欲　勳名亦未應　〈詠懷三十韻〉(권3)

벼슬 일은 본래가 바라지 않던 바니
공훈의 이름 없음도 당연한 일.

勳業雄圖歸寂寞　功名大計墮虛空　〈偶題〉(권4)

공훈이며 웅략이며 적막에 가고
공명과 큰 포부도 허공에 지는 것.

何必役役圖功名　功名乃是禍之機　〈對酒放歌〉(권4)

꼭 몸을 괴롭혀 공명을 꾀해야만 할까
공명은 바로 화를 부르는 근본인 것을.

혹은 〈식파정기息波亭記〉(권5)와 같이 다른 이에게 글을 써주는 경우에도 명리名利의 벼슬살이가 궁극엔 불행의 기틀이 된다는 말을 짐짓 강조하기도 했다.

噫 世之求名利之人 不息其爭 而終陷於禍機.

아아, 세상의 명리를 구하는 사람은 그것을 얻으려 쉬지 않고 다투다가 끝내는 화근에 빠지고 마는 것이다.

그렇지만 이것이 그의 부동심不動心이라고 쉽사리 단정하기 어렵다. 공명에 대한 미련을 표현한 너무도 많은 조어造語들이 그의 정신 세계를 쉽게 떠나있지 못한 까닭이다. 백곡이 임오년(1642)에 비로소 진사과에 합격하면서 지은 〈임오희음壬午戲吟〉(권2)이란 시를 통해서 그의 속내의 다른 면을 엿볼 수가 있다.

百鬼於我戲劇多　왼갖 잡귀들 내게 우스운 장난도 잘해
其如時命奈蹉跎　어인 운명이기로 날 발버둥치게 하느뇨.
韓文馬史千廻讀　한유며 사마천의 글 읽기 일천 번에야

僅捷今年進士科　가까스로 금년에는 진사과에 올랐구나.

김득신의 나이 39세 되던 해였다. 늦은 대로 입신의 첫 발판을 굳힌 기쁨과, 앞으로의 노력 여하에 따라 더 잘될 수 있을지 모를 희망에 들떠있는 작가의 모습이 보인다.

과연, 그는 끊임없는 벼슬 동경을 언제고 저버리지는 않은 양하다. 어느 시인이든 마찬가지이겠지만, 그 역시 벼슬에 대한 관심 및 의지의 표명을 구체적인 언어로 나타내 보인 일은 없다. 실상은 누구든 현달을 추구하면서도, 일단 거기 밀착됨을 꺼려했던 당시대 인식 때문에 더 그랬을 것으로 보인다. 대신에, 그것은 '진경秦京'과 같은 비유적 대체 언어를 통해 은근히 시사되는 듯싶다. 예컨대, 그의 시에서 적잖이 현출되는 '진경秦京'이란 표현 역시 심상해 보이지는 않는다. 아무래도 환로宦路에 대한 희망을 나타낸 은유적 시어가 백곡의 현달 의지에 대한 비밀을 푸는 중요한 관건이 된다고 보는 것이다. 그런데 공교롭게도 『백곡집』 권1에 있는 〈출경일작出京日作〉(서울을 떠나던 날)이란 5언시 안에서 '진관秦關'이 바로 왕도王都인 서울을 상징하는 조운調韻임을 새삼 환기시켜 주고 있다.

侵晨南去客　새벽녘 남으로 가야 할 나그네
蓐食出秦關　이부자리 식사로 서울을 떠나네.
遙望蒼然色　저 멀리 창연蒼然한 경색景色
不知何郡山　이곳은 어드메 고을 산인가.

특히 오언율시 〈마상음馬上吟〉(권3) 시의 결구인 "此間宜隱遁 何用憶秦京" 같은 데서는 '은둔隱遁'의 상반 개념 격으로 '진경秦京'이 쓰여지고 있는 것을 보면, 그가 오매寤寐에도 잊지 못하던 그 '진관秦關'의 의미가 무엇인지 새삼 음미되는 바가 있다.

> 秦京歸計何時遂 謾與親朋辦勝遊. 〈贈槐山太守〉(권4)
>
> 서울로 돌아갈 계획 어느 때 이뤄질까
> 되는대로 벗들과 흐드러지게 놀고파라.

혹은, 권4의 〈만음漫吟〉을 보면 "杳杳秦京歸不得 故人消息幾時來"라고 하여 그래도 가고 싶은 이유가 벗에 빙자되어 있지만, 꼭 벗이 아니라 하더라도 경화京華를 동경하는 열망이 강렬하게 부각됨을 볼 수 있다. 아예 권4의 칠언율시 〈차운次韻〉 안에서는 자기 본향이자 은거지인 괴주槐州에 대한 회의가 발동하면서, 대신 자신의 넋은 벌써 몽중에조차 한양에 가 있다고 하였다.

> 抱病衰翁臥此堂　병들고 초라한 늙은이 이 당에 누웠거니
> 忽聞雙燕語琱樑　쌍쌍 제비소리 문득 아롱진 들보 위 들리네.
> 形骸一月留槐峽　이 몰골 한 달이나 여기 괴주 골짜기 머물러
> 魂夢三更到漢陽　한밤중의 넋은 꿈에조차 저편 한양에 이르매라.

이밖에도 여러 군데에서 은자隱者의 처지를 뒤로하는 도시 지향적인 면모가 엿보인다.[24] 특별히 "흐린 구름처럼 떠도는 이 늙은이 서울길 막혀, 구름 푸른 북쪽 관문 오를 수 없네"[25]라든가, "아득히 가야할 길 몇몇 보

24) "東皐枕石成牢睡 孤夢迢迢到漢陽." 〈偶吟〉(권4)
"一辭京國久 唯有夢魂飛." 〈次君平韻贈永同朴使君〉(권3)
"天邊有歸鳥 却羡向秦關." 〈馬上次韻〉(권3)
"獨憑亭角成春睡 片夢悠悠自入秦." 〈偶吟〉(권4)
25) "此翁流滄阻京關 北關青雲不可攀." 〈登醉默堂〉(권4)

루나 지나실까, 그늘진 이 마음은 늘 한양에 가 있는데"[26] 같은 데서는 거의 은둔자의 신세에서 벗어나고 싶어하는 간절한 염원 같은 것을 느끼게 한다. 그렇다면, 그가 어느 때는 "명리란 다 부질없으니 향리인 괴강槐江에 가 낚시나 하리"[27]라던 그 은둔자적 면모와 문득 충돌됨을 면하기 어렵게 된다.

이런 지점에서 이렇게저렇게 그때마다 흔들려 갈등하는 백곡의 심사가 보이거니와, 그가 언제까지나 작록爵祿에 마음 없어 강호江湖에 투적投跡할 뿐,[28] 평생 사환仕宦을 바라지 않은,[29] 그러한 사람만은 아니었다는 사실을 규지할 수 있다. 오히려 그의 자존심이 다만 가문의 덕에 관리로 나가는 음사蔭仕는 별반 원하지를 않았기에,[30] 정식 과거를 통하고자 여러 차례 응시하였으나 번번이 실패하였다 한다.[31] 이렇게 오랜 거자업擧子業을 거쳐 59세 때 처음으로 과거에 등명登名할 때까지 한평생을 거의 현달치 못한 데 대한 울민과 시름 속에서 헤어나지 못한 듯싶다. 그가 일찍이 어느 해 과거에 낙방하고 나서 지은 〈공산도중公山途中〉 한 작품만 보아도 저간의 심경을 짐작하고 남음이 있다.

今年落魄客心驚　올해의 낙백한 나그네 흠칫 놀란 마음이
孤館通宵夢不成　외로운 객사에 온 밤을 잠 못 이루네.

26) "重重去路遙通塞 黯黯歸魂每入秦." 〈送鍾城府使沈文伯〉(권4).
27) "爭名貪利非吾事 歸去槐江坐釣沙." 〈宿仲久草堂偶吟〉(권4).
28) 이홍기의 〈祭文〉에, "爵祿非心 投跡江湖."
29) 『백곡집』 권7 '부록'의 〈記聞錄〉에, "公平生以世禍爲戒 不欲仕宦 語久堂曰 若以吾照望 當絶交云 故官位未至崇顯."
30) 『백곡집』 권7 〈行狀草〉에, "乙酉拜肅寧殿參奉 而王考素志不在於蔭官 不欲就之 梅溪公曰 汝家貪親老 不能備朝夕之供 奚以不仕耶 再三强迫 不得已屈意肅謝 而未幾辭棄擺脫家事 負笈孜孜以窮年者 亦二十餘年."
31) 〈行狀草〉에, "其後屢擧不中 人以詩能窮人目之."

龍岳重雲埋翠色　용악의 겹구름은 푸른 산빛 덮어 있고
錦江層浪吼寒聲　금강의 거친 파도 싸늘하니 세찬 소리.
千魔戱劇窮吾命　잡귀들은 장난처럼 막다른 운명으로 몰아가고
萬事乖張歎此生　만사 다 어그러진 못난 인생 탄식한다.
北向家鄕聊送目　저 위 고향녘을 그윽히 보자 하니
暮天風雨暗歸程　저문 하늘 비바람에 갈 길은 어둡고야.

참담한 심사를 엿볼 수 있거니와, 그가 현달을 못한 때의 불우한 자기 신세를 천명에다 돌려 애써 자위코자 했던 역력한 흔적들이 곳곳에서 드러난다. 이를테면 현달이란 인력으로 되는 것이 아님을 힘써 스스로에게 다짐하면서, 원래 천명으로 받은 바이니 그러한 침체를 한탄할 게 없다는 뜻을 나타내 보였다.

休事多飜覆元常　命有窮通豈以謀　〈次元九韻〉(권4)
좋은 일은 자주 뒤집혀 원래로 돌아가니
운명의 막힘과 통함을 어찌 뜻대로 하리오.

富貴在天難致力　窮貧由命不容謀　〈偶吟〉(권4)
부귀는 하늘 뜻, 노력만으론 어렵고
빈궁도 천명이라 사람의 생각 아닐세.

貧病元知命　窮通亦聽天　〈走筆〉(권3)
가난과 병 본래의 운명으로 알고
성공 실패 또한 하늘 명에 따른다.

貧賤知難免　尊榮覺不求　〈走筆〉(권3)
빈천을 면하기 어려운 것 알겠고
영화도 얻을 수 없음을 깨닫는다.

如何窮我命　天意固難諶　〈書懷〉(권3)
어이하여 내 운명 이다지 궁박한지
하늘의 뜻 진정 신뢰하기 어렵구나.

또한, "원래가 천명에 따라 된 바이니 그같은 침체를 한탄할 게 없다"[32]는 말로 꾸준한 자기 합리화를 꾀하기도 했다. 다짐과도 같은 이러한 자기 합리화와 자기 위무의 안쪽에, 역으로는 그가 얼마나 현달을 염원하였는지 짐작코도 남음이 있다.

그러다가 김득신은 임인년(1662) 59세 때 비로소 증광문과增廣文科 병과丙科에 오르게 된다. 비록 노년의 몸이요, 병과 급제이기는 했으나 염원하던 벼슬의 길에 들어설 수 있게 된 것이다.

그런데 행장에 보면, 얼마 안 되어 관직을 그만두고 향리로 돌아와 괴강의 선산 곁에 취묵당醉默堂을 짓고 시주詩酒로써 자오自娛하였으니, 바깥의 명성과 이익을 버리고 늘 그막의 계책으로 삼은 것이라고 기록되어 있다.[33]

취묵당 전경. 충북 괴산읍 능촌리 槐江 가, 백곡이 독서당으로 이용한 터에 새로 지어졌다. 전면 기둥에 백곡의 시 〈龍湖〉를 양각한 株聯이 있다.

32) "元來由賦命　何必歎幽沈." (〈偶吟〉 3首 중 제1, 권3 '五律')
33) "壬寅登文科以年老　拜國子學諭陞　拜典籍肅射　拜成均直講　兵工曹佐郎　江原道都事　司憲府掌令者　再濟用監正者　再司僕軍資宗簿寺等正　豊基郡守　皆不就　洪川縣監　旌善郡守　皆以臺臣宰臣能文淸疎　不合長民之才　沮之不赴　拜禮曹佐郎司導寺正　成均司藝　承文院判校　掌樂院正兼知製敎　未幾下." <行狀草>

그러나 사실은 이 사이에 상당한 진퇴를 거듭하였을 것으로 추정되니, 그의 다양했던 관력官歷이 입증한다. 아울러 그의 경력 가운데 사헌부 장령掌令을 지낸 것은 현종 10년(1669)으로, 그의 나이 66세 때이다. 또 〈만향당서晩香堂序〉란 글을 통해 보면 그 가운데, "今年秋 余且休官 歸槐鄕"(올 가을 내가 장차 벼슬을 접고 괴주 고향으로 돌아갈 것이니)이란 대목이 있는데, 마침 이것을 쓴 연기年紀가 또한 '丁巳'(1677년)로 명시되어 있다. 그의 나이 74세 때이다. 이로써 그가 이전에 이미 관직 생활을 영위했던 것임을 알 수 있다.

74세 이후에는 다시 공직에 있었는지 정확하게 알 길은 없다. 다만 실무직은 아니나, 78세에는 세훈世勳에 따라 통정대부通政大夫, 80세에는 가선대부嘉善大夫 안풍군安豐君을 습봉襲封 받은 사실이 있는 정도이다. 다만, 늦게까지 벼슬에 대한 회의와 미련의 사이에서 자주 마음이 엇갈렸던 것만큼은 유추할 수 있겠다. 아래의 시도 그 증좌로 들 만하다.

不走權門十載餘
老來尤覺宦情疎
此身政似粘米禽鳥
何日槐江可聶魚　〈次朴生韻〉(권2)

권세가에 발길 끊은 지 십여 년
늙어가며 벼슬 생각 시들해짐 알겠네.
이 몸은 흡사 한 마리 새와 같으니
언제나 괴강에 가 고기 낚을런지.

이는 바꾸어 말하면 그가 노년의 이전에는 권문세가에도 출입하는 등, 벼슬에 대한 마음이 성글지 않았다는 솔직한 고백의 말로 통하기도 한다. 그러면, 다음과 같은 7언시 한 편도 노경老境의 무렵에 지어졌을 것이다.

昨者應官今悔懊
世間名利等炊沙 〈馬上前次韻〉(권4)

지난번 벼슬살이 지금은 후회스러워
세간의 명리란 모래로 밥을 지음과 같아.

爭名貪利非吾事
歸去槐江坐釣沙 〈宿仲久草堂偶吟〉(권4)

명리를 붙좇음은 나의 일 아냐
돌아가 괴강에서 낚시나 하리.

벼슬에 대해 은근히 동경하던 때와 달리, 어느 때는 또 이와 같이 벼슬하지 않겠다는 등, 백곡은 늙어 생을 마치기 전까지 벼슬에 대한 판단을 마침내 중지하지 못하였던 사람이다. 아무튼, 그가 벼슬의 취사取捨 문제를 두고 끝끝내 용심하였던 사실을 포착할 수 있으려니와, 궁극엔 벼슬에 대한 관심과 미련에서 벗어나기 어려웠던 인물이었다고 본다.

그가 아마도 장령掌令에 막 선임된 무렵에 지었으리라 여겨지는 '오율五律' 〈북백별장北伯別章〉(권3) 가운데 "이 늙은이 처음으로 부절符節을 받드니, 우리 임군의 신하 쓰심은 능能도 하셔라"(此老始持節 吾王能擇臣)한 것만 보아도 그가 첫 지절持節에 얼마나 감격에 겨웠는지 알고도 남음이 있다. 또한 80세 때 조정으로부터 받은 안풍군 습봉을 축하받던 자리에서 이것은 자신이 고생하여 공부한 나머지의 성공이고 뜻과 소원이 이루어진 것이라고 말했다는 손자의 증언으로도 백곡의 궁극적인 의지가 입신의 바깥쪽에 있지 않았음을 재확인할 수 있다.

백곡은 또 보기 드문 호음豪飮의 시인이었다. 이제 그의 평생에 음주를 다룬 시가 특별히 많음에 괄목하지 않을 수가 없다.

그런데 그의 음주 소재 시는 많은 부분이 울민을 달래기 위한 과정에서 이루어졌던 특징을 찾아내기 어렵지 않다. 즉 원래부터 시름에 젖는 게 싫다던 백곡이다.[34] 그러한 그가 우수와 번민을 스스로 달래기 위한 방편을 음주 및 시작詩作에서 찾았던 사실이 그의 시 도처에서 허다하게 발견된다.

排悶惟賒酒　消愁强索詩　〈次韻〉(권3)

번민을 몰아내려 술 들이키고
근심 삭이려 애써 시를 찾는다.

興來詩欲就　愁劇酒堪徵　〈贈牙山使君〉(권3)

신명이 돋으니 시가 이뤄질 듯하고
근심이 치미니 술 제대로 받는구나.

豪興因詩動　牢愁得酒降　〈淸平寺〉(권3)

거나한 흥에 시의 기운이 동하고
꽉 막힌 근심은 술로 굴복시킨다.

擧酒愁仍破　耽詩病已痊　〈示張季遇〉(권3)

술잔을 치켜드니 시름 덩달아 무너지고
시짓기 몰두하니 병도 말끔히 낫는구나.

中酒窮愁破　吟詩逸興豪　〈淸風道中〉(권3)

34) "愁懷元自惡 況聽子規啼." 〈次仲久韻〉(권3)

술에 감기니 불운의 근심이 없어지고
시를 읊으니 멋스런 흥취가 드높구나.

吟詩秋興逸　把酒客愁蠲　〈登洪州烏棲下百花亭〉(권3)

시를 읊으니 가을의 흥 흐드러지고
술을 잡으니 나그네 근심 사라진다.

離愁安得制　沽酒欲成醺　〈宿廣陵津曉發〉(권3)

얽혀진 근심을 어이하면 다룰까
술이나 사다가 흔건히 취할까봐.

興多頻放筆　愁極每傾觴　〈偶題〉(권3)

넘치는 흥취에 붓 놀리는 일 잦고
사무치는 근심 때마다 술잔 기울인다.

深愁何以解　强飮酒千鐘　〈偶題〉(권3)

그윽한 근심거리 어떻게 풀쳐내나
천 종 많은 술을 마구 들이킬까봐.

偶爾逢迎處　持盃共滌愁　〈贈都事李敦臨〉(권3)

그대와 공교롭게 만나진 이 자리
술잔 잡아 같이 근심이나 씻을까.

排悶唯詩句　寬心亦酒罇　〈寄仲久〉(권3)
번민을 몰아내는 데는 그저 싯구요
심사를 누그리잔 역시 술사발이라.

窮愁何可寫　直欲醉壚頭　〈寄呈再從叔素〉(권3)

꽉 막힌 수심 어이하면 풀릴까
에라 목로주점 가에서 취할까봐.

酒爲銷愁每把酒 〈栗峽〉(권4)

술은 근심을 삭이나니 늘 붙들고 있네.

消遣深愁惟有酒 共傾杯杓醉樽前 〈次韻〉(권4)

깊숙한 수심 삭힘이야 오로지 술 아닌가
나란히 술잔 기울여 술통 앞에 취해 보세.

每携尊酒滌羈愁 〈寄明月堂主翁〉(권4)

매양 술잔 잡아 근심을 씻어 낸다.

酒盈杯杓仍愁滌 〈次韻〉(권4)

잔에 그득한 술이사 근심을 씻어 낸다.

愁中每把千盃凸 〈又次權說卿韻〉(권4)

근심이 파고들면 천 잔 술 잡는다.

이러한 한시 형식 외에 〈사우인송주계謝友人送酒啓〉(권7)라는 여문儷文 가운데도 "喜今夕之痛飮 滌愁排悶 感故人之深情 百盃寧辭"라고 한 것이 있다. 즉, 벗의 배려 덕분에 통음痛飮하여 근심 씻고 울민도 밀어낼 수 있었다는 말 속에서 평소의 그가 자주 울적함 속에 빠져 있었음과, 그러한 울민을 씻어 없애는 방법이 대개 음주에 있었음도 알 만하다.

그런데, 대관절 그가 끊임없이 토로하는 바의 그 '愁'와 '悶'이란 것은 어디에서 기인되는지 의아하지 않을 수 없다. 백곡이 그토록 수민愁悶에 빠지는 이유가 대체 무엇인가 하는 것이려니와, 궁극적에 이는 앞서 나온 벼슬의 문제와 관련있지 않았을까 한다. 물론 어느 때는 집 가난하고 세상이 어지러워서,[35] 때로는 기려羈旅의 신세 때문에,[36] 혹은 대자연에 대한 순수한 센티멘탈리즘[37]으로 회포와 근심이 차고, 그럴 때면 술을 찾는다 했다. 하지만 가빈 세란家貧世亂과 자연에 대한 애상이며 나그네 시름 같은 것은 근원적으로는 다 자아의 욕구가 불만족한 상태에서 발현되는 감정이다. 만일 자아가 의지대로 실현된 경우라면 이런 종류의 근심들은 일어나지 않을 터이다. 가빈 따위는 애당초 걱정할 나위도 없겠거니와, 세란의 우려는 치란治亂의 의지로, 대자연에 대한 수심은 환희로, 나그네의 시름은 즐거움으로, 눈앞에 전개된 세계들이 달리 나타나 보였으리라. 그러면 그 충족되지 않은 욕구며 그 울분의 비밀 또한 대개 벼슬 세계로의 진출에 있던 것은 아닐까 함이다. 아닌게 아니라, 어느 경우에는 그러한 울분의 속내를 더 이상 은휘치 못한채 겉에 드러내기도 하였다.

功名命已薄　愁緖酒難降　〈寄示龍湖張仲錫季遇朴仲久三十韻〉(권3)

공명을 이루어도 운명은 기막히기만 하고
근심의 긴긴 줄기는 술도 어쩌지 못하누나.

春來遊賞方吟病　老去文章勝達官
索酒樽前傾一角䤬　鬱陶愁抱醉中寬　〈竹西樓〉(권4)

봄 들어 구경 가니 시 짓느라 괴롭고

35) "家貧時撥悶　世亂酒排愁." 〈寄李洗馬〉(권3)
36) "身病時危計已空　羈懷唯寄酒盃中." 〈頭陀寺〉(권4)
"羈懷日日哀傷劇　欲對黃花把酒巵." 〈登竹西樓〉(권4)
37) "芳草喚愁愁若絮　淸樽引興興如濤." 〈石刹〉(권4)

늙어 가며 멋진 글이 출세보다 좋아라.
술 꺼내 술잔 앞에 처음 기울이는 순간
울민이야 근심도 홀린 속에 수긋해진다.

이 안에서 역력히 그 뜻을 헤아려 알 수 있겠거니와, 특히 '불우한 외로운 마음 술잔에 부친다'[38]라든가, '지금껏 뜻을 펴지 못함, 술잔 붙들어 낙척의 신세 달랜다'[39] 같은 데서 가장 노골적인 심중 고백을 듣는 것이다. 결국, 백곡은 평생을 통해 사대부 선비로서의 입신立身 및 시인 문필가로서의 양명揚名의 테두리에서 끝끝내 벗어날 수 없었던 인물이었다고 봄이 옳겠다.

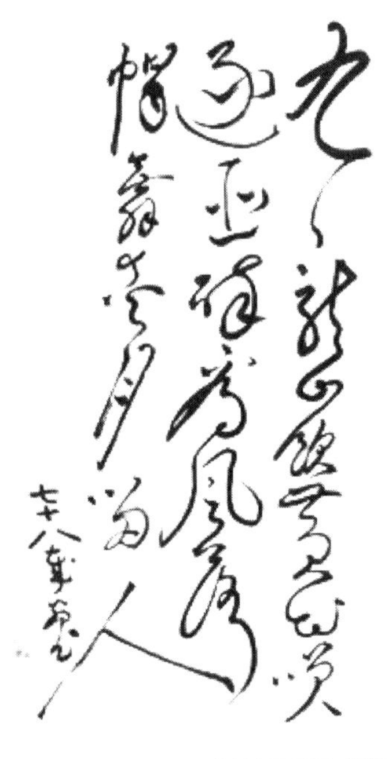

김득신의 필적

그는 또 산수간에 유력遊歷하기를 좋아했으니, 문집 중에는 객의 신세가 되어 읊은 시가 많음을 보아도 알 수 있다.

아울러, 그는 예언을 잘 하였던 모양으로 그에 관계된 이야기가 몇 가지 전하며,[40] 또, 그가 무척 청렴 개결清廉介潔하였다는 데 관련한 일화도 한두 가지 남아 있다.[41]

38) "落拓孤懷付酒巵." 〈題山木〉(권4)
39) "向來心不展 把酒慰蹉跎." 〈次韻〉(권3)
40) 〈記聞錄〉(『백곡집』 권7 부록) 참조.
41) 위에 든 〈記聞錄〉 및 〈搜錄〉(『백곡집』 권7 부록) 참조.

백곡은 당시로서는 상당한 고령에 드는 81세의 나이로 생을 마치었으나, 그의 최후를 이야기하는 부분에 가서는 그 설이 꽤 분분하다. 김득신의 손자 되는 석촌공石村公이 쓴 〈행장〉에는 백곡이 이질에 종창腫瘡이 겹쳐서 서재인 취묵당醉默堂에서 하세下世했다고 썼다.[42] 이현석이 지은 〈묘갈명〉에서는 자신의 죽음을 미리 예지하여 집안 사람들에게 염수殮襚와 의금衣衾을 준비케 하였다 한다. 그런데 그날 밤 악소배惡小輩가 칼을 들고 침입해서 그를 위협하였으나 이미 숨을 거둔 뒤라 하여, 그의 예지력을 짐짓 높였다.[43] 그런가 하면, 일설에는 개에게 물려 죽었다는 말까지도 있다.[44] 그러나 『숙종실록』에서 김득신의 죽음을 임금에게 보고한 기사 내용을 보면 불한당에게 피살되었다고 하였다. 이에 숙종은 대관절 불한당이 사대부 집안에 함부로 들어와 2품의 재신宰臣을 죽이다니 놀랍고 참혹한 일이라고 하면서, 즉각 도적을 잡을 것과 김득신의 상사喪事에 쓸 비용을 보내라 명했다 한다.[45] 이 정보는 조신朝臣이 임금에게 직접 보고해 아뢴 사실인데다, 범인에 대한 체포령까지 있었던 점 등으로 가장 신임할 만한 것이라 하겠다. 『국조인물지國朝人物志』에도 역시 화적火賊을 만나 자상刺傷 끝에 죽은 것으로 되어있거니와,[46] 짐작컨대 밤중에 김득신의 집에

42) "甲子七月 遘毒痢 委頓床褥 氣息奄奄 而用藥多方 旋得差道 大腫忽發於左股上 藥不見效 八月三十日 屬纊于醉默堂 監司以訃聞 特命賜賻." 〈行狀草〉

43) 〈嘉善大夫同知中樞府使安豊君金公墓碣銘〉에, "始公善相 人多奇驗 自謂相有兵死 法惟修飾儻可免 病旦草 昏迷忽曰 吾頰有刀痕否 適會家人 先備殮襚衣衾 有惡少輩 夜持兵入劫取之 公已冥然 刀過頰而不省 仍遂屬纊 其前知多類此"라고 하였다.

44) 〈見睫錄〉에 그러한 사실이 엿보인다. "監司公每以不得其終爲戒 其晩年爲犬所咬以卒云."

45) "盜殺安豊君金得臣 得臣自少讀書 老而益勤 爲人迂濶 無用於時 寓居于忠淸道槐山地 爲明火賊所殺 道臣啓聞 上下敎曰 明火賊突入士夫家 殺越人命 二品宰臣 傷刃而死 不勝驚慘 其令各鎭討捕使 刻日跟捕 仍命該曺 題給喪需." (『숙종실록』 권15 10년 甲子 9월 己巳)

46) "年八十後 遇火賊 因傷而卒." (金得臣 조)

침입한 악소배가 척살刺殺한 것이 아닌가 한다. 더욱이 김득신이 평생 풍채에 자부심이 있는 데다,[47] 노인의 곧은 심기에 갑자기 눈앞에 나타난 침입자를 보고 겁을 내는 대신에 큰소리로 호령이라도 했다가 죽임을 당했을 정황에 대해 상상해 볼 수 있다.

그렇다면 앞에서 늙어 병사하였다든가, 죽음을 예지했다는 일 등은 다 김득신의 손자 혹은 친우된 도리로서 도적에게 살해된 것과 같은 불미한 사실을 차마 그대로 나타내기 어려운 나머지의 부득이한 호도糊塗라 보여진다. 어느 경우든지 백곡은 드물게 노둔한 기질과, 『조선왕조실록』에도 지적하였듯이 우활한 성품으로 인해 시리時利에는 밝지 못하였으나, 근실한 태도로 나름의 삶을 영위하였던 훌륭한 시인이라 하겠다.

3. 문학적 면모

1) 시와 시론

여기서는 세인世人이 보고 평했던 백곡 시의 특징 및 백곡의 시 문학관에 유의하여 보고자 한다. 일찍이 이가원은 『백곡집』의 서문에서 "시집이 7의 4를 점유하였음을 보아서 백곡은

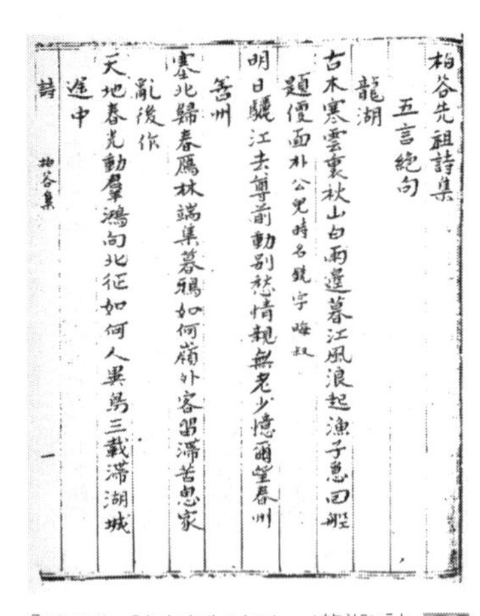
柏谷先祖詩集
五言絶句
龍湖
古木寒雲裏秋山白雨邊暮江風浪起漁子急回船
題便面 朴公光時名鋭字晦叔
明日驪江去尊前動别愁情親無老少憶爾望春州
箬州
塞北歸春鴈林端集暮鴉如何嶺外客留滯苦思家
亂後作
天地春光動羣鴻向北征如何人異鳥三載滯湖城
途中

詩 柏谷集 一

『백곡집』 첫머리에 나오는 〈龍湖〉詩

47) 홍만종의 『旬五志』(下卷)에 보면, 晩洲 홍석기洪錫箕가 홍만종에게 지어 보였다는 율시 한 작품 가운데, "柏谷風標元不俗"(백곡노인 좋은 풍채, 속된 바탕 본디 없고)이라 하였다.

원래 시에 장長이 있고, 또 시 중에서도 5·7언 절구가 으뜸임"[48]과, 더 나아가서는 "백곡의 오언절구가 칠언절구에 미치지 못함"[49]을 밝힌 바 있다.

백곡의 생전에 벌써 그의 성가聲價를 높이었고, 사후에조차 결국 그의 간판 격이 된 것으로 뭇사람 입언저리에 훤자喧炙되었던 시는 다름 아닌 오언절구 〈용호龍湖〉(권1)이다.

古木寒烟裏　차가운 안개 속의 고목
秋山白雨邊　가을 산엔 소낙비 떨어진다.
暮江風浪起　해 저문 강에 풍랑이 일자
漁子急回船　어부는 황급히 배를 돌린다.

그리고, 다음의 〈마상음馬上吟〉(권2) 칠절七絶이다.

周遊湖外憶秦關　강호 떠돌자니 한양 꿈 간절하고
每欲西歸得暫閑　서쪽으로 돌아가 잠시 쉬고프기도.
馬上睡餘開眼見　마상의 졸음결에 문득 눈을 떠 보니
暮雲殘雪是何山　저물녘 구름에 잔설 여기가 어드메뇨.

위의 〈용호〉 시는 기구起句의 '烟' 대신 '雲'으로 된 곳도 있다. 이 시에 대해서는 호곡壺谷 남용익南龍翼(1628~1692)이 쓴 『호곡시화壺谷詩話』에서도 이것이 일세에 회자膾炙되었다 했고, 임방任堕이 찬한 『수촌만록水村謾錄』을 통해 본다 해도 이 작품이 당대에 절창絶唱되었음을 알 수 있다.[50] 급

48) 이가원, 〈柏谷文集景刊序〉, 『栢谷文集』, 태학사, 1985. p.2.
49) 이가원, 위에 든 책, p.4.
50) "睡村李子三謂余曰 柏谷絶句 世以古木寒烟裏爲絶唱 而余則以籬弊翁嗔犢爲

기야는 효종 임금까지도 알아본 나머지 비록 당시唐詩에 넣어도 부끄러울 게 없겠다고 격찬한[51] 부분이었으나, 백곡의 가장 회심작은 못되었던 모양이다. 다름 아니라, 당시 사람들이 모두 이것을 전해가며 외웠다곤 하지만, 자신이 평소에 지은 것 가운데 이보다 나은 것이 많은 데도 오히려 이 시가 가장 회자되었으니, 사람의 신세나 마찬가지로 시에도 역시 우遇와 불우不遇가 있나보다고 한 백곡 자신의 표백[52]을 통해 볼 때 그리한 것이다.

사실은 이와 같은 세평世評과는 별도로, 홍만종은 이 작품이 〈목천도중木川道中〉 시만 못하다 했고,[53] 임방이나 이자삼李子三 같은 이들 역시 이 작품보다는 〈전가시田家詩〉 등을 더 낫게 평가하기도 했다.[54]

혹은, 전자의 〈용호〉보다는 나중의 〈마상음〉을 두고서 남용익이 "바다를 기울여 술을 걸렀더니 그예 명월이 남았네(倒海漉酒 竟遺明月)"로 극찬하는[55] 등 양자 사이에조차 견해의 상이가 없지 않았다.

백곡이 문학적 명성을 처음 얻게 된 계기는 택당澤堂 이식李植(1584~1647)

勝 以其模寫情境 逼其故也 子三之言 信然." (『水村謾錄』)

51) 『栢谷文集』 권7 〈搜錄〉에 다음과 같은 기사가 보인다. "時有龍湖一絶云 古木寒烟裏 秋山白雨邊 暮江風浪起 漁子急回船 流入宸聽 孝廟曰 雖入唐音無愧 且其詩律 亦多傳布於中國云."

52) "余嘗於龍湖亭榭有一絶云 古木寒雲裏 秋山白雨邊 暮江風浪起 漁子急回船 人皆傳誦 余之平日所作 勝於此者多矣 而此詩最得膾炙 豈詩亦有遇不遇者耶."(『終南叢志』)

53) "其龍山詩曰 古木寒烟裏 秋山白雨邊 暮江風浪起 漁子急回船 一時膾炙 然不若木川道中詩 短橋平楚夕陽低 正是前林宿鳥栖 隔水何人三弄笛 棋花落盡古城西之句 極逼唐家."(『小華詩評』 · 下)

54) 임방의 『水村謾錄』에, "金柏谷得臣亦有田家詩云 籬弊翁嗔犢 呼童早閉門 分明雪中跡 昨夜虎過村 兩作俱絶佳 莫上莫下."

55) 남용익의 『壺谷詩話』에, "金栢谷得臣龍湖吟詩古木寒烟裏五絶 膾炙一世故 已載於余所選箕雅中 而唯湖西踏盡向秦關 長路行行不暫閑 驢背睡餘開眼見 暮雲殘雪是何山之句 語韻益佳 吏不入於裒錄中 恨我見聞曾所未及 此所謂倒海漉珠 竟遺明月者也."

이 그의 시를 한 번 보고 크게 칭상稱賞했던 일이 사대부 문인에게까지 전파된 데서 말미암은 일이라 한다. 백곡집서柏谷集序의 증언이다.

始公之爲詩文 時人莫之許 公贄見于澤堂李公 李公大稱賞延譽 薦縉紳 公名遂大振云.56)

처음에 공이 시문을 지었을 때에 당시 사람들은 그것을 인정하지 않았다. 공이 택당 이공을 찾아뵈자, 이공이 크게 칭찬하여 기리면서 사대부들에게 추천을 하니, 공의 이름이 드디어 크게 떨치게 되었다.

한편, 『백곡집』 편말의 〈수록搜錄〉에 따르면 백곡이 택당에 의해 인정받고 문명文名이 크게 떨쳐지게 되었다고 하였으니, 문제의 그 시는 다름 아닌 오언절구 〈귀정龜亭〉(권1) 세 수首 가운데 첫 번째 작품이다.

落日下平沙　평평한 흰 모래 밭에 해 떨어지니
宿禽投遠樹　잘새들 저만치 제 둥지를 찾아드네.
歸人欲騎驢　길 떠날 나그네 나귀 얻어 타려다가
更怯前山雨　앞산의 비기운에 흠칫 겁을 먹는다.

특히 『수촌만록』의 저자 임방은 이 작품이 "당 시인의 시에 양보될 바 있겠는가(何讓唐人)"고까지 말한 바 있었다.

이제 세상에서 일컫는바 백곡의 대표작 윤곽 정도와, 아울러 그가 택당의 지우知遇를 입었다는 사실을 알겠거니와, 실제로 백곡은 문학적인 면에서 그 누구보다도 택당을 높이 존숭하였다. 실제로, 백곡의 시화집인 『종

56) 〈행장〉에는 더욱 여실하게 묘사되고 있다. "贄見澤堂李尙書植 澤堂曰 聞名久矣 今見詩與文 可爲當今之第一 自是文名大振 梅溪公見澤堂曰 當今詩文誰爲第一 答曰 今公之甥姪金某之詩爲當時第一云."

남총지』의 여러 군데에서 그가 택당의 시감詩鑑을 높이 인정하였던 자취를 역력히 증험할 수 있다. 예컨대, 백주白洲 이명한李明漢이 택당을 상대로 시를 담론하는 과정에 그의 앞에서 놀라고 정신이 없었다는 이야기며, 홍숙진洪叔鎭과 신계량申季良 사이의 시의 우열에 대해 백곡 자신이 직접 택당에게 물었던 사실들에서 그러하였다. 그뿐 아니라, 백곡의 선친인 남봉南峯 김지金緻의 시가 훌륭하다는 것을 역변하면서 그것을 입증해 보이고자 하는 데도 진작 택당의 이름을 앞세워 놓았다. 특히, 자신이 지금 하고 있는 공부가 무엇인지까지도 정확히 간파해낼 수 있을 정도로 택당은 시에 관한 형안炯眼을 갖춘 인물이라며 극구 선양한 사실이 『종남총지』 안에 기록되어 있다.

> 余於丙子亂中 有晝常聞野哭 夢亦避胡兵之句 澤堂咏歎謂余曰 君詩極有杜格 讀杜幾許耶 有文章局量 須勉之 時余方讀杜詩 若澤堂可謂有明鑑也.
>
> 내가 병자호란을 겪던 중에, '낮이면 들판에 곡성 들리고, 한밤의 꿈속엔 호병을 피하누나' 라는 글귀를 짓게 되었다. 택당이 감탄하면서 내게 말하기를, "자네의 시엔 두보의 운격이 대단하군. 그래, 두시 읽기를 얼마나 했누? 글짓기의 국량을 갖췄으니 모름지기 부지런히 하시게!" 그때 나는 한참 두시를 읽고 있었으니, 택당 같은 이는 과연 감식안이 밝다고 하지 않을 수 없다.

그런데, 임경任璟의 『현호쇄담玄湖瑣談』에 보면, 택당이 약관 때까지는 아직 이름이 없었으나, 부안의 처가에 들른 길에 마침 거기에 귀양와 있던 허균의 지감知鑑을 입고 일약 유명해진 것이라 했다.[57] 그러면 백곡은 택

57) 李澤堂植弱冠時未有名 其妻兄沈長世宰扶安 澤堂爲覲妻母而來 許筠適配其邑 筠題贈一律 其頸聯曰 皓首身千里 黃花酒一盃 澤堂次之曰 旅跡無長策 窮愁共此盃 筠大加稱賞 以爲必主文 澤堂由是知名.

당에 의해, 택당은 허균에 의해서 시명詩名을 얻은 셈 되니, 따라서 백곡이 허균의 시감을 높게 평가함은 어쩌면 당연한 귀추라 할 것이다. 실제로 『종남총지』를 통해 "시를 보는 안목이 세상에서 이름났다"(藻鑑名世) 등의 말로 허균의 입장을 꽤 고양시키고 있음을 본다.

백곡 시의 특징 가운데 하나는 풍자를 거의 찾아보기 어렵다는 점이라 하겠다. 그의 시 전반에 걸친 경향이거니와, 혹 있다고 했을 때 그가 현달을 못하여 한창 빈한에 시달렸을 시기에 지었을 것으로 보이는 〈차청나산인운次青螺山人韻〉(권2) 정도가 다소 주목을 끌 만하다.

高官大爵摠豪富　고관대작들은 하나같이 부호라서
爛醉春醪嚙彘肩　흔건히 취해 돼지 어깨살을 뜯는다.
何獨腐儒生計薄　벼슬 없는 선비들만 생계가 각박하여
囊中素乏一青錢　주머니엔 언제나 땡전 한 푼이 없다네.

하지만 이 역시 당대의 고관대작들에 대한 풍자적 비판정신이 앞선다기보다는, 오히려 궁窮과 달達의 역력한 대조를 통한 자조적인 신세 한탄의 뜻이 더 강하게 내포되어 있다고 본다면, 결국 그의 시에서 풍자의 주제를 찾아보는 일이 지난함을 알겠다.

대개 문학에서 반드시 직접 세교世教의 주제를 담은 시뿐만 아니라, 인간 및 세태를 풍자 비판한 시 또한 문학의 효용적이고 공리적인 측면을 돕는 한 국면이 된다고 볼 수 있다. 풍자의 궁극적인 목적이 그릇된 일에 대한 개선의 촉구에 있다면, 이러한 교화 정신은 궁극에 정도正道를 추구함에 있으니, 간접적이나마 재도적載道的 문학관의 범주에 든다고 말할 수 있을 것이다.

이같은 전제에서, 백곡의 문학에서는 퇴계 이황이거나 다산 정약용 등의 시에서 볼 수 있는 세교의 내용을 잘 찾아보기 어렵다. 또 석주 권필이거나 백호 임제 등의 시에서 볼 수 있는 풍자 비판 인식도 잘 나타나지 않는다. 그가 일찍이 두보의 시를 배웠다고 했거니와, 그 수용이 두보의 현실 인식에 따른 지성미知性美보다는, 자기 정서를 수습하는 감성미感性美 쪽에 충실였음을 알 수 있다. 그런 면에서 백곡은 흰 사람의 순수한 서정주의 시인이었다고 정의할 만하다.

백곡 시의 또 한 가지 특징은 당·송 시대의 고법古法에서 초연하여 있는 점이다. 『종남총지』에서 백곡이 여러 사람의 시를 놓고 평한 것을 보면 그가 당운唐韻의 경지를 최고로 보았고, 그 중에서도 두보를 가장 높였음을 알 수 있다. 예컨대 그의 손孫이 쓴 〈행장〉에 의거해 보더라도,

> 尤工於詩 體格必遵乎老杜 雖隻字片言 皆祖述古語而作之 非自己創出而用之.
>
> 시에 더욱 공교로왔으니, 그 체體며 격格은 필경 두보를 따랐다고 하겠으니, 비록 암만 짧은 글자 짤막한 말도 모두 옛 시어를 바탕삼아 응용해 지은 것이지, 스스로의 창작에 맡겨 구사한 표현은 아니다.

거의 두보를 모범으로 삼은 시작詩作임을 밝히고 있다.

또한 택당이 일찍 병자란 때 지었다는 백곡의 시를 보고서 두보의 격조가 있음을 지적하였는데, 아닌 게 아니라 백곡이 그 무렵에 두시를 탐독중이었다던 이야기를 앞서 소개했다. 임방도 '落日下平沙'로 시작되는 〈귀정龜亭〉시 같은 경우 당나라 사람에 양보될 게 없다[58]고 했다. 뿐만 아니라, 백곡과 더불어 망년忘年의 사귐을 맺었다는 우해 홍만종이 쓴 『소화시

평』에서는 백곡의 〈목천도중木川道中〉 한 작품이 당가唐家에 극히 핍근逼近하다고 천명하였는가 하면,[59] 다시 청장관 이덕무 같은 이도 백곡의 시에는 가다금 당唐에 가까운 것이 있다[60]고 했다.

그럼에도 불구하고, 이상의 평들은 대개 백곡 시의 편린, 곧 특정한 한두 편의 시에 대한 부분적인 평가에 가깝다. 반면 전체적인 안목에서 그의 시를 놓고 당풍唐風 혹은 두보에 가깝다는 평론을 가한 예란 여간하여 찾을 수 없다. 이러한 양상은 백곡과 동시대인이며 가까운 시우詩友이기도 했던 정두경의 시에 관해 성당盛唐 및 두보의 풍운風韻을 논위하던 태도[61]들과는 얼마간 대조된다. 차라리 전체적인 안목에서 백곡의 시는 송宋의 풍운에 가깝다고 본 견해가 마저 없지 않았던 것이다. 임경의 시화『현호쇄담玄湖瑣談』 중의 글이다.

柏谷嘗以己作示東溟 東溟曰 君常謂學唐 何作宋語也 柏谷曰 何謂我宋語耶 東溟曰 余平生所讀誦 唐以上詩也 君詩中文字 有曾所未見者 必是宋也 柏谷笑而服之.

백곡이 일찍이 자신이 지은 시를 동명에게 보인 일이 있다. 그러자 동명이 말하기를, "그대는 항시 당唐을 배운다고 했는데 어이하여 송어宋語로 지었는가?" 하자, 백곡이 이에 "무슨 뜻으로 내 시를 송어라 하는지요?" 하였다. 동명이, "내 평생에 읽은 것이 당唐 이상의 시일세. 그런데 자네 시 속의 문자는

58) "如落日下平沙 宿禽投遠樹 歸人欲騎驢 更怯前山雨 夕照轉江沙 秋聲生野樹 牧童叱犢歸 衣滋前山雨等作 何讓唐人."(『水村謾錄』)

59) "其龍山詩曰…一時膾炙 然不若木川道中詩 短橋平楚夕陽低 正是前林宿鳥栖 隔水何人三弄笛 棋花落盡古城西之句 極逼唐家." (『小華詩評』·下)

60) "栢谷之詩 往往有逼唐者 而卑處全不免餒陳." (『青莊館全書』 권5, 『嬰處雜稿』1)

61) 홍만종의 『旬五志』에, "近世東溟鄭公立幟詞壇 振耀一代 西漢之文盛唐之詩." 또, 남용익의 『壺谷詩話』에, "五律七絶皆其所長 而至若七言歌行則彷彿李杜 我國前古所未有也 余嘗挽東溟詩一絶曰 工部之詩太史文 一人兼二古無聞 雷霆霹靂來驚耳 谿谷先生昔所云 蓋記實也."

전에 한 번도 본적 없는 것들이니 필경은 송宋의 문자가 아니겠는가!" 그러자 백곡이 웃으면서 승복하였다.

백곡이 7년 연장年長인 동명과 주고받았다는 이 대화가 사실이라고 전제하더라도, 동명이 언급한대로 꼭 당운唐韻이 아니면 반드시 송어宋語라는 논리는 온당하지 않다. 어찌보면 이같은 학당學唐·학송學宋의 실패가 꼭 낭패될 일만은 아니라, 오히려 당唐도 아니고 송宋도 아닌 비당비송非唐非宋이라, 의외로 개성적이고 독창적인 경계를 보장받는 계기가 될 수도 있는 노릇이다.

다음으로, 그의 시가 일반과 다른 또 하나의 특징은 기행紀行을 다룬 것이 많다는 점을 들 수 있다. 그는 일찍이 산수간에 소요逍遙하기를 좋아하여 여러 곳을 두루 편력했다 했거니와, 이것이 단순한 유람의 차원을 넘어 어떤 형태로든지 문장 수업의 계기가 되었던 듯싶다. 실제로 그 자신이 일찍이 이렇게 피력한 적도 있었다.

> 吾聞司馬子長周覽名山大川 文章疏宕有奇氣 其言豈不信乎.[62)]
>
> 나는 사마천司馬遷이 명산대천을 두루 유람하였기에 문장이 크게 트여서 기위奇偉한 기상이 있다고 들었거니와, 그 말이 어찌 미덥지 아니하랴!

더하여, 백곡은 구체적 사물을 두고 읊은 이른바 영물시를 많이 지은 작가이기도 했다. 그 가운데도 소나무가 가장 많아 5편에 달하고, 그 밖에 꽃, 국화, 마(薯蕷), 백로, 매(鷹), 기러기, 눈(雪), 폭포 등 제법 다양한 폭에 걸친 영물편이 전한다. 이는 곧 자연 사물에 대한 구체적 관심의 발로로

62) 〈送元九赴丹丘序〉, 『백곡문집』 권5.

보여지며, 사물에 대한 이같이 남다른 관심은 술·부채 등을 대상으로 삼은 〈환백장군전歡伯將軍傳〉·〈청풍선생전淸風先生傳〉 같은 가전 작품까지 남기게 되는 계기가 되었던 것이다.[63]

여기까지는 역대의 명사들이 그의 시에 대해 평한 것이지만, 이제 백곡 자신이 이 한시라는 문학 장르를 두고서 어떠한 주관을 갖고 어떤 논리를 펼쳤는지에 대해 유의해 볼 차례이다.

백곡의 시관詩觀 및 시론에 관한 최초의 접근으로 「종남총지연구」(1978)와 「김득신의 시론」(1983)이 있어서 시에 관련한 백곡의 여러 가지 생각들을 체계적으로 파악할 수 있는 계기가 마련되었다고 할 수 있다. 그럼에도, 이 『종남총지』에 거진 의존하여 백곡의 시관을 추출하였던 결과, 백곡 문학의 보다 큰 단위인 『백곡문집』 가운데서 그의 시관 및 시적 이론에 관해 더 추려낼 수 있는 소지가 남아 있었다. 더하여, 시와 문은 엄연히 그 분야가 다르고, 사람마다의 능장能長이 같은 것이 아닌데도 불구하고, 한 단위로 다룬 경향이 또한 없지 않으므로, 이에 구분해서 다룰 필요성에 닿는다.

우선, 백곡의 시론에 입각해서 가장 관심사로 나타나는 부분은 다름아닌 위대한 시인과 시의 조건에 관한 문제이다.

백곡은 무엇보다 영감靈感에 따라 쓰여진 시를 가장 최상의 것으로 간주했던 한 사람임에 틀림이 없는 듯싶으니, 그가 직접 『종남총지』에서 언명한 다음과 같은 말이 크게 참조된다.

---

63) 김창룡, 「술과 부채에 실은 풍정」, 『가전을 읽는 방식』, 제이앤씨, 2006 참조.

凡詩得於天機 自運造化之功者爲上 此則世不多有 其次學唐學宋者 各得其體 則俱有可取.

무릇 시는 천기天機를 얻어 스스로 조화의 공을 움직이는 것이 으뜸인데, 이는 세상에 흔치 않다. 그 다음으로는 당이며 송을 본받는 것인데, 각기 나름대로 그 체體를 얻을 것 같으면 아울러 쓸만함이 있다.

여기서 '천기天機' 두 자에 주목을 요한다. 이 경우의 천기는 '천기누설天機漏洩' 할 때의 '천天의 기밀'이란 뜻 보다는, '천부적 기지機智'를 의미하는 표현이겠다. 기지란 순발적인 재기이다. 마침, 공교롭게도 석북石北 신광수申光洙(1712~1775)의 다음과 같은 말은 그대로 천기의 개념을 설명해 놓은 듯하여 기이롭다.

詩有神境 是物也 寓於無形之中 忽然而來 忽然而逝 遇之而若可見 卽之而無所得.[64]

시에는 신경神境이라는 것이 있는데, 이것이야말로 무형 속에 깃들어 있으면서 얼핏 왔다가는 얼핏 사라져 가 버린다. 부딪히면 혹 볼 수 있을지언정 다가서면 만날 수 없는 것이다.

다름 아닌 영묘한 경계를 이름이니, 현대식 표현의 영감inspiration이란 말과 일맥상통한다고 보면 될 듯하다. 그리고 이는 역시 후천적인 공력에 의해 나타날 수도 있지만, 그보다는 선천적인 재품의 별재를 타고난 시인, 혹은 묘오妙悟를 얻은 시인의 뇌리 속에서 더 잘 나타나는 것이다. 다만, 천기란 그때그때의 상황에 따라 순간적으로 작용하는 지기知機이므로 항시성을 띨 수 없다는 점이 유의된다.

64) 〈贈申鵬擧序〉, 『石北集』 권5.

다음, 그가 시의 차선次善 단계라고 생각한 학당學唐 · 학송學宋의 경지란, 당시나 송시를 배워 익숙해진 나머지 본받고 닮게 된다는 의미로 이해된다. 시인치고 당 · 송의 시를 배우고 공부하지 않은 사람은 없을지니 따라서 "學唐學宋"에서의 '學'을, '배웠다'는 의미로 이해하면 곤란해진다. 그렇게 해석했다간 천기의 시를 위해 당 · 송의 시를 공부해서는 안되고, 오히려 거기에 전혀 무지해야만 한다는 식의 터무니없는 뜻으로 곡해될 소지가 있다. 더욱이, 백곡이 최하위의 것으로 간주하는 시란, 도대체 당시에 가깝느니 송시에 가깝느니 하고 논위할 여지조차 없는 시들이라고 한 내용 속에서 한층 명료해진다. 다름 아니라, 그같은 시들도 똑같이 당 · 송의 학습 뒤에 쓰여진 것이지만, 결과적인 역부족으로 당 · 송에 접근 못하고 닮지 못하였다는 뜻이다.

결국, 백곡이 모든 시의 품등을 매기는 방식은 바로 이 '천기자득'天機自得의 경계와 '고의효방'古意效倣의 경계로 구분 가능하다고 볼 수 있다. 후자는 학당과 학송으로 나누되, 둘 중에서는 학당이 학송에 우선하는 것으로 간주했다 함은 이미 앞에서 언급했던 대로다. 그 나머지 당 · 송의 어느 쪽도 닮지 못한 시를 최하등으로 보았던 것이다. 그러면, 그가 생각하는 위대한 시인이란 천기에 의한 보람과 효과를 가장 많이 포획해 내는 시인이다. 동시에, 시에 있어서 으뜸으로 치는 이른바 천기의 시란 아무한테나 쉽게 주어지는 것은 아니었다.

그런데, 논자 중에는 백곡의 문기론文氣論이 숙명론적 관점에 입각해 있다는 견해에 이의를 표명하기도 하였다. 곧, 문기가 있고 없음이 시인에게 숙명적으로 정해져 있다기보다는, 오히려 후천적 직관력의 함양에 따라 얼마든지 상승 가능하고 궁극엔 천기의 시도 구사할 수 있다고 진단한다. 이른바 묘오의 시 세계에 대한 가능성을 백곡이 믿었을 것이라는 주장이다.

진정 그랬을 터이다. 백곡의 대의는 역시 요지부동의 숙명론적인 견해까지는 아니었던 듯하다. 그렇다 하더라도 시인마다의 재질은 거의 운명적으로 결정되어 있는 것쯤으로는 생각했던 듯싶다. 그는 사람에게 있어 생래적生來的으로 시를 쓸 수 있는 재주의 유무가 처음부터 정해진 것이라는, 이른바 '시유별재詩有別才'란 말을 소신했던 한 사람이다. 이렇듯 시에 있어서 '별종의 재주'를 가리는 일은, 비유컨대 공자가 인간의 천품天品을 '나면서부터 아는 사람'生而知之者, '배워서 아는 사람'學而知之者 등으로 구분해서 설명했던 일을 연상케 하는 면이 있다.

물론, '시유별재詩有別才'의 말은 백곡의 훨씬 이전에서부터 시인들 사이에 종종 쓰여져 왔던 표현이다. 이를테면 송대 엄우嚴羽의 『창랑시화滄浪詩話』 가운데 벌써 이 표현이 드러나 있고,[65] 조선 광해 때의 허균이 석주 권필을 옹호하던 글 안에서도 흡사하게 나타나 있던 어휘였다.[66] 직접 '시유별재' 등의 표현을 쓴 것은 아니라 하더라도, 광해군 때의 문필가 지봉芝峯 이수광李晬光(1563~1629)의 다음과 같은 시론 또한 그 취지는 같은 것이다.

凡爲詩者 貴乎自得 而格有高下 才有分限 不可强力至也.[67]

무릇 시를 짓는 사람은 스스로 깨달음이 소중하다. 그 격조에 높고 낮음이 있고 재주엔 각자의 한도가 있으니, 억지의 노력으로 될 수 있는 것이 아니다.

백곡의 『종남총지』 안에서 역시 '시유별재詩有別才'의 말이 나타난다. 다

65) 夫詩有別才 非關書也 詩有別趣 非關理也 然非多讀書多窮理 則不能極其至 所謂不涉理語 不落言筌者 上也.
66) 『惺所覆瓿藁』, 文部1, 〈石洲小稿序〉에, "詩有別趣 非關理也." 이밖에 임방의 『水村謾錄』에도 같은 말이 나타난다.
67) 『芝峯類說』 권9 文章部2 '詩法'.

름 아닌, 동주東州란 이가 문하생인 홍도洪覩의 문과 시를 대조하며 평하는 중에 이 고어를 끌어다 쓰고 있다.

> 博士洪覩亦東州門人 聰明絶人 一覽輒記 字義音韻 無不通曉 爲文操筆 立就略無停滯 而於詩一句道不得 東州笑曰 以君之長於文 而短於詩 古人所謂詩有別才者 信矣.

> 박사 홍도 또한 동주의 문인으로, 총명이 절인絶人하여 한번 보면 너끈히 기억하였다. 자의字義며 음운에 통효通曉하지 않음이 없었으니, 문장을 쓸 적에 붓을 한번 놀렸다 하면 낚아채는 듯 막힘이 없었다. 그러나 시 쪽으로는 한 구절도 할 수가 없었기에, 동주가 웃으며 말하기를, "자네는 문에는 능장能長이 있으나 시로는 딸리니, 옛사람이 이른바 '시유별재詩有別才'란 말이 믿을 만하이" 하였다.

그러나 이제 백곡 자신도 직접 "시인에게 재주가 없다면 시를 지을 수가 없다(詩人無其才 則弗能爲詩)"68)고 천명하였거니, 역시 그 개념상 '시유별재'와 크게 다르지 않다. 이처럼 백곡은 시에 있어서의 천부적 재질을 타고난 사람이 따로 있다고 믿었다.

나아가, 똑같은 수준의 시를 쓸 수 있는 시인들이거나, 혹은 한 시인의 여러 시들 가운데도 천기를 얻은 시는 따로이 존재하는 것으로 신념하였다.

동시에, 이렇듯 별재를 타고난 시인의 천기적 효험에 의해 이루어진 시는 다독의 힘만 가지고 될 일은 아니라고 생각한 양하다. '천기天機의 시'는 고사하고, 그 버금간다는 '학당學唐의 시'조차 다독의 힘만으로 만들어진다고 믿지는 않았던 것 같다. 일례로, 그는 홍만종이 지은 〈채련곡採蓮曲〉과 〈수종사水鍾寺〉가 저절로 당의 격조를 얻은 것이라고 높이 칭상하

68) 『栢谷文集』 권5 <送金系珍序> 참조.

면서, 이는 결코 다독에 의한 소득이 아니라 함을 이렇게 역설하였다. 역시 『종남총지』 안의 글이다.

> 洪嘗謂余曰 使吾讀書若尊丈 則豈如今日之碌碌乎 蓋恨其不能多讀 而雖使多讀者賦之 亦安能做此語麽.

> 홍(홍만종을 일컬음: 필자주)이 일찍이 내게 말하기를, "만일 제가 어르신 만큼만 독서하였던들 제 시가 어찌 오늘처럼 녹록하였겠습니까?" 이는 대개 그가 다독하지 못했음을 한恨한 것이지만, 아무리 다독한 사람으로 하여금 시를 짓게 한들 어찌 또한 이같은 시어를 지어낼 수 있으리오.

그런데 백곡 스스로는 전체적인 관점에서 자신이 시의 별재를 타고났는지, 나아가 그 별재의 발휘에 따른 천기의 시가 어느 만큼 되는지, 또는 어느 것이 거기 해당하는지에 대해 언급해 놓은 부분이 없다. 하지만 잘 새겨 보면, 그가 적어도 시에 있어서만큼은 보통 이상가는 잠재력을 지녀 있다고 믿지 않았는가 싶다. 여러 평자들이 거의 이구동성으로 백곡은 문보다 시가 훨씬 공교하다 했고,[69] 백곡 자신도 문과 달리 시에 있어서만큼 어린 시절부터 자신을 갖고 있었던 모양이다. 『백곡문집』 안의 〈행장초行狀草〉에 있는 다음과 같은 일화도 시에 대한 그의 자부를 엿볼만한 일단一端이 될 것이다.

> 丁卯服闋 其秋 梅溪公作宰林川 往拜之 則梅溪公曰 汝之文辭 至於何境耶 吾欲試爾才 月夜談朝床於蓮亭前 招諸子弟 呼韻曰 汝曹各賦短律 王考卽應聲而對曰 星斗闌干月滿天 石池秋老鎖寒烟 黃花依舊梅仍在 千載陶君若箇邊 梅溪公大加稱贊曰 有是父 有是子 其郡有文人知詩者 梅

69) 或謂公文不如詩之工 疑公無得於伯夷傳. 〈柏谷集序〉
不特吾東 皆推宗匠 華人採詩 首加稱賞 文雖大鳴 乃公餘事. 〈祭文〉

溪公親子弟所製詩及王考所賦詩 並出示之曰 君可以考之 其人曰 諸作皆可考 此一律 是誰之作也 非吾等所可考也 異日必以詩大鳴於世矣 自玆以後 大肆力於文墨 發奮忘食….

정묘년에 3년상을 마치었는데, 그 해 가을 매계공梅溪公이 임천林川의 사또가 되었다. 백곡이 외삼촌인 그를 찾아가 인사드렸더니, 매계공이 "너의 문사가 어느 만한 경지에 이르렀느냐? 내 너의 재주를 시험해 보리라" 하시었다. 월야에 연정蓮亭 앞에서 모든 자제들을 불러다 운을 부른 뒤에 말하기를, "너희들은 각기 단율短律을 지어보라" 했는데, 백곡 왕고王考께서 즉시 응성應聲하여 대답하시었다. "북두성은 반짝이고 달은 하늘에 찼는데, 석지石池에 추색秋色빛 깊어 찬 연기 잠겼어라. 황화黃花는 의구하고 매화 또한 여전컨만, 천년의 도군陶君은 어드매 있는가!" 매계공이 크게 칭찬을 더하면서, "그 아버지에 그 아들이로다!" 하였다. 고을의 문인 가운데 시를 아는 이가 있었는데, 매계공이 손수 여러 자제들이 지은 시와 왕고께서 지은 시를 함께 내보이며, "그대가 한 번 보시구려" 했더니, 그이가 이렇게 말하였다. "모두 상고할 만하거니와 이 율律은 누가 지은 것이외까? 우리들이 시험할 바 아니요. 뒷날 반드시 시로써 크게 세상에 날릴 것이외다." 이런 일이 있고부터 크게 문묵에 힘을 쏟아 발분망식發奮忘食 하였으니….

실제로, 『백곡문집』 및 『종남총지』에서 볼 수 있듯이 신념에 넘쳐 시를 평하는 태도, 그리고 문집 가득히 넘치는 시작詩作 등을 통해 백곡의 시에 대한 자긍심이 충분히 상량된다. 더하여, 그가 고문에 관하여 엄청난 독서 체험을 과시했던 〈고문삼십육수독수기〉가 이를 더욱 역설적으로 뒷받침하는 계기가 될 듯싶다. 말하자면, 이같은 정도의 굉장한 독서 의지는 특별히 고문에 한정하여 적용했던 것일 뿐, 고전시의 독송讀誦 쪽에는 이루어지지 않았다는 점에 유의할 일이다. 요컨대, '고문독수기古文讀數記'는 있었지만 '고시독수기古詩讀數記'는 없었다는 사실이다. 이는 결코 간과할 수 없는 중요한 뜻을 남기게 된다. 이것을 문文의 측면에서 말하면, 스스로의 생각에 이것만큼은 별재 및 기지가 따라주지 못하니 후천적인 독서사승에 전적으로 의존할 수밖에 도리가 없다고 판단한 백곡의 속내평을 넌지시 넘겨볼 수 있는 지점이기도 한 것이다.

그러면 이제 백곡이 특별히 칭도하며 추천했던 훌륭한 시인의 잘된 시란 모두 별재를 바탕으로 한 천기의 소산으로 간주했던 것이겠으나, 그는 시인의 별재란 것도 전체 동일한 내용으로 보지 않고 능급에 따라 다르다고 이해하였다. 백곡은 편의상 이를 두 가지로 분간하였으니, 바로 '대가大家'와 '정종正宗'이 그것이다.

그의 '대가'와 '정종' 설은 『백곡문집』 권6의 〈평호소지석시설評湖蘇芝石詩說〉을 통해 밝혀지고 있지만, 이 설은 동시에 그의 '묘오론'과도 곧장 연결이 가능하다. 백곡은 호음湖陰 정사룡鄭士龍, 소재蘇齋 노수신盧守愼, 지천芝川 황정욱黃廷彧을 대가로 설정하였고, 고려 시인 익재益齋 이제현李齊賢과 조선의 석주石洲 권필權韠을 정종으로 간주하였다. 그는 여기서 정종의 경지가 대가의 경계보다 우월함을 십분 강조하면서, 양자의 차이를 이렇게 구분지어 설명하였다.

> 大家以雄建爲主 而多有駁雜體格不正 深知詩者 見而薄之 大抵古人以評詩比之論禪 禪道惟在妙悟 詩道亦在妙悟 而悟於詩道者 與悟於禪道者同 悟於禪謂本色 悟於詩謂本色者爲正宗 則詩之正宗 非第一義乎 大家者專務雄建 不知詩之有本色 則以正宗不大而斥之 大家之優於正宗者鮮矣 誰可與評詩之正宗乎 昔吾友張季遇曰 正宗爲第一義 大家次之 可謂深知詩.

> 대가는 웅건雄建을 위주로 하지만 박잡駁雜이 많아 예와 격이 바르지 않으니, 시를 깊이 아는 이는 보고서 가볍게 여긴다. 대저, 옛사람은 시를 평하는 것을 선禪을 논하는 데다 비겼으니, 선도禪道는 오직 묘오에 있고 시도詩道 또

> 한 묘오에 있다. 따라서 시도를 깨달은 자는 선도를 깨달은 자와 같다. 선에서 깨달음을 본색이라 하고, 시에서의 깨달음도 본색이라 하는 그것이 곧 정종이니, 시에서 정종이 제일가는 것이 아니겠는가. 대가된 이는 오직 웅건에만 힘쓰고 시에 본색 있음을 알지 못하매 정종의 쪽을 보고 규모가 크지 못하다며 물리친다. 대가가 정종보다 더 나은 예는 거의 찾기가 어려울지니, 더불어 시의 정종을 평할만한 이가 누구런가? 예전 나의 벗 장계우는, "정종이 으뜸가고 대가는 버금간다"고 했던바, 가히 시를 깊이 안다고 이를 것이다.

요컨대 묘오의 본색을 얻어 빛깔을 이룬(成章) 시를 으뜸으로 친다는 말이니, 그것을 정종이라 했다. 이것을 달리 표현하면, 시에 대한 나름의 오도悟道를 얻게 되어, 꾸미지 않고도 그 진면목에 도달하게 되는 천연의 시경詩境을 말하는 것인 듯싶다. 한편, 대가의 시란 웅건하나 잡박하다 한즉, 인위적인 소리내기(聲張)에 의해 지어진 시를 일컬은 뜻인가 한다. 천연으로 이루어진 묘리자득妙理自得이 아닌, 인위적 수준에서 애써 조식彫飾한 결과이다. 이 경우, 실제보다 더한 허장·성세의 웅건함도 나올 수 있으나 조탁彫琢이 자칫 지나치다 보면 잡박도 면치 못하겠기 때문이다.

백곡의 묘오론은 불교적 선의 오도의 경지를 시의 묘오경에다 비유한 엄우嚴羽의 개념을 수용한 구석이 없지 않다. 여기서 직관直觀의 뜻으로 이해되는 묘오란 그 깨달음이 지속성을 갖는 것이다. 따라서, 일과성一過性 순간 포착인 천기와 꼭 일치한다고 볼 수 없다.

또한, 이같은 묘오의 경지는 후천적인 노력 함양에 의해 도달 가능한 것으로 해석하는 논자도 있다.[70] 그런데, 묘오와 비유되는 선의 깨달음이란 선종禪宗에서의 돈오頓悟를 일컫는다. 지봉 이수광도 신묘한 시의 경지

70) "묘오의 세계에서는 선천적으로 타고난 기의 표현보다는 후천적인 노력의 결정으로 이루어진 직관력의 함양에 바탕한 시의 지극한 경지를 추구하고 있었던 것이다." (정대림, 「김득신의 시론」, 『이조후기 한문학의 재조명』, p.209.)

를 돈오라 명명했지만, 본래적 의미에서의 돈오는 교종(教宗)에서 도에 접근하는 방식인 점수漸修와 달라서, 선을 시도하는 그 누구든 다 얻을 수 있는 경지는 아니라는 점도 상기할 필요가 있다. 불교에서의 돈오처럼 시의 경우도 바로 그 묘오를 얻기 위해 누구나 노력을 기울이지만 정작 그 경지에 도달한 이는 지극히 적다는 뜻이다. 백곡 또한 묘오의 체득을 이룩한 시인으로 고려조에선 익새 이세현, 조선조에는 석주 권필, 단 두 사람만을 천거했으니, 그 이유를 이해할 만하다. 시에 있어서의 묘오 또한 그것이 만약 노력만으로 이루어진다고 가정했을 때, 거기에 끼지 못한 그 나머지 여 · 한의 훌륭한 시인 전체가 하나같이 노력 · 함양을 기울이지 않아 그렇게 됐다는 엉뚱한 결론에 들어서게 된다. 묘오 체득의 지난함은 이수광이 엄우의 시평 중에 학력을 얻기란 진실로 어렵지만, 묘오를 얻기란 더더욱 어렵다는 의미의 "學力固難 妙悟尤難"[71]라고 한 말을 그대로 옮겨다 쓴 사실 안에서 거듭 실감된다.

그런데 지금 강조되는 묘오의 개념은 앞서 나온 천기의 개념과 아주 무관하지만은 않으리라 본다. 백곡은 위에서 묘오의 경지를 얻은 시인으로 익재와 석주 두 시인을 일례로 들었거니와, 그의 묘오론은 알고보면 인물을 나누는 시인론과 연결되어 있다. 반면, 앞서 천기의 시론에서는 동일 작가의 경우라 할지라도 이것이 때로는 나타나는 시도 있고 그렇지 못한 시도 있다고 말했던 바, 이는 대개 시를 구별짓는 작품론과 결부지어 설명된다. 그러면 결국 묘오란 지속적으로 유지되는 재화才華이고, 천기란 순간적으로 발현되는 재기才氣란 의미에 가깝게 된다. 따라서 묘오를 얻지 못한 시인보다 그것을 얻은 시인 쪽에서 자운 조화自運造化에 따른 천기의

---

71) 이수광, 『지봉유설』 권9 文章部2 '詩'.

시가 자주 발휘된다고 정의할 수 있다.

다음에, 백곡은 시에 있어서의 이향설理響說을 말한 바 있다. 이는 〈증구곡시서贈龜谷詩序〉(권5)에서 천명한 것이다. 그는 여기서 이理에 관해 이렇게 설명하고 있다.

> 木之千枝 皆由于幹 而理無不在 豈伊一枝之非理 人之百骸 皆係于身 而理無不在 豈伊一骸之非理 不特此也 詩亦然 凡句句之中 理必相通 無一字之不出於理然後 方可謂之詩 是何異木之千枝 人之百骸之有理乎 徒以響爲詩者 不悟詩.
>
> 나무에 있어 천 가닥 가지는 모두 줄기에서 나온 것이다. 이理가 없는 곳은 없으니, 어찌 저 한 가닥 가지인들 이理가 아니겠는가? 사람에게는 일백 가지 형해形骸가 있거니와, 그 모두가 몸에 연결되어 있다. 이理가 없는 곳은 없으니, 어찌 저 한 개의 형해조차 이理 아니겠는가? 특별히 이것만 그런 것이 아니다. 시 또한 그러하니, 모든 구절구절에 필경은 이理가 상통하여 단 한 글자도 이理에서 벗어남이 없는 다음이라야 가히 시라 이를 수 있다. 이것이 어찌 나무의 천 가닥 가지며 사람의 일백 가지 형해에 이理가 갖춰져 있음과 다를 것이랴? 부질없이 향響으로 시를 쓰는 사람은 시의 본질을 깨닫지 못한다.

여기서 향響에 관해서는 더 자세한 설명이 따르지 않아 명확히 할 수는 없으나, 대개 이理는 원리·이치의 뜻으로, 향響은 수식·표현을 뜻하는 정도로 받아들여진다. 그는 앞서 대가·정종설에서 우열을 정했듯이 여기서도 향보다 앞서는 이의 우세를 언명하였다. 예컨대, 최경창崔慶昌·백광훈白光勳·이달李達 같은 이른바 삼당시인三唐詩人의 경우, 오로지 향만을 힘쓰면서 이를 알지 못하는(無理有響) 사람이라 했고, 그 반대로 황정욱黃廷彧 시의 경우, 이는 갖추었으나 향이 없기에(有理無響) 세상에서 밀어내는 수가 있다고 했다. 하지만 후자가 전자에 비해선 훨씬 낫다고 했다. 그런데도 요즈음 글하는 선비마다 하나같이 시는 반드시 향을 주로 해야 한다고 말하니 웃기는 노릇이라 했다. 백곡의 이같은 존리비향尊理卑響의 취지는 이수광이 『시인옥설詩人玉屑』로부터 취해 온 다음과 같은 의취와 사뭇 방불한 인상을 준다.

詩人玉屑曰 唐末詩人 雖格致卑淺 謂其非詩則不可 今人作詩 雖句語軒昻 但可遠聽 其理略 不可究 此足爲斷案也.[72]

『시인옥설』에 이르기를, "당나라 말기 사람들의 시는 비록 그 격조와 운치가 낮고 얕다 하더라도 시가 아니라고는 말할 수 없다. 요즘 사람이 지은 시는 비록 그 어구語句는 헌앙軒昻하니 멀찌감치 들으면 그럴 듯 하지만, 그 이치가 소략疎略해서 고구할 만하지 못하다" 했는데, 이 말은 단안斷案이 되기에 넉넉하다.

한편, 백곡은 여기서도 '유리유향有理有響'을 겸전한 시인의 모범과 전형으로 석주 권필을 추천하였으니, 재삼 그가 권필의 시 세계를 어느 정도 최고로 평가했는지 짐작할 만하다. 아울러, 백곡이 향響을 더 낮춘 뜻은 시가 자칫 부화浮華에 흐르기 쉬운 폐단을 경계함이고, 이理를 더 높인 뜻은 시의 사실성寫實性 및 진실성에 대한 강조에 있지만, 자칫 지나쳐서 그만 고지식함을 면하기 어려운 국면마저 남겼다. 이를테면, 『종남총지』 후반부의 다음과 같은 내용이 그 좋은 본보기가 된다.

落日淸江興 回頭問白鷗 答云紅蓼月 漁笛數聲秋 不知誰作 而眞俳優之語 鄙俚可笑 白鷗豈有與人酬答之理耶 世罕知詩者 皆稱名作 而或以

72) 이수광, 『지봉유설』 권9 文章部2 '詩'.

爲余作 秖堪捧腹.

'해 지는 청강淸江에 흥이 이니 고개 돌려 백구白鷗에 묻는다. 백구는 답하기를 여뀌빛 불그레 물들어 달 떴고, 어부의 피리 몇 가락에 가을이로다.' 이는 누가 지은 줄은 모르겠으나, 참으로 어릿광대의 말처럼 비속하고 가소롭다. 백구가 어떻게 사람과 수답酬答할 리 있겠는가? 세상엔 시를 아는 사람이 드문지라, 이를 두고 모두 명작이라 칭하는가 하면, 어떤 이는 이것을 내(김득신을 말함: 필자주)가 지은 것으로 생각하니 배를 잡고 웃을 일이다.

갈매기가 사람의 말을 할 수가 없는데, 이치상으로 어떻게 사람과 문답할 수 있겠는가고 현실적으로 따지고 있다. 이는 문학적 이해와 몰이해를 떠나서 어떻게 보면 기막히게 천진하다 할 수 있을는지 모르되, 너무도 소아적小兒的인 사고에 우졸愚拙한 발상이라 아니할 수 없다. 한 마디로 이 정도면 글 표면에 과도히 집착했다 아니다의 여부를 따질 계제도 못되는 것이다. 진정 이런 식이라면 역시 사람이 도화桃花·백구白鷗와의 수답酬答이 있는 퇴계 이황의 〈도산십이곡陶山十二曲〉 연시조의 맨끝 작품인,

청량산淸凉山 육륙봉六六峯을 아ᄂᆞ니 나와 백구
백구야 헌ᄉᆞᄒᆞ랴 못 미들슨 도화桃花ㅣ로다
도화야 ᄯᅥ나지 마라 어주자漁舟子 알가 ᄒᆞ노라.

라든지, 또는 김천택金天澤의,

백구야 말 무러보자 놀나지 마라스라
명구名區 승지勝地를 어듸어듸 보왓ᄂᆞ다
날ᄃᆞ려 자세이 일너든 너와 게가 놀니라.

등이 모두 한순간에 속절없는 어릿광대의 비속한 언어쯤으로 전락하고 말

것이다. 한편으로 생각하면, 시에 있어서의 이같은 의인법을 이해하지 못하는 그가 어떻게 〈환백장군전〉·〈청풍선생전〉 같은 활유活喩 기법의 산문을 다룰 수 있었는지 의아한 국면도 있다.

그 밖에, 백곡의 시화집인 『종남총지』를 통해서 몇 가지 편론片論을 추려볼 수 있다. 예컨대, 이떤 시가 이름을 얻고 못 얻음은 사람의 운명이나 마찬가지로 운수運數 있음을 이야기하였다. 그러므로, 한 시인의 시가 유명해졌다고 하여 반드시 좋아할 것도 없고, 그냥 묻힌다고 해서 비관할 일도 못된다는 뜻을 밝혔다. 그는 이백이며 두보의 시가 아무리 좋아도 좋은 운수를 만나지 못했다면 역시 무명으로 끝났을 것이니, 이李·두杜가 다시 태어나되 하류층에 그친다면 사람들이 필경 가볍게 취급할 것이라 했다. 이렇게 그는 세인들의 시평에 구애받음 없는 초연한 자세를 강조하였는데, 이는 어쩌면 벼슬로 현명顯名을 못해 불우하였던 자신의 신세를 염두에 둔 자기 위안의 메시지같기도 하다.

또 그는 어떤 하나의 시와 또 다른 시의 사이에는 시대의 같고 다름에 관계 없는 우연한 일치, 이른바 우동偶同과 암합暗合이 있음을 인정하였고, 좋은 시를 짓기 위한 과정 상에 공부의 필요성을 은연중 강조하기도 했다. 이를테면, "이즈음 사람들이 얕은 공부, 순식간의 작문으로 문득 경인驚人의 어구語句를 지어내고자 하니 또한 허술하지 아니하랴"[73]고 한 바, 여기서 말하는 경인구驚人句란 모름지기 앞서 말한 천기의 시, 또는 적어도 당·송의 풍격을 지닌 시를 지칭할 것이다.

73) "今人以淺學率爾成章 便欲作驚人語 不亦疎哉." (『종남총지』)

2) 문과 문론

백곡의 산문은 『백곡문집』 전체 7권 가운데 5권에서 7권까지 걸쳐 있다. 그 가운데 권5의 〈관동별곡서關東別曲序〉, 〈순오지서旬五志序〉, 〈고문삼십육수독수기古文三十六首讀數記〉, 〈평호소지석시설評湖蘇芝石詩說〉, 〈소화시평서小華詩評序〉, 〈취묵당기醉默堂記〉와, 권6의 〈죽창집발竹窓集跋〉, 〈병가절요서兵家節要序〉, 〈환백장군전歡伯將軍傳〉, 〈청풍선생전清風先生傳〉, 〈백이전해伯夷傳解〉 등이 나름대로 객관적 의의를 지닐 만한 것들이다. 특히 〈환백장군전〉과 〈청풍선생전〉의 두 편은 각기 술과 부채를 모처럼의 허구적 수법으로서 의인화한 가전 일품逸品들이다. 앞서 밝혔듯 이가원이 『백곡문집』의 간행과 동시에 처음으로 착안하여 공식적으로 소개한 셈 되었다.

그러면 이제, 백곡의 '문文'에 대한 제가諸家의 평이 관심으로 다가온다. 우선 이서우李瑞雨의 〈백곡집서柏谷集序〉에 보면,

> 或謂 公文不如詩之工 疑公無得於伯夷傳 余應之曰 公非無得者 得之不全 由擧子之業之奪之也. 其晩遷於科則亦伯夷傳之爲祟矣.
>
> 어떤 이는, "공의 문은 시의 공교함만 같지 못하니 공이 〈백이전伯夷傳〉에서 얻은 바는 없어" 라고 하매, 내가 이렇게 응대하였다. "공이 얻은 게 없음이 아니라 다 얻지 못한 것일세. 그것 때문에 과거시험 공부를 못하게 된 것이지만 늦게나마 과거에 된 것은 역시 〈백이전〉을 높였던 때문이지."

라고 언급된 부분이 있거니와, 이 말에서 한 가지 시사되는 바가 있다. 곧, 백곡이 일억일만삼천독을 했다는 〈백이전〉 공부의 효과에 대해서는 비록 위의 두 사람 사이에 의견의 차이가 있음에도 불구하고, 백곡의 문장이 시

에 못 미친다는 점에 관한 한 생각이 일치한다는 것이다.

백곡의 〈제문〉을 쓴 조현석趙顯錫 같은 이도 백곡시의 성화盛譁를 칭도한 반면, 문은 "여사餘事" 쯤으로 간주하였다.[74] 이 밖에도 그의 〈행장〉 가운데 시에서 더욱 공교하였다는 뜻의 "尤工於詩" 같은 평가도, 환언하면 산문 쪽의 상대적인 열세를 암시한 뜻으로 보아 별 무리가 없을 것이다.

특히 이덕무는, 백곡이 그 엄청난 독서 노력에도 불구하고 산문 쪽은 족히 볼 만한 것이 없는 만큼, 지독히 노둔한 이라고 폄평貶評한바 있다.

> 平生讀書之多 定爲古今稀見 讀伯夷傳一億一萬三千番 它可類推也. 其集中 文只數篇 而無足可觀 才之至鈍者也.[75]
>
> 평생 책을 읽은 것이 많기로는 진실로 고금에 보기 드물어, 〈백이전〉 읽기를 일억일만삼천 번이나 하였다 하니, 다른 것도 미루어 짐작할 만하다. 그 문집 가운데서 문은 고작 몇 편에 지나지 않는 데다, 족히 볼만한 게 없으니 재주치곤 지독하니 둔한 사람이었다.

앞에서 백곡의 인간적 면모를 살필 때 '노둔魯鈍'과 '고음苦吟'에 대해 다루었는데, 이 둘은 시와 문을 중심으로 각기 연관처가 따로 있었다. 이때 고음은 다름 아닌 시 분야에 관계된 것이었다. 즉, 백곡 자신이 『종남총지』에서 시에 대한 일생의 마음고생(一生心苦)을 자백하였고, 박세당이나 임방 같은 이도 백곡이 시작詩作에 있어서 정신을 부리고 심비心脾를 괴롭히던 정상情狀을 '일자천련一字千鍊'의 말로 표현한 적이 있다. 역시 시문 간에 분간해 보면 이는 김득신의 문이 아닌, 시에 대한 평가임에 유의하지 않을 수 없다.

---

74) 不特吾東 皆推宗匠 華人採詩 首加稱賞 文雖大鳴 乃公餘事.
75) 이덕무, 『청장관전서』 권5, 嬰處雜稿1.

또한 고음이란 시 창작의 태도 및 과정을 나타내는 표현이니, 노둔과는 별개의 개념인 것이다. 시짓기의 과정에 지나친 결벽증을 나타내는 고음의 태도는 당나라 두보한테도 발견 가능했던 현상이기도 하다. 고음이 시인적 능력에 정비례하지 않음은, 고음의 시인이라는 백곡이 같은 시대 이식이나 정두경 같은 이들의 추허를 받아 17세기 시단의 중심권 안에 들었던 사실로도 입증된다. 게다가 백곡의 이같은 고음의 다른 측면에는 빠르게 지은 시라는 뜻인 〈주음走吟〉의 시가 적지 않았던 것이니, 시에 있어서만큼 뛰어난 능력을 지녔던 인물임에 틀림 없다.

반면, 노둔에도 필경 경계가 따로 있었다. 곧, 〈백이전〉 읽기를 일억일만삼천 번이나 반복했다는 일을 가만 유의해 보면 그 분야가 산문 쪽이었음이 새삼 환기된다. 그가 소시 때에 『사략史略』 26글자를 여러 날 배웠음에도 능히 구두를 달지 못했다고 한 것 역시도, 그 대상 분야가 시 아닌 산문 쪽이었음을 정확히 분별해서 인식할 필요가 있다.

다만, 이덕무가 문文은 고작 몇 편에 지나지 않는다고 했으나, 이는 사실과 다르다. 『백곡집』 5권에서 7권까지가 문을 수록한 것인데, 권5의 서序, 기記, 권6의 발跋, 명銘, 논論, 책策, 설說, 서書, 장狀, 전傳, 록錄, 제題, 해解, 지誌, 권7의 서書, 답答, 제문祭文, 상량문上梁文, 서序, 계啓, 표表, 잡록雜錄 등 다양한 문체가 구사되었음을 볼 수 있다. 대개 그의 문집을 전체로서 비준하여 보았을 때 문 부분만 40%를 상회하는 분량에 달하니, 결코 "고작 몇 편"(只數篇)은 아닌 것이다.

위에서 이가원도 백곡은 원래 시 쪽에 능장能長이 있다고 평한바 있다. 결국은 누구도 백곡의 문文이 승勝함을 주장한 이가 없는 걸로 보아, 문의 비교 열세가 정설인 것으로 사료된다.

사실은, 백곡 본인도 자신의 문의 취약을 스스로 인식하고 있었던 것으로 보인다. 그는 종래의 시론에서 말하는 바, 시란 학문적 노력과는 별개의 천품天稟이요 재주라고 하는 이른바 '시유별재詩有別才' 설을 깊이 신념했던 한 사람이었다. 그렇기 때문에 그는 "시인에게 그러한 재주가 없을 것 같으면 시를 쓸 수가 없다"(詩人無其才 則弗能爲詩)[76]고 생각했던 것이다. 아울러, 자신은 시에 관한 한 어느 정도 이같은 천품을 타고났다고 믿은 것 같지만, 오히려 문에 관해서만큼은 그것의 부족을 절감한 듯 여겨진다. 앞서 인용했거니와, 그가 36년 동안 매두몰신埋頭沒身으로 열독하였다는 〈고문삼십육수독수기〉를 보아도 그 분발하였던 표적과 대상이 두시杜詩 등으로 대표되는 운문이 아닌, 전적으로 산문 일색이었다는 사실에 각별한 주목을 요한다. 이렇듯 깊이 있고 비상한 독서 사승讀書師承이 시가 아닌 문 쪽에서 전적으로 일어났음은 필시 문 방면에 대한 소질 바탕을 끝내 자신할 수 없었던 데에서 연유를 찾을 수 있다. 그러기에 사마천·한유 등의 문장, 곧 고문을 귀감으로 한 철저한 노력 분투奮鬪 만이 문의 취약을 극복할 수 있는 최선의 방법이라고 판단했을 것으로 간주된다. 백곡 스스로가 진·한·당·송에 걸친 독서 편력의 열정을 과시한 다음과 같은 시는 그의 산문 세계를 이해하는데 중대한 정보를 던진다.

> 杜門端坐萬番讀　漢宋唐秦以上文
> 最嗜伯夷奇怪體　飄飄逸氣欲凌雲[77]
>
> 문 닫고 바로 앉아 일만 번을 읽나니
> 한·송·당·진 시대 이전의 글들이다.

---

76) <送金季珍序>, 『백곡문집』 권5.

77) <題古文抄冊>, 『백곡문집』 권2.
『종남총지』에도 이 시가 소개되어 있는바, 3·4구는 같은 반면, 기구起句와 승구承句 만은 "搜羅漢宋唐秦文 口沫讀過一萬番"으로 다르다.

그중 백이의 기괴한 체가 가장 좋나니
표표한 호일의 기상은 구름을 넘나는 양.

이처럼 비상하고 각고에 찬 문장 수업에도 불구하고 그가 마침내 산문가로서의 평판은 얻지 못하였던 결과로 보아도 확실히 '시유별재詩有別才'나 마찬가지로 문 또한 별재가 요구되었던 것인지도 모르겠다.

그런 반면, 백곡이 그렇듯 가혹한 독서 훈련을 포기 아니한 채 지속하여 나갔던 사실로 미루어 볼 때, 그는 시와는 달리 문만큼은 천부적 재질別才 이외엔 노력을 통해서 극복·성취할 수 있는 것으로 믿었을 가능성 또한 생각해 볼 수 있다.

또한, 백곡은 문장 학습의 가장 큰 귀감을 한대의 것에서 찾았던 반면, 송대의 것을 낮게 쳤으니, 이같은 존한尊漢·비송卑宋의 취지가 〈죽창집발竹窓集跋〉(권6)에 소상하게 나타나 있다.

大凡爲文之道 有學漢學宋者 而學漢難 學宋易 何則 漢之文古 而其學也難 宋之文俚 而其學也易…見宋之文 手搞之 喙唾之 必取漢之文 而專治者…粤自麗代以還 名卿雋哲之文章 雖雄渾彬彬 亦皆不古 何 蓋捨漢文 取宋文而尙之 故學漢則難 學宋則易而然耶.

무릇, 문장하는 도에 있어 한漢을 본받기는 어렵고 송宋을 본받기는 쉽다. 어째서 그런가? 한의 문장은 고아古雅하여 그것을 본받기가 어렵고, 송의 문장은 이속俚俗하여 그것을 본받기가 쉬운 까닭이다. … 송의 문장을 만나면 손으로 찢고 타기唾棄해야 하나니, 반드시 한의 문장을 취해다가 오로지 다뤄나가야 할 것이다. … 저 고려시대 이후로 명경名卿이며 현철賢哲의 문장이 비록 웅혼하고 빛나기는 하나 또한 하나같이 고아스럽지 못함은 왜일까? 대개 이는 한의 글을 버리고 송의 글을 취해서 높인 까닭이다. 그래서 한을 본받기는 어렵고 송을 본받기는 쉽다고 한 것이 아니겠는가?

그는 이같은 존한·비송과 관련하여 문장에는 시대에 따른 기수氣數 있음을 같은 글 안에서 논급하였다.

> 蓋世代殺而氣數衰 故宋之文體之俚 不亦宜乎.
>
> 대개 세대가 내려올수록 기수도 쇠해지는 것이니, 따라서 송의 문체가 속됨은 의당한 것이 아니겠는가?

이같은 기수론氣數論에 덧붙여서, 기수가 많이 쇠퇴한 뒷시대에 난 사람이라도 고아한 문체에다 공력을 기울이면 고문체에 도달할 수 있다고 하는 백곡의 사유를 마침내 확인할 수 있게 된다.[78]

그러면, 이제 그의 문관文觀을 시관詩觀과 대조하여 보았을 때, 첫째, 시관이 '존당비송'이었음에 비하여, 문관은 '존한비송'에 입각해 있는 사실을 확인해 볼 수 있는 것이요, 둘째, 그가 시에는 별종의 재주가 있음詩有別才을 믿었던 반면, 문 방면의 별재에는 별반 개의치 않았던 듯싶다. 그리하여 문에 관한 한, 열혈의 노력으로 이를 극복할 수 있다고 생각한 나머지 존한을 위주로 한 독서의 평생 계획을 실천했던 것으로 여겨지니, 〈고문삼십육수독수기〉는 그같은 심리의 여실한 반영으로 보인다.

백곡은 또 문에 있어서의 의意와 법法을 주장하였으니, 〈독남당서讀南堂序〉(권5)에 그 뜻이 비친다. 그가 말하는 '의'란 문장의 내용적 의미이고, '법'이란 문장의 기법을 지칭한다. 백곡은 여기서 문장의 주된 것은 마땅히 '의'가 되며 법은 그 다음 가는 것이긴 하지만, '의'와 '법' 어느 한 쪽에 편

78) "由是觀之 世代雖降 極博古文 盡其用功 則不患軆古文之難 何論學宋之文哉 然則氣數雖衰 文體之古 在人之用功之如何爾." 〈竹窓集跋〉

중될 수 없음을 피력하였다.[79]

그리하여 문장이 올바른 의미(意正)를 얻기 위해서는 장자의 『남화경南華經』이 빠질 수 없는 존재임을 강조하였다.[80] 그는 『남화경』이 유가 입장에서 이단 외도異端外道인지라 '의'의 차원에서는 결코 받아들여질 수 없다고 했다. 다만 '법'을 위해서 절실한 것인데, 만일 문장에 뜻을 두고도 이것을 읽지 않으면 문의 참다운 기법은 이해할 수 없는 것으로 간정하였다.[81] 문에 있어 『장자』 책을 높이 여겼던 발상은 하필 백곡 뿐 아니라, 지봉 이수광도 "문은 오경五經 외에는 『장자』와 사마천의 『사기』가 좋다"[82]는 견해를 표명한 바 있었다. 백곡 문장론의 하나인 이와 같은 의법론은 흡사 시에 있어서의 이향론과 대칭 및 조화를 이루고 있어 흥미로운 부분이다.

백곡은 이밖에, 문에 관련해서도 일찍 현달하면 문장에 취약이 있을 것이라는 견해를 피력, 문장과 출사出仕의 관계에 대한 주장을 펴보이기도 했다. 그런데 이것이 꼭 늦게까지 현달치 못한 자신의 신세적 불우를 연상하면서 펼친 사고의 한 단면인양 보인다.

---

79) "吾友張季遇 嘗有言曰 爲文之道 意爲主 法爲次也 至哉 知文者之言也 爲文而只以意不以法 則其文徒意而已 只以法不以意 則其文徒法而已 此乃操觚者之所共知也." 〈讀南堂書〉(권5).

80) "是以 季全讀聖經 而以意之正 知爲主於文 讀南華 而以法之奇 知爲次於文." (위와 같음)

81) "南華經於儒道外道也 夫豈以嗜南華 易其崇儒道之心 而惑於虛誕之外道哉 不業文則已 如業之則 不讀南華而知文之法乎." (위와 같음)

82) "文於五經外 好莊子司馬子長." (『芝峯類說』 권9 文章部2 '詩')

4. 에필로그

조선시대 문학사 안에서 노둔으로 유명한 시인 백곡 김득신은 바로 그 노둔의 이름과 더불어, 조선조 17세기 시단의 중심에 섰던 인물 가운데 한 사람으로 손꼽히기도 한다. 진정 노둔한 시인이 백곡 한 사람은 아니었겠지만, 하필 그의 노눈이 대서특필되고 유명해진 것도 결국은 그가 이룩한 시적인 높은 명성을 따라 부수되어진 결과가 아닐 수 없겠다. 부정적 개념인 노둔한 재능과 긍정적 개념인 시적 명성 사이에, 얼핏 모순처럼 보이는 이것은, 궁극에 그의 노둔의 실체가 시의 분야와는 별반 관계 있는 사실이 아닐 수 있다는 가능성을 던져준다. 더구나 그는 이미 당시대 택당 같은 인물로부터 크게 인정받았다는 사실을 포함하여, 이후의 조선 한시 문학사에서 큰 이름을 드리웠으니, 역시 그 역량이 문인 아닌 시인 쪽에 있었음이 거듭 확인된다.

한편, 백곡은 동시에 다양한 일화와 함께 대단한 고음가苦吟家로서 알려진 인물이기도 했다. 그런데 그가 고음을 많이 하였다지만, 고음이란 어느 시대거나 있을 수 있는 거의 대부분 시인들의 다반사이기도 했다. 그럼에도 만약 백곡이 이 정도에서 더 하였다면 이는 노둔 혹은 능력의 부족 탓이라기보다, 우직할 정도로 시의 사실성과 결벽성을 추구하는 그 특유의 개성에서 야기된 소치라 봄이 더 근리할 듯싶다. 오히려 『백곡집』의 도처에 깔린 수많은 〈주필走筆〉 시가 입증해 주듯, 그는 자주 빠른 속도로 시를 지어 내기도 했던 이른바 속성시의 명수이기도 했다. 특히 이미 최고의 회자 명시로 알려진 〈용호龍湖〉보다 나은 것이 따로 있다고 스스로 밝히는 등 자신감 있는 언사라든지, 또는 그가 시의 품등을 논하고 시인을 재단裁斷하는 자신감 넘치는 태도 등으로 볼 때, 적어도 시 분야에 관한 한

별재를 지닌 시인으로 은근 자부하였음이 확실하다.

그의 시론은 크게 천기론天機論, 이향론理響論, 별재론別才論, 묘오론妙悟論 등으로 요약해 볼 수 있겠다. 이 네 가지 논의를 성격상 구분하였을 때, 천기론과 이향론은 시의 품격과 관련된 개별적 작품론이 되겠고, 별재론 및 묘오론은 시인의 자질과 관련되는 작가론의 한 부면에 해당된다고 보겠다.

천기론에서 시의 등급을 크게 셋으로 나누어보고자 하는 가운데, 옛사람의 시에 구애받음이 없는 시인 천성에 따른 독자적 의경意境을 이룩한 신의 창출新意創出의 시, 이른바 천기의 시를 최상의 것으로 보았다. 그리고 당·송의 시를 중심한 환골탈태 또는 모방과 답습의 시를 버금가는 수준으로, 이같은 모방조차 안된 시를 최하로 간주하였다.

이향론에서는 겉에 감도는 외형적 운치響보다는 내면적 핍진성理을 주장하였다. 환언하면, 낭만주의 경향을 뒤로 미루는 사실주의 편에 가까운 이론을 제시하였다.

별재론은 조비曹丕의 〈전론논문典論論文〉에 나타난 문기론文氣論과 일맥상통한다. 원래 백곡의 독창적 고유한 견해는 아니었고, 조비를 비롯한 청의 엄우嚴羽 및 고려의 최자·이규보, 조선의 허균·이수광 등이 이 용어 및 개념에 대해 선창先唱한 것이 있지만,[83] 그의 시론이 다시금 강조한 것이다. 이는 문기文氣의 후천적인 함양이 가능하다고 믿는 일부의 시론[84]에 대해 비평가로서의 분명한 입장 표명이 된다.

묘오론은, 별재론과 더불어 시인 자질론의 또 한 부분으로, 엄우의 개념을 보다 확대시킨 견해이다. 그는 여기서 후천적인 노력 함양으로 혹 묘오

83) 이병한, 『한시비평의 체례 연구』, 통문관, 1974, pp.171~174 참조.
84) 이병한, 위에 든 책, pp.174~175 참조.

를 이룰 수는 있다고 했지만, 거의 관념적이고 이상론적인 표명에 가깝다는 인상을 준다. 선가禪家에서 마지막 돈오의 경지에까지 드는 경우는 노력자들 간에도 지극히 드물듯이, 시의 세계에서 묘오 또한 천부적으로 선택을 입은 — 익재 · 석주 등 — 특별한 시인에게만 가능한 경지로 보았기 때문이다. 동시에, 그의 이른바 정종 · 대가설도 바로 이 묘오론과 직결된다. 묘오의 경지를 얻어 여기 입각해서 시를 쓰는 시인을 정종으로, 묘오에 이르진 못하나 의식과 의지로써 좋은 시를 창출해내는 시인을 대가로 각각 구분했던 것이다.

백곡의 문과 문론은 이상의 시 또는 시론과는 구별되어지는 나름의 경계를 갖추고 있었다. 그의 문과 문론을 이해하기 위해서는 17세기 소단騷壇의 큰 위상을 차지하던 문학가 김득신에게 따라붙은 노둔과 고음의 개념을 필경 구분해서 이해해야 할 듯싶다. 곧, 노둔은 시가 아닌 문에 해당되는 말로서 타당하고, 고음은 시에 해당하는 말로서 타당하다는 것이다. 고음이 노둔과는 별개의 개념임은, 그가 많은 수의 주필走筆과 함께 고음을 통한 명시를 산출해낸 작가였다는 사실이 증명한다. 또한, 그가 수만 · 억독으로 분발하였던 표적과 대상이 두시杜詩 등으로 대표되는 운문이 아닌, 전적으로 산문 일색이었다는 사실에 각별한 유의를 요한다. 그리고, 이렇듯 깊이 있고 비상한 독서 사승讀書師承이 시가 아닌 문 쪽에서 전적으로 일어났음은 필시 문 방면에 대한 소질을 끝내 자신할 수 없었던 데에서 연유했음이 타당하다. 그러기에 사마천 · 한유 등의 문장을 귀감삼아 노력 분투하는 일이 그 취약을 극복할 수 있는 최선의 방법이라고 판단했을 것으로 보인다. 노력으로 해결할 수 있다고 믿는 근거는 백곡이 "시유별재詩有別才"를 애써 강조했던 반면에, "문유별재文有別才"에 관한 논지는 일찍이 한 번도 나타낸바 없었다는 사실 안에서도 찾을 길 있다. 곧, 시와 달리 문 만큼은 후천적 노력에 의한 성취 가능성을 강고히 믿었던 소치로 이해된다.

그런데, 〈고문삼십육수독수기〉가 입증해 주듯 그가 36년 간에 걸친 각고의 노력에도 불구하고 문에 대한 호평만은 얻지 못하였던 것이지만, 이는 아무래도 그의 시능詩能의 우위에 따른 상대적인 평가절하일 가능성마저 없지 않다. 그는 시대론을 통해서 한대의 문장을 가장 수범으로 생각했음과 동시에, 의법론을 설명하는 과정에서 〈백이전〉의 기괴체 및 장자 『남화경』의 문장 기법을 높이는 등의 견해를 표명하였다. 따라서, 그의 산문 창작도 이같은 사유 깊은 문론과 관련해서 이해됨이 온당할 것이다. 그리하여 궁극에는 서序 · 발跋 · 기記 · 해解 · 전傳 등 다양한 산문 장르에 걸친 소양과 능력을 나타내는 바 있었다. 대체로는 그 평가가 특별히 탁월했던 시 분야와 비교되는 속에서 낫고 못함을 평가 받았던 사실, 나아가 그의 수만 · 억독에 대한 노둔의 선입견 등이 복합적으로 그의 문에 대한 평가에 불리하게 작용하였을 개연성도 감안하지 않을 수 없다는 뜻이다.

아울러, 그의 두 가전假傳 작품 또한 한국 가전문학의 흐름에 문채를 더했을 뿐 아니라, 한국가전사에 있어 율법과도 같은 평결부를 생략하는 식의 특이한 결구結構를 구사하였다. 그리하여, 산문문학에서조차 마침내 톡톡히 자취를 남겨 일가一家를 이루었다고 평가되는 것이다.

가선대부 안풍군 김득신의 묘라고 적힌 백곡의 묘비

이처럼 뛰어난 시인이자 문장가이기도 했던 김득신은 동시에 문학이론가로서도 톡톡히 한 역할을 하였다. 『백곡문집』

및 『종남총지』를 통해 보인 그의 문학론은 일찍이 엄우嚴羽라든가 이수광李睟光 등이 시 · 문론에 대해 언급한 부분과 일정만큼 겹쳐 있다. 그리하여 비록 백곡이 첫 발성은 아니었다 하더라도, 기왕의 논의를 기조로 수용하는 가운데 보충과 보완이 요구될만한 부면에 특히 관심을 경주傾注하여 나름의 이론을 전개하였다는 데에 그 의의를 부여할 수 있다. 당시, 문학의 비평과 이론이 몇몇 시인들의 시화에 의존하여 겨우 영위되어 가던 취약한 평단에서, 나름 적극성 있는 태도로 시의 본질과 체계에 접근해 보려던 백곡이었다. 이러한 그의 평론가다운 시도는 16세기 허균 · 이수광에 뒤이어, 17세기 한국 평론사에조차 의미 있는 자취를 남겼다 할 것이다.

9장 부채의 한국문학적 심상

1. 머리말

제목을 부채의 문학적 심상이라고 했다. 사전적으로는 '감각적 인상의 재현'이란 의미망 안에 있는 '심상心象'이란 용어[1]보다, 어쩌면 '사람이나 사물로부터 받는 느낌'[2]이란 뜻의 '이미지'란 표현이 용이하고 핍진하게 다가올 수 있는 말일 수도 있겠다. 하지만 여기서는 보다 학술적으로 안정된 용어인 전자를 사용하기로 한다. 아울러 여기서 '문학적 심상'이라 함은 지식인 선비 계층 각자의 개성에 따라 이루어진 창작물 뿐만 아니라, 대중 일반층의 일상 안에서 수용되어진 인상과 느낌까지 문학화한 것까지를 포함한 개념이 될 것이다.

'심상'이란 말은 표상이란 어휘와 더불어 많은 부분에 있어서 서로 긴밀하게 통하는 것이 사실이다. 곧, 심리학 개념에서 '어떤 대상을 지향하는

1) '이전에 감각에 의해 얻은 것이 심중에 재생된 것.'(『국어대사전』, 이희승 편저, 1995.)
'감각에 의하여 획득한 현상이 마음 속에서 재생된 것.'(『표준국어대사전』, 국립국어연구원, 1999.)
2) "이미지", 『표준국어대사전』, 국립국어연구원, 1999.

의식 내용'이란 뜻 안에서는 혼동하여 쓰기도 한다. '상징'이란 어휘와도 혼용되는 '표상'이란 아무런 근거 없이 형성되는 것이 아니라, '감각적 인상의 재현'이라 할 심상의 단계를 거친 결과적 산물인 것으로 간주되는 까닭이다. 그것을 나타내는 단적인 말이 '상징적 심상'이다.

이제 부채라는 사물에서 또한 그 같은 상징 혹은 심상의 적용이 이 마당에 가능함을 천명하려고 한다.

이 사물과 관련하여 잘 알려진 한국의 속담에, '향중鄕中의 생색으로 단오 선물은 부채요, 동지 선물은 책력冊曆이란 말이 전한다. 한문으로는 '鄕中生色 夏扇冬曆'으로 옮기기도 하는 이 말은 다름이 아니라, 음력 5월 5일 단오가 가까워오면 이미 더위가 멀지 않으므로 웃어른이나 친지에게 납량 용구인 부채를 선사한다는 뜻이었다. 또한, 『열양세시기洌陽歲時記』에 보면, 조선시대에는 단오선端午扇 또는 단오부채라 하여 임금이 단오절에 공조工曹 및 각 지방의 특산지에서 만들어 진상한 부채를 신하들에게 하사하던 관례가 있었다 한다.[3)]

그만큼 부채는 오랜 전통 안에서 근세에 이르기까지 한국인 일반층이거나 지식층을 막론하고 상당히 가깝게 향유되어진 물건이 아닐 수 없었다. 또한 부채의 처음은 그것이 필경 실용의 용도에서 비롯되었겠지만, 인지의 발달과 문명의 점진에 따라 예능의 차원으로까지 상승을 이룩한 문화사적인 특이성을 띠고 있다. 부연하자면, 부채는 그 사용의 용도에 따라 단지 실용적인 기능으로서 뿐만 아니라, 그것이 표현해낼 수 있는 예술적인 잠재력마저 내유한 역할 주체로서 한 몫을 하였다. 생활과 예술이라는 두 가지 면을 다 아우르는 존재, 문화적 양면성을 확보한 사물이라는 점에서 독

3) 工曹及湖南嶺南二監營及統制營 趁端午造扇進御 朝廷侍從以上三營 皆例餉有差得扇者 又以分之親戚知舊塚人佃客.

특한 위상과 가치가 인정된다.

부채에 대한 전반적인 고구考究는 일찍 최상수崔常壽가 『한국 부채의 연구』라는 저서 안에 관련된 내용들을 한 자리에 집약시켜 놓은 성과가 있다.[4] 이후 금복현의 『전통부채』란 책이 나왔거니와, 앞의 책과는 그 내용에 있어 대동소이하였다.[5] 그 내용들은 기본적으로는 민속학의 한 분야로서 다뤄질 수 있는 성격의 것이다. 그리하여, 책들은 부채와 관련된 언어적 · 역사적 설명을 포함하여 한시, 시조 및 일화거나 야사 등 문학과 연결 가능한 내용, 최종적으로는 부채 만드는 공정까지 상세히 다룸으로써 부채 관련의 제반 정보를 총괄적으로 소개하고 있다.

문학적 자료까지 상당수 소개되었지만, 이외에도 부채를 본격적인 주제, 혹은 소재로 다룬 문학 작품은 보다 다양한 장르에 걸쳐 존재를 나타내고 있다. 또한, 한국뿐 아니라 중국의 문학사 일각에서도 일찍부터 그 모습을 비춰온바 있었다. 그리하여 향유자의 신분층에 따라 그 형태가 한문일 수도, 한글일 수도, 혹은 이야기로 된 것일 수도 있는 부채 관련 자료에 보다 양적인 충실이 기해져야 함이 물론이다. 다음 단계로는 그 확보한 자료를 각별히 일정한 테마에 따라서 분석 내지 종합하는 일이 이참에 요긴하다고 하지 않을 수 없다.

여기서는 그 일환으로 전통시대 및 현대에 이르기까지, 부채가 지식인 및 일반인을 포괄하는 문학 전반층에 의해 어떠한 머릿속 그림으로 그려지거나 인식되어 왔는가 하는, 이른바 심상의 문제를 중심의 화두로 삼아 살펴보고자 한다.

4) 최상수, 『한국 부채의 연구』, 대성문화사, 1972.
5) 금복현, 『전통부채』, 대원사, 1990.

2. 설화 문학 속의 부채

부채는 그 종류가 하도 다양하여 일일이 열거하기가 어려운 정도이다. 그 중 팔덕선八德扇으로 일컬어지는 부채 한 가지가 있다. 일명 부들부채라고 하니, 부들(香蒲)의 줄기를 엮어 만든 둥글부채(團扇)로, 해서海西 지방 뿐 아니라, 경기 충청 등지에서는 지금도 농민들 사이에는 많이 만들어 쓴다고 한다. 이 안에 여덟 가지 덕이 있다면서 이렇게 불렀다 하는데, 이유원李裕元이 지은 『임하필기林下筆記』에 그 상세한 설명이 보인다. 인용해 보이면 다음과 같다.

부들부채는 단선團扇, 즉 둥글부채의 한 종류이다

> 海西載信之間 以草葉織成團扇 農夫之所用也 名爲八德 曰風淸之德 祛濕之德 藉寢之德 價廉之德 織易之德 避雨之德 遮陽之德 覆甕之德.[6]

> 해서의 재령載寧과 신천信川 등지에서는 풀잎을 짜서 둥근 부채를 만들어 농부들이 사용한다. 그것을 팔덕八德이라고 부르는데, 말하자면 맑은 바람을 일으켜주는 덕, 습기를 없애주는 덕, 깔고 자도록 해주는 덕, 값이 저렴한 덕, 짜서 만들기 쉬운 덕, 비를 피하게 해주는 덕, 햇볕을 가려주는 덕, 항아리를 덮어주는 덕이다.

여덟 가지 덕의 세목은 경우에 따라 다소간의 출입을 보이기도 하는바, 이를테면 다음과 같은 해석도 있다.

---

6) 李裕元, 『林下筆記』 권34, 華東玉糝.

> 바람을 일으켜 시원하게 해 주는 것이 일덕一德이요, 요긴할 때 땅에 깔고 앉는 깔개가 되니 이것이 이덕二德이며, 따갑게 비치는 햇살을 가려 응달을 드리니 그것이 삼덕三德이다. 손에 들고 이리저리 가리켜 일시키는 데 십상이니 사덕四德이요, 먼데 있는 사람 불러들이는 데 십상이니 오덕五德이며, 빚쟁이 만났을 때 얼굴을 가려주니 육덕六德이다. 어른 앞에서 하품을 가려주니 칠덕七德이요, 해져서 버려도 아깝지 않으니 그것이 팔덕八德이다.[7)]

그럼에도, 부채가 실생활 안에서 이롭게 쓰여지는 용도 면에 초점을 둔 점에서는 다를 바가 없다. 요는 실용적인 측면이 강조된 것이니, 편의상 부채의 실용적 이미지라 해도 무방할 것 같다. 팔덕의 세부 내용이 둘 사이에 조금씩 다른 중에도, 일치하는 덕 한 가지는 바람을 일으켜 시원하게 해 주는 '풍청風淸'에 있다. 이같은 이미지는 신분의 상하를 따질 것 없이 공통되기에 보편적 심상의 전형이 될 만하다.

하지만, 전통 선비 지식인 세계에서의 부채는 정신적으로 그 이상 가는 다양한 멋과 풍정이 깃들어져 왔음이 사실이다. 대개 풍정이란 '풍치있는 정회나 취향'의 뜻이다. 풍류는 '속되지 않고 운치가 있는 일'이란 의미를 띤다. 일면, '멋'의 사전적 정의는 '격에 어울리게 운치있는 맛', 또는 '흥취를 자아내는 재미스러운 맛'으로서 설명된다고 할 때, 풍류의 의미와 크게 상이하지 않은 양하다. 그렇다고 할 때, 부채라는 사물은 '풍정'의 개념을 포함하여 일찍부터 선비들의 생활 속에서 '멋'과 '풍류'의 상징처럼 보편화되어 왔다고도 볼 수 있겠다. 그리하여 대개 멋風流과 풍정이야말로 또 한 가지 부채의 보편적 심상으로 인식해도 무방할 듯싶다.

이제, 본격적인 문학 작품 안에 투영된 부채의 심상 찾기가 그밖에도 가능한지 알아보기 위해 우선적으로 부채와 관련한 야사野史를 모색해보

7) 이규태, 『한국인의 생활문화 1』, 신원문화사, 2000, p.162.

기로 한다.

꽤 오래된 중국의 이야기로, 『진서晉書』의 「왕희지王羲之」 열전 안에는 왕희지 글씨와 부채 파는 노파에 관한 일화가 있다.

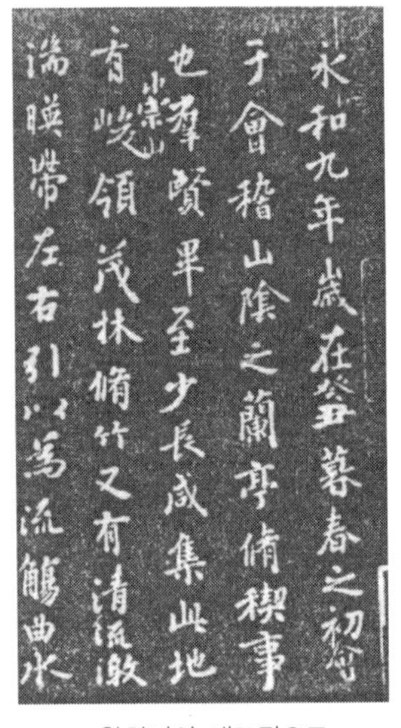

왕희지의 대표작으로 꼽히는 蘭亭序

又嘗在蕺山 見一老姥 持六角竹扇賣之 羲之書其扇 各爲五字 姥初有慍色 因謂姥曰 但言是王右軍書 以求百錢邪 姥如其言 人競買之 他日 姥又持扇來 羲之笑而不答 其書爲世所重 皆此類也.[8)]

또 집산蕺山에서는 이런 일도 있었다. 한 할미가 육각의 대나무 부채를 들고 파는 것을 본 왕희지는 그 부채들에다 글씨를 각각 다섯 글자씩 썼다. 할미가 멋모르고 화내는 기색을 보이자 왕희지가 할미더러 일러 주었다. "그냥 이게 왕우군 글씨라고만 하고 백전을 달라 하시구료." 할미가 그 말대로 하였더니, 사람들이 다투듯이 그 부채를 샀다. 뒷날 할미가 또다시 부채를 들고 왔는데 희지가 웃기만 하고 대답치 아니하였다. 그의 글씨가 세상에서 중히 여겨지는 정도가 모두 이와 같았다.

글씨를 쓴 부채를 서선書扇이라 하는데, 중국 최초의 서선은 바로 왕희지 때부터 시작되었다고 한다. 다른 방면 그림을 그린 부채를 화선畵扇이라고 하는데, 이렇게 부채에 그린 그림인 선면화扇面畵는 당나라 때부터 나타났다고 한다.

출처는 미상이나, 조선시대 철종 때 글씨로 유명한 추사 김정희가 부채

8) 『晉書』 권80, 列傳 제50 '王羲之'.

에 글씨를 써서 부채 장수에게 이득을 보게 한 이야기도 위와 유사하다.

추사가 하루는 외출하였다가 집으로 돌아오니 전에 못 보던 부채 짐이 놓여져 있으므로 청지기에게 물었더니, 부채 장사가 부채를 팔러 왔다가 해가 저물어 하룻밤 묵고가기를 청하므로 객방에 묵고 있다 하기에, 그런가하고 사랑채에 들어가 앉았는데, 그날따라 심심도 한데다 조금 전 보았던 부채에 글씨를 쓰고 싶은 생각이 일었다. 그리하여 청지기더러 그 부채 짐을 마루로 들여놓게 하고는 부채를 한 아름 꺼내어 쓰고 싶은 글귀를 쓰기 시작하였는데, 마침내 꺼내온 부채를 하나도 남기지 않고 모두 쓰고 말았다. 이튿날 부채 장수가 떠나려고 부채 짐을 풀어놓고 보니 주인영감이 글씨를 써 놓았으므로 부채 장수는 물건을 못 쓰게 만들어 놓았다 하고 탄식이 대단하였다. 이를 본 김정희가 말하기를 "이 부채를 팔 때에 추사선생이 쓴 글씨 부채라 하고 값을 몇 곱절 내라고 하면 너도나도 다 사갈 것이니, 자네 나가서 팔아보게나" 하자 그 부채 장수는 의심스러워 하면서도 거리로 나가 일러주는 대로 하였더니 부채가 순식간에 다 팔렸다. 부채 장수는 김정희를 찾아가 앞으로도 글씨 써주기를 간청하였으나, "그러한 것은 한번으로 족하지 두 번은 해서는 안되네" 하고 써주지 않았다 한다.

추사 김정희가 扇面에 쓴 글씨

이 이야기는 짐작건대 위에 소개했던 왕희지의 야사를 토대 삼은 것으로 보여진다. 이 땅에도 조선 제일의 서가인 추사 김정희가 있다 하고, 그를 추대하여 나름의 설화를 형성했던 것으로 간주된다.

한편, 『연려실기술燃藜室記述』에는 중종반정 때 박원종朴元宗이 부채를 휘두르며 군사를 지휘하였는데 신과 같았다는 일화가 있는데,[9] 이 또한 부채가 지니는 멋과 풍류의 속성을 잘 이해할 만한 일례가 된다.

이렇게 부채 심상의 우선성 및 보편성을 확보해 왔던 쪽은 납량納凉과 풍류風流였다는 사실은 결코 부인하기 어려운 엄연한 사실이었다.

그러나, 전통적 삶 속에서 부채가 주는 이미지가 언제까지나 이러한 납량이나 풍류 등의 보편적 심상 안에만 국한되어 있지 않았다.

1592년(선조25년) 임진왜란이 일어난 해에 동래부사東萊府使로 있던 송상현宋象賢이 왜적을 맞아 고군분투하다가 마침내 순절하기 전에 그의 아버지 앞으로 남겼다는 선면시扇面詩가 전한다.

孤城月暈　외로운 성에는 달무리 흐르는데
列陳高枕　진중의 잠자리 험하기만 하군요.
君臣義重　군신의 의리가 무거워진 지금은
父子恩輕　부자의 은혜 뒤두고자 합니다.

이때 그 아버지 송흥복宋興復이 아들의 이 소식을 접하고 그 의거를 장하게 여겼다고 하는 비장한 일화는 부채가 '충절忠節' 표징으로 통하는 호례가 된다. 각별히 전쟁이란 상황 안에서 부채는 비장미를 발휘하였던 것처럼 보이니, 다음의 일심선一心扇 부채 유래 또한 좋은 사례가 된다.

9) "元宗揮扇指揮 容止若神."(『연려실기술』, 燕山朝 故事本末)

> 미국의 해군사관학교 박물관에 가보면 꼭 1백년 전 신미양요 때 미 해군이 강화도에서 노획해 간 전리품이 전시돼 있는데, 그 중 일심선一心扇이란 게 있다. 그 전투에 참여한 전사들이 한 부채의 부챗살에 자신의 이름을 써 일심동체를 다진 부채인 것이다.[10)]

끝으로, 부채는 남녀 사이 약속의 정표로 단단히 그 역할을 다하기도 했다. 관련하여 유명한 '양사언楊士彦 부모의 결연담'이 있으니, 편의상 그 요약문을 그대로 가져다 옮기면 다음과 같다.

> 양사언楊士彦 부친이 영광靈光 군수가 되어, 서울에서 영광으로 가다가 어느 마을 촌가에서 아침밥을 지어먹으려고 들어가니, 12세 된 여자아이만 있었다. 공방 아전들이 밥을 지으려하니, 여자아이가 자신이 진지를 지어 올리겠다고 하였다. 그리고 군수님 진지는 자기 집 쌀로 지을 테니 하인들 쌀만 달라고 말했다. 그래서 아침밥을 지었는데, 정말 깔끔하게 잘 차려왔다. 군수가 기특해 부모를 물으니, 부친은 고을 본관 장교이고 모친은 밭에 나갔다고 했다. 그래서 군수가 청색과 홍색 부채를 선물로 주면서 농담으로, "이것은 내가 주는 폐백이다"라고 말했다. 여자아이는 폐백을 맨손으로 받을 수 없다고 말하고, 방에 들어가 붉은 보자기를 갖고 나와 받았다. 군수가 임기를 마치고 돌아가려 할 무렵에 한 장교가 와서 아뢰었다. "군수님이 몇 해 전 어느 시골집에서 소녀에게 청·홍 부채를 폐백이라 하면서 주신 것을 기억하십니까?" 했다. 군수가 기억난다고 말하니, 장교는 "그 아이가 제 딸인데, 나이 16세가 되어 시집을 보내려하니, 군수님으로부터 이미 폐백을 받았으므로, 군수님 아내가 되지 않으면 결코 다른

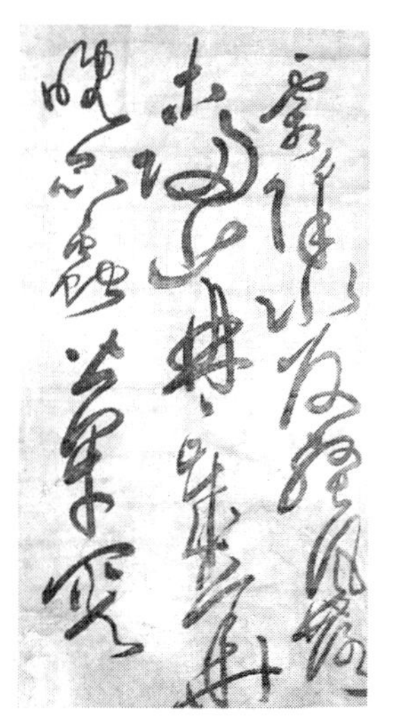

양사언의 필적

10) 이규태, 『한국인의 생활문화 1』, 신원문화사, 2000, p.162.

데는 시집을 가지 않겠다고 합니다" 하고 아뢰었다.[11] — 양사언모

그리고, 이것이 약간 변형된 다음과 같은 이야기도 있다.

양 승지는 유람을 좋아해 한 동자만 데리고 말을 타고 백두산에 올랐다가 돌아오는 길에 안변安邊에서, 말에게 먹이를 주려고 민가를 찾았다. 한 집에 가니 부모들은 다 외출하고 16세 처녀 혼자 있으면서, 말죽 한 통을 갖고 나와 주고는, 나무그늘에 자리를 펴고 쉬어가라 했다. 양승지가 쉬고 있으니, 처녀는 정결하게 식사를 준비해 대접하는 것이었다. 하도 기특해 물으니, 말이 배고프면 사람도 배고프지 않느냐고 대답했다. 양승지가 떠나면서 식사 값을 계산해주니, 처녀는 받을 수 없다고 말하고 또 부모님으로부터 야단을 맞는다고 거절했다. 그래서 양승지는 갖고 있던 선두향扇頭香을 선물로 주니 "어르신 선물이니 받겠습니다"고 말하고 받았다. 몇 년 뒤, 한 사람이 와서 인사하고, "소인은 안변 촌민입니다. 영감님께서 어느 때 안변을 지나치다가 소녀에게 선두향을 주신 적이 있으시지요?" 하고 아뢰었다. 양승지가 한참 생각하다가 그런 일이 있다고 말하니, 그 사람은 "그 아이가 소인의 딸인데, 결코 다른 곳으로 시집가기를 거부해 이렇게 찾아왔습니다"고 말했다.[12] — 양사언모

앞의 것은 『계서야담溪西野談』·『청구야담靑邱野談』·『동야휘집東野彙集』·『기문총화記聞叢話』·『선언편選彦篇』·『쇄어瑣語』·『하담만록荷潭漫錄』·『성수총화醒睡叢』·『청야담수靑野談藪』 등에 실려 있고, 뒤의 이야기는 『기문총화』·『청구야담』·『해동야서』·『아동기문我東奇聞』·『하담만록荷潭漫錄』 등의 출전으로 되어 있다.[13]

또한, 조선시대 운곡雲谷이 북도의 관찰사가 되었을 때 안변의 한 기녀와 동침하고 훗날 약속의 징표로 부채를 건네주었는데, 기녀가 그 부채를

11) 김현룡, 『한국문헌설화』 제4책, 건국대학교출판부, 1999, p.90.
12) 김현룡, 위에 든 책. p.91.
13) 김현룡, 위에 든 책. p.92.

정표로 간직하고 정절을 지키며 기다리다가 상사병과 함께 시 한 편을 남기고 죽었다는 『화영편畵永編』 소재의 이야기도 있다.[14]

위의 야사들을 통해 부채가 '멋과 풍류', '충절', '남녀간 약속의 정표' 등과 같은 심상을 극명한 모습으로 보여주고 있음을 확인할 수 있다.

3. 시가 문학 속의 부채

한국에서도 부채 중심의 일화라든지 한시의 창작이 심심치 않게 이루어지곤 하였다.

고려조에 백운白雲 이규보李奎報(1168~1241)가 학령선鶴翎扇을 사람들에게 나눠주었다는 〈득본성소송학령선분인得本省所送鶴翎扇分人〉[15]시이다.

雪紙鶴飜翎　눈빛 종이는 학이 날개를 펼친 듯
金環鼠開目　금색 고리는 쥐가 대록대록 눈 굴리는 양.
張翕因筠籤　폈다 접었다 대쪽을 따라
翩翩得風足　펄럭펄럭 맑은 바람 넘쳐나누나.
六月手中搖　오뉴월 여름철에 손에 쥐고 흔들면
炎光何處伏　찌는 더위 어디로 사라지는지 몰라.
宜哉分與人　이거야 응당 사람들과 나눠야 하지
引凉那忍獨　청량한 맛을 차마 혼자 독차지하랴.

여기서 눈빛 종이를 '학의 날개'에, 부채에 달린 금색 고리를 '쥐의 눈'에 비유하였으니, 부채의 구성물에 대한 독특한 형상화가 아닐 수 없다.

14) 최상수, 『한국 부채의 연구』, 1981, pp.46~47.
15) 『東國李相國集』 後集 권9 古律詩 소재.

또한, 이규보가 단선團扇을 선사 받고 사례한 〈사인혜선이수謝人惠扇二首〉[16] 시에도 또다른 이미지화가 드러난다.

交情淡若水　물처럼 담백한 우리의 교분
團扇皎如霜　둥글부채 서리처럼 희구나.
不夜月將滿　밤 아닌데도 보름달 훤하고
先秋風自凉　가을도 되기 전 바람 시원하도다.

君心眞似氷　그대 마음 참으로 빙심氷心같아
相對洗煩鬱　마주하면 온갖 울민 가시는도다.
更贈一襟秋　게다가 마음의 가을까지 보내어
留爲雙手月　두 손에 달을 갖도록 해 주었네.

둥근 형상의 부채 자체를 '만월'로, 그것의 하얀 종이 폭을 '서리'로 형상을 가하였음에, 역시 다른 시인들에게서 잘 찾아 보기 어려운 특유의 심상을 구사하고 있음을 본다.

『목은집牧隱集』 권11에는 목은牧隱 이색李穡(1328~1396)이 송광화상松廣和尙으로부터 차와 부채를 선물 받은 것에 대한 답시인 〈봉답송광화상혜다급선奉答松廣和尙惠茶及扇〉[17]이 있거니와, 부채의 맑고 서늘한 바람이 지독한 화기火氣를 없애고 몸을 시원하게 한다는 청량淸凉의 기능을 담고 있다.

『용재총화慵齋叢話』에 나오는바, 조선의 3대 임금 태종太宗(1367~1422)이 읊었다는 부채 시는 뛰어난 기지 속에 그윽한 풍정과 태탕한 풍류를 제대로 담고 있다.

16) 『東國李相國集』 권5 古律詩 소재.
17) 『牧隱集』 권11 소재. 이 시의 후반부는 이러하다. "扇以凉我肌 茶以淸我肝 初逢滅毒火 漸覺通玄關 欲令秉淸風 颯爾超塵寰 身心永安穩 不復憂恫瘝 稽首致深謝 相望天地寬."

風榻倚時思朗月　바람 시원한 평상에 앉아 밝은 달 생각하고
月軒吟處想淸風　달빛 난간에 시 읊으며 맑은 바람 떠올린다.
從紙削竹成團扇　댓살 깎고 종이 붙여 둥글부채 만드니
朗月淸風在手中　밝은 달 맑은 바람이 이 손 안에 있구나.

둥근 부채를 '달'에다 비유시킨 이 '비유적 심상'은 그 연상법이 앞서 고려 이규보의 〈사인혜선이수謝人惠扇二首〉를 은근 방불케 하는 국면이 있다.

비슷한 시기에 양촌陽村 권근權近(1352~1409)의 부채 시, 〈위점선자葦簟扇子〉[18]의 초반부는 부채의 실용성에 따른 보편적인 심상을 그리고 있으나, 역시 그 결구에 들어서면 부채의 진퇴進退와 흥체興替 쪽에 관심이 닿는다.

葦簟編爲扇　갈대 자리 엮어 부채를 만드나니
驅蠅不可無　파리를 쫓는데 없어서는 안 되네.
織文猶質素　문양을 자아내도 외려 질박할 뿐
露節且廉隅　뼈마디 드러난 채 그 절조 굳어라.
披拂淸風起　흔들어 부치면 맑은 바람 일어나니
操持直柄扶　풍치風致를 바로 손에 쥐고 있구나.
庾塵猶可障　곳간의 먼지야 막을 길이 있다지만
憐爾在西都　너 찬바람 가을 맞을 일이 가엾구나.

세조 때 문인 신숙주申叔舟(1417~1475)가 평안감사 김겸광金謙光으로부터 부채를 받고 감사를 표현한 답시인 〈기평안감사김겸광증선자寄平安監司金謙光贈扇子〉[19] 시가 『보한재집保閑齋集』 안에 보이는데, 역시 부채가 청풍을 일으켜서 혹열酷熱을 식힌다는 보편적 의취 안에 머물러 있다.

18) 『陽村集』 권5 소재.
19) "天上陰雲釀梅雨 人間酷熱扇炎塵 憑傳兩地無窮意 敢道淸風自故人."(『保閑齋集』 권7 소재)

개인적인 감정을 읊은 시도 많이 남아있다. 선조 때 시인 백호白湖 임제林悌(1549~1587)가 황진이를 기리며 지었다는 유명한 시조이다.

> 청초 우거진 골에 ᄌᆞᄂᆞᆫ다 누엇ᄂᆞᆫ다
> 紅顔은 어듸 두고 白骨만 무쳣ᄂᆞ니
> 盞 자바 勸ᄒᆞ 리 업스니 그를 슬허 ᄒᆞ노라

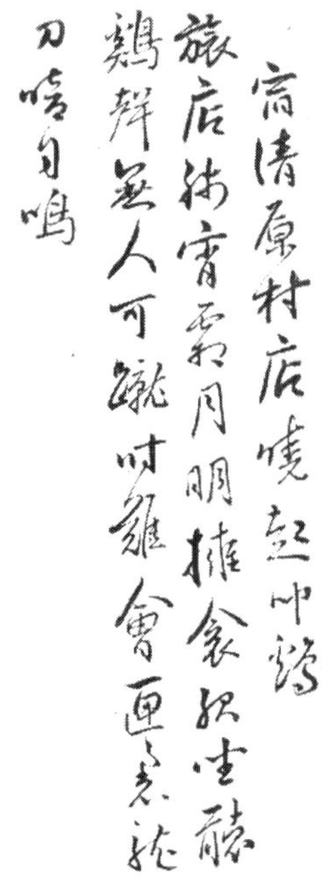

선조 때 임제가 평안도사로 부임하는 길에 송도에서 명기인 황진이를 찾았으나 이미 죽었다기로 지니고 있던 부채에 안타까운 마음을 적어 추모했다고 한다. 그러나 훗날 이 시가 유림의 문제가 되어 벼슬을 내놓게 되는 사태에 이르기도 하였다.

또한『기문記聞』에는 그가 또 흰 부채에 다음과 같은 칠언절구 한 편을 적어 어린 기생에게 보낸 일이 있다고 기록하고 있다.

백호 임제의 친필 自製詩

莫怪隆冬贈扇妓	한겨울에 부채 이상할 것 없나니
爾今年小豈能知	너야 지금은 나이 어려 알 리 없겠지.
相思半夜胸生火	그리움 사무쳐 한밤중 가슴에 불 일 적에
獨勝炎蒸六月時	오뉴월 펄펄끓는 기운을 어이 이겨낸단 말가.

이와 어울려, 흡사 임제가 지은 시에 대한 화답이라도 되는 양한 글이 고시조에 남아 있다.

> 부채 보낸 뜻을 나도 잠깐 생각하니,

가슴에 붙는 불을 끄라고 보내도다
눈물로 못 끄는 불을 부채라서 어이 끄리

이 시조의 경우 내용상 사소한 출입을 보이는 것도 있고,[20] 나아가 〈선은扇恩〉이라는 제목 하에 칠언절구로 번역된 것도 보인다.[21] 그렇거니와, 부채가 남녀간 '상사相思의 해소'와 관련하여 절묘한 이미지 상의 조화를 이루고 있다.

이상을 통해, 부채의 옛 풍정은 대개 문인 상호간의 우의友誼 및 남녀간 정의情誼가 주류를 이루고, 간혹 군부君父에 대한 절의節義 등을 강렬히 표출하는 일에 그 역할과 기능이 모아졌다고 하겠다.

20세기 현대에 들어서는 어떻게 반영되었던가. 윤석중尹石重의 동요집 『꽃길』 안에는 〈가을부채〉라는 동요 한 작품이 들어 있다.

날이 선선하니까
이리저리 쫓기네.
찢어진 부채.
바람이 잘 난다고
서로 뺏아 부치더니
여름이 다 가니까
다들 미워하지요.
방에서 마루로
마루에서 부엌으로
이리저리 쫓기는
가을 부채.

20) 금복현, 『전통부채』(앞에 든 책, p.108)에는 다음과 같이 소개되었다. "한겨울 부채 보낸 뜻을 잠깐 생각하니/가슴에 타는 불을 끄라고 보내었나/눈물로도 못 끄는 불을/부채인들 어이 하리."

21) 愛君莫尉我心燒 想像扇恩不可孤 胸中火起如燃熾 淚莫能消惟扇消.

여름이 가면서 부엌에서 불이나 부치는 천한 역할로 신세가 전락하고 만 부채를 노래하였다. 여기서는 그래도 완전히 버림받지는 않았으니, 묻혀지고 잊혀지는 '버림받음' 보다는 차라리 낫다고 할 수도 있을까? 아무튼 결과적으로 '천대받음'의 이미지 생성을 나타냈다. 이렇듯 한 편의 동요문학에서조차 부채의 계절적 속성과 숙명으로서의 '흥체興替' 이미지를 극명하게 나타내 보이고 있는 것이다.

현대 시인 김상옥金相沃의 시 〈부채〉 한 작품 안에서는 부채가 지니고 있는 여러 개의 동적動的인 이미지를 한꺼번에 노정시키고 있다.

> 한쪽 죽지는 숨겨놓고
> 구름 속 멀찍이 숨겨놓고
> 한쪽 죽지만 접었다 펼쳐든 **날개**라 하자.
> 떨리는 눈썹은 내리깔고
> 이마 위에 주름살 다시 걷어
> 안개를 실어낸 **학**이라 하자.
> 물결에 일렁이는 학이라 하자.
> 먼 바다 울부짖는 해일에까지
> 어느 기슭 너울치는 송뢰松籟에까지
> 잔잔히 밀리는 **넋**이라 하자.
> 소용돌이 굽이치는 넋이라 하자.
> 당근질도 참아낸 허구헌 날
> 비지땀 흘리던 고된 몸부림을
> 미친 듯 실어 보낼 **춤**이라 하자.
> 신들린 듯 너울대는 춤이라 하자.
> 한쪽 죽지는 묻어놓고
> 가슴 속 깊숙이 묻어놓고
> 한쪽만 들고 나와 춤을 추는 학이라 하자.

여기 임의로 머리점 붙인 곳이 바로 이미지 처리된 부분이다. 최상수도 이 시 중에 세 개의 어휘들을 부채에 대한 비유적 언어로 풀이했다.

> 한쪽 손으로 접었다 펼쳐 드는 접부채를 한쪽 날개에, 펴진 부채를 한손으로 흔들어 부치는 모양을 마치 물결에 일렁이는 학에, 몹시 무더울 때 연거푸 부치는 모양을 신들린 듯 너울대는 춤에 비유한 것이다. 이 얼마나 멋진 시인가.[22]

그런데, 직유든, 은유든, 상징이든, 하나같이 이미지를 경유해서 만들어진다는 점에서는 하등 다를 바가 없다. 그리하여, 위의 시 전반을 통해서 '날개'·'학'·'넋'·'춤' 등 4개 정도의 심상 추출이 가능하였던 바, 부채가 지니는 심상을 심층적으로 보다 다양하고 풍요롭게 해주는 결과가 되었다.

玄堂 金漢永이 부채에 그린 노안도蘆雁圖 – 필자 소장

22) 최상수, 『한국 부채의 연구』, 정동출판사, 1981, p.51.

4. 산문 문학 속의 부채

1) 〈청풍선생전淸風先生傳〉, 〈관자허전管子虛傳〉 · 기타

부채를 주제로 한 가전假傳 작품으로 노둔의 시인으로 유명한 김득신金得臣(1604~1684)의 〈청풍선생전淸風先生傳〉 한 작품이 있다. 그의 문집인『백곡집柏谷集』에 보면 부채와 관련한 시가 자못 많은 것이, 그가 생전에 부채라는 사물을 꽤 애호하였음을 감지해 볼 나위가 있다. 그래서 의인화한 가전까지 쓰게 되었나 보다.

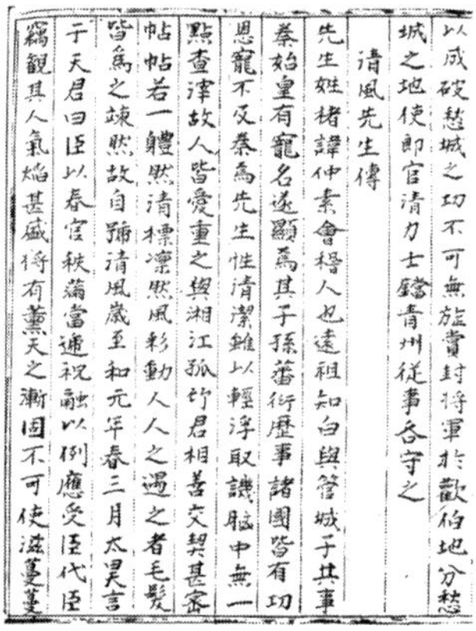
以成破愁城之功不可無旌賞封將軍於歡伯地分愁
城之地使郎官淸力士鎰靑州從事各守之
淸風先生傳
先生姓楮諱仲素會稽人也遠祖知白與管城子共事
秦始皇有寵名遂顯焉其子孫蕃衍歷事諸國皆有功
恩寵不及秦爲先生性淸潔雖以輕浮取譏胸中無一
點査滓故人皆愛重之與湘江孤竹君相善交契甚密
帖帖若一體然淸標凜然風彩動人人之遇之者毛髮
皆爲之竦然故自號淸風歲至和元年春三月太昊言
于天君曰臣以春官秩滿當遞祝融以例應受臣代臣
竊觀其人氣焰甚盛將有薰天之漸固不可使滋蔓

『백곡집』 권6에 수록된 김득신의 부채 전기 〈淸風先生傳〉

先生性淸潔 雖以輕浮取譏 胸中無一點査滓 故人皆愛重之…淸標凜然 風彩動人 人之遇之者 毛髮皆爲之竦然 故自號淸風.

선생은 성품이 맑고 깨끗하였다. 비록 경조부박하다는 비난을 받기도 했지만, 가슴 속에는 찌꺼기 한 점 없었기에 사람들이 사랑하고 중하게 여기었다. … 청표는 늠연하고 풍채는 사람을 감동시키는 바 있어 그를 만나는 사람은 털끝이 다 서늘하였던 까닭에 스스로 청풍이라 불렀다.

'청결' 및, 진중하지 못하고 가볍다는 의미의 '경조부박', 나아가 풍채가 청초하고 고상하다는 의미의 '청표'의 이미지를 가려낼 수 있다.

한편, 후반부를 보면 다시 부채 인격화인 청풍선생의 심상을 추려볼 수 있는 내용의 발견이 가능하다.

君御淸涼殿玩月 夜深露氣甚寒 君方擁衾思睡 時仲素在側 自恃親昵 搖擺甚至 因忤上意 恩遇還歇 收祠知仲素觸上之事 乘間愬于君曰 君知仲素何如人耶 其人輕躁無行 動靜隨人…君卽日廢仲素 放置夾城中 終不收用.

보름날 밤에 임금이 청량전에 납시어 달을 감상하였는데, 밤은 깊고 이슬이 짙어 날이 몹시 차가웠다. 그때 임금은 이불을 끌어안고 자고 싶다는 생각이 들었다. 마침 중소仲素가 곁에서 모시고 있던 중 스스로 임금과 무람없는 관계인 것만 믿고 그 앞에서 무수히 살랑대다가 그만 임금의 뜻에 거슬리게 되니 은혜와 지우知遇가 오히려 끊어지게 되었다. 욕수蓐收는 중소가 임금에게 저촉되었단 사실을 탐지하고 틈을 타 임금에게 참소하였다. "마마께서는 중소가 어떠한 사람인 줄을 아시나이까? 그 사람은 가볍고 조급해서 이렇다 할 행실이 없는데다 사람을 따라 변하나이다.…" 그러자 임금은 그날로 중소를 폐해 협성夾城에 방치시켜 두었고, 마침내 다시 거두어 쓰지 않았다.

위에서 중소는 청풍선생 부채의 본명이다. 그의 사람됨을 지적한 '경조輕躁'란 말이 작품의 전반부에 표출된 '경부輕浮'란 말과 호응하여 가볍고 조급하다는 뜻의 '경조부박輕兆浮薄' 이미지를 표출하고 있다.
또한, 욕수는 가을의 신이다. 가을되면 버려지고 잊혀 질 수밖에 없는 부채의 숙명을 이렇게 형상화한 것이다. 그리하여 부채에 관련한 '영고성쇠榮枯盛衰'의 심상이 추출된다.

조선 정조 때 이덕무李德懋(1741~1793)가 지은 〈관자허전管子虛傳〉에서도 '반첩여의 부채에 실은 원망'(班扇之怨)이란 표현과 함께 영화롭던 죽부인의 쇠잔이 보인다.

已而上頗厭其節目之促數 仍爲皮湯婆所妒 有班扇之怨 降夫人號 命曰青奴 限明年五月棄置 以待其悔過 更收用云.

> 하지만 얼마 지나자 임금이 그녀의 관절 마디가 번거롭게 많음에 싫증을 내었다. 또 이윽고는 피탕파皮湯婆에 의해 투기까지 당하게 되자 반선班扇의 원망을 품게 되었다. 이에 임금은 그녀의 부인 칭호를 떨구는 대신 청노青奴라 명명하고, 이듬해 5월까지 버려두어 그녀가 잘못을 뉘우치는지 보아 다시 거둬 쓰리라고 하였다.

'흥체(盛衰)'의 상징적 심상인 것이다. 사실 부채는 여름의 죽부인, 겨울의 탕파 등과 같이 일정 계절이 지나면 관심 밖에 밀려나는 전형석인 계절 금구衾具이다. 그런데 이처럼 계절 금구와 관련된 흥체의 심상은 일찍 중국의 가전 문학작품 안에서도 그 역력한 자취를 살펴볼 길 있다. 이를테면, 중국 송대에 장뢰張耒가 지은 가전 작품인 〈죽부인전竹夫人傳〉의 최종부에도 반첩여班婕好의 총애 득실에 따른 흥성과 쇠퇴의 이미지를 전적으로 부채가 감당하는 것으로 되어 있다.

> 是時班婕好失寵 作紈扇詩見怨 夫人讀之曰 吾與若類也 然爾猶得居篋笥乎.
>
> 이 무렵 반첩여가 총애를 잃고는 비단깁 부채에 시를 지어 원망을 나타내었다. 죽부인이 그것을 읽더니 말하였다. "나와 그대의 신세란 게 한가지구료. 그래도 그댄 그나마 상자 서랍 사이에서 거처할 수 있네!"

반첩여는 한나라 때 반황班況의 딸로, 재간이 있을 뿐더러 시가를 잘하였기에 효성제孝成帝의 괴임을 받아 첩여婕好가 되었다. 그러나 뒤에 조비연趙飛燕의 참언을 입고는 장신궁長信宮으로 물러나 태후를 모시게 되었다. 이때 시부時賦로써 애완哀婉한 자신의 심사를 극진히 하였으니, 그녀의 〈원가행怨歌行〉은 가장 알려진 작품이었다.

그런데 이렇듯 총영의 득실에 따른 흥체의 심상은 하필 부채에만 한정된 것은 아니었다. 일찍이 죽부인에서도 발견되었던 이미저리였고,[23] 또한 탕파자에서도 동일한 심상의 발견이 가능했던 바 있다.[24]

2) 고전소설 〈백학선전白鶴扇傳〉

고전소설 춘향전 완판 84장본 〈열여춘향슈절가〉에는 부채가 멋과 풍류의 표징처럼 나타나고 있는 부분이 보인다. 다름 아닌, 이몽룡이 광한루로 행차하는 대목이 그것이다.

> 통인한나뒤을라삼문밧나올져그쇄금부ᄎᆡ호당션으로일광을가리우고관도셩남너룬길의ᄉᆡᆼ기잇게나갈제취ᄅᆡ양유ᄒᆞ던두목지의풍ᄎᆡᆯ넌가시시요부하던주관의고음이라상가자ᄆᆡᆨ춘성ᄂᆡ요만셩겐자슈불ᄋᆡ라

여기서 '쇄금灑金부채'란 당지唐紙를 붙인 위에 금가루를 뿌려 만든 부채이고, 호당선胡唐扇은 호식胡式 혹은 중국식의 부채를 뜻한다. 바로 그 부채로 햇빛을 가린 채 넓은 길에 생기 있게 나갈 때에 그 멋스러움이 당나라 시인 두목杜牧의 풍채와 삼국시대 오나라 주유周瑜의 풍류를 닮았기에, 아름다운 봄 거리에 그 모습을 본 이들은 사랑하지 않는 이가 없다고 한 것이다. 이몽룡의 호사豪奢 풍류를 묘사한 이 대목이야말로 부채가 '풍류'를 대변하는 보편적 심상의 전형이 아닐 수 없다.

그런데 설화나 야담, 소설 등에는 이른바 '신물信物'의 모티브가 있다.

---

23) 송대 장뢰張耒의 〈죽부인전竹夫人傳〉과, 조선시대 이덕무懋德懋의 〈관자허전管子虛傳〉 등에서 나타난다.

24) 명대 오관吳寬의 〈탕온전湯媼傳〉과, 조선시대 고용후高用厚의 〈탕파전湯婆傳〉 등에서 나타난다.

신물은 신표信標라고도 하니, 뒷날에 보고 증거가 되게 하기 위하여 주고받는 물건을 뜻한다. 일찍이 삼국시대 고구려 〈동명왕東明王〉 신화에서는 부러진 반쪽 칼이 부자 사이 상봉을 이루게 하는 중요한 신물로 등장하고 있고, 신라의 〈설씨녀薛氏女〉 설화에서는 '거울'이 남주인공 가실嘉實과 여주인공 설씨녀薛氏女 사이의 믿음의 정표, 다시 말해 신표 역할을 했다. 『동야휘집東野彙集』 중에는 옥가락지를 합쳐 아내와 만나 자식을 낳는 야담도 볼 수 있다.[25] 현대에 이르기까지도 결혼 약속의 의미를 담는 중요한 신물로서 반지를 주고받는다.

그런데, 이러한 것 외에도 〈백학선전白鶴扇傳〉이라고 하는 고전소설 안에는 부채가 또 하나 신물로서의 기능을 완수하고 있는 모양을 볼 수 있다. 아버지 상서尙書가 남주인공 아들에게 가보인 부채를 물려주는 장면이다.

> 샹세말니지못ᄒᆞ여즉시ᄒᆡᆼ장을ᄎᆞ려쥬며ᄇᆡᆨ학션을쥬어왈이부ᄎᆡ는션세붓터유전ᄒᆞ는보ᄇᆡ라범연이알지말나ᄒᆞ니ᄇᆡᆨ뇌ᄊᆞ러밧ᄌᆞᆸ고인ᄒᆞ여하직ᄒᆞ니…[26]

여기서 부채는 한갓 더위를 덜기 위한 기능으로서의 단순한 사물이 아니다. 일약 가문 계승의 보물, 다시 말해 가계 승통이라는 중대한 상징물로서의 의미를 띠고 있는 것이다.

하지만, 이처럼 아버지한테는 막중하기만 한 가통家統이란 것이 남주인공 아들인 백로伯魯에 오면 그 의미가 일변하게 된다. 곧, 가문이라는 수직적 의미가 창졸간에 퇴색함과 동시에, 남녀간 기약이라는 전혀 다른 가

25) 『東野彙輯』 권6, 婦女部 合玉環逢妻得胤.
26) 〈백학선전〉, 경판 24장본(김동욱 편, 『고소설방각본전집』1 수록)을 저본底本으로 하였다. 이하 동일하다.

치 쪽으로 바뀌어든다.

> ᄇᆡᆨ뇌마음의고혹ᄒᆞ믈마지아니ᄒᆞ고유ᄌᆞ를먹은후의ᄇᆡᆨ학션을ᄂᆡ여경표ᄒᆞ는글두어귀ᄅᆞᆯ써쥬어마음의ᄇᆡᆨ년가긔ᄅᆞᆯ졍ᄒᆞ고길를ᄯᅥ나남져운을ᄎᆞᄌᆞ…

그리하여 나중 가서 아들이 부채를 유실했다는 말을 들은 아버지로서 크게 실망하고 분노를 표출함은 너무도 당연한 일이 된다.

> 션ᄉᆡᆼ을하직ᄒᆞ고도라와부모긔뵈온ᄃᆡ부ᄆᆡ크게반겨손을잡고졍회를이르며학업이ᄀᆡ진ᄒᆞ믈칭찬하여더욱귀즁ᄒᆞ물이긔지못ᄒᆞ러니일일은ᄇᆡᆨ노더러백학션을가져오라ᄒᆞ거ᄂᆞᆯᄇᆡᆨ뇌왈우연이노즁의셔유실ᄒᆞ엿ᄉᆞᆸ기감히드리지못ᄒᆞᄂᆞ이다샹셰ᄃᆡ로왈셰젼지물를네게이르러일허스니엇지불초ᄌᆞ를면ᄒᆞ리오ᄒᆞ고ᄎᆞ탄ᄒᆞ물마지아니ᄒᆞ더라

한편, 여주인공 은하에게 있어서 부채는 남주인공에 지지 않는 정도의

경판 24장본 백학선전. 여주인공 은하가 남주인공 백로에게 받은 백학선을 자사에게 내주지 않아 하옥되는 부분

중대한 의의, 혹은 그 이상 가는 의미를 갖고 있다. 그렇기 때문에 백학선을 위협으로 강탈하려는 자사刺史 앞에서도 끝끝내 거부하는 태도를 보이고 결국은 몇 년 동안 하옥되는 신세가 되고 마는 것이다.

> ᄌᆞᄉᆡ문왈ᄂᆡ드르니네게ᄇᆡᆨ학션이잇다ᄒᆞ니만일은휘ᄒᆞ면장하의죽으리라ᄒᆞ거ᄂᆞᆯ낭ᄌᆡ인ᄉᆞ률ᄎᆞ려ᄃᆡ왈쇼ᄉᆡᆼᄋᆡ게과연ᄇᆡᆨ학션이이스되션셰로붓터젼ᄂᆡ지물이여ᄂᆞᆯ무ᄉᆞᆷ연고로무르시나잇고… ᄌᆞᄉᆡ왈네말이가장간ᄉᆞᄒᆞ도다… 네감히이갓치말를ᄒᆞ며발악ᄒᆞ니이는살지무셕이로다낭ᄌᆡᄃᆡ왈소ᄉᆡᆼ의조션긔물이아니면엇지이럿틋항거ᄒᆞ리잇고ᄌᆞᄉᆡ굿ᄒᆞ여가지려ᄒᆞ시거든소ᄉᆡᆼ을죽이고탈취ᄒᆞ소셔소ᄉᆡᆼ이몸을바리고일는거슨ᄂᆡ죄아니오니현마엇지ᄒᆞ리잇고ᄒᆞ거ᄂᆞᆯᄌᆞᄉᆡ더욱분노ᄒᆞ여착가임슈ᄒᆞ라ᄒᆞ니슬푸다… 셰월이여류ᄒᆞ여옥즁의든지이ᄆᆡ슈년이되엿는지라

구태여 백학선을 빼앗아 가지려거든 죽이고 가져가라는 여주인공의 말 속에서 백학선에 대한 비장한 결심이 나타난다. 뿐만 아니라, 옥중에 찾아온 춘랑春娘 등에게 고하는 유언 형식의 말을 통해, 백학선을 생명처럼 중히 여기는 여주인공의 심사를 엿보기에 부족함이 없다.

> ᄂᆡ부뫼아니계시고다만하ᄂᆞᆯ이유의ᄒᆞ신ᄇᆡᆨ학션을의지ᄒᆞ여신을삼을지니ᄂᆡᄉᆡᆼᄉᆞ간의잇지못헐지라만일하ᄂᆞᆯ이뮈이녀기ᄉᆞ낭군을찻지못ᄒᆞ고ᄂᆡ죽을지라도부ᄃᆡ부ᄎᆡ를ᄂᆡ몸의너허부모겻ᄒᆡ무더쥬고…

"하늘이 유의하신 백학선을 의지하여 신信을 삼을지니"라고 말하는 여주인공의 결의와 각오로 백학선 부채는 이미 예사로운 사물의 차원을 넘어, 목숨 이상의 소중한 정신적 의미가 실려 있다.

이로써 〈백학선전〉에 보이는 부채의 심상은 아버지를 기준하여 볼 때, 가문 '승통承統'의 상징으로, 남주인공 백로를 기준 삼았을 때 '사랑의 정

표' 및 나아가 '혼약의 신물'로서의 역할 기능을 담당하고 있다. 여주인공 입장에서도 혼약의 신물이란 의미에서 남주인공과 다를 것이 없겠으나, 조금 더 심장深長하게 말한다면 부채가 남자와 동일시되어 지켜야만 하는 '정절의 대상'이라는 의미에까지 미치고 있음을 엿볼 수 있게 된다.

이렇게 상고해 보면 부채는 그 성별상 신의 어린 남성의 징표였던 듯하다. 곧, 한 여인이 정절을 지켜야할 남성의 표상처럼 다가온다. 예컨대, 죽부인이나 탕파가 양자 똑같이 여성격을 띠고 인격화되었음에 반하여, 부채만큼은 여성의 이미지로 문학화된 일이 없다. 차라리 김득신의 〈청풍선생전〉 안에서는 부채 주인공이 남자로 형상화되었다는 사실 또한 이 마당에 흥미로운 사실이 아닐 수 없다.

5. 맺음말

역사나 문학 안에서 표상表象의 개념은 일찍 고대 삼국시대 안에서도 존재해 있었다. 예를 들어, 노한 개구리를 병사의 표상으로,[27] 기러기를 백성의 표상으로 본 것[28]이라든지, 이밖에도 『삼국사기』나 『삼국유사』에 곧잘 보이는 '이일병현二日並現'이나 '삼일병출三日並出'에서 해를 인군人君의 상징으로 보는 일, 혹은 혜성의 출현이거나 침입을 국체國體를 흔드는 외부의 힘으로 해석 가능한 부분, 나아가 〈찬기파랑가讚耆婆郎歌〉 같은 노래 문학에서 달을 해탈 득도의 의미로 해석하는 일 종종이 다 표상의 일례들이다. 이를 통해 아득한 삼국시대에 이미 상징법 및 은유법 같은 언어

27) 『삼국유사』 권1 紀異, 선덕왕 지기삼사.
28) 『삼국사기』 권23 백제본기 1, 시조온조왕 43년.

의 이중적 의미 체계가 갖춰져 있었다는 사실에 의심의 여지가 없다. 중국에서도 북은 용勇 또는 경계警戒, 피리는 의義의 표상 언어가 되어 있던 사례를 발견할 수 있다.[29] 이러한 상징 언어들을 가능케 만드는 것은 이미지에 따른 연상 작용이다. 따라서 표상의 언어 또한 궁극적으론 심상에서 기인하는 것이다.

부채가 지니는 전통적 일상 속에서의 인상印象은 주로 시인 문사들의 일화거나 야사의 기록 가운데서 그 포착이 가능하다. 그리하여 그 이야기 안에서 비치는 주된 심상은 문인들 사이 선물의 교류 및 개인 차원의 풍류, 내지 남녀간 풍정을 통한 정표 이미지가 대종을 이루고 있음을 확인할 수 있다. 청량, 풍류, 정표 등의 심상들은 대체로 부채의 연상 과정에서 보편성이 확보되었다고 간주할 만하기에 편의상 보편적 심상이라 할 만하다.

연민 이가원 선생이 필자에게 惠與한 〈大同江〉 시 扇面筆

29) 김창룡, 『고구려 문학을 찾아서』, 박이정, 2004, pp.214~220 참조.

그런데, 시문 창작 행위가 개별화 · 개성화의 창작 단계로 들어가면서는 부채가 예상보다 훨씬 새롭고 다양하고 기발한 이미지로 확대 변신하는 모양을 보게 된다. 그리하여 구체적인 작품들을 동원하여 추출해 낼 수 있었던 결과는 대개 흥체興替, 신물信物, 청표淸標, 청결淸潔, 경박輕薄 등으로 요약이 가능하다.

이처럼 다채로운 부채의 심상 가운데에 특히 흥체의 심상이 제일로 높은 빈도를 나타냈음이 확인된다. 다름 아닌, 바로 이 '흥체'의 이미지야말로 특기할 만한 상징적 심상이라 할 수 있고, 동시에 실제 부채의 문학 안에서는 대표가 될만한 보편적 심상임을 인지할 수 있다. 이같은 이미지는 서민들의 의식 세계 안에까지 파고들만큼 자못 강렬한 구석이 있었던 것으로 보인다. 철이 지나 쓸모없게 된 물건이나 이성의 사랑을 잃은 사람을 '가을부채', 혹은 '추풍선이' 등으로 비유해 말한다든지, '가을부채 보듯 한다' 같은 속담의 표현 등은 그러한 사실을 뒷받침하는 유력한 좌증이 된다.

한편, '흥체'의 이미지는 비단 부채에 한정되었던 것은 아니었다. 여름의 납량 금구納凉衾具인 죽부인에서 똑같은 심상이 발견되고 있고, 겨울철 온신 금구溫身衾具인 탕파라는 사물 안에서 역시 영고榮枯와 소장消長에 대한 강렬한 이미지 내포가 마련되어 있었다. 그 이유는 다른 데 있지 않다. 소용되는 계절이 지나가면 무용지물로 버림 당하는 공통의 이미저리 안에 존재하는 계절의 애호품이던 까닭이다.

한국 부채 문학의 전개를 통해서 고려 때까지는 아직 흥체의 주제보다는 '청량'과 '풍류'의 이미지가 주류를 띠었다고 보겠다. 대개 조선초 권근의 한시 안에서 '흥체'에 관한 희미한 실루엣이 보인바 있고, 이후 장르를 초월하여 보편적 심상의 주요한 골자로서 공고히 다져졌다. 이는 대개 부채의 형태적 다양화 등 부채 문화의 증진과 관련 있다. 점점 복잡다단해져

가는 시대 안에서 정치적 부침浮沈, 혹은 사회적 성쇠에 대한 인식이 심화되면서 가장 눈에 띄게 시운時運을 타는 부채라는 것이 더욱 의미심장한 사물로 다가왔던 결과로 간주된다.

다른 일면, 고려조의 이규보나 현대 김상옥의 시 안에서는 '학' 또는 '날개' 같은 특수한 심상을 나타내어 이미지의 심화 내지 확대를 기약하였다. 이는 동시에 상상력을 무기로 하는 문학의 잠재력이 그 변폭을 넓혀나간 실제적인 선례를 주었다는 데서 의미와 가치를 찾을 수 있다.

부채와 관련된 일화는 훨씬 더 많은 문헌 속에서 계속 발견이 이루어지리라는 것은 별반 의심의 여지가 없다. 그리하여 전통문화 안에서 부채에 대한 보편적 심상들을 부단히 수습해내는 일은 물론이고, 부채를 개별 단위의 작품 속에서 영물의 주제로 삼은 더 많은 수의 비보편적 심상까지 발견해 내고 정리하는 일이 앞으로 요청되는 과제이다. 아울러, 중국문학 안에서 부채 관련 시부 및 산문의 기록 속에 투영되어진 심상들을 널리 확보하여 그 심상의 특성들을 파악하고, 궁극에 한국의 부채 심상과의 동질성과 차별성을 궁구하는 일도 의미 있는 과제라고 생각한다.

10장 죽부인의 문학적 이미지

1. 머리말

죽부인竹夫人에 관한 문학하면 으레 고려조 이곡李穀(1298~1351)의 〈죽부인전竹夫人傳〉을 우선 연상하고, 그 모색이 거의 이 한 작품에 주력하여 이행되었던 감이 없지 않다. 더욱이 이 작품에 대한 연구도 거의 의인화 대상이거나 피상적인 수준의 주제 잡기에 집중되다시피 하여 죽부인 관련 문학을 포괄적으로 검토하는 일에 대한 관심이 제대로 미치지 못했던 것도 사실인 듯싶다.

그런데, 적어도 가전假傳 문학의 영역 안에서 다른 가전보다는 죽부인을 의인화한 가전이 한국과 중국 합하여 현재까지 알려진 바로는 세 작품이나 되니 상대적으로 나아 보이기는 한다. 하지만, 불과 세 작품 밖에 안 되는 것으로 두 나라 사이의 문학적 특성 및 주제의 차이를 정리해 보이는 일은 자칫 성급한 일반화로 빠져들 가능성마저 없지 않다.

그렇다고 하여, 한중 통합적이거나 비교적인 분석 · 검토를 쉽사리 포기한다는 것 역시 아쉬움이 없지 않다. 그리하여 고심 끝에 이것을 극복하기 위한 방편을 찾기로 하였다.

우선적으로, 『사문유취事文類聚』 안의 '竹夫人'門을 보면 죽부인 관련의 고금사실古今事實 및 시문詩文들이 한자리에 모여 있다. 그리하여 이 정보 창고를 활용하여 죽부인의 여러 별칭들이 전개된 양상을 짚어 보기로 한다. 나아가, 한중 고금의 죽부인 관련 시문을 통해 정확한 성별을 확정함은 물론, 그것이 언제부터 비롯된 일인지도 확인해 보고자 한다.

한편, 한중의 옛 문인 사객詞客들이 죽부인을 두고 음영한 시문 작품들 종종의 보다 많은 자료를 통해서 이 사물에 대한 문학적 심상에 훨씬 접근할 수 있으리라는 심산이 들었다. 그리하여 죽부인이라는 동일 대상을 두고 운문과 산문이라는 서로 다른 양식 안에서 어떻게 달리 나타나는지 살펴본다.

그리고, 비교문화적 차원에서 중국과 한국이라는 서로 다른 공간을 초월하는 통괄적 개념 안에서 심상 구조의 동질성이 무엇인지, 혹은 차이를 나타내는 것은 없는지 모색해 보기로 한다.

2. 죽부인 명칭의 유래와 성별 인식

죽부인竹夫人은 일명 죽궤竹几, 또는 죽노竹奴, 죽비竹妃, 청노靑奴라고도 부른다. 이들 명칭에 대한 『중문대사전中文大辭典』의 설명은 이러하다.[1]

> 竹夫人 : 暑時置牀席間 用以袪暑之竹籠也 亦曰 竹妃 靑奴.
> 더울 때 평상 자리 사이에 두고 사용하여 더위를 없애는 대나무 통발이다. 죽비竹妃 · 청노靑奴라고도 한다.

1) 『中文大辭典』, 대만 중화학술원, 민국 71년.

竹　几 : 竹製之几也. 又稱竹夫人.
대나무로 만든 궤几이다. 죽부인으로도 칭한다.

竹　奴 : 竹夫人之別名.
죽부인의 별명이다.

青　奴 : 竹夫人之別名 暑日衾中取涼之具
죽부인의 별명이니, 더운 날 잠자리에서 시원함을 취하는 도구이다.

그런데 대나무가 주로 지조 있는 선비에 자주 비유되는 데 비해, 죽부인이라는 사물은 그것의 명칭이 지시하듯 애초부터 여인의 이미지로 정형화되어 있었다. 그 이용의 주체도 대개는 주로 사랑채에 기거하던 양반가의 남자들이었다. 사대부가 양반들의 죽부인 항용이 흡사 늘 신변 가까이에 있는 여인과도 같은 유사관념에 따라 굳이 '부인夫人'이란 직명도 부여된 것이 아닌가 한다. 그런데도 다음과 같은 글,

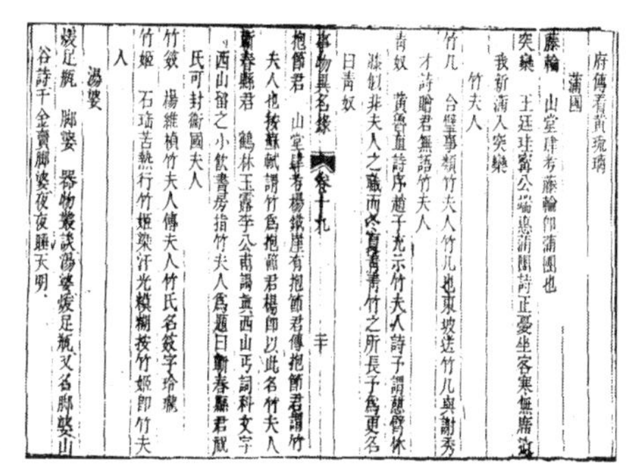
府傳看黃琉璃
蒲團
藤輪　山堂肆考藤輪即蒲團也
突欒　王廷珪寄公端惠蒲團詩正憂坐客寒無席
我新滿入突欒
竹夫人
竹几　合璧事類竹夫人竹几也東坡送竹几與謝秀
才詩贈君無語竹夫人
青奴　黃魯直詩序趙子充示竹夫人詩予謂憩臂休
膝似非夫人之職而冬夏青青竹之所長予爲更名
曰青奴
事物異名錄　卷十九
抱節君　山堂肆考楊鐵崖有抱節君傳抱節君謂竹
夫人也按蘇軾謂竹爲抱節君楊即以此名竹夫人
蘄春縣君　鶴林玉露李公甫識眞西山丐詞科文字
西山留之小飲書房指竹夫人爲題曰蘄春縣君祝
氏可封衛國夫人
竹筱　楊維楨竹夫人傳夫人竹氏名筱字玲瓏
竹姬　石瑞苦熱行竹姬染汗光模糊按竹姬即竹夫
人
湯婆
腳婆　器物叢談湯婆燠足瓶又名腳婆山
谷詩千金買腳婆夜夜睡天明

『事物異名錄』에 '竹夫人', '靑奴', '竹筱', '竹姬' 명칭들이 보인다

> 그리고 잠잘 때까지도 '죽부인'이라 하여 '바람 각시'를 안고 잔다. 대로 등신대보다 약간 작게 엮은 이 죽인형을 더러는 죽공주라고도 불렀고, 또 마님들이 안고 자는 죽부인은 '죽노竹奴'라고 속칭했다. 사내는 공주를 껴안고 자고 마님은 젊은 종놈을 껴안고 자는 신나는 환상의 이름으로 정착된 것이다.[2)]

이것은 그 출전의 근거를 어디에 둔 것이지 잘 알길 없지만, 세 쌍의 남녀

2) 이규태, 『한국학에세이 1－전통과 생활의 접목』, 신원문화사, 1995, p.178.

가 음란하고 문란한 혼돈의 도가니에 빠진 양 풀어버렸다. 그러나 '죽노'·'청노'니 하는 것들 역시 당연 여성 격임이 무론毋論이다.

죽부인은 중국의 역대 이름 높은 시인 묵객詩人墨客, 문인 사백文人詞伯들의 관심을 얻어 시문의 혜택을 받아 왔던 사물이기도 하였다.

竹奴青奴 世所稱竹夫人 所以憩臂休膝者. 『黃庭堅集』

그러나 송대 이전에는 '죽부인'이라는 직접적인 명칭보다는 그 외의 별칭들을 더 빈도 있게 사용했던 것처럼 보인다. 당나라 시인 백거이白居易(772~846)가 지은 〈한거시閑居詩〉 중에 다음과 같은 구절이 있다.

緜袍擁兩膝　솜 도포는 두 무릎 감싸고
竹几支雙臂　죽궤는 두 팔 지탱해 주네.

또한, 육구몽陸龜蒙(?~881)이 지은 〈죽협슬竹夾膝〉이라는 시도 오늘날 말하는 죽부인을 읊은 당대까지는 죽궤거나 죽협슬이라는 어휘 정도로 항용되었을 뿐, 죽부인이라는 표현은 아직까지 확인되지 않는다.

그러다가, 송대 소동파蘇東坡(1036~1101)의 〈오창좌수午窗坐睡〉, 일명 〈기유자옥寄柳子玉〉이란 시의 일절에서 처음 여인으로서의 인격화가 보인다.

聞道牀頭惟竹几　베개 맡 은근한 말 듣는 건 다만 죽궤
夫人原不解卿卿　죽부인이야 원래 수다 떨 줄을 모르거니.

소동파가 사씨謝氏 성의 선비에게 죽궤를 보내며 지었다는 〈송죽궤여사수재送竹几與謝秀才〉 시 가운데도 이런 구절이 있다.

留我同行木上座　날 붙들어 목상좌와 동행케 하였으니
贈君無語竹夫人　그대에게 말없는 죽부인을 선사하노라.

아닌게 아니라, 청나라 때 사람 조익趙翼이 주로 역사에 대해 고증한 책인『해여총고陔餘叢考』안의 '죽부인 탕파자竹夫人湯婆子' 조에 보면, 죽궤에서 죽부인으로 새로운 명칭이 생겨나고, 또 처음 여인성을 부여시킨 일이 대개 송나라 때 기인한 것으로 적혀 있다.

編竹爲筒 空其中而竅其外 暑時置牀席間 可以憩手足 取其輕凉也 俗謂之竹夫人 按陸龜蒙有竹夾膝詩 天祿識餘以爲 卽此器也 然曰夾膝 則尙未有夫人之稱 其名蓋起于宋時.

대나무를 엮어서 통을 만드는데, 그 가운데를 비워두고 그 밖은 구멍을 내어 통하게 한다. 더울 때 평상 사이에 두면 팔다리를 쉬이면서 경쾌한 선선함을 얻을 만하다. 속칭 죽부인이라고 한다. 육구몽의 〈죽협슬竹夾膝〉이란 시에 보면 하늘이 내린 복록 운운했는데, 바로 이 물건인 것이다. 하지만 협슬夾膝이라고 했지, 아직 부인夫人이란 말은 없으니, 그 명칭은 대개 송나라 때에 시작되었을 것이다.

다만, 죽부인이라는 표현이 나온 뒤에도 그냥 죽궤라는 말을 쓰는 수는 있으니, 남송시대 성리학의 집대성자인 주희朱熹(1130~1200), 곧 주자朱子가 읊은 것을 본다.

蒲團竹几通宵坐　부들깔개와 죽궤로 밤새워 앉았다가
掃地焚香白晝眠　마당 쓸고 향 사르며 대낮에 잠잔다.

아무튼 죽부인, 죽궤가 여성 이미지인 바에, 그것들의 다른 표현인 '죽노'·'청노'도 다 동일 개념 안에 있음은 췌언의 필요도 없다.

송나라 시인 산곡山谷 황정견黃庭堅(1045~1105)의 〈영죽부인咏竹夫人〉[3] 시를 본다.

青奴原不解梳妝　청노는 본디 빗질이며 화장을 할 줄 몰라
合在禪齋夢蝶牀　참선방에 호접몽 꾸는 평상에나 제격이어라.
公自有人同枕簟　주인은 베개와 대자리에 함께 할 이 있으니
肌膚氷雪助清涼　눈처럼 희고 맑은 피부는 시원함을 돕는다네.
穠李四絃風拂席　오얏꽃 비파 자리에 바람 단장 스치고
昭華三弄月侵床　화려한 꽃놀이 속 달은 침상에 젖어 든다.
我無紅袖堪娛夜　단장한 여인도 없이 밤을 달래야만 하는 난
政要青奴一味涼　청노나 맞이해 들여 시원스런 맛 즐겨야겠네.

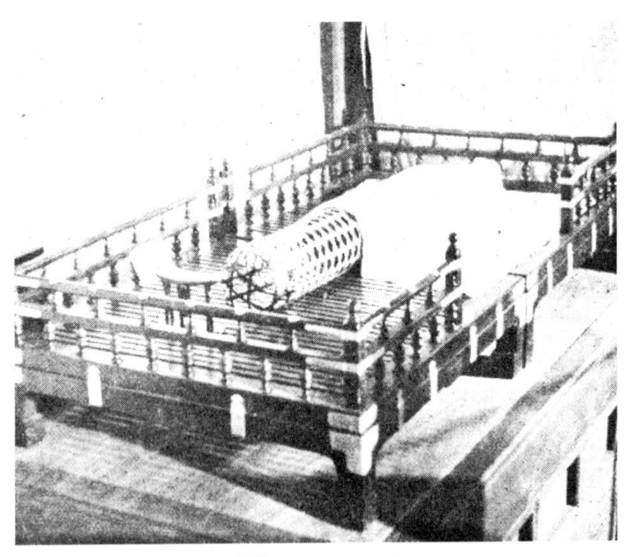

평상과 죽부인

3) 원제는 〈趙子充示竹夫人詩蓋涼寢竹器憩臂休膝似非夫人之職予爲名曰青奴竝以小詩取之詩〉.

그런데, 황정견은 자주自註를 통해 '청노'로 표현한 이유에 대해 이렇게 설명하고 있다.

> 憩臂休膝 似非夫人之職 予爲名曰青奴
>
> 팔이며 무릎을 쉬고 편케 하는 일은 부인이 맡을 일은 아닌 듯하여, 내 이름하기를 '청노'라 하였다.

여자가 품위를 유지하는 한은 '부인'이겠지만, 남자를 신체적으로 위무해 주는 일 따위는 품위를 잃게 하니 더 이상 '부인'으로 하기 어려워 '청노'라 고쳐 부르겠노라 한 뜻이다. 생각컨대 청노의 '청靑'은 대나무가 푸르스름한 빛깔을 띤 것을 드러낸 표현이요, '노奴'는 노비奴婢를 줄인 말 쯤 되겠다. 다시 말해 죽부인이거나 청노거나 품격에 따른 차이가 있을 뿐, 여자라는 사실이 어디 가는 것은 아니다. 곧, 성별의 여성격에서 만큼 하등 달라질 일이 없다는 뜻이다.

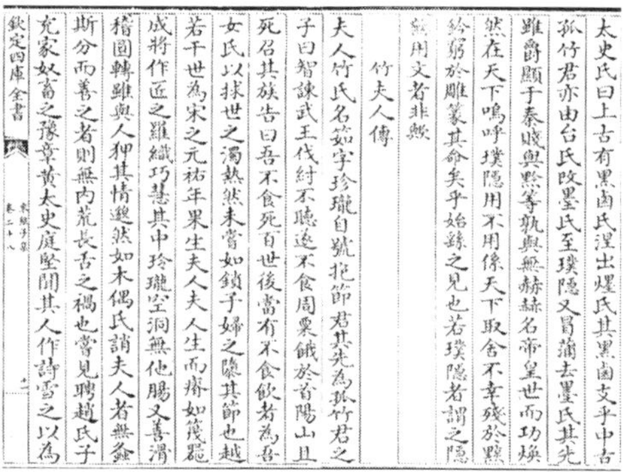

또한, 중국 원대의 문인 양유정楊維楨이 지은 〈죽부인전〉 맨 첫머리는 다음과 같이 시작된다.

양유정의 죽부인전-『東維子集』 권28 소재

> 夫人竹氏 名篏 字玲瓏.
>
> 부인의 성은 죽竹 씨요, 이름은 노篏이고, 자는 영롱玲瓏이다.

여기서도 죽부인인 죽노 주인공이 영롱히 고운 여인으로 세상에 처신하는 과정을 자연스럽게 서술해 나가고 있다.

이제 가장 노골적인 구절을 송대에 소동파 계열의 문인 한 사람이었던 후산後山 진사도陳師道가 지은 〈함평독서당咸平讀書堂〉에서 본다. 여기서 작가가 포옹하겠다는 대상으로서의 '청노'는 두 말할 나위 없이 여인의 이미저리로서 사용한 것임을 알기에 어렵지 아니하다.

復作無事飮　다시금 하는 일 없이 술만 마시다
醉臥擁靑奴　취하여 청노를 끌어 안고 눕는다네.

한편, 조선시대의 이덕무가 주인공을 대나무로, 그 가공물을 아들로 설정시켜 의인화를 시도한 〈관자허전管子虛傳〉 가전 안에도 주인공 딸로서의 죽부인이 등장한다.

亦有一女 疎通暢豁 貌如其心 封蘄春縣夫人 甚有寵 從上甘泉宮避暑 已而上頗厭其節目之促數 仍爲皮湯婆所妒 有班扇之怨 降夫人號 名曰靑奴 限明年五月棄置 以待其悔過 更收用云.

딸도 하나 있었으니, 막히는 것 없이 통하여 활달하였고 외모 또한 그 마음과 같았다. 기춘현蘄春縣 부인에 봉해졌는데, 대단히 총애를 차지한 나머지 임금의 감천궁甘泉宮 피서 때도 따라갔다. 하지만 얼마 지나자 임금이 그녀의 관절 마디가 번거롭게 많은 것에 자못 싫증이 났다. 뒤미처 그녀는 피탕파皮湯婆의 투기마저 입게 되자 반선班扇의 원망을 품게 되었다. 이에 임금은 그녀의 부인 칭호를 내리는 동시에 청노靑奴라 이름하고, 이듬해 오월까지 버려두어 그 잘못을 뉘우치는지를 보아 다시 거둬 쓰리라고 하였다.

여기서도 주인공의 딸이 처음 기춘현 '부인'이었다가 그 투기로 인하여 나중에 '청노'로 전락한다고 하는 내용을 통해, 이덕무가 '청노'를 높은 관등

官等에서 밀려난 여자의 성별로 인지하고 있음을 명백히 엿볼 수 있다.

3. 죽부인의 심상 구조

죽부인의 일차적인 이미저리는 그 명칭상의 '부인夫人'이란 말이 지시해 주는 그대로 '여성'임이다. 그렇기 때문에 딸려 있는 별명이 암만 많다고 해도 여성이라는 정체성正體性에서 벗어나지 않는다. 그러면 이제 그것의 성별을 확인한 마당에 한 단계 더 구체적으로는 어떠한 여성으로 그려졌던 것일까?

작품 속 부분 소재로서가 아니라, 이규보李奎報(1168~1241)가 아예 제목부터 〈죽부인〉이라 하고 읊은 다음의 오언고율 한 편은 죽부인 관련 자료의 본격물이 아닐 수 없다.

竹本丈夫比	대나무는 본래 장부에 비유되니
亮非兒女隣	진정 아녀자의 무리는 아닐지라.
胡爲作寢具	헌데 어찌타 침구로 만들어다가
强名曰夫人	구태여 부인이라 이름 붙였을까.
搘我肩股穩	내 어깨며 다리 편안히 괴어 주고
入我衾裯親	내 이불 속 들어와 무람없게 군다.
雖無擧眼眉	눈썹 높이로 밥상 들어 섬기진 못해도
幸作專房身	요행히 사랑을 독차지하는 몸이 되었네.
無脚奔相如	사마상여司馬相如를 따라 붙좇는 없고
無言諫伯倫	백륜伯倫을 만류하는 한 마디 없다 하자.
靜然最宜我	조용한 그 성품이야 내 맘에 딱 드니
何必西施嚬	찡그려도 곱다는 서시西施가 왜 필요해.

위의 시에서 사마상여를 붙좇아 달리는 다리라 함은 사마상여가 과부가 된 탁문군의 집에서 술과 거문고로 그녀의 마음을 흔들어 밤에 찾아오게 했다는 옛일을 말하고, 백륜을 만류했다는 것은 죽림칠현의 한 사람인 유령劉伶이 술을 지독히 마셔대니 그의 아내가 울면서 간諫했다는 일화를 뜻함이다. 이는 죽부인이 지니고 있는 형이하形而下와 형이상形而上의 양면적인 미덕을 편안하고 조용한 성품의 여인에다 겨준 죽부인 예찬의 시라 할 수 있다. 요컨대 '부덕婦德'의 발견이다.

이렇게 이규보로부터는 '음전함' 또는 '음전한 여인'의 이미지를 부여받았으나, 전통적으로 죽부인이 역대 문인들로부터 인식 받아왔던 보다 보편적인 이미저리는 '절의'에 있었다. 무릇, 죽부인이 항용되던 당시에 전통적인 풍습 한 가지가 있으니, 그것은 부자간의 상속이 허용되지 않았던 사물이라는 것이다. 다시 말해, 아버지가 사용했던 죽부인은 아버지가 돌아간 후라도 자식이 물려받지 않는 것이라 했다. 다른 이유에서가 아니라, 그것이 지니는 여성적인 이미지 때문이다. 그리하여 대개는 원래의 주인과 함께 묻거나, 태워 버렸다는 것이다.

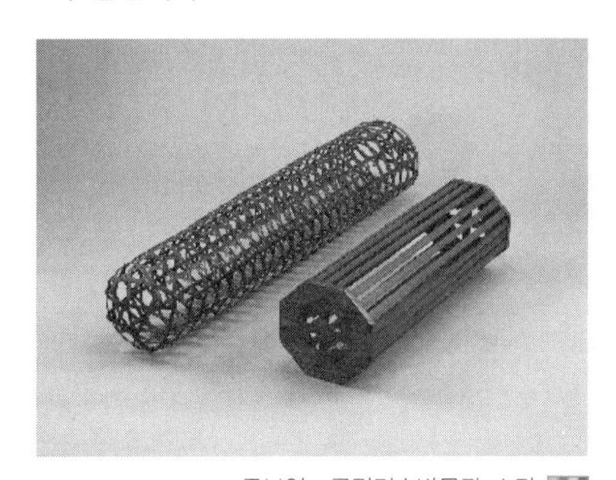
죽부인 – 국립민속박물관 소장

처음 인연을 맺은 단 한 사람과 그 운명을 같이 하게끔 되어 있는 죽부인의 이 같은 속성으로 인해 장뢰張耒가 쓴 〈죽부인전〉의 최종부 대미는 이렇게 각색되어 나타났다.

至王莽敗 漢軍焚未央 夫人猶自力出 赴火而死.

왕망王莽이 무너져 후한의 군대가 미앙궁未央宮을 불살랐을 때, 부인은 혼자 힘으로 몸을 빼쳐서는 불길 속에 뛰어들어 죽어갔던 것이다.

위에서 죽부인이 불길 속에 죽어갔다고 하는 것은 생각건대 죽부인이라는 물건이 한 사람 주인의 최후와 더불어 운명을 함께하는 상식에 맞춘 은유적 형상화로 보여 진다.

그것은 고려시대 이곡이 쓴 〈죽부인전〉에서도 예외가 있을 수 없다. 그런데 여기서 잠깐은 이 작품의 의인화 소재에 대한 약간의 언급이 필요할 것 같다. 곧, 종전에 이곡이 쓴 가전 〈죽부인전〉이 대관절 무엇을 의인화했는가 하는 문제, 다시 말해 작품의 입전 대상을 놓고 상당히 오랫동안 논란이 있어 왔다. 대나무竹를 인격화했다는 견해와[4] 죽부인竹夫人이라는 전통 납량 금구衾具를 인격화했다는 견해[5] 두 가지로 양분兩分을 보여 왔던 것이다. 요는 대나무의 전기인가, 죽부인의 전기인가 하는 해석상의 차이다. 이에 대해서는 이미 많은 수의 논자들이 충분히 자신이 신념하고 주장하는 측면에서 세울 수 있는 모든 근거를 최대한 논진해 왔다.

필자의 경우, 이 작품의 의인 대상의 문제에 당면하여 애당초 이런저런 췌론을 더하지 아니하였던 것은 그 이유가 다른 데 있지 않다. 우선은 가장 간단명료히 이 둘은 남녀간 성별이 다르다. 대나무는 전통적으로 '죽군竹君' 혹은 '차군此君'이라 하여 그 인격화의 성별이 남성 쪽에 있었을 뿐이었다. 위진시대 대나무 벽癖으로 유명한 왕자유王子猷가 하루도 차군此君, 즉 대나무 없이 살 수 없다고 한 일로 차군이 곧 대나무의 별칭이 되었다

4) 신기형, 김광순, 이상익, 정병욱, 문선규, 이병혁, 안병설 등.
5) 이가원, 김동욱, 조동일, 고경식, 황재국, 김창룡, 안병렬 등.

했으니, 여성일 리 만무이다. 결정적으로는 고려조 이규보 또한 위에 든 〈죽부인竹夫人〉 시 안에서 "竹本丈夫比"(대는 본시 장부에 비하나니)로 일언이 폐지한 바 있다. 이밖에도 여기저기 그 사례들을 볼 수 있다.[6)]

죽부인은 부인이라는 명칭이 스스로 나타내듯 그 부여받은 성별이 여성 편에 있었다. 굳이 더 덧붙인다면, 고려 이곡李穀(1298~1351)의 〈죽부인전〉 이전에 이미 중국 송대의 문인 장뢰張耒(1050경~ ?)의 〈죽부인전〉이 기존해 있었고, 더하여 이곡이 자신의 작품을 착수할 시기에는 충분히 고려의 문단에 광포되어 있던 상태였다.[7)] 그리고 이곡과 같은 시기, 다시 중국 원나라의 양유정楊維楨(1296~1370)이란 문인에 의해서 또 하나의 〈죽부인전〉이 생성되었다. 이때, 중국 문인의 〈죽부인전〉 두 작품은 아무런 논란의 여지없이 당연히 죽제구로서의 '죽부인'을 의인화시킨 문조文藻이었다. 따라서 이제 이곡의 해당 작품이 무엇을 의인 대상으로 삼았는지 불문가지不問可知, 애써 분석하지 않고도 담겨진 내용의 향방이 곧장 측정된다. 이렇게 표제에서 하나같이 동일한 〈죽부인전〉인데, 장뢰는 '죽부인'으로 인지했고, 그 다음 이곡은 '대나무'로 했으며, 다시 그 직후의 양유정은 거듭 '죽부인'으로 삼는 등, 저마다의 기분대로 입전했을까?

더하여 이제 더 구구히 첨언하되, 한중 간에 동일 소재를 다룬 가전이라면 한갓 죽부인 소재의 작품만 있던 것이 아니었다. 추운 절기를 위한 온신溫身 금구衾具인 탕파湯婆를 소재 삼은 중국 명대 오관吳寬의 〈탕온전湯媪傳〉, 조선시대 조찬한趙纘韓(1572~1631)의 〈탕파전湯婆傳〉 및 동시대에 고용후高用厚(1577~ ?)의 동명 〈탕파전湯婆傳〉이 있었다. 또, 종이를 소재

6) "竹君如見慰 竟日嘯窗風."(陳造, 〈山居〉)
"竹君不作五斗謀 風前折腰也如磬."(楊萬里, 〈壕上感春〉)
"我與竹君俱晚出 雨榕猶及識涪翁."(劉克莊, 〈榕溪閣〉)

7) 김창룡, 『한중가전문학의 연구』, 개문사, 1985, pp.88~89, p.113.

삼은 고려 이첨의 〈저생전楮生傳〉의 반면엔 중국의 명·청 시대엔 각각 〈저대제전楮待制傳〉, 〈저선생전楮先生傳〉이 있었거니와, 그 제목들에서 약간 의취를 달리했지만 그 소재 면에서는 일제히 같았을 뿐이다.

광해조에 한문학 4대가 중의 한 사람인 장유張維의 〈빙호선생전氷壺先生傳〉은 국문학 연구 과정에 꽤 다루어졌기에 제법 알려져 있는 가전 작품이다. 그런데, 그 다루어졌다는 논란의 초점이란 것이 역시 〈죽부인전〉이나 마찬가지로 무엇을 의인한 것인가의 문제에 있었다. 그리하여, 그것을 '얼음'으로 보는 견해가 있었는가 하면, '얼음병'으로 반론을 가한 경우가 이에 없지 않았다. 이것은 앞서 〈죽부인전〉이 그 일반성에서 벗어난 독특한 방식의 전개로 인하여 혼란이 야기되었듯이, 이 작품 역시 그 전개되어진 서술 내용을 논자마다 각기 다르게 보고 해석할만한 소지가 다분하였던 까닭에 그와 같은 혼선이 일었다.

그러나, 결국 이 작품의 의인적 대상의 진실은 궁극 채소인 '무' 내지 그것을 재료로 하여 만든 '동치미'를 형상화시킨 가전 일작逸作이었음이다. 1990년대 초에 연민 이가원 선생과 본 이작품의 입전 대상에 관한 대화의 자리에서 이 생각을 올렸다. 선생께서 『여한전기麗韓傳奇』를 꺼내시어 일거에 독파하시더니 곧장 "그게 옳다!"로 말씀하여 확인을 받은 일이 있다.

돌이켜 보면, 이 〈빙호선생전〉은 〈죽부인전〉이나 마찬가지로 한·중 사이에 표제의 공통을 나타내 보인 독특한 사례가 된다. 다름 아니라, 중국 명대에 사조제謝肇淛의 〈빙호선생전〉이 있는 반면에, 조선조 장유(張維)의 동명 〈빙호선생전〉이 나란히 존재하였다. 사조제의 것은 장유의 경우와는 달리 곧장 '무' 의인화가 인지된다. 필자가 장유 지은 〈빙호선생전〉의 입전 대상을 파악한 경위도 다름 아닌 사조제의 〈빙호선생전〉을 독서한 데 따른 결과였다. 그리하여, 두 작품은 똑같이 '무 내지 동치미'를 소

口噤不能對逡巡而退面有慙色
氷壺先生傳 課作
先生之先族類甚衆而家世清寒常喜居山澤田
野間自待不甚簡貴雖布衣寒士請交未嘗拒之
頟獨不為肉食者所喜世傳其業詩人詞客多稱
道其美先生生而踈秀風味爽嫩可喜談者吃吃
不容口及長相者以為當有薀醞之禍宋太宗時
以讒遂拔其族遷之鹽澤居無何氣味大變人以
歲寒期之時學士蘇易簡嗜酒踈宕不喜膏粱子
弟欲得快士以託心腹久之未得其人恒若飢渴
谿谷集卷之三 四十六
焉有以先生為言者遂延致其家處之甕牖之中
會易簡病酲中夜熱中獨行庭除間遂遇先生於
雪中欣然與之談先生亦為之傾倒遂陳老氏虛
心實腹之義孔子疏食飲水之樂易簡且嚌良久
爽然而悅不啻芻豢之於口自是酲病頓愈既而
言之於上上亦歎賞久之遂賜號為氷壺先生命
史臣記之氷壺先生之名一朝遂滿於天下然先
生自此遂患中虛之病未幾竟卒聞者莫不惜之
先生既卒其宗族子孫多冒其稱然其遭遇之盛
未有如先生者論曰物之遇不遇莫非命也要之

장유의 문집 『계곡집』에 수록된 〈빙호선생전〉

재 삼은 가전이라 함이 절로 당연한 것이니, 오히려 애써 변명하고 강조한다는 그 자체가 우스꽝스러울 뿐이다. 그럼에도 불구하고, 어떤 논자가 있어서 전자는 '무'이지만 후자는 무가 아닌 다른 무엇으로 내세운다면 이는 이미 토론의 상태를 벗어난 언어도단이고 넌센스일 따름이다.

이렇듯, 한·중 사이 동일 소재 가전의 비교 과정에서 〈죽부인전〉과 〈빙호선생전〉의 경우에 같은 현상이 나타났다. 서로 제목이 일치한다는 사실에서 우선 그러했고, 입전 대상에 대한 서술이 중국 편에서 비교적 확연했던 반면에, 한국 쪽에선 모호했다는 사실에서 또 그러하였다.

하기는 이 땅에서 의인문학상 그 형상화 과정에서 야기되는 모호성은 이 두 작품에서만 보여지는 것은 아니었다. 일찍이 식영암息影庵의 〈정시자전丁侍者傳〉에서 의인 대상 논란이 있었고, 지금은 '지팡이'로 정설화 되었지만, 한 때 '올챙이' 설과 '지팡이' 설 등으로 논의가 나누어져 있었다. 성간成侃이 지은 〈용부전慵夫傳〉에서 '게으른 심성'이 정설로 되었지만, 초기에 '두꺼비' 설이 있었다. 이처럼 어느 작품이 어떤 대상을 염두하고 그려진 작품인가에 대해 설왕설래할 수는 있어도 진실은 한 가지에 귀착되는 것이다. 그러면 이제 적어도 〈죽부인전〉에 관한 한 더 이상의 의인 대상 논란은 소모적이고 낭비적인 도로徒勞일 뿐이다.

다시 이곡 〈죽부인전〉으로 돌아오되, '대나무'가 아닌 '죽부인' 주인공이 일부종사한 일로 인해 필경 그녀를 '절부節婦'로 추증했다고 한 것이다.

> 晩節益堅 爲鄉里所推 三邦節度使 惟箘與夫人同姓 以行狀聞 贈節婦.
>
> 만년의 절개는 더욱 굳어 향리에서 추앙하는 바가 되었다. 삼방三邦의 절도사인 균箘은 부인과 성이 같았는데, 부인의 행장을 듣고는 그녀에게 절부節婦의 호를 추증追贈하였다.

矣予退省其辭乃知格物致知理無不在也寬予房之所敎幾於怪誕僧孺之所品近於戲謔其他諸家之說亦不可殫擧而盡取也姑以客之領而著之篇

竹夫人傳

夫人姓竹名憑渭濱人篔之女也系出於蒼筤氏其先識音律黃帝采擢而典樂焉虞之簫亦其後也蒼筤自昆侖之陰徙震方伏羲時與韋氏主文籍大有功子孫皆守業爲史官秦之虐也用李斯計焚書坑儒蒼筤之後寖微至漢蔡倫家客楮生者頗學文載筆時與竹氏游然其人輕薄且好浸潤之譖疾竹氏剛直陰毁而斅之遂奪其任周有竿亦竹氏後與太公望釣渭濱太公作釣竿曰吾聞大釣無鉤釣之大小在曲直直者可以釣國曲者不過得魚也太公從之後果爲文王師封於齊樂竿賢以渭濱爲食邑此竹氏渭濱之所起也今子孫尙多若籦筱箘簬是已徙揚州者稱篠簜入胡中者稱蓬竹氏大槩有文武幹世爲籩簋笙竽禮樂之用以至射漁之微載在典籍班班可見唯笞性至鈍心塞不學而終至貪饞而不仕有一弟曰篔與兄齊名虛中直己善王子猷子猷曰一日不可無此君因號此君夫子猷端人也取

『동문선』에 실린 이곡의 죽부인전

균箘은 가늘고 작아 화살대를 만들기에 적합한 대나무이다. 죽부인과 성이 같다고 한 것은 그 재질이 같은 죽竹이라는 데서 연유한 소치이다. 죽부인이 한 사람 만을 좇아 태워지거나 땅에 묻혀지는 운명이다 보니, '만년의 절개는 더욱 굳다'고 표현했던 것이고, 급기야는 평결부 말미에서 다음과 같이 쓸 수밖에 없다. 이는 너무도 당연한 귀결이 된다.

> 旣配君子 爲人所倚 而卒無嗣….
>
> 군자의 배필이 되고 다른 사람에게 의지한바 되었으나, 끝내 후사後嗣 만은 없었으니….

원대元代 양유정의 〈죽부인전〉에도 여러 사람 따르지 않는 죽부인의 깨끗한 '지조'에 대해 표출하는 대목을 찾을 수 있다.

> 召亦無不往 然所在抱節 終身未嘗少汚其潔.
>
> 부르면 가지 아니하는 법은 없었지만, 어디서든 절개를 지켜 죽을 때까지 조금도 그 깨끗함을 더럽히는 일은 한 번도 없었다.

이렇듯 죽부인의 일차적인 표상은 '절조'에 있었다. 죽부인은 당시 봉건주의 유교 사회 안에서 기품과 정절의 한 가지 표상이기도 하였다. 제목상의 '부인'이라는 말이 나타내 주듯, 그것이 엄연한 죽제구의 사물임에도 대처럼 곧은 절개의 여인에 비유되어 왔다. 그 시대의 사대부 남성들이, 소망스런 의미를 부여시키던 도덕적 상징물이었다. 그러기에 일찍이 동양에서는 죽부인에 대한 다양한 예찬의 언어가 펼쳐져 왔던 것이다. 그런 가운데, 중국의 〈죽부인전〉에서보다 한국의 같은 표제 작품에서 절개의 의미가 더욱 밝고 또렷하게 강조되어 나타났다는 사실 또한 놓칠 수 없다. 그 때문에 이곡의 본 작품을 각별히 정절 면에 초점을 맞추어 주제화시킨 논지가 심심치 않게 있어 왔다.

· 죽竹 기타 잡목雜木을 의인하여 당시 이성 관계가 문란했음을 폭로하고 열녀사상을 강조한 교훈성을 시사하고 있으니….[8)]

· 죽부인전의 작가는 분명히 이 작품을 통해 윤리도덕적 세계를 표상하고 그 세계를 전달하고자 하는 목적의식이 있었을 것이며….[9)]

· 장문잠의 〈죽부인전〉은 실총失寵을 주제로 한 것, … 시대와 작자의 사상에 따라 주제는 달라질 수 있는 것이니, 가전假傳의 〈죽부인전〉의 주제가 열烈로 끝나는 것은 그의 유교사상의 발로인 것이다.[10)]

다음으로, 죽부인은 '버림받음'이라는 공통의 이미저리를 내포하고 있다. 곧, 죽부인이란 사물은 더운 여름의 절기가 지나면 밀려나는 속성을 띤 존재이기도 하였다. 그리하여 추운 절기가 되면 당연히 더 이상 사람이 찾지 않아 잊혀지는 존재가 되고 만다. 이때 죽부인을 인격화시키는 작자의 입장에서 본다면 하루아침에 관심 밖으로 밀려난 데 대한 억울과 원망의 정서를 당연한 수순처럼 끌어 쓸 것이 예측된다. 그래서 장뢰도 자신의 〈죽부인전〉 작품에 다음처럼 이야기를 끌고 나갔던 것이다.

上幸汾陰 祀后土 濟汾水 飲群臣作秋風辭 歸未央 坐溫室 夫人自此寵

8) 김광순, 「한국의인문학의 사적 계보와 성격(上)」, 『어문학』 16집, 한국어문학회, 1967, p.142.
9) 김명순, 「죽부인전과 만복사저포기의 내면적 연관성」, 『가라문화』, 경남대가라문화연구소, 1982, p.77.
10) 이병혁, 「이곡의 죽부인전고」, 『어문교육논집』 8집, 1984, p.21.

少衰 上謂夫人曰 而第歸善自安 明年夏 吾當召卿 至期 果復召夫人 夫人見上 中不能無小妬 由是罷之….

임금은 분음에 납시어 토지의 신께 제사를 드렸다. 분수를 건너 군신들에게 잔치를 베풀다가 〈추풍사秋風辭〉를 짓고는 미앙궁으로 돌아와 따뜻한 거소에 들었다. 이때부터 부인에 대한 총애가 차츰 시들해졌는데, 임금이 부인에게는 이렇게 말하였다. "그대는 그냥 돌아가 편히 지내도록 하라. 내년 여름이 되면 내 반드시 경을 부르리라." 그리고 그 때가 되자 과연 부인을 다시 불렀다. 하지만 그녀가 임금을 뵙는 가운데 작은 투기마저 없을 수는 없었다. 이 일로 말미암아 직위에서 물러나게 되었고….

枕屏銘 張敬夫
勿欺暗毋思邪席上枕前且自省莫言屈曲為君遮
律詩
畫枕屏 蘇子由
繩床竹簟曲屏風野水遥山雾雨濛長有灘頭釣魚叟伴人閑
卧寂寥中
詩話
題詩卧屏
劭康節過士友家晝卧見其枕屏畫小兒題詩其上云遂令高
卧人欹枕看兒戲
雜著 係竹夫人
事文類聚續集 卷之二十一 十四
竹夫人傳 張文潛
夫人竹氏其族本出於渭上往往散居南山中後見滅於匠氏
武帝時因緣得食上林中以高節聞元狩中上避暑甘泉宮自
衛皇后巳下後宮美人千餘人從上謂皇后等曰吾非不愛若
等顧無以益我思得踈通而善良有節而不隱者親焉於是皇
后等謝曰妾得與陛下親沾渥多矣而不能有以風陛下罪萬
死於是共薦竹氏上使將作大匠銛拜竹氏職為夫人既進見
夫人衣緑衣黃中單上笑曰所謂緑衣黃裡者初夫人家久見
滅上曰爾滅亡之餘也夫人謝曰妾之滅亦大矣然夫人未嘗
自屈軀就帝帝每左右擁持之上有所感時召幸後宮寵姬而
夫人常在側若無見焉而諸幸姬等皆相謂曰是所謂善良者

『사문유취』에 실린 장뢰의 〈죽부인전〉

그런데 꼭 칠거지악이 아니라도 원망과 시기, 질투를 밖에 나타내는 행위는 봉건주의 시대의 바람직한 여인상에서 크게 일탈하는 행위 양상이 된다. 곧, 여자가 어느 시기에 등한시 혹은 소외당했다고 해서 원망과 투기를 보이는 일은 봉건적 사고 안에서는 덕행의 결여로 인식된다. 더욱이 체면이 소중하고 지체가 높은 계층의 아녀자로서 그것을 겉에 드러냈다고 한다면 당연히 부덕에 낙인을 면할 수 없게 된다. 죽부인은 일차적으로 봉건주의 시대에 품격 높은 도덕적 여인의 속성을 지니고 있지만, 동시에 그 관심이 특정 계절 안에서만 유효하여 길게 지속될 수는 없다는 한시적 속성을 띠고 있었다. 그리하여 시기와 질투를 나타냈다는 이유로 말미암아 그만 노비의 직위인 청노青奴로 강천降遷되었다는 의미를 불어넣었다. '青'자는 죽부인 재질인 대나무가 외관상 푸른빛을 띠기에 붙여진 말일 것이다. 혹은, 한나라 이후로 비천한 사람들이 청색의 옷을 입었기 때문에 奴의 앞에 붙은 것이라고 풀이하기도 한다. 여하간에 죽부인이 청노로 전락한 이유를 앞서 황산곡은 남의 팔이며 무릎을 쉬고 편케 하는 일은 부인이 할 직책은 아닌 듯 싶어서 '청노'로 이름 붙였다고 했지만, 어쩌면 그 이유를 윤리적 의미 안에서도 찾을 수 있지는 않을까? 역언하여, 만약 죽부인이 시기와 질시를 나타내지 않았더라면 그대로 죽부인으로 남아있었을 일을, 남성 본위의 사회적 가치관에 저촉했기에 그에 따라 노비로 전락하고 말았을 가능성을 생각함이다.

조선조 이덕무의 〈관자허전管子虛傳〉 가전 안에도 죽부인의 원망에 따른 신분 전락의 이야기가 나온다. '버림받음'인 것이다.

> 封蘄春縣夫人 甚有寵 從上甘泉宮避暑 已而上頗厭其節目之促數 仍爲皮湯婆所妒 有班扇之怨 降夫人號 名曰青奴 限明年五月棄置.

> 기춘현蘄春縣 부인에 봉해졌는데, 대단한 총애를 차지한 나머지 임금의 감천궁甘泉宮 피서 때도 따라갔다. 하지만 얼마 지나자 임금이 그녀의 관절 마디가 번거로이 많은 것에 자못 싫증이 났다. 뒤미처서 그녀는 피탕파皮湯婆한

테 투기까지 당하게 되면서 반선班扇의 원망을 품게 되었다. 그러자 임금은 그녀의 부인 칭호를 내리는 동시에 청노靑奴라 이름하고….

명대 오관吳寬이 지은 〈탕온전湯媼傳〉 가전에도 '버림받음'에 대한 모티브가 나타나 있다.

媼同時有夫人竹氏 與媼每春秋時 輒爲人棄置 相會嘿然無怨言 嘆曰 人生出處 各有時耳….

온과 같은 시기에 죽씨竹氏란 부인이 있었는데, 온과 한가지로 봄가을만 되면 사람들에게 저버림을 당하였다. 그럴 때 이 두 여인은 서로 만나 잠자코 있으면서 아무런 원망의 말도 하지 않았지만 이렇게 탄식을 짓곤 하였다. "인생의 진퇴엔 각각 때가 있을 뿐이야.…"

이러한 발상과 구성은 앞서 중국인 장뢰의 〈죽부인전〉이 보여준 바와 같이, 작은 질투를 보이다가 직위에서 물러남을 당했다는 내용과 의미상 하등 다르지 않다. 곧, 한국에서도 죽부인은 '버림받음'의 이미지를 그대로 유지했던 것임을 확지할 수 있다.

이같은 이미지는 운문 분야에서도 크게 다를 것이 없었다. 송대 여본중呂本中(字: 居仁)은 시에 있어 황정견을 존숭했다던 인물인데, 그의 〈중추후죽부인中秋後竹夫人〉 시 안에서 더욱 그러한 기미가 강조된다. 님에게 버림받은 인간 세상의 여인인 양 죽부인 사물을 인격화한 상태에서, 버려진 데 대한 애끊는 탄식을 극진히 묘사하고 있다.

與君宿昔尙同牀　지난 번 당신과 침대 같이 했을 적에는
正坐西風一夜凉　서풍 맞으며 앉은 밤이 내내 서늘했지요.

便學短檠牆角棄　작은 등잔걸이마냥 담모퉁이에 내쳐지니
不如團扇篋中藏　서랍 속에 갇힌 둥근 부채만도 못하네요.
人情異變乃如此　사람 마음 표변함이 어쩜 이럴 수 있을까요
世事多虞只自傷　세상사 근심도 하고한데 가슴 아플 뿐입니다.
却笑班姬與陳后　반첩여와 진 왕후가 외려 우습기조차 한 것은
一生辛苦爲專房　평생의 고통들이 다 사랑차지에 있다는 거지요.

여기서의 서풍西風은 가을바람이다. 여름 다 가고 가을되면서 밀려나야만 하는 기막힌 형상을 한 여인의 입김으로 그려내었다.

그런데 장뢰의 〈죽부인전〉에는 죽부인이 마침내 작은 '투기'에서조차 자유롭지는 못했지만, 기실은 더 앞의 대목에 보면 이와는 전혀 상반된 개념으로서의 '관용'의 국면을 갖추었음을 표현한 것이 있다.

上有所感 時召幸後宮寵姬 而夫人常在側 若無見焉 而諸幸姬等 皆相謂曰 是所謂善良者 安能間吾寵 由是莫有妬之者.

임금이 그 어떤 충동이 일어날 때면 사랑하는 후궁과 총희를 불렀는데, 그럴 때에 죽부인은 곁에 있으면서도 모습이 없는 듯 처신했던 것이니, 모든 괴임을 받는 여인들마다 하나같이 주고받는 말이 이러하였다. "이는 그야말로 선량한 이니, 우리들 총행을 가로챌 리가 있겠는가?" 이로부터 그를 투기하는 사람은 없게 되었다.

그 뿐이 아니다. 장뢰의 이 가전은 처음 죽부인의 출현과 함께 '불굴不屈'의 의미마저 부여함으로써 훨씬 이미저리의 다양성을 보여주고 있다.

上曰 爾滅亡之餘也 夫人謝曰 妾之滅亦大矣 然夫人未嘗自屈體就帝 帝每左右擁持之.

> 임금이, "그대는 멸망가의 후예이구료!" 이에 부인은 응대하였다. "첩의 신세 역시 침체되기 이를 데 없었나이다." 하지만 부인은 한 번도 스스로 몸을 굽혀 황제 앞에 나간 적이 없었으되, 황제가 늘상 곁에 두어 끼고 있었다.

이 부분에 대한 작자의 저의가 "내면에는 임금에게 나아가서도 자기의 뜻을 굽히지 말고 나라와 백성을 위해 응당 직간해야 함을 깨우쳐 주고 있"[11]는 지까지는 확신하기 어려우나, 최소한 "죽부인으로 임금에게 나아갈 때에도 몸을 굽히지 않았다는 것은 물론 무생물인 죽부인의 구부릴 수 없는 형태적 특성을 나타낸 것"[12] 만큼은 쉽게 수긍된다.

이제 죽부인 이미지리의 또 다른 국면으로, 당나라의 시인 백거이白居易의 〈한거閑居〉 시에 죽궤 소재의 구절이 있다.

> 緜袍擁兩膝　솜두루마기로 두 무릎 싸안고
> 竹几支雙臂　죽궤에다간 두 팔을 의지한다.

'한가롭게 있으면서'라고 하는, 시의 제목이 표백한 그대로 '한가로운 여유'를 도출해내기 위한 수단으로서 죽부인을 대두시키고 있는 사례이다.

역시 송나라 강서파江西派 시인의 한 사람인 조충지晁沖之가 지은 〈화강자아죽부인和江子我竹夫人〉 이란 시를 보되, 이 안의 '几'는 다름 아닌 죽궤, 곧 죽부인의 다른 표현이다.

> 黃藤白簟倦呼盧　누런 등나무 흰 대자리에 느긋이 내기하고
> 高臥南牕示楷模　남쪽 창가에 편히 누워 의젓함을 과시한다.

---

11) 황재국, 「한중죽부인전 연구」, 『경희어문학』 6집, 경희대국문과, 1983, p.12.
12) 황재국, 위와 같음.

郭芍藥情元最密	곽작약의 정리情理야 워낙 은밀하지만
鄭櫻桃迹近相疎	정앵도의 자취는 요사이 뜸하였구나.
下帷度日甘同夢	휘장 치고 종일 함께 달콤한 꿈 꾸고
隱几終年得異書	죽궤에 기대어 필생에 진기한 책 본다.
晩向禪房陪杖履	늘그막에 지팡이 신발인양 끌고 선방을 찾아갈 제
淸秋霜霰意何如	싸한 가을 서리 싸라기 날릴 때 그 심정 어떠할까.

위의 시 제 6행인 '죽궤에 기대어 평생 진기한 책 구해서 본다'에서 야기되는 정서는 세파를 벗어난 여유작작한 삶이다. 그리하여, 여기서의 죽궤 또한 바로 그러한 느긋한 '삶의 여유' 같은 정서를 유발시키는 일에 동원된 시어詩語라 할 수 있다.

고려에선 이규보가 〈차운공공상인증박소년오십운次韻空空上人贈朴少年五十韻〉[13]이라는 시를 쓴 것이 있고, 이 안에서도 죽부인의 소재가 살짝 엿보이고 있어 주목을 끈다. 〈죽부인전〉을 쓴 이곡보다 130년 앞에 산 사람의 이 사물에 대한 관심이 각별히 반갑게 다가온다. 칠언고율 전체 96행의 긴 작품인데, 그 중 20~36행 사이를 인용해 보인다.

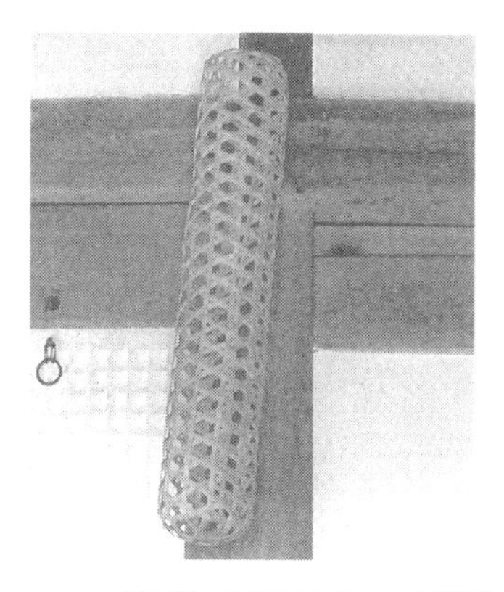

죽부인-한국민속촌 소장

縱將絶艶充閨闥	암만 절세가인이 방 안에 가득 차고
亦欲諸姬列廡廊	미녀 또한 월랑에 줄지어 있다 하자.
唯有高人能豁斷	다만 도가 높은 사람은 이를 단호히 끊고
直超流俗樂深藏	세속을 초월한 채 즐거움 깊숙이 감추네.

13) 이규보, 『동국이상국집』 後集, 제9 '古律詩' 소재.

冥心自悟根塵幻　현묘한 마음은 세속 인연 허망함을 깨닫고
嗜道深諳氣味長　도를 즐기니 으늑히 무궁의 경지를 아네.
都遣橫陳歸嚼蠟　비듬히 누운 미인 마다하기 밀랍을 씹듯
因嫌大慾避探湯　큰 욕망 꺼리기는 끓는 물 피하듯 하네.
野狐雖媚那窺側　여우가 홀린다 해도 빈틈 엿볼 길 없고
天女難干謾在傍　선녀가 어른다 해도 곁을 주는 법 없네.
早已雲浮尋岱華　진즉에 뜬구름처럼 태산과 화산을 찾고
又將萍泛歷沅湘　다시금 부평초같이 원수 상수를 건넌다.
孤栖室處莞鋪담　고즈넉 깃든 곳에 거적자리 깔고
獨向山時葛緝裳　혼자 산 오를 때면 갈옷을 입는다.
如意木爲爬背物　여의목은 내 등 긁어 주는 존재요
竹夫人是伴身裝　죽부인은 이 몸 따르는 동반자라네.

맨끝의 여의목如意木은 수도하는 사람이 등을 긁을 때 쓰는 도구를 말한다. 옥이나 철로 만드는데, 대나무로 만든 죽부인과 나란히 거론된 것은 산에서 도 닦으며 사는 공공空空이라고 하는 승려의 살림살이가 초라함을 나타내기 위함이다. 그리하여 여기서의 죽부인은 세상 욕망을 잊은 수도승의 '청정무욕淸淨無慾'을 표징하고 있다.

연산군 때의 역관인 조신曺伸(1450~1521경)이 지은 〈소문쇄록謏聞瑣錄〉 중에는 종실인 명양부정鳴陽副正 이현손李賢孫(字: 世昌)이 지었다고 하는 〈추일秋日〉 시 한 편을 소개한 것이 있는데, 이러하다.

空盤推馬齒　텅 빈 소반에는 마치채 남아 있고
荒苑長鷄腸　거치른 후원엔 계장초만 늘어졌네.
水閣青奴冷　물 위 정자의 청노는 차갑기만 한데
巖前腐婢香　바위 앞에 붉은 팥꽃이 다정도 하다.
苾苔侵礎遍　이끼는 주춧돌 틈에 멀리 끼어 있고
蓬艾繞窓長　쑥대는 창가를 따라 길게 번어 있다.

명양鳴陽은 지금 전남 담양의 옛 지명이다. 여기의 '청노青奴', 곧 죽부인은 '고적孤寂'의 의미로 다가온다. 이 역시 위의 '청정무욕'과 함께 중국 측의 문학 안에서는 발견이 쉽지 않은 측면이기에, 한국적 특수성의 한 단면으로 보아도 좋을 것이다.

> 이처럼 문화인류학자들이 비교론의 관점을 가지는 것은 전 세계 인간행동의 사회·문화적 양상 중에서 보편성과 특수성을 확인하여 인간사회와 문화의 본질에 대한 일반화를 하기 위해서이다. … 그래서 문화인류학자들은 여러 민족과 문화를 비교 연구하여 유사성과 상이성을 발견하고, 어떤 특정한 인간집단의 사회·문화적 특성을 더욱 뚜렷하게 밝히려고 노력한다. 가령 한국인과 한국 문화의 특성을 발견하려면, 우리와 가까운 중국이나 일본 또는 다른 나라 사람들 및 그들의 문화와 비교해 볼 때 우리의 특성을 더욱 명백하게 파악할 수 있는 것이다.[14]

이러한 맥락에서 볼 때, 지금까지 시도한 것처럼 죽부인 소재의 문학들을 중심으로 두 나라 사이의 관념적 유사성 내지, 정서적으로 다소간 다르게 표출되는 면들에 대한 고찰은 다분히 문화인류학에서의 목적 취지와도 일맥상통한다.

4. 맺음말

죽부인 관계의 한·중문학적 비교 접근을 위한 과정에 잠깐 우리 쪽에서 이곡 〈죽부인전〉의 문제가 있었다. 그런데, 한중 사이에 같은 소재를

14) 한상복·이문웅·김광복, 『문화인류학개론』, 서울대학교출판부, 1988, pp.22~23.

두고 의인화를 구사한 가전 작품은 하필 여기의 〈죽부인전〉 : 〈죽부인전〉 안에서만 고유했던 것은 아니다. 〈탕온전〉 : 〈탕파전〉, 〈빙호선생전〉 : 〈빙호선생전〉, 그리고 〈저생전〉 : 〈저선생전〉 · 〈저대제전〉 등에서도 같은 현상이 포착되었다. 장유 작품의 의인 대상에 대해 얼음, 혹은 얼음병 등으로 잠시 혼란을 겪었으나, 중국의 동명 가전이 보여준 소재 대상의 투명성 덕분에 제자리를 찾은 사례가 있었다. 이곡 〈죽부인전〉의 경우도 의인 대상을 문제삼은 논란은 더 이상 무의미할 따름이다.

이제, 정작 관심 두어 다룰 일이 있다면 그들 가전을 포함한 시문의 작가들이 같은 대상을 두고 여하히 각기 다른 개성으로 각각의 주제와 구성, 문체를 표출해 내었는가 하는 문제에 유념하는 것이다.

그리하여, 한국과 중국에서 죽부인을 소재로 다룬 문학 작품들 종종을 통해서 인식의 문화적 차이를 규찰해 보았거니와, 그 문화적 변별 효과가 대체로 크게 다르지는 않음을 진단해 볼 수 있었다. 곧, 잘 알려진 죽부인 소재의 작품들을 대상으로 검출해 본 결과, 죽부인에 대해 양국에 공통적으로 보이는 밑바탕의 심상은 '여성성'이었다. 동시에 그것은 크게 두 가지로 정리되는바, 그 가장 우선성을 차지하는 개념은 '부덕婦德과 정절'이란 이미지 구조 안에 있었고, 그 다음으로는 '투기에 따른 버려짐'에 있었다. 그런 중에도 후자의 경우엔 한중이 서로 비슷한 정도의 관심을 보였지만, 전자인 '부덕'의 경우엔 한국 쪽에서 더욱 각인 효과가 큰 것으로 파악되었다.

자료 검출 과정상에 차이를 보이는 것으로, 중국편 문학에서는 죽부인이 '관용' · '불굴' · '한거閑居' 등의 심상을 불러 일으켰던 데 비해, 한국에서는 같은 사물이 '청정무욕'과 '고적孤寂'의 이미저리를 위해 동원되었음을 보았다.

돌이켜 '전파diffusion'라는 말이 있거니와, 이는 두 가지로 나누어 보는 수가 있다.[15] 전통의 유교 및 한자 문화 등은 과거 한중 두 나라 사이에 일어난 대표적 문화의 '직접전파' 현상 가운데 하나라고 한다면, 죽부인 같은 경우는 대개 '간접전파'에 해당할 것으로 간주된다.

중국 한무제 시절에 발명되었다는 죽부인의 전파는 비단 한국만 아니라, 안남국安南國 같은 나라에도 그 효과를 발휘했던 것으로 추측된다.[16] 그런데, 서양에서도 죽부인과 유사한 용도의 'Dutch wife'라는 사물이 있어 흥미를 끈다. 그 사전적 해설을 본다.

a long hard bolster used, esp. in the tropics, to support one's uppermost knee when sleeping on one's side.[17]

누군가의 옆에서 잘 때, 특히 열대지방에서, 무릎 맨 윗부분을 받치기 위해서 길고 단단한 받침대가 쓰였다

a bolster used for resting the legs in bed.

origin late 19th cent; extended use of the term, earlier describing a rattan open frame used in the Dutch Indies to support the limbs in bed.[18]

침상에서 잘 때 다리를 편하게 쉬게 하려는 용도로 받침대가 쓰였다. 인도네시아에서 일찍이 침상에서 다리를 받치기 위해 썼던 등나무 틀은 그 명칭이 19세기 말에 기원했고, 이후 용어의 사용이 확장되었다.

15) "이웃하고 있는 중국으로부터 유교 및 한자가 전파된 것은 직접전파의 사례이고, 교역자들이나 선교사들, 또는 제 3군의 사람들과 같은 중개인들에 의해서 한 문화의 요소들이 다른 문화에 옮겨지는 것은 간접전파에 속한다."(한상복 외, 『문화인류학개론』, 서울대학교출판부, 1988, p.404)

16) 『南翁夢錄』에, "安南藝王爲兒時 八九歲侍明王 適床上有竹奴 試命詠之."

17) "Dutch wife", Collins English Dictionary, 21st century edition.

18) "Dutch wife", 『Oxford Dictionary of English』.

이 사물이 과연 중국 문화의 직접 전파에 따라 생겨난 것인지, 혹은 간접 전파의 결과물인지는 확인하기 어렵다. 이 또한 어쩌면 문화인류학에서 "다른 문화에 속한 문화 요소에서 아이디어를 얻어 새로운 발명이 일어나는 것"[19]을 뜻하는 '자극전파刺戟傳播, stimulus diffusion'의 한 가지 현상일는지도 알 수 없다.

그러나 적어도 동양에서는 '죽부인'에게서 정서적, 혹은 도덕적인 이미지에 대한 모색의 자취가 역력했던 반면, 서양의 경우 'Dutch wife'를 통해 감각적, 혹은 관능적인 의미를 필히 수용했던 것이니, 과거 동서양 간에 사뭇 교차가 어려웠던 문화적 차이를 발견할 수 있다.

동시에, 이러한 차이 현상야말로 향후 비교문화적인 검토와 분석의 대상이 될 수 있을 것이다. 다만 적어도, 동양에서는 죽부인 문화가 봉건 시대 안에서만 유효했던 전통의 유물로 남았지만, 서양에서는 인간의 본능과 연결되는 감각성의 효력으로 인해 지속적인 변화와 확대를 거듭하여 현대로 이어질 수 있었던 것으로 보인다.

19) 한상복 외, 앞에 든 책, p.404.

11장 서울 성북 지역의 설화
-삼선평과 옥녀봉 설화를 중심으로-

1. 성북 지역의 시대적 연혁

성북구는 2007년의 조례 개정 후 현재 성북동, 삼선동, 동선동, 돈암동, 안암동, 보문동, 정릉동, 길음동, 종암동, 월곡동, 장위동, 석관동 등 모두 12개 동명洞名으로 20개의 행정동을 수용하고 있다.

선사시대에는 한강변 선사 문화권의 범주에 들었으며, 삼국시대에는 원래 백제 도읍지에 속한 영토였다가, 고구려와 신라가 차례로 차지하면서는 고구려 군사 기지 및 신라의 대對 고구려 요충지가 되기도 했다.

신라가 통일한 신문왕 5년에는 전국을 9주九州로 나눈 중에 지금의 경기도, 충청북도, 황해도 및 성북 지역을 포함한 서울의 광범위한 지역이 한산주漢山州라는 이름으로 편입되었다. 경덕왕 16년에는 주州를 다시 세분하여 지금의 서울 지역을 중심한 양주, 고양 일대를 한양군漢陽郡이라고 명명하였으니, 한양漢陽의 이름은 바로 여기에서 유래되었다.

후삼국시대에는 잠깐 궁예의 세력권 안에 들었다가, 고려조에 들어서서 점진적으로 성북구가 포함된 서울 지방은 양주楊州, 남경南京, 한양부漢陽府와 같은 명칭 변경을 보았다. 성북 지역의 보문사普門寺, 미타사彌陀寺,

경국사慶國寺 등 유명 사찰은 모두 고려의 중심기라고 할 남경시대에 이룩된 산물이었다.

조선시대에 한양 천도가 이루어짐에 따라 조선 태조 5년(1396년)에는 이 일대가 한성부 동부의 숭신방崇信坊 · 인창방仁昌坊에 소속되었다. 수도 한성부의 편제 과정에서 4대문 가운데 북대문인 숙청문肅淸門의 건립과 함께 도성의 북쪽 지역이라는 지리적 위상에 맞추어 '성북城北'이라는 지명을 처음 얻게 되었다. 성북구의 북쪽 경계에는 북한산성을 축성했고, 혜화문惠化門을 통과하여 원산에 이르는 동북쪽으로는 간선도로가 만들어져 북방 오랑캐(여진족)의 교통로를 삼았는데, 이는 훗날 병자호란 때 호족胡族의 침구로侵寇路가 되기도 하였다.

근대 갑오경장 이후 성북 지역은 숭인면 성북리의 명색을 거쳐, 경성부 성북정城北町으로 명칭 변화를 겪었다. 성북 땅의 삼선평三仙坪에서는 군사의 조련이 실시되었으며, 이 일대의 성곽 수비를 위한 어영청御營廳 소속의 북창이 한성부의 안보 치안을 맡는 역할을 하였다. 현재 한성대입구 3, 4번 출구로 나와서 보면 이 지역의 유래를 알리는 〈삼선교와 삼선평〉이라는 작은 비석이 있다. 그 내용은 '현재 삼선시장 일대 조선시대 근대의 연병장으로 사용되던 평평하고 드넓은 대지의 삼선평은 우리나라 최초로 축구경기가 열렸던 곳이기도 하다. 삼선교는 삼선평의 이름을 따서 성북천에 놓여진 다리 이름으로, 동소문동과 성북동, 삼선동의 경계가 되는 곳이기도 하다'로 되어 있다.

일제강점기의 끝 무렵(1943)에는 동대문구 안에 편속되었다.

광복 이후인 1946년에는 '성북정'을 '성북동'으로, '돈암정'을 '돈암동'으로 하는 식의 명칭 개정을 실시했다. 하지만, 숭인면 관내에 속한 장위리, 우이리, 수유리 등은 광복 후에도 종전의 명칭을 답습했다.

1949년에는 종전의 동대문구 관내 일부와 새로 편입된 숭인면 지역을 합쳐 9번째 행정구인 '성북구'가 새로 탄생함으로 해서 서울은 기존 8개구에서 9개구로 늘어나게 되었다.

1950년 한국전쟁 때는 미아리전투(1950.6.26~28)의 불망기적不忘記的 현장이 되었다. 아울러 이 공간이 배경으로 된 〈단장의 미아리고개〉라는 가요의 보급은 이 지역의 인지도를 높이는 계기가 되기도 했다.

1962년 서울시 행정구역의 확장으로 경기도 일부가 성북구로 편입되면서 종전 면적의 45.79㎢에서 106.49㎢로 크게 확대되었다(서울 전체 면적의 19.6%). 그러나 1973년 도봉구의 신설로 인해 서울시 전체 면적의 1/4.6인 23.37㎢로 축소되었으며, 그 후 관할구역 조정으로 현재의 성북구 면적은 24.57㎢이다.

2. 성북 지역의 지명 유래와 구전설화

각 지명에는 어떤 형태로든 그 지명이 생기게 된 유래가 있는 법이다. 현재 성북 지역의 동洞들은 모두 20개 동이지만, 그 가운데 돈암 1·2동, 정릉 1·2·3·4동, 길음 1·2동, 월곡1·2동, 장위1·2·3동의 경우처럼 숫자로 세분화된 것은 따지지 않고 단순한 동 이름만으로 추리면 모두 12개 동이 된다. 그리하여, 이제 12개 동의 위치도를 소개하고 '성북구 문화관광 홈페이지' 안에 있는 지명 연혁을 원용하면 다음과 같다.

- 성북구 12개 동의 위치 -

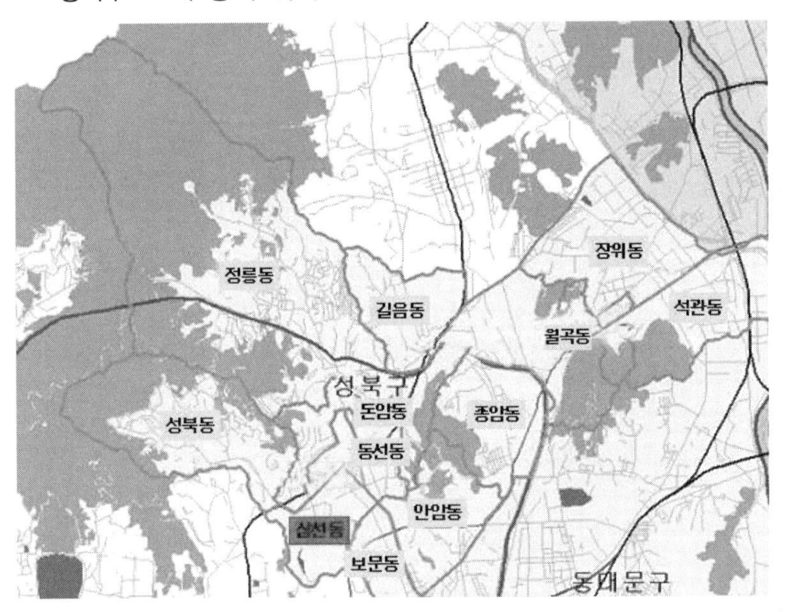

- 성북구 지명 유래 -

서울 도성都城의 북쪽에 위치해 성북구라고 하였다.

▶ 성북동

성북동이란 지명을 갖게 된 것은 이 지역의 산수가 매우 아름답고 조선시대의 도성 수비를 위한 어영청을 북쪽에 두었기 때문에 불리어진 이름이다.

▶ 동소문동

서울의 4소문의 하나인 동소문의 이름을 딴 동명이다.

▶ 삼선동

혜화문 밖의 평평한 들판인 삼선평이 있어서 붙여진 이름으로, 원래 삼선평이란 이름은 삼선동 남쪽의 옥녀봉에서 하늘에 내려온 세 신선이 옥녀와 더불어 놀았기 때문에 붙여진 것이라 전해지고 있다.

▶ 동선동

인접해 있는 동소문동과 삼선동에서 각각 한 글자를 따서 붙여진 이름이다.

▶ 돈암동

돈암동은 되너미고개에서 유래되었는데 이 고개는 미아동으로 넘어가는 고개로서 병자호란 때 오랑캐가 이 고개를 넘어 서울을 침입했다 하여 되너미재, 되너미고개, 적유령이라 불렀는데 이를 한자로 옮기어 돈암현이 되었고 이것은 다시금 돈암동으로 바뀌었다고 한다.

▶ 안암동

안암동 3가에 있는 대광 아파트 단지 가운데에 큰 바위가 있어 20여명이 앉아 편히 쉴만한 정도인데 그 이름이 '앉을 바위'라 하여 한자 '안암'으로 옮겨 쓴 것이 동명의 유래가 되었다고 한다.

▶ 보문동

보문동 3가에 있는 보문사의 이름에서 유래된 것이다.

▶ 정릉동

조선태조 이성계의 둘째 왕비 신덕왕후 강씨의 능인 정릉이 있다 하여 붙여진 이름이다.

▶ 길음동

길음동은 '기리묵골'을 한자음으로 고쳐 쓴데서 연유되었는데, 기리묵골은 의정부 방면에서 도성 안으로 들어오는 길목인 미아리고개의 북쪽에 있는 마을로, 의정부 쪽에서 도성 쪽으로 넘어오는 이 고개는 경사가 완만하고 또 정릉천이 흐르고 있기 때문에 자연히 골짜기가 길게 형성되었고, 골짜기가 길게 놓여있는 동네라는 뜻으로 기리묵골 또는 기레미골이라는 이름이 붙여졌다고 한다. 또한 이 계곡을 흐르는 물소리가 아주 맑고 고와서 물소리를 들으면 저절로 기분이 맑아지므로 좋은 노랫소리가 들리는 동네라는 뜻으로 길음동이라는 이름이 붙여졌다고 한다.

▶ 종암동

고려대학교 뒷산에 종 또는 북처럼 생긴 큰 바위가 있는 마을이라 하여 한문으로 '고암'이라고 부른 데서 유래되었다.

▶ 월곡동

월곡동의 유래는 두 가지로 전혀 내려오고 있는데 하나는 지금의 월곡 3동의 산 지형이 반달처럼 생겼기 때문에 월곡이란 이름이 붙여졌다고 하는 것과, 다른 하나는 조선후기 미아삼거리에 '신근솔'이라는 솔밭이 많아 풍경이 아름다웠기 때문에 당시 이곳에 주막이 밀집하여 있었는데 소장수들이 지방에서 소를 몰고 서울로 들어올 때는 신근솔에서 숙박하며 이곳에 소를 떼어 놓았다가 장위동 주변 도살장에서 소를 팔아넘기고 돌아가는데 대개 소장수들이 달밤에 도착하여 달빛이 남아있는 이른 아침에 홍정을 했기 때문에 '월곡'이라는 동명이 생겨났다고 한다.

▶ 상월곡동

월곡동 동쪽, 화랑로 양쪽에 위치한 상월곡동은 천장산이 마치 반달과 같다 하여 그 산에 연해 있는 마을을 '다릿골'이라 부르는데서 연유되었다. 이 중 높은 지대에 위치한 지역을 웃다리골[상월곡리], 아래지역을 아랫다리골[하월곡리]이라 불리었다가 상월곡동이라 개칭되었다.

▶ 장위동

고려시대에 유명한 신하가 마을에 살았기 때문에 붙여진 이름이 아닌가 추측되기도 하며, 마을 뒤에 장위산이 있으므로 이 산 이름을 따서 동명이 붙여졌다는 말도 있다.

▶ 석관동

마을 동쪽에 있는 청장산의 줄기가 검정돌을 꽂아 놓은 듯, 수수팥떡이나 경단을 꽂이에 꿰어 놓은 것 같이 생겼기 때문에 '돌곶이 마을'이라 부르다가 이 돌곶이란 이름을 한자로 표기하여 석관이라고 하였다.

- 성북구 길이름 유래 -

▶ 아리랑고개

아리랑고개는 돈암 4거리를 기점으로 하여 동소문동과 돈암동을 지나 정릉길과 교차하는 아리랑시장 앞까지 폭 15m, 길이 1,450m의 지선도로이다. 아리랑고개는 서울시내 249개 가로명 가운데 길이 아닌 고개로 불리어지는 유일한 도로이다.

아리랑고개의 명칭은 이름 그대로 이 도로에 돈암동에서 정릉동으로 넘어가는 유서깊은 아리랑고개(일명 정릉고개)가 있기 때문에 붙여진 것이다. 그 유래로 1935년 일제강점기에 요리업자들이 고급 요정을 꾸며 손님들을 끌기 위해 민요 〈아리랑〉의 이름을 사용했다는 설이 있으며, 또 여기에서 일제강점기에 일제에 항거 민족정신을 형상화한 춘사春史 나운규羅雲奎 선생이 영화 〈아리랑〉을 촬영하였다고도 전한다.

▶ 동소문로

조선시대에도 주요간선도로였던 동소문로는 혜화동 로터리에서 동소문동을 거쳐 돈암동에 이르는 폭 25~35m, 길이 2,350m의 길인데 그 중 성북구 관내 구간은 혜화동 고개에서 미아리 고개까지 2,100m의 구간이다. 이 길은 원래 미아로였는데 지역성을 감안하여 돈암동로터리를 중심으로 해서 동소문로와 미아로로 나뉘었다.

▶ 미아로

돈암동 로터리를 기점으로 하여 미아 4거리까지에 이르는 폭 35m, 길이 1,500m의 길이다. 이 길은 서울~의정부 간의 주요 통과 도로로, 수유동, 창동지구 등의 부심 개발에 따른 인구 분산책에 부응하여 종전 노폭 10m를 35m로 대폭 확장하고 미아리고개의 경사를 완화하기 위하여 절토도 하였다.

▶ 보국문길

보국문길은 청수교를 기점으로 하고, 정릉동을 서북 방향으로 뻗어 청수장까지 폭 15m, 길이 2,250m의 지선 도로이다. 보국문길의 명칭은 이 길이 북한산성의 성문 중의 하나인 보국문으로 통하는 길이므로 이를 딴 것이다.

▶ 성북동길

성북동길은 삼청터널을 기점으로 하여 성북동을 서북 방향으로 뻗어 동소문로와 교차하는 삼선교까지 폭 10～30m, 길이 2,950m의 지선도로이다. 성북동길은 이 길이 통과하는 성북동명에서 유래한다.

▶ 안감내길

안감내길은 안암로와 교차하는 대광초등학교 앞을 기점으로 하여 돈암4거리에 이르는 폭 15m, 길이 1,670m의 지선도로이다. 따라서, 안감내길은 안암동5가에 이른다. 안감내길의 명칭은 안감천의 옛 명칭인 안감내에서 유래한다.

▶ 월곡동길

월곡동길은 종암 2동 26-2를 기점으로 하고, 종암동을 지나 화랑로와의 교차점인 하월곡 2동 27-8까지 폭 15m, 길이 1,150m의 지선도로이다. 월곡동길은 이 도로의 종점지역인 하월곡동의 동명에서 유래한다.

▶ 장위동길

장위동길은 월계로와 교차하는 창문여자중학교 앞을 기점으로 하여 장위동을 동서로 횡단하여 한천로와의 교차점인 성북구 장위 3동 119-2까지 폭 12m, 길이 1,900m의 장위동 지역의 구도로이다. 장위동길은 이 도로가 지나는 장위동명에서 유래한다.

▶ 종암로

종암로는 원래 고산로의 일부였다. 즉, 1996년 11월 26일 서울시가 최초로 시내 무명의 46개의 도로에 대한 가로명을 제정할 때 고산로라 명명하고 그 구간을 왕십리로터리~미아 3거리로 하였다. 그러나 그 후 고산로를 종암 3거리를 기준으로 구분하여 고산자로(왕십리로터리～종암동 3거리, 길이 2,250m)와 종암로로 구분한 것이다.

▶ 화랑로

화랑로는 종암로와 교차하는 하월곡동 월암교를 기점으로 하여 하월곡동 · 상월곡동 · 석관동 · 월계동 · 공릉동 등을 동서로 횡단하여 태릉선수촌까지 35m, 길이 8,550m의 간선도로이다. 따라서 화랑로는 월곡동길 · 이문로 · 돌곶이길 · 한천로 · 통일로 · 경춘선과 교차한다. 화랑로의 명칭은 이 도로가 지나는 공릉동에 화랑대가 있으므로 연유한다.

위에서 동 이름과 길 이름에 대한 유래를 살펴보았다. 지명의 유래담은 땅이라고 하는 증거물이 수반된다. 따라서 속성상 설화 중에서도 전설에 들어간다.

무릇, 전설을 분류하는 방식은 여러 가지가 있을 수 있겠으나, 일반적으로는 크게 전승 장소에 따른 분류, 발생 목적에 따른 분류, 설화 대상에 따른 분류의 세 가지로 나눈다.[1]

전승 장소에 따른 분류에는 어느 특정 지역에만 관계되는 이야기로서의 지역적 전설과 여러 공간에서 유사한 줄거리가 발견되는 이주적 전설의 둘로 나눈다고 하는데, 위의 지명전설들은 전자에 해당한다.

그리고, 발생 목적에 따른 분류로는 설명적 전설, 역사적 전설, 신앙적 전설로 나누기도 하는데, 위의 경우들은 "민중들이 어떻게 자기를 둘러싸고 있는 자연이 이루어졌는가, 사물들이 생겨나게 되었는가 하는 것들을 설명할 목적으로 만들어 낸"[2] 설명적 전설에 해당한다.

한편, 설화 대상에 의한 분류는 사물 명칭과 신앙 행위의 둘로 나누어 보고 있다. 지명들은 당연히 사물의 명칭에 들어가고, 사물의 명칭에 관해 다룬 전설은 해당 이야기의 대상을 크게 자연물, 인공물, 인간의 셋으로

1) 장덕순 외,『구비문학개설』, 일조각, 1979, pp.41~43 참조.
2) 위에 든 책, p.42.

나누어 보는 일이 가능하다. 이里와 동洞은 원래 있던 땅에다 붙인 이름이니, 자연물에 해당한다. 길의 경우도 오늘날은 인공적으로 내는 수도 있으나, 기본적으로는 자연적으로 형성되어진 자연물에 속한다고 보겠다.

앞서의 지명 유래담들을 위의 기준으로 짚어 보았을 때 역시 특정 자연물 및 그 형상을 따라 유래한 것(안암동, 종암동, 월곡동, 석관동, 길음동)과 특정 시설, 곧 인공물에서 유래한 것(성북동, 동소문동, 보문동, 정릉동) 그리고 어떤 인물의 거주를 따라서 유래한 것(장위동)으로 안배하는 일이 가능하다.

하지만, 돈암동과 동선동의 경우 그렇게 간단하지 만은 않아 보인다. 다시 말해 이 두 개의 동은 어떤 자연물이거나 인공물, 혹은 인물에서부터 기인했다고 할는지 막연한 감이 없지 않다. 둘 다 분명 설명적 전설이기는 한데, 돈암동과 동선동의 경우는 언어적 내지 문자적 응용에 따라 조성된 것이라 하겠으니, 설화대상에 의한 분류에 한 가지가 더 추가되어야만 할는지 모르겠다.

이제, 성북지역에는 위에 열거한 동명洞名 유래담 뿐만 아니라, 일부 동洞에 한해서는 전래되어 왔던 구전설화가 있다. 해당되는 설화들을 역시 '성북구 문화관광 홈페이지'로부터 원용하면 아래와 같다.

- 성북구 구전설화 -

▶ 안감내다리

옛날 이 마을에 안감이라는 사람이 있었는데, 하루는 이 사람이 채소를 문안으로 가져가 다 팔고 집으로 돌아오다가 동대문 밖 주막에서 술을 마시고 있는데, 어떤 점잖은 영감이 술을 마신 다음 술값을 치르려고 하였으나, 돈이 없었다. 안감은 몇 푼 안되는 술값 때문에 노인이 야단맞는 것을 보고 대신 술값을 치렀다.

영감은 고맙다는 인사를 하고 채소를 팔러 문안에 들어오거든 자기 집을 찾아 달라하고 자기 집 위치를 가르쳐 주었다. 며칠 후 안감이 문안에 들어가 채소를 다 팔고 영감이 사는 집에 찾아갔다. 솟을대문이 있는 큰 집이었다. 그 영감이 나와서 반가이 맞으면서 주안상까지 차려 대접하고 은공을 갚겠으니 소원이 있으면 말하라고 하였다.

안감이 사양을 해도 영감이 계속 다그치니까 안감이 안암동은 서쪽으로는 성북동에서 흐르는 개천이 있고, 동쪽으로는 영도사(지금의 개운사)에서 흘러내리는 개천이 있는데, 비만 오면 두 개천의 물이 흘러 안암동은 섬같이 되어 사람들이 고생을 하고 있으니 이 개천에 다리나 하나 놔주었으면 한다고 하였다.

대부분의 사람들이 소원이라면 자기의 이익 추구에만 집착하는데, 이 사람은 채소 장수로서 동네일을 말하는데 감동하였던지 영감은 쾌히 승낙하고 동네 앞에 다리를 놓고 이 사람의 이름을 따서 '안감내다리'라 이름 붙이고, 이 개천을 안감내라고 부르도록 했다고 한다.

▶ 쌀바위

성북동 숙청문 밖에 '쌀바위', 즉 미암이라는 바위가 있었는데, 이 바위틈에서 쌀이 나왔다. 기이한 것은 아침, 점심, 저녁 세 차례에 걸쳐 꼭 한 되 가량 쌀이 나왔다.

처음 이것을 발견한 사람은 나무꾼 노인이었는데, 그는 매일 여기서 쌀을 가져가서 걱정없이 지낼 수 있었다. 그런데 이렇게 여러 날이 지나자 나무꾼 노인은 욕심이 생겼다. 그래서 쌀을 더 많이 가져갈 양으로 쌀자루를 가지고 쌀바위에 가서 지키고 앉아 나온 쌀을 담고 얼마간 기다렸다가 쌀이 나오면 또 담아 쌀자루에 가득 채웠을 때에야 집으로 돌아왔다. 이렇게 한 달을 계속했던 어느 날 쌀이 나오던 바위틈에서 쌀은 나오지 않고 대신 끈적끈적한 물이 흘러 나왔다. 이 일로 해서 이 바위를 '쌀바위(米岩)'라 부르게 되었다고 한다.

▶ 동망봉

보문동과 종로구 숭인동 사이에 '동망봉'이라는 산봉우리가 있다. 조선 초 단종왕비 정순왕후 송씨는 단종이 어린 나이로 숙부인 세조에게 쫓겨 강원도 영월로 귀양갈 때 동대문 밖에서 눈물로 생이별을 하고, 영월 쪽을 바라볼 수 있는 청룡사 정문 옆에 작은 초가를 지어 '정업원'이라 하고 여기에 거처하였다. 왕비는 날마다 이 봉우리에 올라가서 동쪽의 영월을 바라보며 단종의 명복을 빌었으므로, 이곳을 '동망봉'이라 하였다고 한다.

▶ 노구멧골

운수동 위에 '노구멧골'이라는 마을이 있는데, 그 유래는 다음과 같다. 이 마을에 사는 한 여인이 집을 나간 남편을 위해 아침저녁으로 노구메(밥)를 떠놓고 산천 신령에게 제사를 지냈더니, 그 정성으로 결국 남편이 돌아와서 잘 살았기 때문에 마을 이름이 되었다 한다.

▶ 옥녀봉

동소문동과 맞닿아 있는 삼선교부터 점차 지대가 높아져 남쪽의 1·2·3가에 가서 낙산과 통하게 되는 곳이 과거에 '옥녀봉'이라 부르던 곳으로, 하늘에서 내려온 세 명의 신선이 옥녀와 함께 놀았던 곳이라는 전설로 인해 붙여진 이름이다. 성북천이 흐르고 사람들이 많이 살지 않던 때에는 옥녀봉 구릉지대에서 염소들을 풀어 키우기도 했었다.

▶ 학더미

'학더미'라는 지명은 북바위(鼓岩) 부근 논 가운데 있던 더미에서 유래한 것이라 한다. 즉 옛날 이곳의 논이 매우 비옥하여 세 마지기(3斗落)에서 나는 쌀로 10여 식구가 살아갈 수 있었는데, 어느 날 욕심 많은 주인이 곡식을 더 많이 내어 먹으려고 논 가운데에 있는 큰 더미를 파내기 시작했다. 그런데 그 더미를 파 들어가자 속에서 학이 나와 날아가고, 그 후로는 비옥하던 땅이 박토薄土로 변하였다고 전해 온다.

▶ 정릉약수(정심약수)

신덕왕후의 능인 정릉 북쪽 골짜기에 있는 샘물은 옛날부터 위장병과 피부병에 특효가 있다 하여 '정릉약수'로 불렀으며, 또 샘물이 석벽 뚫린 사이에서 나온다 하여 '환벽천環壁泉'으로 이름하기도 하였다. 그런데 6·25전쟁 후에는 이 샘물 부근도 황폐하였는데, 전란에 남편을 잃고 병고 중에 있던 한씨韓氏

> 여인이 꿈속에서 신덕왕후의 계시를 받고 심력心力을 다하여 약수터를 돌보고 물을 마시면서 몸이 완쾌된 후로 약수는 다시 유명해졌다. 최근까지 '정심약수正心藥水'로 부르며, 각처에서 물을 마시고 길어가는 사람들이 늘어나 줄을 이었으나, 지금은 그 명성만 남은 채 메워지고 터만 남아 있다.

이 가운데 특히 〈쌀바위〉와 〈학더미〉는 똑같이 욕심 많은 주인공의 낭패를 다루고 있다는 점에서 유사성을 띠고 있다. 그리하여, 성북구 구전설화 전반을 내용 주제 면에서 볼 때 〈안감내다리〉, 〈쌀바위〉, 〈학더미〉 이야기는 권선징악 성격의 '윤리', 〈동망봉〉과 〈노구멧골〉은 지아비 그리는 망부 소재의 '애정', 그리고 신덕왕후의 계시에 따른 이적을 다룬 〈정릉약수〉와 지금 다루고자 하는 세 신선과 선녀의 환상담인 〈옥녀봉〉은 '신괴'의 주제에 합당할 것이다.

3. 삼선평과 옥녀봉 설화의 분석

삼선동三仙洞이라는 이름은 그 유래를 삼선평三仙坪이라는 명칭에서 찾는다. 그런데, 동 이름의 근원이 되는 삼선평三仙坪이라는 명칭은 1894년의 문서에서나 처음 볼 수 있을 뿐,[3] 그 이전의 문헌에는 어디서도 찾아볼 길 없다. 그런데, 옛 문헌들을 뒤지다 보면 오늘날 우리에게 익숙하고 반가운 이름들을 여럿 볼 수 있다. 이를테면, 현재 서울의 지명인 성북城北을 비롯하여, 삼청동이나 소격서동, 안암동, 마포, 서강, 양화도, 노량진, 왕십리, 노원, 이태원, 여의도, 신사, 불광, 망원, 창동, 필동, 회현동 등등

3) 조선말 갑오개혁 때의 기록에, "漢城府 東署 崇信坊(城外) 東門外契 三仙坪"이라 하여 이 지명을 처음 확인할 수 있다.

이 그것이다. 이 이름들은 『조선왕조실록』, 아니면 적어도 고종高宗 초기 1865년과 1883년 사이에 저작된 『동국여지비고東國輿地備攷』 제2권의 한성부漢城府 안에서 그 생생한 모습을 드러낸다.[4] 이에 반해 삼선三仙의 명칭만큼 전혀 확인되지 않으니, '삼선'이란 이름매김은 진정 갑오개혁 무렵의 산물임에 틀림이 없는 듯싶다.

평坪이란 벌이나 들처럼 평탄한 땅을 뜻하는 말이다. 평평한 들판이었다고 하는 이곳의 현재 위치는 혜화문 밖, 지금 한성대입구 삼선교역에서 동소문동과 동선동, 즉 성신여대입구역으로 연결되는 일대의 땅으로 가늠되고 있다. 또한, 이 지역이 넓어서 대한제국까지 을지로 6가의 훈련원訓練院과 함께 무장武場으로, 살곶이들(箭串坪)과 함께 열무장閱武場으로 쓰이기도 했다고 한다. 당시엔 이 정도의 공간으로도 군사적 수용이 웬만큼 가능하였던 모양이다.[5] 그리고 경술년 국치國恥 이후인 1911년 4월 1일, 일제가 '경기도 경성부 숭신면 삼선평'이라고 칭하였다고 한다.[6]

이렇듯 구한말 삼선평 지명이 설정을 본 이래 한참의 세월이 지난 다음인 1949년에 기존의 삼선평이라는 명칭을 이용하여 삼선동이라는 이름을 처음 쓰게 되었던 것이다. 이렇게 보면 세 신선의 이야기도, 바로 그 때 삼선평이라는 호칭이 처음 붙여진 구한말 1894년 어간에 조성되었다고 보여진다.

---

4) 이들 지명은 모두 『국역신증동국여지승람』(민족문화추진회, 1982) 1집의 3권 뒤에 '비고편 동국여지비고'라는 항목 하에 실은 국역 기사 가운데서 찾아 확인한 것이다.
5) 갑오경장 당시의 상황을 설명한 다음의 글이 참조가 된다. "한편 군사제도의 개혁 같은 것은 거의 고려되지 않는 결함을 드러내기도 하였다. 이리하여 근대적 국가가 갖추어야 할 충분한 병원兵員과 이에 따르는 신무기의 공급은 계획되지 않았다. 군부의 소속하에 겨우 수천에 지나지 않는 적은 수의 군대를 일원화하였을 뿐이었다."(이기백, 『한국사 신론』, 일조각, 1987.)
6) 성북구 삼선2동사무소 홈페이지 출전임.

그런데, 지금 삼선평과 옥녀봉 설화의 경우에 성북 지역 다른 어떤 동洞의 설화보다 훨씬 낭만적이고 몽환적인 분위기를 띠고 있음을 보게 된다. 성북구청에서 만든 『사연이 깃든 성북의 유래』라는 책자 안에는 '삼선동의 이모저모'라는 란이 있는데, 그 내용들 가운데 각별히 비상한 관심과 흥미를 끄는 부분이 있다. 우선, 〈삼선평과 삼선교〉라는 작은 제목 하의 설명 중 요긴한 부분만을 인용하면 이러하다.

> 한성대입구역을 삼선교역이라고 하는 이유는 옛날 이곳에 성북천을 건너는 삼선교라는 다리가 있기 때문이다. 삼선교는 지금의 서울은행(현재는 하나은행: 필자주)과 나폴레옹제과점(지금은 이전, 한성대입구 2번 출구를 말함: 필자주)사이를 연결하고 있었는데 성북천이 복개되면서 그 흔적을 찾아보기 어렵게 되었다.[7]

다음으로, 〈옥녀봉〉에 대한 설명 안에는 그 구체적인 위치까지를 지목해 주고 있어 더욱 실감을 더한다.

서울 성곽 삼선동 쪽 경계에 선녀봉이 자리하고 있다

> 동소문동과 맞닿아 있는 삼선교부터 점차 지대가 높아져 남쪽의 1, 2, 3가에 가서 낙산과 통하게 되는 것이 과거에 '옥녀봉'이라 부르던 곳으로 하늘에서 내려온 세 명의 신선이 옥녀와 함께 놀았던 곳이라는 전설로 인해 붙여진 이름이다. 성북천이 흐르고 사람들이 많이 살지 않던 때에는 옥녀봉 구릉지대에서 염소들을 풀어 키우기도 했었다.[8]

---

7) 『사연이 깃든 성북의 유래』, 성북구청 문화체육홍보과, 1996, pp.81~82.
8) 위에 든 책, p.82. 다만, 삼선역 역사驛舍 안에 있는 벽화의 설명에서는 세 신선 대

이렇듯 삼선평 지명유래담은 아주 간단하였으나, 역시 설화의 세 가지 분류인 신화, 전설, 민담 중 분명 전설에 해당하고, 그 가운데에서도 '지명전설'에 속한다. 왜냐하면 삼선동이라는 특정의 지명이 전설의 가장 큰 특징이라고 할 개별적 증거물 구실을 다하고 있기 때문이다. 과연, 사물 명칭 중에 이동里洞에 관한 명칭 연기緣起는 전설의 대상 분류에서 맨 첫 번째 자리를 차지하고 있음을 볼 수 있다.[9] 그리고, 이 유래담이 이토록 간략할 수 있는 이유도 대개 다음의 설명 안에서 뒷받침이 가능하다.

> 전설은 신화나 민담에 비해서 대체로 단순한 것이 특징이다. 전설의 최소 요건은 증거물을 설명해줄 수 있으면 되기 때문에, 이야기로서의 짜임새를 갖추지 못하고 문학적 형상화가 작용할 여지가 없이 단순한 전설도 있다. 이런 예는 지명전설地名傳說에서 흔히 발견된다.[10]

그리하여 〈옥녀봉〉 이야기처럼 비록 간략한 메시지 안에서 낭만성을 띠고 있기는 하나 이야기적 성격을 띠지는 못한다고 하겠다. 비단 이 전설만 아니라 일반적으로 전설이 갖는 문체와 구조는 신화나 민담과는 달리 이야기적 틀을 확보하지 못하는 경우가 많다.

옥녀봉과 삼선평 이야기는 설화의 분류상 '지명전설'이면서, 보다 구체적으로는 '선유담仙遊譚'에 속한다. 일찍이 장덕순이 고려와 조선의 몇 가지 문헌자료 안에서 설화의 내용들을 조목 별로 분류해 놓은 것이 있는

신에 세 명의 선녀라고 하고, 그림 또한 세 명의 선녀를 그리고 있어, 뉘앙스를 달리 하고 있다.

9) 장덕순 외, 『구비문학개설』, 일조각, 1971. p.43 참조. 여기서 전설의 대상을 자연물, 인공물, 인간의 셋으로 나누고, 그 첫 번째인 자연물을 다시 1.里洞, 2.山岳, 3.巖石, 4.洞穴(窟), 5.江川, 6.泉井, 7.津浦, 8.潭沼, 9.島嶼, 10.平野(原 · 田)의 10가지로 분류하였다.

10) 장덕순, 위에 든 책, p.43.

데,[11] 그 안에서 선유담에 해당하는 것만을 따로 뽑아 보기로 하였다. 그런데, 과거 전통의 문헌 중에 『삼국사기三國史記』나 『삼국유사三國遺事』의 두 곳에는 이렇다 할 선유담이 잘 발견되지 않는다. 따라서, 선유담은 대개 고려시대보다는 조선시대 이후에 문헌 기록의 혜택을 받은 양하다. 이를테면, 조선시대 전기의 저작물인 『고려사高麗史』에 보면 〈북정北井〉[12] 정도가 넓은 의미의 선유담에 포함될 가능성이 보인다. 반면, 『세종실록世宗實錄』 지리지地理志에는 보다 본격적인 선유담이 기록 소개되어 있다. 예컨대, 신선 동자의 박희지처博戲之處로서의 〈소년암少年巖〉[13] 이 소개되는가 하면, 가락국 왕이 선인仙人을 초청하여 서로 놀았으므로 이름 붙여진 〈초현대招賢臺〉[14]와 같은 지명전설이 그것이다. 『동국여지승람東國輿地勝覽』 안에서는 더욱 제대로의 면모를 나타내니, 신라 때를 배경으로 한 선유담임에도 기왕의 문헌에서 포착이 어려웠던 지명전설 몇 가지가 눈에 띈다. 〈구성대九聖臺〉[15]는 신라 때 구성九聖이 놀던 곳이라 해서 생겼다고 하였고, 〈연주현連珠峴〉[16] 명칭은 연주라는 여선女仙이 풍류산風流山, 혹은 이 재(峴)에서 놀았다고 해서 붙여진 것이라 하였다. 〈겸효대謙孝臺〉라는 곳이 있으니, 이는 선인仙人인 김겸金謙이 놀았다고 하여 생긴 이름이라 하였으며, 〈총석정叢石亭〉[17]은 일명 〈사선대四仙臺〉라 하여, 신라의 술랑述郞, 남랑南郞, 영랑永郞, 안상安詳 등 네 신선이 이곳에서 놀았기에 유래

11) 장덕순, 『한국설화문학연구』, 서울대학교출판부, 1978. pp.387~534.
12) 『고려사』 권10 世系 6에,. 내용은 작제건作帝建의 처가 송악松嶽에 우물을 파고 서해 용궁에 다녀왔는데 그 우물을 광명사光明寺 동상방東上房 북정北井으로 불렀다.
13) 『세종실록』 地理志, 全羅道 潭陽, p.212.
14) 『세종실록』 地理志, 慶尙道 昌原, p.154.
15) 『동국여지승람』 권21 慶州 古蹟.
16) 『동국여지승람』 권14 忠州 山川.
17) 『동국여지승람』 권45 通川 古蹟.

되어진 이름이라 하였다.

이처럼 고려의 중요한 두 문헌인 『삼국사기』나 『삼국유사』에 그 이전 시대인 신라의 선유담이 실리지 않았음은 김부식이나 일연의 의식구조와 관련 있어 보인다. 곧 전자는 철저한 유가의 입지로 인해, 후자는 정통 불교적인 승려의 입장으로 인해 각각 도교 신선적인 내용을 수용하기 어려웠던 때문인 것으로 사료된다.

그러나 선유仙遊 관련의 지명담은 이렇듯 정부 단위의 문헌 안에서만 머무르지는 않았다. 민간 차원의 구전을 통하여 보다 많은 선유담을 찾아볼 길 있다. 예컨대, 평양 을밀대乙密臺에 관한 이름 유래를 보면, 먼 옛날 을밀선녀가 이곳의 승경勝景에 반한 나머지 하늘에서 내려와 놀았다는 데서 기인한다. 옛날 신선들이 하늘에서 내려와 백록白鹿을 희롱하며 놀았다는 데에서 유래하였다는 한라산 백록담白鹿潭 전설도 있다. 백록은 신선이 말처럼 타고 다니는 동물로 인식되었다 한다. 부산 태종대의 오른편 아래쪽에 평평한 바위가 하나 있는데, 옛날 신선들이 내려와 놀았다고 하여 신선바위로 부른다고 한다. 신선놀음에 도끼자루 썩는지 몰랐다는 이른바 〈선유후부가仙遊朽斧柯〉 설화가 있거니와, 이 또한 선유담의 한 가지 종류가 아닐 수 없다. 실제로 황해도 평산읍에는 부동斧洞이라는 마을이 있고, 그 경계 안에 선암仙岩과 난가정爛柯亭은 이 설화를 바탕으로 붙여진 이름이었다.

이제, 〈옥녀봉〉 설화에서는 무엇보다 등장하는 인물이 신선과 옥녀이니, 우선 이들 존재에 대한 개념부터 이해해 둘 필요가 있다.

우선은 신선이 보다 자세히 어떠한 존재를 뜻함인지 사전 안에서 그 정의를 확인해 본다.

道家稱修養辟穀而得道之士 能有變化神通者 曰神仙.[18]

도가에서 일체의 음식을 끊고 수양을 하면서 도를 얻은 인물로, 능히 변화와 신통의 능력을 지니고 있는 자를 일컫는다.

『설문해자說文解字』에서는 "장생하며 죽지 않고 사는 것(仙 長生仙居也)"으로 풀었고, 『석명釋名』 〈석장유釋長幼〉 편에서는 그 풀이가 좀 더 자상하다.

老而不死曰仙 仙遷也 遷入山中也.

늙어도 죽지 아니함을 선仙이라 한다. 선이란 옮아간다는 뜻이다. 산 속으로 옮겨 들어가는 것이다.

덧붙여, 『천은자天隱子』 출전에서는, "인간세계에 있으면 인선人仙이요, 하늘에 있으면 천선天仙이요, 땅에 있을 땐 지선地仙이요, 물에 있으면 수선水仙이요, 신통변화를 할 수 있는 자는 신선이라(在人曰人仙 在天曰天仙 在地曰地仙 在水曰水仙 能通變者曰神仙)"[19]고 분류한다.

한편, 『표준국어대사전』 안에서의 '신선'에 대한 설명은 이러하다.

도道를 닦아서 현실의 인간 세계를 떠나 자연과 벗하며 산다는 상상의 사람. 세속적인 상식에 구애되지 않고, 고통이나 질병도 없으며 죽지 않는다고 한다.[20]

18) "神仙", 李叔還, 『도교대사전』, 巨流圖書公司, 민국68년.
19) 위와 같음.
20) "신선(神仙)", 『표준국어대사전』, 국립국어연구원, 1999.10.

신선에 대한 생각이 이와는 조금 다른 경우도 있다. 즉, 대개 도교 궁극의 목적은 신선이 되는 데 있고, 신선이 되려면 인간 세상에서 뛰어난 윤리적 실천이 따라야 된다고 하는 이해하는 방식이 그것이다.[21] 개인적으로도 꾸준한 노력과 매우 힘든 수련 과정을 거쳐야 함은 물론, 이타적인 선업善業, 이를테면 가난 구제나 구휼 같은 실적을 이룩하여야 불로장생의 길에 들어설 수 있다는 믿음이 그것이다. 이 경우의 선仙은 어쩌면 신神과 인간의 중간적 존재로도 볼 수 있다. 그리하여 인간과 더 가깝긴 한데, 다만 인간은 결국 죽지만 선仙은 늙기는 하되 죽지는 않는다는 점이 다르다고 한다. 자고로 세간에서 어느 분야에 비범한 사람을 주선酒仙, 시선詩仙 등으로 일컫기도 하는 것은, 비록 그들 또한 죽는 줄을 알면서도 못내 신선에 대한 환상과 동경으로 그렇게 불러주는 뜻이 있을 것이다.

이같은 선仙의 개념 안에서 삼선동 전설의 중요한 주체가 되는 '옥녀'는 개념상 '선녀'의 다른 명칭인 바, 신선 세계의 한 존재가 되고 있다.

> 玉女 ; 仙女也 仙人所使之侍女 亦曰玉女.[22]
> 옥녀는 선녀이다. 선인이 부리는 시녀를 옥녀로도 일컫는다.

한편, 『한무제내전漢武帝內傳』에 보면, 한무제 앞에 용궁墉宮에서 왔다는 청의靑衣 입은 옥녀가 등장한다. 용궁墉宮이란 신선이 사는 곳을 뜻하니, 용성墉城, 천용성天墉城이라고도 한다. 이름을 왕자등王子登이라고 하는 그녀는 서왕모西王母의 부림을 받는다고 스스로 말하고 있다. 따라서 옥녀가 선녀를 달리 표현한 말이라고 하면 그만이겠으나, 그렇다면 대관절

21) 정주동, 『고대소설론』, 형설출판사, 1983. p.115 참조.
22) "玉女", 李叔還, 『도교대사전』, 巨流圖書公司, 민국68년.

선녀봉 설화를 토대로 생긴 삼선동의 선녀길

삼선三仙 곧 세 명의 신선은 보다 자세히 누구를 말하는지 못내 궁금하기 그지없다.

그런데, 삼선동 인근에 또 하나의 신선의 고장이 있다. 다름 아닌, 삼선동 서북편에 위치한 삼청동三淸洞이 그것이다. 삼청동과 삼선동은 그 명칭에서부터 벌써 강한 도교적인 분위기를 띠고 있다. 본시, 삼청동은 원래 도교의 소격서昭格署가 있던 곳이다. 바로 이 소격서에는 신선이 산다는 상청上淸, 태청太淸, 옥청玉淸의 세 궁宮, 곧 삼청三淸이 있었으니, 삼청동이라는 이름도 거기서 유래된 것이다. 요컨대 삼청은 도교 최고의 이상향이라고 할 수 있다.

세 분의 신선이라는 뜻의 삼선三仙 역시 그 말 자체로 벌써 곧장 도교의 신선사상과 직결되어 있다. 뿐만 아니라, 삼청과 삼선은 나란히 신선이라는 공동의 화두뿐 아니라, 숫자 '3'의 공통점을 갖고 있다. '신선' 및 '3'의 공통점은 위의 '삼청三淸' 및 '삼선三仙' 뿐 아니라, 중국 전설상의 '삼신산三神山'이란 데서도 발견이 가능하다. 삼신산은 영주산瀛州山, 방장산方丈山, 봉래산蓬萊山 등 신선이 산다는 세 곳의 지명인데, 이것이 전통적으로 민간에 두루 인지되어 왔던 것이니, 이 내용도 '삼선'의 이름에 한몫했을는지 모른다.

아무튼 삼청과 삼선의 동 이름이 똑같이 신선 사상의 성격을 강하게 띠고 있는 이름임에 틀림이 없고, 두 곳이 나란히 신선의 마을이라는 이미지를 지니고 있다는 점에서도 어긋남이 없다. 이 두 공간은 성북동길을 가운데 낀 채 불과 3km 거리 안에 가까이 접해 있고, 예전에는 성북동길 역시 지금 삼선동로터리의 연장선상에 있는 성북천의 한 지류였다.[23] 그런데다가 같은 신선의 마을이란 이미지로 연결되어 있으니, 어쩌면 바로 그 공동의 맥락 안에서 혹 삼선의 정체에 대한 개연성을 점쳐볼 수도 있으리라 한다. 다시 말해, 옥녀봉에 찾아와 놀았다고 하는 세 신선은 다름 아닌 삼청의 신들은 아니었을까 하는 것이다. 이야기는 하늘에서 세 신선이 내려왔다고 했다. 개념상 본거지를 하늘에 두면서 이거移居도 한다는 천선天仙이라 하겠으니, 바로 이 이동의 개념을 살려 본래의 거처를 삼청으로 유추해 보려는 뜻이다.

더욱 고무적인 것은 예로부터 성북구 안의 지경에서는 일찍부터 북한산 산신제라는 오래된 전통의식이 수행되어 왔다는 사실이다.

> 매년 음력 10월 초에 날을 정해 제사를 올리며 풍요와 건강, 행운을 기원한다. 우리 민족이 산신을 숭배한 것은 삼국시대였던 것으로 알려졌으며, 조정에서도 제사를 지내고 국가의 태평을 빌었다고 한다. 고려시대에도 매년 봄, 가을에 무당과 여악으로 하여금 제사를 지내게 했고, 조선시대에 들어서도 산신제의 유풍은 계속되었다. 성북구에 있는 북한산에서도 매년 산신제가 열리고 있다. 산신제를 열면서 구민들의 평화와 안녕은 물론, 국가의 발전도 함께 기원하고 있다.[24]

이렇게 돌아본 삼청과 삼선의 내용들을 통해 신선 사상이 전통의 민간

23) "성북동 길은 구준봉에서 발원한 골짜기 물이 합류하는 성북천의 아름다운 골짜기를 복개해 확장한 길이다." (『사연이 깃든 성북의 유래』, 성북구청 문화체육홍보과, p.52). 덧붙여, '쌍다리' 사진 자료와 함께 "복개되어 사라진 성북천의 자취를 알려 준다"고 설명한다.

24) 『성북100경』, 성북구청 문화체육홍보과, 2006.2, p.52.

신앙에 깊숙이 파고들어와 있었다는 증좌를 엿볼 만하다. 기실, 신선사상을 아우르고 있는 도교는 유 · 불 · 도 3교 가운데서 가장 뒤처진 종교처럼 인식되었던 것이 사실이지만, 의외로 민간의 생활 속에 침투되어 있는 정도가 적지 않다고 하겠다. 조선조에는 도사궁道士宮, 곧 도교의 사원이라고 할 도관道觀이 없다시피 했고, 따라서 도교적 의식도 거의 확인해 보기 어렵다. 그러나 사실은 이미 그 이전부터 유교 및 불교와 교묘한 습합習合을 이루었으니, 특히 불교를 신앙하는 일반 대중에게 어느 사이 도교적 개념의 유입이 이루어져 있었다.

신선사상에 대한 민간의 수용 양상은 고전소설 안에서도 잘 반영되어 있다. 아래의 인용은 고전소설과 도교 간의 밀접한 관계를 논리화시킨 부분이다. 그리고 이것은 그대로 과거 민간생활 속에 도교다운 면모가 함유된 이유에 대해 밝힌 훌륭한 설명이 아닐 수 없다.

> 각지에 선유담仙遊譚, 강선담降仙譚, 삼선암三仙庵이니 하여 도교의 신선사상은 막연하나마 우리네 민중생활에 전설처럼 파들어 갔던 것이다. 이리하여 불교를 유일의 신앙으로 알던 이조의 민중들은 자기도 모르는 사이에 도불道佛을 융합한 사상을 신앙하여 왔던 것이니….[25]

삼선평과 〈옥녀봉〉 이야기는 19세기 말 갑오경장 무렵에 생성된 설화라고 했거니와, 이 시기야말로 일본 러시아 및 서구 열강의 침노가 거듭되는 상황 하에서 조선의 국기國基는 흔들리던 때였다. 이러한 혼돈의 와중에서 민심과 민생은 어느 때보다 불안정했을 것이다. 이 무렵 대종교, 천도교 같은 종교들이 새로이 신흥하였던 현상도 민중의 불안과 무관하지

25) 정주동, 위에 든 책, p.130.

않아 보인다. 삼선과 옥녀 이야기 같은 신선 동경의 발상 또한 이러한 시대적 정황, 사회적 불안 의식과도 관련이 있었을 것이다.

〈해동지도海東地圖〉 중의 경도京都 – 서울대학교 규장각

여기에 지리적인 원인 동기가 적지 않게 작용하였을 터이다. 대개 북한산을 기점으로 남쪽으로의 연결 맥락은 남장대南將臺, 북악산北嶽山, 낙산駱山으로 벋어 있다. 그리고 오늘날의 삼선동 일대는 곧바로 낙산을 뒤로 하여 그 품 안에 있으면서, 앞 쪽으론 북한산과 북악산 구준봉狗蹲峰 같은 큰 산이며 봉우리를 바라보며 있다.[26] 성북구와 종로구를 가르고, 현재는 대부분 택지화되었으나, 그 사이로 성북천과 정릉천이 동서쪽으로 흐르고 있었다.

이처럼 삼선동은 다른 지역에 비해 높고 낮은 구릉이 많고[27] 수림도 풍부하였으며, 맑은 내도 규모 있게 흐르고[28] 냇물 양쪽을 가로지르는 다리도 있는 등, 낭만이 깃든 자연 지대였다. 이러한 공간이 자아내는 그윽하고 고즈넉한 분위기는 고달픈 시대를 살던 이 인근의 사람들에게 휴식과 안정감을 주기에 부족함이 없었으리라. 그리고는 한 단계 더 나아가 정신적 위안처로서의 신선에 대한 상상력을 자아내고 동경을 불러일으켰을 것이다.

동시에, 자기네 머무는 곳이 신선의 땅임을 강조하는 일은 그 고장에 사는 이들의 자긍심을 살리는 일에도 일조를 하였을 것이다.

26) "신선 사상은 산악과 밀접한 관계가 있다. … 산악으로 뒤덮인 우리 땅에서 퍽 일찍부터 신선 사상이 싹텄으리라는 것은 충분히 짐작할 수 있는 일이다."("신선사상", 『한국민족문화대백과사전』, 민족문화추진회, 1991)
27) 이 지역 전체 면적의 70%가 구릉지로 이루어져 있다.
28) 총 연장 3.68km의 성북천은 서울 안에서 작은 청계천으로 불리었다고 한다.

4. 맺음말

'삼선동'이란 동명洞名은 옛 '삼선평三仙坪'과 '삼선교三仙橋'의 이름을 취하여 유래한 것이다. 삼선평과 삼선교는 앞 시대 고려나 조선조의 지리와 설화를 담아 왔던 그 어떠한 문헌에도 출처가 보이지 않다가 갑오년 개혁괴 함께 비로소 첫 명패名牌를 나타냈다. 성북동, 삼청동, 안암동, 소격서동 등이 갑오경장 이전 1865년(고종 2년)에서 1883년 사이에 만들어진 문헌인 『동국여지비고』에서 확인되는 것과는 대조적인 현상이다.

이렇듯 이름이야 19세기 말에나 겨우 생겨났다고 하지만, 명칭과 관계없이 옛 삼선동 지역은 이미 오래전부터 매력 있는 터전이었다. 탁 트여 드넓은 평원이 있고, 성북천이 흐르며, 숲이 우거진 산록과 수많은 구릉이 적절한 조화를 이루고 있는 이 땅이, 여기 몸담은 사람들로 하여금 신선에 대한 상상력을 불러일으키기에 부족함이 없었을 것이다. 삼선동 지명전설 역시도 신선 사상이 산악과 밀접한 관련이 있음을 거듭 입증하는 좋은 사례가 된다. 게다가 뒤로 북한산이 병풍처럼 둘러있는 가운데 현 성북동을 사이에 두고 신선, 도관道觀의 본거지인 삼청동 및 소격서동과 연접되어 있는 지리적 환경으로 인해 어느덧 신선 개념의 유입과 동화가 이루어지지 않았나 사유된다.

그러면, 옥녀봉 즉 선녀봉에 놀러온 세 신선 또한 적극적으로는 삼청의 신선일 개연성을 높여 준다. 소극적으로 추리한다 하여도 최소한 삼선이 지니는 신선 개념과 3이라는 숫자 개념이, 삼청이 갖는 신선 개념 및 숫자 개념과 무관하지는 않은 것으로 사료된다.

대체로 신선담은 불행한 시대의 산물이라고 한다. 현실이 복잡하거나 괴로울 때 일탈逸脫을 위한 방편으로 신선을 꿈꾸는 까닭이다. 19세기 말은 조선 시대가 끝으로 치달려 종언終焉을 고하는 무렵이고, 이때 서구 열강과 일본이 일으킨 외세 문명과 문화의 침탈이 전통과의 혼재混在 안에서 국가는 위태하고 민심은 불안하였다. 이러한 때에 천연의 자연환경으로 산과 내와 숲과 평원이 어우러져 있어 선경仙境을 연상하게 하는 이 고장에 신선과 선녀를 소재로 한 몽환적인 선유담 하나쯤 생성되리라 하는 것은 어쩌면 자연스러운 귀결이었는지 모른다.

구릉이 많고 숲이 듬쑥하며 인적 드물었던 천혜의 땅 삼선동은 그렇게 신선의 마을로 근대의 문을 열었다.

김창룡

서울 출생
연세대학교 문과대학 국어국문학과 졸업(1976)
연세대학교 대학원 국어국문학과 문학석사(1979)
연세대학교 대학원 국어국문학과 문학박사(1985)
한성대학교 인문대학장, 민족문화연구소장 역임
한성대학교 한국어문학부 교수(현재)

〈저 서〉

『한중가전문학의 연구』(개문사, 1985)
『한국가전문학선』(정음사, 1985)
『우리 옛 문학론』(새문사, 1991)
『한국의 가전문학 · 상』(태학사, 1997)
『한국의 가전문학 · 하』(태학사, 1999)
『중국 가전 30선』(태학사, 2000)
『가전문학의 이론』(박이정, 2001)
『고구려 문학을 찾아서』(박이정, 2002)
『한국 옛 문학론』(새문사, 2003)
『가전산책』(한성대학교출판부, 2004)
『인문학 산책』(한성대학교출판부, 2006)
『가전을 읽는 방식』(제이앤씨, 2006)
『가전문학론』(박이정, 2007)
『교양한문100』(한성대학교출판부, 2008)
『고전명작 비교읽기』(한성대학교출판부, 2009)

인문학 옛길을 따라

초판1쇄발행 2009년 5월 29일
초판2쇄발행 2009년 11월 14일

저자 김창룡
발행 제이앤씨
등록번호 제7-220

주소 서울시 도봉구 창동 624-1 현대홈시티 102-1206
전화 (02) 992 / 3253
팩스 (02) 991 / 1285
홈페이지 http://www.jncbook.co.kr / 제이앤씨북
전자우편 jncbook@hanmail.net
책임편집 조성희

ISBN 978-89-5668-718-6 93810 **정가** 31,000원